06/2500

Über 40 Jahre
Heyne Science Fiction
& Fantasy
2500 Bände
Das Gesamt-Programm

Fantasy

Herausgegeben von Friedel Wahren

Von **Michael Moorcock** erschienen in der Reihe
HEYNE SCIENCE FICTION & FANTASY:

Miß Brunners letztes Programm · 06/3348
INRI oder: Die Reise mit der Zeitmaschine · 06/3399
Die Zeitmenagerie · 06/3492
Gloriana oder die unerfüllte Königin · 06/3808

ELRIC-ZYKLUS:

Elric von Melniboné · 06/3643
Die See des Schicksals · 06/3657
Der Zauber des weißen Wolfs · 06/3692
Der verzauberte Turm · 06/3727
Im Banne des schwarzen Schwertes · 06/3753
Sturmbringer · 06/3782
Die Festung der Perle · 06/5016
Die Rache der Rose · 06/5190
Elric von Melniboné (der Elric-Zyklus in einem Band) · 06/4101
Die Rückkehr des weißen Wolfs
  (hrsg. von Edward E. Kramer) · 06/9005

DIE ABENTEUER CAPTAIN OSWALD BASTABLES:

Der Herr der Lüfte · 06/3876
Der Landleviathan · 06/3903
Der Stahlzar · 06/4122

Zeitnomaden (»Die Abenteuer Captain Oswald Bastables«
  in einem Band) · 06/4820

In der BIBLIOTHEK DER SCIENCE FICTION LITERATUR:
INRI oder: Die Reise mit der Zeitmaschine · 06/63

Michael Moorcocks
Elric von Melniboné

DIE RÜCKKEHR DES WEISSEN WOLFS

herausgegeben von
EDWARD E. KRAMER

Erzählungen

Deutsche Erstausgabe

WILHELM HEYNE VERLAG
MÜNCHEN

HEYNE SCIENCE FICTION & FANTASY
06/9005

Titel der Originalausgabe
MICHAEL MOORCOCK'S
ELRIC:
TALES OF THE WHITE WOLF

Übersetzung aus dem Englischen von
MICHAEL KOSELER
Das Umschlagbild malte
TIBOR SZENDREI

Umwelthinweis:
Dieses Buch wurde auf chlor- und
säurefreiem Papier gedruckt

Redaktion: F. Stanya
Copyright © 1994 by Michael Moorcock,
Edward E. Kramer and Richard Gillian
Einzelrechte siehe jeweils am Schluß der Erzählungen
Erstausgabe bei The White Wolf Publishing
Copyright © 1999 der deutschen Ausgabe und der Übersetzung
by Wilhelm Heyne Verlag GmbH & Co. KG, München
http://www.heyne.de
Printed in Germany 1999
Umschlaggestaltung: Atelier Ingrid Schütz, München
Technische Betreuung: M. Spinola
Satz: Schaber, Satz- und Datentechnik, Wels
Druck und Bindung: Ebner Ulm

ISBN 3-453-14022-2

Inhalt

Michael Moorcock
VORWORT — 11
(Introduction)

Michael Moorcock
DAS LIED DES WEISSEN WOLFS — 17
(The White Wolf's Song)

Tad Williams
GEH ELRIC FRAGEN — 59
(Go Ask Elric)

David M. Honigsberg
DA BRICHT EIN EDLES HERZ — 116
(Now Cracks A Noble Heart)

Roland J. Green & Frieda A. Murray
EIN UNBEKANNTER TEUFEL — 123
(A Devil Unknown)

Richard Lee Byers
KÖNIGSFEUER — 143
(Kingsfire)

Brad Strickland
DAS TRAUMTOR — 168
(The Gate of Dreaming)

Brad Linaweaver & William Alan Ritch
DER KLEINSTE STURMBRINGER 180
(The Littlest Stormbringer)

Kevin T. Stein
VORSEHUNG 206
(Providence)

Scott Ciencin
DER WÄCHTER AM TOR 217
(The Guardian at the Gate)

Gary Gygax
DAS FEST DER CELENE 234
(Celebration of Celene)

James S. Dorr
SHAARILLAS LIED 276
(The Song of Shaarilla)

Stewart von Allmen
ZU WENIGE EINSAME JAHRE 283
(Too Few Years of Solitude)

Paul W. Cashman
**DAS ERWACHEN
DES WEISSEN WOLFS** 297
(White Wolf's Awakening)

Nancy A. Collins
DAS HERZ DES DRACHEN 329
(The Dragon's Heart)

Doug Murray
DIE KRAFT EINER FRAU 361
(A Woman's Power)

Karl Edward Wagner
EIN HAUCH VON SCHAUERROMANTIK 388
(The Gothic Touch)

Thomas E. Fuller
DIE SEELE EINER ALTEN MASCHINE 416
(The Soul of an Old Machine)

Jody Lynn Nye
DAS WEISSE KIND 437
(The White Child)

Colin Greenland
VERSUCHUNGEN DES EISENS 471
(Temptations of Iron)

Robert Weinberg
DAS ANDERE SCHWERT 498
(The Other Sword)

Charles Partington
ARIOCHS GESCHENK 513
(Arioch's Gift)

Peter Crowther & James Lovegrove
DIE REISE INS GRAUE LAND 517
(The Trembler on the Axis)

Nancy Holder
JENSEITS DES GLEICHGEWICHTS 569
(Beyond the Balance)

Neil Gaiman
EIN LEBEN, GEPRÄGT VOM FRÜHEN MOORCOCK 588
(One Life Furnished with Early Moorcock)

Widmung

Dieses Buch widme ich
Linda und Michael Moorcock in Liebe,
Respekt und Bewunderung.
Möge der *Ewige Gesetzlose*
in uns allen weiterleben.

Danksagungen

Der Dank der Herausgeber geht an Paul Cashman für seine tatkräftigen Bemühungen um die Kontinuität in den Geschichten, und an Stewart Wieck, der den ›weißen Wolf‹ endlich nach Hause brachte.

Vorwort

Lieber Leser,

einst in grauer Vorzeit, als alle meine alten Freunde und Helden noch am Leben waren und ich als lesebesessener Teenager ein Magazin mit Namen *Tarzan Adventures* herausgab, wurde ich, wie ich zunächst dachte, aufgefordert, eine Geschichte über Conan den Barbaren zu schreiben, eine Erfindung des 1936, etwa vier Jahre vor meiner Geburt, in Texas durch Selbstmord ums Leben gekommenen Robert E. Howard. Ich stand schon damals in Kontakt mit L. Sprague de Camp, der zwar eher als Verfasser komischer Erzählungen bekannt geworden war, aber Howard sehr bewunderte und mitgeholfen hatte, eine neue Serie von Conan-Geschichten ins Leben zu rufen, die bis auf den heutigen Tag fortgesetzt wird.

Als ich mich an die Conan-Episode setzte, hatte ich, um ehrlich zu sein, bereits ziemlich genug von Barbaren, Zauberinnen, sagenhaften Kleinoden mit mystischen Eigenschaften und launischen Vamps. Außerdem hatte Howard die Figur in seinem großartigen Conan-Roman *The Hour of the Dragon* so weit entwickelt, daß in meinen Augen nicht mehr allzuviel herauszuholen war. Als mir John Carnell, der Herausgeber des Magazins *Science Fantasy*, daher erklärte, er wolle gar keine richtige Conan-Geschichte, sondern nur ›etwas in dieser Richtung‹, bot ich ihm Elric an, einen Helden, über den ich schon seit längerem schrieb und den ich mit meinem Freund, dem Autor und Illustrator James Cawthorn, ausgiebig erörtert hatte.

Im Grunde war ich des ganzen *Sword and Sorcery-Genres* in seiner damaligen Form überdrüssig. Ich bewunderte die Werke von C. L. Moore, Leigh Brackett und Fritz Leiber und empfand auch weiterhin Achtung vor Howards Lebendigkeit und seinem Erfindungsreichtum, konnte aber mit Schriftstellern wie Tolkien und Lewis wenig anfangen. Sie schrieben in meinen Augen schlechte, volkstümliche Kinderbücher mit höchst fragwürdiger Moral, und ich vermißte an ihren Produkten William Morris' Weitblick ebenso wie Howards geradezu manische Originalität oder Leibers niveauvolle Ausstrahlung. Vermutlich langweilte mich die Form an sich. Als daher Carnell die erste Elric-Episode in Auftrag gab, nahm ich mir vor, möglichst etwas zu schreiben, das bisher noch nicht dagewesen war.

Natürlich waren mir Morris, Cabell, Dunsany und die anderen großen Schriftsteller, die Leiber beeinflußt hatten, nicht fremd, und etwas von ihrer ironischen Grundhaltung durchzog ohne Zweifel auch meine Geschichten, doch die kraftvolle Erzählweise eines Howard oder Edgar Rice Burroughs faszinierte mich nach wie vor. Begeistert war ich auch von Poul Andersons *Das gebrochene Schwert* (immer noch einer der großen Klassiker des Genres, besonders in der Originalversion) und Fletcher Pratts *Die Einhornquelle*, doch inzwischen hatte ich mir neue Interessensgebiete erschlossen und beschäftigte mich mit jeder Art von Mythologie, einschließlich der hinduistischen und der zoroastrischen, sowie mit den Werken moderner, visionärer Schriftsteller wie Huxley, Brecht und Camus. Mit den Romantikern des neunzehnten Jahrhunderts wie Byron, Shelley und Swinburne und den Schauerromanen von Radcliffe, Lewis, Maturin und Le Fanu war ich ohnehin vertraut, auch hatte ich mich von den phantastischen Zügen im Werk von Dickens, James, Conrad und meines modernen Vorbilds Mervyn Peake anregen lassen. So brachte ich eine ganz eigene Mischung zustande, die neuartig genug war, um auch bei einem von Schriftstellern wie Ballard, Sturgeon, Aldiss und Dick verwöhnten Lesepublikum Anklang zu finden. Dazu sei jedoch gesagt, daß ich nie bewußt darauf abzielte, besonders avantgardistisch zu schreiben. Was ich wollte, war eine phantastische Abenteuergeschichte, die formal ein wenig frischen Wind in die Szene brachte und den Lesern so gut gefiel, daß ich von Carnell weitere Aufträge bekam. Ich rechnete nicht damit, daß mehr als eine Handvoll Erzählungen zusammenkommen würde, dennoch war ich fest entschlossen, noch einem weiteren Helden meiner Kindheit ein Denkmal setzen. Anthony Skene hatte einst über einen schurkischen Albino mit Namen Monsieur Zenith geschrieben – ›Sexton Blakes größten Widersacher‹ (wie das Schundblatt *Union Jack* tönte, in dem Blakes Abenteuer von etwa 1890 bis in die dreißiger Jahre des 20. Jahrhunderts erschienen waren).

Zugegeben, Bunyans *Pilgrim's Progress*, das erste Buch, das ich mir von meinem eigenen Geld gekauft hatte, spukte mir immer noch im Kopf herum, und so war ich zunächst vermutlich unfähig, einen Text zu verfassen, der nicht wenigstens eine klitzekleine Allegorie enthielt. Das änderte sich, als die Serie (beginnend mit *Die träumende Stadt*) fortgesetzt wurde und ich mich allmählich an einige der Themen heranwagte, die in meinem literarischen wie in meinem Genre-Werk immer wiederkehren sollten. Als ich dann, von der großen Resonanz ermutigt, die vier Teile des unter dem Namen *Sturmbringer* veröffentlichten Romans schrieb, spielte ich sehr viel mehr mit der Form, als ich ursprünglich vorgehabt hatte.

Zwei Jahre nach *Sturmbringer* schnitt ich, die Themen und Handlungsstränge der Elric-Geschichten zunehmend auf Jerry Cornelius zu, einen etwas moderneren Helden. Inzwischen gab es natürlich bereits den ›Ewigen Helden‹ und das ›Multiversum‹, zwei meiner frühesten Schöpfungen, und Elric von Melniboné und Jerry Cornelius waren längst als verschiedene Aspekte derselben und auch meiner eigenen Persönlichkeit rezipiert worden.

Komisch finde ich, daß sich zwar eine ganze Reihe von Schriftstellern von Elric inspirieren ließ, zwei Rockbands den Titel *Stormbringer* für ihre Alben verwendeten und verschiedene Künstler von Marc Bolan bis Hawkwind der Gestalt ihre Reverenz erwiesen, daß jedoch erst Jerry Cornelius andere Autoren veranlassen konnte, sich ihrerseits Geschichten über ihn auszudenken. Die ersten davon erschienen zunächst Ende der sechziger Jahre in *New Worlds*, für das ich damals als Herausgeber zeichnete. 1971 wurden sie in einem Buch mit dem Titel *The Nature of the Catastrophe* nachgedruckt, und vor kurzem erschienen sie ein weiteres Mal in einer erweiterten Anthologie mit dem Titel *The New Nature of the Catastrophe* neben Werken von James Sallis, Norman Spinrad, Langdon Jones, M. John Harrison, Brian W. Aldiss und anderen. Doch erst in jüngster Zeit fiel Ed Kramers Idee, eine reine Anthologie von Elric-Stories zusammenzustellen, auf fruchtbaren Boden. Als Ed mich zum ersten Mal darauf ansprach, war ich noch etwas unsicher. Elric ist schließlich hoch in den Dreißigern und damit nicht mehr der Jüngste, und ich hatte meine Zweifel, ob er für andere Schriftsteller noch genug hergeben würde. Wie Sie hier lesen können, war das ein großer Irrtum. Aber wenn ich nach wie vor am laufenden Band neue Ideen und Themen für die Serie produziere, durfte es mich eigentlich nicht überraschen, wenn andere das auch können. Wirklich nicht gerechnet hatte ich allerdings mit der Originalität, dem Witz und dem Phantasiereichtum, die so viele Schriftsteller hier an den Tag legen – mit den vielen neuen Blickwinkeln und den frischen Inspirationen. (Ich habe Tad Williams bereits gefragt, ob er etwas dagegen hätte, wenn ich mich weiter mit dem *Zigeunerprinzen* beschäftigte.)

Am meisten beeindruckt bin ich vom Schwung der Geschichten, von der Individualität ihrer Verfasser, der Bandbreite von Begabungen und dem außergewöhnlichen Abwechslungsreichtum in den Themen. Soviel Qualität hatte ich eigentlich nicht erwartet. Alle hier vertretenen Schriftsteller hatten sich bereits vorher einen Namen gemacht und bringen nun ihre ganz persönlichen Vorstellungen in den Stoff ein. Folglich wird das Ausgangsmaterial in keiner Weise verwässert – es erfährt nur eine beträchtliche Erweiterung und Ergänzung. Auch lassen sich die Schriftsteller nicht auf eine einzige Form beschränken. Von Neil Gaiman bis Nancy Collins spricht jeder mit seiner eigenen Stimme, jeder sieht Elric aus seiner Sicht und setzt seine eigenen Schwerpunkte, und das finde ich ungeheuer anregend.

Ich kann nur hoffen, daß Sie, lieber Leser, das Buch mit ebensoviel Spannung und Begeisterung lesen werden wie ich.

Mit freundlichen Grüßen

MICHAEL MOORCOCK
Lost Pines, Texas
Mai 1994

MICHAEL MOORCOCK

DAS LIED DES WEISSEN WOLFS

> *Komm, Mephistopheles, disputiern wir weiter,*
> *die göttliche Astrologie sei's Thema!*
> *Sprich, gibt's noch viele Sphären überm Mond?*
> *Bilden die Himmel all nur eine Kugel,*
> *wie unsre Erd, ihr Mittelpunkt, beschaffen?*
>
> – CHRISTOPHER MARLOWE,
> *Die tragische Historie vom Doktor Faustus*

I

Ein ungewöhnlicher Vorfall auf der Straße nach Xanardwys

Der Reiter war hager, fast ausgezehrt, wenn auch auf feine Weise muskulös. Seine asketischen Gesichtszüge sahen sensibel aus, seine Haut hatte eine milchig-weiße Farbe. In diesem halbverhungerten Gesicht leuchteten aus tiefen Höhlen melancholische karminrote Augen wie Blumen der Hölle. Ab und an drehte er sich im Sattel um und blickte zurück.

Von einem Stamm alofianischer Hermaphroditen verfolgt, ritt der Mann ostwärts über die Dakwinsi-Steppe und hoffte, das sagenumwobene Xanardwys zu erreichen, bevor der Schnee den Paß versperrte.

Seine mattsilberne Stute, ein äußerst robuster Bastaner, war für dieses Gelände gezüchtet und besaß einen ebenso entschlossenen Lebenswillen wie der schwächliche Albino, der sich mit Drogen oder der gestohlenen Lebenskraft seiner Mitmenschen aufrechterhalten mußte.

Nachdem er seinen Schneemantel aus schwarzem Seehundsfell fester um sich gezogen hatte, kehrte der Mann sein Gesicht dem Sturm zu. Sein Name war Elric, und in seinem eigenen Lande war er ein Prinz, der Letzte eines alten Geschlechts und ohne rechtmäßige Nachkommen, ein Ausgestoßener in fast allen Teilen einer Welt, die seiner fremdartigen Rasse mit immer mehr Haß und Groll begegnete, derweil die Macht Melnibonés dahinschwand und die Stärke der Jungen Königreiche zunahm. Seine eigene Sicherheit lag ihm nicht sonderlich am Herzen, aber er war entschlossen zu überleben, um in sein Inselreich zurückkehren und wieder mit seiner süßen Base Cymoril, die er eines Tages heiraten würde, zusammensein zu können. Es war allein dieser Wille, der ihn durch den Schneesturm vorantrieb.

Während er sich an die Mähne seines Pferdes klammerte und das wackere Tier durch die immer tiefer werdenden Schneewehen, die die Welt unter sich zu begraben drohten, stapfte, wurden Elrics Sinne so taub wie sein Fleisch. Die Stute bewegte sich langsam über die Kämme, blieb stets auf hohem Terrain und strebte die ganze Zeit von der Nachmittagssonne weg. In der Nacht grub Elric für sie beide ein Loch in den Schnee und wickelte sich und das Pferd in gefütterte Zeltleinwand. Er trug die Ausrüstung der Kardik bei sich, in deren Jagdgebiet er sich befand.

Elric träumte nicht mehr. Bewußte Gedanken hatte er kaum noch. Dennoch bewegte sich sein Pferd nach wie vor in aller Stetigkeit auf Xanardwys zu, wo heiße Quellen für ewigen Sommer sorgten und wo es keinen Schnee, sondern blühende, scharlachrote Rosen gab.

Gegen Abend des fünften Tages seiner Reise merkte Elric, wie die Luft noch ein wenig kälter wurde. Obwohl die große karminrote Scheibe der untergehenden Sonne lange Schatten auf die weiße Landschaft warf, drang ihr Licht nicht weit vor. Es kam Elric jetzt so vor, als rage vor ihm eine enorme Mauer aus Eis auf, die wie der Wall einer gigantischen, übernatürlichen Festung wirkte. Das Ganze hatte etwas Unwirkliches an sich. Vielleicht war Elric auf eine jener monumentalen Luftspiegelungen gestoßen, die den Kardik zufolge den unausweichlichen Untergang desjenigen, der sie sah, ankündigten.

Elric hatte mehr als einmal vor dem unausweichlichen Untergang gestanden und empfand auch diesmal keine Angst, doch seine Neugier rüttelte ihn aus dem Zustand der Erstarrung, in den er verfallen war, auf. Als sie sich dem aufragenden Eis näherten, sah er sich und sein Pferd in vollkommener Widerspiegelung. Erschrocken über seine eigene Hagerkeit, lächelte er grimmig. Er sah doppelt so alt aus wie er war und fühlte sich hundertmal älter. Begegnungen mit dem Übernatürlichen hatten die Eigenheit, den Geist zu entkräften, wie andere, mit denen er zusammengekommen war, leicht bezeugen konnten ...

Sein Spiegelbild wurde größer und größer, bis er ohne Vorwarnung davon verschlungen – plötzlich mit seinem eigenen Bild vereinigt wurde! Dann ritt er auf einmal durch ein stilles grünes Tal, von dem er inständig hoffte, daß es das Tal von Xanardwys war. Er blickte über die Schulter und sah eine blaue Wolke, die einen Berghang hinunterwallte und verschwand. Vielleicht hatte der Spiegeleffekt etwas mit dem wechselhaften Wetter dieser Gegend zu tun? Er war zutiefst erleichtert, daß Xanardwys – oder zumindest sein Tal – sich nicht als bloße Sage erwies. Er schob alle Fragen zu der Erscheinung, die ihn hierhergebracht hatte, beiseite und ritt in gehobener Stimmung weiter. Überall waren die Zeichen des Frühlings – die warme duftende

Luft, die leuchtenden wilden Blumen, die knospenden Bäume und Sträucher, das üppige Gras –, und er staunte über eine wunderbare Merkwürdigkeit geographischer Beschaffenheit, die den Geschichten zufolge, die er gehört hatte, viele Flüchtlinge und Reisende gerettet hatte. Bald mußte er zu den Elfenbeintürmen und Ebenholzdächern der Stadt selbst kommen, wo er Rast machen, Proviant kaufen und Unterkunft suchen würde, um dann seine Reise nach Elwher fortzusetzen, das auf keiner Karte seiner Welt verzeichnet war.

Das Tal war schmal und wirkte mit seinen steil aufsteigenden Hängen wie ein Tunnel. Über ihm verflochten sich in der weichen Erde die Wurzeln und Zweige dunkelgrüner Bäume. Elric hatte ein angenehmes Gefühl von Sicherheit, atmete tief ein und genoß die liebliche Fruchtbarkeit ringsum. Diese Üppigkeit der Natur nach dem mörderischen Eis verlieh ihm frische Lebenskraft und neue Hoffnung. Selbst seine Stute trabte jetzt munterer voran.

Doch als nach ein oder zwei Stunden die Hänge noch steiler, das Tal noch schmaler wurde, begann der Albinoprinz sich zu wundern. Solch einer Naturerscheinung war er noch nie begegnet, so daß er allmählich anfing zu glauben, dieser prachtvolle Reichtum des Frühlings könne vielleicht doch übernatürlichen Ursprungs sein. Doch gerade als er erwog, umzukehren und der Stimme der Vernunft, die er meistens überhörte, Folge zu leisten, begannen die Hänge des Tals abzufallen und in sanfte Hügel überzugehen, die sich weithin erstreckten und den Blick auf eine verschwommene Silhouette in der Ferne freigaben, bei der es sich nur um die von Xanardwys handeln konnte.

Nachdem sie haltgemacht hatten, um aus einem sprudelnden Bach zu trinken, setzten Elric und seine Stute ihren Weg fort. Jetzt durchqueren sie eine ausgedehnte Grasebene, die in der Ferne von Bergen flankiert wurde und hier und da Baumgruppen, blumenreiche Wiesen, Teiche und Flüsse aufzuweisen hatte. Langsam näherten sie sich der häuslichen Sicherheit von Xanardwys' ländlichen Dächern.

Elric seufzte tief und zufrieden.

Plötzlich traf ein lautes Donnern und Tosen Elrics Ohren, und er wurde geblendet, als am westlichen Himmel mit großer Schnelligkeit eine neue Sonne aufstieg, kreischend und klagend wie eine aus der Hölle entflohene Seele. Um sie herum bildeten mehrfarbige Flammen eine pulsierende Aura. Dann wurden die Laute zu einem einzelnen, tiefen, sonoren Ton, der langsam verklang.

Elrics Pferd stand stocksteif da, als sei es zu Eis verwandelt. Der Albino stieg ab, fluchte und warf den Arm hoch, um seine Augen zu schützen. Die breiten Strahlen, die aus dem pulsierenden Himmelskörper hervorbrachen, dehnten sich meilenweit über die Landschaft aus und trugen riesige dunkle Gestalten heran, die sich hin und her wanden und noch während des Falls zu kämpfen schienen. Und jetzt wurde die Luft von einem entsetzlichen Geräusch erfüllt, das sich anhörte wie das Schlagen einer Million monströser Flügelpaare. Trompeten schmetterten, die metallischen Stimmen einer Armee, die einen noch gräßlicheren Laut ankündigten – das verzweifelte Stöhnen der Seelen einer ganzen Welt, die ihrer Qual Ausdruck verliehen, die verklingenden Rufe und Todesschreie von Kriegern in den letzten, beschwerlichen Phasen einer Schlacht.

Während er in die brodelnden Wirbel dieses ungeheuren Lichts spähte, spürte Elric, wie schwere, muskulöse, gigantische Gestalten, die einen süßlichen, überwältigend bestialischen Gestank verströmten, mit derart wuchtigen Aufschlägen landeten, daß die Erde bebte und das gesamte Gelände einzustürzen drohte. Dieser Regen von Monstern hörte nicht auf. Es war reines Glück, daß Elric nicht unter einem der herabfallenden Körper zerquetscht wurde. Ihm war, als hörte er Metall klirren und aneinanderschlagen, Stimmen schreien und rufen, Flügel schlagen, unablässig schlagen, in rasender Hoffnungslosigkeit schlagen wie die Flügel von Motten gegen eine Fensterscheibe. Und immer noch fielen die Monster vom Himmel, dessen Licht sich jetzt sachte veränderte, tiefer und beständiger wurde, bis schließlich die ganze Welt in einen gleichmäßigen scharlachroten Schein getaucht war, gegen den sich die fliegenden, herabfallenden Gestalten als schwarze Silhouetten abhoben – Flügel, Helme, Rüstungen, Schwerter –, Silhouetten, die zu Körperhaltungen und Stellungen der Niederlage verkrümmt waren. Jetzt erinnerte der vorherrschende, süßliche Geruch Elric an Herbst und Verwesung, an die Reichtümer des Sommers, die zu ihren Ursprüngen zurückkehren, und darein mischte sich immer noch der üble Gestank zorniger Bestien.

Als das Licht milder wurde und die große Scheibe zu verblassen begann, wurde Elric noch anderer Farben und weiterer Einzelheiten gewahr. Der Gestank allein drohte ihn seiner Sinne zu berauben – der schnaubende, beißende Atem titanischer Bestien, der plötzlichen Tod verhieß und jede wiederbelebte Faser seines Wesens warnte. Elric erblickte metallene Schuppen, riesige silberne Federn, gräßlich schöne Insektenaugen und -mäuler, wunderlich verzerrt, halb kristallinische Körper und Gesichter – Leviathan und seiner ganzen Sippschaft ähnelnd –, die nach Millionen von Jahren aus der Tiefe eines Meers auftauchten, das sie mit unzähligen Farben und ungleichmäßigen Formen überkrustet, zu wandelnden Monumenten aus Koralle gemacht hatte, mit Facettenaugen, die in blinder Qual zum Himmel hochstarrten, von dem immer noch mit schlagenden, flatternden oder gefalteten Flügeln – bisweilen auch mit Flügeln, die zu beschädigt waren, um ihr Gewicht zu tragen – die gottähnlichen Gestalten ihres übernatürlichen Geschlechts herabstürzten. Während ihre gewaltigen Fänge aufeinanderschlugen und sie Töne von sich gaben, deren Tiefe und Lautstärke allein ausreichte, um das ganze Tal erbeben zu lassen, die Türme von Xanardwys zum Einsturz zu bringen, die Stadtmauern bersten zu lassen und die Einwohner, denen aus jeder Körperöffnung schwarzes Blut schoß, in die Flucht zu schlagen, fielen die Monster weiterhin vom Himmel.

Nur Elric, der gegen das Übernatürliche abgehärtet, dessen Sinne und dessen Körper auf fremdartiges Zusammenspiel eingestellt waren, blieb vom Schicksal dieser armen unglücklichen Geschöpfe verschont.

Meile um Meile war das Land, auf das jetzt ein Licht fiel, dessen Farbe zu blutigem Rosa mit kupferfarbenen Flecken wurde, nach allen Richtungen von den gefallenen Titanen bedeckt: einige knieten; einige stützten sich auf Schwerter, Speere oder Schilde; andere taumelten ziellos umher, bevor sie über den Körpern ihrer Gefährten zusammenbrachen; wieder andere lagen still da, atmeten langsam und ruhten sich erleichtert, wenn auch wachsam aus, während ihre Augen den Himmel absuchten. Und immer noch fielen die gewaltigen Engel herab.

Trotz all seiner Erfahrung, trotz all der Jahre, die er mit esoterischen Studien verbracht hatte, konnte Elric sich die Größe der Schlacht, aus der sie flohen, nicht vorstellen. Er, dessen eigener, ihn beschützender Chaosherzog die Macht hatte, alle sterblichen Feinde zu vernichten, versuchte, sich die vereinte Macht dieser unermeßlichen Armee vorzustellen, in der jeder gemeine Soldat zur Aristokratie der Hölle gehören mochte. Denn das hier waren die Lords des Chaos, von denen jeder einen ausgedehnten, vielschichtigen Machtbereich hatte. Dessen war Elric sicher.

Er fühlte, daß sein Herz wie rasend schlug und daß seine Atemzüge abgehackt und schmerzhaft waren. Bewußt riß er sich zusammen, überzeugt, daß die bloße Anwesenheit dieser verletzten Heerschar ihn letzten Endes umbringen würde. Elric beschloß, zumindest alles, was er konnte, in Erfahrung zu bringen, bevor die gleichgültige Macht der Monster ihn vernichtete, und war gerade im Begriff weiterzugehen, als er hinter sich eine Stimme hörte. Sie gehörte einem Menschen, klang spöttisch, und ihre Aussprache war etwas merkwürdig, aber sie bediente sich der Hochsprache des alten Melniboné.

»Ich habe auf meinen Reisen so manches Wunder gesehen, Herr, aber das ist weiß Gott das erste Mal, daß ich erlebe, wie es Engel regnet. Kannst du dir das erklären, Herr? Oder bist du so verblüfft wie ich?«

II

Eine schwierige Lage in Xanardwys

Der Fremde war etwa von der gleichen Größe und Statur wie Elric, hatte feingeschnittene, gebräunte Gesichtszüge und blaßblaue Augen, scharf wie Stahl. Er trug die weite, beutlige, cremefarbene Kleidung eines ausländischen Barbaren, einen braunen Ledergürtel und daran eine Tasche, die zweifellos irgendeine Waffe oder einen Talisman enthielt. Er hatte einen breitkrempigen Hut in der Farbe seines Hemds auf und Reithosen an, und über der rechten Schulter trug er eine seltsam aussehende Waffe, die vielleicht auch ein Musikinstrument war und ganz aus Walnußholz, Messing und Stahl bestand. »Bist du ein Bewohner dieser Gegend, Herr, oder bist du wie ich gegen deinen Willen mittels irgendeines blöden Chaoswirbels hierhergezerrt worden? Ich bin Graf Renark von Bek, aus dem Randland. Und du, Herr?«

»Prinz Elric von Melniboné. Ich dachte, ich sei in Xanardwys, aber das bezweifle ich jetzt. Ich habe mich verirrt, Herr. Was hältst du von alldem?«

»Wenn ich auf die Mythologie und Religion meiner Vorfahren zurückgriffe, würde ich sagen, daß wir das besiegte Heer des Chaos vor uns haben, die Erzengel, die sich mit Luzifer zusammentaten, um die Macht Gottes anzufechten. Alle Völker erzählen ihre eigenen Geschichten über solch einen Krieg unter den Engeln, zweifellos Echos irgendeiner wahren Begebenheit. So sagt man, Herr. Reist du auch auf den Mondstrahlen wie ich?«

»Die Frage sagt mir nichts.« Elrics Aufmerksamkeit war auf nur einen der vielen Tausend Chaos-Lords gerichtet. Sie lagen jetzt überall und verdunkelten bis zum Horizont die Berge und Ebenen. Er hatte bestimmte Merkmale des Wesens gut genug gesehen, um Arioch in ihm zu erkennen, den Herzog der Hölle, der sein Schutzpatron war.

Graf von Bek wurde neugierig. »Was siehst du da, Prinz Elric?«

Beunruhigt hielt der Albino inne. All das stellte ihn vor ein Rätsel, das er nicht verstand und auch nicht verstehen wollte, weil es ihn zu sehr entsetzte. Er sehnte sich mit ganzer Kraft danach, woanders zu sein, irgendwo, nur nicht hier; doch seine Füße hatten sich bereits in Bewegung gesetzt und führten ihn durch die stöhnende Menge, deren riesige Körper über ihm aufragten, um seinen Schutzpatron ausfindig zu machen. »Herzog Arioch? Herzog Arioch?«

Eine brüchige, schwache Stimme. »Ah, süßester meiner Sklaven. Ich hielt dich für tot. Hast du mir Nahrung gebracht, geliebtes Herz? Leckereien für deinen Herrn?«

Herzog Ariochs Tonfall war unverkennbar, doch die Stimme war noch nie so schwach gewesen. Sah Lord Arioch bereits seinem eigenen, widersprüchlichen Tod ins Auge?

»Heute habe ich kein Blut und keine Seelen für dich, großer Herzog.« Elric bahnte sich den Weg zu einer enormen Gestalt, die nach Luft ringend auf dem Berghang lag. »Ich bin so schwach wie du.«

»Dann liebe ich dich nicht. Verschwinde...« Die Stimme wurde zu verklingenden Echos, obwohl Elric sich ihrem Ursprungsort näherte. »Geh zurück, Elric. Geh dorthin zurück, von wo du gekommen bist... Das ist nicht deine Zeit... Du solltest nicht hier sein... Sieh dich vor... Gehorche mir, oder ich werde...« Aber das war eine leere Drohung, und beide wußten es. Arioch hatte seine ganze Kraft verbraucht.

»Ich würde dir gern gehorchen, Herzog Arioch«, sagte Elric lebhaft. »Denn ich denke mir, daß selbst ein Anhänger der Magie nicht lange in einer Welt überleben könnte, in der soviel Chaos vorhanden ist. Aber ich weiß nicht, wie. Ich bin durch Zufall hierhergekommen. Ich dachte, ich sei in Xanardwys.«

Eine Pause trat ein, dann wurden mühsam Worte hervorgekeucht. »Das... hier... ist... Xanardwys... aber nicht das deines Seinsbereichs. Hier gibt es... keine... Hoffnung. Geh... geh... zurück. Es gibt... keine... Hoffnung... Das ist das Ende der Zeit... Es ist kalt... so... kalt... Dein Schicksal... entscheidet... sich... nicht... hier...«

»Herzog Arioch?« sagte Elric mit Nachdruck. »Ich habe dir doch gesagt... Ich weiß nicht, wie ich zurückkehren soll.«

Der wuchtige Kopf senkte sich und sah ihn mit den Augen einer Fliege an, aber kein Laut kam von seinen süßen roten, jugendlichen Lippen. Herzog Ariochs Haut war wie in Bewegung befindliches Quecksilber, das auf seinem Körper hin und her wogte, eine Aura ausstrahlte, Funken sprühte und jähe Fontänen leuchtenden mehrfarbigen Staubs, in dem sich die unsichtbaren Feuer der Hölle widerspiegelten, ausstieß. Und Elric wußte, daß die Gegenwart des Dämons seine Seele vernichtet hätte, wenn sein Schutzherr sich in all seiner ursprünglichen Pracht und nicht in dieser schwächlichen Gestalt gezeigt hätte. Eben jetzt nahm Herzog Arioch alle seine Kräfte zusammen, um wieder etwas zu sagen. »Dein Schwert... hat... die... Macht... ein Tor zu hauen... zur... Straße nach Hause...« Der riesige Mund öffnete sich, um nach Luft zu schnappen, was für Luft auch immer es sein mochte, die den monströsen Körper am Leben erhielt. Silberne Zähne klapperten wie hunderttausend Pfeile; aus dem roten Mund brach soviel Hitze und Gestank hervor, daß der Albino zurückwich. Merkwürdig gefärbte Flämmchen schossen aus den Nasenlöchern. Die Stimme war voll müdem Spott. »Du bist... zu... wertvoll für mich, süßer Elric... Jetzt brauche ich alle meine Verbündeten... selbst Sterbliche. Diese Schlacht... muß unsere... letzte sein... gegen... gegen die Kräfte... des... Gleichgewichts... und diejenigen, die sich... mit ihnen... verbündet haben... jene abscheulichen Diener der Einförmigkeit... die den ganzen Kern... des Multiversums... auf einen einzigen faden... quälend langweiligen... Einheitsbrei reduzieren möchten...«

Diese Rede verbrauchte den Rest seiner Energie. Ein letztes Hervorkeuchen von Worten, eine mühsame Geste. »Sing das Lied... das Lied des Schwerts... singt es zusammen... diese Kraft wird dich... auf die... Straßen tragen...«

»Lord Arioch, ich verstehe dich nicht. Ich muß mehr wissen.«

Doch die riesigen Augen waren trübe geworden, und wie es schien, hatte sich irgendeine Art Lid über ihnen geschlossen. Herzog Arioch schlief oder dämmerte in den Tod hinüber. Und Elric staunte über die Macht, die einen der großen Chaos-Gebieter zu Fall bringen konnte. Welche Macht konnte die Lebenskraft unverwundbarer Unsterblicher auslöschen? War es die Macht des Gleichgewichts? Oder lediglich die Macht der Ordnung... die die Herzöge der Entropie als ›Einförmigkeit‹ bezeichneten? Elric hatte nur eine schwache Vorstellung von den Ursprüngen und Zielen dieser gewaltigen Kräfte.

Er drehte sich zur Seite und sah von Bek neben sich stehen. Das Gesicht des Mannes war grimmig, und er hielt sein seltsames Instrument in beiden Händen, wie um sich zu verteidigen. »Was hat das Scheusal dir gesagt, Prinz Elric?«

Elric hatte eine Variante des Hochmelnibonéischen gesprochen, die sich im Laufe der Jahrtausende als Sprache zwischen Sterblichen und Dämonen entwickelt hatte. »Wenig Genaues. Ich glaube, wir sollten uns zu den Überresten der Stadt begeben. Diese erschöpften Herren der Hölle scheinen kein Interesse daran zu haben.«

Graf Renark erklärte sich einverstanden. Das umliegende Land hallte immer noch wider vom gigantischen Klirren auf Schilde schlagender Schwerter, vom Getöse einer herabstürzenden gepanzerten Streitmacht, vom klatschenden Schlagen großer Flügel und war immer noch erfüllt vom Gestank ihres Atems. Der Gestank war unvermeidlich, denn was sie ausstießen – Staub, Dämpfe, Schauer flackernder Flammen und üble Gase jeder Art –, hüllte die ganze Welt ein. Wie Mäuse, die zwischen den Beinen von Elefanten einherrannten, stolperten die beiden Männer durch die Dunkelheit der Schatten und wichen den langsamen, müden Bewegungen der besiegten Krieger aus. Um sie herum wurden die Auswirkungen des Chaos deutlich. Gewöhnliche Felsen und Bäume verformten und veränderten sich. Der Himmel über ihnen war ein wüstes Durcheinander von Blitzen, Gebrüll und umherwirbelnden, grellfarbigen Wolken. Dennoch gelangten sie irgendwie zu den eingestürzten Mauern von Xanardwys. Hier hatten die Leichen bereits begonnen, sich zu verwandeln und etwas von der Gestalt derjenigen anzunehmen, die diese Katastrophe verursacht hatten, als sie durch das Multiversum gefallen waren und dabei, vernichtet und besiegt, wie sie waren, das Gewebe der Wirklichkeit zerrissen hatten.

Elric wußte, daß sich diese Leichen infolge der willkürlichen Chaos-Energie bald wieder beleben würden. Diese Energie reichte zwar nicht aus, um den Chaos-Lords selbst zu helfen, war aber mehr als hinreichend, um einem ehemals sterblichen Wesen einen Anschein von Leben zu verleihen.

Gerade als von Bek und Elric hinblickten, sahen sie, wie sich der Körper einer jungen Frau verflüssigte und dann umformte, so daß er zwar immer noch etwas Menschliches an sich hatte, jetzt aber hauptsächlich eine Mischung aus Vogel und Affe war.

»Überall macht sich das Chaos breit«, sagte Elric zu seinem Gefährten. »Es ist immer das gleiche. Diese Menschen sind qualvoll gestorben, und jetzt gesteht man ihnen nicht einmal die Würde des Todes zu ...«

»Du bist ein Gefühlsmensch, Herr«, sagte Graf Renark leicht spöttisch.

»Ich empfinde nichts für diese Leute«, versicherte Elric ihm ein wenig zu hastig. »Ich beklage lediglich die ganze Verwüstung.« Nachdem sie über in Verwandlung begriffene Leichen und Trümmer von Bauwerken, die jetzt ebenfalls ihre Gestalt zu ändern begannen, hinweggestiegen waren, gelangten die beiden

Männer zu einem kleinen Kuppelbau aus Marmor und Kupfer, der anscheinend vom sonstigen Chaos unberührt geblieben war.

»Zweifellos irgendeine Art Tempel«, sagte von Bek.

»Und mit ziemlicher Sicherheit magisch geschützt«, fügte der Albino hinzu, »denn kein anderes Gebäude ist unversehrt geblieben. Wir sollten uns mit einer gewissen Vorsicht nähern.«

Und er legte eine Hand auf sein Runenschwert, das sich bewegte und murmelte und stöhnend nach Blut zu verlangen schien. Von Bek warf einen Blick auf das Schwert, und ein leichter Schauder durchlief seinen Körper. Dann ging er zum Tempel voran. Elric fragte sich, ob dies eine Art Tor sei, das in seine eigene Welt zurückführte. Hatte Arioch das gemeint? »Das sind besonders unangenehme Verfestigungen des Chaos«, sagte Graf von Bek. »Zweifellos ist dies das ins Umgekehrte umgeschlagene Chaos – alles, was Tugend war, ist zu Laster geworden. Ich habe das mehr als einmal erlebt – bei Einzelmenschen wie bei Zivilisationen.«

»Du bist viel gereist, Graf von Bek?«

»Es war viele Jahre mein Beruf, sozusagen zwischen den Welten hin und her zu wandern. Ich spiele das Zeit-Spiel, Herr. Wie du vermutlich auch.«

»Ich spiele keine Spiele, Herr. Verrät dir deine Erfahrung, ob durch dieses Gebäude eine Route markiert wird, die aus diesem Seinsbereich weg- und in meinen eigenen zurückführt?«

»Das kann ich nicht ohne weiteres sagen, Herr, da ich beispielsweise deinen Seinsbereich nicht kenne.«

»Dieser Ort wird von Zauberei geschützt«, sagte der Albino und griff nach dem Heft seines Runenschwerts. Doch Sturmbringer stieß einen leisen warnenden Ton aus, als wolle er ihm mitteilen, daß er gegen diese sonderbare Magie nicht eingesetzt werden könne. Graf von Bek war näher getreten und untersuchte die Wände des Gebäudes.

»Sieh mal, Prinz Elric. Es steckt eine Wissenschaft dahinter. Schau. Vielleicht etwas, das dem Chaos wesensfremd ist?« Er zeigte auf Fugen in der Wandfläche. Dann holte er ein kleines Klappmesser hervor und kratzte daran herum, bis Metall zum Vorschein kam. »Diese Stätte hat immer einem übernatürlichen Zweck gedient.«

Als hätte der Reisende irgendeinen Mechanismus ausgelöst, begann die Kuppel über ihnen sich zu drehen und eine mattblaue Aura auszustrahlen, die sie einhüllte, bevor sie zurückweichen konnten. Reglos standen sie da, als sich im Erdgeschoß eine Tür öffnete und eine menschliche Gestalt sie ansah. Es war fast das bizarrste Geschöpf, das Elric je gesehen hatte, im selben Stil gekleidet wie von Bek, jedoch mit einer schmuddeligen weißen Schirmmütze auf dem widerspenstigen Haar, Stoppeln am Kinn, blutunterlaufenen, wenn auch boshaft-intelligenten Augen und einer verkohlten, noch glimmenden Wurzel (zweifellos irgendein Stammestalisman) im Mundwinkel. »Seid gegrüßt, liebe Herren. Ihr scheint hier genauso in der Patsche zu sitzen wie ich. Erinnert euch das alles nicht auch ein bißchen an Milton? ›Cherub und Seraph, sich wälzend in der Flut, die Waffen und Standarten weit verstreut‹? In der Tat ein verlorenes Paradies, meine werten Gefährten im Unglück. Und ich vermute, daß das nicht alles ist, was wir im Begriff sind zu verlieren... Möchtet ihr nicht hereinkommen?«

Der exzentrische Fremde stellte sich als Captain Quelch vor, ein Glücksritter, der gerade dabei gewesen war, einen erfolgreichen Waffenverkauf abzuwickeln, als er plötzlich durch den Raum gefallen und in diesem Gebäude gelandet war. »Ich habe das Gefühl, daß es die Schuld des alten Knaben da ist, meine Herren.«

Das Innere des Baus war schlicht. Von oben wurde es in blaues Licht getaucht und enthielt weder Möbel noch Hinweise auf rituelle Dinge. Auf dem Fußboden befand sich ein einfaches geometrisches Muster, und nahe dem Dach waren farbige Fenster in die Wand eingelassen.

Das Gebäude war voller Kinder jeglichen Alters, die um einen alten Mann herumstanden, der etwa in der Mitte des Tempels auf den Fliesen lag.

Er lag zweifelsohne im Sterben. Er winkte Elric zu sich heran. Es war, als sei er wie die Lords des Chaos all seiner Lebenskraft beraubt worden. Elric kniete sich hin und fragte, ob er irgend etwas brauche, aber der alte Mann schüttelte den Kopf. »Nur ein Versprechen, Herr. Ich bin Patrius, Hoherpriester von Donblas dem Gerechtigkeitsstifter. Ich war in der Lage, diese Kinder hier zu retten, als einzige von der ganzen Bevölkerung, weil sie gerade bei mir Unterricht hatten. Ich habe von den Eigenheiten dieses Tempels Gebrauch gemacht, um uns mit einem Schutzzauber zu umgeben. Aber ich fürchte, die Anstrengung, solch einen verzweifelten und mächtigen Zauber zu wirken, wird mich das Leben kosten. Alles, was ich mir jetzt noch wünsche, ist, daß du die Kinder in Sicherheit bringst. Suche einen Weg aus dieser Welt, denn sie wird bald zusammenbrechen und zu ungeformter Materie, zum Urstoff des Chaos werden. Das ist unvermeidlich. Für diesen Seinsbereich gibt es keine Hoffnung mehr, Herr. Das Chaos verschlingt uns.«

Als er das sagte, begann ein dunkelhäutiges Mädchen zu weinen, und der alte Mann streckte die Hand aus, um sie zu trösten.

»Sie weint um ihre Eltern«, sagte der Alte. »Sie weint über das, was aus ihnen geworden ist und was aus ihnen werden wird. Alle diese Kinder haben das Zweite Gesicht. Ich habe sie unterrichtet und ihnen die

Eigenheiten und Gesetze des Multiversums beigebracht. Bring sie auf die Straßen, Herr. Sie werden überleben, dessen bin ich sicher. Das ist alles, was du zu tun brauchst. Führe sie zu den Straßen!«

Stille senkte sich herab. Der alte Mann starb.

Elric murmelte von Bek zu: »Straßen? Er betraut mich mit einer Aufgabe, die ich nicht verstehe.«

»Ich schon, Prinz Elric.« Von Bek blickte argwöhnisch in Captain Quelchs Richtung. Der Mann war eine steinerne Treppe hochgeklettert und spähte aus den Fenstern in Richtung der besiegten Höllenlegionen. Er schien in einer fremden Sprache mit sich selbst zu sprechen.

»Du hast den Alten verstanden? Du kennst einen Weg, der von diesem verfluchten Ort wegführt?«

»Gewiß, Prinz Elric. Das habe ich dir bereits gesagt. Ich bin ein Adept. Ein *jugadero*. Ich spiele das Zeit-Spiel und streife auf den Straßen zwischen den Welten umher. Ich spüre, daß du mir geistesverwandt bist – vielleicht sogar mehr als das – und daß dir dein Schicksal nicht bewußt ist. Es ist nicht meine Aufgabe, dir mehr zu verraten, als ich muß – aber wenn du mit mir zusammen das Zeit-Spiel spielen, wenn du ein *muckhamir* werden möchtest, dann brauchst du es nur zu sagen.«

»Ich möchte lediglich in meine eigene Sphäre und zu der Frau, die ich liebe, zurückkehren«, sagte Elric nur. Er streckte seine langfingrige, knochenweiße Hand aus, an der der Actorios funkelte, und berührte das Haar des schluchzenden Kindes. Es war eine Geste, die dem zusehenden von Bek großen Einblick in das Wesen dieses melancholischen Lords gewährte. Mit einem Blick, der verzweifelt nach Trost und Beruhigung suchte, sah das Mädchen auf, entdeckte aber wenig Hoffnung in den rubinroten Augen des fremdartigen Geschöpfs, das auf sie herunterstarrte und dessen Gesicht Ratlosigkeit sowie Sehnsucht nach etwas Unerreichbarem ausdrückte. Gleichwohl sagte sie etwas: »Wirst du uns retten, Herr?«

»Meine Dame«, entgegnete der Prinz der Ruinen mit einem leichten Lächeln und einer Verbeugung, »bedauerlicherweise bin ich kaum in der Lage, mich selbst zu retten, geschweige denn eine ganze Schule von angehenden Sehern, aber es ist auch mein eigener Wunsch, daß wir alle hier herauskommen. Dessen kannst du sicher sein ...«

Gewollt großtuerisch kam Captain Quelch die Treppe heruntergestolziert und lachte herzhaft, wenn auch nicht sehr überzeugend. »Wir werden bald hier draußen sein, kleines Fräulein, keine Bange.«

Doch es war Elric, den die junge Frau immer noch ansah, und es war Elric, mit dem sie sprach. »Ich heiße Weitsicht und Erste-ihrer-Art. Der erste Name beschreibt meine Fähigkeiten. Der zweite beschreibt meine Zukunft und ist mir rätselhaft. Du hast die Mittel, uns zu retten, Herr. Das kann ich sehen.«

»Eine junge Hexe!« Captain Quelch kicherte erneut in sich hinein, diesmal mit einem seltsamen Tonfall, der fast etwas Selbstbezügliches hatte. »Nun, meine Liebe. Wir werden sicher gerettet, wenn uns soviel Zauberkraft zur Verfügung steht!«

Elric blickte Weitsicht in die Augen und war fast erschrocken von der Schönheit, die er dort sah. Sie war, das wußte er, ein Teil seines Schicksals. Aber vielleicht noch nicht jetzt. Vielleicht nie, wenn es ihm nicht gelang, dem Untergang zu entgehen, der unerbittlich auf Xanardwys zukam. Die Chaos-Herren stellten keine unmittelbare Gefahr für sie dar, nur der unbewußte Einfluß der Dämonen, der eben den Menschen, die sie getötet hatten, eine widerliche Lebenskraft verlieh und sie in groteske Spottgestalten verwandelte. Beiläufig und ohne es zu wissen zerstörte die Aristokratie der

Hölle ihre eigene Freistatt, so wie die Menschen, ebenso unwissentlich, ihren eigenen Brunnen mit ihrem Unrat vergiften. Ein derart hirnloses, viehisches Verhalten entsetzte Elric und ließ ihn verzweifeln. Vielleicht waren wir doch nur Spielzeuge in den Händen wahnsinniger, unsterblicher Bestien? Bestien ohne Gewissen oder Ziel.

Das war nicht die rechte Zeit für weitführende Betrachtungen! Als Elric hinter sich blickte, sah er, wie die Wände des Tempels zu beben begannen, ihre Formen verloren und sich dann neu bildeten. Doch diejenigen, die sich im Innern befanden, konnten nirgendwohin fliehen. Von draußen waren Grunzlaute und Geheul zu hören.

Einhertorkelnde Chaos-Kreaturen, deren Empfinden zu grobschlächtig war, um ihnen mit Argumenten, Wissenschaft oder Zauberei beizukommen, scharrten von außen am Gebäude. Die wiederbelebten Einwohner von Xanardwys kannten jetzt nur noch das blinde Bedürfnis, das entsetzliche Verlangen, Fleisch jeder Art zu verschlingen. Nur auf diese Weise konnten sie überhaupt ihre schwache Verbindung zum Leben und zu dem, was sie einst gewesen waren, aufrechterhalten. Was sie antrieb, war das Wissen, daß ihnen die endgültige, ewige Vernichtung drohte, die ungerechte Verdammnis ihrer Seelen, die den Lords der Hölle nur als Futter dienten.

Vorzeiten hatte Elrics Volk einen Pakt mit dem Chaos geschlossen, dem Chaos in all seiner lebendigen Pracht, in all seiner Macht und großartigen Kreativität. Sie hatten nur die goldenen Versprechungen des Chaos gesehen, nicht den schändlichen Verfall, die Gier und blinder Ehrgeiz daraus machen konnten. Doch als sie das Böse entdeckt und mit dem Chaos verbunden hatten, war allen außer ihnen selbst das zutiefst Unmoralische ihrer Taten klargeworden. Sie hatten den Willen verloren, über ihre eigene Kultur und ihre Überzeugungen, über ihre eigenen Bedürfnisse und ihren urwüchsigen Überlebenstrieb hinauszublicken. Ihr Niedergang war für die Jungen Königreiche und für den schwächlichen Erben des Rubinthrons, Elric, eine nur allzu offenkundige Tatsache; Elric hatte unbedingt herausfinden wollen, warum sein großes Volk sich dieser grausamen und melancholischen Inzucht zugewandt hatte, hatte sein Erbe der Obhut seines Vetters übergeben; hatte die Frau, die er mehr als sein Leben liebte, verlassen, um nach einer Antwort auf seine Fragen zu suchen... Doch statt dessen war er, so dachte er bei sich, nach Xanardwys gekommen, um zu sterben.

Seine Waffe in den Händen, rannte Renark von Bek zur Treppe. Gerade als er die oberste Stufe erreichte, stürzte eine Kreatur mit ledrigen, die Chaos-Lords nachäffenden Flügeln durchs Fenster. Von Bek riß seine Waffe an die Schulter. Ein scharfer Knall – die Kreatur schrie auf und fiel mit einer großen gezackten Wunde im Kopf nach hinten. »Elefantenschrot«, rief von Bek. »Dieser Tage trage ich nichts anderes bei mir.« Quelch schien ihn zu verstehen und das Ganze zu billigen.

Obwohl Elric die Natur der Waffe nicht begriff, war er dankbar dafür, denn inzwischen wölbte sich die Tür des Tempels nach innen.

Er spürte eine weiche Hand an seinem Handgelenk. Er blickte nach unten und sah das Mädchen, das zu ihm hochstarrte. »Dein Schwert muß sein Lied singen«, sagte sie. »Das weiß ich. Dein Schwert muß sein Lied singen – und du mußt mit ihm singen. Ihr müßt zusammen singen. Dadurch erhalten wir unsere Straße.« Ihr Blick war verschwommen. Sie schaute in die Zukunft, wie Arioch es getan hatte, oder war es die Vergangenheit? Sie sprach wie aus weiter Ferne. Elric wußte, daß er einem Menschen von großer medialer

Begabung gegenüberstand – aber trotzdem verstand er kaum, was sie meinte.

»Fürwahr – nur zu bald wird das Schwert singen, meine Dame«, sagte er, während er über ihr Haar strich und sich dabei nach seiner Jugend, seinem Glück und seiner Cymoril sehnte. »Aber ich fürchte, dir wird die Melodie, die Sturmbringer spielt, nicht gefallen.« Sanft schob er sie zu den anderen Kindern, damit sie sie tröstete. Dann holte sein rechter Arm wie ein schweres Pendel aus, und sein rechter Panzerhandschuh ließ sich auf dem schwarzen Heft seines Runenschwerts nieder, bis er schließlich mit einer einzigen, jähen Bewegung die Klinge aus der Scheide zog, wobei Sturmbringer ein freudiges Jaulen von sich gab, wie ein blutdürstiger Hund.

»Diese Seelen gehören mir, Lord Arioch!«

Aber er wußte, daß er sinnigerweise ein wenig von der Lebenskraft seines Schutzherrn stehlen würde, denn ebendiese belebte die Chaos-Kreaturen, deren bizarre Mißbildungen einen obszönen Fleischwald bildeten, während sie sich durch die Türöffnung des Tempels drängten. Die gleiche Energie, die bereits diesen Seinsbereich zerstört hatte, verlieh auch den kriechenden Halbwesen, denen Elric und von Bek sich jetzt gegenübersahen, einen Anschein von Leben. Captain Quelch, der behauptete, keine Waffe zu haben, hatte sich zu den Kindern gestellt und die Arme ausgebreitet, was wohl beschützerisch wirken sollte. »Viel Glück mit dieser Elefantenbüchse, alter Junge«, sagte er zu Graf von Bek, der die Waffe an die Schulter hob, sorgfältig zielte, auf den Abzug drückte und, wie er es selbst formulierte, »ein paar Pfund besten Elefantenschrots in die Mistkerle pumpte«. Eitriges Blut und weiches Fleisch spritzten aufs gräßlichste umher. Elric trat angeekelt zur Seite, als sein Gefährte erneut zielte und die entsetzlichen Kreaturen abermals von der Tür zurücktrieb. »Fairerweise sollte ich dich allerdings darauf hinweisen, Prinz Elric, daß ich von denen nur noch ein paar übrig habe. Danach muß es die alte Smith und Wesson tun, fürchte ich.« Und er klopfte auf die Tasche an seinem Gürtel.

Doch schon wurde die Waffe anderswo gebraucht, da an allen Fenstern hoch oben in den Wänden das Scharren von Schuppen und das Kratzen von Klauen zu hören war. Von Bek wich zurück, um den Mittelpunkt zu decken, während Elric mit seinem schwarzen Runenschwert vortrat, das erwartungsvoll stöhnte und in dem ein dunkles Feuer pulsierte. Seine Runen zuckten und hüpften in dem unheiligen Metall, und die ganze schreckliche Waffe schien sich im Griff desjenigen, der sie führte, selbständig zu machen, schien von einem unergründlichen, unheilvollen eigenen Leben erfüllt, als sie sich jetzt hob und niedersauste, während der weiße Prinz gegen die Chaos-Kreaturen vorging und ihre Lebenskraft trank. Was von ihren Seelen noch übrig war, ging direkt in den unzulänglichen Körper des Melnibonéers über, dessen Augen funkelten und den gleichen ungesunden Glanz hatten wie sein Schwert; der wie ein Wolf die Zähne fletschte und der von Kopf bis Fuß mit den ekelhaften Körperflüssigkeiten seiner ehemals menschlichen Gegner bespritzt war.

Das Schwert begann, einen lauten, triumphierenden Totengesang anzustimmen, als sein Durst gestillt war, und auch Elric heulte, stieß die uralten Kampfschreie seines Volkes aus, mit denen man die Aristokratie der Hölle, die melnibonéischen Schutzdämonen und Lord Arioch angerufen hatte, während sich in der Türöffnung die deformierten Leichen höher und höher stapelten und von Beks Waffen knallten und krachten, um die Fenster zu verteidigen.

»Diese Wesen werden nicht aufhören, uns anzugreifen«, rief von Bek. »Ihre Zahl ist unermeßlich. Wir müssen fliehen. Das ist unsere einzige Hoffnung, sonst werden sie uns nur zu bald überwältigen.«

Elric pflichtete ihm bei. Keuchend stützte er sich auf seine Klinge und betrachtete sein gräßliches Werk. Seine Augen strahlten ein kaltes tödliches Licht aus, sein Gesicht war eine kriegerische Maske. »Ich habe eine Abneigung gegen solche Metzeleien«, sagte er. »Aber ich wüßte nicht, was ich sonst tun sollte.«

»Du mußt mit dem Schwert in den Mittelpunkt gehen«, sagte eine reine, klare Stimme. Es war die des Mädchens Weitsicht.

Sie verließ die Gruppe, drängte sich an dem verwirrten Captain Quelch vorbei und streckte furchtlos die Hand nach dem vibrierenden Schwert aus, dessen fremdartiges Metall von verderbtem Blut troff. »In den Mittelpunkt.«

Voll sprachloser Verblüffung starrten von Bek, Captain Quelch und die anderen Kinder das Mädchen an, als ihre Hand sich auf diese schreckliche Klinge legte und sie das Schwert und seinen Besitzer durch die sich teilenden Reihen der anderen zu der Leiche des alten Mannes zog.

»Der Mittelpunkt liegt unter seinem Herzen«, sagte Weitsicht. »Du mußt sein Herz durchbohren und das Schwert in den Boden rammen. Dann wird das Schwert singen, und auch du wirst singen.«

»Ich weiß nichts von einem Schwertlied«, sagte Elric erneut, aber er widersprach nur der Form halber. Er stellte fest, daß er der ruhigen Sicherheit des Mädchens ebenso vertraute wie ihren gewandten Bewegungen und der Art, wie sie ihn führte, bis er mit gespreizten Beinen über der friedvollen Leiche des Meisterzauberers stand.

»Er ist vom Besten der Ordnung durchtränkt«, sagte Weitsicht. »Und ebendieser Stoff wird eine Weile dein

Schwert erfüllen und dazu bringen, für uns tätig zu sein, vielleicht sogar entgegen seinen eigenen Wunsch.«

»Du weißt viel von meinem Schwert, meine Dame«, sagte Elric verwundert.

Das Mädchen schloß die Augen. »Ich bin gegen das Schwert, und ich gehöre zum Schwert, und mein Name ist Schneller Dorn.« Sie sprach in einem monotonen Singsang, als hätte ein anderes Wesen von ihrem Körper Besitz ergriffen. Sie hatte keine Ahnung, was die Worte, die aus ihr hervorbrachen, bedeuteten. »Ich bin für das Schwert, und ich ersetze das Schwert. Ich gehöre zu den Schwestern. Ich gehöre zu den Gerechten. Es ist unser Schicksal, das Ebenholzschwarz in Silber zu verwandeln, das Licht zu suchen, Gerechtigkeit zu stiften.«

Von Bek beugte sich vor. Weitsichts Worte schienen ihm viel zu sagen, und dennoch war er ganz offenkundig erstaunt, sie überhaupt zu hören. Er fuhr sich mit der Hand über die Augen.

Alle Aufmerksamkeit war auf sie gerichtet. Selbst Quelchs Gesicht war ernst geworden, während von draußen die Geräusche der Chaos-Kreaturen hereindrangen, die einen neuen Angriff vorbereiteten.

Dann ging plötzlich eine Verwandlung mit ihr vor. Ihr Gesicht bekam einen rosig-goldenen Glanz, von ihrem Haar, das in Flammen zu stehen schien, gingen silberne Lichtstrahlen aus, ihre wunderbare dunkle Haut vibrierte vor übernatürlichem Leben. »Stoß zu!« rief sie. »Stoß zu, Prinz Elric. Durchbohre das Herz bis zum Mittelpunkt! Tu es jetzt, sonst ist unsere Zukunft uns für immer verschlossen!«

Von der Tür her war ein kehliges Husten zu hören. Sie nahmen ein schillerndes Auge, einen zuckenden roten Mund wahr und begriffen, daß irgendein schurkischer Chaos-Lord Blut und Seelen gewittert und beschlossen hatte, sie selbst zu genießen.

III
Wanderung zwischen den Welten

»STOSS ZU! O MEIN LORD! STOSS ZU!«

Die Stimme des Mädchens erschallte, ein reiner, goldener Akkord, der sich von dem schrecklichen Krach des Chaos abhob, und sie richtete das lebendige Eisen des schwarzen Schwertes auf das Herz des alten Mannes.

»Stoß zu, mein Lord. Und sing dein Lied!«

Dann machte sie eine Bewegung mit den Handflächen, und das Runenschwert sauste nieder, fuhr in das Herz, durchbohrte Sehnen und Knochen und Fleisch und drang in den Stein darunter ein, und infolge dieser weißen Alchimie begann plötzlich eine mattblaue Flamme in der Klinge zu brennen, die allmählich die Farbe von Zinn und glutroter Bronze annahm, um dann einen leuchtenden, gleichmäßigen silbernen Ton zu bekommen.

Von Bek stieß einen Laut der Überraschung aus. »Das Schwert des Erzengels selbst!«

Doch Elric hatte keine Zeit zu fragen, was er meinte, denn das verwandelte Runenschwert strahlte jetzt noch heller und blendete die Kinder, die wimmernd zurückwichen. Captain Quelch fluchte und sagte murrend, daß er sich gefährdet fühle, während das Mädchen plötzlich verschwunden war. Nur ihre Stimme war zurückgeblieben und sang ein Lied von ungeheurer Schönheit und außergewöhnlicher spiritueller Reinheit; ein Lied, das von dem Stahl selbst zu kommen schien; ein so wundervolles Lied, welches von solchen Freuden und einer derartigen Erfüllung kündete, daß Elric spürte, wie ihm das Herz vor Entzücken schwoll, obwohl gleichzeitig die lange graue Zunge des Chaos-Lords gegen seine Fersen schnellte. Die ganze Sehnsucht, die er je empfunden hatte, all die Trauer und

Einsamkeit und all der Kummer, all seine Ziele und Träume, die Zeiten tiefen Glücks, seine Liebe und sein Haß, seine Zuneigungen und seine Abneigungen – all das drückte sich, aus seinem tiefsten Innern kommend, in dem Gesang aus, der aus seiner Kehle aufstieg, als wäre sein gesamtes Wesen in diesem einzigen Lied zusammengefaßt worden. Es war ein Lied des Triumphs und der Bitte, der Verherrlichung und der Pein. Es war nicht mehr und nicht weniger als Elrics Lied, das Lied eines auf sich gestellten, einsamen Einzelwesens in einer unsicheren Welt, das Lied eines gequälten Geistes und eines edelmütigen Herzens, das der letzte Lord seines Volkes, der melancholische Prinz der Ruinen, der Weiße Wolf von Melniboné sang.

Vor allem aber war es ein Lied der Liebe, des sehnsuchtsvollen Glaubens und der verzweifelten Trauer über das Schicksal der Welt.

Das silberne Licht strahlte noch heller, und in seiner Mitte, da, wo die Leiche des alten Mannes gelegen hatte und wo nach wie vor die Klinge stand, schwebte jetzt ein Kelch aus fein bearbeitetem Gold und Silber, dessen Rand und dessen Fuß mit wertvollen Steinen geschmückt waren, die ebenfalls kräftige Strahlen aussandten. Elric, der es kaum vermochte, das Schwert festzuhalten, während ihn die weiße Energie durchströmte, hörte, wie Graf von Bek einen Schrei des Erkennens ausstieß. Dann verschwand die Vision plötzlich. Und Finsternis, fein und seidig wie der Schutzgeist eines Schlächters, breitete sich um sie, als stünden sie am Anfang aller Zeit, bevor das Licht erschaffen wurde.

Dann schien es ihnen, als ob Spinnen die schwarze Leere mit schimmernden Netzen durchzögen und sie mit ihren silbernen Seidenfäden ausfüllten.

Sie sahen, wie sich Formen herauskristallisierten, die durch die Netze miteinander verbunden waren, das

Vakuum füllten, es bevölkerten, mit Wunder und Farbe bereicherten, zahllose gewaltige Himmelskörper und sich windende Straßen und ein unermeßlicher Reichtum an Erfahrungen.

»All dies«, sagte Renark von Bek, »können wir aus dem Chaos machen. Hier ist das Multiversum; jene Netze, die du siehst, sind die breiten Straßen, die zwischen den Seinsbereichen hin und her führen. Wir nennen sie ›Mondstrahlen‹, und auf ihnen reisen bestimmte Wesen von Welt zu Welt, auf ihnen kommen Schiffe aus dem Zweiten Äther an und bringen Ladungen von schrecklichen, außergewöhnlichen Dingen, die nicht für sterbliche Augen bestimmt sind. Hier sind unzählige Seinsbereiche, alles, was möglich ist, das Beste und das Schlechteste, das es in Gottes Schöpfung gibt...«

»Du machst deiner Gottheit Ehre, Herr«, sagte Elric. »Das ist zuviel für mich. Ich bezweifle, daß mein Hirn geschult genug ist, um das alles aufzunehmen.«

Von Bek machte eine graziöse Bewegung mit der Hand wie ein eleganter Schausteller.

Formen jeder Art blühten vor ihm auf und erstreckten sich in die Unendlichkeit – namenlose Farben, flammend und schimmernd und leuchtend, oder matt und schwach und kalt –, weitgesponnene Spinnweben, die sich durch alle Dimensionen zogen, miteinander verbunden, glitzernd, zitternd, feingesponnen und dennoch in der Lage, das Frachtgut und den Verkehr von Millionen und Abermillionen unterschiedlicher Seinsbereiche zu tragen.

»Da hast du die Mondstrahlen, Herr.« Von Bek grinste wie ein Affe und genoß den Anblick dieses unermeßlichen, mannigfaltigen, im Grunde jedoch geordneten Multiversums, das von anhaltender Fruchtbarkeit war, sich ständig neu gebar und seine Substanz dauernd ausdehnte, die es aus der rohen, blinden, unberechenbaren Chaos-Masse gewann, welche eine machtvolle Alchimie fest und dicht werden ließ. Das war der elementare Sachverhalt, die fundamentale Wirklichkeit, auf der alle anderen Wirklichkeiten basierten und von der die meisten Sterblichen nur in Visionen, in Träumen oder durch Erinnerungen, die aus dem tiefsten Innern aufstiegen, einen flüchtigen Blick erhaschten. »Die Netze zwischen den Welten sind die großen Straßen, die wir beschreiten, um von einem Seinsbereich des Multiversums in einen anderen zu gelangen.«

Himmelskörper blühten auf und zerbarsten, bildeten sich von neuem und blühten abermals auf. Umherwirbelnde, halbvertraute Bilder entstanden wieder und wieder in jeder denkbaren Spielart und in jeder Größenordnung. Elric sah Welten in der Form von Bäumen, Galaxien, die wie Blumen aussahen, Sternensysteme, deren Wurzeln und Zweige so ineinandergewachsen waren, daß sie einen einzigen, riesigen, unregelmäßigen Planeten bildeten; Universen, die stählerne Ozeane waren; Universen aus unbeständigem Feuer; Universen der Ödnis und kalten Bösartigkeit; Universen aus vibrierender Farbe, deren Bewohner durch Flammen schritten, um freundliche, heilige Gestalten anzunehmen; Universen von Göttern und Engeln und Teufeln; Universen lebendigen Friedens; Universen der Schande, der Schmach, der Demütigung und der betrachtenden Höflichkeit; Universen, in denen ständig das Chaos wütete oder wo eine erschöpfte, keimfreie Ordnung herrschte; sie alle beherrscht von einem Empfindungsvermögen, das sie selbst hervorgebracht hatten. Die Existenz des Multiversums hing nun völlig von den Verstandeskräften, den Wünschen und Ängsten, dem Mut und der moralischen Entschlossenheit seiner Bewohner ab. Das eine konnte nicht mehr ohne das andere bestehen.

Und dennoch war hinter alldem eine Wesenheit zu spüren: Die Wesenheit, die in ihren Händen die Waage der Gerechtigkeit, des Kosmischen Gleichgewichts hielt, die sich ständig nach dieser oder nach jener Seite, in Richtung der Ordnung oder in Richtung des Chaos, neigte und immer wieder ausgeglichen wurde durch die Kämpfe sterblicher Wesen und ihrer übernatürlichen Entsprechungen, ihrer unsichtbaren, unbekannten Schwestern und Brüder in all den geheimnisvollen Seinsbereichen des Multiversums.

»Hast du schon einmal von einer Gilde von Adepten gehört, die sich ›die Gerechten‹ nennen?« fragte von Bek, der völlig reglos dastand und den vertrauten Anblick dieses unermeßlichen Kosmos mit der gleichen Andacht in sich aufnahm, mit der ein anderer auf seiner Heimaterde knien mochte. Da sein Gefährte keine Antwort gab, fuhr er fort: »Nun, meine Freunde, ich gehöre zu dieser Gilde. Meine Ausbildung habe ich in Alexandria und Marrakesch erhalten. Ich habe gelernt, zwischen den Seinsbereichen hin und her zu wandern. Ich habe gelernt, das *Zaitjuego*, das Zeit-Spiel zu spielen. So dankbar ich dir auch für deine Zauberei bin, Herr, mußt du doch wissen, daß deine Fertigkeiten unbewußt von alldem Gebrauch machen. Du bist in der Lage, bestimmte Rituale durchzuführen, bestimmte Öffnungen zu beschreiben, durch die du Hilfe aus anderen Seinsbereichen herbeiholen kannst. Du bestimmst diese Verbündeten gemäß den Gedankengängen eines naiven, ja primitiven Aberglaubens. Trotz all deiner Gelehrtheit und Erfahrung tust du kaum etwas anderes, Herr. Aber wenn du mit mir kommst und das große Zeit-Spiel spielst, werde ich dir alle Wunder des Multiversums zeigen. Ich werde dir beibringen, wie man es erkundet und beeinflußt und sich an alles erinnert – denn ohne Schulung, ohne daß man in langen Jahren die Kunst des *muckhamir* erlernt, kann der Geist eines Sterblichen alles, was er erlebt, weder begreifen noch behalten.«

»Ich habe in meinem eigenen Seinsbereich Dinge zu erledigen«, teilte Elric ihm mit. »Ich habe Verpflichtungen und Aufgaben.«

»Ich achte deine Entscheidung, Herr«, sagte von Bek mit einer Verbeugung, »obwohl ich sie bedaure. Du hättest einen vortrefflichen Spieler im Zeit-Spiel abgegeben. Doch ich glaube, daß du es, wenn auch unbewußt, schon immer gespielt hast und weiterhin spielen wirst, ob du dir nun darüber im klaren bist oder nicht.«

»Nun, Herr«, sagte Elric, »ich nehme an, daß du mich damit ehren willst und danke dir dafür. Aber jetzt wäre ich dir sehr dankbar, wenn du mir die Straße zeigen würdest, die in meinen Seinsbereich führt.«

»Ich werde dich selbst dort hinbringen, Herr. Das ist das wenigste, was ich tun kann.«

Wie von Bek vorhergesagt hatte, würde Elric sich später nicht mehr an die Einzelheiten seiner Reise zwischen den Seinsbereichen erinnern können. Das Ganze würde ihm schließlich wie ein vager Traum vorkommen – kaum mehr als das –, jetzt aber sah er, wie sich alles um ihn herum ständig veränderte und vermehrte, wie die natürlichen und die übernatürlichen Welten miteinander verschmolzen und eins wurden. Monströse Wesen durchstreiften den leeren Raum, den sie selbst geschaffen hatten. In der Zeit, die Elric brauchte, um auf den silbernen Mondstrahlen, diesem filigranen, komplizierten Netz von Straßen, einen Fuß vor den anderen zu setzen, durchlebten ganze Nationen und Rassen und Welten ihre Geschichte. Gestalten entstanden und vergingen, verwandelten und veränderten sich, waren äußerst vertraut und zugleich beunruhigend fremd. Er war sich bewußt, daß er an anderen vorüberzog, die ebenfalls auf den silbernen Straßen reisten; er nahm ganze Zivilisationen und unglaubliche Geschöpfe wahr, mit denen er sich bisweilen austauschte. Eine gleichmäßige, entschlossene Gangart anschlagend, führte von Bek den Albino weiter. »Die Zeit wird nicht so gemessen, wie ihr sie meßt«, erklärte sein Führer. »Sie wird eigentlich fast überhaupt nicht gemessen. Man braucht sie nur selten, wenn man zwischen den Welten hin und her wandert.«

»Aber was ist das – dieses Multiversum?« Elric schüttelte den Kopf. »Das ist zuviel für mich, Herr. Ich bezweifle, daß mein Hirn geschult genug ist, um das alles aufzunehmen!«

»Ich kann dir dabei helfen. Ich kann dich zu den *medersim* von Alexandria oder Kairo, von Marrakesch und Malador bringen, damit du dir dort die Fertigkeiten eines Adepten aneignest und alle Züge des großen Zeit-Spiels lernst.«

Abermals schüttelte der Albino den Kopf.

Mit einem Achselzucken wandte von Bek seine Aufmerksamkeit wieder den Kindern zu. »Aber was sollen wir nur mit denen machen?«

»Bei mir sind sie durchaus sicher, alter Junge«, sagte Captain Quelch, der hinter den Kindern stand. Nur der Fußboden war noch vom Tempel übrig und schwebte mit den Kindern darauf im Weltraum. In der Mitte der Kinder stand jetzt Weitsicht, die lächelte und ihre Arme in einer schützenden Geste ausgebreitet hatte. »Wir werden schon einen sicheren kleinen Hafen finden, meine Lieben.«

»Hast du über all dies Macht, Graf Renark?« fragte Elric.

»Es steht in der Macht aller Sterblichen, das Multiversum zu beeinflussen, Wirklichkeit zu erschaffen, im Rohstoff des Chaos Gerechtigkeit und Ordnung zu stiften. Doch ohne Chaos gäbe es keine Schöpfung und vielleicht auch keinen Schöpfer. Das ist die schlichte Wahrheit, die aller Existenz zugrunde liegt, Lord Elric.

Die Aussicht auf Unsterblichkeit. Es ist möglich, auf das eigene Schicksal einzuwirken. Das ist die Hoffnung, die das Chaos uns anbietet.« Von Bek hatte ein wachsames Auge auf Quelch, der bekümmert schien:

»Nimm's mir nicht übel, wenn ich deine philosophische Rede unterbreche, Sportsfreund, aber ich muß gestehen, daß ich mir um meine eigene Sicherheit und Zukunft und die der kleinen Kinder, für die ich jetzt die Verantwortung habe, Sorgen mache. Ihr Herren macht euch Gedanken über Angelegenheiten von multiversalem Ausmaß, aber ich bin der einzige Hüter dieser Waisenkinder. Was sollen wir tun? Wo sollen wir hingehen?« Quelchs Augen standen voll Tränen. Seine eigene mißliche Lage rührte ihn tief.

Das Mädchen namens Weitsicht lachte geradeheraus über Captain Quelchs Beteuerungen. »Einen solchen Schutz wie deinen brauchen wir nicht, mein Lord.«

Captain Quelch grinste schief und streckte die Hand nach ihr aus.

Worauf der Fußboden des Tempels verschwand und sie alle plötzlich auf einer breiten, hellen Straße standen, die sich durch die mehrfarbige Vielzahl der Himmelskörper und Ebenen, dieses enorme Spektrum nicht zu schätzender Dimensionen, erstreckte, und Quelch anstarrten.

»Ich werde mich der Kinder annehmen, Herr«, sagte Graf von Bek. »Ich glaube, ich weiß, wo sie sicher sind und wo sie ihre Fähigkeiten ungestört ausbilden können.«

»Was willst du damit sagen, Herr?« fragte Captain Quelch beleidigt, als hätte man ihm Vorwürfe gemacht. »Meinst du, ich sei nicht verantwortungsbewußt genug...?«

»Deine Beweggründe sind verdächtig, mein Lord.« Abermals sprach Weitsicht, deren reine Töne das ganze Multiversum zu erfüllen schienen. »Ich habe den Verdacht, du willst uns nur haben, damit du uns fressen kannst.«

Elric, den die Worte des Mädchens verblüfften, warf von Bek einen Blick zu, der hilflos und unsicher die Achseln zuckte. Zwischen dem Kind und dem Mann fand ein Streit statt.

»Euch fressen, meine Liebe? Ha, ha! Ich bin doch der alte Captain Quelch und kein kannibalischer Troll.«

Die weiße Straße leuchtete auf beiden Seiten.

Angesichts dieser Vielzahl von Himmelskörpern und Seinsbereichen kam Elric sich schwach und verletzlich vor. Die vielen plötzlichen Veränderungen, all die neuen Erkenntnisse drohten ihm den Verstand zu rauben. Ihm schien, daß Captain Quelchs Gesicht sich verzerrte, ein wenig verschwamm und dann eine völlig andere Form annahm – mit Augen, die ihn an die Ariochs erinnerten. Im selben Moment wie von Bek erkannte Elric, daß sie hinters Licht geführt worden waren. Diese Kreatur vermochte immer noch ihre Gestalt zu verändern!

Zweifellos ein Chaos-Lord, der nicht so schwer verwundet worden war wie die anderen, die Lebenskraft innerhalb des Tempels gewittert und irgendwie Einlaß gefunden hatte. Vielleicht war es Quelch gewesen, der den alten Mann seines Lebens beraubt und dem es nur deswegen nicht gelungen war, die Kinder zu fressen, weil das Mädchen ihm unbewußt Widerstand leistete. Die Kinder gruppierten sich in einem engen Kreis um sie. Ihre Augen starrten in die eines Insekts, in das Gesicht einer Fliege. Jetzt geriet Quelchs Körper in Bewegung und bebte und zitterte und barst und nahm seine wahre, bizarr-barocke Gestalt an, die aus einem ungleichmäßigen Panzer, glänzenden Schuppen und metallischen, fedrigen Flügeln bestand und jenen abscheulichen Gestank ausströmte, der das Tal von Xanardwys erfüllt hatte; es war, als könne er seine menschliche Form nicht länger beibehalten, müsse sich – nach Seelen hungernd, gierig auf jedes noch so kleine bißchen menschlicher Lebenskraft, um seinen entleerten Adern Nahrung zuzuführen – schnellstens in seine eigentliche Gestalt zurückverwandeln.

»Wenn du meinst, der Rache deines Überwinders entgehen zu können, mein Lord, dann irrst du dich«, sagte das Mädchen. »Du bist bereits verdammt. Sieh dir an, was aus dir geworden ist. Sieh dir an, was du essen möchtest, um dein Leben zu erhalten. Schau dir an, was du vernichten möchtest – was du einst selbst sein wolltest. Schau dir all das an und erinnere dich, Lord Dämon, daß du eben jenem den Rücken gekehrt hast. Es gehört nicht dir. Wir gehören nicht dir. Du kannst uns nicht fressen. Hier sind wir so frei und mächtig wie du. Aber ich habe mich keinen Moment lang von dir täuschen lassen, denn ich heiße Weitsicht und Erste-ihrer-Art, und jetzt ahne ich mein Schicksal, welches darin besteht, daß ich meine eigene Geschichte lebe. Denn durch unsere Geschichten erschaffen wir die Wirklichkeit des Multiversums, und durch unseren Glauben erhalten wir es. Deine Geschichte ist fast zu Ende, großer Lord des Chaos ...«

Bei diesen Worten brach die große Bestie zu Weitsichts Überraschung in höhnisches Gelächter aus, die einzige Waffe, die ihr gegen das Mädchen noch blieb. Giftige Düfte verströmend, schüttelte sie sich vor Heiterkeit, und ihre Schuppen rasselten und tanzten auf und ab. Sie klammerte sich an einen billigen Triumph.

»Du bist es, die sich irrt, meine Dame Weitsicht. Ich gehöre nicht zum Chaos! Ich bin ein Feind des Chaos. Ich habe gut gekämpft, wurde aber mitgerissen, als sie zur Erde fielen. Ihr Herr ist nicht mein Herr. Ich diene der großen Einförmigkeit, dem Vorboten der Endgültigen Ordnung, dem Urinsekt. Ich bin Quelch, und ich bin, törichtes Mädchen, *ein Lord der Ordnung*! Meine Partei möchte das Chaos *vernichten*. Wir kämpfen um die völlige Herrschaft über das Kosmische Gleichgewicht. Um nichts Geringeres. Ich bin die ausgleichende Gerechtigkeit zu diesem Chaos-Beeinflussern, diesen Abenteurern, diesen rebellischen Schurken und Korsaren, die dem Zweiten Äther so zugesetzt haben!« Fast verschmitzt drehte sich der monströse Kopf zur Seite. »Kannst du nicht sehen, wie anders ich bin?«

Elric und von Bek konnten eigentlich nur Gleichartiges sehen. Dieser zur Ordnung gehörende Quelch sah ganz genauso aus wie Arioch vom Chaos. Selbst ihr Haß und ihre Ziele schienen gleich.

»Es ist manchmal nicht möglich, die Unterschiede zwischen den Parteien zu erkennen«, murmelte von Bek Elric zu. »Sie haben so lange miteinander gekämpft, daß sie einander fast gleich geworden sind. Das ist wohl Niedergang. Ich glaube, es ist Zeit für den Großen Zusammenschluß.« Dazu gab er keine Erklärung, und Elric wollte auch nicht mehr wissen.

Lord Quelch ragte jetzt riesenhaft vor ihnen auf, leckte sich die Lippen, auf denen glutroter Speichel glitzerte, und kratzte sich seinen kristallinischen Panzer, während seine melancholischen Insektenaugen die Weiten des Multiversums absuchten, vielleicht nach Verbündeten Ausschau haltend.

»Ich kann mich auf die Autorität der Großen Einförmigkeit berufen«, prahlte Lord Quelch. »Ihr seid machtlos. Ich muß Nahrung zu mir nehmen. Ich muß mein Werk fortsetzen. Jetzt werde ich euch fressen.«

Ein reptilienhafter Fuß trat vor, dann ein weiterer, als er auf die zusammengedrängten Kinder zusteuerte. Weitsicht, die eine herausfordernde Haltung eingenommen hatte, blickte ihm tapfer entgegen. Da schoben sich von Bek und Elric zwischen das Monster und seine Beute. Das restliche graugrüne Licht der weißen

Magie strahlte noch aus Sturmbringer, der nach wie vor in Elrics Griff murmelte und wisperte.

Lord Quelch wandte seine Aufmerksamkeit dem Albinoprinzen zu. »Du hast dir genommen, was mir gehörte. Ich bin ein Lord der Ordnung. Der alte Mann hatte etwas, was ich haben muß. Ich muß überleben. Ich muß weiterexistieren. Das Schicksal des Multiversums hängt davon ab. Was ist im Vergleich dazu die Opferung einiger junger Okkultisten? Die Ordnung glaubt an die Macht des Verstands, die Messung und Beherrschung aller Naturkräfte, den sparsamen Umgang mit unseren Ressourcen. Ich muß den Kampf gegen das Chaos fortsetzen. Einst haben sich Millionen begeistert für meine Sache geopfert.«

»Einst war deine Sache ein Opfer vielleicht auch wert«, sagte von Bek ruhig. »Aber in diesem schrecklichen Krieg ist zuviel Blut vergossen worden. Diejenigen von euch, die sich weigern, von Versöhnung zu sprechen, sind wenig mehr als unvernünftige Tiere und verdienen nur das Mitleid und die Verachtung von uns übrigen.«

Dieser Wortwechsel erstaunte Elric. Selbst als er die ausgefallensten Zauberbücher seines Volkes gelesen hatte, hätte er sich nie vorstellen können, eine solche Begegnung zwischen einem Sterblichen und einem Halbgott mitzuerleben.

Lord Quelch knurrte wütend. Erneut richtete er seine hungrigen Insektenaugen auf seine Beute. »Vielleicht nur ein oder zwei?«

Es bedurfte weder Elrics noch von Beks, um die Kinder zu verteidigen. Quelch duckte sich vor dem Blick des Mädchens und wurde immer ängstlicher, als begriffe er erst jetzt die Macht, der er gegenüberstand. »Ich bin hungrig«, sagte er.

»Du mußt dir deine Nahrung anderswo suchen, mein Lord.« Weitsicht und ihre Kinder starrten immer noch genau in sein Gesicht, als forderten sie ihn zum Angriff heraus.

Doch der Lord der Ordnung wich langsam auf der Mondstrahlenstraße zurück. »Ich möchte gern wieder ein Mensch sein«, sagte er. »Was ihr gesehen habt, war mein sterbliches Selbst. Es gibt ihn noch. Kennt ihr ihn? Las Cascadas?« Es schien, als unternehme er den jämmerlichen Versuch, vertraulich zu sein, sie durch Zuneigung für seine Sache zu gewinnen, aber Quelch wußte, daß er gescheitert war. »Wir werden das Chaos und alle, die ihm dienen, vernichten.« Wütend starte er Elric und seinen Gefährten an. »Die Einförmigkeit wird über die Entropie triumphieren. Dem Tod wird Einhalt geboten. Wir werden den Tod in all seinen Formen abschaffen. Ich bin Quelch, ein großer Lord der Ordnung. Ihr müßt mir dienen. Um der Sache willen...«

Während Elric beobachtete, wie Quelch auf der langen, sich durch das Multiversum windenden Mondstrahlenstraße davontrottete, empfand er ein gewisses Mitleid mit dieser Kreatur, die jegliches Ideal, allen Glauben, jedes moralische Prinzip aufgegeben hatte, um noch ein paar Jahrhunderte weiterzuleben, indem sie sich just von den Seelen, die sie zu schützen vorgab, ernährte.

»Was ist mit dieser Kreatur los, von Bek?«

»Sie sind nicht unsterblich, aber sie sind fast unsterblich«, sagte von Bek. »Das Multiversum ist nicht unendlich, sondern quasi unendlich. Das sind keine gewollten Widersinnigkeiten. Unsere großen Erzengel kämpfen um die Herrschaft über das Gleichgewicht. Sie vertreten zwei durchaus vernünftige Denkrichtungen und unterscheiden sich in ihrer Verhaltensweise und ihren Anschauungen kaum voneinander. Dennoch kämpfen sie gegeneinander – das Chaos gegen die Ordnung, die Entropie gegen die Stasis –, und diese Auseinandersetzungen spiegeln sich in unserer ganzen menschlichen Geschichte, in unserem ganzen täglichen Leben wider und sind auf unergründliche, aber vielschichtige Weise miteinander verbunden. Über alldem schwebt die Waage des Kosmischen Gleichgewichts, die sich mal nach dieser, mal nach jener Seite neigt, sich jedoch immer wieder ins Gleichgewicht bringt. Eine verschwenderische Art und Weise, das Multiversum zu erhalten, könnte man sagen. Ich glaube, unsere Rolle besteht darin, weniger verschwenderische Methoden zur Erreichung des gleichen Ziels ausfindig zu machen, Ordnung zu schaffen, ohne dabei die schöpferische Kraft und Fruchtbarkeit des Chaos zu verlieren. Anderen Schülern zufolge, denen ich begegnet bin, wird es bald einen Großen Zusammenschluß der multiversalen Seinsbereiche geben, einen Moment größter Stabilität, und zu ebendiesem Zeitpunkt kann die Natur der Wirklichkeit verändert werden.«

Elric preßte die Hände gegen den Kopf. »Bitte, hör auf, Herr! Ich stehe hier inmitten irgendeines astralen Seinsbereichs, bin im Begriff, einen Mondstrahl zu beschreiten, der in die Quasi-Unendlichkeit reicht, und jeder Teil meines Körpers wie meines Geistes sagt mir, daß ich unrettbar wahnsinnig sein muß.«

»Keineswegs«, erwiderte Renark von Bek. »Was du erblickst, ist von höchster Vernunft, höchster Mannigfaltigkeit und vielleicht auch höchster Ordnung. Komm, ich bringe dich nach Hause.«

Von Bek wandte sich den Kindern zu und redete Weitsicht an. »Hättest du gern eine bewaffnete Begleitung, meine Dame?«

Sie lächelte still. »Ich glaube, ich habe keine Verwendung mehr für Schwerter. Jedenfalls nicht im Moment. Aber ich danke dir, Herr.«

Sie war bereits dabei, ihre Herde von ihnen weg- und die steile Kurve des Mondstrahls hochzuführen, auf einen Schleier aus blaugeflecktem Licht zu. »Ich danke dir für dein Lied, Prinz Elric. Daß du es gesungen hast, wird dir eines Tages hundertfach vergolten werden. Doch ich glaube, du wirst dich nicht an deinen Gesang erinnern, der uns dreien den Gral beschert hat, uns dreien, die wir vielleicht seine Hüter und Nutznießer sind. Es war das Schwert, das den Gral gefunden, und der Gral, der uns hindurchgeführt hat. Danke, Herr. Du hast zwar gesagt, daß du nicht zu den Gerechten gehörst, aber ich glaube, du gehörst dieser Zunft an, ohne es zu wissen. Leb wohl.«

»Wohin gehst du, Weitsicht?« fragte der Lord von Melniboné.

»Ich suche eine Galaxie, die man Die Rose nennt und deren Planeten einen einzigen riesigen Garten bilden. Ich habe die Galaxie in einer Vision gesehen. Wir werden die ersten menschlichen Wesen sein, die sie besiedeln, sofern sie es zuläßt.«

»Ich wünsche dir viel Glück, meine Dame«, sagte Graf Renark mit einer Verbeugung.

»Und auch dir viel Glück, Herr, da du das große Zeit-Spiel spielst.« Dann drehte ihnen das Mädchen den Rücken zu und führte ihre erschöpfte Herde ihrem Schicksal entgegen.

»Siehst du nicht die vielen Möglichkeiten?« Von Bek versuchte immer noch, Elric für seine Sache zu gewinnen. »Die Mannigfaltigkeit – alle Neugier wird befriedigt – und von neuem angestachelt. Freund Elric, ich biete dir die Quasi-Unendlichkeit des Multiversums, des Ersten und Zweiten Äthers, und das aufregende Leben eines geschulten *muckhamirs*, eines Spielers im großen Spiel an.«

»Ich bin ein schlechter Spieler, Herr.« Als fürchte er, sich später nicht mehr daran zu erinnern, nahm Elric die Wunder um sich herum gierig auf: das von Leben wimmelnde, in ständiger Bewegung befindliche, sich ständig verändernde Multiversum; Wirklichkeitsbereich für Wirklichkeitsbereich, die fast alle nur sehr wenig von der großen Ordnung wußten, in der sie eine ganz kleine, aber keineswegs unbedeutende Rolle spielten. Er blickte zu der nebligen Materie unter seinen Füßen hinunter, die sich so fest anfühlte wie dreimal gehärteter imrryrischer Stahl, und er staunte über die Paradoxa, die Widersprüche der Logik. Es war für seinen Geist so gut wie unmöglich, mehr als nur einen Bruchteil der Bedeutung all dessen zu erfassen. Immerhin begriff er, daß sich jede Handlung im Bereich der Sterblichen auf der übernatürlichen Ebene wiederholte und widerspiegelte, und umgekehrt. Jegliche Handlung jedes existierenden Geschöpfs hatte Sinn, Bedeutung und Folgen.

»Ich habe einmal einen Kampf zwischen Erzengeln und Drachen miterlebt«, sagte von Bek, während er den Albino sachte den Mondstrahl hinunter und auf eine Stelle zuführte, wo dieser einen anderen kreuzte. »Wir müssen hier entlang.«

»Woher weißt du, wo du bist? Wie mißt man hier Zeit und Entfernung?« Elric sah sich zu fast kindlichen Fragen veranlaßt. Jetzt verstand er, was seine Zauberbücher immer nur angedeutet hatten, weil ihre Verfasser nicht imstande oder nicht gewillt gewesen waren, diese Überwirklichkeit zu beschreiben. Dennoch konnte er seinen Vorgängern ihr Versäumnis nicht vorwerfen. Das Multiversum spottete jeder Beschreibung. Man konnte in der Tat nur in Andeutungen darüber sprechen. Es gab keine Sprache, keine Logik, keine Erfahrung, die dieser ebenso erschreckenden wie hinreißenden Wirklichkeit gerecht wurden.

»Wir reisen auf andere Weise und mittels anderer Instinkte«, versicherte von Bek ihm. »Wenn du dich uns anschlössest, würdest du lernen, wie man nicht nur durch den Ersten Äther navigiert, sondern auch durch den Zweiten.«

»Du hast dich bereit erklärt, Graf Renark, mich in meinen eigenen Seinsbereich zurückzugeleiten.« Die Versuche dieses seltsamen Mannes, ihn anzuwerben, schmeichelten Elric.

Von Bek schlug seinem Gefährten auf den Rücken. »Na schön.« Sie trotteten die Mondstrahlen im Marschschritt hinunter. Flüchtig nahm Elric Welten, Landschaften, Szenen, vertraute Gerüche und Geräusche sowie völlig fremdartige Dinge wahr, alles in willkürlicher Abfolge, wie es schien. Eine Zeitlang merkte er, wie sein Verstand ins Wanken geriet, und während er seinen Weg fortsetzte, strömten ihm die Tränen übers Gesicht. Er weinte um einen Verlust, an den er sich nicht erinnern konnte. Er weinte um die Mutter, die er nie kennengelernt hatte, und den Vater, der sich geweigert hatte, ihn anzuerkennen. Er weinte um all jene, die in den nutzlosen Kriegen, die in seiner Welt und in den meisten anderen wüteten, litten und noch leiden würden. Er weinte teils aus Selbstmitleid, teils aus einem Mitgefühl heraus, welches das ganze Multiversum umschloß. Und dann erfüllte ihn auf einmal ein Gefühl des Friedens.

Sturmbringer befand sich immer noch in seiner Hand. Er wollte die Klinge erst in die Scheide zurückstecken, wenn jenes seltsame Licht der Ordnung ganz aus ihr gewichen war. In diesem Augenblick begriff er, daß der in ihm tobende Streit zwischen seiner Treue gegenüber dem Chaos und seiner Sehnsucht nach der Ordnung kein einfacher Streit war und vielleicht nie beigelegt werden würde. Vielleicht war es gar nicht nötig, den Streit beizulegen. Aber vielleicht konnte man einen Ausgleich finden.

Sie wanderten zwischen den Welten einher.

Sie wanderten viele zeitlose Meilen und schlugen mal diesen, mal jenen Weg durch das enorme silberne Geflecht der Mondstrahlenstraßen ein, während um sie herum das Multiversum aufblühte und sich verformte und eruptierte und erglühte, eine Million werdender Welten, eine Million zugrunde gehender Seinsbereiche und unzählige Milliarden sterblicher Seelen voll Sehnsucht und Verzweiflung. Mit gedämpfter Stimme führten die zwei Männer vertrauliche Gespräche, an denen sie beide Gefallen fanden und an die sich nur einer von ihnen erinnern würde. Bisweilen kam es Elric so vor, als seien er und Graf von Bek ein und dasselbe Wesen, als seien sie beide Widerspiegelungen eines verlorengegangenen Urbildes.

Und manchmal schien es so, als seien sie für immer der gewöhnlichen Schranken von Zeit und Raum sowie dringlicher menschlicher Belange ledig, als stünde es ihnen frei, die wunderbare Ferne des Ganzen zu erkunden, die unglaubliche Körperlichkeit dieser Überwirklichkeit, die sie mit Sinnen erleben konnten, welche selbst verändert und auf die neuen Reize eingestellt waren. Sie fanden sich mit dem Gedanken ab, daß ihre Körper nach und nach vergehen und ihr Geist mit dem Stoff des Multiversums verschmelzen würde, um dann als Teil einer Sage, eines Mythos, als prägende Persönlichkeit unserer immerwährenden kosmischen Geschichte wahre Unsterblichkeit zu finden, was vielleicht das Beste ist, was den meisten von uns je zuteil werden wird – in jenem großen Spiel, dem wunderbaren Zeit-Spiel, eine Rolle gespielt zu haben, ganz gleich, wie klein sie war ...

Copyright © 1994 by Michael Moorcock

Tad Williams

GEH ELRIC FRAGEN

Up From the Skies brachte die Fensterscheiben zum Klirren. Sammy spielte Hendrix immer mit voller Lautstärke, ganz gleich, wie spät es war, ob seine Eltern zu Hause waren oder nicht. Das gehörte zu den Dingen, die Pogo an ihm bewunderte.

»Wie in der Kirche«, sagte Sammy und nahm einen weiteren Zug aus der Wasserpfeife. Er blies die Backen auf wie ein Trompetenspieler und versuchte, ein Husten zu unterdrücken.

»Yeah. Der Mann war Gott«, sagte Pogo nickend. »*Ist* Gott.« Er streckte die Hand nach der Wasserpfeife aus, kam aber zu dem Schluß, daß zuviel Dope die volle Wirkung des LSD beeinträchtigen würde.

»Die heutige Zeit würde er hassen, weißt du«, sagte Sammy. »All diese Scheiße. Gerald Ford. Kaum noch LSD. *Disco.*« Er machte eine lässige Handbewegung, mit der er die ganze Dekade der siebziger Jahre, die erst zur Hälfte vorbei waren, zusammenfaßte und abtat. »Würde ihn ankotzen.«

»Scheiß LSD.« Pogo ließ sich plumpsend in den Knautschsessel zurückfallen und betrachtete das Dekor von Sammys Zimmer. Roger Dean-Plattenhüllen, eine Zeichnung von M. C. Escher mit Chamäleons, die sich selbst verschlangen, und drei verschiedene Portraits von Jimi Hendrix waren mit Reißzwecken an den Wänden befestigt. Die Wände hinter den Bildern und die ganze Decke waren schwarz angestrichen und mit weißen Sternenwirbeln übersät – das künstlerische Ergebnis eines Wochenendes, an dem sie sich mit Speed vollgestopft hatten. Die Sterne in der Nordwestecke waren kaum mehr als Kleckse. Sonntagnachmittag, erinnerte sich Pogo, als die Wirkung ihres Trips anfing nachzulassen.

Es sah cool aus, dachte er. Als schwebe man im Weltraum, nur mit Postern.

Während er hinsah, kam von den Sternen ein schwacher Schimmer, und die schwarze Fläche hinter ihnen schien zurückzuweichen.

»Mann! Merkst du's auch?«

Sammy nickte. »Geht langsam los.« Er sah die Platten in seinem Plattenständer durch. Seine motorische Koordinationsfähigkeit begann bereits nachzulassen. »*Dark Side of the Moon*. Kann ich nicht mehr hören. *Surrealistic Pillow?* Das ist ziemlich fetzig. *Geh Alice fragen, wenn sie zehn Fuß groß ist...*«, sang er in seiner gewohnten, unmelodischen Tonart. Er starrte auf die Plattenhülle. Dann schob er sie zurück und stöberte weiter. »Wie wär's mit *Close to the Edge*?«

»Nee. Mehr Hendrix. *Electric Ladyland*.«

Sammy versuchte aufzustehen, lachte und kroch zum Plattenspieler. Als die Nadel gerade das mitreißende Wah-wah von *Voodoo Chile* erwischte, lächelte Pogo still in sich hinein. Hendrix war genau das, was er jetzt brauchte. Jimi war ein Freund, auf eine Weise, wie es niemand von denen, die er im richtigen Leben kennengelernt hatte, je sein konnte. Jimi war ... nun, vielleicht nicht gerade Gott, aber ... irgend etwas. Irgend etwas. Er blickte zu dem Bild über Sammys Bett hoch. Der Mann, flankiert von seiner Gruppe *Experience* – der schwarze Jesus und zwei käsige Diebe, alle mit einem Heiligenschein aus krausem Haar. Hendrix zeigte dieses kleine halbe Lächeln, dieses *du kannst mich nicht beurteilen, Bruder, solange du nicht gewesen bist, wo ich gewesen bin*-Grinsen. Und seine Augen... Jimi... der *wußte Bescheid*.

»Wow«, flüsterte Sammy irgendwo in der Nähe. Das Zimmer wurde dunkel, als ob die Sonne unterginge, aber Pogo war sich ziemlich sicher, daß es früher Nachmittag war und noch Stunden bis zur sommerlichen Abenddämmerung dauern würde.

»Yeah.« Er kicherte, obwohl bis jetzt noch nichts komisch war. Hendrix beobachtete ihn. »Jetzt setzt die Wirkung voll ein.«

Und als die Sterne auf ihn zukamen – *Laughing Sam's Dice*, dachte Pogo, *darin geht's um Sterne und LSD, mit Sternen kannte Jimi sich aus* –, hatte er das Gefühl, wie ein ruderloses Boot in einem Meer aus Packeis dahinzutreiben. Irgend etwas ging ihm im Kopf herum, irgend etwas, das er gerne in Worte fassen und mitteilen wollte.

»Sammy, hör doch mal zu, Hendrix, Mann...« Der Gedanke entzog sich ihm immer wieder, aber er wußte, daß es wichtig war. »Also, die Sterne, Mann – er hat gesagt, die Sterne spielen Würfel mit der Welt, Mann, mit dem ganzen Universum. Und daß, wenn man LSD nimmt, das Zeug... einen nach da draußen bringt. Wo die Würfel rollen.«

Falls Sammy antwortete, dann konnte Pogo ihn nicht hören. Sehen konnte er ihn auch nicht. Die hellen Sterne leuchteten vor seinen Augen, und die Finsternis zwischen den Sternen war unvorstellbar leer. Pogo merkte, wie er vorwärts glitt, als werde er ganz, ganz langsam von einer Schwerkraft angezogen.

Das ist ein wirklich verdammt guter Shit, dachte er. Dann stürzte er in ein lautloses weißes Feuer.

Alles war schwarz – nein, mehr als schwarz. Es war ein negatives Schwarz, ein derart vollständiges Fehlen von Beleuchtung, daß selbst die Erinnerung an Licht davon angesteckt wurde.

Dieser Film über Jimis Leben, erinnerte sich Pogo und

war erleichtert, zumindest seine eigenen Gedanken zur Gesellschaft zu haben. *Da hat dieser Typ gesagt, Hendrix sei irgendwo zwischen Schlaf und Tod und er sei nur auf einem anderen Trip – sei einfach rausgeschwebt. Ist mir das auch passiert? Bin ich tot?*

Verschwommen hatte er ein inneres Bild, in dem er sich selbst, Pogo Cashman, auf Sammys Fußboden liegen sah. Würden Männer mit einem Krankenwagen kommen? Sammys Eltern? Aber Sammy würde noch stundenlang high sein, deshalb konnte es Stunden dauern, bis er bemerkte, daß sein Freund tot war.

Auf seltsam unbekümmerte Weise hoffte Pogo, daß Sammy ihn nicht unmittelbar nach dem Trip finden würde, wenn er sich in einem genervten, deprimierten Zustand befand. Das würde ihn für lange Zeit völlig fertigmachen, und Sammy war ein netter Typ.

Gott, war das finster. Und still. Und leer.

Bin ich also tot? Denn wenn das in aller Ewigkeit so sein soll, ist es wirklich langweilig.

Was, wenn er bloß blind und taub geworden war? Das würde mehr zu den schreckliche Geschichten passen, die er über miese Trips gehört hatte. Aber das wäre fast so beschissen wie tot zu sein. Keine Musik, keine Filme. Na, wenigstens müßte er nicht zur Schule gehen. Vielleicht konnte er Flipper spielen lernen, wie in *Tommy*.

Während er zum erstenmal ernsthaft darüber nachdachte, was für ein Vergnügen Taube, Stumme und Blinde dem Flippern wohl abzugewinnen vermochten, wurde die Finsternis durch einen schwachen Lichtfleck gemildert.

Die Wirkung läßt nach, dachte er mit einiger Erleichterung. *Vielleicht hätte ich etwas von dem kolumbianischen Zeug rauchen und die Wirkung ein bißchen abmildern sollen. Dieser Stoff ist ziemlich stark ...*

Das Licht blühte auf, schimmerte und verfestigte

sich dann zu einem Muster von konzentrischen Ringen. Mehrere Augenblicke vergingen, bevor er erkannte, was er sah. Er stand in einem langen Gang aus Stein, der aussah, als sei er aus einem Draculafilm – Fackeln in Wandarmen, moosbewachsene Mauern, Wasserpfützen, die den Schein der Fackeln gespenstisch zurückwarfen. Es war ein langer Tunnel, der etwa hundert Yard vor ihm eine Biegung machte und außer Sicht geriet.

Was zum Geier ...?

Pogo blickte an sich hinunter und stellte mit Erleichterung fest, daß er noch in seinem eigenen Körper steckte, an dem sich, seit er Sammys Zimmer verlassen hatte, nichts geändert hatte – Wüstenstiefel, mit Flicken besetzte Jeans, sein *Rock and Roll Animal*-Hemd, das sich über den ersten Ansätzen eines hart erarbeiteten Bierbauchs spannte.

Wenn man stirbt, darf man also sein Lou Reed-T-Shirt behalten. Rätselhaft und seltsam sind die Wege Gottes ... oder wie immer das heißt.

Doch je länger er an dieser Stelle stand, desto unruhiger fühlte er sich. Irgend etwas rief ihn – nein, rief ihn nicht, sondern zog ihn an, so wie eine kühle Brise ihn an einem heißen Tag zum Fenster locken würde. Kitzelte seine Gedanken. Irgend etwas erwartete ihn weiter unten im Gang. Irgend jemand dort brauchte ihn – rief ihn zu sich. Irgend jemand ...

Hendrix. Der Gedanke elektrisierte ihn. *Ich habe vorhin an Jimi gedacht. Der muß es sein – sein Geist oder so was. Er hat eine Botschaft für die Menschheit. Und ich werde der Bote sein.*

Er eilte den Gang hinunter, wobei er nebenher bemerkte, daß – genau wie in den Draculafilmen – seine Schritte unangenehm widerhallten und kleine pelzige Wesen vor ihm davonhuschten und in der Dunkelheit verschwanden.

Wenn ich sein Bote sein soll, muß er mir beibringen, so wie er Gitarre zu spielen. Damit die Leute mir zuhören. Ich werde Jimis Botschaft in der ganzen Welt verbreiten und mit Page und Clapton und all den anderen Konzerte geben.

Er stellte sich vor, wie Jeff Beck sich die Haare aus dem Gesicht schüttelte und sagte: »Verdammt noch mal, Pogo, du bringst diese Axt wirklich zum Singen – Jimi hat den richtigen Kerl ausgesucht«, während sie, von stürmischem Applaus umbrandet, auf der Bühne von Wembley (oder einem anderen dieser großen englischen Veranstaltungsorte) standen, beide bedeckt mit männlichem Musikerschweiß.

Pete Townsend tauchte plötzlich neben ihnen auf, das Windhundgesicht zu einem erpichten Ausdruck verzogen. »Du hast gesagt, du würdest mit mir einen Trip machen, Pogo, und mir über Jimi erzählen. Du hast es versprochen.«

Becks zornige, herrische Antwort wurde von einem Quietschen und einem Knirschen unterbrochen. Pogo blickte nach unten und stellte fest, daß er auf eines der pelzigen Wesen getreten war. Im Fackellicht konnte er sehen, daß es keine Ratte war, aber der blutige Brei an seiner Stiefelsohle ließ keine genauere Bestimmung zu.

Jeff und Pete und die anderen kehrten nicht zurück, aber das spielte kaum eine Rolle: Pogos Gedanken waren ganz mit dem beschäftigt, was sich vor ihm befand.

Die schwarze eiserne Tür war in die Mauer des Gangs eingelassen. Sie war größer als Pogo und mit unebenen Verzierungen bedeckt – als er sich vorbeugte, sah er, daß es sich windende Dämonen und Monster waren. Sie fühlte sich durchaus solide an und gab nicht im geringsten nach. Doch das Gefühl, gebraucht zu werden, trieb ihn jetzt noch stärker an, und er zweifelte nicht daran, daß die Quelle dieses Gefühls sich auf der anderen Seite der Tür befand.

»Ist jemand da drinnen?« rief er, aber selbst als er das Ohr ans Schlüsselloch legte, hörte er keine Antwort. Er trat zurück und hielt nach einer Brechstange oder einem anderen schweren Werkzeug Ausschau (oder, was noch besser wäre, einem Ersatzschlüssel), doch abgesehen von den Fackeln und den umherhuschenden Pelztieren, die jetzt zahlreicher zu sein schienen, war der Gang leer.

Auf der anderen Seite stand Jimi Hendrix, dessen war Pogo sicher, mit einer nur für ihn bestimmten Botschaft von jenseits des Grabes. Und kostenlosem Gitarrenunterricht als Zugabe. Die Situation war bereits zu seltsam, als daß eine simple verschlossene Tür ihn würde aufhalten können – oder doch?

»Wenn Logik und Proportion im Eimer sind ...«

Das Lied war ihm immer mal wieder durch den Kopf gegangen, größtenteils unbewußt, seit Sammy es in gewisser Weise ›gesungen‹ hatte – doch jetzt schienen die Worte des alten Flugzeug-Drogensongs seltsam zu passen. Ein Loch hinunter, wie Alice im Wunderland auf einem miesen Trip. Was tat Alice? Für ein kleines Mädchen, das vermutlich nie von Owsley oder Haight-Ashbury gehört hatte – Pogo hatte die unbestimmte Vorstellung, daß das Buch vor langer Zeit geschrieben worden war, so um den Ersten oder Zweiten Weltkrieg herum –, schien sie immer recht gut klarzukommen. Natürlich hatte sie Zauberkekse und solche Sachen, die sie ...

... zusammenschrumpfen ließen ...

Plötzlich wurde die Tür größer. Das Schlüsselloch befand sich bereits mehrere Fuß über seinem Kopf und kletterte noch weiter nach oben. Gleichzeitig versank er bis zu den Knien im Wasser. Und die Wände wichen weiter und weiter zurück.

Ach du Scheiße! Ich schrumpfe zusammen! Ist ja geil!

Wenn es ihm allerdings nicht gelang, den Prozeß an irgendeinem Punkt aufzuhalten, konnte das zu einer Pleite übelster Sorte werden.

Als der Spalt am unteren Rand der Tür vor ihm gähnte – das schwarze Eisenportal selbst ragte jetzt so hoch wie das Chrysler Building über ihm auf –, watete Pogo durch die unter der Tür befindliche Pfütze und verzog das Gesicht, als das schmutzige Wasser um seine Brust schwappte. Sobald er die breite Ausdehnung der Tür hinter sich hatte, krabbelte er aus dem Schmutzwasser auf ein Fleckchen schlammiger Erde und dachte mit äußerster Konzentration ans Wachsen. Als es funktionierte, war er fast so überrascht wie beim ersten Mal.

Pogo beobachtete, wie seine Umgebung sich um ihn zusammenzog, als liefe ein Film rückwärts. Die Wände schrumpften wie ein in heißem Wasser gewaschener Pulloverärmel. Als der Prozeß sich verlangsamte und schließlich aufhörte, ließ er seine Hände über seinen Körper gleiten, um sich zu vergewissern, daß alles wieder seine richtige Größe hatte. Dabei ging ihm kurz der Gedanke durch den Kopf, ob er ausgewählte Teile seines Körpers wohl auch vergrößern konnte, was ihm vielleicht dazu verhelfen würde, endlich an ein paar Puppen zu kommen. Dann sah er sich um.

Hier gab es nur eine Fackel, die Mühe hatte, gegen die dumpfige Luft anzukämpfen; der ausgedehnte Raum war größtenteils in Schatten getaucht. Auf dem Boden lagen einige Büschel schmutzigen Strohs; aus ihnen lugten – wie Ostereier aus Nestern mit Plastikgras – Schädel und andere Teile des menschlichen Skeletts hervor.

Pogo konnte eine üble Szene erkennen, wenn er eine

sah. »Hu!« sagte er respektvoll. »Folterkammer. Grausig, Mann.«

Wie zur Antwort kam aus der Dunkelheit am anderen Ende des Raums ein Rasseln. Pogo kniff die Augen zusammen, konnte aber nichts sehen. Er nahm die Fackel aus dem Wandarm und ging näher heran. Das Gefühl, gerufen zu werden, war jetzt noch stärker als zuvor, was aber in keiner Weise unangenehm war. Sein Herz schlug schneller, als er eine Gestalt an der Wand sah ... eine menschliche Gestalt. Jimi, der Mann selbst, der Elektrische Zigeuner – er mußte es sein! Er hatte Pogo Cashman durch Zeit und Raum und allen möglichen anderen Scheiß zu sich gerufen. Er hatte ... er hatte ...

Erstens mal hatte er die falsche Hautfarbe.

Der Mann, der in Ketten an der Steinmauer hing, war weiß – nicht nur ein Weißer im üblichen Sinne, sondern einer ohne Pigmente, so weiß wie Casper, das freundliche Gespenst. Selbst sein langes Haar war so farblos wie Milch oder Neuschnee. Ähnlich wie ein Rockstar trug er zwar eine seltsame Zusammenstellung von Lumpen und Fetzen, doch seine Augen, die aus dunklen Höhlen hervorstarrten, waren rubinrot. Das war, wie Pogo begriff, auf keinen Fall Hendrix. Das war ...

»... Johnny Winter?«

Der bleiche Mann blinzelte. »Arioch. Endlich bist du gekommen.«

Wie Johnny Winter hörte er sich *nicht* an, überlegte Pogo. Der Blues-Gitarrist stammte aus Texas, und der Typ hier hörte sich eher wie Peter Cushing oder einer dieser anderen Typen in den alten Horrorfilmen von Hammer an. Aber er sprach auch nicht englisch, was am irrsten war. Pogo konnte ihn bestens verstehen, doch ein Teil seines Gehirns vermochte Worte zu hören, die nicht nur kein Englisch waren, sondern nicht einmal menschlich klangen.

»Quäl mich nicht mit Schweigen, mein Lord!« rief der weißgesichtige Mann. »Ich bin bereit, einen Handel abzuschließen, um meine Freiheit zu erlangen. Zunächst einmal werde ich dir gern das Blut und die Seelen derjenigen, die mich hier eingekerkert haben, überlassen.«

Pogo, immer noch verwirrt von dem Trick mit der doppelten Sprache, machte Glotzaugen.

»Arioch!« Der bleiche Mann riß hilflos an seinen Ketten und sackte dann in sich zusammen. »Ah, wie ich sehe, bist du zu Späßen aufgelegt. Die Länge der Zeit, die du gebraucht hast, um zu reagieren, und die bizarre Gestalt, die du angenommen hast, hätten mich darauf aufmerksam machen müssen. Bitte, Lord der Sieben Dunkelheiten, ich habe unseren Vertrag eingehalten, selbst dann, wenn du ihn gegen mich gekehrt hast. Befrei mich jetzt oder geh und laß mich weiterleiden, wenn ich bitten darf.«

»Ähm«, begann Pogo. »Äh, ich bin nicht... der, für den du mich hältst. Ich bin Pogo Cashman. Aus Reseda, Kalifornien. Und ich bin ziemlich high. Sagt dir das irgend was?«

Elric glaubte allmählich, daß dies doch nicht Arioch sein konnte. Selbst der unberechenbare Humor des Höllenherzogs ging gewöhnlich nicht so weit. Diese seltsame, schäbige Kreatur mußte also entweder ein weiterer Trick von Elrics Peinigern sein oder eine Seele, die aus ihrer eigenen Sphäre gefallen und in diese hier geraten war, vielleicht auf Grund seiner Anrufung. Der Umstand, daß Elric die Sprache dieses Fremden namens *Pogokhashman* verstehen konnte, obwohl er gleichzeitig wußte, daß es keine ihm je untergekommene menschliche Sprache war, wies zweifelsohne darauf hin, daß irgend etwas nicht stimmte.

»Was immer du bist, bist du gekommen, um den

vielgequälten Elric weiterzuquälen? Oder, wenn du kein Feind bist, kannst du mich befreien?«

Der junge Mann beäugte die schweren Eisenschellen an den Handgelenken des Albinos und runzelte die Stirn. »Wow, glaub ich nicht, Mann. Tut mir leid. Fehlanzeige.«

Der Sinn war klar, wenn auch einige der Ausdrücke es nicht waren. »Dann such etwas, was schwer genug ist, um mir den Schädel einzuschlagen und mich aus diesem Elend zu erlösen«, hauchte der Melnibonéer. »Meine Kräfte nehmen rapide ab, und da ich offensichtlich nicht imstande bin, Hilfe herbeizurufen, bin ich hilflos einem Mann ausgeliefert, der nicht einmal das Recht hat, den Schatten eines Drachenkaisers zu berühren, geschweige denn, zu seiner Belustigung mit ihm zu spielen.« Und als er an Badichar Khans grinsendes, zahnlückiges Gesicht dachte, schoß ein Strom glühenden Hasses durch ihn; er wand sich in seinen Fesseln und zischte: »Es ist besser, ihm nur meine Leiche zu hinterlassen. Ein leerer Sieg für ihn, und in diesem Leben gibt es wenig, was ich vermissen werde.«

Der Fremde starrte ihn mehr als nur ein bißchen beunruhigt an. Er strich sich eine nicht sonderlich saubere Haarsträhne aus den Augen. »Du willst, daß ich dich ... töte? Äh ... gibt es nicht irgend etwas, was ich statt dessen für dich tun könnte? Soll ich dir einen Imbiß machen? Oder dir was zu trinken holen?« Er sah sich im Raum um, als ob er erwartete, der Priesterkönig hätte seinen Kerker mit Quellen frischen Wassers ausgestattet.

Erneut fragte sich der Albino, ob diese idiotische Erscheinung nicht eine weitere Grausamkeit desjenigen, der ihn gefangengenommen hatte, darstellte, aber falls das der Fall war, dann ließ das Ganze auf eine Raffinesse schließen, die der Khan zuvor nicht an den Tag gelegt hatte. Er bemühte sich, seine nachlassende Geduld zu bewahren. »Wenn du mich nicht befreien kannst, Freund, dann laß mich in Ruhe leiden. Der dreimal verfluchte Badichar Khan hat Sturmbringer an sich genommen, und ohne die Kraft, die es mir gibt, wird mein verräterischer Körper das Werk des Henkers bald von sich aus vollenden.«

»Sturm...?«

»Sturmbringer. Mein dunkler Zwilling, mein Hausdämon. Mein Schwert.«

Der seltsame Jüngling nickte. »Kapiert. Dein Schwert. Weißt du, das ist ziemlich irre, diese ganze Geschichte. Wie auf einem J. R. R. Tolkien-Kalender oder so. Gibt's hier auch Hobbits?«

Elric, der von diesem Unsinn genug hatte, schüttelte den Kopf. »Geh jetzt. Jemand, der auf dem Drachenthron gesessen hat, zieht es vor, ungestört zu leiden. Es wäre ein Akt der Freundlichkeit.«

»Würde es was helfen, wenn ich dir dieses Schwert hole?«

Das Lachen des Albinos war scharf und schmerzhaft. »Helfen? Mag sein. Aber es ist unwahrscheinlich, daß der Khan es dir gibt, und die zahlreichen Killer seiner Topasgarde dürften etwas dagegen haben, daß du es an dich nimmst.«

»Hey, alles fließt, Mann. Versuch einfach cool zu bleiben.«

Der Jüngling drehte sich um und ging zum vorderen Teil der Zelle zurück. Elrics schwache Augen konnten ihm nicht in die dortige Dunkelheit folgen, aber er hörte auch nicht, daß die Tür aufging. Selbst in seinen Schmerzen und seiner seit langem kochenden Wut gab es eine kurze Unterbrechung. Doch ob der Fremde nun ein Dämon war, eine Halluzination oder tatsächlich irgendein unglücklicher Reisender, den Elrics verzweifelte Anrufung von einer Sphäre in die andere versetzt hatte – der Melnibonéer bezweifelte, daß er ihn wiedersehen würde.

Kuriöser und kuriöser. Wer hat das noch mal gesagt?

Auf der anderen Seite der Tür wuchs Pogo auf seine normale Größe zurück. Das war sicherlich der seltsamste Trip, den er je erlebt hatte, und irgendwie normaler wurde das Ganze im Laufe der Zeit auch nicht. Doch er hatte zu dem bleichen Mann gesagt, daß er sein Schwert holen würde, und wer weiß, wie lange es noch dauern würde, bis die Wirkung des LSD anfing nachzulassen? Eile war angesagt.

Er suchte sich aus der ziemlich begrenzten Anzahl von Möglichkeiten eine Richtung aus und ging den Gang hinunter. Der in Windungen verlaufende Steintunnel war von beträchtlicher Länge und wies, abgesehen von einer Fackel hier und da, keine besonderen Merkmale auf. Pogo war von der Dürftigkeit seiner eigenen Phantasie peinlich berührt.

Damals, als wir uns total bedröhnt haben, ist Sammy mit einem Raumschiff geflogen, das von all diesen blauen Insekten gelenkt wurde, mit gigantischen Kreaturen aus Pfannkuchenteig und allem Drum und Dran. Klar, er liest mehr Science Fiction als ich – all diese Typen mit komischen Namen wie Moorcock und Phil Dick. Hört sich an, als sollten sie lieber Pornos schreiben.

Auch wenn seine Phantasie sich in Sachen Kerkerdekor nicht sonderlich angestrengt hatte, war er doch von der schonungslosen Echtheit des Erlebnisses beeindruckt. Die Luft war zweifellos dumpfig, und die Masse, durch die er mit seinen Wüstenstiefeln patschte, sah eindeutig aus wie der übelste Modder und roch und klang auch so. Und dieser Elric, mit seinem eingebauten Schauspieler-Make-up, war auch ganz schön überzeugend gewesen.

Der Gang führte schließlich zu einer Treppe, was die

Langeweile etwas milderte. Pogo stieg nach oben, wie ihm schien, ziemlich lange. Er war immer noch furchtbar enttäuscht, daß es nicht Jimi Hendrix gewesen war, der ihn gerufen hatte. Er war so *sicher* gewesen...

Ein paar weitere Schritte brachten ihn zu einem Treppenabsatz, von dem aus es in mehrere Richtungen weiterging. Zum erstenmal konnte er jetzt Geräusche hören, die nicht von den Tritten seiner Kreppsohlen kamen. Aufs Geratewohl entschied er sich für einen der gewölbten Durchgänge. Binnen Sekunden fand er sich von Menschen umgeben, einer ziemlich erschreckenden Menge von Menschen – vielleicht hatte er die Kräfte seiner Kreativität unterschätzt –, die alle geschäftig hin und her eilten und alle so gekleidet waren, als ob sie für den *Dieb von Bagdad* oder irgendeinen anderen Samstagvormittagfilm aus seiner Kindheit probten. Männer mit geschorenen Köpfen und Schnurrbärten eilten an ihm vorbei, auf den Schultern zusammengerollte Teppiche tragend. Kleine Gruppen von Frauen, in enttäuschendem Maße verschleiert, gingen miteinander flüsternd dicht an den Wänden entlang. In einem großen Raum, der von dem Korridor abging, schienen Dutzende von schwitzenden, mehlbedeckten Leuten eine Mahlzeit von phantastischem Umfang zuzubereiten. Der Lärm war unglaublich.

Keiner von ihnen schien Pogo viel Aufmerksamkeit zu schenken. Er war nicht unsichtbar – keiner stieß mit ihm zusammen, und etliche wichen ihm gezielt aus –, doch niemand gestattete sich mehr als einen raschen Blick auf ihn, bevor er eilig mit der Aufgabe fortfuhr, die gerade seine Aufmerksamkeit in Anspruch nahm. Er zwang einige stehenzubleiben, damit er sie nach dem Verbleib des magischen Schwerts fragen konnte, aber sie gaben ihm keine Antwort und stahlen sich davon wie Anführer, die auf einem Fest einem betrunkenen Verlierer aus dem Weg gehen.

Während Pogo seinen Weg fortsetzte, wurde der Gang breiter und wies üppigere Dekorationen auf; die Wände waren mit fließenden Mustern von blühenden Bäumen und fliegenden Vögeln bedeckt. Er sah immer weniger Leute, bis er sich, nachdem er eine Strecke zurückgelegt hatte, die schätzungsweise die doppelte Entfernung von seiner Wohnung zur Xavier Cugat High School betrug, in einem Teil des riesigen Palastes – oder was immer es war – befand, der leer war. Abgesehen von ihm. Und dem Flüstern.

Er folgte dem wispernden Geräusch weiter den Gang hinunter und spähte dabei in offene Räume zu beiden Seiten; alle waren leer und verlassen, obwohl sie so aussahen, als würden sie regelmäßig benutzt. Schließlich gelangte er zum Eingang eines großen Gemachs, das benutzt *wurde*. Von hier kam das Flüstern.

In der Mitte eines riesigen Raums mit hoher Decke befand sich ein Podium aus Stein. Auf dem Podium standen, murmelnd und zischend miteinander sprechend, ein halbes Dutzend bärtiger Männer in Gewändern, die dramatische Farben und wilde Muster hatten; jedes Gewand war anders, als ob die Männer eine Art Modewettbewerb austrügen. Sie standen in einem lockeren Kreis und waren eifrig damit beschäftigt, ein schwarzes Schwert zu untersuchen, das wie eine gefrorene Schlange auf dem Stein lag.

Um das Podium herum, dem sie den Rücken zukehrten, standen mehrere Dutzend grimmig blickender Männer in glänzenden, mit braunen Edelsteinen besetzten Rüstungen; jeder hatte einen langen, unangenehm aussehenden Speer in der Hand und trug ein ebenso unangenehm aussehendes Krummschwert in einer Scheide an der Hüfte.

Das müssen die Gardetypen sein, von denen Elric gesprochen hat, überlegte er. *Und das Schwert da, das die anderen feinen Pinkel sich ansehen, muß Sturmsinger sein, oder wie immer es heißt.*

Sein Selbstvertrauen, das zu einem guten Trip gehört, begann ein wenig nachzulassen. Selbst wenn sie ihn nicht wirklich verletzen konnten – schließlich war es ja nur eine Halluzination –, mit all diesen scharfen Gegenständen bearbeitet zu werden, konnte den Trip zu einem echten Horror werden lassen und möglicherweise sogar dazu führen, daß er sich hinterher einige Tage lang einigermaßen mies fühlte.

Nachdem er einen Augenblick lang überlegt und sich dann auf einen einzigen Gedanken konzentriert hatte, merkte er, wie er wieder zu schrumpfen begann.

Es war seltsam, auf der Furche zwischen den Fliesen entlangzugehen und zu sehen, wie über ihm die Ränder gleich Talhängen aufragten. Noch seltsamer war es, an den Beinen der kolossalen Männer von der Topasgarde hochzustarren, von denen jeder jetzt so riesig war wie der Pfeiler einer Brücke.

Müßte ziemlich cool sein, das direkt unter Diana Darwent und ihren Freundinnen zu machen. Falls sie Röcke trügen.

Er lachte, doch dann erstarrte er an Ort und Stelle, da er fürchtete, man könne ihn hören und bemerken. Nach kurzem Überlegen – hatte *er* je eine Wanze lachen hören? – marschierte er weiter.

Auf das Podium zu klettern war schwierig, aber bei seiner gegenwärtigen Größe fand er Unregelmäßigkeiten im Stein, die guten Halt boten. Die bärtigen Männer mit den wallenden Gewändern, die um das Schwert herumstanden, unterhielten sich, und genau wie bei Elric konnte er sie bestens verstehen – oder zumindest ihre Worte, obwohl ihre Stimmen donnernd laut waren und grollten wie die Baßtöne bei einem Deep Purple-Konzert. Der Sinn ihrer Worte war nicht ganz so klar.

»Es ist eine verdichtete Form Ätherischen Nebels.

Wenn die bindenden Rituale nicht wären, würde es sich in den Absoluten Nebel zurückverwandeln und verdunsten. Wenn wir noch einmal den Zauber der Spaltung ausprobieren würden...«

»Deine Argumentation ist so dünn wie der magere Hintern einer Viper, Dalwezzar. Ätherischer Nebel spielt hier keine Rolle. Es ist ein völlig normales Schwert, das durch einen Multiversalen Nexus gezogen wurde, und deswegen sind seine individuellen Monaden... äh... umgeschlagen. Mehr oder weniger.«

»Ihr beiden! Könnt ihr euch je mit etwas befassen, ohne zu versuchen, es mit euren fixen Ideen in Einklang zu bringen, diesen konfusen Pseudogewißheiten, die ihr in euren einsamen Betten hätschelt und liebkost, als wären es Lustknaben... Badichar Khan braucht *Antworten*. Bah! Einen Theoretischen Wundertäter sollte man nie mit der Aufgabe eines Praktischen Wundertäter betrauen.«

Während er alldem zuhörte, wenn auch ohne etwas zu begreifen, und überlegte, wie er zu dem Schwert gelangen konnte – die Frage »und was dann?« schob er erst einmal beiseite –, bewegte sich auf einmal etwas Großes und Dunkles über ihm wie eine Sturmwolke.

»Und was ist das? Sieh mal, Dalwezzar, ein Homunkulus! Jetzt erzähl mir mal, wie sich aus deinem Unsinn in puncto Ätherischer Nebel erklärt, daß das Studienobjekt Homunkuli hervorbringt! Ha! Wenn es je einen Beweis gegeben hat, daß dies das Produkt eines Multiversalen Nexus ist...«

Entsetzt blickte Pogo hoch, als ihm klar wurde, daß mit dem Homosoundso, von dem sie sprachen, er gemeint war. Während er sich noch fragte, ob es an seinen Wüstenstiefeln lag – er hatte zu seiner Mutti gesagt, er wolle richtige Wanderstiefel haben, aber sie hatte geantwortet, wenn er ein Paar Schuhe mit Vibramsohlen zu sechzig Dollar haben wolle, nur um auf dem Parkplatz herumzuhängen, dann müsse er sich einen Job suchen –, wurde er von einer Pinzette von der Größe eines Laternenpfahls am Hemd gepackt und in die Höhe gehoben.

Nachdem er ruckartig emporgezogen worden war, schwebte er vor etwas, das so voller Löcher war, so mit Haaren bedeckt, die wie verkohlte Baumstämme aussahen, daß er einen Moment lang annahm, er sei von einem öffentlichen Campingplatz gekidnappt worden. Etliche weitere Momente vergingen, bevor er erkennen konnte, was es war – ein gigantisches Gesicht.

»Schnell, hol die Ätherflasche!« Die Dünste, die aus der gähnenden, zahnbewehrten Höhle kamen, reichten aus, um Pogo für den Rest seines Lebens Zwiebeln abschwören zu lassen. »Ah, Dalwezzar, du wirst dich vor Verlegenheit winden, wenn das veröffentlicht wird! Du wirst kreischen und dich krümmen! Die Wissenschaft wird den Begriff ›Ätherischer Nebel‹ noch jahrhundertelang mit Hohn übergießen!«

»Du Ekel! Du willst ihn natürlich in die Ätherflasche tun! Wenn ich ihn bei lebendigem Leibe sieden dürfte, dann würdest du sehen, daß dies auch ein reines Destillat des Nebels ist! Gib ihn mir!«

Etwas Knorpeliges, das wie ein gigantischer rosiger Tintenfischarm aussah, langte nach oben und packte die Pinzette. Pogo spürte, wie er mal nach hier, mal nach dort durch die Luft schnellte, als befände er sich in einer ausgeleierten Schiffsschaukel. Der Stoff seines T-Shirts fing an zu zerreißen.

O Scheißescheißescheiße, dachte er voller Panik. *Klein ist schlecht! Klein ist schlecht! Groß ist gut!*

Die bärtigen Männer mit den wallenden Gewändern begannen plötzlich zu schrumpfen, ebenso der Raum selbst wie auch die dichtgeschlossenen Reihen der Topasgarde. Binnen Sekunden verschwand das ganze halbe Dutzend gelehrter Männer. Oder vielmehr war es so, wie Pogo nach einer Weile klar wurde, daß sie immer noch da waren, er aber auf ihnen saß. Er konnte hören, wie ihre Todesschreie unter der Gesäßtasche seiner Jeans hervorkamen, und spürte ihre letzten Zukkungen an seinem Hintern. Das war ziemlich herb, aber er konnte nicht aufstehen, da sein Kopf jetzt gegen die gekachelte Decke stieß.

Die Angehörigen der Topasgarde, bis auf den letzten Mann kampferprobte alte Hasen, starrten auf die plötzliche Erscheinung eines fünfundvierzig Fuß großen kalifornischen Teenagers im Lou Reed-Shirt. Dann schrien sie auf und flohen aus dem großen Raum. Nachdem der letzte Speer rasselnd zu Boden gefallen war, war Pogo allein.

Irgend etwas rief ein ausgesprochen schmerzhaftes Gefühl in seinem Hinterteil hervor. Er langte nach hinten, kratzte schaudernd ein nasses, unangenehmes Etwas in wallendem Gewand ab und versuchte, den stechenden Gegenstand zu entfernen.

Sobald seine Finger das schwarze Schwert berührten, hatte er wieder seine normale Größe. Der Übergang vollzog sich so unerfreulich rasch, daß er einige Minuten lang nur mit schwummerigem Kopf dasitzen konnte, inmitten der unappetitlichen Überreste dessen, was einst Badichar Khans Kollegium von Wundertätern gewesen war.

Als er das Geräusch hörte – ein feines, aber unangenehmes Kratzen –, blickte Elric auf. Irgend etwas ging in der Dunkelheit nahe der Tür seiner Zelle vor sich. Er fühlte sich so schwach, daß es ihm schwerfiel, seinen Blick zu konzentrieren, geschweige denn, irgendein Interesse aufzubringen.

»Äh, hey, bist du in Ordnung?«

Es war wieder der seltsame junge Mann. Er war auf ebenso rätselhafte Weise aus der Dunkelheit aufgetaucht, wie er in ihr verschwunden war. Elric zuckte unglücklich mit den Achseln, was seine Ketten leise zum Klirren brachte. »Ich bin schon glücklicher gewesen«, gestand er.

»Es hat sich auf halbem Wege drunter verklemmt. Es wird schon durchpassen, ich muß nur noch ein bißchen mehr dran ziehen. Zu blöd, daß hier noch niemand was von einer Katzentür gehört hat. Das wäre ideal gewesen.«

Nach dieser unverständlichen Verlautbarung drehte der Fremde sich um und steuerte wieder auf den vorderen Teil der Zelle zu. Auf dem Sitz seiner Hosen war irgendeine Art von Fleck, der wie Blut aussah.

Nachdem eine Zeitlang erneut das Kratzen zu hören gewesen war, kehrte die Erscheinung zurück. Elric riß die Augen auf.

»Das muß es sein, richtig?« Er hielt Sturmbringer wie ein Kind in den Armen. Offensichtlich hatte er noch nie ein Schwert geführt.

»Bei meinen Ahnen, wie hast du…?« Elric konnte die Nähe der Runenklinge spüren wie einen kühlen Wind im Gesicht.

»Lange Geschichte. Hör mal, könntest du es vielleicht nehmen? Es fühlt sich irgendwie komisch an. Nichts für ungut.«

Elrics weiße Finger streckten sich nach dem Heft aus, das ihm der Fremde entgegenkommend hinhielt. Als seine Hand es umschloß, spürte er, wie ein winziges Rinnsal von Energie in ihn floß, aber nach wenigen Sekunden hörte selbst das auf. Elric fühlte sich immer noch sehr schwach.

»Irgend etwas stimmt da nicht. Vielleicht ist es zu lange her, seit die Klinge jemandem das Leben genommen hat. Sie stärkt mich nicht so, wie sie sollte.« Er drehte das Handgelenk; selbst mit der geringfügigen zusätzlichen Kraft, die sie ihm gegeben hatte, konnte er sie nicht in die Höhe heben. »Sie hungert nach Seelen.«

Der Fremde – wie hatte er sich genannt? Pogokhashman? – kniff mißtrauisch die Augen zusammen. »Dann nimm sie zu einem James Brown-Konzert mit oder so. Aber richte sie nicht auf mich, okay? Dieses Ding ist unheimlicher als Shit.«

Der Melnibonéer sackte in sich zusammen. »Natürlich, mein Freund. Ich würde dir nichts zuleide tun, besonders da du mir solch einen unerwarteten Dienst erwiesen hast. Aber ohne Sturmbringers Kraft bin ich immer noch ein Gefangener, wie zuvor. Und wenn der Khan von dem Diebstahl in Kenntnis gesetzt worden ist, wird er sich mir sehr vorsichtig nähern; man wird mir keine Gelegenheit geben, das Schwert in Blut zu tauchen.« Er hielt inne und starrte die schwarze Klinge an. »Aber wenn es nach Seelenenergie hungert – leer ist –, dann verstehe ich nicht, warum es nicht versucht hat, mich zu zwingen, dich zu töten. Gewöhnlich verhält es sich wie ein schlechterzogener Köter und stürzt sich immer auf meine Freunde.«

Pogokhashman zuckte die Achseln.

Frustration stieg in Elric auf. So weit war es also mit dem letzten Sproß eines stolzen Geschlechts gekommen, daß er als Gefangener eines niederen Statthalters langsam in einer Zelle verhungerte, in der Hand sein Schwert, das ihm dennoch nichts nutzte!

»Ah, Herzog Arioch!« schrie er plötzlich. »Diesmal hat mir das Schicksal einen schlauen Streich gespielt! Warum bist du nicht gekommen, um dich an meinem Elend zu weiden? Deine Vorliebe für Spott müßte dich eigentlich herlocken, wie eine Zecke von heißem Blut angelockt wird! Komm, Arioch, und erfreu dich an meiner Elend! Komm, Chaos-Lord!«

Und während die Echos von Elrics Stimme sich in

den feuchten Wänden und im schlammigen Boden verloren, kam Arioch.

Das Licht der Fackel schien sich zu konzentrieren; die Zelle wurde dunkel bis auf einen Fleck, wo das Stroh glühte, als brenne es. An dieser Stelle wurde die Dunkelheit zu einer Wolke summender Fliegen, die sich zu einer engen, immer dichter werdenden Spirale zusammenzogen, bis sie schließlich eine sich bewegende Säule aus glitzernder, summender Finsternis bildeten. Die Säule wurde breiter, öffnete sich und wurde zu einem schönen jungen Mann in einem seltsamen roten Samtanzug. Er trug einen Zylinderhut mit breiter Krempe, und sein Haar war fast so fahl wie das Elrics.

»Arioch! Endlich bist du gekommen.«

Der Höllenherzog musterte ihn amüsiert. »Ah, süßer Elric. Wieder einmal finde ich dich in einer schrecklichen Notlage vor.«

Pogokhashman, der an die Wand zurückgewichen war, starrte ihn glotzäugig an. »Dich kenne ich!« sagte er. »Du bist dieser Typ von den Rolling Stones. Aber Sammy hat gesagt, du bist in deinem Swimmingpool ertrunken.« Er betrachtete ihn noch ein Weilchen länger. »Flotte Kluft.«

Arioch drehte sich zur Seite, um den Fremden zu beäugen, ohne daß sein Ausdruck freundlicher Gleichgültigkeit sich änderte. »Hmmm«, sagte er; seine melodische Stimme war so einschläfernd wie das Summen eines Bienenstocks im Sommer. »Dein Geschmack betreffs Gefährten ist immer noch höchst eigen, mein kleiner Melnibonéer.«

Elric sah sich veranlaßt, Pogokhashman zu verteidigen, so rätselhaft und fremdartig dieser auch sein mochte. »Dieser Mann hat mir einen großen Dienst erwiesen. Er hat mir Sturmbringer zurückgebracht.«

»Aja. Sturmbringer. Der dir bei einem Überfall aus dem Hinterhalt abgenommen wurde, richtig?« Arioch schritt vorsichtig durch den Dreck auf dem Zellenboden, als versuche er, den Saum seiner ausgestellten, scharlachfarbenen Hosen sauberzuhalten. »Deine Runenklinge wurde dir von Badichar Khan – ich glaube, so heißt der Bursche – geraubt, und seine Hauszauberer haben sie allerlei Experimenten unterzogen. Und jetzt funktioniert sie nicht richtig, nicht wahr?« Er sprach mit der Besorgtheit, die einst Elrics Foltermeister Doktor Jest an den Tag gelegt hatte, um einem Gefangenen wegen einer Scheußlichkeit, die er, Jest, selbst begangen hatte, sein Mitgefühl zu bekunden.

»Ja. Ja! Sie beseitigt meine Schwäche nicht. Ich kann mich nicht befreien.«

»Das liegt zweifellos am Zauber der Spaltung ... und am Chronophagen.«

Elric runzelte die Stirn. »Von beiden habe ich noch nie gehört.«

»Ersteres ist sehr simpel – primitiv sogar.« Arioch kreuzte die Beine wie ein Schneider und schwebte anderthalb Yard über dem Zellenboden. Am anderen Ende der Zelle verzog sich Pogokhashmans Gesicht zu einem breiten, ungläubigen Grinsen. »Da hast du selbst mächtigere Zauber gewirkt, als du noch ein kleines Prinzlein warst. Badichar Khan hat überall herumgesucht, um sein Kollegium von Wundertätern vollzubekommen ... aber sein Königreich ist eben doch recht hinterwäldlerisch; die Kandidaten gehörten alle einer ziemlich niederen Kategorie an. Dennoch war der Zauber der Spaltung, den sie anwandten, um Sturmbringers Geheimnisse zu erschließen, auf plumpe Weise wirksam, obwohl sie in ihrer Unkenntnis ihren Erfolg nicht einmal erkannten. Es ist ihnen gelungen, seine Energie teilweise freizusetzen – natürlich nur für einen Moment, aber wie es einer jener entzückenden Zufälle wollte, die der Fluch von Leuten sind, die weniger flexibel sind als ich, war es genau der richtige Moment:

Deiner Runenklinge wurde ein Teil ihrer Essenz entzogen.«

»Wovon entzogen? Und was hat es mit diesem Chronophagen auf sich? Ist das irgendein Dämon oder Zauberer, der Sturmbringer seiner Kraft beraubt hat?«

Arioch lächelte und schwebte höher, bis er sich weit über Elrics Kopf befand. In seiner Hand erschien ein Röhrchen, das er aus irgendeinem Spalt in der Wirklichkeit gezogen hatte. Der Chaos-Lord führte das Messingmundstück an seine Lippen und inhalierte. Einen Augenblick später blies er einen großen blauen Rauchring in die Luft, der aufstieg und dann über seinem Kopf schwebte.

»Es wäre nicht recht, dir zuviel zu erzählen, bezaubernder Elric«, sagte er. »Es steht im Widerspruch zum Chaos, Individuen ihrer Initiative zu berauben.«

»Spiele, Herzog Arioch, in einem fort Spiele. Na schön, ich werde Badichar Khans Zauberer ausfindig machen und herausfinden, was sie mit ihren tolpatschigen Zaubersprüchen angerichtet haben.«

Arioch grinste um das Messingmundstück herum. »Ich glaube, du brauchst nicht weit zu suchen.« Er neigte den Kopf in Richtung Pogokhashman. Aus seinen Nasenlöchern kam Rauch. »Du da, dreh dich um.«

Der Fremde starrte Arioch an. Dann drehte er sich langsam, bis der Fleck auf seinem Hosenboden in Sicht kam.

»Wenn du irgendwelche Fragen an das Kollegium von Wundertätern hast«, kicherte Arioch, »dann kannst du sie jetzt stellen.«

»Es war ... äh ... ein Unfall«, sagte Pogokhashman leise.

Elric schüttelte den Kopf. »Ich verstehe überhaupt nichts.«

Arioch blies einen weiteren Rauchring in die Luft. »Du mußt Sturmbringers gestohlene Essenz ausfindig machen; das wird dich zu dem Chronophagen führen. Das reicht für den Anfang. Leb wohl, mein tragischer Handlanger.«

»Warte!« Der Melnibonéer beugte sich vor; seine Ketten klirrten. »Ich bin immer noch hier eingeschlossen, zu schwach, um zu entkommen...«

»Was dein Abenteuer nur um so reizvoller machen wird.« Unvermittelt begann Arioch durchsichtig zu werden und verschwand dann. Der letzte der Rauchringe folgte ihm ein paar Sekunden später ins Nichts.

»Sei tausendmal verflucht!« heulte Elric ins Leere. Dann ließ er sein Kinn auf die Brust sinken. Selbst Wut erschöpfte ihn; er spürte, daß die ihm noch verbliebene Kraft dahinschwand wie Sand, der durch Finger rieselt. »Wieder einmal verraten. Die Abmachung meiner Familie mit dem Chaos hat sich erneut als fragwürdig erwiesen.«

»Wow, Mann, tut mir leid.« Pogokhashman kam zu ihm und klopfte dem Albino unbeholfen auf die Schulter. »Mir ist das ja alles ziemlich unklar, aber es hört sich übel an.« Er hielt einen Moment inne und suchte dann in seiner Hosentasche herum. »Könnten die irgendwie nützlich sein?«

Elric glotzte das Bund eiserner Schlüssel an. »Was... wo...?«

Pogokhashman zuckte die Achseln. »Hat einer von der Toplessgarde fallen gelassen. Als sie alle wegrannten.«

»Wegrannten...?«

»Lange Geschichte, Mann, wie ich dir schon gesagt habe.« Der Jüngling begann, die Schlüssel in dem dicken Eisenschloß an Elrics Ketten auszuprobieren. Beim dritten machte es ›klick‹, dann noch einmal, und die Ketten fielen ab.

Elric hatte Mühe, alles, was ihm widerfahren war, zu begreifen. Er starrte seinen merkwürdigen Retter an und schüttelte den Kopf. »Ich danke dir, Pogokhashman. Wenn ich mich je erkenntlich zeigen kann...«

»Ich hoffe bloß, du kannst dein Schwert reparieren. Oder was immer dieser Swimmingpooltyp gesagt hat.«

Elric hielt Sturmbringer vor sich. Das Schwert war immer noch seine lebende Klinge, aber ihre Essenz war so stumm, als schliefe sie. Er schüttelte es versuchsweise, dann wandte er sich seinem Gefährten zu. »Und irgendwie hast du, wenn ich es richtig verstanden habe, das Kollegium von Wundertätern – die Zauberer des Khans – vernichtet?«

Der verlegene Gesichtsausdruck kehrte zurück. »War keine Absicht. Habe mich irgendwie auf sie gesetzt.«

Elric schüttelte den Kopf, verfolgte die Sache aber nicht weiter. »Dann werde ich mir irgendeine andere Methode ausdenken müssen, um nach Sturmbringers verlorener Essenz zu suchen. Du scheinst voll verborgener Kräfte zu stecken, mein Freund. Kannst du mir helfen? Ich stehe bereits tief in deiner Schuld.«

»Ich glaub nicht, Mann. Ich meine, ich bin nicht mal sicher, wie ich überhaupt hierhergekommen bin. Wir haben nur etwas LSD genommen, Sammy und ich, und ich dachte gerade an... na, jedenfalls, ich glaub nicht.«

»Dann muß ich versuchen, das Rätsel zu lösen.« Insgeheim fühlte Elric sich ein wenig erleichtert. Die Leichtigkeit, mit der dieser Fremde die Zauberer und die handverlesene Garde des Khans besiegt und dann Sturmbringer wiederbeschafft hatte, rief in dem Melnibonéer ein Gefühl unangenehmer Hilflosigkeit hervor. Seine schwächliche Konstitution hatte ihn schon oft in solch eine Lage gebracht, die er aber, gerade weil sie ihm vertraut war, um so mehr haßte. Jetzt würde er, auch wenn seine Situation verzweifelt war, zumindest auf Grund seiner eigenen Maßnahmen Erfolg haben oder untergehen.

Er zermarterte sich das Hirn, um einen Zauberspruch zu finden, der es ihm erlauben würde, Sturmbringers gestohlener Essenz nachzuspüren. Dieser Prozeß wurde durch Elrics Schwäche und Benommenheit noch ein wenig schwieriger, aber auch durch Pogokhashman, der pfeifend und summend in der Zelle auf und ab schlenderte, während unter seinen Füßen das verfaulte Stroh knirschte. Elric verzog das Gesicht, machte aber weiter, bis endlich ein Erinnerungsfetzen aus der Tiefe aufstieg.

»Bring mir die Fackel«, rief er. Sein neuer Gefährte ging hin und zog sie aus dem Wandarm. Dann sah er mit offenkundiger Verblüffung zu, wie der Albino seine langfingrige rechte Hand in die Flamme hielt.

»Was ... äh ...?«

»Ruhe!« zischte Elric zwischen seinen zusammengebissenen Zähnen hervor. Als er meinte, es sei genügend Zeit vergangen, riß er die Hand wieder heraus. Der Schmerz war furchtbar, aber notwendig: Angesichts seiner eigenen Schwäche und Sturmbringers seltsamer Lähmung mußte Elric die Verbindung zu seinem Schwert verstärken. Er packte das Heft der Runenklinge mit seiner wunden, schmerzenden Hand; den Schmerz mißachtend, so gut es ging, schloß er die Augen und suchte nach dem unruhig schlummernden Kern Sturmbringers.

»Mit Flamme und Blut ward der Pakt beschworen«,

Er psalmodierte in einer Sprache, die schon alt gewesen war, bevor Imrryr über dem Meer erbaut wurde. Er glaubte, in der inneren Finsternis eine unbestimmte Bewegung wahrnehmen zu können.

»*Mit Tod und mit Seelen der Handel genährt;*
Jetzt ist mir verschwunden mein dunkler Gefährt'
Und all sein Geheimnis verloren.

Durch Blut ward der Pakt fest und hart,
Mit Tod und mit Seelen geknüpft das Band;
Drum weiche, o Dunkel, des Lichtes Brand,
Daß alles sich offenbart.

Bei meinem zauberkund'gen Wissen,
Bei allen, die mir untertan,
Bei meinem Herzblut, meiner rechten Hand –
Soll jetzt die Kluft sich schließen!«

Als er die Beschwörung beendet hatte, hielt er inne und lauschte auf etwas Lautloses, hielt Ausschau nach etwas, das keine Gestalt hatte. Weitab in der Dunkelheit – einer Dunkelheit, die tiefer war als die Schwärze hinter seinen Augenlidern – bewegte sich in der Tat etwas. Er tastete danach und spürte seine Unvollständigkeit: Sturmbringer selbst suchte nach dem, was verloren war. Das suchende *Etwas*, das von der Essenz der Klinge übriggeblieben war, geriet in Bewegung und begann, sich von ihm zu entfernen. Im Geiste packte er es und spürte, wie es an ihm zog.

»Pogokhashman«, krächzte er mit immer noch fest geschlossenen Augen. »Nimm meine Hand!«

Etwas ergriff seine linke Hand, und im selben Moment spürte er, wie er durch seine eigenen Gedanken gezogen, durch ein dunkles, pulsierendes Kaninchenloch ins Nichts gesaugt wurde.

Kuriöser und kuriöser, mein Arsch! Das ist einfach ... irre.

Pogo hatte Elrics weiße Hand gepackt – nicht ohne eine gewisse Beklommenheit; er war halbwegs sicher gewesen, daß der Albino auch *seine* Finger in die Flamme der Fackel halten würde. Einen Moment später war er im Wunderland.

Oder sonstwo. Was die Sache so erschreckend machte, war, daß sie sich eigentlich mit nichts vergleichen ließ. Am nächsten kam ihr noch, wie Pogo fand, die durch Farbwirbel führende Fahrt zum Jupiter in *2001*. Aber das war im Vergleich zu dem hier ein Spaziergang gewesen.

Körperlos, doch mit einem schmerzhaften Kältegefühl stürzte er wie ein Meteor durch brüllende Finsternis. Blaßfarbene Objekte schossen aufleuchtend an ihm vorbei, doch obwohl sie aussahen wie ausgefranste Wolken, konnte er spüren, daß sie irgendwie lebendig waren, daß es ihre Stimmen waren, die ihm wütend in die Ohren schrien, erzürnt über seine relative Wärme und Beweglichkeit. Außerdem konnte er spüren, daß sie, wenn sie ihn erwischten, Dinge mit ihm anstellen würden, die ihm ganz und gar nicht gefallen würden.

Pogo schloß die Augen, aber das machte keinen Unterschied. Entweder er hatte wirklich keinen Körper – er konnte seine Hände und Beine und selbst seine etwas peinlichen Wüstenstiefel aus Wildleder nicht sehen – und folglich auch keine Augen, oder der Ort, an dem er sich befand, die Objekte, die ihn anbrüllten, waren alle hinter seinen Augenlidern... in seinem Kopf.

Aber wenn die Sachen mit Elric und dem Kerker und diesem Rolling Stones-Typ auch alle Halluzinationen gewesen waren, wie kam es dann, daß sie so wirklich gewirkt hatten, während ihm das hier phantastisch vorkam?

Pogo hatte gerade beschlossen, daß es an der Zeit sei, die Beendigung dieses ganzen Trips ernsthaft ins Auge zu fassen, und fragte sich, wie er das anstellen sollte, als er durch ein Loch in einem wesentlich normaler aussehenden Himmel flutschte und auf eine endlose, mit Gras bewachsene Ebene purzelte. In der Ferne ragte ein einzelner Berg auf; ansonsten war der Ort unglaublich langweilig, wie die Sorte von Nationalpark, durch die selbst seine Eltern fahren würden, ohne anzuhalten. Neben ihm richtete Elric sich kniend auf, Sturmbringer mit seiner blasenbedeckten rechten Hand umklammernd. Der Albino sah sehr echt und völlig erschöpft aus.

»Wir sind da, Pogokhashman – wo immer das sein mag.«

»Du meinst, du weißt es nicht?«

»Ebensowenig wie du. Nicht ich habe uns zu diesem Ort geführt, sondern Sturmbringer.«

Wenn man bedachte, was vorher schon alles geschehen war, beunruhigte diese neue Schwierigkeit Pogo mehr, als sie es hätte tun sollen. Er stellte fest, daß er sich nach dem düsteren Kerker zurücksehnte, der angefangen hatte, ihm ganz vertraut, fast gemütlich vorzukommen. Konnte man sich auf einem LSD-Trip verirren, irgendwie vom richtigen Weg abkommen und ständig in die Irre gehen? Aus seiner Zeit bei den Jungpfadfindern war ihm dunkel in Erinnerung, daß man, wenn man sich im Wald verirrt hatte, an einem Ort bleiben sollte, bis man gefunden wurde.

Aber irgendwie glaube ich nicht, daß Mr. McNulty mit einem Kompaß und was zu essen aufgetaucht wäre und mich nach Hause gebracht hätte, selbst wenn ich im Kerker geblieben wäre.

»Mist«, sagte er laut und mit einigem Nachdruck. »Und was machen wir jetzt?«

Bevor Elric antworten konnte, warf ein donnernder Knall sie beide zu Boden, der wie aus Mitgefühl selbst bebte. Eine riesige Lichtkugel entfaltete sich auf der fernen Bergspitze, breitete sich aus und wurde rot.

»Boah! Atombomben?« fragte Pogo, wollte es aber eigentlich gar nicht wissen.

Kurz darauf war ein Rascheln im Gras zu hören. Pogo blickte nach unten und sprang mit einem Ausruf des Entsetzens auf die Füße. Die Ebene wimmelte von Schlangen und Nagetieren. Es waren Hunderte, vielleicht sogar Tausende, und alle strebten in irrsinniger Panik eilig in dieselbe Richtung.

»Sie rennen vor der Bombe auf dem Berg weg!« rief er und suchte in seinem Gedächtnis nach Merksätzen über das Verhalten bei einem Atomangriff. »Ducken und in Deckung gehen!«

Elric war ebenfalls aufgesprungen und schüttelte einen Schwarm in Panik geratener Backenhörnchen von seinem Stiefel. »Ich weiß nicht, was diese Kreaturen so in Schrecken versetzt hat«, rief er laut, um das Zischen des Grases zu übertönen, »und das Wort, das du benutzt hast, kenne ich nicht, aber sie rennen auf den Berg *zu*.«

Pogo drehte sich um. Der Albino hatte recht. Durch den Ansturm der kleinen Kreaturen bog sich das Gras wie bei heftigem Wind; Insekten waren auch dabei, die wie matte Juwelen aufleuchteten, während sie flogen und hopsten – sie alle eilten auf den Berg zu, über dem immer noch die rote Lichtkugel hing, die allerdings zu verblassen schien.

»Schau, Pogokhashman!« Jetzt zeigte Elric in die entgegengesetzte Richtung. Stirnrunzelnd drehte Pogo sich wieder um. Sein Nacken begann zu schmerzen.

Eine dunkle Linie war am fernen Horizont aufgetaucht, ein sich bewegender Schattenstreifen. Davor zog sich die örtliche Tierwelt so hastig zurück. Während er und Elric auf die Linie starrten, kam sie näher. Es war schwer, auf eine solche Entfernung etwas deutlich zu erkennen, und die von den fliehenden Tieren aufgewirbelten Staub- und Spreuwolken erschwerten die Sicht noch zusätzlich. Pogo kniff die Augen zusammen, und war froh über den sichtbehindernden Staub. Was er sehen konnte, war gänzlich unangenehm.

»Es sind komisch aussehende Typen in Rüstungen. Und – ach du Scheiße! – das sind ja Unmengen. Tausende!«

»Wenn das keine Chaos-Horde ist, dann eine fabelhafte Nachahmung«, sagte Elric grimmig. »Siehst du, wie entstellt und deformiert sie sind.«

»Yeah. Und häßlich.«

Elric schob Sturmbringer in seinen Gürtel und packte Pogo bei der Schulter. »Es sind zu viele, um gegen sie zu kämpfen, besonders jetzt, da meine Runenklinge nicht voll einsatzfähig ist. Jedenfalls stehen wir hier zu ausgesetzt, und wir wissen nichts von dieser Welt.«

»Was du sagen willst, ist: ›Laß uns abhauen‹, richtig? Gute Idee.«

Elric schien gerade versuchen zu wollen, etwas zu erklären, drehte sich aber statt dessen um und begann auf den Berg zuzulaufen. Pogo eilte ihm nach, um ihn einzuholen.

Das ist genau wie im Sportunterricht, dachte er und merkte, daß er bereits leichte Seitenstiche bekam. *Aber beim Sport hat man wenigstens Turnschuhe an. Was ist das überhaupt für ein blöder LSD-Trip?*

Es war schwierig, durch das lebende Meer von Tieren zu rennen, aber Pogo hatte sich bereits in dem Verlies daran gewöhnt, auf pelzige Wesen zu treten. Außerdem überzeugte ihn ein Blick zurück davon, daß die sie verfolgende Horde von Tiermenschen mit ihm gern das gleiche täte. Nach Atem ringend und mit einer Entschlossenheit, die seinen Sportlehrer Mr. Takagawa in ungläubiges Staunen versetzt hätte, die Ellbogen auf und ab bewegend, sprintete er auf den einsamen Berg zu.

Elric geriet ins Taumeln, und Pogo wurde plötzlich klar, wie schwer dies alles für einen Mann sein mußte, der bis vor wenigen Minuten in Ketten gehangen hatte. Er packte den Albino beim Ellbogen – es war erstaunlich, wie dünn er unter seinem zerfetzten Hemd war – und schleppte ihn halb mit sich mit, was ihr Vorankommen auf noch quälendere Weise verzögerte. Pogo hatte jetzt solche Angst, daß ein Teil von ihm erwog, den bleichen Mann einfach fallen zu lassen, damit er selbst mit voller Geschwindigkeit rennen konnte.

Damals, in den ersten Jahren auf der High School, hatte er Sammy einmal mit verstauchtem Knöchel liegenlassen, nachdem sie beim alten Jacobsen einen Klingelstreich gemacht hatten und weggerannt waren. Sammy wurde erwischt und mußte auch noch in den Ambulanzraum. Das hatte Pogo immer auf dem Gewissen gelegen.

»Komm schon, Alter, wir sind fast da«, keuchte er. Der Albino mühte sich weiter.

Irgend etwas hallte in Pogos Ohren wider, als sie den Rand des Berges erreichten, ein rätselhaftes, fast angenehmes Summen, das aber zu leise und zu undeutlich war, als daß man es hätte identifizieren können. Die Vibrationen, die es in seinem Schädel auslöste, hatten etwas, was ihm bekannt vorkam, aber er war zu sehr damit beschäftigt, Elric weiterzuschleppen und mit Höchstgeschwindigkeit einherflitzenden Nagetieren auszuweichen, als daß er gründlich darüber hätte nachdenken können.

Sie begannen den Abhang hochzuklettern. Die größere Anzahl der fliehenden Tiere teilte sich und lief um den Berg herum wie eine Welle um einen Strombrecher, aber es blieben genug übrig, die Pogo und Elric begleiteten und ihr Vorankommen weiterhin erschwerten. Eine große weiße Kreatur mit langen Ohren rannte zwischen Pogos Beinen hindurch und hüpfte vor ihm den Abhang hoch. Er war fast sicher, daß sie eine Taschenuhr getragen hatte.

Solches... LSD... hab ich... noch... nie... gehabt.
Selbst seine Gedanken waren außer Atem.

Das rote Leuchten, das über der Bergspitze schwebte,

war fast verschwunden. Pogo versuchte gerade, den wenigen kümmerlichen Bäumen, die über den Abhang verteilt waren, auszuweichen und gleichzeitig die Bergspitze im Auge zu behalten, als er plötzlich einen harten Schlag in den Rücken erhielt und nach vorn stürzte.

Bevor er zu anderem imstande war, als den Schmerz in seinen aufgeschürften Handflächen zu registrieren und festzustellen, daß Elric ebenfalls neben ihm auf dem Boden lag, stach ihn etwas sehr Scharfes in den Nacken.

»Die ersten von der Höllentruppe«, sagte eine Stimme. »Und nicht die Schlichtesten von der ganzen Meute, darauf möchte ich wetten – obwohl diese beiden noch wenig an sich haben, womit sie prahlen könnten. Glaubst du, der Fürst will sie sehen?«

»Nein. Der ist in seine Zaubersprüche vertieft. Ich schlage vor, daß wir sie hier aufspießen, und dann die Barrikade fertig machen.«

Eine gewisse Atemlosigkeit schwang in den harten Worten mit. Obwohl sein eigenes Herz wie rasend schlug, erkannte Pogo, daß diese Männer Angst hatten.

Na, wenn die hier darauf warten, gegen den Munster-Fanclub zu kämpfen, ist das nicht weiter überraschend.

»Wir sind keine Feinde«, sagte Elric heiser. »Wir gehören nicht zu der Chaos-Horde, wir fliehen vor ihr.«

»Sie sprechen!«

»Yeah«, meinte Pogo, »aber wir könnten vermutlich besser sprechen, wenn wir kein Gras zwischen den Zähnen hätten, Mann.«

Der spitze Gegenstand wurde aus seinem Genick entfernt; als Pogo sich langsam hochrappelte, stellte er fest, daß es sich um die Spitze eines sehr langen Speers handelte. Der Mann am anderen Ende und sein Gefährte sahen sehr wie die Gardisten aus, denen Pogo im Palast des Khans begegnet war, nur daß sie nicht so flott gekleidet waren; sie trugen schadhafte Kettenpanzer und zerbeulte Helme und wirkten erschöpft und beunruhigt.

»Ihr seid keine Sterblichen«, sagte einer von ihnen argwöhnisch.

»Doch, das sind wir, was immer ihr von unserem Aussehen halten mögt«, versicherte Elric ihm. »Nun, wenn ihr zu einer Streitmacht gehört, die dieser herannahenden Horde entgegentritt, und wenn man, wie es den Anschein hat, nicht mit ihnen verhandeln kann, dann werden wir an eurer Seite kämpfen.«

»Tatsächlich?« Die Idee ›abzuhauen‹ hatte Pogo viel besser gefallen.

Elric wandte sich zu ihm. Die Aussicht auf einen Kampf schien den Albino etwas belebt zu haben, obwohl er immer noch furchtbar schwach wirkte. »Irgendwann holen sie uns doch ein. Wenn wir uns ihnen stellen müssen, dann sollte es hier sein, zusammen mit anderen tapferen Seelen.«

»Wie du meinst, Mann.« Erneut dachte Pogo ernsthaft darüber nach, aus dem Trip auszusteigen. Das Problem war nur, daß er keine Ahnung hatte, wie er das anstellen sollte. Alles schien schrecklich wirklich zu sein, und unentrinnbar. Wenn er die Augen schloß, konnte er nach wie vor Elric und die Soldaten reden hören.

»Wenn ihr wirklich Verbündete seid, dann seltsam aussehende. Wir sollten euch zu unserem Herrn bringen.«

»Und wer ist das?«

»Na, Shemei Uendrijj, der Zigeunerfürst!« Der Mann schien einen Ausruf der Überraschung von Elric zu erwarten. Als er wieder etwas sagte, klang er enttäuscht. »Du hast noch nie von ihm gehört?«

»Ich bin sicher, daß er ein Mann von großer Tapferkeit ist, wenn ihm solch eine Treue entgegengebracht wird«, sagte Elric. »Bitte bringt uns zu ihm.«

Pogo öffnete die Augen: es half nichts. Gleicher blöder Ort, gleicher blöder Trip. Gleiche wilde Armee von Tiermenschen, die über die Ebene rasch auf sie zukam.

Die Soldaten führten sie im Laufschritt den Berg hoch. Die Schreie der herannahenden Horde waren immer lauter zu hören, ebenso wie die eigenartigen, vibrierenden Fast-Geräusche, die Pogo schon zuvor bemerkt hatte.

Die Horde brüllte nach Blut. Ihre Stimmen waren so scheußlich wie die einer Gruppe von Kegelbrüdern, die am Freitagabend ein weiteres Faß aufmachen. Pogo stolperte voran. Die Produkte seiner eigenen Phantasie entzückten ihn von Minute zu Minute immer weniger. Sie kamen an anderen Soldaten vorbei, die verdrossen und angsterfüllt dastanden und sich umdrehten, um sie zu beobachten. Endlich erreichten sie die Bergkuppe, die bis auf eine Anzahl von Bäumen und eine kleine Gruppe gepanzerter Männer völlig leer war. In der Mitte stand der Zigeunerfürst, der eine Klinge in der Hand hielt, die aussah, als sei sie aus einem einzigen Stück Elfenbein geschnitzt worden.

Pogo blieb abrupt stehen und machte Glotzaugen.

Elric ließ die ihn flankierenden Männer, die ihn gefangengenommen hatten, hinter sich und hob seine Hände in einer Geste des Friedens, als er auf den Zigeunerfürsten zuging. Sie konnten es sich nicht leisten, viel Zeit an Mißtrauen zu verschwenden. »Wir kommen als Verbündete, Herr. Ich bin Elric von Melniboné, und dies ist Pogokhashman von ... von ...« Er wartete darauf, daß sein Gefährte die entsprechenden Details hinzufügte, doch dann bemerkte er, daß Pogo sich nicht mehr in seinem Blickfeld befand. Er schaute nach unten.

Der junge Mann war auf die Knie gefallen, die Arme verehrungsvoll ausgestreckt. Für jemand, der in anderer Hinsicht so salopp war, schien er recht förmlich zu sein, wenn er einer fürstlichen Persönlichkeit gegenübertrat. Es verdroß Elric ein wenig, daß er, der einst auf dem Drachenthron gesessen hatte, keine derartige Huldigung erhalten hatte. Doch wenn man in Ketten hing, führte das zweifellos dazu, daß der erste Eindruck nicht so gut war ...

»*Jimi!*« kreischte Pogokhashman und schlug mit der Stirn gegen den Erdboden. »O mein Gott, Jimi, *du* bist es! Ich wußte es! Mann, ich *wußte* es! Sammy wird sich in den *Arsch* beißen, daß er das verpaßt hat!«

Verblüfft trat Elric einen Schritt zur Seite. Dann drehte er sich um und sah den Zigeunerfürsten an, der ebenso verwirrt schien wie der Albino.

Shemei Uendrijj war ein attraktiver dunkelhäutiger Mann in Elrics Alter. Sein wildes, gekräuseltes schwarzes Haar wurde von einem um die Stirn gebundenen Tuch im Zaum gehalten, und er war in leuchtende, aber nicht zusammenpassende Farben gekleidet, die ihn ein wenig wie einen Korsaren aus der Meerenge von Vilmir aussehen ließen – genaugenommen kleidete er sich ganz ähnlich wie Elric. Noch seltsamer war, daß – da der dunkelhäutige Zigeunerfürst in mancher Hinsicht ein Gegenbild des Albinos war – sein knochenweißes Schwert eine Zerrspiegelversion Sturmbringers zu sein schien.

War das der Grund, warum das Runenschwert sie hierhergebracht hatte?

»Dein Freund scheint mich zu kennen.« Uendrijjs Stimme war sanft und träge, aber von verborgener Kraft; so würde vielleicht ein Leopard sprechen, dachte Elric, wenn er sprechen könnte. »Aber ich muß gestehen, daß ich ihn nicht kenne. Erhebe dich, Mann!« rief er Pogokhashman zu. »Wenn ich dich vergessen habe, gereicht es mir zur Schande, aber heute werden meine Gedanken von vielerlei in Anspruch genommen.« Er wandte sich Elric zu, und als sein Blick zu Sturmbringer hinunterglitt, wurden seine Augen ein wenig größer, aber eher auf nachdenkliche Weise als vor Besorgnis. »Wenn ihr Verbündete seid, dann seid ihr willkommen. Aber ich fürchte, ihr habt euch auf die Verliererseite geschlagen.« Trotz seiner düsteren Worte lächelte er. Elric konnte nicht umhin, ihn zu mögen.

»Es wird uns mit Stolz erfüllen, an eurer Seite zu kämpfen, ganz gleich, wie die Lage ist«, antwortete der Melnibonéer. Er warf einen Blick auf Pogokhashman, der immer noch aussah wie jemand, der sich in einem narkotischen Traum befand. »Ich habe schon einmal gegen solch eine Chaos-Truppe gekämpft. Sie sind nicht unschlagbar.«

Der Zigeunerfürst zog eine Augenbraue hoch. »Ah, aber das ist nur die Vorhut. Unser eigentlicher und gräßlichster Feind ist der Chronophage.«

Bestürzt öffnete Elric den Mund, um Uendrijj dazu zu befragen, doch bevor er ein Wort hervorbringen konnte, drang vom unteren Teil des Berges wildes Geschrei zu ihnen hoch.

»Sie kommen! Sie *kommen*!«

Der Zigeunerfürst drehte sich Elric zu. Um seine bärtige Oberlippe zuckte ein weiteres Lächeln. »Ich habe das Gefühl, daß wir viel zu bereden haben, du und ich, aber ich fürchte, daran werden wir gleich gehindert werden.« Er hob sein Schwert. »Ah, Wolkenwerfer, wieder einmal stehen wir an einer fremden Stätte, während der Tod auf uns losstürmt. Ich hätte nie zulassen sollen, daß mein Schicksal sich mit deinem verknüpft.«

Ein seltsames leises Summen kam von der weißen Klinge, eine Art vibrierender Musik, die nichts glich, was Elric je gehört hatte, obwohl da einige unerklärliche

Ähnlichkeiten mit Sturmbringers eigenem Schlachtlied waren. Pogokhashman hob den Kopf und schüttelte ihn verträumt, als ob das Schwert auf irgendeine bedeutungsvolle Weise zu ihm spräche.

Das Gebrüll der Horde wurde lauter. Die dunkle Flut ihrer gepanzerten Gestalten umbrandete den Fuß des Berges. »Aber wer oder was ist dieser Chronophage?« rief Elric. »Ist er der Herr dieser Kreaturen?«

»Nein!« Uendrijj gab seinen Soldaten durch ein Zeichen zu verstehen, sich um ihn zu sammeln. »Das ist eine ... eine Kraft. Eine Blasphemie, etwas, das es nicht geben dürfte. Es verschlingt alles, was ihm in den Weg kommt. Diese Kreaturen, diese tollwütigen Chaos-Wesen, sind seine Vorhut und nutzen die letzte Gelegenheit, zu zerschlagen und zu zerreißen und zu morden, bevor der große Zerstörer kommt.«

Eine kleine Schar von Angreifern war durch die Barrikade am Fuße des Berges gebrochen und stürmte den Abhang hoch. Ihr Anführer, dessen faltig herabhängende Haut wie Kerzenwachs geschmolzen und heruntergelaufen zu sein schien, schwang eine lange, mit rostigen Spitzen versehene Eisenstange. Seine Krieger, deren Gesichter und Gliedmaßen ebenfalls deformiert waren, hopsten und humpelten ihm hinterher und bellten wie tollwütige Hunde.

Als die Tiermenschen sich näherten, hob Elric Sturmbringer. Seine Schwäche ließ das Schwert sehr schwer erscheinen; er war kaum imstande, die auf ihn eindreschende Stange des geschmolzenen Mannes abzuwehren. Und auch von den gewöhnlichen Empfindungen der Runenklinge, ihrer vertrauten Kampfeslust verspürte er nichts. Als die Stange erneut auf ihn zu sauste, tauchte Elric darunter hinweg und stach nach der Kehle seines Feindes. Selbst das runzlige Fleisch zu durchbohren, schien mühselig, doch endlich drang das Runenschwert ein, und ein Schauer wäßrigen Blutes bespritzte das Gesicht des Albinos. Sturmbringer unterließ es, die Seele der Kreatur zu trinken. Das Schwert war so leblos wie jede beliebige alte Eisenklinge.

Zwei der Gefährten des geschmolzenen Mannes watschelten auf Elric zu, während er sich bemühte, seine Klinge freizubekommen. Ein weißes Aufblitzen von einer Seite, und der ihm am nächsten Befindliche humpelte noch ein paar Schritte ohne Kopf weiter, bevor er zusammensackte. Elric warf rasch einen Blick in die entsprechende Richtung, aber Uendrijj war bereits wieder auf und davon, um mit seinem Elfenbeinschwert einigen seiner hart bedrängten Soldaten zu Hilfe zu eilen. Der zweite Tiermensch, der eine riesige plumpe Axt schwang, rückte langsamer an. Sein Mund schien ihm zum Hals gerutscht zu sein, wo er als feuchte Öffnung klaffte.

Die Axt hob sich und fuhr im gleichen Moment nieder, da Elric endlich Sturmbringer loszubekommen vermochte. Er drehte sich jäh um, wußte aber, daß er das Schwert nicht rechtzeitig hochreißen konnte, um dem Schlag zuvorzukommen. Der Tiermensch fletschte triumphierend grinsend die Zähne, die aus dem Loch in seinem Hals hervorfunkelten. Einen Augenblick später schoß er in die Luft und verschwand. Seine Axt plumpste zu Boden.

Ein Riese, fast zehnmal so groß wie Elric, stand da, wo der Axtschwinger gestanden hatte, und beschirmte mit seiner enormen Hand die Augen, um sich gegen den grellen Sonnenschein zu schützen.

»Cool«, sagte der Riese. »Der fliegt ja richtig!« Er zuckte zusammen. »Puh. Und kleckert.«

Während der Albino erschrocken nach oben starrte, wurde er beinahe von einem anderen Mitglied der Horde enthauptet, das, eine lange, mit Gewichten beschwerte Kette herumwirbelnd, auf ihn losstürzte. Als

Elric sich gerade duckte, verschwand die Kreatur abrupt unter der merkwürdigen, gummiartigen Sohle vom Stiefel des Riesen.

»Pogokhashman ...?«

»Yeah«, sagte der Riese mit dröhnender Stimme. »Tut mir leid, Ric. War zuerst irgendwie erschrocken, so daß ich klein geworden bin. Du bist fast auf mich getreten.« Er untersuchte die Unterseite seines Stiefels. »Igitt. So hätte ich auch ausgesehen.«

Elric lächelte matt. »Ich bin zu schwach, um mich sehr zu wundern, aber trotzdem bist du erstaunlich. Ich kann mir allmählich vorstellen, wie du die Garde des Khans besiegt hast.«

»Yeah. Wart mal 'ne Minute, okay?«

Der Melnibonéer sah, wie Pogokhashman die Augen zusammenkniff, als konzentriere er sich stark auf etwas. Dann wurde er noch größer. Vorsichtig über Uendrijjs Soldaten hinwegschreitend, ging er zu der Gruppe von Bäumen hinüber, riß einen der größten und ältesten aus und kehrte dann, den Baum an den Wurzeln festhaltend, in die Schlacht zurück. Indem er den Baum wie eine Mischung aus Kampfkeule und Besen benutzte, gelang es ihm innerhalb weniger Sekunden, die meisten Tiermenschen von der Bergkuppe zu kratzen, zu stoßen und zu fegen. Zerschmettert und kreischend stürzten sie auf die Ebene hinunter, wo die übrigen der Horde sich vollkommen verblüfft zusammenkauerten. Nachdem Uendrijj und seine Leute die wenigen noch verbliebenen Feinde erledigt hatten, senkte sich eine relative Ruhe über den Berg herab. Die Horde von Tiermenschen unten schien es nicht eilig zu haben, ihren Angriff wiederaufzunehmen.

»Ich glaube, jetzt sollte ich mich wieder zurückschrumpfen«, sagte Pogokhashman, während er seinen Baum hinlegte. Einige Eichhörnchen krochen aus den oberen Zweigen und wankten davon, um sich ein ruhigeres Zuhause zu suchen. »Mir wird langsam schwindlig.«

Der Zigeunerfürst wandte sich ihnen zu, nachdem er eine neue Kette von Wachtposten aufgestellt hatte. »Ich weiß nicht, wie deine Zauberei zustande kommt, tapferer Jüngling, aber ich glaube, solange du diese Größe beibehältst, wird der Feind zögern, bevor er wieder angreift.«

»Ich werd's versuchen. Vielleicht sollte ich mich hinsetzen.« Pogokhashman sank zu Boden, wo er mit gekreuzten Beinen Platz nahm. Selbst wenn er sein Kinn auf die Fäuste stützte, war er immer noch so groß wie ein Gebäude von mittlerer Höhe.

»So etwas habe ich noch nie gesehen.« Der Fürst schüttelte voller Bewunderung den Kopf.

»Wir müssen miteinander reden, solange wir die Gelegenheit dazu haben, Shemei Uendrijj«, sagte Elric. »Auf beiden Seiten gibt es Geheimnisse zu offenbaren, aber du weißt mehr über diese Situation als wir. Was ist der Chronophage?«

»Ruh dich aus, Freund Elric, denn du siehst krank und erschöpft aus. Ich werde es dir sagen.« Uendrijj blickte auf das Meer deformierter Kreaturen hinunter, das ihre winzige Insel umschloß. »Ich werde mich kurz fassen.«

Der Chronophage, erklärte er in aller Eile, sei kein Lebewesen, sondern eine Kraft der Natur – oder eher eine Kraft der Unnatur, wie seine eigenen Magier ihm gesagt hätten, als der Chronophage sich zum erstenmal manifestierte.

»Er ist durch irgendeine noch nie dagewesene Verwerfung oder Entladung des Multiversums zustande gekommen. Wir wissen nicht, was ihn verursacht hat, wir wissen nur, daß er alles Leben, alles Denken bedroht... *alles*. Er ist ein blinder Hunger, der selbst die Zeit frißt – wo er gewesen ist, bleibt nichts als wirbelnde, unermeßliche Leere zurück. Selbst die Lords der Ordnung sind gegen ihn machtlos.«

»Die Lords des Chaos wohl ebenfalls«, sagte Elric nachdenklich. »Auf seine hinterhältige Art hat mein Schutzpatron Arioch mich dazu gebracht, einen Kampf auszutragen, zu dem er selbst nicht imstande ist.«

»Du bist ein Diener des Chaos?« fragte Uendrijj leicht verblüfft. »Aber man hat mich gelehrt, daß seine Helfershelfer so seelenlos sind wie die Bestien, gegen die wir kämpfen.«

»Ich bin ein oft unwilliger Diener.« Elric erläuterte den uralten Pakt seiner Familie mit Arioch und seinem Geschlecht. »Und sowohl das Chaos als auch die Ordnung manifestieren sich in verschiedenartigen Sphären auf verschiedenartige Weise.«

»Ich selbst bin auch nicht immer glücklich als Diener der Ordnung«, gestand Uendrijj. »Ich habe Angst vor der lähmenden Welt, die meine Herren erschaffen würden, sollten sie jemals den Sieg erringen – doch in meiner Welt sind sie schwach, und um einen Status des Gleichgewichts aufrechtzuerhalten, unter dem Sterbliche leben können, muß ihre Sache unterstützt werden.« Des weiteren erklärte er, daß seinem Volk erste Gerüchte über den Chronophagen durch fliehende Überlebende aus Welten, wo er bereits zugeschlagen hatte, zu Ohren gekommen waren und daß er, der Fürst, sich schließlich notgedrungen zum Tempel der Ordnung begeben hatte, um übernatürliche Hilfe zu erbitten. Dort hatte ihm Donblas selbst, die lebende Göttin des Heiteren Friedens, mitgeteilt, daß der Chronophage nicht nur die Menschheit bedrohte, sondern auch den Fortbestand des gesamten Multiversums.

»Deshalb habe ich Wolkenwerfer, mein singendes Schwert, von da, wo es hing, wiedergeholt. Ich hatte einen Eid geschworen, es nie wieder zu ziehen, da es sich während der Befriedung der Merymmen, des unterseeischen Volkes, als verräterisch erwiesen und mich dazu gebracht hatte, unbeabsichtigte Morde zu begehen. Doch menschliche Eide bedeuten wenig, wenn die Sicherheit der Zeit selbst auf dem Spiel steht.«

Während er sprach, sah er den glänzenden Wolkenwerfer mit einem Gesichtsausdruck an, den Elric nur zu gut kannte.

»Ich habe diese verlassene Stätte – eine Welt, die meine Magier entdeckt haben – gewählt, um hier dem Chronophagen entgegenzutreten. Wie du gesehen hast, sind wir wenige: Der Rest meiner Streitkräfte hilft meinem Volk, durch Portale, die die Zauberer geschaffen haben, in eine andere Welt zu fliehen. Zahlenmäßige Überlegenheit nützt mir hier nichts, doch ich fürchte, daß auch die Flucht mein Volk nicht retten wird, falls ich scheitere.«

»Und dein Schwert?« Elric beugte sich näher. »Ich bin von meiner eigenen Klinge hierhergebracht worden, um nach ihrer verlorenen Essenz zu suchen. Ebenso wie dein Schwert ist Sturmbringer mehr als eine bloße Waffe. Könnte es irgend etwas mit deinem Schwert zu tun haben, daß wir hierhergeholt worden sind?«

Der Fürst runzelte die Stirn. »Schon möglich. Mein Obermagier Jazh Jandlar hat mir bei einem Zauber geholfen, der darauf angelegt war, Wolkenwerfer zu benutzen, um übernatürliche Verbündete herbeizuholen – solche Dienste hat mir das Schwert schon früher geleistet, obwohl man sich nie darauf verlassen konnte. Aber auf meinen Ruf hin sind keine Verbündeten gekommen.«

Elric setzte sich auf und dachte nach. »Du hast also deine Klinge benutzt, um Hilfe herbeizurufen. Ich habe meine eigene Anrufung dazu benutzt, meinen Schutzpatron, Herzog Arioch vom Chaos, herbeizurufen, damit er mir hilft, mein verlorenes Schwert Sturmbringer wiederzugewinnen – doch in ebendem Moment, da ich das tat, machten die Hauptmagier meines Feindes sich an der Substanz meiner Runenklinge zu schaffen. Und jetzt sind wir beide hier, an diesem verlassenen Ort. Das sind zu viele Übereinstimmungen. Ich glaube, hier sind die Lords der Höheren Ebenen mit ihren Manipulationen am Werk.« Er blickte zu Pogokhashman hoch, der gerade versuchte, etwas von der Sohle seines ellenlangen Schuhs zu kratzen. »*Ich* habe einen Verbündeten erhalten – diesen seltsamen Jüngling. Könnte es sein, daß *du* etwas von der Essenz Sturmbringers erhalten hast?«

Der Zigeunerfürst starrte ihn einen Moment lang an, dann zog er seine weiße Klinge, die vom Blut der Tiermenschen in unterschiedlichen Tönungen verfärbt war. »Ich habe eine gewisse ... Ruhelosigkeit darin bemerkt, aber das Singende Schwert ist schon immer ein unberechenbarer Gefährte gewesen; ich dachte, daß es vielleicht auf die Gegenwart des Chronophagen reagiert.«

Eine kurze Zeit lang hatte sich in den Tiefen Sturmbringers etwas gerührt, so schwach, aber auch so Aufmerksamkeit heischend wie ein fast unhörbarer Schmerzensschrei. Elric hob seine Runenklinge und legte sie in ihrer Länge sachte an den weißen Wolkenwerfer. Plötzlich spürte er die Empfindungen des Schwertes in sich aufflammen; im gleichen Moment taumelte Uendrijj zurück, als habe er einen Schlag erhalten.

»Bei der Wurzel, der Schwarzen Katze und D'Modzho Feltarr!« flüsterte der Fürst. »In deinem Schwert ist tatsächlich etwas am Leben. Ich habe es gespürt, und es war, als ob es nach meiner Seele griffe.«

Der Albino sagte nichts, sondern biß die Zähne zusammen, um einen Schrei zu unterdrücken. Sturmbringers verlorene Kraft floß in die Klinge und auch in ihn zurück, toste durch seine Adern wie ein Strom aus geschmolzenem Metall. Auf seiner Stirn bildeten sich

Schweißtropfen, und seine Muskeln zitterten krampfhaft. Uendrijj hob eine braune, langfingrige Hand, wie um ihm zu helfen, zögerte aber, da er nicht recht wußte, was da vor sich ging.

Während Sturmbringers gestohlene Essenz aus dem weißen Schwert und durch seine eigene, schwarze Klinge floß, spürte Elric etwas von Wolkenwerfer und auch von seinem Herrn. Als das Hereinströmen schließlich aufhörte, pulsierte sein Körper vor neuer Kraft. Er lachte dröhnend, was Uendrijj erneut verblüffte.

»O Zigeunerfürst, ich ahne, daß wir weit mehr gemeinsam haben als bloß den Besitz solcher Waffen! Du bist vielen der gleichen kosmischen Scherze zum Opfer gefallen, die *mein* Leben elend gemacht haben.«

Bevor Uendrijj antworten konnte, neigte sich plötzlich das mondgroße Gesicht Pogokhashmans zu ihnen herunter.

»Hey, diese Gruseltypen greifen uns wieder an«, sagte der Riese mit donnernder Stimme. »Ich glaube, du solltest dich lieber fertig machen, Mann.«

Elric sprang auf. Jetzt, da seine Kraft zurückgekehrt war, entzückte die Aussicht auf Kampf ihn fast. Er erinnerte sich daran, daß ein Teil der Vorfreude Sturmbringers eigene, unmenschliche Kampfesfreude war; es wäre nicht empfehlenswert, unvorsichtig zu werden. »Komm, Uendrijj, der du noch mehr als mein Bruder bist! Es gibt Arbeit für uns!«

Der Zigeunerfürst stand langsamer auf, wenn auch mit beträchtlicher Anmut. »Ich bemerke mit Freude, daß du jetzt gesünder aussiehst, Freund Elric.«

»Da kommen sie«, rief Pogokhashman und richtete sich zu seiner vollen, turmhohen Größe auf. »Gottverdammich, sind die häßlich!«

Nachdem sie ihren ganzen Mut zusammengenommen hatten, um dem Riesen entgegenzutreten, kamen die

Tiermenschen jetzt ohne anzuhalten heran, eine anscheinend nicht enden wollende Flut hirnloser, blutgieriger Bestien. Trotz ihrer Tapferkeit und Standfestigkeit wurden Uendrijjs Soldaten überwältigt, einer nach dem anderen; einige von ihnen starben erst nach Stunden, und ihre Schreie schienen die Luft wie Schatten zu verdunkeln. Als der lange Nachmittag zu Ende ging, leisteten nur noch Elric, der Fürst und der gigantische Jüngling der Horde Widerstand.

Während hinter der unaufhörlichen Flut von Angreifern die Sonne im Westen unterging, kämpften der Albino und der Zigeunerfürst weiter, Seite an Seite. Elric schrie und brüllte und saugte Kraft aus seinen besiegten Feinden ab. Uendrijj sang und handhabte sein Elfenbeinschwert mit der leidenschaftsvollen Ruhe eines Kriegermönchs. Auch die Schwerter gaben Laut, während des ganzen langen Nachmittags. Sturmbringers frohlockendes Heulen wurde übertrumpft und kontrapunktiert von Wolkenwerfers komplexem, litaneihaftem Gesang, als ob die beiden Waffen irgendein exotisches Konzertstück aufführten. Stunde um Stunde sangen die Klingen und mähten, zweifarbig flackernd, die unbeholfenen Tiermenschen ab wie eine Blumenwiese ... doch diese Blumen hatten schlimme Dornen: Sowohl Elric als auch Shemei Uendrijj trugen viele kleine Wunden davon.

Pogokhashman behielt seine gigantische Größe bei, obwohl die wenigen kurzen Blicke, die Elric auf ihn zu werfen vermochte, den Albino erkennen ließen, daß die Kraft seines Gefährten nachließ. Der Jüngling stellte sich weit genug entfernt von seinen Verbündeten auf, um nicht zufällig auf sie zu treten, aber auch nahe genug, um sie schützen zu können, wenn sie zu sehr in Bedrängnis gerieten. Trotz großer Erschöpfung drosch er mit zersplitternden Baumstämmen um sich, schrie dabei: »*Ein Schlag, der tief ins Mittelfeld ging! Das könnte ... ja! Völlig im Aus!*« sowie andere unverständliche Schlachtrufe und richtete unter der Chaos-Armee ein großes Blutbad an. Aber nach wie vor flutete die Horde heran. Ihre Anzahl schien unendlich zu sein.

Uendrijj hatte sich gebückt, um sein Elfenbeinschwert aufzuheben, das ihm aus den vor Blut glitschigen Händen gerutscht war. Elric stand über ihm und hielt ein kleines Knäuel von Angreifern in Schach. Sturmbringer hatte reichlich von den Halbseelen der Tiermenschen getrunken, war aber immer noch durstig. Elric war fast berauscht von gestohlener Lebenskraft. Wenn er sterben sollte, dann würde er lachend sterben, im Blut seiner Feinde badend.

»Ich glaube, du genießt das«, rief Uendrijj, den Lärm übertönend, als er sich wieder aufrichtete. »Ich wünschte, ich könnte das gleiche von mir sagen, aber für mich ist es nur ein schreckliches und ermüdendes Gemetzel.«

Elric ließ Sturmbringer in einem fast unsichtbar schnellen Bogen niederfahren, um einem ihrer Angreifer den grauen, mit Schakalohren versehenen Kopf zu zerschmettern. »Krieg ist nur Leben, das mit rascherer Geschwindigkeit dahineilt, o Fürst!« schrie er, obwohl er nicht genau wußte, was er damit meinte. Bevor er mehr sagen konnte, erfüllte Pogokhashmans donnernde Stimme die Luft.

»Die Sonne! Boah, Mann – guck dir das an!«

Elric blickte zum fernen Horizont. Dort hing die Sonne, eine flache rote Scheibe, doch etwas Riesiges und Dunkles hatte sich vor sie geschoben. Aber das war keine bloße Sonnenfinsternis, es sei denn, eine Sonnenfinsternis hatte Arme.

»*Der Chronophage!*« kreischte Uendrijj und schlug derart auf die Tiermenschen vor sich ein, daß er sich eine Schneise bahnte.

»Heb uns hoch, Pogokhashman«, brüllte Elric seinem Gefährten zu. Der riesige Jüngling pflügte durch die zwischen ihnen befindlichen Feinde und hob seine beiden Verbündeten auf einem Handteller in die Höhe, der so groß war wie eine Barke.

Die vielarmige Gestalt am fernen Horizont war von einem leeren, lichtlosen Schwarz, das an den Rändern glühte, als wäre ein Loch in der Form eines Kraken in den Stoff der Wirklichkeit gebrannt worden. Während sie das Ganze beobachteten, peitschten die Tentakel über den Himmel; wo sie entlangfuhren, blieb nichts als saugende Finsternis zurück. Blitze begannen über das ganze Firmament zu zucken.

Die Tiermenschen gaben ein Kreischen von sich, ein schreckliches Heulen, das Elric zwang, sich die Ohren zuzuhalten. Dann machte die gesamte Horde kehrt und floh, wie versengte Ameisen ausschwärmend und einherkrabbelnd, auf der anderen Seite den Berg hinunter. Es schien ihnen nicht mehr wichtig zu sein, ob sie Elric und seine Verbündeten vernichteten oder nicht. Sie waren einzig und allein erpicht darauf, sich nicht von dem alles verschlingenden Chronophagen einholen zu lassen. Wenige Augenblicke später war der Berg bis auf den Riesen und die zwei Männer in seiner Hand leer. Die Chaos-Horde war zu einer rasch kleiner werdenden Staubwolke geworden, die sich auf den östlichen Horizont zubewegte.

»Der größere Feind ist da«, sagte Uendrijj. »Der wahre Untergang steht nahe bevor.«

Während er nach Luft schnappte und sich bemühte, wieder zu Atem zu kommen, kam Pogo zu dem Schluß, daß Jimis Bemerkung einigermaßen unnötig war. Das riesige, glühende Tintenfischding war ziemlich schwer zu übersehen.

Aber trotzdem *war* es nicht Jimi. Nicht eigentlich. Es war schwer, sich das immer wieder klarzumachen, wenn es so aussah, als hielte man Mister Electric Ladyland selbst in der schweißigen Hand, aber dieser Typ war irgendein anderer Hendrix – eine Reinkarnation oder so was. Dennoch war es sehr befriedigend gewesen herauszufinden, daß er doch recht gehabt hatte: der Mann *hatte* ihn gerufen. Diese Augen, dieses verschmitzte Lächeln – ganz egal, wie er sprach, es war trotzdem Jimi.

»Und was machen wir jetzt?« fragte er. Alles tat ihm weh, und sein Arm war so überanstrengt, daß er zitterte. Er sann kurz darüber nach, wie peinlich es wäre, den größten Gitarrenspieler des Multiversums zu Boden fallen zu lassen. »So was wie GSG-9 gibt's wohl nicht in dieser Welt? Ich meine, eine Antiterroreinheit wär jetzt echt toll.«

Elric und Jimi zuckten zusammen. Pogo hatte ein schlechtes Gewissen; er mußte wirklich daran denken, wie laut seine Stimme bei dieser gigantischen Körpergröße war. Nicht daß er imstande sein würde, noch viel länger so zu bleiben. Seine Muskeln zitterten wie am ersten Tag im Sportunterricht, und er hatte bereits einen ausgewachsenen Muskelkater.

»Wir rücken vor – vermutlich, um zu sterben«, sagte Hendrix. Es war komisch, die gleiche Ausdrucksweise wie im TV-Bildungsprogramm, die Elric benutzte, auch aus Jimis Mund zu hören, aber Pogo hatte sich inzwischen daran gewöhnt.

»Wir haben zusammen gekämpft«, sagte Elric. »Wir werden auch zusammen untergehen.«

Pogo verzog das Gesicht. Jetzt, wo Elric seine Kraft wiederhatte, war er echt geil – und auch ganz schön furchteinflößend –, aber man konnte diese König Artus-Masche auch zu weit treiben. »Wie wär's denn, wenn wir gewinnen und *nicht* sterben? Die Idee gefällt mir besser.«

Elrics blutbeflecktes Lächeln zu sehen, tat einem

richtig weh. »Es war ein seltenes Vergnügen, dich kennenzulernen, Pogokhashman. Aber etwas, was selbst die Lords der Höheren Ebenen nicht überwinden können...«

»Aber ich habe euch doch zugehört! Du hast gesagt, diese Typen von der Hochebene haben euch beide absichtlich zusammengebracht oder so ähnlich! Warum sollten sie das tun, wenn ihr nicht gewinnen könnt? Es gibt doch sicher leichtere Methoden, euch beide umzulegen, falls sie nur darauf aus waren.«

Hendrix und Elric tauschten Blicke aus. »An dem, was er sagt, ist vielleicht etwas dran«, sagte Jimi langsam. »Vielleicht...«

»Ich meine, seht euch doch mal an! Ihr seid wie... Spiegelbilder, irgendwie. Ich meine, vielleicht sollt ihr... ich weiß auch nicht... eine Supergruppe bilden! Wie Blind Faith!« Er warf einen hastigen Blick zum westlichen Horizont. Der Chronophage breitete sich aus. Schon waren Teile des Landes selbst verschwunden, als seien sie von Ratten, groß wie Kontinente, abgenagt worden.

Elric starrte Pogo durchdringend an, dann wandte er sich an Jimi. »Erhebe noch einmal deine Klinge, Uendrijj«, sagte er.

Jimi zögerte, dann hob er das weiße Schwert. Elric schob Sturmbringer vor, bis die Spitzen sich berührten. »Ich habe schon vor langem jeglichen Glauben aufgegeben, blinden oder sonstigen«, sagte der Albino, »aber vielleicht...«

Die Stelle, an der die Schwerter sich trafen, begann, ein tiefblaues Licht auszustrahlen. Während Pogo wie gebannt zusah, breitete sich das blaue Licht aus und umhüllte beide Männer. Da, wo sie standen, verspürte Pogo ein Kribbeln in seiner Handfläche. Plötzlich gab es einen azurblauen Blitz, so hell wie eine Gasflamme, die man auf »voll« gedreht hat. Als Pogo wieder sehen konnte, befand sich nur noch eine Gestalt auf seiner Hand. Elric war es nicht.

Jimi war es auch nicht.

Sie war groß und schlank und völlig nackt, ihre Haut von einer wunderschönen milchkaffeefarbenen Tönung, ihr Haar schwarz und weiß gesträhnt. Die Augen unter ihren langen Wimpern waren wie goldene Münzen. In der Hand hielt sie ein schmales graues Schwert.

»*Es ist keinen Moment zu früh*«, sagte sie mit einer Stimme, die so natürlich-melodisch klang wie Vogelgesang.

Pogo starrte sie mit heruntergeklapptem Unterkiefer und trockenen Lippen an. Er fühlte sich plump, doof und verschwitzt – und bei einer Größe von siebzig Fuß kam für jeden einzelnen Punkt eine Menge zusammen. Nie hatte er sich schneller verknallt, nicht einmal in Miss Brinkman, seine Lehrerin in der fünften Klasse, die immer Miniröcke mit Schottenmuster getragen hatte. »Äh, wer ... wer *bist* du?«

»*Ich bin der Ort, wo Ordnung und Chaos zusammenkommen, Pogo Cashman*«, sagte sie, »*... herbeigerufen durch die Vereinigung von zwei getrennten Seelen. Ich bin jener Ort, jener Moment, wo scheinbare Gegensätze in Einklang gebracht werden. Unrecht braucht Recht, um zu existieren; die Nacht muß ihren Bruder Tag haben. Die rote und die weiße Königin sind in Wirklichkeit untrennbar.*« Sie hob die Arme und hielt das Schwert über ihren Kopf. Es war merkwürdig glanzlos. »*Du könntest mich Harmonie nennen – oder Erinnerung, oder sogar Geschichte. Ich bin das, was das Gewebe der Zeit zusammenhält – ihre Hüterin.*«

»So was wie Glinda aus dem *Zauberer von Oz*?«

»*Du hast deine Rolle gespielt. Jetzt kann ich die meine spielen.*« Während sie sprach, stieg sie aus seiner Hand auf wie eine vom Wind hochgewirbelte Löwenzahnblüte und schwebte in der Luft. Er wollte gern ihren Körper betrachten – sie war hinreißend –, aber das kam ihm falsch vor, so als wolle man die Jungfrau Maria befummeln oder so. Sie lächelte, als ob sie seine Gedanken erahnte. Allein dieser Anblick ließ sein Herz zwei Schläge lang aussetzen.

»Deine Zeit hier ist fast zu Ende«, sagte sie. *»Aber das Multiversum hält viele Abenteuer für dich bereit ... sofern du nach ihnen Ausschau hältst.«*

Abrupt drehte sie sich um und flog davon, flog wie eine Comic-Strip-Heldin mit erhobenem Schwert auf den scheußlichen Fleck am Horizont zu. Pogo dachte bei sich, daß sie unaussprechlich, herzzerreißend schön sei. Gleichzeitig erinnerte sie ihn irgendwie an die Kühlerfigur auf einem Rolls Royce.

Rasch entzog die pulsierende Schwärze des Chronophagen sie seinem Blick, obwohl es ihm so vorkam, als habe sie einen Teil von ihm mitgenommen. Da er zu dem Schluß kam, daß er nichts weiter tun konnte, setzte Pogo sich auf die Erde. Dann ließ er sich auf seine normale Größe zurückschrumpfen. Er seufzte vor Freude, als seine natürliche Statur zurückkehrte: Es war, als ziehe man das engste Paar Schuhe der Welt aus.

Irgend etwas flackerte am Horizont. Pogo, dem vom Größenwechsel immer noch ganz schwindlig war, sah, wie der Chronophage sich hin und her wand; dann schoß ein blendender Lichtstreif über einen der Tentakel. Ein lautloses Heulen fuhr zitternd durch Pogo, ein geräuschloses Vibrieren, das seine Knochen erbeben ließ. Der große schwarze Arm zog sich zusammen und verschwand; an seine Stelle schien wieder die Sonne zu treten.

Weitere Lichtstreifen, die aussahen wie die Kondensstreifen von Science Fiction-Raumschiffen, fetzten über den Chronophagen. Pogo sprang wieder auf und jubelte. Die anderen Arme schrumpften einer nach dem anderen ein und verschwanden, und der vernichtete Himmel und die ausgelöschte Erde begannen zurückzukehren.

Als alle Arme verschwunden waren, trat ein Moment ein, da der restliche schwarze Körper des Chronophagen anzuschwellen begann. Immer weiter breitete er sich am Himmel aus, bis die Sonne abermals verdunkelt wurde. Pogos Herz schlug wie wild. Dann blühte ein Stern, ein funkelnder Punkt weißen Lichts, inmitten der Finsternis auf. Ein noch tieferes Beben durchfuhr Pogo, als der Chronophage in große schwarze Fetzen zerbarst. Er wurde so sehr durchgerüttelt, daß einen Moment lang alles von ihm wegglitt, und während ihn das Bewußtsein verließ, fragte er sich, ob die Schlacht nicht doch verloren war.

Als Pogo die Augen wieder öffnete, lagen Elric und Jimi neben ihm auf der Erde. Der Himmel wies nichts Unheilvolleres als ein paar Wolken und die untergehende Sonne auf.

Der Albino setzte sich mühselig auf. Jimi neben ihm brauchte noch länger, um sich aufzurichten. Trotz ihrer Erschöpfung zeigte ein einziger Blick zum Horizont beiden Männern, daß sie gesiegt hatten. Elric umarmte den dunkelhäutigen Fürsten; dann wandte er sich voller Fragen Pogo zu, doch als der Albino ihm die dünne weiße Hand hinstreckte, bemerkte Pogo, daß er das Gras durch sie sehen konnte. Elric bemerkte es auch.

»Ich werde in meine eigene Welt zurückgezogen«, rief er. »Ich ahne, daß wir nicht zu lange am gleichen Ort zusammenbleiben sollen, Shemei Uendrijj.« Er blickte auf etwas, was Pogo nicht sehen konnte, und grinste wölfisch. »Ah, es scheint, daß mir zumindest meine Rache an Badichar Khan gewährt wird. Ha! Das ist wenigstens etwas!« Er hob den beinahe durchsichtigen Sturmbringer zum Gruß. »Leb wohl, Pogokhashman. Du hast nicht nur mir einen großen Dienst erwiesen. Sollten wir uns nicht wiederbegegnen, dann vergiß nicht, daß Elric von Melniboné dir ewig dankbar ist!«

»Mach's auch gut. Nimm's leicht, Alter!« Es tat Pogo aufrichtig leid, den Albino gehen zu sehen. Während es ihn verdächtig in den Augen juckte, beobachtete er, wie Elric zu verblassen begann. »Wart mal 'ne Sekunde«, sagte er plötzlich. »Elric – wie komme ich zurück?«

»*Leb wohl...*« Die Stimme des Albinos hallte noch nach, aber er selbst war verschwunden.

Wie betäubt ließ Pogo sich zu Boden plumpsen. Er war hier ausgesetzt. Wie Alice, aber für immer im Inneren des Kaninchenlochs, ohne Ausweg. Und keine rubinroten Pantoffeln.

Nein, das war wieder *Der Zauberer von Oz*. Jedenfalls saß er fest.

Eine Hand berührte seine Schulter.

»Es tut mir leid, daß du deinen Gefährten verloren hast, Pogokhashman«, sagte Jimi. »Aber es wäre mir eine Ehre, wenn du mit mir in meine Welt zurückkehren würdest. Man wird dich als Helden bejubeln. Es gibt dort viele schöne Dinge.«

»Yeah...?« Das war besser als nichts, das stand fest. Doch auch wenn ihn die Erfordernisse des Augenblicks abgelenkt hatten, wurde ihm erst jetzt klar, wie sehr er sich nach seinem eigentlichen Zuhause gesehnt hatte. »Kann schon sein. Kann man da was unternehmen?«

»Unternehmen?« Uendrijj lachte. »Gewiß, sehr, sehr viel. Man kann sich manches ansehen – die urweltlichen Fiebersümpfe von Baahyo, die schimmernden Gebäude und wohlriechenden Gassen von Noj Arleenz und Jhiga-Go. Man kann sich Musik anhören – ich bin selbst als ganz guter Harfenist bekannt, wenn meine Zeit es mir erlaubt und ich nicht kämpfen muß. Und Frauen gibt es, schöne Frauen...«

»Frauen? Ich fand ja, daß dieser ganze Trip irgendwie knapp an Puppen war...« Ihm fiel das Geschöpf namens Harmonie ein, und ein Gefühl bittersüßer Trauer durchströmte ihn. »Und... und würdest du mir beibringen, wie man spielt?«

»Selbstverständlich«, sagte Uendrijj lächelnd. »Komm, nimm meine Hand! Du sollst mein Gefährte sein, Pogokhashman – *das ganze Multiversum soll deinen Namen kennen* ...«

Doch als Pogos Hand sich um seine schloß, wurde auch Jimi blaß und dann durchsichtig. Die Ebene, auf der sie standen, verblaßte ebenfalls. Einen Moment lang nahm Pogo an, daß er und Jimi lediglich eine weitere magische Reise unternahmen, aber sein letzter, immer schwächer werdender Blick zeigte ihm, daß der Zigeunerfürst nach wie vor die Hand *eines anderen* Pogo gepackt hielt, der mit ihm zusammen verschwand, als die Welt sich auflöste...

»Mann! Das war aber ein *starker* Stoff, was?« Sammy sprang im Zimmer herum wie ein Hamster, dessen Rad gerade zur Reparatur war. »Du glaubst ja nicht, was ich alles erlebt habe, während du völlig unbeteiligt rumgelegen hast! Ich hab aus dem Fenster gesehen, und der Postbote sah wie ein Monster aus! Unglaublich! Und die Straße *brodelte* irgendwie ...«

Pogo lehnte sich in dem Knautschsessel zurück und nahm sich einen Joint. Sammys Wasserfallrede war so beruhigend wie die Geräusche nächtlichen Verkehrs für einen Stadtbewohner.

»Hört sich gut an, Mann«, sagte er gedehnt und starrte von den Blutflecken auf den Sohlen seiner Wüstenstiefel zu dem Jimi Hendrix-Poster an der Wand. War es also wirklich wahr? Daß sich irgendwo im Multiversum ein Albinotyp mit einem magischen Schwert an seine Zeit mit Pogo erinnerte? Und – was noch irrer und cooler war – daß irgendwo anders im Multiversum Jimi – der Mann selbst – und sein neuer Kumpel Pogo Cashman zusammen Abenteuer erlebten?

Sammy legte *Surrealistic Pillow* auf den Stereospieler und hopste herum, wie er es bei seinem Lieblingssong immer tat. »*Eine Pille macht dich größer...*«, sang er unmelodisch und nahm den eigentlichen Beginn des Liedes um mehrere Sekunden vorweg – etwas, was Pogo gewöhnlich ziemlich verrückt machte.

»Hört sich gut an, Mann«, sagte Pogo lächelnd.

Sammy schlenderte zu ihm herüber, um ihm den Joint wegzunehmen. Dann stand er da und betrachtete das Poster von Jimi mit seiner weißen Gitarre. »Ich frage mich, was wohl ›Stratocaster‹ heißt?« sagte Sammy heiser, die Lungen voller Rauch.

»Wolkenwerfer«.

»*Wolkenwerfer?*« Sammy starrte ihn an und rülpste dann ein rauchiges Lachen heraus. »Mann, bist du high. Nee, es muß irgend was mit... Senden zu tun haben. Radio oder so, weißt du.«

»Kann schon sein«, sagte Pogo. »Wirf mir mal die Kartoffelchips her, ja?«

»Hier.« Sammy ließ ihm den Beutel in den Schoß fallen. »Nahrung für deinen Kopf.« Er kicherte. *White Rabbit* arbeitete sich auf seinen ratternden Höhepunkt zu. »›Nahrung für deinen Kopf‹ – verstehst du?«

»Yeah«, sagte Pogo. »Kapiert.«

Copyright © 1994 by Tad Williams

David M. Honigsberg

DA BRICHT EIN EDLES HERZ

Die Sonne ging bereits unter, als der schlanke Reiter in schwarzer Rüstung sein Ziel erreichte. Das pechschwarze Streitroß, auf dem er saß, stampfte ungeduldig und nervös mit den Hufen. Die Szene vor ihm ähnelte anderen, die er sich mühelos ins Gedächtnis zurückrufen konnte, und erinnerte ihn an Schlachten, in denen er gekämpft oder die er angestiftet hatte.

Er wischte sich eine Strähne seidigen weißen Haars aus dem Gesicht, als er seinem Pferd die Sporen gab und ins Tal hinabritt. Vorsichtig bahnte sich das Tier seinen Weg durch die zahlreichen verwundeten und sterbenden Ritter, deren Körper in unnatürlichen Verrenkungen am Boden lagen, die Glieder gebrochen oder abgetrennt. Ihre Schreie hallten in den Ohren des Albinoprinzen wider, der an ihnen vorbeiritt. Seine karminroten Augen suchten das Gelände in der Hoffnung ab, im schwindenden Tageslicht den Mann zu finden, um dessentwillen er hergeritten war, einen Mann, für den, wie er fürchtete, jede Hilfe zu spät kam.

Das Runenschwert an seiner Seite murrte vor Enttäuschung, denn es spürte die Nähe so vieler erlöschender Seelen. Doch obwohl Elric von seinem langen Ritt geschwächt war, unterließ er es, die Klinge zu ziehen, obgleich er wußte, daß sie ihm die Nahrung verschaffen konnte, die er dringend brauchte. Nein, es gab andere Dinge, um die er sich kümmern mußte. Er ritt weiter ins Tal hinab und bemerkte, daß die Körper der Gefallenen mit jedem Schritt zahlreicher wurden. Noch immer bewegte sich nichts, noch immer vermochte er nichts zu sehen oder zu spüren, das ihm verriet, ob seine Reise vergeblich war.

Eine Brise bewegte die Luft, und das Banner Medrauts flatterte träge hin und her; das Tuch war mit Schlamm und Blut bespritzt, die Ränder zerfetzt und zerrissen. Elric wußte, daß er Medraut und seinen Onkel, den König, in der Nähe dieser Standarte finden würde. Er lenkte sein Pferd in die entsprechende Richtung und ritt auf das Feldzeichen zu.

Schon bald konnte er sowohl den Prinzen als auch den König, den Thronbewerber und den Monarchen, sehen. Medraut lag, vom Speer seines Feindes durchbohrt, nach Atem ringend am Boden. Aus seiner Wunde sickerte noch Blut. Nicht mehr als vierzig Yard von seinem Neffen entfernt saß Arthur, gegen einen Stapel Satteltaschen gelehnt. Elric erkannte, daß er nicht besser dran war als Medraut. Sein Helm war gespalten, sein Schädel eingeschlagen. Als Elric näherkam – als der letzte Bewohner der Träumenden Stadt Imrryr sich den letzten Bewohnern Camelots näherte –, bewegte sich Arthur. Er sagte etwas zu Bedwyr, der neben ihm stand, sprach aber zu leise, als daß Elric es hätte hören können, und übergab dem Mann sein Schwert. Als Bedwyr sich entfernte, richtete Arthur seine Aufmerksamkeit auf Elric.

»Du kommst zu spät, fürchte ich«, teilte der König ihm mit leiser, wenn auch kraftvoller Stimme mit. »Meine Zeit ist gekommen. Hier gibt es nichts mehr zu tun, mein Freund. Ich wünschte, deine Suche wäre erfolgreich gewesen. Dann wäre uns beiden dieser schmerzliche Anblick vielleicht erspart geblieben.«

»Das wünschte ich auch, Arthur.« Elric stieg vom Pferd und kniete sich neben den gefallenen König. »Ich konnte zwar Morgaines Zaubereien abwehren, war aber nicht imstande, Myrddin zu finden, obwohl ich alle Kräfte, über die ich gebiete, zu Hilfe gerufen habe. Die Mächte, die ihn in der Gewalt haben, sind stärker, als ich dachte. Er ist jenseits meines Einflußbereichs, und nur er hätte heute Rettung bringen können.«

»Du darfst dich nicht dafür verantwortlich fühlen, Elric. Wenn Morgaine nicht die Viper zur Unterhandlungsstätte geschickt hätte, dann wären die trefflichen Männer, die du hier siehst« – er machte eine schwache Geste, die das gesamte Schlachtfeld von Camlann umfaßte –, »alle noch gesund und munter, würden in der großen Halle von Camelot feiern oder bei ihren Herzensdamen ruhen. Jetzt ist nichts mehr da.« Seine Stimme verlor sich, während er in die Dämmerung blickte.

Ein Husten erregte Elrics Aufmerksamkeit. »Ich mag zwar nicht imstande gewesen sein, dies hier zu verhindern, aber ich kann gewiß dazu beitragen, es zu Ende zu bringen«, sagte er zu dem gefallenen König. Er zog das Runenschwert aus der Scheide, als er sich erhob und auf Medrauts Banner zuging, von wo das Husten gekommen war. Bedwyr ging mit leeren Händen an ihm vorbei und gesellte sich wieder zu Arthur. Elric sah einen Augenblick lang zu, wie er sich niederbeugte, um mit dem König zu sprechen. Der Wind drehte sich, so daß Elric ihre Worte kaum verstehen konnte.

»Ich habe nur den Wind auf dem Wasser gesehen«, sagte Bedwyr.

»Dann hast du nicht das getan, worum ich dich bat«, entgegnete Arthur. »Geh noch einmal hin und erfülle meinen Auftrag. Wirf es hinein und komm zu mir zurück.«

Bedwyr stand auf und entfernte sich mit sorgenvollem Gesichtsausdruck von Arthur. Elric wußte, daß etwas geschah, woran er nicht teilhatte, nahm aber seinen Weg zu Medrauts Banner wieder auf.

Der Thronräuber war dem Tode nahe, sein Gesicht fast so bleich wie das Elrics. Der Albino, dessen scharlachrote Augen im fahlen Licht des aufgehenden Mondes leuchteten, stand vor ihm, während Sturmbringer hungrig in seiner Hand summte. Medraut blickte hoch. Als er die Erscheinung erkannte, riß er die Augen weit auf.

»Ah, der Tod. Du bist gekommen, um mich zu holen, nicht wahr? Gekommen, um meine Seele zu deinem Herrn zu bringen.«

»Gekommen, um dich zu holen, fürwahr«, antwortete Elric. »Aber der Tod, den ich bringe, ist weit schlimmer, als du dir vorstellen kannst. Ich fürchte, für deine Seele gibt es kein Morgen.«

Medraut, dessen Hochmut sich im Angesicht des Untergangs wieder geltend machte, lachte. »Du hast keine Macht über mich. An den heutigen Tag wird man sich ewig erinnern, denn es ist der Tag, an dem der große König Arthur durch seinen Neffen zu Tode kam, der Tag, an dem ein Traum starb.«

»Ich glaube, du unterschätzt seinen Wert«, erwiderte Elric gelassen. »Daß man vom heutigen Tag, vom Schlachtfeld zu Camlann, immer sprechen wird, trifft zu. Aber während dein Onkel in den hoffnungsvollen Träumen vieler Menschen fortleben wird, wird man deinen Namen verfluchen, mehr, als du dir auszumalen vermagst. Wenn das der Ruhm ist, den du begehrst, dann hast du ihn erworben.«

»Erspare mir deine Rede, du Teufel.« Medraut spuckte kraftlos in Richtung von Elrics Füßen. »Die Mächte, denen ich diene, sind stärker und furchterregender als alle, die du vielleicht kennst.«

Elric lächelte über die tapferen Worte. »Ich fürchte, du weißt nicht, wovon du sprichst. Solange du nicht weißt, was es bedeutet, einem Chaos-Lord zu dienen, sind deine Worte leeres, prahlerisches Gerede. Solange du nicht gespürt hast, wie die Kraft des Runenschwertes durch deinen Körper strömt, kannst du nicht aus Erfahrung von Dingen wie Furcht sprechen. Es mag sein, daß du dunklen Herren dienst. Das bezweifle ich nicht. Doch im Vergleich zu den Kräften, über die ich gebiete, zerrinnt ihre Macht zu nichts. Du hast nichts anderes getan, als das zu zerstören, was hier gut und anständig war. Deine Strafe wird rasch und gerecht sein.«

Bei diesen Worten stieß er das Runenschwert in den Körper des Prinzen, unmittelbar neben der Wunde, die Arthur ihm zugefügt hatte, und beobachtete mit stummer Genugtuung, wie Medraut klar wurde, daß die schwarze Klinge seine Seele in sich sog.

Elric merkte, wie Medrauts Lebenskraft in ihn überging, ihn stärkte und es ihm ermöglichte, die Runen eines uralten Zauberspruchs in Worte zu fassen, der die Tore zwischen den Universen öffnete und Erlösung für den König brachte.

Der Albino steckte sein Schwert in die Scheide zurück, was dieses sich, wie er spürte, nur widerwillig gefallen ließ, und gesellte sich wieder zu Arthur. Der König fieberte und murmelte vor sich hin.

»Wo ist Bedwyr?« fragte Elric, und Arthur wandte sich in Richtung der Stimme.

Des Königs Stimme war schwach, als er antwortete. »Ich habe ihn losgeschickt, um etwas zu tun, was du nicht tun könntest, denn du wärest nicht imstande, mit Caliburn umzugehen. Er muß es an seinen Ursprungsort zurückbringen. Dreimal habe ich ihm befohlen, dies zu tun, und zweimal hat er mich enttäuscht. Ich hoffe inständig, daß er es jetzt getan hat, denn ich merke, wie mein Leben mit jedem Atemzug dahinschwindet.«

»Du wirst nicht sterben, Arthur. Du wirst schlafen, einen traumlosen Schlaf schlafen, und auf den

Tag warten, an dem man dich wieder herbeiruft.«
Elric stand auf und richtete seinen Blick auf ein Schimmern in der Dunkelheit. »Eben jetzt nähert sich das für dich bestimmte Gefährt, eine Barke, die durch das Multiversum kreuzt und dich nach Tanelorn bringen wird.«

»Deine Worte verwirren mich, Elric; du sprichst von Dingen, die ich nicht zu ergründen vermag, Dinge, die Myrddin versuchte mir beizubringen, die ich aber nicht begreifen konnte. Verzeih mir.«

Elric sagte nichts, sondern sah zu, wie die schimmernde Barke neben dem gefallenen König anhielt. Drei gertenschlanke Frauen, deren Gesichtszüge stark seinem eigenen, melnibonéischen Antlitz ähnelten, hoben Arthur sanft vom Boden auf und betteten ihn auf ein Lager aus weichen Kissen. Dann fuhr das magische Vehikel los, um die Meere der Zeit und des Raums zu durchsegeln, bis es den Frieden von Tanelorn erreichte.

Keuchend vor Anstrengung, kam Bedwyr neben Elric an, als des Königs Barke fast schon außer Sicht war. Ohne dem Mann das Gesicht zuzuwenden, fragte Elric ihn: »Hast du es getan?«

Mit Tränen in den Augen nickte Bedwyr. »Ich habe das Schwert so weit geworfen, wie ich konnte; bevor es die Oberfläche des Flusses berührte, tauchte eine Frauenhand auf und packte es. Sie hielt es einen Moment lang triumphierend in die Höhe, dann zog sie es unter Wasser. Den Anblick werde ich nie vergessen.« Er schaute der Barke nach. »Und diesen auch nicht. Wo bringt sie ihn hin?«

»An einen Ort, den ihr Avallach nennt«, antwortete Elric, als die Barke ein letztes Mal aufschimmerte und dem Blick entschwand. »Wo er die Ruhe finden wird, die mir wohl nie zuteil werden wird.«

Schweigend standen die beiden Männer einen Moment lang beieinander, jeder in seine eigenen Gedanken versunken. Dann, nachdem er zum Abschied lediglich kurz genickt hatte, bestieg Elric sein Pferd und ritt weg von den Toten in Camlann, begab sich wieder ins Land der Lebenden und ließ Bedwyr in der Dämmerung zurück.

Copyright © 1994 by David M. Honigsberg

ROLAND J. GREEN und FRIEDA A. MURRAY

EIN UNBEKANNTER TEUFEL

»Euer Wein ist hervorragend, Messer Leonardo.«

Die Stimme klang kultiviert, sogar wie die eines Edelmanns. Die Aussprache ließ auf einen Mann schließen, der gut Italienisch gelernt hatte, aber erst als Erwachsener.

Die Hand, die den Becher aus getriebenem Silber umklammerte, war kreideweiß, ebenso wie das dazugehörige Gesicht. Es hatte einen Ausdruck, als stehe sein Besitzer am Rande der Verzweiflung; nur die blutroten Augen verliehen ihm Leben. Es war das Gesicht eines Menschen, der nach Antworten auf Fragen gesucht hatte, die besser nicht gestellt worden wären.

Der Künstler, der von dem Soldaten, den er in sein Atelier eingeladen hatte, eine Portraitskizze anfertigte, dachte bei sich, daß er nie ein besseres Modell für den Erzengel kurz vor seinem Höllensturz gesehen habe.

»Andernfalls wäre ich ein schlechter Gastgeber, Messire.«

»Nichtsdestoweniger kann es dieser Wein mit jedem Wein in Melniboné aufnehmen. Nicht daß man ihn für einen halten könnte, aber gleichwertig ist er durchaus.«

Wieder dieser Name. Es schien, daß dieser wohlgesittete, so erstaunlich aussehende Soldat von Leonardo erwartete, den Namen zu kennen und sich durch den Vergleich geschmeichelt zu fühlen. Würde er Unkenntnis als Beleidigung auffassen, fragte sich der Künstler, oder würde er weitere Fragen beantworten?

Nun ja, Modellsitzen ist eine langweilige Angelegenheit. Es löst die Zunge.

»Und wo liegt Euer Heimatland, dieses Melniboné?« fragte der Künstler.

Elric, der erbberechtigte Kaiser des zehntausend Jahre alten Melniboné, dachte über die Frage nach. Wie sollte man diesem Künstler, so höflich und liebenswürdig er auch sein mochte, erklären, daß Elrics Heimatland auf einer völlig anderen Ebene lag? Die Zauberkunst des Kaisers hatte es vermocht, seine Sprache in die vor Ort gesprochene zu verwandeln und letztere in die Umgangssprache der Jungen Königreiche seiner eigenen Ebene, aber es gab keinen Zauberspruch, der Wissen oder neue Ideen in den Geist eines Menschen übertragen konnte. Wenn es einen gäbe, dann wären viele Aufgaben – gewöhnliche wie auch die eines Kaisers – leichter.

»Ihr würdet es auf Euren Karten nicht finden«, antwortete Elric. »Kein Schiff Eures Volkes könnte dort hingelangen.«

»Dann liegt es noch jenseits der Gebiete, zu denen die Portugiesen auf ihren Reisen vorgedrungen sind?«

Elric vermutete, daß die Portugiesen ein weiteres seefahrendes Volk waren. Er hoffte, daß ihre Sprache der der Stadt Mailand, in der er sich befand, ähnelte oder daß er nicht mit ihnen reden mußte. Er konnte nicht allzu viele Zaubersprüche anwenden, nur um sich verständlich zu machen, ohne sich dabei in anderer Hinsicht zu schwächen.

»Dann habe ich meine Wette mit Messer Beppo gewonnen«, sagte der Künstler. »Er hat steif und fest behauptet, Ihr wäret Tscherkesse.«

»Aber dann laßt ihn das doch annehmen, wenn er möchte.« Elrics Stimme hatte einen warnenden Unterton, von dem er hoffte, daß er nicht als Verärgerung ausgelegt werden würde. Er hoffte, nach Melniboné zurückzukehren, lange bevor er irgend jemandem in Mailand einen ausführlichen Bericht über seine Herkunft zu erstatten brauchte.

»Wie seid Ihr dann hierhergekommen?«

»Durch Zauberei, Messire.«

Elric war im Begriff gewesen, nach Melniboné zurückzukehren, um den Rubinthron wieder einzunehmen (oder möglicherweise zurückzuerobern, falls sein Vetter Yrkoon sich widerspenstig zeigte und seine Regentschaft nicht aufgeben wollte). Um das zu bewerkstelligen, benötigte er einen großen Vorrat jener Drogen, die seine Kraft aufrechterhielten.

Beim Ersteigen eines Berges in Hrolmar, der bei den Einheimischen Arzneiberg hieß, hatte er die erforderlichen Kräuter in Hülle und Fülle entdeckt. Außerdem hatte er ein multiversales Tor entdeckt. Es war neu und schwach und bewegte sich im Bereich einer etwa fünfhundert Schritt breiten Bergwiese unstet hin und her, so daß selbst Elric mit seinen auf Magie eingestellten Sinnen es kaum ausfindig machen konnte.

Eigentlich hätte er das Tor mißachtet – hätte nicht irgend etwas auf der anderen Seite Sturmbringers Aufmerksamkeit erregt. Das schwarze Schwert wurde weder gänzlich wach noch blieb es ruhig. Doch Elric war sich der Sache bewußt geblieben, etwa so, wie sich ein Krieger der Jungen Königreiche bewußt sein könnte, daß er Flöhe unter seiner Rüstung hat. Das hatte dazu geführt, daß Neugier zu einer Störung wurde. Um dieser Störung ein Ende zu bereiten, war Elric durch das Tor getreten.

Er hatte sich am Rande einer unbekannten Stadt wiedergefunden. Die fremden Ansichten und Geräusche, die Notwendigkeit, sich zu orientieren, und schließlich auch sein Hunger hatten ihn davon abgelenkt, das, was Sturmbringer beeinflußt hatte, zum Ursprung zurückzuverfolgen.

Er hatte begonnen, darüber nachzudenken, ob er die Stadt verlassen oder die Nacht auf der Straße verbringen sollte, was ihm beides nicht gefiel. Für eine Stadt, die kaum so zivilisiert war wie viele Städte in den Jungen Königreichen, schien Mailand Elrics Aussehen ziemlich gelassen hinzunehmen. Dennoch war er oft genug angestarrt worden, um zu wissen, daß man früher oder später den Machthabern, denjenigen, die in der Stadt für Ruhe und Ordnung sorgten, oder den einheimischen Verbrechern über ihn Bericht erstatten würde. Das würde dann zu einem Blutbad unter Unschuldigen führen und ihn zur Flucht aus Mailand zwingen, ohne daß geklärt worden wäre, was es mit dem an Sturmbringer ergangenen Signal auf sich hatte.

Dann hatte ihm ein Künstler ein Abendessen angeboten als Gegenleistung für die Erlaubnis, eine Portraitskizze von ihm anzufertigen. Elric konnte an dem Mann weder eine besondere Macht noch etwas Verräterisches feststellen und hatte keinen Grund gesehen abzulehnen. Und an der Gastfreundschaft des Künstlers hatte er auch nichts auszusetzen.

»Was für eine Art Zauberei ist denn für diese Reise erforderlich?« fragte der Künstler. In seinem Tonfall mischten sich Neugier und Zweifel. »Habt Ihr für weite Strecken einen Fluggürtel, oder könnt Ihr Euch einfach von einem Ort zum anderen wünschen?«

»In gewisser Weise«, erwiderte Elric. Sturmbringer konnte ihn durchaus befördern – wenn er ihm genug Nahrung zuführte. Er würde es vorziehen, wenn die Neugier des Künstlers sich nicht auf das schwarze Schwert erstreckte. Der Künstler machte einen robusten Eindruck, wenn nicht den eines erfahrenen Kämpfers; ein Streit konnte damit enden, daß Sturmbringer gezogen wurde und Nahrung zu sich nahm.

Das hieße, Gastfreundschaft schlecht vergelten.

Die Finger des Künstlers fuhren fort, gleichmäßig zu arbeiten, doch die Geschwindigkeit seiner Gedanken nahm zu. Er war mit der Bewässerung der lombardischen Ebenen sehr erfolgreich gewesen und hatte sich wegen der von ihm angefertigten mechanischen Spielereien an zwei Höfen den Ruf eines Zauberers erworben. Doch alle alchimistischen Kenntnisse hatten ihn nicht in die Lage versetzt, Gold herzustellen, und wie jeder andere auch mußte er zu Fuß gehen oder reiten, wenn er irgendwohin gelangen wollte.

Die Worte des Soldaten klangen überzeugend. Selbst wenn er nur ein begabter Geschichtenerzähler sein sollte, konnte man ihn benutzen, um Rivalen aufzuspüren, die um die Gunst des Regenten buhlten. Das war für jeden Künstler, der eine Stelle am Hof bekleidete, eine notwendige Sache; er konnte ebensowenig ohne ihm wohlgesinnte und an der richtigen Stelle plazierte Lauscher überleben wie ohne Kohlestift oder Farbe. Und wenn es irgendeine Chance gab, daß diese Geschichte der Wahrheit entsprach...

»Falls Ihr möchtet, könnt Ihr heute nacht in meinem Atelier schlafen«, bot der Künstler Elric an. »Oder mein Haushofmeister kann Euch auf meine Kosten in einem Gasthof unterbringen.«

»Euer Atelier wird genügen«, entgegnete der Soldat. Seine Stimme klang jetzt erschöpft, verlor aber nicht ihre gebieterische Würde. »Es ist ruhig.«

Und bis der Künstler sich erhob, um zu gehen, wurde kein weiteres Wort gesprochen.

Elric hörte, wie hinter ihm die Hörner geblasen wurden, um das Schließen der Stadttore anzukündigen. Da sein Ziel vor ihm lag, ging ihm lediglich der Gedanke durch den Kopf, daß es schwierig sein könnte, vor Tagesanbruch in die Stadt zurückzugelangen, ohne unerwünschte Aufmerksamkeit zu erregen. Aber wenn er heute nacht fand, was er suchte, brauchte er vielleicht überhaupt nicht nach Mailand zurückzukehren.

Zwei Mahlzeiten, der nächtliche Schlaf auf einem bequemen Strohsack und eine reichliche Dosis stärkender Drogen hatten Elric wiederhergestellt und befähigt, seine Suche nach dem, was Sturmbringer aufgeweckt hatte, wiederaufzunehmen. Es war ein klarer Tag, und im grellen winterlichen Sonnenlicht hatte Mailand alle fremdländische Ausstrahlung verloren, die es zuvor besessen haben mochte. Die Berge am nördlichen Horizont blieben jedoch weiterhin bestaunenswert; Elric hatte wenig Erfahrung mit schneebedeckten Gipfeln.

Sturmbringer war alles andere als ein sehr guter Führer, aber Elric merkte zumindest, ob er sich von der Quelle, von der die Störung des schwarzen Schwerts und seine eigene ausging, entfernte oder ob er sich ihr näherte. Die Dämmerung war fast schon hereingebrochen, als er ein ehrwürdiges Gebäude erreichte, das halb zerfallen war. Nicht weit davon entfernt wurden jedoch neue Gebäude errichtet, die sich in verschiedenen Zuständen des Aufbaus befanden. Die Tür war unversehrt und verschlossen, aber der Albino zog Sturmbringer halb aus der Scheide und befahl ihm, die Tür zu öffnen.

Einen Augenblick später starrte er auf fünf Männer, die rote Gewänder und Kapuzen, welche ihre Gesichter verhüllten, trugen und um ein Kohlenbecken versammelt waren.

»O gewaltiger Heramael ...«, begann einer von ihnen.

»Still!« sagte ein anderer und fuhr dann fort: »Allmächtiger Luzifer ...«

Elric, der begriff, daß er ein Beschwörungsritual gestört hatte, war belustigt. Mit einem leichten Lächeln fragte er: »Was erwartet ihr von mir? Was soll ich für euch tun?«

Nach einer kurzen Pause fand der, der zuletzt gesprochen hatte, seine Stimme wieder. »Nimmst du den Pakt an?«

»Sprich weiter«, entgegnete Elric.

»Bei Aqua, Ariel, Arioch, Delphe, Majon, Mathom und Tagle bitte ich dich, Luzifer, Gian Galeazzo Sforza, den großmächtigen Herzog von Mailand, zu kräftigen und seine körperliche und geistige Gesundheit wiederherzustellen! Und insbesondere bitte ich dich, der du die Lüsternheit in die Welt gebracht hast, seinen Lenden Feuer zu verleihen, auf daß er mit Isabella, seiner Frau, gesunde Söhne zeuge. Stell seine feurigen Säfte wieder her! Kräftige sein Blut!«

Elric empfand es einen Augenblick lang als ebenso widersinnig wie bedauerlich, daß eine solche Bitte gerade an ihn erging, dessen Blut so schwach war, daß sein Vater ihn einen Verfluchten genannt hatte, und der Drogen und Zauberkünste brauchte, um die Kraft für gewöhnliche Aufgaben zu haben. Es konnte nicht diese jämmerliche Beschwörung gewesen sein, die das multiversale Tor hervorgerufen und dann mit genug Kraft durchdrungen hatte, um Sturmbringer aufzuwecken.

Der kaiserliche Zauberer erwog, ob er sie nicht einfach alle vom schwarzen Schwert dahinraffen ließ. Aber das hieße, den Chaos-Lords ohne Überlegung oder Einschränkung zu dienen. Nicht einmal seinem Gönner Arioch, dem Herzog der Hölle, leistete Elric diese Art Dienst.

»Bringt diesen Herzog zu mir«, befahl Elric. »Jetzt geht – wenn ihr eure Seelen retten wollt!«

Er legte seine Hand auf den Griff des Runenschwertes, und die Männer entfernten sich mit mehr Hast als Würde.

Der Zauberer schaute sich am Ort des Rituals um. Er sah und spürte nichts: Keine Rune der Macht, keine geomantische Figur, die einen Chaos-Herzog zu binden vermochte. Tinte, Pergament und das Kohlenbecken waren zurückgeblieben, mehr nicht. Dennoch war das Chaos herbeigerufen worden.

Und warum hatte er zuletzt diesen Befehl gegeben? fragte sich der Kaiser. Hatte er den Wunsch, auf dieser Ebene sein Gegenstück zu sehen, einen weiteren kränklichen Herrscher?

Schritte näherten sich verstohlen der Tür. Elric ging aus der direkten Sichtlinie, ergriff aber keine andere Vorsichtsmaßnahme.

Der Mann, der eintrat, war zweifelsohne einer von denen, die gerade geflohen waren, obwohl er jetzt Reithosen und ein Lederwams trug. Er war in keiner Hinsicht bemerkenswert oder auffällig. Selbst der Dolch an seinem Gürtel hätte in jedem der zahllosen Geschäfte in der Straße der Waffenschmiede gekauft sein können.

Während Elric ihn mit seinen roten Augen anstarrte, sprach der Mann ganz unbefangen.

»Ich weiß nicht, wer oder was du bist, ob Mensch oder Dämon, Zauberer oder Scharlatan«, sagte der Mann. »Aber bei allen Mächten des Himmels oder der Hölle – wenn du Abmachungen einhältst, dann würde ich gern eine mit dir treffen.«

Elric lächelte. »Du solltest hinzufügen ›oder anderer Welten‹«, sagte er. »Was willst du?«

»Jene anderen, die wollen den Herzog heilen«, antwortete der Mann. Seiner Stimme fehlte ebenso ein erkennbares Gepräge wie seiner ganzen Erscheinung. »*Perbacco!* Laß das *cochon* sterben! Das kannst du.«

»Woher weißt du das?« fragte Elric.

»Jeder kann töten. Dämonen oder Zauberer können mühelos töten.«

»Soviel weißt du immerhin. Aber warum sollte ich für dich töten?«

Der Mann zuckte die Achseln. »Was immer du bist, du wirst nicht in Mailand bleiben. Warum also keinen Gewinn machen – was immer du haben willst –, bevor du die Stadt verläßt?«

»Jeder kann töten. Müssen die Betreffenden dann die Stadt verlassen?«

»Ja.« Die Stimme klang nicht überzeugend.

»Wenn du vorhast, in der Stadt zu bleiben«, fragte Elric, »was tust du dann hier?« Er machte sich nicht die Mühe, seine Zweifel zu verbergen. Von diesem Mann zu erwarten, daß er ihn zu dem führte, was das Chaos herbeigerufen hatte, war viel verlangt.

»Ärzte, was wissen die schon? Sie haben versucht, die Säfte von dem *caccastechi* ins Gleichgewicht zu bringen! Ganz Mailand weiß, daß er nicht genug Feuer hat, um eine Kerze anzuzünden.«

»Wenn du vermeiden willst, daß *meine* Säfte in Wallung geraten, dann wirst du mir genau erzählen, was du versucht hast zu tun. Und zwar jetzt.«

»Sie haben versucht, seine Säfte ins Gleichgewicht zu bringen«, wiederholte der Mann. »Haben Geister beschworen, um sein Feuer und Wasser zu stärken. Ich nun, ich habe den Geistern einfach befohlen, zu kommen und zu tun, was ihnen beliebte. Ohne Rücksicht aufs Gleichgewicht.«

»Du dummer, dummer Mensch«, sagte der Albinoprinz leise.

So einfach war das also. Jemand hatte versucht, einem ordnungsgemäßen, wenn auch wirkungslosen Zauberspruch entgegenzuwirken und hatte damit den Chaos-Lords eine Tür geöffnet. Jemand, der in den meisten Fällen wahrscheinlich nicht einmal über genug Zauberkraft verfügte, um auch nur ein einziges Haar in seinem schütteren Bart zu kräuseln!

Der Mann wurde mürrisch. »Wenn du glaubst, es besser machen zu können...«, knurrte er.

»Ich werde es besser machen«, versprach Elric. In ihm wuchs der verquere Wunsch, seinem Gegenstück zu helfen. »Was geht es dich an, ob dieser Herzog lebt oder stirbt?«

»Was geht es *dich* an?« knurrte der Mann.

»Wenn du eine Abmachung treffen willst...«, begann Elric.

»Es ist besser für mich, wenn mein eigener Kandidat Herzog ist.«

Elric fühlte sich müde. Wieder einmal ein kleinliches Ränkespiel, passend zu einer Seemannstaverne im Hafen irgendeiner Stadt der Jungen Königreiche. Seine Sympathie für den unbekannten, aber kränklichen Herzog nahm zu.

»Bring diesen Herzog zu mir, und du sollst sehen, was ich tun kann.«

»Dieser Elric hat also den ganzen Tag mit niemandem gesprochen«, sagte Leonardo. »Aber zu der Zeit, als die Tore geschlossen wurden, befand er sich an der alten Kapelle von Sanct' Spiritu.«

Der Angeredete, ein gutaussehender Edelmann mit bleichem Gesicht und dunklem Haar, zuckte die Achseln. »Er hatte eben keine Mühe, die Schlupfwinkel dieser hinterlistigen *puttini* zu finden. Wurde letzte Nacht ein Ritual durchgeführt?«

»Wie man mir berichtet hat, ja, aber er hat alle verscheucht.«

Lodovico Sforza, der Regent von Mailand, lachte. »Kommt, kommt, Messire, glaubt Ihr wirklich, daß jemand mit einem solchen Gesicht« – er wies auf die Portraitskizze, die der Künstler ihm gezeigt hatte – »ein verkleideter Heiliger ist, gekommen, um *unsere* Tempel zu reinigen?«

Abermals starrte der Edelmann auf die Skizze. »Es ist einzigartig. Es verlangt nach weißem Marmor, wenn ich bitten darf. Für die Augen würde ich Rubine bewilligen. Das müßte Ferrara eigentlich beeindrucken, oder, so Gott will, sogar die Florentiner.«

»Tausend Dank, Eure Hoheit, ich werde sofort beginnen.« Leonardo hütete sich davor, zu diesem Zeitpunkt zu versprechen, daß das Ganze an einem bestimmten Tag vollendet sein würde. Mit Marmor hatte er weniger Erfahrung als mit anderen Materialien. Aber er hatte Il Moro versprochen, daß er, ganz gleich, um welche Kunst es sich handelte, diese so gut ausüben könne, wie es möglich sei, und er hatte kein Bedürfnis, seinen Gönner mit Kleinigkeiten zu behelligen.

»Es gibt jedoch noch mehr zu berichten«, fuhr Leonardo fort. »Hinterher sprach Messer Elric mit einem Mann, der sich Giovanni di Tuscania nennt. Ein *ribaldo*, der mit Geheimnissen handelt, Eure Hoheit, und das vermutlich für mehr als einen Herrn. Mein Diener ist sich jedoch sicher, daß Elric Herzog Gian persönlich sehen wollte.«

»Vielleicht sollte er das auch«, erwiderte Lodovico Sforza. Leonardo merkte, wie sich sein Mund öffnete, aber der Regent fuhr ungeduldig fort: »Kommt, kommt, Messire. Wenn dieser Mann um irgendeines *malatesta* willen hier ist« – bei dem plumpen Wortspiel zuckte der Künstler zusammen –, »dann ist es keines, das Geheimhaltung erfordert. Nicht bei diesem Gesicht. Warum sollte der Herzog nicht ein Komplott abschmettern und Männer freisetzen, die sich mit den neunundvierzig anderen Verschwörungen befassen, die es allein in Mailand gibt? Ganz zu schweigen vom übrigen Italien bis hinunter nach Sizilien! Besondere Geschicklichkeit ist diesmal kaum erforderlich.«

Wahrhaftig nicht, dachte Leonardo. *Es bedürfte nur*

eines kleinen Unfalls, um dich zum Herzog von Mailand zu machen.

Er verbeugte sich und verabschiedete sich förmlich.

»Es ist wahr, Euer Gnaden«, sagte Giovanni di Tuscania. »Wir sollen das Ritual heute nacht durchführen. Der Herzog wird dabeisein.«

»Unmöglich«, knurrte der unverschämt gut aussehende Edelmann, dem er Bericht erstattete. »Für eine solche Bagatelle würde Il Moro niemals die Sicherheit seines Neffen aufs Spiel setzen. Es muß irgendeine Art Falle sein.«

»Und es sollte möglich sein, Il Moro selbst darin zu fangen«, antwortete Giovanni. Seine Stimme war energisch und fest, ganz anders als vorher, so daß manch einer den Verdacht hätte haben können, bei dieser Verwandlung sei Zauberei im Spiel.

Der Edelmann, der mit diesem und vielen anderen Tricks vertraut war, hielt ihn lediglich für einen weiteren Umstand, der verhinderte, daß seine Anwesenheit in Mailand entdeckt wurde. Die wenigsten würden auf den Gedanken kommen, daß der Herzog von Orléans, der Vetter des Königs von Frankreich, heimlich in der Stadt weilte, auf die er Anspruch erhob.

Giovanni fuhr fort: »Sollte bekannt werden, daß Lodovico mit Schwarzer Magie zu tun gehabt hat, und sollte Gian Galeazzo sterben ...«

»Dann würde selbst der Papst Lodovico fallenlassen«, unterbrach ihn der französische Herzog. Er lachte. »Man stelle sich vor, daß der Papst unsere Sache fördert, ohne daß wir ein Vermögen an Bestechungsgeldern ausgeben müssen! Wenn Il Moro in Verruf geraten und kein anderer Erbe aus dem Hause Sforza vorhanden ist, stünde Mailand das Chaos bevor oder die Rückkehr der Viscontis oder ...«

»In der Tat, Euer Gnaden.«

Louis d'Orléans' Lächeln wurde breiter. Wenn Mailand ohne Kampf in seine Hände fiel, würde sein Reichtum unversehrt bleiben; desgleichen sein *condottiere*. Die italienischen Söldner waren eine zweischneidige Angelegenheit, aber mit dem Reichtum konnte man so viele Schweizer und Deutsche anheuern, daß selbst der Thron Frankreichs in seine Reichweite kam.

Elric verbrachte den Tag damit, umherzuschlendern und die Mailänder aus sicherer Entfernung zu studieren. Der Tag war trübe und unangenehm kühl für jemand mit seinem dünnen Blut, aber das lieferte einen guten Vorwand, in Mantel und Kapuze umherzugehen. Zum Mittagessen suchte er einen kleinen Gasthof auf, wo niemand seiner verhüllten Gestalt oder den Münzen, die Messer Leonardo ihm gegeben hatte, besondere Beachtung schenkte.

Der Wunsch, seinem Leidensgenossen zu helfen, war schwächer geworden, aber er beschloß, in der kommenden Nacht zur Ruine zurückzukehren, um festzustellen, ob jemand auftauchte. War das nicht der Fall, dann würde er am Morgen in die Stadt zurückkehren und jenen Chaos-Beschwörer erledigen. Nur deswegen war er hergekommen, und wenn er noch länger blieb, brauchte das schwarze Schwert vielleicht mehr als nur ein Leben, um ihn in seine eigene Welt zurückzubringen.

Bei Einbruch der Dämmerung betrat er erneut die Ruine. Er mußte so lange warten, daß es bereits Nacht war, als eine Gruppe von Männern kam. Fünf von ihnen trugen wie in der vorhergehenden Nacht rote Gewänder und Kapuzen. Außerdem kam ein junger Mann in matt scharlachroter Kleidung, der von vier anderen – offensichtlich Leibwächter – begleitet wurde, die einfache Lederkleidung anhatten.

Elric setzte sich auf einen Holzstuhl, der einmal eine

hohe Rückenlehne gehabt hatte. Vielleicht war das einst der Sitz eines Hohenpriesters gewesen, obwohl er keine zurückgebliebenen Spuren von Macht entdecken konnte.

Er befahl den anderen, sich längs der Wände zu verteilen, was sie auch taten. Dabei beäugten sie ihn (oder vielleicht den Stuhl, auf dem er saß) voller Unbehagen.

Er rief den jungen Mann im matten Scharlachrot zu sich und versuchte, seinen Zustand deutlicher zu erspüren. Er war in der Tat schwach, aber war er auch der Herzog?

»Wenn Ihr nicht Gian Galeazzo Sforza, der Herzog von Mailand, seid«, sagte der Zauberer, »dann ist Euer Leben verwirkt.«

»Doch, doch, ich bin M-Mailand«, stammelte der junge Mann.

»Stellt Euch dort hin«, befahl Elric. »Ihr anderen, seid still.«

Mit der Tinte, die von der vorhergehenden Nacht übriggeblieben war, zeichnete Elric eine Rune um den jungen Mann. Es war die Rune des Feuers. Dann hieß er den Herzog sich darauflegen.

Draußen standen der Regent und der Künstler und sahen zu. »Wollt Ihr dem jetzt nicht Einhalt gebieten?« fragte der Künstler.

»Bis jetzt ist es nur Hokuspokus«, erwiderte Il Moro.

Elric setzte sich wieder und begann, die Elementargeister des Feuers anzurufen. Sie schienen von dieser Ebene weiter entfernt zu sein als von der seines Heimatlandes, und er wagte es nicht, sein ganzes Wesen in die Anrufung einzubringen. Er brauchte nur die sanftesten Elementargeister, die über die heilende Kraft des Feuers, nicht über die zerstörerische, verfügten.

Aber Feuer war Feuer und nie leicht zu beherrschen. Wenn ein Elementargeist des Feuers anwesend war,

war das Chaos immer näher, als selbst ein Diener des Chaos wünschen konnte.

Elric nahm die Anrufung in der alten Hochsprache Melnibonés vor. Er brauchte seinem Publikum nicht mehr zu gebieten stillzustehen, denn alle waren zur Bildsäule erstarrt.

Auf den Gesichtern derer, die von draußen zusahen und lauschten, brach Schweiß aus.

»Nun, Euer Gnaden?« fragte der Künstler.

»Es ist nach wie vor Hokuspokus«, antwortete der Regent. »Kommt, kommt, Messire. Wenn Ihr ein Experiment durchführt, seid Ihr dann nicht bereit, das Ergebnis abzuwarten?«

Darauf wußte der Künstler nichts zu antworten.

Alle im Raum spürten die zunehmende Hitze. Elric erkannte mit Erleichterung, daß die, die er gerufen hatte, anwesend waren.

»Bei den alten und in Ehren gehaltenen Banden zwischen eurem Volk und meinem bitte ich euch, den, den ihr auf der Rune seht, zu kräftigen. Heilt, was geheilt werden kann. Richtet keinen Schaden an.«

Da er kein Heiler war, konnte Elric sich nicht genauer ausdrücken. Diese Leute hier hatten Feuer zur Heilung haben wollen, und das würden sie auch bekommen.

Der Herzog lag einige Minuten lang zitternd auf der Rune. Elric hätte nicht zu raten gewagt, ob er vor Furcht oder vor Kälte zitterte.

Weitere Minuten vergingen, dann entspannten sich die verkrampften Glieder des jungen Herzogs. Er fing an, leicht und tief zu atmen. Das Gefühl der Entspannung schien aus ihm herauszuströmen und die an den Wänden stehenden Männer zu erfassen, einen nach dem anderen.

Bis es Giovanni di Tuscania mit seiner roten Kapuze erreichte.

Von draußen sah der Künstler, wie die Trance alle im Raum befiel. Besaßen die Worte diese Macht oder der Soldat, der sie aussprach?

Dann sah er, wie eine der rotgekleideten Gestalten die Arme hob, und hörte sie ausrufen: »Kommt, ihr Fürsten und Mächte! Euer Wille geschehe!«

Die Gestalt stürzte auf den Mann auf der Rune los; Metall blitzte auf, als sein Ärmel die Hand freigab. Der Künstler schwang sich aufs Fensterbrett und warf sich in den Raum.

Elric bemühte sich, alles in seiner Beherrschung zu behalten.

Er dankte den Elementargeistern und schickte sie wieder in ihren eigenen Bereich. Das Feuer hatte auch ihn gekräftigt, andernfalls wären er und alle in der Ruine verbrannt.

Er spürte, wie das Chaos stärker wurde, wie es aus den Mauern ringsum und aus dem Boden Kraft zog. Seine Sinne verrieten ihm – dem Nachkommen eines Geschlechts, das den Chaos-Lords zehntausend Jahre gedient hatte –, daß es in diesem Land, wie in jedem von Sterblichen bewohnten, ein Gleichgewicht zwischen Ordnung und Chaos gab. Doch dieses hier hatte tausend Jahre lang mehr Chaos als Ordnung erlebt; überdies hatten seine Herrscher und Fürsten dem Chaos gedient, statt die Ordnung zu stärken. Mittlerweile vermochten selbst so unbedeutende Hexenmeister wie die in den roten Gewändern das Chaos mit Erfolg herbeizurufen.

Sturmbringer lechzte danach, frei zu sein. Elric begann das Runenschwert zu ziehen, hielt aber inne, als er das Gesicht seines Gastgebers, des Künstlers sah, der sich über den jungen Mann auf dem Boden beugte. Der rotgekleidete Chaos-Beschwörer lag reglos daneben.

»Lebt er noch?« fragte Elric.

»Der Herzog ja«, antwortete der andere. »Der hier ist tot – hat sich den Hals gebrochen.« Er sprach mit Überzeugung, und Elric erinnerte sich an die fein gearbeiteten anatomischen Zeichnungen im Atelier des Künstlers. Jemand, der einen Hals so gut darstellen konnte, wußte mit ziemlicher Wahrscheinlichkeit auch, wie man einen brach.

Elric empfand Kummer, aber auch Verzicht.

»Nehmt Euren Herzog und geht«, befahl er in gebieterischem Ton.

Er begleitete den Künstler zum Fenster, durch das dieser hereingekommen war, und stand daneben, während der Künstler den Herzog durch die Öffnung schob und zu Boden gleiten ließ. Der Herrscher von Melniboné blieb in Deckung; der Künstler war nicht alleine gekommen, und ein aufs Geratewohl durchs Fenster geschossener Pfeil hätte mehr Chaos entfesseln können, als allen Beteiligten – außer den Chaos-Lords selbst – lieb gewesen wäre. Tausend Fragen funkelten in den Augen des Künstlers; er stellte nur eine.

»Eure Zauberkunst ist echt. Woran kann ich sie erkennen, wenn ich ihr wiederbegegne?«

»An ihren Ergebnissen, Messire.«

Elric drehte dem Fenster den Rücken zu. Vielleicht zehn Atemzüge lang hielt er seine Hand auf dem Schwert an seiner Hüfte. Dann zog er es und stieß einen lauten Schrei der Erleichterung aus, als das Chaos im Schwert und das Chaos um ihn herum aufeinandertrafen.

»Blut und Seelen für Arioch, den Herzog der Hölle!«

Das Runenschwert nahm Nahrung zu sich, kaum brauchte es Elrics führende Hand. Der erste, der starb, war ein Leibwächter. Sturmbringer spaltete ihm den Schädel, bevor er eine Gelegenheit hatte, überrascht auszusehen, und als das geschehen war, hatte der Leibwächter kein Gesicht mehr, das Gefühle hätte zeigen können, wäre er noch am Leben gewesen.

Das Schwert sprang zu einem der rotgekleideten Männer. Er starb, indem sein Brustkorb von der Schulter bis zu den Lenden hinunter durchhauen wurde. Er spürte den Tod kommen und schrie noch auf, bevor ihm die Lungen für einen solchen Schrei fehlten.

Das schwarze Schwert tobte sich aus und sang, während es tötete. In der Zeit, die ein hungriger Mann vielleicht gebraucht hätte, um eine leichte Mahlzeit zu sich zu nehmen, gaben alle vier Leibwächter sowie die fünf Teufelsbeschwörer ihre Seelen Sturmbringer zu fressen und führten Elric ihre Kraft zu.

Mit der Kraft von neun Männern versehen, forderte Elric Sturmbringer auf, ihn auf seine Heimatebene zu bringen.

Das tat es. Da er eins mit dem Schwert war, kam Elric erst wieder ganz zu Bewußtsein, als er die Stille um sich herum bemerkte. Er öffnete die Augen. Er war nicht mehr in der blutbespritzten Ruine, und am Horizont erhoben sich auch keine Berge mehr.

Auch Sturmbringer war still, und es war die Stille, die nach reichlicher Nahrungszufuhr eintritt. Der Ruf, der Elric drei Tage lang zugesetzt hatte, hatte aufgehört.

Der Albino sah sich um. In Hrolmar war er durch das Tor getreten. Von Hrolmar zur Insel der Purpurnen Städte war es nur ein Katzensprung, und von dort hätte er ein Schiff zur Dracheninsel nehmen können.

Aber er war nicht in Hrolmar. In der Ferne konnte er einen nebligen Horizont sehen, was Meer bedeutete, doch er wußte nicht, wo er war oder wie weit von Melniboné entfernt.

»Der Herzog schläft tief und fest, Eure Hoheit«, sagte der Arzt. »Bei der Menge Wein, die er zu sich genommen zu haben scheint, bezweifle ich, daß er vor dem Morgen aufwacht.«

Der Regent nickte. »Danke, Messer Ambrogio.« Sein Ton deutete an, daß der Arzt gehen konnte.

Als Ambrogio verschwunden war, sah der Regent seinen Neffen mit spöttischem Blick an. Gian Galeazzo war betrunken, das stimmte, aber Lodovico hatte den Wein zur Verfügung gestellt – sobald sein Künstler und Oberingenieur, der auch Anatom war, Il Moro versichert hatte, daß man es ohne Gefahr tun könne.

Er hatte auch mit eigenen Händen die Ruine von Sanct' Spiritu angezündet. Obwohl größtenteils nur aus Stein bestehend, hatte sie so heftig gebrannt, als sei sie voller Zunder und Pech. Selbst der Mörtel in den Mauern schien zu lodern oder zumindest zu schmelzen, und zum Schluß blieb kaum ein geschwärzter Stein auf dem anderen.

In der Dunkelheit jenseits des Lichtkreises um die sterbende Kapelle hatten sich Il Moro und seine kleine Gruppe davongestohlen, ohne von den durch das Feuer Angelockten bemerkt zu werden.

»›An ihren Ergebnissen‹«, zitierte Messer Leonardo. »Wenn ich das nächstemal einem Zauberer begegne, wird er vielleicht lange genug bleiben, damit ich ihn und seine Methoden studieren kann.« Auch er betrachtete den Mann auf dem Bett, dann sah er den Regenten an. »Wollt Ihr die Büste immer noch haben, Eure Hoheit?«

»Nein!« erwiderte Il Moro. Dann, da ihm klar wurde, daß er mehr verraten hatte, als ihm lieb war, fügte er hinzu: »Ich möchte nicht einmal die Portraitskizze. Ihr werdet den Preis des Marmors und noch mehr für Eure Arbeit heute nacht bekommen. Aber was Zauberer in

Mailand angeht, so muß ich sie in Zukunft als Ketzer und Feinde der Kirche behandeln.«

Der Künstler quittierte sowohl die Bestechung als auch die Warnung mit einem spöttischen Grinsen. »Ihr bleibt bei dem Teufel, den Ihr kennt, Eure Hoheit?«

Zum erstenmal seit seiner Rückkehr in die Stadt lächelte Il Moro. »Genau, Messer Leonardo.«

Historische Anmerkung:
Elric besuchte Mailand im Winter 1489/90.
Im Herbst 1490 brachte die Herzogin von Mailand, Isabella d'Este, einen Sohn zur Welt.
Es könnte sogar der ihres Mannes gewesen sein.

Copyright © 1994 by Roland J. Green and Frieda A. Murray

Richard Lee Byers

KÖNIGSFEUER

Der Elf – oder zumindest hielt ich ihn für einen – kniete neben einem Bach. Sein schneeweißes Haar wehte im kalten Novemberwind, seine bleichen Hände umklammerten ein riesiges Schwert, mattschwarz wie ein Eisenkessel. Er bemühte sich, es zu heben, und schluchzte auf, als die Spitze wieder zu Boden sank. Die fünf zerlumpten Straßenräuber, die ihn umzingelt hatten, johlten und bedrängten ihn.

An jenem Morgen fühlte ich mich so verbittert, war ich so wütend auf mich und die ganze Welt, daß ich mir im ersten Moment sagte, das gehe mich nichts an, und versucht war, mich einfach abzuwenden und wegzureiten. Dann aber legte ich meinen Speer ein und setzte Schwarzfell in Galopp. Mein zerfetzter Mantel flatterte, und die Hufe des Streitrosses wirbelten braune Blätter hoch, als wir den Abhang hinuntersausten. Einer der Schurken, ein untersetzter schwarzbärtiger Mann mit Narben auf beiden Wangen, drehte sich blitzschnell um und begann zu schreien. Meine Lanze durchbohrte seine Brust und kam auf der anderen Seite seines Körpers wieder heraus.

Die übrigen Banditen ließen von ihrem Opfer ab, das sie zweifellos für zu schwach hielten, um eine Bedrohung darzustellen, knurrten wütend und stürzten auf mich los. In höchster Eile ließ ich meine Lanze fahren und griff nach meinem Schwert, das ich gerade noch rechtzeitig zog, um ihrem Angriff zu begegnen.

Schwarzfell schlug nach jemandem aus, der sich hinter uns geschlichen hatte. Ein Räuber mit rötlicher, geschwollen aussehender Nase schwang eine Axt, mit der er nach meinem Schenkel zielte. Ich fing den Hieb mit meinem Schild ab und schlug dann nach ihm. Er sprang weg, rutschte aus und taumelte weiter zurück, auf den bleichen Mann zu.

Zitternd und mit zusammengebissenen Zähnen schaffte der Elf es schließlich, seine Klinge zu heben. Der Bandit fiel darauf und spießte sich auf. Ein unheimlicher Klagelaut, ein schrilles Kreischen erfüllte zunächst die Luft, gefolgt von einem markerschütternden Brüllen im Baßton.

Als die Geächteten sich umwandten, um festzustellen, was da heulte, sprang der Mann mit elfenbeinfarbener Haut auf und stürzte sich auf sie, seine schwergewichtige Waffe mit einer Hand führend. Die kohlrabenschwarze Klinge glänzte jetzt wie polierter Obsidian, und vom Heft bis zur Spitze leuchteten Runen wie glühende Kohlen.

Furchtlos wie immer, selbst im Angesicht von etwas Unnatürlichem, trug Schwarzfell mich ins Kampfgetümmel, aber er hätte sich die Mühe sparen können. Der Elf schlitzte einen der Schurken von der Kehle bis zur Leistengegend auf und enthauptete die beiden anderen, noch bevor ich einen weiteren Streich anbringen konnte.

Das schwarze Schwert hieb und stieß noch einen Augenblick ziellos hin und her, was mich auf seltsame Weise an eine Bulldogge erinnerte, die an der Leine zerrte. Dann schnitt der bleiche Mann eine Grimasse, und die Muskeln an seinen Armen und Schultern traten hervor. Der Klagelaut erstarb, die Klinge verstummte. Ihr Besitzer machte eine ruckartige Bewegung mit dem Handgelenk, die jeden Blutspritzer von der Waffe schleuderte, dann rammte er sie zurück in die Scheide.

Mein Herz bummerte wie eine schnell geschlagene

Trommel, und mir wurde klar, daß ich von der unirdischen Erscheinung und Verhaltensweise des Elfen ebenso erschüttert war wie von der Tatsache, daß ich gerade mein Leben aufs Spiel gesetzt hatte. Ich schluckte, um die Trockenheit in meinem Mund wegzubekommen. »Ich wünschte, ich könnte meine Waffen auch so leicht reinigen«, sagte ich. »Bist du in Ordnung? Du hast schwach ausgesehen, als ich dich zum erstenmal erblickte.«

»Ich hatte eine lange Strecke ohne Nahrung zurückgelegt«, antwortete er mit kultivierter Baritonstimme. »Jetzt geht es mir wieder gut, und ich danke dir, daß du mein Leben gerettet hast. Mein Name ist Elric.«

Ich fragte mich, wie er sich, wenn er vorher Hunger gelitten hatte, hatte erholen können, ohne zu essen, fürchtete aber, er würde mich für unhöflich halten, wenn ich weiter in ihn drang. Und ich wollte ihn nicht beleidigen. Ich sah jetzt, daß seine Kleidung, obwohl abgetragen und schmutzig wie meine eigene, aus gefärbtem, kunstvoll bearbeitetem Leder und Samtbrokat bestand, und ich hoffte, er würde in der Lage sein, mich zu belohnen. Ich steckte mein Schwert in die Scheide, stieg vom Pferd, zog meinen Panzerhandschuh aus und hielt ihm meine Hand hin. »Martin Rivers, einfacher Ritter, mein Lord.«

Sein Griff war fest, und seine Hand fühlte sich an wie die von jedem anderen. Die Berührung war beruhigend, bewies sie doch, daß er, ganz gleich, wie unheimlich er wirkte, zumindest aus Fleisch und Blut war. »Welcher Ort ist das hier?« fragte er.

»Wir sind nicht weit östlich von Augsburg«, antwortete ich erstaunt. Wenn er so verwirrt war, daß er das nicht wußte, hatte er sich vielleicht doch noch nicht wieder erholt. »Wo« – ich zögerte und suchte nach Worten – »wo willst du denn sein? Wo gehst du hin?«

Seine karminroten Augen funkelten in seinem hageren aristokratischen Gesicht. »Oh, ich bin wieder einmal ausgezogen, um etwas zu suchen«, sagte er bitter. »Eine tugendhafte Königin und ihr tugendhaftes Reich müssen von den teuflischen Horden des Chaos befreit werden, und ich suche nach dem Zaubermittel, das die Unholde abschmettert. Ich befürchte jedoch, daß die fromme königliche Maid und ein beträchtlicher Teil ihres Hofes leider umkommen werden, wenn man das Zaubermittel anwendet, aber das ist nicht meine Sache, nicht wahr? Jedenfalls kann das meinen Ruf nicht noch mehr schädigen. Wonach bist *du* denn ausgezogen?«

Ich blickte erstaunt und verwirrt drein. Unter diesem Aspekt hatte ich meine Aufgabe gar nicht gesehen. Der Auszug, die Ausfahrt eines Ritters war etwas für weltentrückte Geschöpfe wie ihn oder für Helden, die in einem anderen Zeitalter lebten, aber nichts für gewöhnliche Typen wie mich, und dennoch paßte das Wort. »Ich suche auch nach etwas Magischem«, teilte ich ihm mit. »Nach Königsfeuer.« Er zog fragend eine Augenbraue hoch, und törichterweise fühlte ich mich ein wenig enttäuscht. Aber vielleicht hatte er sich noch nie zuvor aus der Elfenwelt gewagt und wußte deshalb nichts von irdischer Geschichte. »Richard Löwenherz' verlorenes Schwert.«

Seine Augen verengten sich. »Ah«, erwiderte er und blickte auf die herumliegenden Leichen. »Hat dieser Pöbel es auch gesucht?« Er berührte den Griff des schwarzen Schwerts. »Haben sie das hier dafür gehalten?«

Auf diese Weise an die Leichen erinnert, bückte ich mich und begann ihre Geldbeutel zu plündern. Ohne überrascht zu sein, aber trotzdem mit Empörung, stellte ich fest, daß sie alle zusammen nur ein paar beschnittene Münzen hatten. »Möglicherweise«, sagte ich, »obwohl es von Königsfeuer heißt, daß es von der Spitze bis zum Heft *rot* glänzt.«

»Oder vielleicht haben sie mich bloß für etwas Abscheuliches gehalten«, sagte er. »Einer hat mich als Teufel bezeichnet, und ein anderer beschuldigte mich, keine Seele zu haben.« Seinem verächtlichen Tonfall entnahm ich, daß er derlei gewohnt war.

»Ich vermute, sie haben dich für einen Elf gehalten«, sagte ich unsicher. »Das habe ich ja auch getan.«

»Dennoch hast du mir geholfen.«

Ich zuckte die Achseln. »Ich habe schon Leute mit einer Spur Elfenblut in den Adern gekannt. Sie waren nicht schlechter als jeder andere. Außerdem standen fünf kräftige, gesunde Männer gegen einen, der gebrechlich schien.«

»Nun, zufällig bin ich *kein* Elf.« Er lächelte unangenehm. »Ich bin Melnibonéer, und ich wage zu behaupten, daß das etwas erheblich Übleres ist. Nichtsdestoweniger erkenne ich meine Schulden an.« Mein Herz schlug höher. »Ich habe zwar kein Geld« – meine Stimmung sank wieder –, »aber ich würde dir gern bei deiner Suche behilflich sein. Sofern du dich mit jemand zusammentun willst, der als Verräter und Verwandtenmörder gilt.«

Ich begriff, daß er wirklich verrückt oder böse sein mochte und daß es zweifellos gefährlich war, ihn zu kennen. Aber die Art und Weise, in der er das zur Schau stellte, wie mit einem seltsamen Stolz voller Selbstmitleid, verwirrte und belustigte mich zugleich, so daß ich ihn aus purem Eigensinn an meiner Seite haben wollte. Hinzu kam, daß er – ob er nun ein Elf beziehungsweise irgendeine andere Art von Geschöpf aus der Elfenwelt war oder nur ein Reisender aus einem entfernten Königreich, wo vielleicht jeder aschfahle Haut und scharlachrote Augen hatte – ohne Zweifel ein verzaubertes Schwert trug und durchaus Fertigkeiten besitzen mochte, die mir sehr helfen konnten. »Was ist mit deiner eigenen Aufgabe?«

»Für den Augenblick scheine ich gestrandet zu sein«, sagte er, und erneut fragte ich mich, was er meinte. »Ich kann ebensogut tätig bleiben, bis ich einen Durchgang finde.«

»In dem Falle gereicht es mir zur Ehre, dich als meinen Gefährten anzunehmen.«

Dann bot ich ihm die Hälfte meiner mageren Beute an, was er mit einer Bewegung seiner schmalen Hand ablehnte. Als ich meine Lanze aus der Leiche des narbigen Banditen zog, stellte ich fest, daß der eichene Schaft zerbrochen war. Wenn meine Finanzlage sich besserte, konnte ich mir einen neuen kaufen, aber im Moment mußte ich ohne einen auskommen. Einen Fluch murmelnd, brach ich die Lanzenspitze ab, wischte sie sauber und verstaute sie in einer von Schwarzfells Satteltaschen. Dann machten wir uns auf den Weg und gingen das Bachbett hinunter. Ich führte das Pferd am Zügel, damit es sich ausruhen konnte und um mir die Unterhaltung mit meinem neuen Begleiter zu erleichtern.

Der Bach murmelte, mein Kettenpanzer klirrte, und unter unseren Füßen knirschten Kieselsteine. Elric blickte in einem fort von einer Seite zur anderen, wobei er lächelte und seine Nasenflügel sich weiteten; offenbar genoß er den Anblick der Eichhörnchen, die die kahlen Äste entlanghüpften, und den Geruch des vermodernden Laubs. Er war leicht bekleidet, aber die Kälte schien ihm nichts auszumachen. »Hast du Grund zu der Annahme, daß das Schwert hier in der Nähe ist«, fragte er nach einer Weile, »oder suchst du einfach auf gut Glück?«

Ich wurde zunächst zornig, weil ich meinte, er wolle andeuten, daß ich ein Narr sei, aber dann fiel mir ein, daß er ja selbst mehr oder weniger auf gut Glück zu suchen schien, »Königsfeuer ist vor anderthalb Jahrhunderten auf geheimnisvolle Weise verschwunden«, teilte ich ihm mit, »als Richard auf Burg Dürnstein gefangen war, nicht allzu weit von hier entfernt. Das Schwert besaß angeblich wundersame Kräfte und wurde seitdem vergeblich von zahllosen Abenteurern gesucht. Nun, vor drei Wochen erschien ein Engel des Herrn vor dem Augsburger Dom und verkündete, daß sich die Klinge in den nach Osten gelegenen Ländern befinde, in einer Festung aus Holz, und daß der Mann, der sie fände, zum größten Ritter des Zeitalters würde. Eine Stunde später war der Wald voller Schatzsucher. Könntest du« – ich zögerte, weil die meisten Menschen, sofern sie nicht einen Tropfen Elfenblut in den Adern hatten, den Vorschlag, den ich machen wollte, als Beschuldigung auffassen würden, sie hätten ihre Seele dem Satan verkauft – »könntest du durch Zauber bewirken, daß wir vor den anderen zu der Klinge geführt werden?«

Elric nickte, als sei meine Bitte nicht weiter bemerkenswert. »Meine Zauberkraft ist hier schwach, aber vielleicht gelingt es mir. Tritt ein paar Schritte zurück und sprich nicht, bis ich fertig bin.«

Ich führte Schwarzfell weg, setzte mich und lehnte mich mit dem Rücken an eine Eberesche. Der Melnibonéer packte den Griff seines Schwertes, dann schwankte er hin und her. Seine Augenlider fielen zu, und seine Gesichtszüge entspannten sich, bis er im Stehen zu schlafen schien. Ein Durcheinander schriller Silben, so gräßlich und menschenunähnlich wie das Kreischen seiner Waffe, brach aus seiner Kehle hervor. Einen Augenblick später entstand vor ihm ein blaugrüner Dunstkringel.

Seine Augen öffneten sich. Er flüsterte dem Nebel etwas zu, und dieser streckte sich und wand sich hin und her, was mich an ein Kätzchen erinnerte, dem man den Bauch krault. Dann schwebte er zwischen zwei Bäumen davon. »Komm«, sagte Elric, »wir müssen ihm folgen. Wenn er uns aus den Augen verliert, vergißt er wahrscheinlich seinen Auftrag.«

Ich sprang auf, schnappte meinen Schild und Schwarzfells Zügel und setzte mich in Trab, um ihn einzuholen. »Was ist denn das?«

»Eine Sylphe«, antwortete er, »ein niederer Luftgeist.«

»Weiß er, wo Königsfeuer ist?«

»Nein, aber er hat Sinne, die uns fehlen, und wenn wir Glück haben, entdeckt er die Ausstrahlungen der Waffe.«

Eine Stunde lang folgten wir der Sylphe, dann gerieten wir auf eine Lichtung, die nach Blut stank. Die Leichen von drei bewaffneten Männern lagen verstreut auf dem Rasen; alle waren enthauptet und völlig zerstückelt, mit weit ausholenden Hieben von einem schweren Schwert oder von einer Streitaxt zerhackt. Ihr Mörder fand offensichtlich ein solches Vergnügen an Metzelei, daß er sie in Stücke gehauen hatte, nachdem sie gefallen waren.

Elric sagte: »Beim Herrn der Sieben Dunkelheiten! Führt hier jemand einen Krieg, den du versäumt hast zu erwähnen?« Während sich mir der Magen umdrehte, schüttelte ich den Kopf. »Dann ist dein Heimatland selbst nach meinen hohen Maßstäben ein gefährlicher Ort.«

»Es ist nicht mein Heimatland. Ich bin Engländer. Ich glaube, irgendein Schatzsucher bringt seine Rivalen um.«

»Oder Königsfeuer hat einen Wächter. Das ist beim Gegenstand einer Suche oft der Fall. Ich will deinen Mut nicht in Zweifel ziehen, aber wenn du an solche Dinge nicht gewöhnt bist, solltest du dich vielleicht noch einmal fragen, wie heftig du das Schwert begehrst.«

»Heftig genug«, sagte ich, obwohl ich den Verdacht

hatte, daß meine Entschlossenheit mich als Dummkopf abstempelte. Ich bückte mich, um die Leichen auszurauben, und fluchte, als ein Dutzend Ameisen meine Finger hochkletterten. Trotz seiner eingestandenen Armut lehnte Elric es erneut ab mitzumachen, weniger, wie ich ahnte, aus Achtung vor den Gefallenen – ein Gefühl, das ich mir in besseren Zeiten hätte erlauben können –, als deswegen, weil er zu wählerisch war, um in geronnenem Blut herumzuwühlen.

Als ich meine Plünderung beendet hatte, brachen wir wieder auf, um der Sylphe zu folgen. Nach einer Weile fragte Elric, ob ›das Löwenherz‹ ein großer Mann sei.

Ich setzte natürlich an, zu bestätigen, wie es fast jeder Ritter tun würde, hielt aber inne, weil mir die geschichtlichen Tatsachen einfielen, die meine Mutter und meine Lehrer mir beigebracht hatten: Richards Rebellion gegen seinen Vater und somit gegen sein eigenes Volk und seine nachlässige, ruinöse Regierungsform; seine legendären Wutanfälle und das Massaker der Gefangenen bei Acre, »Er war ein hervorragender Kämpfer und ein fähiger Befehlshaber«, sagte ich schließlich. »Er hat seine ganze Regierungszeit damit verbracht, Siege über die Sarazenen und die Franzosen zu erringen.«

Der bleiche Hexenmeister nickte nachdenklich, wobei er seine schräg stehenden Augen zusammenkniff, und ich hatte das unbehagliche Gefühl, daß er meine Gedanken ebenso deutlich gehört hatte wie die Worte, die ich laut ausgesprochen hatte. Dann deutete er mit dem Finger auf etwas. »Noch ein toter Mann.« Und so war es, auch dieser in Stücke gehackt. Im Laufe des Tages fanden wir noch ein Dutzend weitere.

Gegen Einbruch der Dämmerung begann das Nebelgeschöpf aufgeregt hin und her zu huschen. Es schoß auf Elric zu, umkreiste zweimal seinen Kopf und sauste wieder davon. »Hat er Königsfeuer gefunden?« fragte ich.

»Noch nicht, aber etwas hat er gefunden.« Der Luftgeist führte uns einen Abhang hinunter, durch ein Eibengehölz und auf einen schmalen überwachsenen Pfad, der zwischen zwei aufrecht stehenden Steinen hindurchlief. Ich blickte zwischen den moosbewachsenen Menhiren hindurch, dann blinzelte ich und schaute noch einmal hin, weil ich sicher war, daß meine Augen mich trogen. Aber jenseits der Monolithe wand sich der Pfad einen Hügel hinauf, der nur zu existieren schien, wenn man zwischen den Steinen hindurchspähte.

»Mein Gott«, sagte ich, »eine Pforte ins Elfenland.«

Elric grinste. »Du hast mir Glück gebracht, mein Freund. Wenn wir nicht nach Königsfeuer gesucht hätten, hätte ich weiß Xiombarg wie lange umherwandern müssen, bevor ich auf ein Tor von eurer Ebene zur nächsten gestoßen wäre.«

Wie ich bereits angedeutet habe, empfand ich im Gegensatz zu vielen Christen selbst vor reinblütigen Elfen keine Furcht. Doch in dem Moment fielen mir all die Schauergeschichten ein, die ich je über das Schicksal von Sterblichen, die uneingeladen in die Elfenwelt eingedrungen waren, gehört hatte, und ein Kältegefühl kroch meine Wirbelsäule hoch. »Ist das Schwert *da drin*?«

Er nickte, und seine dämonischen Augen funkelten. »Angst?«

Ich holte tief Luft. »Nicht genug, um umzukehren.« Er lächelte, ob anerkennend oder spöttisch, vermochte ich nicht zu sagen, und gab der Sylphe ein Zeichen. Diese schwebte zwischen den Steinen hindurch, und wir folgten ihr.

Mein erster Eindruck von dem sagenumwobenen Land der Elfen, das kaum ein Lebender je gesehen hatte, war sowohl unheilschwanger als auch enttäuschend. Die Troubadoure singen von einem Sommerland, wo das Wetter immer freundlich und alles grün und lieblich ist, wenn auch oft von bösartiger, gefährlicher Schönheit. Doch das Reich jenseits der Menhire war noch kälter als das, welches wir gerade verlassen hatten, als wären wir vom Herbst in den Winter gekommen. Das Gras war spröde und braun, die Bäume kahl und schauderhaft verkrüppelt, wie von einem Meisterfolterer verrenkte und verstümmelte Körper. Ein Schleier dunkelgrauer Wolken verfinsterte die untergehende Sonne, und ein leichter Verwesungsgeruch hing in der Luft. Elric schnitt eine Grimasse und sagte: »Ich habe schon schrecklichere Orte gesehen, aber wenige trübseligere«, und ich stimmte ihm zu.

Einige Minuten später fanden wir die Leichen von zwei gebrechlich aussehenden Gnomen, haarlosen Kreaturen mit grauer Haut, buschigen Augenbrauen und gesprenkelten Köpfen, die mich an Pilze erinnerten. Der Mörder hatte sie so vollständig verstümmelt wie ihre menschlichen Entsprechungen.

Als die Nacht hereinbrach, schlugen wir ein Lager auf. Dabei stellten wir fest, daß wir auf ein Feuer verzichten mußten. Die Zweige auf dem Boden sahen zwar aus, als eigneten sie sich zum Verbrennen, zerfielen aber zu einer durchweichten, breiigen Masse, als wir sie aufhoben. Deshalb mummelten wir uns nur ein, so gut es ging, denn selbst Elric zitterte jetzt, da die Luft immer kälter wurde. Ich war ein wenig überrascht, als er einwilligte, mein altbackenes schwarzes Brot, meine getrockneten Äpfel und den Rest meines sauren gelben Weins mit mir zu teilen; offensichtlich lebte er nicht gänzlich von Magie.

»Wie hat denn dieser geschwätzige ›Engel des Herrn‹ ausgesehen?« fragte er, als wir unsere Mahlzeit beendet hatten.

»Ich habe ihn nicht gesehen«, sagte ich, »nur von ihm gehört.«

Er hob verwundert den Kopf, wobei sein Gesicht im phosphoreszierenden Licht der über uns schwebenden Sylphe ein leichenhaftes Blaugrün annahm. »Du scheinst mir zu nüchtern und vernünftig zu sein, um dich auf Grund einer Sache, die für dich nicht mehr als ein Tavernengerücht war, auf eine solche Suche zu begeben.«

Ich zuckte die Achseln. »Es ist ja nicht so, als hätte ich irgend etwas anderes zu tun. In dem Jahr, als ich mir meine Sporen verdiente, rief der Papst – genauer gesagt, beide Päpste – zum Waffenstillstand auf, und die Fürsten der Christenheit, deren Königreiche jahrzehntelang von Krieg und Pestilenz verheert worden waren, erklärten sich einverstanden. Ich vermute, daß das ein Segen für die meisten Leute war, aber nicht für einen frischgebackenen Ritter, dem es an gutem Ruf und Beziehungen fehlte. Ich konnte keinen Lord finden, der bereit gewesen wäre, mich in sein Gefolge aufzunehmen, deshalb verdiente ich mir meinen Lebensunterhalt mit Turnierkämpfen. Das war in Ordnung, solange ich gewann, aber dieses Jahr habe ich begonnen zu verlieren, so daß ich es jetzt nicht mehr wage, wieder in die Schranken zu treten. Ich habe nicht das Geld, um Schwarzfell« – als es seinen Namen hörte, schnaubte das Streitroß – »und meine Waffen auszulösen, wenn mich ein anderer aus dem Sattel wirft.«

»Aber jetzt willst du deine Lage mit einem einzigen Schlag zum Besten kehren«, sagte Elric. »Was wirst du tun, wenn du Löwenherz' Schwert besitzt? Die Welt erobern?«

Ich lachte. »Nein, ein Königreich würde mir schon genügen, sofern es reich ist und eine schöne Königin hat.«

Er runzelte die Stirn, und zu spät fiel mir die Königin ein, der er diente und die wahrscheinlich umkommen würde, falls seine eigene Suche erfolgreich war. »Weißt du«, murmelte er, »ich habe die Art von Macht, nach der du strebst, besessen.« Die schwarze Klinge summte, und ich spürte, wie mir die Haare im Nacken zu Berge standen. »Sie bringt Kummer und gräßliche Pflichten eigener Art mit sich. Wie hart deine Lage auch sein mag, du bist frei und hast saubere Hände. Ich hoffe, du weißt ...«

Ich ballte die Fäuste. »Ich *weiß*, daß ich meiner Mutter monatelang nicht einen Penny geschickt habe. Sie lebt von Almosen, wenn sie nicht schon verhungert ist. Ich weiß, daß mein Knecht – mein *Freund* – Geoff krank darniederliegt und Fieber und Schüttelfrost hat und ich nicht die Mittel für die Arznei habe, die er braucht, um gesund zu werden. Und ich weiß, daß mir bald nichts anderes übrig bleibt, als mein Roß und meine Rüstung zu *verkaufen*, und danach bin ich dann kein Ritter mehr. Ich kann darauf verzichten, dich über die Vorteile der Armut predigen zu hören, Lord Elric, denn ich glaube nicht, daß du mit dem Thema vertraut bist. Worin immer deine Sünden und deine Misere bestehen mögen, es ist offenkundig, daß *du* in Reichtum aufgewachsen bist, und selbst wenn dein Geldbeutel sich seitdem gelegentlich geleert hat, bezweifle ich, daß du je große Mühe gehabt hast, ihn wieder zu füllen. Verflucht noch mal, ich nehme an, du kannst Gold aus dem Boden zaubern, wenn du mußt!«

Eine kurze Weile saß er schweigend da, dann sagte er: »Ich bitte um Verzeihung. Du hast recht. Niemand weiß, wie schwer die Last eines anderen Menschen ist, und es ist eine Anmaßung von mir, unaufgefordert Ratschläge zu erteilen. Ich übernehme die erste Wache.« Er erhob sich und schritt davon.

Ich beobachtete ihn eine Zeitlang – ein Schatten, der zwischen den verkümmerten Bäumen hin und her glitt –, dann nickte ich ein. Das nächste, was mir zu Bewußtsein kam, war, daß eine Hand meine Schulter packte.

»Wach auf«, flüsterte Elric. »Ich habe Schritte gehört.«

»Der Mörder?«

»Keine Ahnung«, sagte er mit unbekümmertem Grinsen. »Laß es uns herausfinden.«

Ich warf meine Decke ab, sprang auf und ergriff hastig Schwert und Schild. Dann gingen wir in die Dunkelheit.

Als wir vorrückten, hörte ich etwas durchs Gebüsch trappeln. Eine Sekunde später ertönte ein Horn, das blechern quäkte wie das Tuten einer Spielzeugtrompete. Unsere Schritte beschleunigend, folgten wir dem Geräusch und kamen auf eine mächtige Weide zu. Im Gegensatz zu den meisten Bäumen in dem sterbenden Wald hatte dieser einen Teil seiner Blätter behalten.

»*Siehst* du irgend etwas?« fragte Elric.

»Nein«, antwortete ich. Dann krachten die Äste der Weide auf unsere Köpfe, schlangen sich um unsere Körper und rissen uns in die Höhe.

Wir trugen unsere Klingen in der Hand, aber in der Umklammerung der Weide konnten wir sie nicht schwingen. Der Griff des Baumes wurde immer fester, quälender, unerbittlicher, seine Borke schürfte meine Haut ab, bis ich fürchtete, er würde uns zu Brei zerquetschen. Eine Herde kreischender Kobolde, aussehend wie die, deren Leichen wir entdeckt hatten, trippelte eilig aus den Büschen und hob lange Speere, um uns aufzuspießen.

Ich holte tief Luft und pfiff mit aller Kraft. Hufschläge donnerten heran, dann platzte Schwarzfell in die Gnomen hinein, bäumte sich auf, biß, trat, schlug aus. Die zwergenhaften Kreaturen schrien und stoben auseinander.

Elric brüllte einen weiteren mißtönenden Zauberspruch. Die Sylphe flitzte aus der Dunkelheit herbei und umkreiste uns mit Blitzesschnelle, wieder und wieder, so daß sie irgendwie einen tosenden Luftwirbel hervorrief. Plötzlich bekam ich keine Luft mehr. Einige Sekunden lang fürchtete ich, ich würde ersticken, aber dann riß der Wirbelwind die uns umklammernden Äste in Splitter und verschwand so plötzlich, wie er entstanden war. Mein Gefährte und ich plumpsten zu Boden, und der Baum erstarrte wieder zur Unbeweglichkeit. Als ich hochblickte, sah ich, daß unsere neblige Verbündete verschwunden war, und begriff, daß sie ihr Leben geopfert hatte, um uns zu retten.

Elric, dessen weißes Gesicht vor Wut verzerrt war, erhob sein Schwert und pirschte den Gnomen nach. Ihn bei der Schulter packend, keuchte ich: »Kein Grund, sie zu töten.«

Er grinste höhnisch. »Bist du eine Memme? Sie haben versucht, uns zu ermorden. Sie haben deine Leute massenweise ermordet.«

»Das glaube ich nicht«, sagte ich. »Denn erstens haben wir auch tote Kobolde gefunden. Und zweitens haben sie nicht die Statur, die Muskelkraft und die Waffen, die nötig wären, um jemandem Wunden beizubringen, wie wir sie gesehen haben. Es würde mich nicht überraschen, wenn sie uns nur angegriffen haben, weil sie eine große Gestalt mit riesigem Schwert durch die Nacht schleichen sahen und dich irrtümlich für den Mörder hielten. Und selbst wenn das nicht der Fall ist, welche Ehre bringt es ein, sie ohne Grund niederzumetzeln? Mein Gott, sie sind so winzig, sie hätten in einem gerechten Kampf keine Aussichten.«

Die Wut schwand aus seinem Gesicht. »Du hast recht.« Das schwarze Schwert knurrte wütend. Der weißhaarige Zauberer zitterte, als habe er Schüttellähmung; seine Hände bebten so sehr, daß ich einen Augenblick lang daran zweifelte, ob er imstande sein würde, die Waffe in die Scheide zurückzustecken.

»Bist du in Ordnung?« fragte ich.

»Ja«, sagte er, den Blick abwendend. »Sturmbringer hat einen eigenen Willen und liebt zu töten. Manchmal, wenn ich ihn enttäusche, muß ich mich sehr anstrengen, um ihn daran zu erinnern, wer von uns beiden der Herr ist.«

Da ich nicht wußte, was ich dazu sagen sollte, kam ich auf die gegenwärtige Lage zurück. »Ich frage mich, ob die Kobolde wissen, wer der Mörder ist. Ich wünschte, wir könnten sie dazu bringen, mit uns darüber zu reden.«

»Ich auch, aber das ist nicht sehr wahrscheinlich.«

»Ach, ich weiß nicht. Ich möchte wetten, daß sie uns jetzt gerade zuhören. Wie wär's, wenn wir geloben, ihnen nichts zuleide zu tun, und unsere Waffen niederlegen?«

Er starrte mich an. »Sie *haben* aber gerade versucht, uns zu töten, aus welchem Grund auch immer.«

Ich grinste ihn an. »Angst?« Er brach in Lachen aus, zog sein Wehrgehänge über den Kopf und legte das schwarze Schwert Sturmbringer auf den Boden. Meine eigene Klinge und meinen Schild legte ich daneben, da ich mit Sicherheit wußte, daß Schwarzfell sie bis zu unserer Rückkehr bewachen würde. Dann nahm Elric meinen Arm, und wir schlenderten weiter in den Wald.

Als wir etwa fünfzig Schritte gegangen waren, schlichen sich die Kobolde vorsichtig heran und umzingelten uns mit gerichteten Lanzen. Hinter ihnen kauerten elfische Geschöpfe von anderer Art, ziegenbeinige Faune und eine Frau, die nicht größer war als eine Maus; sie hatte zwei zusätzliche Arme, geäderte, durchsichtige Flügel, und ihrer Stirn aus Chitin entsprossen Fühler.

Kurz darauf drängte sich ein weiterer Gnom, der

aber unbewaffnet war, durch den Ring der Speerträger. Die seinen Händen und seinem Kopf aufgemalten magischen Zeichen und die rasselnden Amulette, die ihm um den Hals hingen, ließen mich vermuten, daß das der Magier war, der die Weide zum Leben erweckt hatte. »Ich heiße Blaumorchel«, sagte er mit schriller Stimme.

»Das ist Sir Martin Rivers aus England«, erwiderte mein Gefährte, »und ich bin Prinz Elric von Melniboné. Haben wir euch etwas getan?«

»Nein«, sagte Blaumorchel, »und wir bitten um Verzeihung. Sir Martin hatte recht. Als wir dich zu sehen bekamen, dachten wir, Tyrith hätte unser Versteck entdeckt, deshalb lockten wir euch in die von uns vorbereitete Falle. In dem Augenblick, da wir bemerkten, daß ihr zu zweit seid, hätten wir unseren Irrtum erkennen müssen, aber da waren wir schon zu sehr in Angst, um vernünftig zu denken.«

»Wer ist Tyrith?« fragte ich.

»Bevor er wahnsinnig wurde, war er der König des Waldes«, sagte der Kobold. »Jetzt pirscht er durch den Wald, auch durch euren irdischen Wald jenseits des unseren, tötet jeden, den er findet, und steckt selbst unser Land an mit seiner Krankheit.«

»Tyrith ist höchstwahrscheinlich ein Elementargeist«, teilte Elric mir mit, »wenn auch von anderer Art als unsere arme Sylphe, und sein Wesen und sein Wohlbefinden, oder der Mangel daran, sind mit diesem Gebiet hier verknüpft.« Er wandte sich wieder Blaumorchel zu. »Ich glaube, den Rest kann ich erraten. Da ihr nicht imstande wart, den König selbst zu überwinden, habt ihr euch daran erinnert, daß er sein Schwert einem sterblichen Monarchen gestohlen hat. Und weil ihr wißt, daß die meisten von Martins Volk Elfen viel zu sehr mißtrauen, um ihren Schmeicheleien oder Bitten Beachtung zu schenken, habt ihr einen

Geist herbeigerufen, der für einen Engel gehalten werden konnte, und habt ihn nach Augsburg geschickt, um zu verkünden, daß die Klinge in den nach Osten gelegenen Ländern zu finden sei, all dies in der Hoffnung, daß irgendein menschlicher Ritter, der mächtig genug wäre, um euren Unterdrücker zu besiegen, sie suchen kommen und ihn im Laufe der Auseinandersetzung um seine Beute erschlagen würde.«

Blaumorchel nickte. »Ich weiß, daß es schändlich war, eure Leute in den Tod zu locken. Aber wir sind verzweifelt.«

Ich starrte Elric an. »Woher wußtest du das?«

»Eigentlich wußte ich es nicht, aber nachdem wir festgestellt hatten, daß einer dieser Wichte Geisterbeschwörer ist, schien es die wahrscheinlichste Möglichkeit zu sein. Nach meiner Erfahrung erscheinen echte göttliche Wesen dem gemeinen Volk höchst selten, es sei denn, sie haben vor, es zu vernichten. Und was tun wir jetzt, da du die Wahrheit kennst?«

»Wir beenden, was wir angefangen haben«, antwortete ich. »Es ist mir gleich, ob mich Gottes Wille oder die Falle eines Zwerges hierhergeführt haben. Königsfeuer bleibt Königsfeuer. Jeder Heerführer in Europa würde dem Mann, der es wiederfindet, eine hohe Stellung anbieten, und Krieger und Geldgeber würden mir zuströmen, falls ich beschließe, eine eigene Truppe aufzustellen.« Außerdem tat mir das Elfenvolk leid, und ich wollte ihnen helfen.

Ich erwartete, Elric würde die Vermutung vorbringen – die sich nicht kurzerhand abtun ließe, wenn man erst einmal etwas von Sturmbringers eigentümlicher Natur begriffen hatte –, daß es der Besitz von Richards Schwert war, der Tyrith in den Wahnsinn getrieben hatte. Ich hatte mir sogar schon Gegenargumente zurechtgelegt, Aber er sagte nur: »Nun, wenn Blaumorchel willens ist, uns den Weg zu Tyriths berühmter hölzerner Burg zu zeigen, dann laß uns aufbrechen. Sollte Seine Majestät nicht zu Hause sein, werden wir ihm auflauern.«

Die Elfen brachen in Jubel aus.

Um Mitternacht erreichten wir Tyriths Festung. In der Finsternis wirkte sie einheitlich schwarz, wie eine Säule aus Schatten, und stand in der Mitte einer weitläufigen Lichtung. Zweifellos war das ein Bauwerk, wie es nur ein ›mit diesem Gebiet hier verknüpftes‹ Wesen hatte errichten können, denn es war sowohl ein Bergfried als auch ein kolossaler, lebender Baum. In glücklicheren Zeiten war prächtig gewesen, aber jetzt war es so verkrüppelt und jämmerlich wie der Rest des kränkelnden Waldes.

Nachdem ich Schwarzfell draußen zurückgelassen hatte, traten Elric und ich vorsichtig durch ein hohes zweiflügliges Tor – beide Flügel waren krumm und verzogen, der rechte hing schief in den Angeln – und kamen in eine höhlenartige Halle. Ein weißlicher Saft beziehungsweise eine weißliche Absonderung sickerte aus den Ritzen in den Wänden und der Decke, und zwischen den zertrümmerten Tischen und Bänken lagen die von Maden wimmelnden, zerstückelten Leichen unzähliger Elfen. Die Ausdünstungen tierischer und pflanzlicher Verwesung schlossen sich zum ekelhaftesten Gestank zusammen, den ich je gerochen hatte, und einige Sekunden lang war ich sicher, mich übergeben zu müssen.

Elric schluckte. »Laß uns weitergehen«, sagte er.

Wir begannen also, den höllischen Bergfried zu durchsuchen, wobei die glimmenden Runen auf Sturmbringers Klinge, gelegentlich unterstützt von Zweigen mit leuchtenden Blüten, die aus Wandleuchtern sprossen, und Stellen mit nachleuchtenden Pilzen, gerade genug Licht spendeten, um etwas sehen zu können. Überall stießen wir auf weitere Zeugnisse von

Tyriths Wahnsinn und dem Verfall der Baumburg: unirdische Diener, die während der Arbeit erschlagen worden waren; noch mehr zertrümmerte Möbel, zerbrochene Statuen, zerfetzte Bücher. Teile des Fußbodens verrotteten zu Schlamm, krebsartig wucherndes Holz blockierte Gänge und Treppen, Schimmelflächen breiteten sich üppig auf Gemälden und Wandteppichen aus.

Eine Ewigkeit schien vergangen, als wir vor uns einen hohen, lieblichen Gesang hörten. Es war ein Klang, der zu rein war, um aus einer menschlichen Kehle kommen zu können, und der sich von Sturmbringers schrecklichem Heulen zwar unterschied, ihm aber irgendwie verwandt zu sein schien.

Ich unterdrückte ein Zittern und zwang mich weiterzuschleichen, Elric an meiner Seite. Als wir um eine Ecke bogen, fanden wir die Tür, von der das Singen ausging.

Sie führte in ein großes Schlafzimmer, dessen mit reichen Schnitzereien verziertes Himmelbett, prächtige Teppiche und kunstvoll gewebte Wandbehänge ebenso verfallen waren wie alles andere in der Zitadelle. Tyrith war übermenschlich groß und hager, nackt und schmutzig, und schritt ruhelos hin und her. Seine blaßgrüne Haut und sein smaragdgrünes Haar legten von seiner Verwandtschaft mit dem Land ebenso beredt Zeugnis ab, wie seine Verunstaltungen – ein Arm war länger als der andere, schuppige, borkenähnliche Tumoren bedeckten Brust und Schenkel, seine Genitalien waren von Pusteln übersät – die Bösartigkeit seines Leidens zeigten. Er trug das singende Schwert auf der Schulter. Trotz seines Namens war ich nicht der Ansicht, daß Königsfeuers karminroter Glanz einer Flamme sehr ähnelte. Er sah eher aus wie ein Blutfleck oder wie die Farbe von Elrics Augen.

»Tyrith von Elfenland«, sagte der Melnibonéer mit

zitternder Stimme, was mich so sehr erschreckte, daß ich zusammenfuhr. »Ich fordere dich auf, dich uns zu ergeben. Ich schwöre bei meinen Göttern, daß wir nicht die Absicht haben, dir etwas zuleide zu ...« Der wahnsinnige König stieß einen Schrei aus und griff uns an.

Ich fing seinen ersten Hieb mit meinem Schild ab. Im nächsten Moment sprang Elric auf ihn zu und trieb ihn zurück. Klingen klirrten, tauschten Hiebe aus, die zu schnell waren, um ihnen zu folgen, und heulten ein häßliches Duett. Dann schnellte Sturmbringer in Tyriths Brust und wieder heraus. Der Elementargeist fiel zu Boden, sein grünes Blut strömte hervor. Königsfeuer, dessen Stimme verklang, flog ihm aus der Hand und fiel scheppernd auf die Erde.

Ich ging auf das Schwert zu, dann zögerte ich. Was, wenn es Tyrith tatsächlich in den Wahnsinn getrieben hatte?

Nun, selbst wenn es so war, hatte der Verlauf hundertfünfzig Jahre gedauert. So lange würde ich nicht leben. Über meine Ängstlichkeit spottend, nahm ich meinen Weg wieder auf.

Aber Elric erreichte Königsfeuer als erster, hob es vom Boden auf und ließ es los. Es schwebte frei in der Luft und sang wieder. Der Melnibonéer packte sein eigenes Schwert mit beiden Händen, schwang es hoch über den Kopf und ließ es niedersausen. Sturmbringer brüllte auf. Das Rubinschwert kreischte und zersplitterte in hundert Stücke.

Entgeistert, wie ich war, konnte ich nur annehmen, daß Elric mich zum Narren gehalten hatte, daß Königsfeuer – die Zerstörung von Königsfeuer – die ganze Zeit das Ziel seiner eigenen Suche gewesen war. Ich schrie: »Hurensohn!« und ging in Verteidigungsstellung.

Der bleiche Hexenmeister drehte sich blitzschnell

um. Seine Zähne waren gefletscht, und in seinen scharlachroten Augen loderte eine Wut, die so irr war wie die von Tyrith. Und in dem Moment löste sich mein eigener Zorn in nichts auf und wurde zu Bestürzung, denn ich ergründete ein Geheimnis, das sich bislang meinem Verständnis entzogen hatte.

Sturmbringer saugte die Kraft, vielleicht sogar die Seelen derjenigen auf, die er erschlug, und gab einen Teil dieser gestohlenen Lebenskraft an seinen Besitzer weiter. Doch je mehr Leben er trank, desto größer wurde leider auch sein Einfluß auf Elric, und jetzt, vollgefressen mit Königsfeuers Essenz, beherrschte er Elric. Das Schwert, das am Tod Vergnügen fand, war erpicht darauf, wieder zu töten, und ich war das einzige greifbare Opfer.

Ich hatte schrecklichere Angst davor, mein Leben an diese kohlrabenschwarze Klinge zu verlieren, als ich je vor irgendeiner anderen gefährlichen Sache gehabt hatte, und schlug mit meinem Schwert nach Elrics Kopf. Er wich mit pantherhafter Geschwindigkeit aus, dann führte er einen Streich nach mir und säbelte die obere Hälfte meines Schildes weg.

Schon nach den ersten paar Sekunden wußte ich, daß ich ihn nicht besiegen konnte, nicht, wenn ich ritterlich kämpfte. Ich mochte zwar ein ebenso gewandter Fechter wie er sein, aber mit der monströsen Kraft, die jetzt durch seinen Arm strömte, konnte ich es nicht aufnehmen. Um die Hand freizubekommen, warf ich den Rest meines Schildes weg, der sowieso nutzlos war, und begann, mich auf einen bestimmten Abschnitt des Fußbodens zurückzuziehen.

Sturmbringer heulte und brüllte, holte immer wieder blitzartig nach mir aus, und einen Augenblick lang war ich überzeugt, daß ich mein Ziel nie erreichen würde. Dann trat ich in etwas Glitschiges. Als ich unter einem Hieb, der mich beinahe enthauptet hätte, zu Boden ging, raffte ich einen Batzen des allgegenwärtigen Schlamms auf, den ich nach Elrics Augen warf.

Ich hatte Glück und traf sie genau. Dann machte ich einen Ausfall, um ihn zu durchbohren. Sturmbringer lenkte den Stoß ab und griff mit unfehlbarer Sicherheit mein Gesicht an. Überrascht, wie ich war, gelang es mir kaum zu antworten, doch der Streich ließ mein Schwert am Heft abbrechen.

Als ich zurückwich und dabei Schlag auf Schlag mit so knapper Not auswich, daß die schwarze Klinge oft kreischend von meiner Rüstung abglitt, wurde mir mein Irrtum bewußt. Sturmbringer war ein lebendiges Wesen mit eigenen Sinnen. Nutzlos, den Fechter zu blenden, wenn man nicht auch das Schwert blendete.

Deshalb stieß ich einen Schlachtruf aus und stürzte vorwärts, genau an ihm vorbei, denn Geschwindigkeit und Überraschung waren meine einzigen Verteidigungsmittel. Das klagende Schwert hackte hinter mir durch die Luft. Dann warf ich mich auf das zerstörte Himmelbett und packte schnell zwei Handvoll verrottenden Bettzeugs, bevor ich mich auf der anderen Seite vom Bett rollte.

Als Elric mir nachhechtete, warf ich das Bettzeug über ihn und Sturmbringer. Dann trat ich gegen sein Knie. Das Gelenk knirschte, und Mann und Waffe schrien auf. Ich drehte mich um und raste zur Tür.

Eine Sekunde später hörte ich ihn mir folgen. Seine Schritte waren ungleichmäßig, aber mit seiner geraubten Lebenskraft konnte er so schnell humpeln, wie ich rennen konnte. Keuchend, in Schleimpfützen ausrutschend und über Leichen und Trümmer stolpernd, lief ich, während meine eigene Kraft nachzulassen begann, durch das Labyrinth dunkler Gänge und hörte ständig Sturmbringer hinter mir Laut geben. Einen Großteil der Zeit war ich mir sicher, daß ich vergessen hatte, wo es hinausging.

Aber endlich gähnte das Tor vor mir. Schwarzfells Namen schreiend, taumelte ich ins Sternenlicht. Das Pferd raste sofort herbei und begann in dem Moment, da ich auf seinen Rücken geklettert war, zum Rande der Lichtung zu rennen.

Elric stürzte aus dem Bergfried, stürmte los und holte mich beinahe ein. Aber dann sauste das Streitroß los, rannte schneller, als es je zuvor gerannt war, und ließ meine Vergeltung – und ihren Sklaven aus Fleisch und Blut – hinter sich.

Selbst als Sturmbringers Heulen immer schwächer wurde, hätte ich am liebsten den Galopp beibehalten, aber ich wußte, daß das Pferd, wenn ich das tat, ganz sicher in ein Loch treten würde. Deshalb ließ ich es trotz meiner entsetzlichen Angst im Schritt laufen, aber wir hielten nicht ein einziges Mal an, um auszuruhen, bis wir die andere Seite der aufrecht stehenden Steine erreicht hatten.

Ich war immer noch so von Angst erfüllt, daß ich es nicht für möglich hielt, schlafen zu können, Doch ich war auch erschöpft, und als ich mich erst einmal hingesetzt hatte, fiel ich bald in Schlummer.

Ich träumte, ich sei König Richard auf dem Kreuzzug. Meine jüngste Schlacht war gewonnen, ich saß auf dem Thron, Königsfeuer lag nackt auf meinen Schenkeln, und eine unüberschaubare Menge von Gefangenen, Männer, Frauen, Kinder und Säuglinge, kauerte vor mir.

Einen Augenblick lang war ich geneigt, ihnen Gnade zu gewähren. Dann sang das rote Schwert ein schwungvolles Arpeggio, und ich begriff, wie sehr es das ganze Pack – dreckige Ungläubige, die die Frechheit besessen hatten, sich einem christlichen Herrscher zu widersetzen – verdiente zu sterben. Es wäre eine Schwäche, sie zu verschonen, hingegen taktisch klug – sogar befriedigend –, an ihnen ein abschreckendes Beispiel zu setzen.

Als meine Krieger die Scheiterhaufen anzündeten, erwachte ich schweißgebadet. Nachdem ich mich gesammelt hatte, hatte ich das Gefühl, als sei ich nach einem langen Delirium wieder zur Besinnung gekommen. Wie hatte ich nur daran denken können, meinen Verstand und meinen Ruf aufs Spiel zu setzen? Wenn irgend etwas sie untergrübe, wäre ich nicht mehr der gleiche. Und wenn auch die Zeiten schwer waren, warum hatte es mich so nach Magie gelüstet? Ich besaß bereits einen scharfen Verstand, eine Ausbildung als Krieger, einen tüchtigen Helfer in Geoff und ein großartiges Pferd. Manch einer hatte mit weniger angefangen und ein Vermögen erworben.

Sobald ich zu dem Schluß gekommen war, daß ich froh war, Königsfeuer nicht gewonnen zu haben, begann ich daran zu zweifeln, daß Elric tatsächlich die Macht des Schwertes hatte rauben wollen. Es erschien mir wahrscheinlicher, daß er es zerstört hatte, um mich vor mir selbst zu schützen.

Oder vielleicht weil er sein eigenes nicht zerstören konnte.

Kurz nachdem ich nach Augsburg zurückgeritten war, heuerte mich ein lüsterner Abt an, um ihn gegen rachsüchtige Hahnreie zu schützen. Geoff und ich verbrachten in seinem Dienst einen angenehmen Winter, und im folgenden Frühjahr brach von Cadiz bis Konstantinopel Krieg aus.

Copyright © 1994 by Richard Lee Byers

Brad Strickland

DAS TRAUMTOR

*Wie Elric in ein unwirtliches Land kommt
und wie ihm dort Erlösung droht*

Ein Junge mit dünnen Armen und Beinen erkletterte einen kuppelförmigen Berg aus glattem Stein, dessen von Sonne überflutete Oberfläche seine nackten Hände und Füße verbrannte. Die heiße trockene Luft ließ seine Lippen und seine Nasenflügel aufplatzen und trocknete seine Tränen, bevor sie zu Boden tropfen konnten. Mit Mühe erreichte er endlich die Bergkuppe, fand die schüsselförmige Vertiefung, von der sein Meister ihm erzählt hatte, und hielt inne, um auf die Wüste von Akrador zu blicken.

Es war ein Land, das tötete. Niedrige, vom Wind zerfressene Berge leuchteten grell und knochenbleich in der Sonne; eine ebene Wüste aus Kieselsteinen, die die kupfrige Farbe alten Bluts hatten, erstreckte sich von den Bergen aus in alle Richtungen, bis sie sich am Horizont im Flimmern der Hitze verlor. Der Handelspfad war kein erkennbarer Weg, und nur die Wachtposten, wie die Händler die mannshohen, im Abstand von fünfhundert Schritt aufragenden Steinhaufen nannten, markierten die Route. Drei Tage und drei Nächte lang hatten sich weder Tiere noch Menschen auf dem Pfad blicken lassen. Der Meister des Jungen lag sterbend in einer kleinen Höhle, die der Wind in den weißen Stein eines der Berge gegraben hatte. Seine letzte Hoffnung, ihre letzte Hoffnung lag jetzt in dem Versuch des unerfahrenen Jungen, an dieser nicht geheuren Stelle, diesem Ort, wo der Blitz sich ein Nest gegraben hatte, einen großen Zauber zu wirken.

Der Junge schloß die Augen und spürte ihr Pulsieren, als er die tötende Wüste seinem Blick entzog. *Atme tief*, hatte der alte Mann ihm befohlen. *Du mußt an die Worte denken, an ihr Gewicht und ihre Form. Du mußt im Geiste vor dir sehen, was nach deinem Wunsch geschehen soll. Du mußt von der Kraft, die dich dort umgibt, Gebrauch machen und das, wonach du verlangst, Wirklichkeit werden lassen.*

Solch einen komplizierten Zauber hatte er noch nie zuvor versucht, aber er spürte die Kraft, von der der alte Mann gesprochen hatte: Sie knisterte in seinem Haar und auf der Haut seiner Arme und Beine – verborgene magische Energie, die dem Stein entströmte. Es war seine Aufgabe, diese Kraft nutzbar zu machen, sie seinem eigenen Zweck zuzuführen, um für den alten Mann und sich selbst Rettung zu finden. Trotz der Hitze zitterte er.

Dann, als sein Geist so klar war, wie er ihn zu machen vermochte, begann er den Zauberspruch zu flüstern, eine rasche Aufeinanderfolge heiserer, leiser Worte, ein genau vorgeschriebener Singsang. Er rief einfach nach einem Helden, der die Mittel hatte, sie aus der Wüste zu retten.

Er spürte, wie die Kraft ihn umbrandete. Einen Augenblick lang wurde ihm schwindlig, und er schmeckte Salz auf seinen Lippen, die Gischt irgendeines kalten Meeres. Dann öffnete er die Augen, schrie auf und taumelte zurück.

Der Junge war etwa acht Jahre alt.

Der, der neben ihm auf der Bergkuppe stand, hätte jedes Alter haben können.

Der Albinokrieger wankte. Eben hatte er noch allein auf dem Deck eines Schiffes gestanden, das ein nebelverhangenes Meer durchpflügte, und über das böse Geschick nachgegrübelt, das ihn einer Auseinandersetzung mit Agak und Gagak, wer immer sie sein mochten, entgegenführte. Und jetzt stürzte Elric beinahe zu Boden, denn er hatte sein Gleichgewicht dem Schlingern und Stampfen des Schiffes angepaßt, und ebendas hatte mit einem lautlosen Tosen und einem blendenden Lichtschein aufgehört.

Elric atmete keuchend backofenheiße Luft ein. Seine Hand griff instinktiv nach dem Heft von Sturmbringer.

Er fand sein Gleichgewicht wieder und beschirmte die Augen mit der Hand. Er stand auf einem steinernen Berg, inmitten einer Wüste, über ihm ein erbarmungsloser kupferfarbener Himmel, und vor ihm kniete ein braungebranntes, dürres Kind. Das Kind, ein Junge, sagte etwas in einer fremden Sprache.

»Ich verstehe dich nicht«, entgegnete Elric. Er runzelte beunruhigt die Stirn, denn Sturmbringers Puls unter seinem Griff war schwach, fast nicht zu spüren. »Wer bist du, und was ist dies für ein Ort?«

Der Junge sagte noch etwas in seiner unbekannten Sprache und raffte sich dann auf. Er ging den Abhang ein Stück hinunter, drehte sich um und blickte hoch.

Elric atmete die Wüstenluft tief ein. Er hatte keine der Drogen bei sich, die ihn aufrechterhielten – sie waren unter Deck, an Bord des Schiffes, wo immer das Schiff jetzt sein mochte –, und das Raunen von Sturmbringers tödlicher Kraft war so leise, so schwach, daß ihm ängstlich zumute wurde. »Du willst, daß ich dir folge«, sagte er.

Der Junge kletterte mühsam wieder hoch und streckte eine knochige Hand aus. Elric verschmähte es, sie zu berühren. Er machte eine Bewegung mit dem Kopf. »Geh. Ich werde dir folgen. Mir bleibt nichts anderes übrig.«

Der Abstieg war nicht schwierig, aber der Junge

wankte und taumelte, als sei er kaum imstande, sich aufrecht zu halten. Ständig blickte er sich besorgt nach dem Krieger um. Elric seinerseits verspürte bereits eine zunehmende Ermattung, die Schwere der Müdigkeit, die sein Fluch war, und dennoch bereitete es ihm keine große Mühe, dem Kind zu folgen. Schließlich kamen sie zu einer vorspringenden Stelle des Berges, wo eine tiefe Felsspalte ins Dunkle führte. Der Junge ging in die Höhle, und Elric, dessen Sinne konzentriert und wachsam waren, folgte ihm.

Nicht weit vom Eingang der Höhle entfernt lag ein Mann auf glattem gelbem Sand. Es war ein älterer Mann mit zerzaustem grauem Bart, und seine Kleidung – ein weites grünes Gewand, stark beschmutzt und zerrissen, sowie eine turbanartige rote Kopfbedeckung – war von eigenartiger Machart und aus einem unbekannten Material. Der alte Mann öffnete seine tief eingesunkenen Augen, und Elric sah, daß er mit dem Tode rang. Der Junge sagte etwas zu dem Alten, und dieser redete Elric an, der den Kopf schüttelte.

Mit einem Stirnrunzeln schloß der Mann die Augen und schien in Gedanken zu versinken. Dann sagte er wieder etwas. Elric verspürte ein seltsames Gefühl, als sei eine kühle Brise kurz über ihn hinweggeweht.

»Na«, sagte der Mann, »ist das besser?«

»Das ist es«, erwiderte Elric. »Du hast Magie angewendet.«

»Ja. Einen einfachen Zauberspruch, damit wir einander verstehen können.«

»Du bist ein Zauberer?«

»Das bin ich«, antwortete der Mann. »Mein Name ist Chavrain. Bist du ein Held?«

»Ich bin Elric.«

Der alte Mann seufzte und schloß die Augen. »Ich spüre etwas Seltsames an dir. Du bist kein – Mensch, nicht wahr?«

»Ich bin Elric.«

Chavrain schwieg eine lange Zeit. Dann seufzte er und sagte mit schwacher Stimme wieder etwas: »Du findest meinen Schützling und mich in einer gefährlichen Lage vor. Vor Wochen habe ich mit den Eltern des Jungen die Abmachung getroffen, ihn zur Ausbildung an die Zauberschule von Vanislach zu bringen. Er besitzt die stärkste angeborene Zauberkraft, die ich je bei einem Kind erlebt habe, aber sie ist wild und ungezügelt. Wir schlossen uns einer kleinen Gewürzkarawane an, die auf dem Handelspfad in die Königreiche von Markelan zog, wurden aber unterwegs von Banditen überfallen. Die Wachmannschaft starb bei der Verteidigung der Karawane, und die Banditen töteten oder raubten alle Sapaden. Die überlebenden Kaufleute ließen uns im Stich und nahmen unsere ganze Nahrung und unser Wasser mit. Und deshalb findest du uns hier.«

»Was heißt ›hier‹?« fragte Elric.

Ein feines Lächeln spielte um die mit Blasen bedeckten Lippen des alten Hexenmeisters. »Ah. Mein Lehrling hat dich aus dem Anderswo herbeigerufen. Ich verstehe. ›Hier‹ heißt Akrador, die große Wüste. Wir sind etwa drei Tagesmärsche westlich von den Weinenden Steinen, wo es Wasser gibt; aber ohne Hilfe haben wir keine Aussicht, den Weg dorthin zu schaffen.«

Elric neigte den Kopf, als lausche er, aber was er hörte, war eine ungewohnte Stille. »Ist dies hier eine der Ebenen der Erde?« fragte er.

»Erde? Der Name ist mir unbekannt.«

»Diese Welt hier ist wirklich anders als alles, was ich kenne«, sagte Elric. »Die Kräfte der Ordnung und des Chaos scheinen weit von hier entfernt zu sein, wie das Echo eines Echos.«

»Ich weiß nicht, was du meinst«, sagte Chavrain.

»Das macht nichts. Was für Vorräte habt ihr?«

Sie hatten nicht viel. Der Junge hatte die Keule eines Sapaden – eines Lasttiers, dessen Fleisch zäh, sehnig und nahezu geschmacklos war – abgehäutet und zubereitet. Ein für wenige Tage reichender Vorrat an Fleisch, zwei flache und leere Wasserschläuche und die Kleidung, die sie trugen – das war alles, was die beiden – jetzt die drei – vorzuweisen hatten. »Wie lange ist es her, daß ihr Wasser gehabt habt?« fragte Elric.

Der alte Mann schloß die Augen und dachte nach. »Etwas über zwei Tage.«

Elric lehnte sich gegen eine der glatten Wände der Höhle. Sie fühlte sich überraschend kühl an. Er prüfte sein eigenes Befinden: Er fühlte sich etwas schwach, aber keineswegs so schwach, wie er sich unter den Umständen hätte fühlen müssen. Während er nach draußen auf das grelle Leuchten der Wüste starrte, murmelte er: »Kannst du diesen Ort, von dem du gesprochen hast, diese Weinenden Steine erreichen? Hast du die Kraft dazu?«

Chavrain flüsterte: »Nein. Ich liege ja schon im Sterben. Vor Sonnenuntergang, ohne Wasser ...«

»Aber mit Wasser?«

»Ja. Mit Wasser könnte ich mich wieder erholen. Mit Wasser könnten der Junge und ich durchaus überleben.«

»Weißt du eine Zauberformel, um ...?«

»Nein, Elric«, sagte Chavrain. »Ich kenne keinen Wetterzauber. Ich habe nur die Macht, Verlorenes wiederzufinden. Das ist mein Wissensgebiet.«

»Und der Junge?«

»Der kann leider nur die Zauberformeln anwenden, die ich für ihn ersinne. Ich habe zwei Tage damit zugebracht, den Spruch zur Auffindung eines Helden zu formulieren. Ich werde sterben, bevor ich mir einen weiteren Zauberspruch ausdenken kann.«

Elric runzelte die Stirn. »Ich weiß nicht, was du von mir willst, alter Mann.«

Chavrain öffnete die Augen. »Bring den Jungen nach Osten. Ihr werdet zum Grasland von Markelan kommen, zu den Siedlungen an den Ufern des Kothorn. Mach dort ein Mitglied meiner Bruderschaft ausfindig und vertrau ihm den Jungen an. Das würde dem Zauberspruch Genüge tun und den auf dir liegenden Bann lösen. Dann kannst du in deine Heimat zurückkehren.«

»Nicht in meine Heimat«, sagte Elric verbittert.

»Dann an den Ort, von wo du herbeigerufen worden bist. Es ist ein Marsch von einer Woche ...«

Elric unterbrach den Alten: »Das ist unmöglich.«

Chavrain drehte den Kopf und sah den Albino lange Zeit aufmerksam an. »Es fehlt dir an Kraft«, murmelte er. »Du könntest den Marsch ebensowenig schaffen wie ich.«

»Richtig.«

Der alte Mann runzelte die Stirn. »Ich verstehe das nicht. Ich habe den Zauberspruch sorgfältig formuliert und den Jungen zu einem Ort mit magischer Kraft geschickt, zu einer vom Blitz getroffenen Bergkuppe. Die Beschwörung hätte einen Helden herbeibringen müssen, der fähig ist ...« Er verstummte.

Die ganze Zeit hatte der Junge still in einem Winkel der Höhle gekauert und den Meister mit seinen großen braunen Augen aufmerksam angesehen. Jetzt kroch er herbei und berührte zaghaft das Gesicht des alten Mannes. Der Hexenmeister sah den Jungen mit müdem Blick an. »Hast du die Beschwörung so ausgeführt, wie ich es dir gesagt habe?«

Mit rauher, trockener, erstickter Stimme flüsterte der Junge: »Ja.«

»Dann verstehe ich das nicht.«

Elric schaute die beiden ruhig und gelassen an. Er schätzte seine Kraft ab. Ein Tagesmarsch – möglich.

Zwei – zweifelhaft. Drei – nein. Drei Tagesmärsche würden ihn töten. Und, dachte er bei sich, den Jungen ebenfalls. Aber einen Ausweg könnte es geben...

»Alter Mann«, sagte Elric schließlich, »würdest du dein Leben opfern, damit der Junge überleben kann?«

»Das ist eine sinnlose Frage.«

»Mag sein. Aber nimm einmal an, sie hätte einen Sinn; würdest du dann dein Leben für ihn opfern?«

Chavrain schloß die Augen. »Mein Leben ist ohnehin bald zu Ende. Ja, wenn ich wüßte, daß er überlebt, würde ich mein eigenes Leben hingeben.«

»Dann«, sagte Elric und betastete den Griff seines Runenschwerts, »gibt es vielleicht einen Ausweg.«

Mit wenigen Worten berichtete Elric Chavrain von Sturmbringer, davon, wie das Schwert Seelen trank und dem, der es führte, die Lebenskraft seiner Opfer gab. »Mit deiner Kraft und der mir verbliebenen«, schloß der Kriegerprinz, »könnte ich fähig sein, den Jungen nach Osten zu bringen.«

Chavrain nickte zum Zeichen, daß er verstanden hatte. Er seufzte. »So sei es«, murmelte er.

»Nun gut.« Elric zog die Klinge.

Und hielt inne, denn Sturmbringer fühlte sich in seinem Griff merkwürdig leblos an. Gleichwohl zeigte sich auf seiner dunklen Klinge ein schwaches, flackerndes Leuchten, wie fern am Horizont zuckende Blitze eines Wärmegewitters. Das war eine andere Art von magischer Kraft, die sich von seinem üblichen Durst nach Seelen unterschied, und ebendieser Unterschied ließ Elric zögern.

In der Höhle wurde es dunkel. Der Junge, der neben dem alten Mann kauerte, stützte sich auf seine Hände und Füße und richtete sich langsam auf.

Von draußen war das Heulen von Wind und das Klatschen von Regen zu hören.

Der Junge schrie laut auf, rannte zum Eingang der

Höhle und trat in den Regenguß hinaus. Elric stand über den alten Hexenmeister gebeugt, hielt Sturmbringer in der Hand und wartete.

Mit klatschnassem Haar, die dunkle Haut vor Feuchtigkeit glänzend, wankte der Junge zurück zu seinem Meister. Seine gewölbten Hände flossen über von Wasser, das er dem alten Mann in den Mund träufelte. Dann rannte er wieder hinaus, um noch mehr zu holen. »Die Wasserschläuche«, krächzte der Alte. »Füll sie ...«

Ströme von Wasser stürzten während dieses sintflutartigen Regengusses den Berghang hinunter, und beide Schläuche zu füllen war eine Arbeit von nur wenigen Sekunden. Der alte Mann trank reichlich, und der Junge füllte den Schlauch von neuem. Chavrain atmete schwer, stützte sich auf seine Ellbogen und murmelte etwas, was wie ein Gebet klang.

Elric tat etwas, was er noch nie zuvor getan hatte: Er steckte Sturmbringer in die Scheide zurück, bevor das Schwert das Blut eines Feindes gekostet oder eine Seele gestohlen hatte. Er zitterte.

Draußen verklang das Geräusch von Regen, Wind und Donner.

»Du bist tatsächlich der Held, den wir gesucht haben«, sagte Chavrain.

Elric schüttelte den Kopf. »Den Regen habt ihr nicht mir zu verdanken.«

»Aber sicher. Deinem Schwert.«

»Solche Geschenke macht Sturmbringer nicht.«

»Der Name deiner Klinge ist – Sturmbringer?«

Chavrain erhob sich ein wenig mehr und setzte sich aufrecht. »Das ist die Zauberkunst von Thaumia, Freund Elric. Die Magie, die in den Namen der Dinge steckt, und die Macht ihrer Namen. Das Schwert heißt Sturmbringer – und in unserer Welt bringt es Sturm.«

Der Junge hatte sich satt getrunken. Er bot den Wasserschlauch Elric an, der jedoch abwinkte. »Eine seltsame Welt«, sagte Elric. »Und, wie es scheint, eine freundlichere als meine eigene.«

»Ja«, erwiderte Chavrain, »ich spüre, daß das so ist. Ich spüre, daß in deiner eigenen Welt dein Schwert auch dein Fluch und dein böses Geschick ist.«

»Das mag sein.«

»Dann hast du die Wahl, Freund Elric. Ich glaube, du kannst, wenn du willst, hierbleiben, in unserer Welt, und deinem Schicksal entgehen.«

»Das kann niemand.«

»Man kann es versuchen.«

Einen Augenblick lang schwieg Elric. Vor seinem geistigen Auge zog eine ermüdende Folge von Bildern des endloses Krieges zwischen Ordnung und Chaos vorbei, eines Krieges, der überall wütete – außer vielleicht hier, in diesem abgelegenen Winkel der Schöpfung. Hier könnte ein Krieger der Herrschaft dieser Kräfte entkommen, könnte sich möglicherweise sogar seinen alten Gelübden und Schwüren entziehen. Und dennoch...

Und dennoch bedeutete ein Entkommen auch, von seiner geliebten Cymoril, vom Rubinthron, vom ewigen Kampf Abschied zu nehmen. Elric regte sich wie jemand, der aus einem tiefen Schlaf erwacht. »Alter Mann, du zeigst mir ein Tor, das es nicht gibt. Es ist ein Traumtor, eine schöne Täuschung.«

»Tatsächlich? Du könntest versuchen herauszufinden, ob es wirklich ist, Freund Elric. Du könntest dich durch das Tor wagen.«

Elric dachte lange nach. »Es ist ein verlockendes Angebot«, sagte er. »Aber mein Blut ist für die Gegend hier nicht geeignet, und für diese seltsame Magie auch nicht. Jedenfalls freue ich mich, euch einen Dienst erwiesen zu haben, was immer er wert sein mag.« Der

Albinokrieger trat in einen Nachmittag hinaus, dem der Regen einen frischen Duft verliehen hatte.

Voller Bedauern atmete er diese vom Regen gereinigte Luft tief ein, schloß die Augen und fühlte das Schiffsdeck unter seinen Füßen auf und nieder gehen. Als er die Augen wieder öffnete, stand er an der Reling eines Schiffes, das auf einem nebelverhangenen Meer dahinsegelte.

Hinter ihm sagte eine Stimme: »Hast du geträumt, Elric?« Es war Corum mit der brokatenen Augenklappe und dem silbernen Panzerhandschuh, derjenige, der behauptete, daß Elric und er Seite an Seite beim Turm von Voilodion Ghagnasdiak gekämpft hatten – oder dort kämpfen würden. Er gesellte sich zu Elric und starrte mürrisch in den Nebel. »Du siehst aus wie jemand, der gerade geträumt hat.«

»Vielleicht habe ich das auch«, sagte Elric.

»Hoffentlich war es ein schöner Traum.«

»Zu schön, um irgend etwas anderes als ein Traum zu sein.«

Corum nickte. »Doch ob schön oder schlecht, das ganze Leben ist ein Traum«, sagte er. Das war eine Ansicht, die er früher schon geäußert hatte.

Nachdem sie die dritte Nacht marschiert waren, erreichten der Junge und der Zauberer im Morgengrauen die Weinenden Steine. Mittlerweile waren ihre Wasserschläuche wieder leer, und sie tranken dankbar von dem brackigen Wasser, das sich zwischen den aufrecht stehenden Steinen angesammelt hatte. »Hier werden wir warten«, sagte Chavrain. »Wir haben Essen für mehrere Tage, und es wird nicht lange dauern, bis eine Karawane hier vorbeikommt. Ich habe die Hoffnung, daß ich dich doch noch auf die Schule bringen kann, du Schlingel.«

»Chavrain«, sagte der Junge, »war er wirklich ein

Held? Ist er wirklich aus einer anderen Welt gekommen? Wie ist es da? Warum war er so traurig? Warum ist er nicht bei uns geblieben, wenn er unter einem bösen Geschick leidet? Warum ...?«

Chavrain seufzte. So war es die ganze Zeit gegangen, seit der Albino die Höhle verlassen hatte und verschwunden war. »Alle Menschen treffen eine Wahl«, sagte er. »Und Freund Elric hat seine, glaube ich, getroffen, lange bevor du ihn herbeigerufen hast.«

»Aber warum wollte er uns die Gelegenheit geben zu überleben, wenn er selbst sein böses Geschick hinnimmt?«

»Das ist das Zeichen seiner Heldenhaftigkeit, mein Junge. Ein Held nimmt das Schicksal an. Er kämpft nicht nutzlos dagegen an.«

»Aber warum ist er nicht geblieben, um ...«

»Ich wünschte in der Tat, er wäre geblieben«, knurrte Chavrain, »und sei es nur deswegen, weil du in seiner Gegenwart den Mund gehalten hast. Denk dran, was Devalo seinem Lehrling riet: ›Ein Kieselstein Schweigen ist soviel wert wie ein Berg Lärm‹.«

»Aber ich möchte wissen ...«

»Genug«, sagte Chavrain.

»Aber, Meister, ich möchte ...«

»Genug, Barach!« sagte Chavrain.

Copyright © 1994 by Brad Strickland

Brad Linaweaver und William Alan Ritch

DER KLEINSTE STURMBRINGER

»Helden sind tapferer als das Volk?« Der Junge, der sprach, hatte den Spitznamen Dummer Wilhelm. Wir alle haßten ihn. Nicht daß er je irgend etwas bewußt Staatsgefährdendes gesagt hätte. Er war ganz einfach saublöde.

Unser Gruppenführer hatte die Beschränktheit des armen Wilhelm erkannt und bestrafte uns übrige nicht mehr für dumme kleine Fehler. Mit einer Hingabe, die des Führers würdig gewesen wäre, unternahm Herr Krieck einen Erklärungsversuch, während wir anderen uns bemühten, nicht zu kichern oder laut herauszulachen: »Der Held ist die Vollendung des Volkes, Wilhelm«, sagte Krieck. »Ohne den Volksgeist, der der Reinheit der Rasse entspringt, gibt es keinen Helden, der diese Werte in Form von Ehre und Treue und Persönlichkeit zum Ausdruck bringt.«

Der Himmel war so blau wie die Augen unseres Gruppenführers. Eine kühle Brise wehte den frischen Duft von Eichenblättern zu uns heran. Ich weiß nicht, wie es den anderen ging, aber mein Gemüt wurde vom Wandervogelgeist in die Ferne gezogen. Das war etwas, was kein Lehrer in Worte fassen konnte, und als erstklassiger Student mit dem Ehrgeiz, Erzieher zu werden, hatte ich ein stark ausgeprägtes Gefühl für Grenzen des Könnens.

Als jemand, der seit vielen Jahren ins Eckart-Lager kam, hatte ich den Trick gelernt, so zu tun, als paßte ich auf, wenn meine Gedanken weit weg waren.

Manchmal hatte ich den Verdacht, daß die Lagerführer es ähnlich machten, wenn sie sich unsere täglichen Berichte anhörten. Der Gruppenführer hatte eine Anzahl inspirierender Phrasen aus Karl Schenzingers *Hitlerjunge Quex* auswendig gelernt, dem (auf direkten Befehl von oben) beliebtesten Roman im Dritten Reich. Ich bezweifelte, daß Herr Krieck sich selbst wirklich zuhörte, wenn er diese Phrasen benutzte. Es hat gewisse Vorteile, Dinge rein mechanisch zu erledigen.

Schenzingers Buch war vor dem Krieg schon millionenfach verkauft worden. Seit unserem sauer verdienten Sieg im Jahre '44 waren die Verkaufszahlen in die Höhe geschossen. Die befreiten Länder des Vereinigten Europa verschlangen die Bücher und Filme des Reichs, nicht nur weil man sie dazu animierte, sondern auch weil Deutschland außer Hollywood die beste Unterhaltung produzierte. (Das war ziemlich leicht nachzuprüfen. Wie die meisten Jugendlichen hatte ich auf dem schwarzen Markt eine erkleckliche Anzahl von Hollywoodfilmen gesehen. Unsere Ufafilme waren auch gut, aber nicht ganz so flott.)

Jedenfalls brach der Gruppenführer die Unterrichtsstunde vorzeitig ab. Wilhelm blieb unaufgeklärt, und wir übrigen hatten unseren Spaß gehabt. Nachdem wir uns unsere Tornister geschnappt hatten, kehrten wir ins Lager zurück und erfreuten uns unterwegs an dem schönen warmen Sommertag, dem Gesang der Vögel in den Bäumen, dem sauberen kalten Geräusch eines tosenden Wasserfalls ... und am meisten freuten wir uns im voraus über den Jux, den wir haben würden, wenn wir Wilhelm vor dem Abendessen durchprügelten.

Doch diesmal hatte Wilhelm Glück. Er hatte den ganzen Tag über Bauchschmerzen geklagt, und das hinderte ihn daran, an den Aktivitäten teilzunehmen, die der Abendmahlzeit vorausgingen. Er bekam von

Irene die Erlaubnis, früh ins Bett zu gehen. Irene war die Krankenschwester des Lagers. Sie billigte es nicht, daß ein Arier krank war, was normalerweise bedeutete, daß einem Jungen, der es wagte, ihr gegenüberzutreten, wirklich etwas fehlte.

Das Eckart-Lager war das renommierteste Hitlerjugendlager in Burgund – und wurde von Eliteangehörigen der SS beaufsichtigt. Wir waren in drei Gruppen eingeteilt: Die ältesten Jungen, die bereits, soweit es die SS betraf, junge Männer waren; die Jugendlichen mittleren Alters, zu denen natürlich auch ich gehörte; und die Kinder. Mädchen waren nicht zugelassen, aber sie hatten direkt hinter dem See ihr eigenes Lager. (Einige der älteren Jungen pflegten sich spät in der Nacht hinüberzuschleichen, um sich mit zukünftigen Müttern des Reichs zu treffen; doch wenn sie erwischt wurden, brachte man sie zur Bestrafung weg.)

Mein kleiner Bruder Otto nahm zum erstenmal am Sommerlager teil. Als alter Hase hatte ich es genossen, ihn herumzukommandieren ... zu Anfang. Aber in der vergangenen Woche war etwas Seltsames passiert. Ich hatte ihn beim Lesen erwischt. Das Buch gehörte nicht zu den verbotenen Titeln. Er hatte es sich aus der Offiziellen Bibliothek geholt. Aber es war eines der gelehrtesten Werke über burgundische Magie und Rassengeschichte, so weit über dem, was ich für Ottos Leseniveau hielt, daß, nun ja, selbst ich Schwierigkeiten damit hätte!

Zunächst glaubte ich, er versuche nur, mich zu beeindrucken. Jeder kleine Junge hofft, eines Tages dem inneren Führungskreis der SS anzugehören und ein Nationalsozialist von solcher Bedeutung zu sein, daß er die doppelte Staatsbürgerschaft von Burgund und dem Reich bekommt. Ich zweifelte nicht daran, daß Otto die nötigen physischen Eigenschaften besaß, um einen ausgezeichneten Soldaten abzugeben. Aber mir war nie aufgefallen, daß er irgendwie wissenschaftlich interessiert war. Als ich das erste Mal versuchte, ihn deswegen aufzuziehen, zitierte er irgendwelche abstrusen Sachen von Alfred Rosenberg und fügte dann hinzu: »Das Reich hat viele Feinde, und wir brauchen immer einen Ewigen Helden.«

Der Abend fing recht normal an. Zu Beginn des Sommers hatte ich mich freiwillig bereit erklärt, den kleineren Jungen Geschichten vorzulesen. Otto hatte mich gebeten, Auszüge aus einem beliebten Kinderbuch vorzulesen, hauptsächlich, glaube ich, weil die Hauptfigur Otto hieß! An diesem Abend wandte ich mich dem fünften Kapitel von *Der kleinste Sturmabteilungsmann* zu:

Das war das schönste Weihnachten, das Otto je erlebt hatte! Der gute alte Onkel Neckel hatte ihm ein riesiges Bilderbuch geschenkt. »O danke, Onkel«, sagte der Junge mit einem Grinsen, das so ausgedehnt war wie der wohlgenährte Bauch seines älteren Verwandten. »Mensch, das ist ja *Das große Buch der jüdischen Lügen*.« Langsam las Otto die Titelseite und kostete dabei jedes Wort aus, als sei es ein wohlschmeckender Bonbon. »Aber es ist so lang…«

»Das ist nur Band eins, mein Junge«, sagte der alte Mann mit freundlicher Stimme, als er dem Knaben die Hand fest auf die Schulter legte. Seit dem Tod von Ottos Vater hatte sein Onkel getan, was er konnte, um die Lücke zu füllen. Ottos Mutter billigte das mit der ganzen Aufrichtigkeit ihrer gesunden Bauernseele. Der Junge brauchte in seiner Umgebung eine Vaterfigur, die ihn lenkte, so wie der Führer das Leben der ganzen Nation lenkte.

Außerdem war Onkel Neckel vor kurzem in den Ruhestand versetzt worden und aus seiner Position in einer Eliteeinheit von Himmlers SS ausgeschieden, so daß er sich jetzt ein bißchen nutzlos vorkam. Er brauchte Otto ebensosehr, wie Otto ihn brauchte.

»Ach ja«, sagte er zu seinem Neffen, als er seine reichverzierte Pfeife anzündete, »wir waren damals mit Leib und Seele bei der Sache, um die Feinde des Reichs auszumerzen, aber wenn man diese neuen Offiziere reden hört, könnte man meinen, daß wir nie was geleistet haben. Ich gebe zu, daß die gegenwärtigen Methoden wirkungsvoller sind, wenn es einem nur um Schnelligkeit und Quantität geht, aber wie steht es damit, daß einem daran liegt, für den Führer sein möglichstes zu tun? Diese jungen Leute haben keinen Respekt vor Veteranen und einem pflichterfüllten Leben...«

Alle Augen im Zimmer waren auf mich geheftet, als ich die Szene vorlas, wobei ich sogar die unterschiedlichen Rollen darstellte und meine Stimme entsprechend veränderte. Ich fing tatsächlich an, mich mit den Figuren zu identifizieren, doch da wurden wir von der Welt jenseits des Barackenfensters unterbrochen. Ein Blitz flammte auf, und unmittelbar danach folgte ein Donnerschlag, der sich anhörte, als wäre gerade direkt neben uns eine große Fliegerbombe abgeworfen worden. Was das Erlebnis noch nervenaufreibender machte, war die Tatsache, daß der Nachthimmel völlig klar und nicht eine einzige Wolke in Sicht war.

Das war erst der Anfang einer Nacht voller Überraschungen. Als der Blitz einschlug, hatte ich zufällig gerade zu meinem jüngeren Bruder hingeblickt. Einige Sekunden schlichen dahin, bevor ich bemerkte, daß dem Gesicht meines kleinen Bruders jeglicher Ausdruck von Überraschung fehlte! Tatsächlich lächelte er still vor sich hin, während wir anderen vor Schreck beinahe vom Stuhl gefallen waren. Dann fiel mir auf, daß sich außer Otto noch zwei andere Jungen seltsam verhielten und wissende Blicke austauschten, als ob sie irgendein Geheimnis miteinander teilten.

Im Eckart-Lager hielt man nichts von Geheimnissen. Abgesehen von denen unserer Führer natürlich.

»Was war denn das?« fragte Roland, ein zarter Junge, dem dauernd schlecht wurde und der sich dadurch den Zorn von Schwester Irene zuzog.

Bevor ich antworten konnte, überraschte mich Otto, indem er unaufgefordert sagte: »Chaos-Lords können dem Wahren Helden nicht standhalten. Jüdische Dämonen möchten ihr Volk rächen und das Wahre Gesetz und die Wahre Ordnung zerstören. Der Held wird uns retten.«

Das war mein kleiner Bruder, der da sprach? So etwas hatte er noch nie von sich gegeben. Ich vermutete, daß er aus jenem alten Buch zitierte, welches er studiert hatte. Die beiden anderen Jungen nickten mit dem Kopf und lachten auf eine Weise in sich hinein, die mich an Gestapomänner erinnerte. Ich hatte das seltsame Gefühl zu träumen, obwohl ich wußte, daß ich wach war.

»Fritz«, redete mein jüngerer Bruder mich an und vergaß dabei völlig die Förmlichkeit, die er einem älteren Mitglied des Lagers, das außerdem als Vertrauensmann fungierte, schuldig war. »Glaubst du, wir könnten den Unterricht heute abend abschließen, indem wir einen Blick auf den Ewigen Krieger werfen?« Nachdem er derart getönt hatte, lächelte er auf widerliche Weise.

Ich habe es nie gut verstanden, mit Sachen fertigzuwerden, die, wie die Amerikaner sagen, aus dem linken Feld auf mich zukommen; und damit meine ich nicht nur Bolschewiken. Otto hatte immer die einfachsten Lektionen gewählt. *Der kleinste Sturmabteilungsmann* war ein leicht zugängliches Werk. Im Gegensatz dazu war das Studium der Folklore eine schwierige Disziplin. Das Studium der Mythen und Sagen – für das eine ganze Reihe von Instanzen zuständig war, von Alfred Rosenbergs Ministerium für Weltanschauung und Kultur über Hans Schemms Amt für Jugendliteratur, die Reichsjugendorganisation, den NS-Lehrerbund, die Reichsabteilung für Jugendliteratur, das Parteikontrollbüro bis zur Reichsjugendbücherei – bedeutete harte Arbeit, endlose Prüfungen, unglaubliche Mengen an auswendig zu Lernendem und danach noch mehr Arbeit. (Und da haben sich die Leute früher über die Bürokratie der Weimarer Republik beklagt.)

Nicht daß ich mich beklage. Ich beklage mich nicht! Es ist nur so, daß Kinder nie nach diesen Dingen fragten. Aber hier war Otto... und fragte danach.

»Nun, ich denke, wir haben einen harten Schlag von Thors Hammer überlebt«, sagte ich lächelnd. »Vielleicht wäre das eine gute Gelegenheit, über die Beziehung völkischer Rituale zu den Sagas zu sprechen.« Das war zufällig gerade das Thema, das ich für meine nächste große Prüfung studierte. Viele der Jungen stöhnten, aber nicht das rätselhafte Trio. Ihnen schien das ungemein zu gefallen.

Zwei Stunden später wurden die kleineren Jungen im Eckart-Lager zu Bett gebracht. Als es für meine Altersgruppe soweit war, ihrem Beispiel zu folgen, schlich ich mich aus dem Schlafraum. In dieser Nacht konnte ich nicht schlafen! Irgend etwas nagte an meinem Seelenfrieden.

Der Grund, warum ich immer gerne ins Lager ging, war, daß ich auf diese Weise von meinen Eltern wegkam. Sie taten all das, was Eltern im Dritten Reich nicht tun sollten. Sie machten sich die ganze Zeit Sorgen. Sie beklagten sich die ganze Zeit. Die Hitlerjugend bot die beste Möglichkeit, der Scheiße zu Hause zu entkommen. Doch jetzt stellte ich fest, daß ich mir zum erstenmal wirklich Sorgen über meinen kleinen Bruder machte. Ein nationalsozialistisches Sommerlager war nicht der geeignete Ort, um sich von der Masse abzuheben oder auf irgendeine merkliche Art anders zu sein. Otto hatte nie zuvor irgendwelche gefährlichen Anzeichen von Individualismus gezeigt, aber sozialer Atomismus beginnt im kleinen. Und wozu ist ein großer Bruder da, wenn nicht dazu, bei seinen jüngeren Geschwistern Ehrgeiz zu unterdrücken?

Nach dem heißen Tag war die Nachtluft erfrischend kühl. Irgend etwas zog mich in Richtung des Berges, wo der Blitz eingeschlagen hatte. Irgend etwas anderes sagte mir, daß ich nicht allein sein würde.

Otto und die beiden anderen waren bereits da. Sie trugen Fackeln, die dicken schwarzen Rauch von sich gaben. Ich hätte mir nie träumen lassen, daß solche kleinen Jungen derart einfallsreich sein konnten. »Er ist hier«, sagte Otto mit gedämpfter Stimme.

Sie umringten eine Gestalt, die ausgestreckt auf dem Boden lag. Da ich hinter einem Baum kauerte, reichte mein Gesichtswinkel nicht aus, um mehr zu sehen, aber ich beschloß, lieber geduldig zu sein, statt mich ihnen zu zeigen. Das war die seltsamste Situation, die ich mir hätte vorstellen können – mich vor meinem eigenen Bruder zu verstecken. Doch als die Gestalt sich aufsetzte und ich im flackernden Licht das Gesicht sah, trat ich in ein Reich jenseits meiner Vorstellungskraft ein.

»Ich bin Lord Elric von Melniboné«, verkündete er.

Es war Frühsommer, doch die sanften Hügel waren von einer Schnee- und Eisschicht bedeckt. Elric, der Prinz des dem Untergang geweihten Imrryr, der Träumenden Stadt, stand da und beobachtete schweigend den neuesten Schneefall. Die eisigen Winde peitschten ihm sein langes weißes Haar um die Schultern. Die Schneeflocken hafteten an seiner alabasternen Haut, mit deren Farbe sie harmonierten, schmolzen aber nicht. Hätte er nicht seine farbenfrohe Kleidung an, wäre er unsichtbar. Das dachte zumindest sein Gefährte Prinz Swain, der Herr dieses öden Landes.

»Apopka war einst ein heiteres und blühendes Land.« Die Worte des jungen Prinzen rissen Elric aus seinen düsteren Träumereien. »Unsere Ernte gedieh. Die Täler waren übersät von Handelsstädten. Unsere Musikhallen waren in der ganzen Welt bekannt. Und jetzt dies.« Er wies mit der Hand auf die Ödnis. »Vor zwei Jahren kam der Winter. Das erste Jahr haben wir mit Mühe überstanden, dank großer Lagerhäuser mit Getreide und konserviertem Gemüse. Aber als der Frühling zum zweitenmal ausblieb ... Die Leute begannen zu sterben. Wer konnte, zog fort. Unsere Städte leerten sich.«

Prinz Swain hielt inne, als ob er erwartete, daß Elric etwas sagen würde. Der grimmige Albino schwieg. Der Prinz atmete eisigen Nebel aus und setzte seine Erzählung fort.

»Ich habe mich mit vielen Magiern in Verbindung gesetzt. Jeder vermutete eine andere Ursache, hatte eine andere Theorie, forderte ein anderes Opfer, das dargebracht werden mußte. Nichts hat geholfen. Da habe ich mich an dich gewandt. Für dich ist Magie etwas anderes, Lord von Melniboné. Sie liegt dir und deinen Vorfahren im Blut. Gewöhnliche Menschen befassen sich nur mit Magie. Du lebst sie!«

Elric bestätigte die Behauptung lediglich durch ein Nicken.

»Mir ist nichts geblieben, aber ich würde alles geben, um mein Land wiederherzustellen. Ich würde selbst mein Leben geben!«

»Dein Leben?« brüllte Elric. »Glaubst du, daß etwas

so Wertloses die Kräfte beeinflussen könnte, die dein Land beherrschen? Dein Leben! Würdest du auch deine Seele geben?«

Die plötzliche Heftigkeit von Elrics Fragen erschrak Prinz Swain, der verblüfft und sprachlos zurücktaumelte.

»Ich... ich... ich denke schon. Ich glaube... Ja, das würde ich.«

Ein gräßliches Lächeln verzerrte Elrics Gesicht. Seine Hand ruhte auf dem juwelenbesetzten Griff seines in der Scheide steckenden Schwertes. »Ich war sicher, daß dies deine Antwort sein würde.« Elric zog sein schwarzes Runenschwert, bevor Prinz Swain reagieren konnte. »Hör mich an: Ein Prinz ist die Seele seines Landes, und das Land ist die Seele eines Prinzen. Gäbe es eine andere Möglichkeit, dann würde ich es nicht tun, aber...«

Die ebenholzschwarze Klinge begann voller Vorfreude zu singen, während Elric sie noch in Schach hielt. Prinz Swain hatte Angst, aber das Blut seiner Vorfahren brauste in seinen Adern. Er stellte sich aufrecht hin und nickte Elric zu.

Ohne daß Elrics Hand es zu lenken brauchte, schnellte das Schwert durch die Luft und grub sich in die Brust des Prinzen. Der Schmerz war viel geringer, als er erwartet hatte. Aber dann begann Sturmbringer, seine Seele zu fressen.

»Nein...«, begann er, aber der Durst des Schwertes schnitt ihm die Worte ab.

»Nun hast du gegessen, Höllenschwert. Laß uns jetzt dem tapferen Prinzen Swain gegenüber unsere Pflicht tun.«

Das Schwert entwand sich Elrics Hand und schwebte über seinem Kopf. Es führte rätselhafte Stöße in der schneeigen Luft aus. Plötzlich fegte der Wind um das große Schwert. Dunkelheit strahlte von der ebenholzfarbenen Klinge aus. Sturmbringer verschwand in den schwarzen Wirbel.

Elric spürte sein heftiges Ziehen, er hörte seinen Sirenengesang, der ihm befahl zu folgen. Elric wünschte von ganzem Herzen, sich zu widersetzen; aber sein Versprechen gegenüber Prinz Swain und seine Schwäche ohne die verdammte Klinge veranlaßten ihn, in den Wirbel zu springen. Dergestalt kam Elric durch das schwarze Loch in das Land Burgund.

»Willkommen, Ewiger Held«, sagte Otto und verbeugte sich. Es hatte etwas derart Lächerliches zu sehen, wie mein kleiner Bruder die Gespreiztheit eines sich würdig gebenden alten Mannes an den Tag legte, daß ich beinahe laut herausgelacht hätte, aber glücklicherweise konnte ich mich beherrschen.

»Du bist der nordische Übermensch«, sagte einer der anderen Jungen. Als die Gestalt aufstand, war ich von der Größe des Mannes beeindruckt, denn er ragte vor den drei Jungen auf wie ein riesiger weißer Baum. Es mochte ein Streich sein, den das Licht mir spielte, aber eine solche Weiße hatte ich bisher nur bei Schnee gesehen. Das Gesicht entbehrte jeglicher Farbe, und das Haar hing um seine Schultern wie eine bleiche weiße Spinne. Als er seine Umgebung betrachtete, sah ich ihn von vorn und gewahrte mit Entsetzen ungesund rötliche Augen statt des funkelnden arischen Blaus, das ich erwartet hatte.

»Wo ist es?« fragte er einen der Jungen. Keiner gab eine Antwort. Er streckte seinen langen Arm aus und berührte Otto, der zurückwich und auf diese Weise den kleinen Kreis sprengte, der den seltsamen Besucher einschloß. Als er näher zu mir herankam, konnte ich einen ungehinderten Blick auf die Hand des Mannes werfen, die ebenso bleich war wie alles übrige an ihm.

Er wiederholte seine Frage in leicht veränderter Form: »Wo bist du?« Einen Moment lang dachte ich voller Schrecken, die Erscheinung frage nach mir, da er direkt in meine Richtung starrte. Aber dann wandte er den Kopf, und die roten Augen suchten nach jemand oder etwas anderem.

Er machte ein paar Schritte, taumelte und verlor fast das Gleichgewicht. Plötzlich konnte ich hinter das eindrucksvolle Äußere dieses Mannes sehen und erkannte, daß er schwerkrank war. Und dann wurde mir klar, daß er ein Albino sein mußte, mit all den gesundheitlichen Problemen, die dieser Zustand mit sich brachte. Ich hatte von solchen Dingen gelesen. Irene, die nationalsozialistische Krankenschwester, würde diesen Mann nicht für ein würdiges Symbol der Rasse halten. Aber andererseits, seit wann waren Menschen Symbole?

Otto und die anderen rührten keinen Finger, um ihm zu helfen. Mit vorhersehbarer nationalsozialistischer Disziplin unternahmen sie nichts, um jemandem zu helfen, den sie vermutlich bewunderten. Was erneut die Frage aufwarf, wer diese bemerkenswerte Persönlichkeit war, die da mit drei jungen Mitgliedern der Hitlerjugend kungelte? Als wolle er meine unausgesprochene Frage beantworten, rief der alabasterweiße Mann aus: »Zeig dich, du unheilvoller Dorn des Schicksals! Ich kann deine ebenholzschwarze Klinge in der Dunkelheit dieser fremden Nacht nicht sehen. Ich bin dir hierher gefolgt. Laß mich jetzt nicht im Stich.«

Hinter mir ertönte ein schrilles Pfeifen. Wider Willen drehte ich mich langsam um und sah etwas, das ebenso bizarr war wie der Mann selbst. Ein Schwert ragte wie ein Ausrufezeichen vom Boden in die Höhe, ein Schwert mit einer Klinge von solcher Schwärze, daß sie unsichtbar war und man im flackernden Licht der Fackeln nur ihre Umrisse erkennen konnte. Ich hatte noch nie einen so großen Zweihänder gesehen, und dabei hatte ich schon einmal einen Rundgang durch das Museum der Deutschordensritter gemacht! Das Heft war jedoch leicht zu erkennen: mit Juwelen besetzt, funkelte es im roten Licht wie ein Kronleuchter aus einem der vornehmsten Berliner Ballsäle. Und das seltsamste war, daß das Pfeifen fast wie eine Art Gesang klang.

Der Mann wankte kraftlos auf das Schwert zu, als sei es der Stab des Lebens. Und ich stand direkt zwischen ihnen. Natürlich versuchte ich einen strategischen Rückzug. Unglücklicherweise erwies sich die Bewegung als persönliches Stalingrad.

»Halt!« rief eine gebieterische Stimme. Ich stand sofort stramm. Der verdammte Drill! Wenige Sekunden später wurde mir klar, daß die Stimme nicht von dem Mann, sondern von Otto gekommen war! Ich mußte mir meinen kleinen Bruder bald einmal vornehmen.

Der Mann sah mich. Oder vielmehr, er schien durch mich hindurch auf die unheimliche Waffe zu blicken, die soviel Lärm machte. Er streifte mich, als er an mir vorbeiging, und ich spürte seine kalte feuchte Haut auf meiner Wange. Die Kleidung, die er trug, faßte sich so glatt wie Seide an, war aber schwerer; und ein purpurner Umhang flatterte um seinen mageren Körper.

»Was?« sagte Otto, als er mich bemerkte, sagte aber nichts weiter, nachdem ihm klargeworden war, daß ich mich dem exklusiven kleinen Kreis angeschlossen hatte. Wir waren alle gespannt, was es mit dem Fremden auf sich hatte und was er tun würde.

»Ist das, was wir suchen, hier, Runenklinge?« fragte der Mann, als er das Heft ergriff und das Schwert gegen die Nacht hob.

Das Schwert gab weiterhin eine Art Gesang von sich, doch er hob den Kopf, als lausche er auf eine Botschaft.

»Du möchtest also die Seelen dieser Kinder fressen?« sagte er zu der Klinge.

Das klang nicht sehr verheißungsvoll. Und der Anblick des Mannes, der an Statur und Kraft zuzunehmen schien, während er die Klinge hielt, war auch nicht gerade beruhigend. Ich packte Otto am Arm und zog ihn an mich. »Was zum Teufel hast du getan?« zischte ich ihm ins Ohr. »Wer ist dieser Mann?«

Die anderen Jungen hielten sich zurück, ebensosehr vor mir wie vor Elric von Melniboné. Otto schluckte mühsam und sagte: »Wir haben Rituale aus dem Buch durchgeführt, um den Ewigen Helden herzuholen.«

»Wir haben ein Opfer ausgewählt, das man im Lager nicht vermissen würde«, sagte der zweite Junge.

»Wir sind sicher, daß er noch unberührt war«, fügte der dritte hinzu, ohne zu ahnen, wie absurd es war, wenn ein Junge in seinem kindlichen Alter eine solche Bemerkung machte.

»Was soll das heißen?« fragte ich und drückte Ottos Arm stark genug, um ihm weh zu tun. Immer wieder blickte ich zu dem seltsamen Mann hinüber, der in eine Auseinandersetzung mit seinem Schwert verwickelt zu sein schien. Die Vorstellung, daß ein Schwert auf irgendeine Weise mit ihm sprechen könne, kam mir auf einmal nicht lächerlicher vor als die anderen Ereignisse des Abends. Der Tonfall seiner Stimme gefiel mir ebensowenig wie die einzelnen Ausdrücke, die ich ihn benutzen hörte: »Tod« und »seelenfressend« und »Macht«!

Da ich auf meine Frage außer einem entsetzten Blick keine Antwort erhielt, drang ich weiter in ihn: »Wer ist dieses Opfer, von dem ihr da sprecht, Otto?«

»Wir haben den Dummen Wilhelm geopfert«, platzte es aus ihm heraus.

»Mit einem langsam wirkenden Gift«, setzte einer der anderen hinzu.

»Wenn sie morgen früh Bettenkontrolle machen, werden sie feststellen, daß er im Schlaf gestorben ist«, fuhr Otto fort, »genau in dem Moment, als der Blitz niederging und uns den Ewigen Helden brachte.«

Man konnte im Dritten Reich nicht aufwachsen, ohne eine reichliche Portion Okkultismus abzubekommen. Aber ich hatte nie daran geglaubt. Ich nahm an, das Okkulte sei Teil der Initiation, wie ein Spiel, das man mit Geheimworten spielte, und bestimmte Arten des Händedrucks bei den Eliteangehörigen der Vereinigung. Keiner der Wissenschaftler des Reichs glaubte zum Beispiel, daß der Mond aus Eis sei, aber deswegen verschwand diese verrückte Vorstellung nicht aus der burgundischen Weltanschauung. Doch als ich dem Geständnis meines kleinen Bruders zuhörte und den bleichen Krieger sein schwarzes Schwert schwingen sah, wußte ich plötzlich, daß ich an alles glauben konnte.

»Was hast du da angerichtet?« fragte ich mit gedrückter Stimme. Die einzige Antwort kam von dem Mann, der sich uns jetzt näherte, das furchterregende Schwert nach unten haltend, das aber dadurch nicht weniger bedrohlich wirkte.

»Wie heißt diese Welt, in der man solch eine fremdartige Sprache spricht?« fragte er. Angesichts der bisherigen, weit bedeutenderen magischen Phänomene verblüffte sein makelloses Deutsch keinen von uns.

»Du bist im Dritten Reich«, sagte Otto.

»Dies ist der Planet Erde«, erläuterte ich weiter, »im zwanzigsten Jahrhundert nach Christus!«

»Dies ist Sturmbringer«, sagte der Mann, als stelle er einen Gefährten vor. »Ihr habt ihn gerufen, und ich bin ihm gefolgt.«

»Ich bin Otto«, sagte Otto. Die anderen begannen sich ebenfalls vorzustellen, aber der Mann schien es nicht zu hören.

»Verfluchte Klinge!« rief er. »Ich hatte die Chance,

mich von dir zu befreien, aber das Band zwischen uns ist zu fest, und ohne dich kann ich nicht mit den Chaos-Lords kämpfen. Und du bist ständig hungrig!«

»Entschuldige bitte« – ich machte den Versuch, seine Aufmerksamkeit zu erregen, und dabei fiel mir auch sein Name wieder ein –, »Lord Elric, bist du der reine Held der arischen Rasse?«

»Was ist das für ein Unsinn?« entgegnete er. »Wer von euch ist der Zauberer, der mich hierhergeholt hat? Und wo ist der Verwüster Apopkas?«

Unter den gegebenen Umständen war Otto derjenige, der dem, nach dem er fragte, am nächsten kam, und wenn es auch nicht sehr klug von ihm war, hatte mein Bruder doch den Mut vorzutreten. »Ich bin bereit, dem Dritten Reich und der Reinheit des nordischen Menschen zu dienen«, sagte er.

»Bei Arioch«, erwiderte der Mann, »dieser Winzling hört sich an wie ein alter Theokrat. Welche Mächte beschützen dich, und was werden wir Sturmbringer zu fressen geben, bevor ich in meine eigene Welt zurückkehre?«

Otto verlor keineswegs die Fassung. »Hat dein Schwert eine Vorliebe für Juden?« fragte er.

»Mein Dämon hat eine Vorliebe für Seelen«, lautete die Antwort.

Einer der anderen Jungen zog Otto am Ärmel und sagte: »Das könnte ein Problem sein, falls Juden gar keine Seelen haben.«

Plötzlich erzitterte das Schwert aus eigenem Antrieb, und jeder Muskel in Elrics rechtem Arm zitterte und zuckte, als marschiere eine unsichtbare Armee über seinen Körper. »Du bietest seelenlose Körper an!« brüllte er. »Bist du wahnsinnig? Bist du« – er wandte sich an den Jungen, der gesprochen hatte – »bist du einer dieser Juden?«

»Ich bin kein Jude!« rief der Junge aus.

»Gut«, sagte Lord Elric von Melniboné, indem er seine fünf Fuß lange Klinge schwang und den Kopf des Jungen vom Scheitel bis zum Schlüsselbein spaltete. Während jeder von uns mit Blut und Hirnmasse bespritzt wurde und das Opfer seine Fackel fallen ließ, konnte ich die Waffe sehr deutlich sehen. In der Nähe des Hefts waren Runen eingraviert. Der analytische Teil meines Geistes griff diese Beobachtung auf, als hätte ich die interessanteste Sache der Welt entdeckt. Ich hatte noch nie zuvor jemand eines blutigen Todes sterben sehen, und es kam mir nicht annähernd so romantisch und heroisch vor, wie mir eingeredet worden war.

Während ich mich in mich selbst zurückzog, zeigte Otto eine entgegengesetzte Reaktion. Er schrie und versuchte wegzulaufen. Der Mann, der jetzt nicht mehr schwach oder unsicher auf den Beinen war, bewegte sich mit der Schnelligkeit eines großen weißen Wolfs. Er packte Otto mit seiner freien Hand und sagte: »Spiel mir gegenüber nicht den Feigling. Ich kenne die Tricks verschlagener Magier und die Formen, die sie annehmen. Sturmbringer hat sich von einem deiner Untergebenen genährt und uns ein wenig Zeit verschafft, um miteinander zu sprechen. Und biete mir jetzt bloß keine seelenlosen Körper mehr an!«

Otto öffnete und schloß den Mund, als spreche er. Das Problem war nur, daß keine Worte herauskamen. So sind nun mal die kleinen Streiche, die einem die Angst spielt. Aus irgendeinem Grund, den ich nie begreifen werde, hatte ich keine Angst. Aber ich begriff, daß das einzige, was den Tod meines Bruders und den meinen verhindern konnte, die Qualität meines Denkens war. Ich wagte nicht zu sagen, daß ich hier der Herr sei. Ich hatte gesehen, was einem Untergebenen widerfahren war, und wollte nicht, daß Otto dieses blutige Schicksal ebenfalls zuteil wurde. Andererseits mußte ich mir den Mantel der Autorität umhängen, wenn ich mit diesem Monster verhandeln wollte.

»Wir haben dich aus gutem Grund hierhergeholt«, sagte ich, indem ich das »wir« betonte. Ich wünschte, ich hätte mehr Zeit auf das Studium des Okkulten gewandt. Mein Kopf war voller nationalsozialistischer Phrasen, aber die waren größtenteils politischer Art. Ich brauchte die richtigen Worte. »Deine Welt und unsere«, riskierte ich zu sagen, »stehen ähnlichen Gefahren gegenüber. Wir dachten, du könntest uns helfen.«

»Als Gegenleistung für die Seelen eurer Feinde«, sagte er ergänzend. »Wo sind sie?«

»Wir haben sie beseitigt«, sagte der andere Junge. Das war nicht gerade das Klügste, was er hätte sagen können. Zumindest hatte ich diesmal eine gewisse Vorstellung von dem, was zu erwarten war, und hielt Otto die Augen zu, so daß er die nächste Hinrichtung oder Nahrungsaufnahme, auf der das schwarze Schwert bestand, nicht mit anzusehen brauchte. Gleichwohl spritzte Blut auf meine Hand, und etwas davon gelangte auf das Gesicht meines jüngeren Bruders. Otto zitterte so heftig, daß ich befürchtete, er müsse zwangsläufig gleich eine falsche Bewegung machen. Aber solange wie das Entsetzen seine Zunge lähmte, vertraute ich fest darauf, mich aus der schwierigen Lage herausreden zu können. *Das ist ja wie ein Einstellungsgespräch bei Heydrich oder Himmler,* dachte ich bei mir.

Als die erste Fackel zu Boden gefallen war, war sie zischend verlöscht. Diese zweite drohte den Berg in Brand zu setzen; deshalb befahl ich Otto stillzustehen und riskierte es, ihn loszulassen, damit ich das brennende Gras austreten konnte. Dann hob ich die noch brennende Fackel und konnte diesen unerbittlichen Irren nun besser als bisher sehen. Sein Gesicht war wie aus Stein. Er wartete.

»Glaubst du, wir würden dich ohne Grund herbeirufen?« fragte ich und versuchte verzweifelt, mir meinen nächsten Schachzug auszudenken. »Du sagst, daß du gegen das Chaos kämpfst. Das tun wir auch. Die Juden mögen aus Europa verschwunden sein, aber...« Mir wurde klar, daß es ratsam war, etwas wirklich Gutes vorzubringen. »Aber sie haben Dämonen zurückgelassen, die die Lebenskraft unseres Volkes untergraben und das zukünftige Gedeihen dieser Welt gefährden.«

Ich holte tief Luft und wartete. Er schien über meine Worte nachzudenken. Dann sagte er langsam und mit großem Nachdruck: »Ja, ich spüre, daß hier dunkle, magische Kräfte am Werk sind. Das Gesetz des Gleichgewichts ist wichtiger als selbst Ordnung oder Chaos. Ich spüre, daß eure Welt arg aus dem Gleichgewicht geworfen worden ist. Aha!« Er trat so nahe an mich heran, daß ich das Gefühl hatte, in den Abgrund seiner glühenden Augen gezogen zu werden. »Wie klug von dir«, sagte er.

»Du verstehst also«, entgegnete ich, ohne den leisesten Schimmer zu haben, was er meinte.

»Sturmbringer weiß, was er mit anderen Dämonen zu machen hat, nicht wahr, Schwarzer?« fragte er sein Schwert, dessen dunkle Klinge noch von jungem deutschen Blut troff. »Vielleicht ist euer Dämon, dem wir entgegentreten sollen, der gleiche wie der, den ich suche.«

»Und das würde dir den Weg nach Hause ermöglichen und dich für deine Mühe entlohnen.« Ich äußerte den Gedanken in der wilden Hoffnung, daß mein Hasardieren Otto, mich, das Reich und die ganze Welt retten würde... statt mir einen Schwerthieb durch den Kopf einzuhandeln als Belohnung für eine kleine Fehlkalkulation.

»Du bist der Kluge von euch beiden«, sagte er. »Dieser andere ist also auch nur dein Untergebener«, fügte er hinzu und musterte Otto wie ein leckeres Stück Kuchen. »Laß Sturmbringer ein drittes Mal fressen, und dann werden wir sehen, wie wir mit dem Dämon fertigwerden.«

Oh, Scheiße, ging mir durch den Kopf.

»Nein, er ist mir gleichgestellt. Wir führen unsere Rituale zusammen durch. Du hast dich zweimal von unseren Dienern genährt. Weitere Seelen haben wir nicht anzubieten.« Ich haßte es, mich so billig wie ein Pfandleiher anzuhören, aber die Zeit für ernsthafte Verhandlungen war gekommen.

»Du kannst gut verhandeln«, sagte er. »Nun gut, ich muß den Prinzen von Apopka rächen. Ruf diesen Dämon herbei, und wir werden die Angelegenheit erledigen.«

Oh, Scheiße.

»Nun komm«, sagte ich, »du weißt, daß nicht mehr von uns verlangt werden kann.« Es fiel mir schwer zu atmen, und mein Herz klopfte so stark, daß ich meinte, es würde zerspringen. »Du und dein Schwert, ihr habt die ganze magische Kraft, die ihr braucht. Und du hast gesagt, daß du die Mächte spürst, die in unserer Region walten. Du hast Nahrung aufgenommen. Nun kämpfe gegen einen würdigen Gegner!«

Zorn zuckte über sein Gesicht, und ich war sicher, mein Todesurteil gesprochen zu haben. Er hielt das schwarze Schwert in die Höhe, von dessen Heft Blut auf seine bleiche Faust tropfte. Ich überlegte, ob ich seinen ersten Hieb mit der Fackel abwehren könne, aber ich fand nie heraus, wie es mir im Kampf gegen diesen gewaltigen Krieger ergangen wäre. Er kommunizierte mit dem Schwert und murmelte ihm etwas zu, dann nickte er. Ein Teil von mir wollte glauben, daß er verrückt war, aber alle anderen Geschehnisse schlossen diese Möglichkeit aus. Auf irgendeine Weise sprach das Schwert mit Elric.

»Nun gut«, sagte er. »Wir werden den Dämon finden.« Kaum hatte er diese Worte gesprochen, als die klare Nacht hinter quirlenden Wolken verschwand und ein fürchterlicher Wind an unseren Gesichtern und unserer Kleidung zerrte. Ich schloß Otto ganz fest in die Arme und wartete. Und ich betete. Aber nicht zu den nordischen Göttern, sondern zum Gott meiner Eltern.

Ein Dämon kam. Weiß wie Elric, schwammig und groß, mit stechenden kleinen Augen und Hakennase, sah er so aus wie eine von Julius Streichers antisemitischen Karikaturen. Das Wesen war riesig, mindestens zwanzig Fuß hoch. Die Breite ließ sich nicht schätzen, da es sich in der Mitte ständig ausdehnte wie auf Wasser gegossenes Öl.

Elric hob das unglaubliche Schwert und schickte sich zum Kampf an. Eine gigantische Projektion des Schwertes, des enormen Widersachers würdig, wuchs in die Richtung, in die Elric mit der Runenklinge zeigte. Ich würde nie wieder an der Existenz des Übernatürlichen zweifeln.

Während das Spektakel sich über den Himmel ausbreitete, fand Otto seine Sprache wieder und hörte auf zu zittern. »Ich hatte recht«, rief er wie der Führer an jenem glorreichen Tag, als V-Waffen und Atombomben den Umschwung zugunsten Deutschlands herbeiführten. »Der Ewige Held wird den jüdischen Dämon vernichten!«

Da gab der Dämon seinen ersten Laut von sich. Das Wesen lachte, ohne Elric und Sturmbringer zu beachten. »Du glaubst also, ich bin eine Wüstengottheit, mein Junge? Ich habe Eis in meinen Adern, bin Teil der Berge, ein Julfestschneemann, geformt aus Haß, der so kalt ist wie das Herz eures Führers.«

Elric blieb stehen und hörte zu, wie der Dämon seine Herkunft erläuterte. Aber der Krieger drehte sich nicht zur Seite, gab sich keine Sekunde lang eine Blöße. Abermals wartete Elric.

Nachdem Ottos Mut zurückgekehrt war, wurde ihm auch die Gabe der Ungehaltenheit zuteil. »Was sagst du da? Du bist ein Wesen aus dem Talmud und der Thora, ein mosaisches Monster.« Erneut beeindruckte es mich, wie gut der kleine Otto informiert war.

Der bleiche Horrorklecks war anderer Ansicht: »Ich bin aus Asgard, du kleiner Narr. Ich bin ein Frostriese, gekommen, dich mit einem grausigen Tod zu bestrafen, weil du mich belästigt hast.«

»Zerstörer Apopkas!« schrie Elric mit einer Stimme, die seine Körpergröße um das Zehnfache überstieg. »Winterunhold! Eisbringer! Du wagst es, mein Land, meine Welt zu schänden?«

Ich wußte nicht recht, worum es dabei ging, aber Elric schien eine private Rechnung mit dem Dämon zu begleichen zu haben, die wenig mit Otto oder mir zu tun hatte.

Elric schlug mit seinem Schwert nach Schatten, während über ihm die Geisterwelt mit dem Riesen kämpfte. Die Anwesenheit unseres Ewigen Helden überraschte den Riesen, der vor Schmerz aufbrüllte, als das Schwert ihn an der Schulter traf. Der Schrei war weniger ein Laut, sondern hörte sich eher so an, als grolle die Welt. Jetzt wußte ich, wie es sein mußte, wenn man unseren W-Bombentests beiwohnte.

Der Frostriese hielt nur einen Augenblick inne. Er hatte eigene Waffen. Sein massiver Arm, eine Eiche aus Schnee, vollführte einen Stoß durch die Luft. Jeder Kubikzentimeter Luft wurde zu Schnee und fiel auf den seltsamen Albino. Das machte ihm jedoch nichts aus. Vielmehr schmolz der Schnee um seinen Körper, als sei er eine glühende Stahlplatte.

»Arioch!« schrie der Krieger. Ich vermochte nicht zu sagen, ob das ein Fluch, ein Gebet oder eine Anrufung war. »Arioch! Die Gebeine meiner Vorfahren sind dir geweiht! Hör mich jetzt an. Ich stehe dem Verwüster unserer Welt gegenüber!«

Obwohl Elrics Haut bereits leuchtete, wurde sie jetzt noch heller. Erst wie Neonlicht, dann gleißend hell, so daß er bald wie ein Lichtbogen strahlte. Der Riese schlug nach ihm, und jede seiner Bewegungen ließ hinter sich die Luft zu Eis erstarren. Der glänzende Held durchschnitt das Eis mit seinem Runenschwert, dessen projizierter Genosse sich in die Brust des Riesen grub.

Im weit entfernten Lager müssen sie geglaubt haben, daß in den Bergen ein furchtbares Unwetter wütete. Oder möglicherweise glaubten sie auch, der Dritte Weltkrieg sei ausgebrochen.

»Vielleicht sollten wir jetzt gehen«, sagte neben mir Otto mit Nachdruck. Das war eine gute Idee meines kleinen Bruders, aber ich stellte fest, daß ich mich nicht bewegen konnte. Mein Geist war von diesem Kampf wie gebannt. Ich wußte wirklich nicht, auf welcher Seite ich stehen sollte. Wenn der Frostriese tatsächlich aus Asgard war, gehörte er zu meinem Volk. Aber wenn Elric unser Held war, dann mußte meine Loyalität ihm gelten. Ich brauchte einen Führer, der mir sagte, was ich denken sollte. Oder einen Punktzettel.

»Dieser Kampf beginnt mich zu langweilen«, brüllte der Berg aus Eis. »Deine armselige Glut wirkt auf mich wie ein Glühwurm auf einen Schneesturm. Ich werde sie löschen und in einen Klumpen Kohle verwandeln.«

»Das wirst du nicht schaffen!« schrie Elric, als er in die Luft sprang. Ob er schwebte oder von seinem Schwert in die Höhe getragen wurde, konnte ich nicht sagen, denn mir kam plötzlich die Absurdität der Situation zu Bewußtsein. Ich hatte das Gefühl, als sei ich in eines jener *Thor*-Comic-Hefte geraten, die das Reichsjugendministerium veröffentlichte. Der weißhaarige Elric als Superheld und seine schwarze Klinge anstelle von Thors Hammer.

Ich fing an zu lachen. Ich gebe zu, daß ich hysterisch wurde. Mein Lachen wurde immer lauter und irrsinniger. Das war übel, denn es störte den Riesen, der einen großen Eiszapfen nach mir warf.

Lachen und Angst ließen meine Beine erstarren. Glücklicherweise dachte Otto schneller als ich. Er rief drei Worte in einer Sprache, die sich wie Althochdeutsch anhörte, und der fatale Eiszapfen schmolz, kurz bevor er mich traf. Ich wurde von einem Schwall Eiswasser überflutet, aber das war zweifellos besser, als durchbohrt zu werden. Mein Bruder beherrschte die Schwarze Magie sehr gut.

Durch das mir drohende, aber abgewendete Verhängnis abgelenkt, sah ich nicht, was als nächstes passierte. Ich vernahm ein Geräusch, das klang, als ob tausend Blitze auf einmal einschlügen. Ich blickte hoch und sah Elrics schwarzes Schwert mitten in der Stirn des Monsters stecken. Der Riese stöhnte und wand sich hin und her, konnte aber nicht verhindern, daß seine Essenz, seine *Weiße* pulsierend in das Schwert überging. Bei jedem Schluck leuchtete das Schwert sekundenlang weiß auf, wurde danach jedoch schwärzer als zuvor. Innerhalb weniger Augenblicke löste sich der Dämon in nichts auf oder vielmehr ging in die Klinge über.

Als der Frostriese verschwunden war, wurde das Runenschwert in Elrics Hand lebendig und bewegte sich ruckweise hin und her, als schnüffelte es nach neuen Opfern. Gegen seine eigene Hand kämpfend, steckte der weiße Krieger sein mächtiges Schwert in die Scheide. Dann sah er uns an und sagte:

»Ich werde euch keinen Dank abstatten, denn ihr verdient keinen. Aber eure unabsichtliche Ablenkung hat es mir leichter gemacht, den Winter zu besiegen.

Aus dem Grunde habe ich eure Seelen vor Sturmbringers Appetit geschützt. Ich kehre nach Apopka zurück, um den verspäteten Frühling zu beschleunigen. Euch überlasse ich eurem eigenen dunklen Schicksal.«

Er schritt davon und verschwand im Wald. Sekunden später zuckten Blitze durch die Nacht, und der windstille Sommer kehrte in die Wälder zurück.

Da wir zu erschöpft waren, um ins Lager zurückzukehren, schliefen wir ein. Einige Stunden später weckte uns die Morgendämmerung mit goldenen Wolken, die eine würdige Krone für Zarathustra abgegeben hätten. Ich schloß Otto in meine Arme. Zum erstenmal im Leben war ich wirklich stolz auf ihn.

»Niemand wird das alles je glauben«, sagte ich, »aber wir müssen den Tod deiner Kameraden erklären. Ich weiß! Wir sagen, daß das ein Irrer getan hat und geflohen ist. Schließlich hat Elric seine Waffe mitgenommen, und wir hätten die Jungen nicht niedermetzeln können ohne...«

Er starrte mich mit einem Gesichtsausdruck an, den ich noch nie bei ihm gesehen hatte. »Wir müssen die Wahrheit sagen«, erklärte er feierlich.

»Otto, keiner wird uns glauben.«

»Ich meine ja nicht, daß wir es allen sagen sollen! Wir müssen das Ganze denen erzählen, die es glauben werden. Dem inneren Führungskreis von Burgund.«

Da war was dran. Jetzt, da ich mit eigenen Augen gesehen hatte, daß Magie funktionierte, bestand die sehr reale Möglichkeit, daß hochrangige SS-Okkultisten uns glauben würden. »Vielleicht nach einiger Zeit«, sagte ich halb zu mir selbst, »wenn wir vorsichtig an die richtigen Leute herantreten und du dich erinnern kannst, welche Zaubersprüche das Ganze in Gang setzten. Natürlich werden wir das, was der Dämon gesagt hat, für uns behalten.«

Otto riß sich von mir los und stand auf. »Nein«, sagte er, »das Vaterland irrt sich. Irrt sich hinsichtlich der Juden. Der Dämon war unser Dämon, kein jüdischer. Wir müssen die ganze Wahrheit sagen.«

Ich gab ihm jede Chance, zur Vernunft zu kommen. Er war schließlich noch ein Kind. Und er war mein Bruder. Auch wenn er nur so getan hätte, als nehme er Vernunft an, hätte ich es dabei bewenden lassen. Aber er wiederholte in einem fort seine Drohung, der SS die Wahrheit über die Juden zu erzählen.

Nach dem, was ich in jener Nacht erlebt hatte, war es nicht sehr schwer, Otto zu erwürgen. Das Fehlen von Blut machte es viel einfacher, ihn zu ermorden. Ich würde einfach alle drei Todesfälle auf den einzelgängerischen Irren schieben. Den Tod des Dummen Wilhelm durch Gift würde ich nicht einmal erwähnen, es sei denn, ich könnte Nutzen daraus ziehen. Schwester Irene war so inkompetent, daß sie den Tod Wilhelms vermutlich sowieso einer natürlichen Ursache zuschreiben würde.

Ich ließ Ottos Leiche neben den beiden anderen liegen. Man würde sich vielleicht fragen, warum er nicht auch niedergemetzelt worden war, aber es läßt sich nicht erklären, warum ein Wahnsinniger tut, was er tut. Ich vergoß sogar Tränen über ihn und sagte ein Gebet, das meine Eltern gebilligt hätten.

Er hat mir ein Universum von Möglichkeiten erschlossen, das ich sonst nie betreten hätte. Darüber bin ich froh. Und ich werde ihn immer vermissen. Aber er ließ mir keine andere Wahl. Ich werde sein Andenken in Ehren halten, und niemand wird je erfahren, daß er keinen sehr guten Nationalsozialisten abgegeben hätte.

Copyright © 1994 by Brad Linaweaver and William Alan Ritch

Kevin T. Stein

VORSEHUNG

Ich blute aus vielen kleinen Wunden; kostbares Blut fließt an Armen, Bein, Seite herunter, macht den Marmor glitschig und erzwingt eine vorsichtige Haltung. Brennende Augen blicken unaufgefordert auf die dünnen karminroten Linien, dünn in Ausmaß und Zusammensetzung. Kein vorgestellter Zollstab, sondern das Blut läßt auf Schnelligkeit des Schwertes, Stärke des Streiches schließen.

Sturmbringer stöhnt leise, erschöpft, hungrig, schwer in bleichen Händen, die langsam eine weitere Parade gegen die schmale Klinge von Harlekin, Gegner, Clown des Schicksals, ausführen. Schwarze und weiße Rauten auf dem Gewand des Automaten passen zu den Rauten auf dem kalten Fußboden dieses großen Palastes, wo Können und Runenklinge als Gegengewicht für die Waagschale der Rettung verkauft wurden. Hypnotisches Verschwimmen entgegengesetzter Farbe zwingt die Klinge, wieder langsamer zu werden, doch das Stöhnen der Waffe lenkt die Sinne zurück zum Angriff, der eine weitere Schramme erzielt.

Der flinke Harlekin weicht zur Seite aus und macht mit dem rechten Degen eine Finte, links einen Ausfall. Hervorschießend läßt eine Flut königlichen Blutes Schwarz mit Weiß verschmelzen, Sturmbringer kämpft zuckend in der sich anstrengenden Hand gegen das Nachlassen des Willens, die Waffe wegzuschlagen, an, verrenkt Muskel und Sehne. Minuten zuvor wäre vielleicht Schmerz dagewesen; Stunden zuvor Qual. Jetzt ist da nichts als nichts, ein Brennen, das kalt ist, und ein Gedanke, der verzweifelt ist.

Verkleidet als ein Irgendwo, betrat das Königreich die Länder der Vorfahren, Tanelorn, so viele andere, doch es gibt keine Rettung ohne den Kampf der Narren, keine Flucht aus der eigenen Hölle. Es gibt keine Befreiung vom Schicksal, die Schwertherren haben die Beharrlichkeit der Götter, die zu werden sie bestrebt sind. Pakte wurden versuchsweise geschlossen, um aus diesem manipulierten Land zu entkommen, aber immer wieder wird die Rückkehr zu den ursprünglichen Feuerstellen erzwungen, feucht und kalt oder heiß vor Flammen, kein echter Flug des Pfeils. Zuverlässige Philosophen geben zu, daß Kampf alles ist, doch führen sie weder die schwarze Klinge noch verströmen sie ihr Leben auf durstigem Sand.

Den Angriff vorantreibend, drei tückische Hiebe links, rechts, unten, weicht Harlekin aus, und sein Gesicht starrt leer in meine Augen und bewegt sich nie. Mechanisch, und nur in verschwimmenden Gedanken tickend, eine perfekte Maschine in diesem fremden Land, in dem die Absprachen des Hofes das Leben bestimmen und wo selbst jene, die nicht mitspielen, auf irgendeine Weise Spieler sind. Der schwere Knauf trifft den Kiefer, und der Clown taumelt, sticht aber mit beiden Klingen zu, Schenkel und Luft treffend. Ein Wanken gibt ihm Zeit genug, sich zu erholen, der wertvolle Vorteil ist verloren.

Ein lebenslanger Verteidigungskampf, gelenkt, getrieben, getreten. Kaum Gedanken an die nächste Verteidigung, kaum Gedanken bei der Verteidigung an Schlachten, zu widerstrebenden Stücken zusammengefügt; die schwarze Klinge durchschneidet die Luft und schreit lautlos, fängt beide Degen ab. Und dergestalt gibt es ein Leben aus Flucht und Kampf und Suche nach Frieden, der sich niemals zeigt. Erinnerungen an andere Leben sind Schatten im Vergleich zu Träumen; Sehnsüchte die Schatten von Träumen und dadurch der Stoff, aus dem Spinnweben gemacht sind, und weniger als nichts. Schwarzes Juwel, Hand und Auge der Götter, Meere aus Eis: Sie alle finden, was sie ersehnen, ob den Tod oder anderes. Sturmbringer hungert, wo meine Hand erschöpft ist; wenn der dünne Körper ermüdet, führt die Runenklinge, und es gibt keine andere Möglichkeit, als zu folgen. Und Freunde sterben.

Die Maschine hält nach einem Rückzieher einen Moment inne, strafft die Haltung und lockert die Gelenke. Die Luft scheint heiß und abgestanden, und starker Schweiß befleckt die dünne Rüstung auf sich hebenden und senkenden Schultern. Die schwarze Klinge erlaubt den Schwerthänden nicht, sich auch nur um einen Grad zu senken, wissend, daß Harlekin ein raffinierter Gegner ist, ein Kämpfer voll täuschender Tricks, ein Urheber der Veränderung. Da ist großer Neid auf diesen merkwürdigen Automaten: Er ist gefühllos und zielbewußt, ein einziger Gedanke, eifersüchtig umschlossen von Getriebe und Blech. Er kennt den Schmerz seiner Mechanik, versteht Manöver und Manipulationen, erkennt erfolgreiche Wege des Zugangs und der Flucht. Ein dünner weißer Körper ist kein Gefäß für solche Gaben; Vorzeichen können erst gedeutet werden, wenn ihre Zeit vorüber ist.

Die Luft kreischt an gezogenem und wirbelndem Stahl, zwei Klingen, dünn wie Blätter, die diese schwarzmagische Klinge nicht zerstören kann. Der Clown macht einen Schritt nach vorn, agiert, tritt vor, attackiert, zieht sich zurück. Runenklinge pariert und sticht zu, entlockt dem Automaten Blut, so rot wie jenes, das bereits die kalten Fliesen befleckt. Er hat viele Schnitte und Wunden, wird aber nicht langsamer, Kämpfer des Schicksals, vielleicht besser als Verwandtenmörder, Weißer Wolf. Wie die Erinnerungen an

Freunde brennen, getötet durch die Spitze des heulenden Gespenstes von einer Waffe, obwohl ihre Namen, selbst die Gesichter nicht deutlich in Erinnerung sind. Wie viele sind ermordet worden, und wie viele sollen noch folgen? Diese Frage erhebt sich oft, aber nach einer Antwort zu suchen, würde nur Verzweiflung herausfordern, einen Gegner, der ruhen muß und stark bleibt, solange der Wille schwach ist.

An den Seitenlinien werden viele Wetten abgeschlossen, obwohl die Anzahl der Zuschauer gering ist. Dieses Ereignis ist für die größten Spieler dieses Königreiches bestimmt: König, Königin, ein Freund und Tochter. Die beiden Gefolgsleute, die dem weißen Fremden Hilfe anbieten, sehen flüsternd und stichelnd zu. Sie haben keine Namen und lachen und sagen, sie seien tot. Oft scheinen Gefährten geschickt zu werden, aber von wem oder was, entzieht sich der Kenntnis. Und wie sie selbst, sind ihre Namen verschiedenartig und von geringer Bedeutung, denn die Runenklinge macht Aas aus ihnen allen. Aas, selbst aus denen, für die mehr da ist als Liebe. Sturmbringer hebt sich schwerfällig, um die Kehle des furchtbaren Clowns zu treffen, fügt der Brust eine weitere klaffende Wunde zu, Blut fließt, das nachäfft, unnötig zum Leben.

Harlekin ist der Urheber der Veränderung, so bezeichnet von der Königin, die sagt, sie sei Mutter und Tante, Handwerkerin und treibende Kraft. Der Urheber der Veränderung, einer der beiden in diesem Spiel der Welten. Und er, der dieses Ereignis verkaufte, sagt, Veränderung sei etwas, was man bekämpfen müsse, und Chaos ist nicht Veränderung, sondern Stagnation in all ihren Formen, nur in anderer Verkleidung. Was soll man glauben, außer daß der Clown zu einem weiteren Hieb vortritt, zwiefach bewaffnet und geschmeidig, und daß wenig Zeit zur Verteidigung und keine zum Nachdenken bleibt?

Tritt zum Rand des Duellplatzes, zwingt Sturmbringer, Kraft zu geben, wo wenig zu bekommen ist. Der Automat hat keine Seele, die man verschlingen, kein Leben, das man stehlen kann. Halb schwarzes, halb weißes Gesicht umgibt Augen, die tot sind, kalt, voller Spott über Leben und Flucht. Ein rascher Blick zeigt, daß die Galerie zuschaut, und in dem Moment ist von weit her ein donnerndes Krachen zu hören, draußen, vielleicht Kriegsgeschrei oder vielleicht das Chaos selbst. Eine Klinge erscheint in der Luft, und eine weitere folgt, und Geld wechselt den Besitzer unter den schweigenden Zuschauern, während ein Streich noch mehr brennende Sehne der Luft aussetzt.

Wo soll der Angriff erfolgen, in diesem Leben, dem nächsten oder lediglich im Kampf? Die Strategien, die Melniboné beherrschen, sind das Futter an diesem Hof, Ausmaße, die selbst der unnahbare Herrscher seines zauberkundigen Volkes nicht ergründen kann, weil sein bleiches Fleisch kaum diese Länder gesehen hat, in denen seit ewigen Zeiten Maschinen und Automaten miteinander wetteifern. Lediglich einzudringen und altes Können und wenig Erfahrung im Erobern zu erwarten, sind Narrenträume, die nicht einmal Drachen durchgehen lassen. Noch größer der Narr, der glaubt, Freunde, die er unter diesen weltklugen Bürgern gefunden hat, brächten die gepriesene Erlösung, sogar den versprochenen Austausch von Aufgaben.

Der Kampf. Der Kampf! Wäre es das, wäre es nicht so übermäßig wichtig, da Sturmbringer sich tief in einen Arm verbeißt, den er durch seine Schwere mit den Flüssigkeiten in Harlekins Körper überschwemmt. Frieden ist alles, wonach man streben muß, obwohl die größten Zyniker sagen, um Frieden zu erlangen, müsse es Konflikt geben und der Konflikt aufrechterhalten werden. Die Runenklinge reißt sich los inmitten eines Schauers nicht benötigten Karminrots, und es ist eine kleine Genugtuung, als der Automat mit nichts hinunter blickt und auf noch weniger starrt. Und Er, der Mann-der-verkaufte diese Mission, sagte, daß nichts wichtig ist außer dem, was danach kommt, sei es Hoffnung oder Wahrheit oder Tod. Das ist alles, alles, worum es in dem Kampf geht.

Im Hintergrund erklingt gedämpft eine Glocke, und der Clown wird steif und dreht sich an Gelenkschnüren, Fuß und Körper bewegend wie zum Hohn auf die fließenden Bewegungen, die er eben noch gemacht hat. Was den Zustand eines fast toten Prinzen angeht, so ist sein Gang unschön und ungehobelt, ein grober Affront gegen alles vor dem Rubinthron Gelernte, wo rachsüchtiger Vetter intrigierte. Die Gefolgsleute betreten das Feld der Ehre nicht, denn die Krieger müssen die Kraft haben, es selbst zu verlassen, da sie stark genug waren, sich in den Kampf zu stürzen. Er-derverkauft meinte, als Los des Lebens sei dies viel, die Schlacht zu verlassen, um in eine andere zu ziehen, wieder und wieder, bis es nichts mehr zu kämpfen gibt, weder für noch gegen. Als Reaktion gab es nicht viel außer widerwilliger Zustimmung und Erstaunen, daß der Mann eine so merkwürdige Meinung äußerte. Eine faszinierende Sitte, wenn der Schmerz der Wunden nicht alle Gedanken, alle Heiterkeit ersticken würde.

Das Grollen des Donners hinter den alten, umhüllenden Mauern erheischt Aufmerksamkeit, aber von allen anderen in dieser Versammlung kommt nichts. Beunruhigung oder Sorge ist ihnen nicht gegeben, anscheinend eine weitere Überlegung in ihren raffinierten Plänen, die diesen bleichen, schwachen Fremden und die Maschine betreffen, die nur zu einem einzigen Zweck gebaut wurde. Und wo liegt der Unterschied? Die beiden sind wie Mutter und Vater, Gott und Schöpfung, belebend, was kein Leben hat. Kampf.

Der Gefolgsmann zur Rechten spricht davon, daß die Gewinnchancen abnehmen, da das Blut auf dem Marmor zunimmt, während der andere darauf hinweist, daß der König eine Perle in den Becher der Königin fallen lassen und ihr befohlen hat zu trinken. Das Herz schlägt lauter als all dies, und Zweifel stellt sich ein, ob der Kampf allein die Anstrengung wert ist, ja, ob es irgend etwas darüber hinaus gibt. Der Sand des Chaos umschließt alles, mahlend, überflutend, verunstaltend; und wenn das geschieht, hat sogar das einzigartige Denken eines Wesens keine Bedeutung, und das Vordringen läßt nicht nach.

Was zählt, ist der Zustand zwischen Ordnung und Chaos, das sich verschiebende Gleichgewicht des Stands auf dieser verdammten Ebene; marmorne Fliesen, schwarz und weiß; obwohl dies allein nicht alles ist. Denken kann zwei Kräfte zeigen, die eine idiotisch, die andere idolhaft, beide auf ihre Weise verehrt. Der Kampf, so gewandt ausgeführt, muß eine Richtung haben, ein Ziel, bevor die schwarze Klinge wieder durch die Luft saust, um dem Albinoarm Höllenkraft zu verleihen. Und wenn das, was Er-der-verkauft sagt, der Wahrheit entspricht, dann sind Kämpfe auf den Ebenen, von denen er spricht, lediglich Pendelschläge in Richtung Zentrum, es immer verfehlend, bei jedem kunstvollen Bogen leidend und zum Ausgangspunkt zurückkehrend. Der Gefolgsmann zur Rechten weist darauf hin, daß die Königin den Wein auf das Wohl des Fremden getrunken hat. Der Gefolgsmann zur Linken sagt, daß die Fähigkeiten eines Kriegers die reinsten und schönsten sind, mit nur einem einzigen Zweck, nämlich Ordnung ins Chaos oder Chaos in die Ordnung zu bringen, seine Worte sind nicht klar.

Die Glocke ertönt wieder, und der Kampf beginnt von neuem, obwohl das nicht ganz stimmt. Immer noch wird viel Blut vergossen, ist viel zu vergießen, und es muß ein Punkt kommen, wo die Drehungen dieser Maschinen den fremden Prinzen zur letzten Figur in was auch immer für einem Spiel auf dem Feld von Königin, Krieger, Ihm-der-verkauft und jenen anderen mit zahlreichen und unterschiedlichen Namen machen. Die Götter selbst müssen hier zusehen, weil sie aufgrund ihrer Bestimmung alles sehen, obwohl, wie sie selbst zugeben, ihre Macht auf jeder Ebene dahinschwindet und abbröckelt. Die schwarze Klinge hebt sich erneut, und es bleibt Zeit, sich zu fragen, warum die Schwertlords in diesem unbeständigen Land der verschleierten Zwietracht nicht mehr Verehrer haben, beziehungsweise an jedem anderen Ort, wo ihre Kräfte schwach sind. Wenn sie diesen Kampf auf dem schwarzweißen Feld sehen, mögen sie ihrem Retter und Soldaten etwas Hilfe zuteil werden lassen.

Harlekins Wunden verströmen weiterhin ihre Flüssigkeiten auf den Boden, zähflüssiges Rot wie gefärbte Tränen oder wie Regen, der Arme hinunterrinnt, um in Tropfen zu fallen. Das königliche Blut ist geronnen, doch neue Bewegungen bewirken, daß die Schnitte sich wieder öffnen und das Fließen des Lebens wieder beginnt, das nur in Dunkelheit und Tod endet. Es bleibt keine Zeit auszuruhen, weil die Zwillingsschwerter eines Clowns sich in das schwarze Stichblatt Sturmbringers verkrallen, der in die Tiefen seines Abgrunds langt und neue Kraft verleiht, um den Angriff abzublocken. Über das Bein des Mechanismus tretend, streckt diesen ein harter Stoß zu Boden, und ein rascher Hieb entfernt drei Finger von der rechten Hand, obwohl sich das, was übrigbleibt, hartnäckig an unzerbrechliches Metall klammert.

Die Königin greift sich an die Kehle und stirbt, das Gesicht blau, schmerzverzerrt. Ihre Hände umklammern den Kelch solange, wie sie es wagen, bevor ihr Geist diese Ebene verläßt, um mit den wie immer gearteten Lords, die die Länder dieser Toten beherrschen, zu verhandeln. Der König scheint überrascht, während Harlekin weitermacht und erneut den Vorteil ausnutzt. Drei schnelle Schritte, und da ist eine Blutlache, wo Schenkel und Rüstung aneinandergrenzen, Zwillingsklingen blitzen, und wieder ertönt Donner hinter den dicken Mauern dieses Bergfrieds.

Sturmbringer heult. Laut, durchdringend, schwarz und flink, neue Kraft. Wieder Donner, der Klang mischt sich mit dem der schwarzen Klinge. In ihrer Kraft ist Schwung, ein Wissen, das dem, der sie führt, verwehrt ist. Der Clown des Schicksals tanzt schneller, dreht Pirouetten und sticht und haut, Zwillingsklingen, weiß gegen schwarz, verschwinden und beißen in Fleisch.

Kein Schmerz mehr. Dieser dünne Körper blutet und haucht sein Leben in die Luft und auf den Boden, ein Aufeinanderprallen an drei Punkten sprüht Karminrot auf den stummen Chor. Sturmbringer erholt sich von der Riposte und schlägt wild drauflos, eines Prinzen Zähne fletschend, während Schultern sich heben und senken und die Schneide einen Arm vom Rumpf trennt, der Nachstoß dringt tief ein, noch tiefer, durchbohrt den Rücken.

Der Marionettenkörper krümmt sich. Harlekin bewegt ruckweise den Arm, und seine Beine geben fast nach. Die schwarze Klinge hat Knochen gefunden und zerrt, frißt, verschlingt, unerbittlich. Blasse rote Augen finden Tod, wo Leben gegeben und langsam genommen wurde durch Kampf. Rastend und kämpfend an der Seite des Schwerts, hetzend und stürmend und fragend, ob dies die Zeit der Ruhe sein könne, es Erlösung von diesem Ort geben wird?

Der Clown kann nicht länger sein stummes Lied lachen. Er spielt Tod. Da hätte mehr Begeisterung oder vielleicht Erleichterung sein sollen, aber niemand ist da, um zu sagen, der Kampf ist beendet. Zu Boden starrend, reckt Harlekin den Hals, und seine Lippen teilen sich.

Er sagt etwas in einer Sprache, die mit dem Blut fließt, das an seinem Mund schäumt.

Die verfluchte Klinge gibt keine Kraft mehr, und das königliche Herz schlägt schneller, dann stockt es. Die Kräuter und Tränke, die das Leben des Prinzen erhalten, können nicht länger das Leben ersetzen, welches das seiner Mutter und die Seele seines Vaters nahm. Die Waffe gleitet zu leicht vom Fleisch des Automaten ab, und die Beine geben nach, lassen den Körper von der marmornen schwarzweißen Bühne rollen. Das Rollen des Donners kommt nicht von Blutmangel oder Verletzung, sondern von Geschützen draußen; und immer noch tun diese Leute nichts, wissen nichts von dem Schicksal, das ihnen bevorsteht, so wie es dem Weißen Wolf bevorsteht. Diener warten auf, aber ihre Stimmen sind verstummt.

Die Königin ist tot, und der König steht vor einem anderen, der nach und nach stirbt, ein vergiftetes Rapier im Leib. Vorne ist roter Nebel, und Er-der-verkauft erscheint. Und triumphiert.

»Wer bist du, der du in diesen Hallen stehst und das Spiel nicht fühlst?«

»Ich bin Der-der-verkauft, der dir Freiheit gibt.«

»Ich wünschte, ich bedürfte ihrer, da das Blut reichlich fließt und den Tod bringt.«

»Wenn das dein Wunsch ist, dann sei es so. Denn oft habe ich von dem gesprochen, was folgt.«

»Heißt das, es gibt eine Wahl?«

»Du hast bis zu einem bestimmten Punkt die Wahl, obwohl an einem Punkt vielleicht die Wahrheit gesagt werden muß.«

»Dein Tonfall ist wie der der Schwertlords.«

»Selbst sie brauchen Leute wie mich. Denn im Flug

eines Pfeils liegt Vorsehung. Doch wo liegen jetzt die Bedürfnisse von Prinz Elric? In der Stimme der Götter oder der Schirmherrschaft der Menschen? Fortinbras ist dein ergebener Diener.«

»Diener, sagst du? Du hast ein Versprechen gegeben, das jetzt nicht mehr eingelöst werden kann.«

»Du kannst immer noch gehen, in welcher Weise du es auch wünschst. In jeder Weise, die du wünschst. Lebendig oder tot, nur Harlekin weiß, was am besten ist.«

Sturmbringer hebt sich unaufgefordert zur Brust dieses Mannes, hebt Hand und Arm, um einzuschlagen wie der Donner, der einst diese Burgmauern bersten ließ. Dieser Moment läßt das Leben dieses Fortinbras aufs tiefste begreifen: Er war das, was danach kam, nach dem Ringen, nach dem Kampf, nachdem das Leben den Geist aufgegeben hat. Er spielt eine Doppelrolle für alle Menschen, alle Götter; für manche ist er die Kraft, die mit dem Universum herumspielt; Handwerker, der Dinge wie Clowns herstellt und sie dann sich selbst überläßt; oder das Wesen, das alle zum Handeln zwingt; das, was für alle Zeit danach kommt und das Ziel ist, für das alle kämpfen und wonach alle streben. Aber er konnte wählen, und in einer Möglichkeit lag Leben.

Das Runenschwert sog das Leben aus dem Mann, und er starb unter großen Qualen; seine Seele schrie am Schaft der Klinge hinunter in den Abgrund und übergab ihre Kraft, damit der Prinz von Melniboné leben konnte. Die Gefolgsleute schrecken zurück, als sie sehen, wie karminrote Augen sich mit neuem Leben füllen und erkennen, daß ihre Zeit erneut gekommen ist.

Sich mühsam aufrecht haltend, blickt Harlekin mit reglosen toten Augen auf, wissend um die Traurigkeit der Wahl und das Schicksal von jemandem wie mir.

Copyright © 1994 by Kevin T. Stein

Scott Ciencin

DER WÄCHTER AM TOR

I

Der Albino blickte nicht zurück, um festzustellen, ob die Wölfe näherkamen. Er hörte sie durch das Dickicht stürmen, das er bei seinem eiligen Lauf durch die Nacht erst vor wenigen Augenblicken hinter sich gelassen hatte. Einer seiner Stiefel sank in eine weiche Stelle im Boden ein, so daß er beinahe gestürzt wäre. Er streckte seine behandschuhte Hand aus, packte eine Kletterpflanze und zog sich im Laufen den tückischen Berghang hoch. Jetzt hörte er, wie sich links und rechts etwas bewegte, ebenso hinter ihm.

Wenn er die Anhöhe erreichte, bevor die Kreaturen von allen Seiten auf ihn eindrangen, wären sie ihm gegenüber im Nachteil. Andernfalls würde er Sturmbringer aus der Scheide ziehen und sich ihnen entgegenstellen, wo immer sie ihn abfingen. Das schwarze Runenschwert summte erfreut über die Aussicht auf Kampf, denn das waren keine gewöhnlichen Wölfe. Sie besaßen Empfindungsvermögen, und er vermutete, daß sie auch Seelen hatten.

Er atmete schwer, und eine tiefe Müdigkeit befiel seinen bleichen, breitschultrigen Körper. Vor ihm lag das Plateau, wo er sich zu einem früheren Zeitpunkt des Tages ausgeruht hatte, bevor er in jenes vermaledeite Dorf hinuntergestiegen war, in dem seine Unannehmlichkeiten begonnen hatten. Nur noch ein paar Schritte, ein letzter Sprung, und er wäre bereit, dem Feind entgegenzutreten.

Links vor ihm schoß einer der Wölfe hinter einem Busch hervor. Es blieb ihm nur eine Sekunde, sich zur Seite zu drehen und zur Verteidigung den Arm zu heben, bevor der alptraumhafte Anblick schnappender Fänge und funkelnder, bernsteinfarbener Augen über ihn hereinbrach. Das Tier stieß einen Schrei der Überraschung und des Schmerzes aus, als es auf das stählerne Armband biß, das er am Nachmittag auf dem Marktplatz gekauft hatte. Der Albino taumelte zurück, als ihn das volle Gewicht des Wolfes traf. In einem Knäuel gingen sie zusammen zu Boden.

Wo war der hergekommen? fragte er sich, als der Wolf sich von ihm wälzte und er hörte, wie ein anderer auf seinen ungeschützten Rücken zusprang. Der Albino wich zur Seite und rappelte sich auf. Seine Hand legte sich auf Sturmbringers Heft, als der Wolf mit den bernsteinfarbenen Augen hoch- und auf seine Kehle zusprang. Wenn irgendeine andere Waffe in seiner Scheide gesteckt hätte, hätte der Albino wohl nicht die geringste Aussicht gehabt. Sturmbringer bewegte sich mit unnatürlicher Geschwindigkeit. Der Albino ließ seine Hand auf der Waffe ruhen, während er der Klinge erlaubte, seinen Arm zu führen. Mit einer blitzschnellen Bewegung befreite sich das Runenschwert aus der Scheide und riß gleichzeitig seinen Arm nach oben, um das Tier mitten im Ansprung aufzuspießen.

Es gab nur ein Hindernis bei Sturmbringers Vorhaben, sich an der Seele des Wolfs mit den bernsteinfarbenen Augen gütlich zu tun: Die Kreatur war mitten in der Luft, gerade außer Reichweite des Schwertes irgendwie erstarrt. Nein, nicht erstarrt; vielmehr *schwebte* sie in der Luft, denn sie strampelte und zischte und spuckte vor Wut. Ein Mann war plötzlich aus der Dunkelheit aufgetaucht und hatte den Wolf im Genick gepackt, so, wie eine Wölfin ein streunendes Junges aus ihrem Wurf aufnehmen würde. Die anderen Wölfe hatten den Angriff eingestellt und versammelten sich lautlos um Elric und den Fremden. Elric sah, daß er von mindestens acht, vielleicht sogar von einem Dutzend verfolgt worden war. Sturmbringers enttäuschtes Geheul veranlaßte den Wolf mit den bernsteinfarbenen Augen, sich zu beruhigen und sich dem unheimlichen Schweigen seiner Gefährten anzuschließen.

»Ich möchte wetten, daß du es vorziehen würdest, diese Welt lebend zu verlassen und ohne daß ein Preis auf deinen Kopf ausgesetzt ist«, sagte der Fremde.

Jetzt konnte Elric ihn sehen. Der Mann hatte einen grauen Bart und eine gewölbte Brust. Über eine Seite seines Gesichts zog sich eine dreiteilige Narbe, zweifellos das Werk von Wölfen. Eine alte Wunde. Er lächelte freundlich und schien sich vor den Raubtieren, die ihn umzingelten, nicht zu fürchten. Seine Augen waren schwarz und hatten karminrote Sprenkel.

»Du bist entweder ein Irrer oder ein Narr«, sagte der Albino.

Der graubärtige Mann zwinkerte. »In späteren Jahren werde ich mich daran erinnern, daß das deine ersten Worte an mich waren. Jetzt aber tu, was ich dir sage, und beweg deinen mageren kleinen Hintern zu der Lichtung da oben. Ich werde versuchen, mit diesen Kötern irgendein Abkommen zu deinen Gunsten zu treffen.«

»Ich bin Elric von Melniboné. Niemand spricht mit mir auf diese Weise.«

»Vielleicht sollte man aber«, knurrte der graubärtige Mann. »Und jetzt beweg dich.«

Elric rührte sich nicht. Sturmbringers Heulen hatte aufgehört und war einem zornigen Summen gewichen, das wie das eines Insektenschwarms klang.

Der Fremde ließ den Wolf mit den bernsteinfarbenen Augen los. Die Kreatur fiel auf alle viere, hob ein Bein und begann auf den Stiefel des Kriegers mit der gewölbten Brust zu urinieren. Dieser trat ihm in die Seite und verscheuchte ihn, wobei er die nach ihm schnappenden Zähne nicht beachtete, die neben seiner fleischigen Wade ins Leere bissen.

»Es ist nicht deine Waffe, was diese Bastarde in Schach hält«, sagte der alte Krieger mit einem Seufzer. »Steck sie ruhig weg. Ich zweifle nicht daran, daß du die hier alle niedermetzeln und deinen Weg zurück nach Hause finden könntest. Die Frage ist nur, ob du willst, daß noch mehr ihrer Art folgen und dir für den Rest deiner Tage auf den Fersen bleiben?«

Elrics Zorn war erregt worden, aber er war stolz auf seine Fähigkeit, über seine Wut hinausblicken und wie ein vernunftbegabter Mensch handeln zu können, trotz des seit kurzem bestehenden Einflusses der Chaos-Lords auf ihn. Aber das war eine andere Geschichte. Im Moment beschloß er, sich dem Urteil des älteren Mannes zu beugen. Die Klinge in die Scheide zu stecken war schwierig, aber nicht unmöglich. Um seine Verachtung zu bekunden, drehte er, lange bevor das nötig war, den Wölfen den Rücken zu und ging sehr langsam zu dem vor ihm liegenden Plateau.

II

Erfreulicherweise brauchte er nicht lange auf den graubärtigen Krieger zu warten. Während Elric allein dastand, verstand er, wie es den Wölfen gelungen war, ihn aus dem Hinterhalt zu überfallen. Die Mehrheit des Rudels war durch den Wald getrampelt und hatte dabei soviel Lärm wie möglich gemacht, um die von der Vorhut verursachten Geräusche zu übertönen. Der Wolf mit den bernsteinfarbenen Augen und sein Gefährte waren viel näher und bewegten sich nahezu lautlos. Der Albino hörte ein Rascheln, und als er sich umdrehte, sah er den graubärtigen Krieger auf sich zukommen. Das Wolfsrudel, das Elric nachgesetzt hatte, war verschwunden. Er konnte hören, wie die Tiere den Weg, den sie gekommen waren, zurückgingen. Eines von ihnen heulte, und er empfand den Laut als ebenso schneidend wie den plötzlichen Wind, der sich beim Herannahen des alten Kriegers erhoben hatte.

»Mein Name ist Chatham«, sagte der graubärtige Mann mit einem Zwinkern, »von nirgendwo im besonderen, obwohl diese Welt hier Herbstland heißt.«

Elric nickte, als sei ihm dies bereits bekannt gewesen.

»Ein paar einfache Grundregeln dieses Landes: Die Wölfe sind die rechte Hand des Unsichtbaren und verkörpern die Gerechtigkeit unseres Gottes. Begehst du ein Verbrechen, dann werden den Wölfen Träume von deiner Bestrafung geschickt. Sie ruhen nicht eher, als bis sie dich zur Strecke gebracht haben.«

»Ich habe heute morgen einen Dieb getötet«, sagte Elric, ohne sich die Mühe zu machen zu erwähnen, daß er nur die Absicht gehabt hatte, dem Verbrecher mit Sturmbringer zu drohen, um ihn abzuschrecken. Das Runenschwert war jedoch hungrig gewesen, und deshalb hatte es den Kopf des knochendürren Mannes von seinen Schultern getrennt und seine Seele verschlungen.

»Einen Dieb«, sagte Chatham. »Na, da hast du's. Hättest du ihn auf irgendeine andere Weise zurechtgewiesen, dann hätten die Wölfe dich vielleicht in Ruhe gelassen. Wie die Dinge liegen, wollen sie dir zur Strafe das Leben nehmen.«

»Das hatte ich mir schon gedacht.«

»Was führt dich in diese Welt? Reisende wie du sind sehr selten.«

Elric zuckte die Achseln. »Ich muß einen bestimmten Ort ausfindig machen. Wie man mir gesagt hat, liegt er nicht weit von hier entfernt. Wenn die Wölfe mich nicht verfolgt hätten, könnte ich schon dort sein.«

»Ein Ort mit magischer Kraft, könnte man annehmen.«

»Könnte man.«

»Könnte man auch annehmen, daß du, wenn du diesen Ort gefunden und an dich genommen hast, wonach du suchst, die Mittel hast, Herbstland zu verlassen und nie wiederzukommen?«

»Ich habe gar keine andere Wahl. Die Magie, die ich angewandt habe, hat ihre Grenzen.«

Chatham nickte. »Die Wölfe verstehen jetzt, daß du nicht zu diesem Reich gehörst und unsere Gesetze nicht kanntest. Sie sind bereit, dir Straferlaß zu gewähren, vorausgesetzt, daß du bis morgen früh deine Angelegenheit hier erledigst und verschwindest. Kannst du das bewerkstelligen?«

»Das kann ich.«

»Ich werde dich natürlich begleiten.«

»Ich brauche keinen Wächter.«

»Nein? Dann kannst du vielleicht mir diesen Dienst leisten, da du dich in den Sitten dieses Landes so offenkundig besser auskennst als ich selbst.«

Elric runzelte die Stirn. »Warum hast du beschlossen, mir zu helfen?«

Der alte Krieger lachte. »Du hast mir das Mittel in die Hand gegeben, diese aufgeblasenen Köter zu ärgern. Das Wenigste, was ich als Gegenleistung tun kann, ist, dafür zu sorgen, daß du bekommst, was du willst, und sicherzustellen, daß sie um ihre Beute betrogen werden.«

Chatham streckte die Hand aus. Elric ergriff sie. Die Berührung ließ den Albino erkennen, daß an diesem Mann weit mehr war, als er vermutet hätte: Der graubärtige Krieger hatte zwar den Körper eines Menschen, aber die Kraft, die er ausstrahlte, war der der blutdürstigen Beschützer dieser Welt viel näher.

Im Dorf hatte Elric sich einen Talisman beschafft, der ihm dabei behilflich sein würde, den Weg zu finden: Ein kleiner Stein, der immer dann, wenn er ihn in die allgemeine Richtung seines Ziels hielt, vor Leben vibrierte. Er machte sich in Richtung Osten auf. Chatham folgte ihm pflichtgetreu und belästigte ihn unterwegs mit belanglosem Geplauder.

»Bist du überhaupt nicht neugierig?« fragte Elric schließlich, als sie zusammen höher in die Berge stiegen, die das Dorf umgaben.

»Worauf? Auf das, was du hier vorhast?«

»Ja.«

»Sofern du nicht die Absicht hast, die Schlafenden Götter, die Erstgeborenen des Unsichtbaren, zu wecken und den Untergang unserer Welt herbeizuführen – offen gestanden, nein.«

»Den Untergang der Welt«, sagte der Albino wehmütig, während seine porzellanfarbenen Finger über das Heft seines Runenschwertes strichen. »Nicht dieser Welt. Nicht so bald.«

»Dann ist es ja gut!«

Schweigend gingen sie weiter. Elrics Gedanken schweiften zum vorhergehenden Abend und zu der Unterhaltung zurück, die dazu geführt hatte, daß er jetzt hier war.

III

Der Tisch des Albinos hatte im hintersten Winkel der schmutzigsten Taverne gestanden, die er in dieser fremden Stadt finden konnte. Er war aus mehreren Gründen enttäuscht. Seine fremdartige Kleidung, die sonst unangenehm auffiel, paßte insofern zu der der Einheimischen, als sie ebenso altmodisch war; die Taverne selbst, obwohl zweifellos die schmutzigste, die er je gesehen hatte, war so urtümlich, wie man es nur wünschen konnte; und selbst seine knochenbleiche Haut und seine funkelnden karminroten Augen hatten in den vergangenen zehn Minuten keine Aufmerksamkeit erregt. Nicht einmal die Serviermädchen beachteten ihn.

Als sich ihm schließlich eine Frau mit kastanienbraunem Haar näherte, die ein einfaches schwarzes Kleid trug, stellte er sich darauf ein, eine Bestellung aufzugeben. Sie setzte sich neben ihn, und rasch wurde ihm sein Irrtum klar.

»Wenn ich dir gäbe, was du dir am meisten wünschst, würdest du dann das gleiche für mich tun?« fragte sie mit einschmeichelnder Stimme.

»Ich begehre keine Gefälligkeiten und erweise auch keine.«

»Du weißt ja nicht einmal, was ich anzubieten habe.«

»Ich glaube, ich kann es mir ganz gut vorstellen.«

Die Frau lachte. Ihre jadegrünen Augen funkelten. Sie war sehr schön. »Vergessen. Unschuld. Vertrauen. Erlösung von deinem Schicksal. Wenn ich dir all das, und sei es nur für einen einzigen wunderbaren Moment, verschaffen könnte, würdest du dann tun, was ich will?«

»Das würde ich nicht.«

Sie lächelte. »In dem Falle, Elric von Melniboné, bist du in der Tat der Mann, den ich gesucht habe. Es heißt, daß du zwar nach außen hin recht gesund wirkst, deine Lebenskraft aber eine Vortäuschung ist, die durch Drogen, Magie und ein seelenfressendes Schwert zustande kommt.«

»Und du kannst das ändern.«

»In gewisser Weise.«

»Du kannst mir mein dünnes Blut nehmen und es durch die kraftstrotzende Flüssigkeit ersetzen, die durch die Adern meiner Vorfahren floß, den Wein von Träumern und wahren Königen? Ich kann mir nicht vorstellen, daß außer den Göttern irgend jemand die Macht hätte, etwas Derartiges zuwege zu bringen. Der Schein trügt zwar oft, wie du ganz richtig bemerkt hast, aber mein Gefühl sagt mir, daß du kein Gott in menschlicher Gestalt bist, nicht einmal ein göttlicher Bote.«

»Ich bin eine Frau, die einst ein verhutzeltes altes Weib war, vorzeitig gealtert. Bevor ich zehn Jahre alt war, führte eine seltene Krankheit dazu, daß ich aussah und mich fühlte wie eine alte Frau, die mit einem Fuß im Grabe steht. Wie durch ein Wunder überlebte ich bis zu meinem sechzehnten Geburtstag, an dem ich mein Heim verließ, um nach einem Ort zu suchen, wo ich mein Haupt niederlegen und dem Tod gestatten wollte, mich zu holen.

In meinem Kummer wanderte ich aus dieser Welt in eine andere und gelangte schließlich in einen Palast aus Stein. Dort schlief ich eine Nacht, entschlossen, mir am nächsten Tag das Leben zu nehmen, falls die Götter mich nicht im Schlaf entrückten. Als ich erwachte, war ich so, wie du mich jetzt vor dir siehst. Jung und schön und kräftig.

Bevor ich ging, flüsterte mir eine Stimme etwas zu, eine Stimme, die der Wind herbeitrug, der bisweilen durch den zugigen Palast pfeift. Sie teilte mir den Preis meines Glückes mit: Mir wurde befohlen, innerhalb eines Jahres nach meiner Wiedergeburt unter dem Schutze des Palastes jemanden zu finden, der noch armseliger ist als ich, und ihn dort hinzuschicken, damit er der Wunder teilhaftig wird, die mir zuteil wurden.

Vor einem muß ich dich jedoch warnen, bevor du dich aufmachst. Am Tor dieses Palastes gibt es einen Wächter, der versuchen wird zu verhindern, daß sich dein Herzenswunsch erfüllt.«

»Ein Wächter? Wie sieht er aus?«

»Das hieße zuviel verraten«, flüsterte sie. Dann enthüllte sie rasch die Geheimnisse, die er kennen mußte, um in das andere, Herbstland genannte Reich zu gelangen und die Frau auf dem Markt zu finden, die ihm den Talisman geben und den weiteren Weg weisen würde.

IV

Elric schleppte sich mühsam weiter und blieb bisweilen hinter dem graubärtigen Krieger zurück. Sein Gefährte schien den Weg auch ohne die Hinweise zu kennen, die Elric von dem Stein erhielt.

»Es gibt in dieser Gegend eine Sage«, bemerkte Chatham ganz unvermittelt, »von einem verfallenen Palast, der aus einem Berg herausgehauen ist. Aus *diesem* Berg, um genau zu sein. Wenn du den Ort aus der richtigen Entfernung und zur richtigen Tageszeit siehst, verstehst du, wie die Sage entstehen konnte.«

»Ja«, sagte Elric, der schon vorher genau das gesehen hatte, was Chatham beschrieb.

»Ein Palast, in dem man seine Jugend und seine Lebenskraft wiedergewinnen kann und wo alte Narben endgültig verheilen.«

Elric ertappte sich dabei, wie sein Blick zu der Narbe unter dem Auge des alten Kriegers wanderte. Abrupt blieb er stehen. »Das ist es, was dich zu diesem Ort zieht? Die Aussicht auf Erneuerung?«

»Das habe ich nicht gesagt. Ich habe nur höflich geplaudert.«

»Natürlich.« Elric fühlte einen plötzlichen Schmerz in der Hand, als hätte eine Klinge seine Handfläche durchbohrt. Er ließ den Stein fallen, dann bückte er sich fluchend, um herauszufinden, wo der Stein hingeraten war. Der graubärtige Krieger stand plötzlich neben ihm und legte seine schwere Hand auf die Schulter des Albinos.

»Sieh mal dort«, sagte Chatham, dessen rotgesprenkelte Augen im Mondlicht zu funkeln schienen. »Ein Tor.«

Als Elric den Blick hob, sah er unmittelbar vor sich eine Stelle, wo die Dunkelheit tiefer war als ringsum. Mit viel Mühe konnte er eine seltsame zackige Öffnung erkennen, die der steinerne Schlund eines hungrigen Golems hätte sein können – oder einfach der Eingang zu einer Höhle.

Ein Wächter war nicht zu sehen.

Der Albino zog Sturmbringer aus der Scheide und hielt das Runenschwert vor sich. Elric hatte die Geschichte der Frau nicht einen Moment lang geglaubt. Er hatte angenommen, sie wolle ihn in eine Falle locken oder ihn zwingen, ihr zu helfen, indem sie vorgab, seinen eigenen Bedürfnissen dienlich zu sein. Aber er langweilte sich, und es hätte sich herausstellen können, daß diese Unternehmung ihn von seiner Langeweile befreite. Im Laufe des vergangenen Tages hatte das Bild, das er sich in seiner Vorstellung von dem Wächter machte, derartige Ausmaße angenommen, daß schließlich nur die sterbliche Verkörperung von Arioch, dem Herzog der Hölle, ausgereicht hätte, um einen ebenbürtigen Gegner abzugeben.

Das Runenschwert summte kampfbereit, aber es war niemand da, mit dem man hätte kämpfen können. Enttäuschung durchzuckte den Albino wie eine Flamme und brannte in ihm mit der Kraft des Feuers der Verdammnis.

»Wollen wir hineingehen?« fragte Chatham. »Oder sind wir zum falschen Ort gelangt?«

Elric erwog umzukehren, aber dann kam ihm ein merkwürdiger Gedanke.

Ich brauche keinen Wächter.

Diese Worte hatte er vor knapp einer Stunde zu

227

Chatham gesagt. Vielleicht war deshalb kein Wächter am Tor, weil der Wächter bereits bei ihm war.

Und noch etwas anderes nagte an ihm. Im tiefsten Innern seiner Seele fragte er sich, wie es wohl sein würde, wenn er gesund wäre, das schwache Blut, das durch seinen Körper strömte, durch das seiner Vorfahren ersetzt bekäme, seine Abhängigkeit von Magie und Sturmbringers Blutdurst abrupt aufhörte.

Natürlich war das nicht erreichbar. Wenn etwas Derartiges möglich wäre, hätte Sturmbringer einen Weg gefunden, es zu unterbinden.

Elric dachte an den Angriff des Runenschwerts auf den Dieb und die beinahe tödlichen Folgen. Hatte die Klinge begriffen, daß an der Geschichte der Frau etwas dran war? Versuchte das Schwert, Elric zu zwingen, dieses seltsame Land zu verlassen, bevor er die Wahrheit entdecken konnte?

»Du hast mich vielleicht eben nicht gehört«, sagte Chatham. »Wollen wir hineingehen?«

»Ja«, erwiderte Elric. »Nach dir.«

V

Der Palast war, wie es schien, durchaus echt. Die Wände waren glatt und wurden von einem seltsamen inneren Feuer erleuchtet. Ein grünliches Licht durchflutete jeden Raum.

Er war in keiner Weise beeindruckt.

Einst hatte Elric von Melniboné auf dem Rubinthron der Dracheninsel gesessen. Im Vergleich zu dem weltlichen Leben, das die meisten führen, gebot er über Wunder, die den Gesetzen der Menschen und Götter in einem fort hohnsprachen. Dieser ›Palast‹ hier war aus dem Baustein der Natur herausgemeißelt worden und kehrte jetzt rasch in seinen ursprünglichen Zustand zurück. Es gab keine Bibliotheken, keine Thronsäle oder Gerichtsstätten, keine großen Bankettshallen. Nur sehr viele leere Zimmer.

Chatham setzte sich auf den Fußboden und lehnte den Rücken gegen die Wand. »Es ist nichts Besonderes, das gebe ich zu.«

Elric gesellte sich zu ihm. »Da hast du recht.«

»Was hast du erwartet?«

»Weißt du das nicht?«

»Sag doch mal.«

»Vielleicht ein bißchen Aufregung.«

Chatham schüttelte den Kopf. »Du hast heute einen Menschen umgebracht und wärest beinahe von Wölfen in Stücke gerissen worden. Für die meisten wäre das genug Aufregung.«

»Schon möglich, aber ich bin nicht wie die meisten.«

»Soviel ist offensichtlich.«

Elric schloß die Augen und dachte darüber nach, wie sein Leben verlaufen würde, wenn er nur aus der Gewalt von Blut und Magie befreit werden könnte.

Nein, das war genau die Torheit, zu der die Frau ihn hatte verleiten wollen. In aller Unschuld zu glauben, daß so etwas möglich war, darauf zu vertrauen, daß er ausnahmsweise einmal nicht angelogen werden würde, daß man ihn nicht ausnutzen würde.

Vergessen hatte sie versprochen. Unschuld. Vertrauen. Erlösung von seinem Schicksal. Reine Torheit!

Er betrachtete den graubärtigen Krieger neben sich. Es gab nur einen Weg herauszufinden, wieviel – und ob überhaupt irgend etwas – von dem, was die Frau ihm erzählt hatte, stimmte. Er mußte die ganze Nacht an diesem Ort schlafen und sehen, ob er sich irgendwie anders fühlte, wenn er erwachte.

Unglücklicherweise gab es da die ungeklärte Frage nach dem Wächter am Tor. Wenn es tatsächlich Chatham war, könnte der Mann ihn angreifen, während er schlief. Wie konnte er es sich leisten, in Gegenwart des alten Kriegers hilf- und wehrlos zu sein?

Sturmbringer. Er würde sich darauf verlassen müssen, daß das Runenschwert ihn bewachte, in seiner Hand blieb und ihn beim ersten Anzeichen von Gefahr wachrüttelte. Schließlich mußte es an sein eigenes Überleben, sein eigenes Schicksal denken.

Was sollte er tun? Wie sollte er entscheiden?

Ein merkwürdiges Geräusch drang an sein Ohr. Er blickte zur Seite und stellte fest, daß Chatham schnarchte. Der Mann war in tiefen Schlaf gesunken.

Elric starrte den alten Krieger an und erwog die Möglichkeiten, die er hatte.

VI

Als der Albino zehn Stunden später die leeren Räume des Palastes durchstöberte und nach irgendeinem Anhaltspunkt suchte, der mit dem Geheimnis des abwesenden Wächters in Beziehung stünde, bemerkte er einen vereinzelten Lichtstrahl, der durch einen Riß in der Decke drang. Ein einzelner dünner Strahl fiel vor ihm auf den Boden, ein blauweißer Finger, der anklagend auf den Eingang zur Empfangshalle zu weisen schien, wo Elric seinen schlafenden Gefährten zurückgelassen hatte. Der Albino überlegte, ob er Chatham schlafen lassen sollte. Schließlich waren sie keine Freunde. Sie empfanden keine Zuneigung füreinander, folglich gab es keinen Grund, sich herzlich zu verabschieden. Die Magie, die ihn in seine eigene Welt zurückbringen würde, würde hier genauso einfach wirken wie anderswo.

Er gähnte und empfand eine Müdigkeit, wie er sie seit Jahren nicht verspürt hatte. Die Aussicht einzuschlafen, während noch irgendwo der Wächter war –

der durchaus mit dem vielleicht den Schlaf nur vortäuschenden Chatham eins sein konnte –, hatte den Albino daran gehindert, eine ordentliche Nachtruhe auch nur in Erwägung zu ziehen. Außerdem würde er, wenn er der Verlockung des Schlafes nachgäbe und sich beim Erwachen unverändert fände, die magische Kraft zunichte machen, die ihm die Frau in der Taverne gegeben hatte.

Ihre Versprechungen hatte ihn auf eine Suche geführt, die nicht von der üblichen Art gewesen war und in irgendeinem grandiosen Kampf gegen einen Dämon oder Gott gipfeln sollte. Viel von dem, was sie versprochen hatte, war tatsächlich eingetroffen, wenn auch nur für die kurzen Stunden, in denen es ihm unmöglich war, über irgend etwas anderes als den Aufenthaltsort des geheimnisvollen Wächters nachzudenken.

Vergessen. Unschuld. Vertrauen. Erlösung von deinem Schicksal. Wenn ich dir all das, und sei es nur für einen einzigen wunderbaren Moment, verschaffen könnte, würdest du dann tun, was ich will?

Er hatte geschworen, daß er das nicht würde, hatte es aber in Wirklichkeit doch getan. Vor ihrem Auftauchen war er von Wölfen anderer Art geplagt worden – Wölfen der Erinnerung. Sie hatten ihn bei lebendigem Leibe langsam gefressen und versucht, seine geistige Gesundheit zu verschlingen. Er hatte dringend Erlösung gebraucht, ein paar kostbare Stunden, in denen er sich, statt über der Vergangenheit zu brüten, auf etwas anderes besinnen konnte.

Der Albino war gerade im Begriff, den Zauber zu wirken, der ihn in die Jungen Königreiche zurückbringen würde, als er aus dem Zimmer, in dem er Chatham zurückgelassen hatte, ein Knurren hörte.

Die Wölfe waren wiedergekehrt. Er erwog, sofort zu verschwinden. Chatham hatte gesagt, die Wölfe könnten Elric überallhin folgen, aber das bezweifelte der Albino. Obwohl er sich müde fühlte, reizte es ihn, dem Wolfsrudel entgegenzutreten, Sturmbringer die knurrenden Bestien aufschlitzen und die Seelen von Kreaturen schmecken zu lassen, die die rechte Hand einer Unsichtbaren Gottheit berührt hatte.

Nein, dachte er. Lieber jetzt gehen, solange noch Geheimnisse bestanden. Er öffnete das Tor und trat hindurch, in seine Heimat. Genau in dem Moment, kurz bevor das Tor hinter ihm verschwinden konnte, kam ein Heulen aus der Empfangshalle. Er drehte sich um und hörte das Klicken von Wolfskrallen auf dem Steinfußboden sowie das erregte Hecheln eines auf der Jagd befindlichen Tieres. Das Tor, das er zu öffnen begonnen hatte, schimmerte auf, und das Bild, das es zeigte, verblaßte bereits.

Elric zog seine Klinge für den unwahrscheinlichen Fall, daß der Wolf durch die Toröffnung springen und in seine Welt kommen würde. Jetzt konnte er ihn sehen – schwarzes Fell mit grauen Streifen, aufgerissenes Maul, das in heftiger Bewegung war, als hätte es seine Beute bereits gepackt, und Augen von alptraumhaftem Schwarz.

Das Biest kam zur Schwelle des Tors, blieb stehen und winselte kläglich, als wolle es den Albino zurück und in den Tod locken. Aha, ein Rätsel war gelöst. Die Kreaturen hatten doch nicht die Macht, ihm in seine Welt zu folgen.

Und dann sah er sie: Eine gezackte dreiteilige Narbe unter dem Auge der Kreatur, eine Schramme, wie sie ein Wolf verursachen könnte – genau wie die Narbe, die Chathams Gesicht verunstaltete. Elric machte einen Schritt vorwärts, und Sturmbringer riß ihn aus der Toröffnung zurück ins Herbstland.

Kurz bevor das Tor verschwand, sah Elric die Augen des Wolfs – schwarz mit karminroten Sprenkeln.

Als er sich umsah, war das Tor verschwunden. Elric

blickte auf sein Runenschwert hinunter, das in Erwartung des schier endlosen Stroms von Seelen, die es verschlingen würde, glücklich summte.

Er hatte die Nacht, die ihn hätte retten können, damit verbracht, nach dem Wächter am Tor zu suchen, ohne zu ahnen, daß er nicht weiter als bis zu der Schwertscheide an seiner Hüfte Umschau zu halten brauchte.

Copyright © 1994 by Scott Ciencin

Gary Gygax

DAS FEST DER CELENE

I

Ein einsamer, staubbedeckter Reiter hielt auf einer niedrigen Anhöhe inne, um auf das, was vor ihm lag, hinunterzublicken. Drei Straßen liefen dort zusammen, und auf allen wimmelte es von Reisenden. Der kleine Mann lümmelte sich in seinem Sattel und grinste in sich hinein, während er darüber nachsann. »Da unten ziehen zahlreiche andere Wüstlinge einher, Schnitter, und bald werden wir uns zu ihnen gesellen.« Das dergestalt angeredete Pferd schnob laut durch die Nüstern und legte die Ohren an. Das Grinsen des breiten Mundes wurde zum Lachen. »Kein Grund, mich wegen deines Zustands zu beschimpfen. Es war nicht meine Hand, die dich zum Wallach gemacht hat.«

Nirgendwo unter all den Leuten unten gab es jemand, der dieser kleinen, verschmutzten Gestalt glich. An der rechten Hüfte des Reiters hing eine kleine Klinge, die man für den Zierdegen eines Edelmanns hätte halten können, nur daß das einfache, abgegriffene Heft aus Bein war und nicht aus irgendeinem polierten Material mit Vergoldung und Edelsteinverzierung. Auch die lederne Scheide verriet, daß es sich um eine Kampfwaffe handelte und nicht um ein belangloses Angeberstück, das zum Zeichen der hervorragenden gesellschaftlichen Stellung getragen wurde. Das zweite Schwert, dessen Messingknauf über die linke Schulter des kleinen Mannes ragte, beseitigte schließlich alle restlichen Zweifel. Dieser lange, tödliche Säbel konnte für nichts anderes gehalten werden als für das, was er war: ein Hinrichtungsinstrument. Die zahlreichen Festteilnehmer trugen zwar haufenweise Waffen, aber keine bekundete ihren Zweck so offen.

Der Reiter lenkte sein Pferd durch hohes Gras auf die am nächsten gelegene der zur Stadt führenden Straßen zu. Die warme Sonne bescherte diesem Land eine üppige Vegetation, und seine Bewohner spiegelten die Mannigfaltigkeit der Natur wider. Grünes Land, prachtvolle Blumen in Hülle und Fülle, und da, wo diese üppige Vegetation aufhörte, ein bizarrer Ort mit Türmen und schimmernden Gebäuden. Der Strom der Reisenden näherte sich der Stadt auf unterschiedliche Weise. Die meisten gingen zu Fuß, wurden in Sänften getragen oder ritten auf Pferden; manche bewegten sich in knarrenden Karren oder rumpelnden Wagen vorwärts; die Reichsten fuhren in Kutschen; die Mächtigsten blickten hochmütig von schwerfälligen Elefanten herab. Doch ob sie nun bescheiden oder mit Pomp reisten, alle strebten nach Osten. Der kleine Mann schüttelte den Kopf, grinste erneut und trieb sein Pferd an. »Du hast bei dieser Sache nichts zu melden, Schnitter. Wir begeben uns nach Eshraao – du in einen sicheren Stall, ich dorthin, wo der Wein reichlich fließt und die Mädchen freundlich sind.« Innerhalb weniger Minuten waren Pferd und Reiter in der Menge verschwunden.

Es war ein aus verschiedenen Richtungen zusammenfließender Strom von Menschen, großen und hageren, kleinen und stämmigen. Von überallher kamen sie, Festteilnehmer, die bald ihre schönsten Kostüme anlegen würden. Eshraao war das Ziel aller. Eshraao mit den Silbernen Straßen, die Stadt des Festes, die Hauptstadt der Ausschweifung am Vorabend des 1. Mai. Mindestens schon vierzehn Tage vor den eigentlichen Festlichkeiten strömten die Pilger der Lust nach Eshraao. Sobald sie in der Stadt waren, pflegten sie ihre alltägliche Kleidung abzulegen und Maskenkostüme anzuziehen. Niemand vermochte zu sagen, von wie weit her sie kamen, aber selbst ein oberflächlicher Beobachter konnte feststellen, daß sich auf den zur Stadt führenden Straßen Leute aus all den fernen Ländern des Ostens zu vermengen schienen, die dann in der Stadt selbst zu einer ununterscheidbaren Masse von Feiernden verschmolzen. Da, wo die Sonne aus dem Meer aufstieg, lag das exotischste der neuen Jungen Königreiche. Das Fest der Celene mochte ein Zeichen ihres geheimen Wissens sein, Ausdruck der halb verstandenen Vorahnung, daß der Untergang ihrer ganzen Kultur nahe bevorstand. Stellten die Lustbarkeiten des Mai das Absterben im Dezember in Abrede? Fraglich.

Er lenkte das große Roß in eine kleine Lücke in der Menge und gelangte neben zwei Reiter, die offensichtlich aus dem Norden stammten, ihren Filzmänteln und bestickten Tuniken nach zu urteilen, aus Korillya. Der ihm am nächsten Befindliche der beiden beugte sich herüber, beäugte den Neuankömmling und sagte höhnisch durch seinen aschblonden Schnurrbart: »Was haben wir denn hier, einen Knirps? Auf deinem Kopf brennt's, Kümmerling!« Sein Gefährte lachte schallend über den groben Scherz und sagte dann seinerseits: »Du mußt doch noch ein bißchen wachsen, wie? Wie heißt du, du halbe...«

Die Spitze eines Säbels schnitt den Rest der Rede ab. Sie schwebte eine Handbreit vor dem Hals des knochigen Mannes. Sein Kamerad versuchte gerade, nach seiner eigenen Klinge zu greifen, als der Korillyaner bemerkte, daß eine zweite Schwertspitze seine Leber zu durchbohren drohte. »Moment mal, Elwherner. Hör auf damit! Kein Grund, gleich so beleidigt zu sein, kleiner Herr. Mein Freund und ich wollten nur...«

»Einen schlechten Scherz machen auf Kosten von jemand, der über euch steht. Stimmt's?« Die beiden Gegenstände aus Stahl blieben auf ihr Ziel gerichtet.

»Stimmt.«

»Klein, hast du gesagt. Körpergröße spielt keine Rolle, wenn es darum geht, ein Mann zu sein, richtig?«

»Das ist eine ... äh ... sehr zutreffende Feststellung.«

Daraufhin wurden die Schwerter zurückgezogen, und ihr Besitzer verzog seinen breiten Mund zu einem boshaften Lächeln, mit dem er sich über die Blässe der beiden anderen lustig machte. »Dann macht Platz für ein größeres Herz und einen besseren Mann. Vielleicht treffen wir uns in der Stadt wieder, aber im Moment mag ich eure Gesellschaft nicht.«

Widerspruchslos zogen die zwei knochigen Reiter die Zügel an und beobachteten, wie der rothaarige Schwertkämpfer, dem diejenigen, die den Zwischenfall miterlebt hatten, beflissen Platz machten, davonritt.

»Dem werd ich's aber zeigen, wenn er wieder unseren Weg kreuzt«, knurrte der erste, derjenige, der den ganzen Ärger angezettelt hatte.

Sein Kamerad schubste ihn fast aus dem Sattel. »Bist du verrückt? Wir sind hierhergekommen, um uns zu vergnügen, nicht um Schmerzen zu leiden und zu sterben, du Narr. Wenn wir diesem Kleinen zufällig in Eshraao begegnen, werde ich jedenfalls in die andere Richtung gehen.« Der Ausdruck, den er in den Augen seines Landsmanns wahrnahm, verriet ihm, daß die Angst vor einer Auseinandersetzung mit dem kleinen Krieger beiderseitig war. Sie verließen die Straße und ritten querfeldein, um auf der alten nördlichen Straße zur Stadt zu gelangen.

Da Eshraao am Östlichen Meer lag, erfuhr die Schönheit der Stadt noch eine Steigerung durch die Küstenlandschaft und das Dutzend Flüsse, die, von Westen kommend, träge dahinströmten, um in dem größeren Gewässer, an dessen Rand sich die Stadt ausbreitete, aufzugehen. Eshraao war ganz aus hellem, schimmerndem Stein erbaut. Die durchscheinenden Blocks, die ihre Straßen bildeten, leuchteten strahlend, wenn die Sonne schien, und gaben im Mondlicht einen taubengrauen Glanz von sich, dergestalt den silbernen Schein der Flüsse und kreuz und quer verlaufenden Kanäle ergänzend, die das Arteriennetz der Stadt darstellten, welches die hunderttausend in der Metropole wohnenden Seelen versorgte. Ob bei Tag oder bei Nacht, Eshraao mit den Silbernen Straßen trug den Beinamen zu Recht, obwohl Wolken oder Dunkelheit Silber wie Blei aussehen lassen mochten. Schön war das Wetter des Königreichs, reich waren seine Mittel. Keine Düsternis vermochte je dieses Juwel an der Meeresküste zu verdunkeln. Nahmen Wolken das Licht weg, so erleuchteten tausend Fackeln und zehnmal so viele fröhliche Laternen die Finsternis. Dann waren die silbernen Straßen und dahinfließenden Wasserwege mit glitzernden Strahlen leuchtender Juwelen, eingefaßt in altes, aber immer noch wertvolles Metall, geschmückt.

An den großen Stadttoren standen keine Wächter. Alle Portale in Eshraaos Mauern standen weit offen, um die Festteilnehmer hereinzulassen. Niemand in all den fernen Ländern des Ostens würde im Traum daran denken, die Stadt anzugreifen. Eshraao, die offene Stadt, war der unparteiische Angelpunkt des Ostens, und kein feindlicher König würde den Versuch wagen, sie zu erobern, denn dann würden sofort alle anderen Könige gegen ihn ins Feld ziehen. Außerdem führte man in dieser Gegend höchstens dann Krieg, wenn alle Stränge rissen. In Ländern, in denen es sich bequem leben ließ, gab es wenig Grund, einem Nachbarn irgend etwas entreißen zu wollen. Was besonders während des Festes der Celene galt. Gleichwohl standen in der Nähe der mächtigen Tore Männer und auch Frauen. Als der kleine Mann auf dem großen Wallach durchritt, riefen ihm diese Leute zotige Grußworte zu, lachten und warfen Girlanden mit gleicher Ausgelassenheit nach Pferd und Reiter. »Bis du ein Heinzelmännchen oder ein Kobold?« schrie eine dralle Frau, als sie ihr Blumengewinde dem kleinen Burschen um den Hals warf.

»Was hättest du denn lieber im Bett?«

»Alle beide.«

Das rief deftiges Gelächter bei allen hervor, doch der Menschenstrom floß unaufhaltsam voran, so daß sich daraus nichts weiter ergab. Der Reiter mit dem feuerfarbenen Haarschopf wurde mit nach drinnen gerissen. Die Frau wandte ihre Aufmerksamkeit Zwillingen aus Fadort zu, die in einem dreirädrigen Karren fuhren.

Er ritt durch ein geometrisch angelegtes Labyrinth von Straßen, über ein Dutzend Brücken, die die von Fahrzeugen wimmelnden Wasserläufe überspannten, und kam schließlich in den Kern des alten Eshraao. Vor einem Gasthof, dessen Schild einen Narren mit goldenen Schellen an der Kappe zeigte, stieg der kleine Mann mit den zwei tödlichen Klingen ab. Ein schmuddeliger Junge eilte herbei, um den Wallach beim Zügel zu nehmen. »Möchtest du eine Erfrischung, Herr? Oder hoffst du, hier ein Zimmer zu finden?«

»Ich habe vor zu bleiben.«

Der Stallbursche lachte. »Der Gasthof ist seit einer Woche voll. Aber du hast Glück, weil ich dir eine private...« Er ließ seinen Satz unbeendet, weil der Fremde ihn mit seinen graugrünen Augen durchdringend ansah.

»Vergiß es. Ich bin weder ein Bauerntölpel noch ein Trottel. Bring mein Pferd in den Stall und sieh zu, daß es ordentlich versorgt wird – abreiben und dann Futter und frisches Wasser. Wenn du es richtig machst, kriegst du eine Münze; bist du nachlässig und faul, kriegst du was andres.« Dann drehte er sich um und betrat, ohne die Antwort des Jungen abzuwarten, den Gasthof.

Obwohl es noch früh war, befanden sich bereits etliche Leute in der Gaststube und tranken etwas. Ein grauhaariger Kerl mit langem Gesicht stolzierte herbei, um so verächtlich auf den rotköpfigen Neuankömmling herunterzublicken, als sei er ein Eindringling. »Gibt es etwas ...?«

»Ja. Das *Etwas* ist das beste Zimmer, das du hast.«

»Während der Festtage? Ein solches Zimmer gibt es nicht.« Die harten Augen in dem finsteren Gesicht waren verächtlicher als der Ton seiner Stimme, die förmlich troff vor Hohn. Als der Wirt bemerkte, daß der kleine Bursche mit den zu langen Beinen zwar schäbige Kleidung, aber gutgepflegte Waffen trug, fügte er hinzu, als gebe er sich Mühe, gefällig zu sein: »Auf dem Heuboden könnte noch was frei sein, zu einem günstigen Preis.« Gleichzeitig hob er die Hand, und zwei stämmige Hausknechte stürzten herbei. »Grodor und Tinz werden dir den Weg zeigen, Elwherner.«

»Du wirst mich mit Lord Matt anreden«, sagte der Rotkopf, die beiden Lümmel mißachtend, die sich für den Fall, daß es Ärger geben sollte, neben ihm aufgebaut hatten. Während er diese Worte hervornölte, holte der kleine Mann eine Handvoll dicker Goldmünzen heraus und legte sie auf den Empfangstisch. »Die müßten zunächst mal alle Kosten decken, und wenn ich sie aufgebraucht habe, Wirt, darfst du mich gern darüber in Kenntnis setzen. Ich habe noch jede Menge davon.«

»Lord ... Matt? Hmmmm. Ja, selbstverständlich. Gerade fällt mir ein, daß wir in der Tat eine besondere Suite haben, aus der soeben ein daglernianischer Kaufmann ausgezogen ist. Zu teuer, selbst für solch einen reichen Mann wie ihn. Tinz. Grodor. Geht zu Yonish Vactirs Räumen und helft ihm dabei, zum Boden über der Küche umzuziehen.« Die beiden stämmigen Hausknechte blickten drollig-verblüfft drein, beeilten sich aber zu gehorchen. Während sie, leise miteinander sprechend, davonhasteten, neigte der Wirt mit dem langen Gesicht seinen hageren Körper dem Gast zu. »Wird mein Lord länger als zwei Tage bleiben?«

Mit einem leichten Achselzucken sah sich der kleine Mann in der Gaststube um. In seinem Blick lag ebensoviel Geringschätzung wie zuvor in der Stimme des Wirts. »Ich kann deine Befürchtungen verstehen, Wirt, denn wenn ich mich hier so umschaue, kommen mir in der Tat gewisse Bedenken. Doch da Eshraao in dieser vergnüglichen Zeit nun mal überfüllt ist, wird dein bescheidenes Gasthaus wohl während des gesamten Festes genügen müssen.« Als er den Satz beendete, begegneten die graugrünen Augen des kleinen Mannes dem harten, düsteren Blick des hageren Gasthofbesitzers. »Aber gewiß wolltest du nicht zu verstehen geben, guter Mann, daß dein bestes Zimmer selbst zu dieser Zeit täglich mehr als fünf negrilainische Kronen kostet?«

So unmöglich es schien, wurde das finstere Gesicht bei dieser Frage doch noch finsterer. »Nun... nein, Lord Matt. Obwohl ich durchaus auch die Kosten für Mahlzeiten, Wein und dergleichen in Betracht gezogen habe und...«

»Also abgemacht! Ich bekomme die Suite, eingeschlossen alle Mahlzeiten und Wein, soviel ich trinken will, für die Summe von fünf Kronen täglich. Ich glaube, auf dem Tisch dort liegen genau einundzwanzig Münzen. Betrachte mich also für nicht weniger als vier Tage als deinen Gast und behalte den Rest. Wie komme ich jetzt zu dieser Suite?«

Der Wirt wurde zwischen Gier und Vorsicht hin und her gerissen. Die genannte Summe war zwar größer als der überhöhte Preis, den er sonst während der Festzeit verlangte, aber er hatte auf noch mehr gehofft. Dann war da noch die Zugabe von Essen und Getränken. Sollte er es wagen, mehr von diesem ›Lord‹ zu fordern? Ein Blick auf den merkwürdigen kleinen Mann überzeugte ihn vom Gegenteil. »Danke ... mein Lord«, gelang es dem Wirt zu sagen. Um sein Zögern zu überspielen, fügte er hinzu: »Verzeih die Ungelegenheit, aber es wird ein kleines Weilchen dauern, bevor alles soweit ist, um deine Lordschaft unterzubringen. Vielleicht möchtest du inzwischen ...«

Ein Tumult im hinteren Teil der großen Gaststube machte den Besitzer darauf aufmerksam, daß Ärger bevorstand. Yonish Vactir, dessen blühendes Gesicht jetzt aschfahl war, versuchte, zu dem Wirt zu gelangen, während die beiden tölpelhaften Hausknechte ihr möglichstes taten, dazwischenzutreten und die Szene, die er wegen seines plötzlichen Rausschmisses zweifellos machen wollte, zu verhindern. »Bitte, mein Lord«, murmelte der Wirt und nahm den kleinen Mann behutsam beim Arm, um ihn wegzulotsen. Obwohl er innerlich stöhnte, sagte der Wirt: »Hier ist eine private Schankstube, ein Standespersonen vorbehaltenes Zimmer. Es ist mit seltenen Jahrgängen ausgestattet, und in der Anrichte finden sich alle möglichen Käse- und Wurstsorten sowie weitere Leckerbissen. Tritt ein und bedien dich.«

»Vielleicht habe ich die Güte deines Gasthauses unterschätzt, Wirt«, sagte Lord Matt, als er sich in den prächtig getäfelten Seitenraum führen ließ. »Da du darauf dringst, werde ich deine Waren kosten.«

Bevor er eilig die Tür schloß, sagte der Wirt mit erstickter Stimme: »Laß es dir schmecken, mein Lord, laß es dir schmecken.«

Unmittelbar auf das letzte Wort folgte das Zuschlagen der Tür und gedämpftes Geschrei. Lord Matt lachte, denn er wußte durchaus, was geschehen war und was jetzt vor sich ging. »Gewiß, Herr Wirt, gewiß. Ich habe einen Tag nichts gegessen, und solche Jahrgänge habe ich wochenlang noch nicht mal von weitem gesehen. Es mir schmecken zu lassen ist das mindeste, was ich tun werde!«

II

Der Abend war vergangen und die Nacht gekommen, bevor er aufwachte. Lord Matt streckte sich und schwelgte in der Weichheit der Daunen, bevor er aus dem großen Bett sprang und sich mit Wasser bespritzte. Das Ankleiden wurde auf die gleiche seltsame Art ausgeführt, eine Mischung aus Trödeln und Schwung. Erst eine gemächliche Musterung seines eigenartigen Maskenkostüms, dann ein Wirbel, der damit endete, daß der kleine Mann mit Samt angetan war, der so purpurn war, daß er außer bei sehr starker Beleuchtung schwarz wirkte. »Angemessen«, murmelte er bei sich, als er seine Gestalt in dem etwas trüben, aber großen Spiegel, der das Zimmer schmückte, begutachtete.

Die beste Suite des Wirts war zwar keineswegs fürstlich, aber doch recht elegant. In einer Herberge war ein Spiegel schon an sich eine Seltenheit, und ein Ganzfigurspiegel zeugte von einer Unterkunft für aristokratische Gäste – oder zumindest für Leute, die bereit waren, solche Annehmlichkeiten teuer zu bezahlen. Kein Edelmann würde für diese Räume mehr als eine einzige Krone pro Nacht bezahlen. Die Ausstattung war nicht ganz so, wie sie sein sollte, so daß bestenfalls Angehörige des niederen Adels sie zufriedenstellend finden würden. Trotzdem war er in Anbetracht der Umstände mit der Suite ganz zufrieden. Immerhin war ja Festzeit, ganz Eshraao war vollgestopft mit Festteilnehmern, und der Narr mit drei Schellen lag zufällig im Kern der Stadt. Perfekt. Der Weinkeller hier war auch gut. Bei dem Gedanken fiel ihm etwas ein, und Lord Matt grinste sich an. Er wandte sich vom Spiegel ab und blickte umher, bis er sah, was er suchte. Unter der herabhängenden Bettdecke ragte eine Flasche hervor. Lässig schnappte er sie sich, schnippte den Korken mit seinem Daumen heraus und ließ dann, nachdem er die entsprechenden Bewegungen ausgeführt hatte, geschickt einen Strom tiefroter Flüssigkeit aus dem schmalen Flaschenhals rinnen, so daß er im Bogen durch die Luft schoß und von oben in seinen Mund floß. »Ahhh«, seufzte er, nachdem er alles ausgetrunken hatte. »Nicht zu fassen, daß ein dreißig Jahre alter Wein aus den Purpurnen Städten hier gelandet ist – um mir dann durch die Kehle zu rinnen!«

Nachdem er die leere Flasche beiseite geschleudert hatte, nahm Lord Matt die Maske auf und legte sie an. Dann blieb er noch einmal stehen, um das Ergebnis der Vervollständigung seiner Kostümierung zu betrachten. Kniehohe schwarze Stiefel verbargen die Beine der tiefpurpurnen Hosen, die seine langen Beine zierten. Das samtene Wams betonte seinen kurzen Rumpf über Gebühr, aber die Länge des Umhangs machte diesen Makel wieder wett, so daß der Gesamteindruck annehmbar war. Die glitzernden Pailletten wirkten tatsächlich wie Sterne, wenn man den langen Umhang herumwirbelte, und über ihrem Funkeln strahlte der Mond. Diesen Himmelskörper stellte natürlich seine Maske dar. Lord Matt trat näher an den Spiegel heran, um die Kapuze mit ihrer rundlichen silbernen Gesichtsbedeckung am Umhang zu befestigen. Königlich über der Sternenschar schwebend, blickte ihm der Mann im Mond heiter entgegen. Kein großer Säbel verdarb die Kontur des Kostüms; statt dessen trug er einen kurzen, geraden Säbel, was durchaus in Mode war, obwohl das abgenutzte Aussehen der Waffe störend wirkte; deshalb ließ er den anstößigen Gegenstand mit einem Ruck unter einer Stoffalte verschwinden.

Mit zurückgeschlagener Kapuze, so daß es aussah, als sei sie ein Teil des mantelartigen Umhangs, schritt der kleine Mann schnell durch die Gaststube und trat in die Nacht hinaus. Ungeachtet der Tatsache, daß es auf Mitternacht zuging, herrschte reges Treiben. In der Tat ein Fest. Selbst der Stallbursche war da. »Brauchst du dein Pferd, Lord Matt?« Neuigkeiten verbreiteten sich schnell.

»Versorg es nur weiterhin gut«, entgegnete der kleine Mann. In der Nähe des Jungen blitzte etwas durch die Luft, als das Licht einer Laterne auf Metall fiel. Rasch wie eine Fledermaus, die sich im Sturzflug ein vorbeiflatterndes Insekt schnappt, fing der Junge die große Münze auf und rannte davon. Heute nacht würde niemand sein Pferd benötigen, das wußte er sehr gut. »Gescheites Kerlchen«, dachte Lord Matt bei sich, als er in die umliegende Dunkelheit davonschlenderte.

Natürlich funkelte die ganze Stadt nur so vor Licht. Fackel und Pechpfanne, Laterne und Kerze machten Eshraao unter dem mitternächtlichen Himmel zu einem Gewässer. Zahlreich waren die leuchtenden Lichtteiche, zwischen denen sich jedoch die samtige Schwärze der Dunkelheit ausbreitete. Keine der Gassen und nur wenige der Seitenstraßen waren beleuchtet. Öffentliche Gebäude, Lagerhäuser und bestimmte andere Bauten wiesen überhaupt kein Licht auf. Das gehörte zum Fest und war ein beabsichtigter Kontrast.

Lord Matt, der jetzt mit einer gewissen Zielstrebigkeit einherschritt, folgte einer schmalen Gasse, die zwei breite und von Menschen wimmelnde Straßen kreuzte, bevor sie eine kleine Biegung machte, um sich dann mittels einer malerischen, überdachten Brücke über einen Flußarm zu wölben. Als er sich dem Brückentor näherte, wurde er von zwei bewaffneten Wächtern mißtrauisch gemustert. Einer sagte: »Die Hochinsel ist Angehörigen der Oberschicht vorbehalten!« Der zweite, der das prachtvolle Kostüm und das selbstsichere Auftreten des Mannes bemerkte, fuhr hastig dazwischen: »Passiere und vergnüge dich lange, verehrter Herr!« Lord Matt beachtete sie nicht, ging an ihnen vorbei und überquerte die Brücke. Jetzt befand er sich im besten Wohnviertel der Stadt, das den einflußreichen, wohlhabenden Bürgern vorbehalten war.

Hier gab es mehr Laternen, aber weniger Feiernde auf der Straße. Die meisten Leute, die hierherkamen, fanden ihre Unterhaltung in reich ausgestatteten Villen, nicht auf der Straße oder im Wirtshaus. Gleichwohl kam er innerhalb kurzer Zeit an nicht weniger als zwanzig Maskierten vorbei. Galane, die fangzahnbewehrte Fledermausgesichter trugen oder hinter Tigermasken auf Nachtjagd schlichen, Maiden mit Dominos in Gestalt einer Eule oder einer geflügelten Fee. Hier ein Wolf, dort ein strahlender Komet, dem auch seine Sterne folgten, eine Fülle falscher Gesichter und dazu passender, kunstvoller Kostüme. Das runde und lächelnde silberne Antlitz, das jetzt Lord Matts Gesicht bedeckte, veranlaßte einige dieser Passanten zu Bemerkungen.

Die erste Stichelei kam aus einer zwölfköpfigen Gruppe. »Eine kühne Behauptung, Herr«, sagte ein Geck, der als Sonnenfinsternis verkleidet war. Seine mit bronzefarbenen Strahlen versehene Maske ruckte nach hier und nach da, während er den kleineren Mann beäugte. Die Umrisse des Schwerts machten der Musterung abrupt ein Ende. Mit einem unechten Lachen ging er weiter und fügte, um den Rückzug zu bemänteln, hinzu: »Mit Kleinigkeiten gibt man sich nicht ab.« Andere spötteten nur, wenn sie ihn sahen.

»Ein Mondsüchtiger.«

»Der Vollmond des Gesichts straft den abnehmenden Mond der Statur Lügen.«

»Geh unter, du kaltes Bleichgesicht.«

Nichts davon überraschte Lord Matt. Die politischen Gefechte Eshraaos waren ihm ebenso bekannt wie den Bewohnern der Hochinsel der Stadt selbst. Es gab die Partei der Sonne, die der Sternenbilder und auch die des Mondes – an sich nur lächerliche Beinamen, wäre da nicht die Heftigkeit ihrer Anhänger und das Blut, das im Namen der einen oder der anderen Gruppierung vergossen wurde. Kein Aufruhr würde die Festzeit trüben, aber unten in der Stadt würde es Raufereien und hier auf der Hochinsel möglicherweise Schwertkämpfe geben.

Während er über diese Dinge nachdachte, kam er an einem Turm vorbei und befand sich auf einmal, fast ohne die Veränderung zu bemerken, auf einem kleinen Platz. Am anderen Ende sah er ein wildes Durcheinander dunkler Gestalten. Er hörte das Klirren von Stahl, einen gedämpften Fluch und den abbrechenden Schrei einer hohen Stimme. Mit der Anmut eines Geparden sprang Lord Matt über den Platz, und während er dahinraste, gelangte wie durch Zauberei das Schwert aus der Scheide in seine Hand. Fast geräuschlos näherte sich die kleine Gestalt, so daß er bei der Gruppe war, bevor irgendeiner dort bemerkte, daß sich ein anderer zu ihnen gesellt hatte. Die kurze Stahlzunge war lang genug, um das Herz eines muskulösen Burschen zu durchbohren, der gerade einen niedergestürzten Mann fertigmachte. Nur ein leises Stöhnen entfuhr seinem Mund, als seine Finger den Knüppel, den sie eben noch umklammert hatten, losließen und er auf sein lebloses Opfer fiel. Dunkles Blut quoll aus seinem offenen

Mund, um sich mit dem, das er gerade vergossen hatte, zu vermischen.

»Paß auf, Nub, hinter dir!«

Die Warnung kam zu spät für den Straßenräuber dieses Namens. Es erwischte ihn, wie es den anderen erwischt hatte, und Lord Matts Klinge vollstreckte das gleiche Urteil. Zwei erledigt und noch vier – nein, fünf übrig. Einer der Kerle mühte sich damit ab, eine in einen Umhang gehüllte Frau zu bändigen und zum Schweigen zu bringen. Zwei der Wegelagerer waren in einen Kampf mit dem noch übriggebliebenen Begleiter der Frau verwickelt. Zwei waren bereits tot. Machte nur zwei Gegner für ihn. »Jetzt ist der Kampf schon ein bißchen fairer, was?« sagte der kleine Mann, als er sein Schwert losriß und rasch herumsausen ließ, um es einem tölpelhaften Räuber in den Unterleib zu stoßen.

Der Streich ließ den Kerl zurücktaumeln, der die Hände gegen den Leib preßte und mit hoher Stimme jammerte: »Aufgeschlitzt. O Jatoon, ich bin aufgeschlitzt!« Stöhnend und fluchend torkelte er in die Dunkelheit davon.

»Du stinkendes kleines Schwein!« sagte derjenige, der Lord Matt zuerst gesehen und versucht hatte, seine Kameraden zu warnen. Er war von durchschnittlicher Größe, geschmeidig, ging sparsam mit seinen Bewegungen um und hatte eine rauhe Stimme. Er machte einen Ausfallschritt, um das Schwert mit einer besonderen Klinge zu parieren, obgleich es sich nur um ein plumpes Krummschwert handelte. Die Waffe mit schwerer Klinge hielt er zur Deckung vor sich, während das Krummschwert darauf wartete, alle Stöße Lord Matts abzufangen.

Lord Matts Schwertspitze, die unter ihrer blutigen Kruste dunkel glänzte, schoß vor wie eine angreifende Kobra. Sie zielte nach den Augen des Straßenräubers. Ein lautes Klirren ertönte, als der dicke und der dünne

Stahl zusammenprallten und das kleine Schwert zur Seite gelenkt wurde. Die Wucht des Paradestoßes versetzte es in Schwingungen, so daß Blutspritzer von der Klinge stoben. Während dies geschah, riß der geschmeidige Angreifer die Waffe mit schwerer Klinge hoch und ließ sie mit ganzer Kraft niedersausen, um seinen Gegner vom Scheitel bis zum Steißbein entzweizuhauen. »Jetzt werde ich ...«

Er konnte seinen Satz nicht zu Ende führen, weil ihn ein fußlanges Stück Stahl durch den Hals zum Schweigen brachte und alles beendete. Das Schwert flog in hohem Bogen davon, und sein Körper fiel auf die Pflastersteine, um sich zu den bereits dort Liegenden zu gesellen. »Sterben«, schloß Lord Matt statt seiner beiläufig den Satz ab. Trotzdem konnte der kleine Kämpfer jetzt keine Pause einlegen. Das Aufstampfen von Stiefeln und das schallende Aneinanderschlagen von Klingen erinnerten ihn daran, daß es noch andere Gegner gab.

Lord Matt drehte sich gerade rechtzeitig um, um das Ende des Kampfes zu sehen, in den der edle junge Begleiter der Frau verwickelt war. Er hatte sich tapfer gegen zwei Angreifer von Stand – beide benutzten lange und schmale Schwerter – geschlagen. Einen hatte er zu Boden geschickt, aber die Übermacht war zu groß. Von Wunden geschwächt, vernachlässigte der Verteidiger seine Deckung, so daß sein Gegner ihm mit einem einzigen Stoß das Herz durchbohrte. Das Scharren eines Stiefels machte den Kerl darauf aufmerksam, daß Gefahr drohte, und es gelang ihm noch rechtzeitig, seinen Degen herauszureißen und sich umzudrehen, um Lord Matts Angriff abzuwehren.

»Ein mieser kleiner, hinterhältiger Mond, was?« knurrte der Mann hinter seiner schwarzen Leopardenmaske, während er nachstieß und einen Ausfall machte.

Lord Matt, der mit seinem kleinen Schwert deutlich im Nachteil war, wich rasch zurück und ging in Deckung. Lachend erwiderte er: »Diese Bemerkung ist reines Gewinsel, da sie von jemand kommt, der zu einem Rudel lauernder Schakale gehört. Deine Maske straft deine Natur Lügen, du Hund!«

Sein Gegner stürzte auf ihn los. Das war zweifellos ein hochmütiger Aristokrat, der sich unbedingt für die eben erhaltene Beleidigung rächen wollte. Lord Matt machte eine Bewegung mit dem Fuß, und eine zu Boden gefallene Kappe flog auf den als Großkatze maskierten Mann zu. Die Spitze des Degens zuckte zur Seite, um das durch die Luft segelnde Kleidungsstück abzufangen. Diese instinktive Verteidigungsbewegung kostete den Mann das Leben, denn im Nu war Lord Matt heran und stieß ihm die kürzere Klinge seines Schwerts in den Leib. »Das war ... unfair«, keuchte der sterbende Angreifer.

»So fair wie euer Angriff zu siebt auf drei Männer und eine Frau.« Er hätte noch mehr dazu zu sagen gehabt, aber der Mann war bereits tot. Lord Matt stieß ihn mit der linken Hand von sich weg, und während die Leiche in sich zusammensank, blickte er umher, um festzustellen, was aus der Frau und ihrem Angreifer geworden war. Sie mußte bemerkt haben, was vor sich ging, mußte gesehen haben, wie Lord Matt plötzlich angegriffen und die Bande von Straßenräubern niedergemetzelt hatte. Durch ihre Aufmerksamkeit war auch der, der sie in seiner Gewalt hatte, bestens unterrichtet. Als Lord Matt sich ihnen näherte, schleuderte der Mann die Frau zu Boden und jagte in die Dunkelheit eines schmalen Durchgangs zwischen zwei Gebäuden davon.

Lord Matt beachtete den Fliehenden nicht und eilte zu der Frau. Als er sie aufhob, stellte er fest, daß sie fast noch ein Mädchen war. Ihr Kostüm aus hauchdünnem Stoff stellte einen Nachtfalter dar, und auf dem Kopf trug sie Halbmonde. Sie war durchweg entzückend. Ihre Maske war verrutscht, und er sah, daß sie nicht nur ein schönes Gesicht hatte, sondern auch wohlgeformt war. »Wirklich schändlich, jemanden zu überfallen, der so hübsch ist«, murmelte er.

»Kümmere dich nicht um mich«, sagte die junge Schönheit verzweifelt. »Fang den Mann, der geflohen ist. Er hat mein Halsband!«

»Zu spät. Er ist schon in einem Straßenlabyrinth, das er sicher kennt und mit dem ich völlig unvertraut bin.«

Daraufhin brach sie in Tränen aus. »Celene, hilf mir! Das kann nicht sein. *Sie* dürfen es nicht haben!«

Lord Matt versuchte, sie zu trösten. »Der Verlust irgendeines Schmuckstücks ist doch sicher besser, als tot zu sein.«

Das hinreißende Gesicht drehte sich zur Seite und blickte ihn verständnislos an. Während sie ihn musterte, schimmerten ihre Augen silbern im Mondlicht. Dann verstand sie. »Du trägst diese Maske nur zufällig. Du sprichst nicht wie jemand aus Eshraao.«

»Mehr oder weniger richtig, meine Dame. Ich kenne die Bedeutung des Gesichtes, das ich aufhabe, aber ich bin aus Elwher und habe im Hinblick auf Dinge, die... dich angehen, weder politische noch religiöse Überzeugungen. Trotzdem freue ich mich, einer Anhängerin der Celene ein wenig behilflich gewesen zu sein. Ich bin Lord Matt, zu deinen Diensten.«

Das brachte sie in Verwirrung. »Ich bitte um Vergebung, Lord Matt. Ich bin Lady Definee Adarothy – keine gewöhnliche Dienerin der Celene, sondern ihre Hohepriesterin in dieser Stadt. Ich stehe in deiner Schuld, tapferer Herr, und werde mich erkenntlich zeigen.«

»Dazu besteht kein Grund. In meinen Augen habe

ich dir bestenfalls einen mangelhaften Dienst erwiesen.«

»Bitte? Warum das?«

»Es ist mir nicht gelungen, den Dieb daran zu hindern, sich mit deinem Halsband davonzumachen. Deinem Schrecken nach zu urteilen muß es wirklich wertvoll sein, Lady Definee.«

Sie schüttelte den Kopf und seufzte. »Es ist viel Gold wert, aber danach bemißt sich nicht sein wahrer Wert. Das Halsband enthält den Echten Mondstein.«

»Ob echt oder nicht, meine Dame, ein solcher Edelstein ist nicht so wertvoll wie ein Opal, ganz zu schweigen von einem Rubin oder ...«

»Du schwatzt von Geld, vermagst jedoch die Bedeutung meiner Worte nicht zu verstehen. Der Stein, von dem ich spreche, ist ein Schlüssel zum Pfad, der zur Ordnung führt!«

»Wie bitte?«

Erneut seufzend, wandte die hinreißende junge Priesterin den Blick ab. Dann drehte sie sich ihm wieder zu. »Abermals muß ich dich um Vergebung bitten, Lord Matt. Lord Matt ... Was für ein seltsamer Name. Bitte, nimm diese Maske ab, damit ich den Mann dahinter sehen kann, dem ich soviel verdanke.«

»Ich fürchte, das falsche Gesicht ist weit hübscher als mein eigenes, Lady.«

»Tatsächlich? Das werde ich entscheiden. Komm, nimm die Verkleidung ab und gewähre mir die Ehre, Herr. Dann werde ich erklären, was ich gemeint habe.«

»Na schön.« Ohne weitere Worte zog Lord Matt seine Kapuze zurück und stand mit enthülltem Gesicht da.

»Eigenartig.«

»Unscheinbar ist vielleicht passender, meine Dame.«

Das brachte sie wider Willen zum Lachen. »Nein, mein galanter Herr, ich habe das nicht wegen deines

Aussehens gesagt, sondern weil ich mich irgendwie erinnere, dich schon einmal gesehen zu haben. Ich weiß. Du bist mir in meinen Träumen erschienen!«

Der große Mund verzog sich zu einem bitteren Grinsen. »Dieses Gesicht ist keines, von dem Damen träumen, Hohepriesterin.«

»Dennoch habe ich dich in meinen Träumen gesehen«, erwiderte sie. Definee Adarothy musterte seine merkwürdig gefärbten Augen mit ihren noch seltsameren Augen, bemerkte die Stupsnase, den breiten Mund in dem runden Gesicht, die wilde Mähne roten Haars – alles Dinge, die diesen kleinen Mann vom Durchschnitt abhoben. »Nicht sehr anziehend, sicher, aber irgendwie unwiderstehlich«, sagte sie nachdenklich, als spreche sie zu sich selbst. »Du hast eine Natur, Lord Matt, die nicht von dieser Erde ist, und in deinen Augen sehe ich eine schreckliche Traurigkeit – auch große Klugheit.«

»Danke, meine Dame. Ich wäre noch klüger, wenn du mir verraten würdest, worin die Bedeutung des verlorenen Mondsteins in dem gestohlenen Halsband besteht.«

Lady Definee Adarothy neigte den Kopf zur Seite. »Weißt du das wirklich nicht? Da bin ich mir nicht so sicher. Aber ich nehme dich beim Wort. Komm. Laß uns von hier verschwinden. Ich selbst bin fast ebenso wertvoll für den Feind wie der Edelstein. Der Meister der Flammen wird bald noch mehr von seinen Meuchelmördern hierherschicken. Ich darf ihnen nicht in die Hände fallen!«

Lord Matt zuckte die Achseln und folgte ihr, als sie ihn rasch vom Platz weg- und weiter ins Innere der Hochinsel hineinführte. Bald kamen die beiden zu einem verriegelten Tor, das sich auf ein Wort der Priesterin hin öffnete, so daß sie eintreten konnten.

III

»Ihr habt so seltsame neue Götter.«

Sie befanden sich in einem hohen Gemach des Palastes der Familie Adarothy. Obwohl keine anderen Angehörigen des vornehmen Hauses anwesend waren, wimmelte das Gebäude von Gefolgsleuten und Leibwächtern der Familie. Wenn es irgendwo in Eshraao Sicherheit für sie gab, dann hier. Die Worte, die ihr kleiner Retter sagte, bewirkten, daß Lady Definee sich zu voller Größe aufrichtete und äußerste Strenge an den Tag legte. »Das ist beinahe schon Blasphemie, Herr! Sie sind weder seltsam noch neu, sondern tragen lediglich andere Namen als zuvor. Es sind die Lords und Ladies der Ordnung, die neue Namen haben, um auf die neuen und größeren Kräfte hinzuweisen, über die sie jetzt verfügen. Die Zeit des Chaos geht zu Ende... für immer!«

»Mag sein. Der Echte Mondstein ist also in die Hände der Feinde dieser kommenden Ordnung gefallen?«

»Ganz so schlimm ist es nicht, aber fast«, sagte sie mit einem Stirnrunzeln. »Die Ordnung hat auch ihre grausamen Helfershelfer, weißt du, die zwar sicherlich nicht wie die Dämonen des Chaos, aber trotzdem gewalttätig und widerwärtig sind. Die Parteien hier in Eshraao sind den Weißen Wesen verpflichtet. Die der Celene ist die beste, denn wir mildern Gerechtigkeit durch Barmherzigkeit.«

Eine feuerrote Braue wurde hochgezogen. »Tatsächlich? Und die anderen sind also weniger versöhnlich?«

»Viel weniger. In solchem Maße, daß ich lieber nicht darüber nachdenke, was geschehen würde, wenn das Gesetz in ihren Händen läge. Bei dem Echten Mondstein geht es um Parteien, verstehst du.«

»Nicht ganz, aber ich glaube, jetzt ist mir einiges klarer. Der Edelstein ist ein Behältnis magischer Macht, die den Weißen Wesen den Pfad bahnt.«

Lady Definees Gesicht drückte erst Freude, dann Kummer aus. »Ja, genau. Was soll ich nur tun? Ich habe den Stein verloren, und jetzt wird der Meister der Flammen ihn dazu verwenden, die strengen und unerbittlichen Götter in den Vordergrund zu rücken. Das wird schrecklich sein.«

Indem er mehrere gezielte Fragen stellte, erfuhr Lord Matt, warum die junge Hohepriesterin das Halsband getragen und sich selbst und das Schmuckstück den Gefahren ausgesetzt hatte, die mit dem Verlust des kostbaren, heiligen Echten Mondsteins endeten. »Es ist also erforderlich, daß, wer immer den Talisman besitzt, ihn während des Festes offen zur Schau tragen muß, solange Vollmond ist.«

»Ja.«

»Du hast versucht, unbemerkt mit einer kleinen Gruppe durchzukommen, um eine große Auseinandersetzung zwischen bewaffneten Lagern zu vermeiden.«

Sie lächelte matt und nickte. »Wir haben einen Schleichweg genommen und hätten sicherlich allen Ärger vermieden, wenn ich nicht von jemand verraten worden wäre – dessen bin ich sicher. Es wurde allgemein angenommen, daß ich eine Stunde vor Monduntergang mit zahlreichen Leibwächtern und Gefolgsleuten vom Tempel zum großen Platz und wieder zurück gehen würde. Da wäre ich bereits wieder hier und in Sicherheit gewesen, wenn mich nicht irgend jemand verraten hätte!«

»Ich nehme an, man wird den Verantwortlichen zur gegebenen Zeit ausfindig machen. Am wichtigsten dürfte jetzt das Halsband sein. Wird derjenige, den du Meister der Flammen nennst, jetzt das Ritual durchführen und dann über die Macht des Talismans verfügen?«

Sie ließ sich auf eine niedrige Sitzbank fallen und schlug die Hände vor ihr hübsches Gesicht. »Was bin ich für eine Närrin. Sie werden ihn völlig verkehren – sie werden den Echten Mondstein behalten und beim Fest der Sonne schänden.«

»Warum das?«

»Dann wird sich sein Tor für jene Götter milderer Natur schließen, und der gewaltige Zorn der unerbittlichen Lords wird auf alle herabkommen.«

Nachdem er einen Moment darüber nachgedacht hatte, setzte Lord Matt sich neben sie auf die Bank. Er lächelte sie beruhigend an. »Es bleibt ja noch Zeit, meine Dame. Das Halsband kann wiederbeschafft werden. Dann wird euch keine Schreckensordnung aufgezwungen.«

»Wer kann es dem Meister der Flammen wieder abnehmen? Du?«

Er überhörte den Zweifel in ihrer Stimme, den Ausdruck in ihren silbrigen Augen. »Vielleicht kann ich es, Lady Definee. Glaubst du an eine Vielheit von Welten?«

»Wenn du damit unendlich viele Welten mit unterschiedlicher Zukunft meinst, nein. Das ist Geschwätz, das man denen, die unter der einzigen Wirklichkeit, die es gibt – nämlich die, die wir erleben –, leiden, anbietet, um sie zu besänftigen. Andernfalls ist alles Streben vollkommen sinnlos.«

»Aber wenn es eine begrenzte Anzahl von Möglichkeiten gäbe und der Kampf auf jeder dieser begrenzten Anzahl von Welten, so groß ihre Anzahl auch sein mag, ein allgemeines Gleichgewicht beeinflußte ... auf diese Weise das Potential der Zukunft erhielte. Vielleicht führt die Starrheit der Ordnung zur Bewegungslosigkeit, so wie die Willkür einer Chaos-Herrschaft zu Durcheinander und Auflösung führt.«

Sie rückte von ihm ab. »Das sagst du zu einer Hohenpriesterin? Das Chaos ist abscheulich und böse, die Ordnung gut und richtig. Ersteres muß vernichtet, letztere verstärkt werden.«

»Selbst wenn es keine Barmherzigkeit gibt, wie deine Feinde es haben möchten?«

»Selbst dann. Feinde sind sie nur, was die Auslegung betrifft, nicht in Ziel oder Gesinnung. Wenn wir, um das Gute zu bekommen, die Bösen zu Asche verbrennen müssen, dann sei es so. Besser, als den Dämonen des Chaos zu erlauben, ihr Werk fortzusetzen.« Als sie das sagte, sah Definee Adarothy den rothaarigen Mann scharf an. Etwas in seinem Gesichtsausdruck warnte sie. »Du liebst die Ordnung nicht!« sagte sie anklagend.

Lord Matt schüttelte den Kopf, versicherte ihr aber: »Mehr als das Chaos, liebe Dame. Dessen kannst du sicher sein. Mein Feind ist die Tyrannei.«

»Ordnung ist keine Tyrannei.«

»Wie du meinst.«

»Das meine ich. Wie willst du den Echten Mondstein wiederbeschaffen?«

Das verblüffte ihn. »Habe ich etwa vorgeschlagen...«

»Nein, ich. Gleichwohl kann ich viele deiner Gedanken lesen, und ebendas lese ich. Du willst versuchen, ihn zu bekommen. Aber laß nur, du brauchst es mir nicht zu verraten. Du hast etwas vom Chaos an dir, zu dem ich keinen Zugang habe. Ich erinnere mich jetzt deutlicher an die Träume, in denen du mir erschienen bist. Darin wurdest du zum Vollmond, nahmst aber gleich darauf ab und wurdest dunkel. Bedeutet das, daß du bei der Wiederbeschaffung des Talismans stirbst? Heißt du deshalb Matt?« Während Definee diese Fragen stellte, rückte sie nahe an ihn heran und umschlang ihn mit ihren Armen. »Ich möchte nicht, daß du stirbst, mein Lord.«

Es war ihm nicht möglich, ihr zu widerstehen. »Einst

hieß ich Mondmatt, liebe Dame. Das war, als viele ... Möglichkeiten und Jahre hinter und vor mir lagen. Doch wenn du mich so festhältst, fühle ich mich nicht matt. Wenn du willst, werde ich den ersten Teil meines alten Namens wieder annehmen – Mond. Wie gefällt dir der Name Mondsucht?«

»Wie er mir gefällt? Überhaupt nicht – aber er paßt irgendwie zu dir, Herr! Wenn du den verlorenen Stein wiederbeschaffst, wirst du mein liebster Mondsüchtiger sein, kein Lord mehr, sondern Prinz Mondsucht von Eshraao, Gemahl der Königin der Stadt, der Hohenpriesterin der Celene.«

Er winkte schwach ab. »Viel zu großartig für Leute wie mich.«

»Tatsächlich? Dann ist es Zeit, dir das Gegenteil zu beweisen.« Darauf küßte Definee Adarothy ihn leidenschaftlich. Dann rückte sie von ihm ab. »Mißversteh das nicht. Ich tue das nicht aus Zügellosigkeit, wie sie bei diesem Fest üblich ist, noch versuche ich, dich zu bestechen und an mich zu binden, Lord Matt – Mondsucht. Es liegt an dir, daß ich mich so verhalte. Ich fühle mich zu dir hingezogen.«

»Du irrst dich, Definee Adarothy. Ich bin nicht das, wofür du mich hältst. Ich habe eine andere Bestimmung, ein anderes Schicksal als du.«

Sie beachtete seine Warnung nicht. »Du liebst mich, ich sehe es in deinen Augen und höre es sogar aus deinen Worten. Gestern ist vorbei, und was morgen kommt, wird vom Jetzt bestimmt.«

Er hatte vor, weitere Einwände vorzubringen, darauf hinzuweisen, daß die Zeit vielleicht nicht so starr war, wie diejenigen, die ihr Vertrauen auf die Ordnung setzten, glaubten, daß die Gefühle von zwei Menschen oder sogar zwei Millionen Menschen in einem Multiversum grausamer Kräfte etwas sehr Schwaches waren. Aber ihre Lippen lagen auf seinen, und der feste Körper, der sich gegen ihn preßte, ließ seine Gedanken auseinanderstieben wie trockene Blätter in einem Herbststurm.

Als er am späten Morgen erwachte, war er ganz durcheinander. War er nun Mondmatt, Lord Matt oder der frischgebackene Mondsucht? Nein, das stimmte nicht. Er war völlig anders. Während er zur Decke starrte, versuchte der kleine Mann zu vermeiden, darüber nachzudenken, was das bedeutete.

»Du denkst an mich.«

»Das ist richtig.« In der Rolle des Mondsucht machte er Glupschaugen und blickte lüstern drein.

Definee rutschte über das seidene Bett, um sich auf ihn zu legen, und starrte ihm in die Augen. »Hör auf herumzukaspern.«

»Du möchtest doch, daß ich ein Mondsüchtiger bin.«

»Ich möchte, daß du mich liebst.«

Als er antwortete, war er sehr ernst. »Das tu ich.«

Definee war nicht zufrieden. Eingehend prüfte sie sein Gesicht. »So, wie ich dich liebe!«

»Ich liebe, wie ich liebe, denn ich bin ich, nicht du. Trotzdem kann ich, ohne Widerspruch befürchten zu müssen, sagen, daß ich dich mehr liebe, Definee Adarothy, als ich je eine Frau geliebt habe – oder je für möglich gehalten hätte, zu lieben und geliebt zu werden.«

»Das ist annehmbar. Unsere gemeinsame Liebe wird alles andere ins Lot bringen.«

»Wirklich?«

Sie erstarrte, hörte auf, ihn zärtlich zu streicheln. »Du wirst das Halsband holen?«

»Ich werde es versuchen, wie ich versprochen habe.«

»Mit meiner Liebe wird es dir gelingen.«

Plötzlich packte ihn eine wunderliche Laune, eine, bei der der Augenblick alles war. Er sprang auf, tollte herum und machte auf dem Bett akrobatische Kunststückchen. Seine Übungen ließen Definee nach hier und nach da purzeln und endeten damit, daß ihr geschmeidiger Körper von seinem platt gedrückt wurde. »Das wird es, wie dein Lord Mondsucht dir hiermit gelobt. Aber ...«

Da sie nicht recht wußte, was über ihn gekommen war, fragte sie argwöhnisch: »Du hast entsprechende Befähigungen?«

»Natürlich! Wenn deine Liebe mir bei der gefährlichen Aufgabe, die vor mir liegt, Kraft geben soll, dann muß ich genug Vorrat davon haben, um bei Gefahr darauf zurückgreifen zu können.«

Darüber lachte sie sehr und wurde deshalb milder gestimmt. »Was für eine neuartiger Entwurf. Bitte sage mir, mein Lord, wie du diesen Vorrat zu sammeln gedenkst?«

»Wie anders als letzte Nacht, nur daß ich zusätzlich noch gerne ...«

»Pst! Du bist schamlos.«

»Meiner Liebe zu dir schäme ich mich nicht, süße Definee, das stimmt.«

Sie wurde einen Augenblick lang ernst und streng. »Nichts, was nach Chaos riecht, ist erlaubt. Alles andere ist gestattet.«

»Handeln nach Gefühl?«

»Sei nicht albern. Keine Ordnung ist so vollständig, daß sie den Zufall völlig ausgrenzt. Du darfst mich überraschen.«

Das tat er.

Der Hunger veranlaßte sie, in einem Privatsalon, der an den in der Mitte der großen Villa gelegenen Garten angrenzte, eine Mahlzeit einzunehmen. Die Diener warfen verstohlene Blicke auf beide, besonders auf Lord Matt, ließen sich aber ansonsten ihre Neugier und ihren Argwohn nicht anmerken. Das Paar lachte und aß und sah sich fortwährend innig an.

»Es ist Zeit, daß ich mich bereitmache.«

Definee Adarothy bemerkte die langen Schatten zwischen den Jasmin- und Rosenblüten und seufzte. »Ja. Uns bleibt nur die heutige Nacht zum Handeln. Wenn wir zaudern, wird der Talisman inzwischen sicherlich an einen Ort geschafft, wo selbst du ihn nicht finden könntest.«

»Laß uns in unsere Gemächer zurückkehren. Ich möchte, daß du mir das Ganze noch einmal erklärst – und mir noch einmal die Pläne von der Feste des Meisters der Flammen ansehen.«

Als sie sich erhob, lächelte sie mit einer Fröhlichkeit, die über die Bedrücktheit in ihrem Herzen hinwegtäuschte. Sie nahm seinen Arm und sagte: »Und du liebst mich.«

»Sogar noch mehr als vor einer Minute.«

Als die beiden den Raum verließen, bewegte sich ein Schatten, und eine Gestalt trat hinter einem Wandteppich hervor. Der Diener ging geräuschlos zum Tisch, starrte auf das silberne Geschirr und die Kelche aus Kristallglas, faßte aber nichts an. Dann klatschte er laut in die Hände, und andere Diener kamen hereingeeilt. »Räumt das sofort ab. Wenn ich zurückkomme, erwarte ich, daß alles blitzblank und wieder sicher in den Truhen des Haushofmeisters verwahrt ist.«

Im oberen Stockwerk taten Lord Matt und Definee Adarothy ihr möglichstes, um das Gelingen des Plans sicherzustellen.

Die scharlachrote Scheibe der Sonne versank hinter den fernen Bergen, die die Grenze der Länder des Ostens markierten. Bevor sie aus dem Meer aufstieg, um einen neuen Tag anzukündigen, gab es noch viel zu tun.

IV

»Was willst du?« Bei dieser Frage hob sich eine Hand zum Fenstergitter, und ein Ring blitzte auf. »Oh, ich bitte um Verzeihung. Tritt ein.« Das Schiebetürchen wurde geschlossen, und gleich darauf öffnete sich das schwere Tor. »Willkommen im Haus der Günstigen Vorzeichen, Herr...«

»Lord Matt. Ich bin ein Meister der vom Meer bewirkten Verwandlung. Ich bin hier, um die Macht des Feuers in Abrede zu stellen.«

Der Torhüter war unsicher. »Das ist eine Angelegenheit außergewöhnlicher Art.«

»Keineswegs. Hol deinen Herrn.«

Wenige Minuten später eilte ein feister Mann von beträchtlicher Größe wie auch beträchtlichem Umfang auf die Stelle zu, wo der Neuankömmling wartete. Sein Gesichtsausdruck war deutlich der eines Mannes, der zwar nicht so recht wußte, was los war, aber die Verpflichtung hatte, alle Schwierigkeiten, die auftraten, schleunigst in den Griff zu bekommen. »Sieh mal, ich...«

Abermals zeigte Lord Matt den Ring vor, ein großer, geschliffener Smaragd, in den ein seltsames Siegel eingeschnitten war. »Nein, sieh *du* mal«, sagte er kurz angebunden, bevor der andere seinen Widerspruch vorbringen konnte. »Dies ist doch das Haus der von den Anhängern der Ordnung ins Leben gerufenen Vereinigung?«

»Selbstverständlich.«

»Und wer, Herr, bist du?«

Die fetten Schultern strafften sich, als der Mann sich hoch aufrichtete. »Tregaan von Inim'l'asty, Verwalter dieser Stätte und selbst Meister der Eingeweideschau und bestimmter weniger bekannter Wahrsagepraktiken.«

Die Geste und der Gesichtsausdruck, die Lord Matts Antwort begleiteten, waren deutlicher als seine Worte. »Gewiß ein angenehmer Zeitvertreib, Meister Tregaan. Kaum vom Kaliber dessen, was ich vorhabe.« Während der Mann ziemlich kleinlaut wurde und bevor er sich eine Antwort ausdenken konnte, die zurückhaltend genug war, um eine Kränkung zu vermeiden, aber auch scharf genug, um sein Ansehen wiederherzustellen, zeigte der rothaarige Fremde mit dem Finger auf ihn und fragte: »Enthalten die Satzungen dieser Gesellschaft nicht eine Bestimmung, die die Erprobung magischer Fähigkeiten vorsieht?«

»Gewiß, mein Lord Adept, aber solche Prüfungen sind förmliche Angelegenheiten, die nach dem Prinzip von Herausforderung und Erwiderung durchgeführt werden müssen... und an anderer Stelle.«

»Ach, das ist Unsinn. Vielleicht ist das übliche Verfahren so, wie du gesagt hast, aber das ist nicht die einzige angewandte Form. Ich weiß sogar mit Sicherheit, daß ihr hier mehrere Räume habt, wo Glücksspiele stattfinden.«

Tregaan von Inim'l'asty blickte erstaunt drein. »Was hat das mit einer Herausforderung zu tun, wie du sie gerne ergehen lassen möchtest?«

»Habe ergehen lassen, guter Mann, habe ergehen lassen. Ich habe bereits allen Mitgliedern dieser Vereinigung eine Nachricht geschickt. Du siehst, die Sache ist einfach, und Glücksspiel hat mit der Erprobung magischer Fähigkeiten jede Menge zu tun. In einem Haus der Ordnung ist alles Willkürliche auf ein Minimum reduziert, oder nicht?«

Erschrocken stammelte der Verwalter: »Aber natürlich, natürlich! Das... das könnte gar nicht anders sein.«

»Genau. Der Inhalt meiner Herausforderung lautet also folgendermaßen: Ich verfechte die Sache der

Mächte des Meeres und sage, daß das Wasser allen anderen Elementen überlegen ist. Nur mit Hilfe seiner Lords können wir eine vernünftige Ordnung erlangen.«

»Ich weiß nicht, was ich dazu sagen soll«, erwiderte Tregaan von Inim'l'asty und rang die Hände. »Das ist doch nichts als eine Behauptung.«

»Wie? Du möchtest, daß ich mit todbringenden Wellen und wilden Stürmen gegen andere Adepten kämpfe? Daß ich Eshraao überschwemme? Dienern der Weißen Lords etwas zuleide tue? Chaotisch. Undenkbar! Wird so etwas von eurer Vereinigung befürwortet?«

Bestürzt über solch eine vermeintliche Macht, vermochte der Verwalter gerade noch zu flüstern: »Nein, ganz gewiß nicht.«

»Ich stamme, wie du als Seher zweifellos bemerkt hast, nicht aus den Ländern des Ostens, sondern komme aus den westlicheren Gebieten des Kontinents. Dort lassen wir uns weder auf vernichtende Kämpfe ein noch geben wir uns mit unbedeutenden Darbietungen ab, die halb aus Betrug und Täuschung bestehen.«

»Verstehe«, sagte Tregaan, ohne das geringste zu begreifen.

Lord Matt scheuchte ihn mit einer Handbewegung davon. »Dann wirst du bitte den Tisch vorbereiten und allen, die das Gebäude betreten, mitteilen, daß die Herausforderung mittels eines einfachen, beliebigen Spiels stattfinden wird. Dieses Spiel möge Yeeraht sein.«

Mehrere Personen hatten sich inzwischen angesammelt, und als er das alte melnibonéische Verfahren der Wahrsagerei beschrieb, das jetzt als das anspruchsvollste Glücksspiel galt, erhob sich ein Gemurmel. War dieser Kleine ein derartiger Narr? Eshraao war überall für seine geschickten Spieler berühmt, und Meister im Yeeraht waren die Größten der Großen. Seit Jahrzehnten hatte niemand von außerhalb der Stadt einen der Meister dieses Spiels geschlagen, obwohl aus allen Teilen des Ostens – der ganzen Welt – Spieler kamen. Gehörig geschröpft verließen sie Eshraao wieder, das durch ihren Besuch nur um so reicher wurde.

Tregaan, der Verwalter des Hauses der Günstigen Vorzeichen, mußte seine Schadenfreude unterdrücken. »Was du verlangst, Lord Adept, ist ein Spiel gegen die besten Yeeraht-Spieler von ganz Eshraao, das heißt, die Mitglieder dieser Gesellschaft zur magischen Beschwörung der Ordnung.«

»Das ist im wesentlichen richtig, obwohl der Spieleinsatz mehr als nur Geld ist. Dies ist eine Angelegenheit von höchster Bedeutung.«

»Ich sehe meinen Irrtum ein«, sagte Tregaan höflich. »Doch ungeachtet der ... äh ... ungewöhnlichen Natur dieser Herausforderung und ihrer höheren Natur muß ich mich notgedrungen nach dem Spieleinsatz weltlicher Art erkundigen, auf dem das Spiel beruhen soll.«

Lord Matt zuckte die Achseln. »Das mögen diejenigen, die die Herausforderung annehmen, entscheiden. Ich habe einige Talente Gold zur Hand und einen Kreditbrief über weitere hundert. Ich nehme an, erstere werden ausreichen, aber ... habt ihr einen Haushofmeister?«

»Selbstverständlich.«

»Dann muß er diese Zahlungsanweisung zu dem Bankier bringen, dessen sich diese Gesellschaft bedient, und ihre Echtheit bestätigen lassen; danach wirst du mir dann Schuldscheine im Wert der angegebenen Summe aushändigen.«

Jetzt strahlte der feiste Verwalter. Der anmaßende kleine Mann war nichts anderes als ein weiterer jener Vögel, die in die Stadt kamen, um gerupft und ausgenommen zu werden. Möglicherweise ein Adept des Elements des Wassers, aber ganz gewiß kein Gewinner.

»Die Sache wird ziemlich schwierig sein, Lord Adept«, entgegnete Tregaan von Inim'l'asty glattzüngig. »Das Fest ist gerade auf dem Höhepunkt...« Er legte eine theatralische Pause ein und machte die Fortsetzung seiner Rede von dem Anhaltspunkt abhängig, den der Rotkopf, den er genau beobachtete, ihm geben würde. Als Lord Matt nach seinem Geldbeutel langte, fuhr der Verwalter fort: »Ich werde mich persönlich um die Sache kümmern – kein Grund für eine Zuwendung, Lord Adept.« Er brauchte auch keine. Der Anteil, den er von den Mitgliedern, die dieses Männchen ausnahmen, erhalten würde, würde ihn reichlich für alle Beleidigungen und den ganzen Ärger entschädigen.

»Hier entlang zum Pentagrammzimmer, Lord Matt. Wir benutzen einen solchen Raum, um sicherzustellen, daß es zu keinen Handlungen kommt, die mit dem Spiel nichts zu tun haben, zu keinen – wie soll ich es ausdrücken? – gewalttätigen Verhalten nach Spielverlusten.«

Die graugrünen Augen blickten in die des Verwalters. »Moment mal. Wie wirksam sind im Pentagrammzimmer die Abwehrvorrichtungen gegen das Übernatürliche?«

Das verschlagene Lächeln, das über Tregaans Gesicht huschte, währte nur einen Augenblick lang. »Oh, höchst wirksam, Lord Adept. In den zehn Jahren meiner Amtsausübung ist keine einzige Ebene erfolgreich beschworen worden. Sei versichert, daß die Spielteilnehmer gezwungen sind, sich nur auf ihre eigenen Kräfte und ihr Können zu verlassen.«

»Dann bin ich zufrieden. Mögen mich also die Mächtigsten und Fähigsten eurer Mitglieder in besagtem Zimmer aufsuchen – und sorge dafür, daß sie die nötigen Mittel mitbringen, als Zeichen des Vertrauens, das sie zu der Kraft ihrer angeblichen Meisterschaft haben... und deren Schutzherrn oder Schutzherrin.«

Eine Stunde später waren ein Dutzend der reichsten und mächtigsten Bürger Eshraaos im Pentagrammzimmer versammelt. Gut die Hälfte davon waren Priester, die übrigen einzelne Könner der weißen Künste, der Beeinflussung oder Beschwörung der Ordnung. Ein magischerer Ort hätte sich kaum finden lassen, da der ganze Raum mit Runen und Symbolen geschmückt war, die dem Chaos und der grünen Magie des Kosmischen Gleichgewichts den Zugang verwehrten. Der Hauptbann richtete sich jedoch gegen die Öffnung irgendeines Pfades zu einer höheren Ebene, so daß selbst die Götter dort daran gehindert wurden einzugreifen. Was der Verwalter Lord Matt mitgeteilt hatte, war im wesentlichen richtig. Hier konnte man einzig und allein auf persönliche Kräfte übernatürlicher Art zurückgreifen, und auch das nur in begrenzter Form. Was am meisten zählte, war die reine Geschicklichkeit im Spiel, die Fertigkeit, Yeeraht zu spielen.

Die vier, die zuerst an dem fünfeckigen Tisch Platz nahmen, waren die Unfähigsten aus der Gruppe. Wenn es ihnen gelang zu gewinnen, dann erreichten sie viel. Doch die Geschickteren schauten zu und beobachteten den seltsamen kleinen Mann, der behauptete, für die Überlegenheit der Mächte des Wassers zu spielen. Es spielte keine Rolle, ob er ein echter Adept dieses Elements war oder lediglich ein geübter Spieler, der gekommen war, um die Größten unter ihnen zu prüfen. Sollten ihre Gefährten geschlagen werden, dann wüßten sie ihren Gegner richtig einzuschätzen, und die nächsten vier, die den Fehdehandschuh aufnahmen, wären entsprechend vorbereitet.

Nicht mehr als drei Stunden später hatte der letzte der ersten vier den Tisch verlassen. Der zweiten Welle von Spielern schien es nicht besser zu ergehen. Vor Lord Matt befand sich ein Haufen von Wertgegenständen sowie Stapel von goldenen Talentbarren, Kronen und ähnlichen Münzen, die eine ansehnliche Mauer bildeten. Natürlich verlor er auch, aber nie viel. Öfter gewann er, und das reichlich. In der Tat besaß Lord Matt jetzt fünf Sklaven und eine Villa am Meer.

»Das ist d'alkhan, ihr Herren«, sagte der dünne Adept, der die beinernen Täfelchen austeilte. »Die Arkana verändern die Farben nicht, sondern erhöhen nur ihren Wert.« Das wurde nur der Form halber gesagt, denn alle Anwesenden kannten die Regeln, die für diese Art von Yeeraht maßgebend waren, gut. Nach zwei Wettrunden hatte der, der die Karten ausgab, seine Mittel erschöpft und schied aus. Sein Platz wurde von Higmir Jeviil eingenommen, dem Oberpriester von Daam-azage, dem Lord des Lichts.

Inzwischen war Lord Matt aus dem Spiel ausgeschieden, und der Spieleinsatz ging an einen der Eshraaoaner. Der zweite Spieler aus der mittleren Gruppe verließ den Tisch, dann der dritte. Zwei Runden später gab es große Aufregung, als der kleine Fremde mit allen Elementen unter dem Firmament gewann, indem er vier Buben mit Joker und einer Stabkarte schlug. Die beiden Verlierer hatten alles eingesetzt. Beide stiegen aus dem Spiel aus. Einer war der Oberpriester, der gerade erst angefangen hatte. Gezisch aus der Dunkelheit um den Tisch gab zu erkennen, welche Bestürzung das hervorrief.

»Stimmt irgend etwas nicht?« fragte Lord Matt in aller Unschuld, als er seinen Gewinn einstrich. Fast verdoppelte der Betrag das, was schon vor ihm lag.

»Keineswegs«, versicherte ihm Herzog Rin'nya, als er einen der zwei frei gemachten Plätze einnahm. »Welchen Einsatz setzt du für den Anfang fest, Lord Matt? Ich hoffe, er ist nicht so geringfügig wie vorher...«

Während seine langen Finger mit den dünnen Täfelchen aus bleichem Bein hantierten, lächelte Lord Matt.

»Endlich einer, der von seiner Urteilskraft bezüglich willkürlicher Verteilungen und seiner Macht über die Ordnung wirklich überzeugt ist! Sagen wir also ein ganzes Talent, mit neun aufgelegten Karten – aufgedeckte Karten zählen, um die Sache reizvoller zu machen.« Er hielt inne, bevor er die Karten verteilte. »Deine Kühnheit beeindruckt mich. Darf ich nach deinem Namen fragen?«

Der Mann ihm gegenüber hatte dunkle Augen und lohfarbenes Haar, sah gut aus und war in höchstem Maße hochmütig. Seine Kleidung aus Satin war scharlachrot und safrangelb und mit Gold und Rubinen verziert. »Du darfst. Ich bin Herzog Rin'nya, Adept der empyreischen Essenzen.«

»Eine merkwürdige Bezeichnung, mir völlig unvertraut.«

»Vielleicht hast du vom Meister der Flammen gehört?«

Die beinernen Täfelchen glitten über das Tuch aus Fries. »Nein. Laß uns spielen.«

Dieses Spiel verlor der finster blickende Herzog an Lord Matt, gewann das nächste, um dann drei hintereinander zu verlieren. Die hohen Einsätze vertrieben jedoch bald alle außer dem Meister der Flammen und dem rotköpfigen Fremden vom Tisch. Herzog Rin'nya lächelte und legte ein Karfunkelamulett vor sich. »Verdoppeln wir den Einsatz?«

»Wie du willst«, lautete die beiläufige Antwort. Lord Matt verlor die Runde und legte den Smaragdring mit der eingravierten Verzierung auf den Tisch.

»Jetzt suchst du die Macht des Wassers zu erproben, Lord Adept?«

»Sagen wir mal, ich setze einem Amulett einen Glücksbringer entgegen.«

Der Herzog grinste höhnisch, als er gab, verlor aber. Dann gewann er, verlor reichlich, fing sich wieder und schlug Lord Matt fünfmal nacheinander. Der größte Teil des Gewinns, der die Seite des Tisches, wo der kleine Mann saß, geschmückt hatte, drückte jetzt vor dem Meister der Flammen die Tischplatte nieder. »Hitze läßt Pfützen verdunsten. Wir fangen mit zehn Talenten Einsatz an und spielen so, wie du am liebsten spielst, neun aufgelegte Karten, aufgedeckte Karten zählen.«

Nachdem drei der beinernen Täfelchen umgedreht worden waren, wettete der Herzog und erhöhte, durch Asse abgesichert, enorm. »Machen wir einhundert daraus«, knurrte er und beäugte die eingeschrumpfte Reserve Lord Matts. Die Erhöhung betrug die Hälfte des Ganzen, aber weder zögerte der kleine Mann noch ließ er irgendein Anzeichen von Unsicherheit erkennen, als er das Geld über den Tisch schob. Drei weitere der kleinen Täfelchen brachten dem Herzog noch ein As ein, doch die Aufdeckung machte seinen Vorteil zunichte. Drei Asse gegen eine seltsame Mischung von Karten vor Lord Matt: Drei waren Schwerter, der Ritter mit der Neun und der Zehn.

Bis zum Schluß, als sieben Täfelchen umgedreht dalagen und die letzte Wettrunde bevorstand, überanstrengte Herzog Rin'nya die Sache nicht. Er tippte zuerst auf das ganz links liegende seiner nicht umgedrehten Täfelchen, dann auf das andere ganz rechts. »Ich habe gewonnen.«

»Du hast noch nicht gewettet.«

»Alles, was vor mir liegt, und diese zusätzlichen zwölf Talente aus meiner Reserve.«

Lord Matt riß seine graugrünen Augen weit auf. »Du spielst wirklich rücksichtslos, Meister der Flammen. Das ist weit mehr, als ich hier habe!«

»Zieh mit dem Einsatz gleich oder steig aus«, fuhr der Herzog ihn an, ohne seine Verachtung zu verbergen. »Wo ist jetzt die Macht, mit der du geprahlt hast?« Er streckte die Hand nach dem Geld aus.

»Einen Moment, guter Herzog, einen Moment. Was vor mir liegt, ist nur ein Zehntel von dem, was ich habe. Hier sind Schuldscheine, die deinem Wetteinsatz entsprechen. Ich glaube, ich erhöhe ihn noch um tausend Talente.« Das rötliche Gesicht des Meisters der Flammen wurde blaß, und jetzt war es an Lord Matt, die Hand nach dem ganzen Reichtum, der sich auf der fünfeckigen Spielfläche befand, auszustrecken.

Der Herzog sprang auf und schrie: »Nicht so schnell, du Wicht!« Er wandte sich seinen Gefährten zu und rief: »Wer von euch beweist mir seine Freundschaft und steht für mich in dieser Angelegenheit gut? Es sind doch nur tausend.« Niemand sagte etwas, man wich seinem Blick aus, und der Edelmann fluchte. »Mögen euch alle die Dämonen des Chaos holen! Dieser Fremde demütigt Eshraao und die Weißen Götter, während ihr Angst um euer Gold habt.«

»Höchst beredt, aber offensichtlich nicht ergreifend genug, Euer Gnaden«, sagte Lord Matt mit einer Stimme, die den Raum auszufüllen schien. »Dann bist du nicht imstande, mit dem Einsatz gleichzuziehen, und Runde und Spiel gehen an mich.«

»NEIN!« Mit sichtbarer Anstrengung hielt der Meister der Flammen seinen Zorn im Zaum, drehte sich um und legte mit einer schwungvollen Geste ein Halsband aus Diamanten und Perlen auf den Tisch. In der Mitte des Schmuckstücks hing ein großer geschliffener Mondstein. Mehrere der Zuschauer sahen den Vorgang und brachten ihr Entsetzen zum Ausdruck, indem sie scharf den Atem einzogen.

»Was ist das für eine Nichtigkeit? Ein hübsches Schmuckstück, gewiß, aber selbst wenn man die Diamanten und Perlen auf den vollen Preis schätzt, ist das Ganze kaum die Hälfte der erforderlichen Summe wert.«

Der Herzog zeigte auf den opalblauen Stein in der

Mitte. »Wenn du wirklich ein Adept bist und die Macht hast, die du für dich in Anspruch nimmst, wirst du wissen, daß dieser einzelne Edelstein weit mehr wert ist als das Gold, um das es geht!«

»Ein Mondstein, groß und schön, aber nur ein Halbedelstein, es sei denn...«

Der Meister der Flammen lächelte finster. »Ja?«

»Ich spüre, daß eine große übernatürliche Ausstrahlung von ihm ausgeht. Ist dies der E...«

»Sprich nicht weiter. Er ist es.«

Lord Matt nahm das Halsband auf, beäugte den Mondstein und neigte den Kopf. »Und du trägst solch einen unbezahlbaren Talisman für gewöhnlich mit dir herum? Unvorstellbar!«

Der hochmütige, finstere Gesichtsausdruck verstärkte sich. »Natürlich würde ich solch einen Gegenstand sonst nicht hier bei mir haben, du Dummkopf! Ein Späher hat mich gewarnt und mir mitgeteilt, daß ein Dieb und Meuchelmörder um meinen Palast schleicht. Folglich bin ich hier damit in Sicherheit.« Als er das sagte, verwandelte sich der finstere Gesichtsausdruck des Herzogs in eine höhnische Grimasse der Verachtung für unbedeutendere Menschen, einschließlich Lord Matts.

»Abgemacht. Ich nehme dies als gleichwertigen Spieleinsatz an.«

»Du hast VERLOREN!« schrie Herzog Rin'nya und tanzte förmlich vor Schadenfreude, als er die beiden äußeren Täfelchen umdrehte. Das eine war ein Stab-As, das andere das arkane Flammenrad. Sein Blatt war ganz elementare Kraft, beherrscht von der empyreischen Ebene. Ein unschlagbares Blatt. Ausrufe des Erstaunens und des Jubels ertönten von den Zuschauern. »Rin'nya, der Meister der Flammen, hat gewonnen!«

Als Rin'nya sich herüberbeugte, um sich zu brüsten, durchbohrte Lord Matt ihn mit seinem Schwert.

»Nein... Das kannst du nicht... Nicht mich«, stieß der sterbende Edelmann noch hervor, als er zusammenbrach.

»Ich kann und ich habe, du überheblicher Mistkerl. Und außerdem habe ich beim Spiel betrogen«, zischte Lord Matt dem Edelmann rasch zu.

In dem Moment brach ein Tumult aus, da die Zuschauer begriffen, was geschehen war. Zwei bewaffnete Männer versuchten, zu dem kleinen Fremden zu gelangen, doch das Durcheinander hinderte sie daran, schnell voranzukommen. Dann flogen Goldbarren, Münzen und verschiedene Wertgegenstände durch den Raum. Da sie keine Dummköpfe waren, stürzten die Wachen sich ebenso schnell auf das herumliegende Vermögen wie die bankrott gegangenen Spieler. Lord Matt rannte zum Ausgang, ohne sich damit abzugeben, Leute zu attackieren, die nicht versuchten, seine Flucht anzugreifen. Nur zwei Männer versuchten es. Beide starben.

Als er aus der Halle raste, heftete sich ihm ein Dutzend Männer an die Fersen und erhob ein großes Geschrei. »Haltet den Mörder!«

Mehrere Gestalten mit Umhängen rannten los, um dem kleinen Mann den Weg abzuschneiden. Als er auf sie zustürmte, warfen sie ihre Umhänge ab. Versilberte Kürasse blitzten auf. Schwerter wurden gezogen, und die Reihe der Männer teilte sich, um den Fliehenden durchzulassen. »Ihr sonnenanbetenden Schlangen!« schrie einer von ihnen, als er die Wachen angriff. »Zu lange habt ihr uns mit euren Lügen verbrannt!« Es kam zu einem Handgemenge, und beide Parteien erhielten Verstärkung.

»Hier entlang, Lord Mondsucht«, rief einer der beiden gepanzerten Männer, die ihn Schutz boten. »Das Haus der Adarothys liegt im Süden.«

Der kleine Mann drehte sich zur Seite, nickte, und

als die beiden Gefolgsleute vorausgingen, schlug er einmal, zweimal mit dem Schwert zu. Beide fielen mit Beinwunden zu Boden. Ohne innezuhalten, wirbelte Lord Matt herum und raste nach Norden davon.

»Du dreckiger Verräter!« rief einer der Männer, als Lord Matt sich davonmachte. Es war, als hätte er nichts gehört.

Im Gasthof dauerte es nur eine Minute, bis ihm sein Pferd gebracht wurde. »Du verläßt uns schon, mein Lord?« erkundigte sich der Stallbursche. »Die besten Nächte des Festes stehen nahe bevor!«

»Das bezweifle ich, mein Junge«, erwiderte Lord Matt, als er aufstieg. »Auf der Hochinsel gibt es einen Aufruhr, und binnen kurzem wird die ganze Stadt darin verstrickt sein. Beweg deinen Hintern nach drinnen und halt dich aus allem raus. Dann überlebst du vielleicht.« Er warf eine Handvoll Münzen hinunter, riß das Pferd am Zügel herum und galoppierte davon.

Eine purpurne Abenddämmerung lag schon lange über dem Land, als Schnitter Lord Matt über den niedrigen Gebirgskamm trug, der Eshraao dem Blick entzog. Irgendwo hinter ihm war eine Anzahl bewaffneter Männer, die aber jetzt keine Möglichkeit mehr hatten, den kleinen Mann zu fangen. Wenn der Morgen kam, würde er vor Verfolgung sicher sein, frei und sicher, mit einem Wams voller Goldmünzen, die er während des Spiels heimlich vom Tisch entfernt hatte, und dem Halsband, das den Echten Mondstein enthielt. Trotzdem lachte er nicht vor Freude, wie man hätte erwarten können. Lord Matt weinte. Er unterdrückte sein Schluchzen, drehte sich um und blickte in Richtung der Stadt.

»Leb wohl, liebe, törichte Definee Adarothy. Keine Hohepriesterin der Ordnung wird jetzt den Stein verwenden, um die Herrschaft der Götter der Ordnung herbeizuführen, nicht einmal der gütigsten dieser Götter. Dieser Schlüssel zur Erschließung der Ebenen der Ordnung wird für immer verborgen bleiben. Du wolltest die Ordnung und mich haben, aber keins davon soll sein, denn die Waage darf sich weder hier noch anderswo nur nach einer Seite neigen.«

Der Wind, der die Nacht ankündigte, strich durch die Farnwedel und die Blumen. Er trug einen Duft heran, der wie ihr Parfüm war, und sein Rauschen schien Definees Stimme zu sein, die rief: »Komm zu mir zurück, mein Mondsüchtiger. Komm zurück. Ich liebe dich.«

In sich zusammengesunken, ritt Lord Matt nach Westen. »Keine Liebe kann das Schicksal ändern, Dame meines Herzens. Es gibt welche, die ewige Helden sind. Noch schlimmer sind die, die dazu verdammt sind, ewige Schurken zu sein.«

Copyright © 1994 by Trigee Enterprise Corporation

JAMES S. DORR

SHAARILLAS LIED

Eines Nachts, Elric trank gerade niedergeschlagen und allein in einer Taverne, kam eine flügellose Myyrrhn-Frau aus dem Unwetter herein und lehnte ihren geschmeidigen Körper gegen den seinen.

– Der Zauber des weißen Wolfes,
Zweites Buch: ›Während die Götter lachen‹,
erster Abschnitt

Stets folgte der Wind ihr nach,
der ihren schleppenden Schritt verhöhnte;
zwanzig Tage der Suche in Filkhar,
   Pfad auf und Pfad ab,
doch lange zuvor schon hatte sie
andre Teile der Erde durchmessen.
Stets heulte der Wind, indes voller Angst,
zum Scheitern verurteilt, so schien ihr,
sie suchte und suchte,
ein Krüppel,
verfemt und verstoßen.
Und dennoch, so wollte ihr dünken,
gebrach es ihr nicht an Spuren von Anmut;
ein Rest mochte's sein von dem, was ihr zukam,
denn sie stammte aus Myyrrhn...
ein Schatten von Schönheit, imstande vielleicht
zu reizen den einen,
den sie jetzt suchte.
Sie lachte bei diesem Gedanken
und sang mit verhaltener Stimme.

Sie hatte Angst vor dem Mann, den sie suchte,
denn sie, Shaarilla
flügellos' Kind eines lange verblichenen Zauberers,
war nie mutig gewesen;
und dennoch, als sie ihn sah,
sein Gesicht so weiß,
noch weißer sogar als das ihre,
seine Augen so rot wie ihr Haar,
und als sie erfuhr, welchen Ruf er genoß
als Verräter und Mörder von Fraun,
trat sie gleichwohl
kühn zu ihm hin.
Sie trachtete nach dem Moment;
bettelnd um seine Gunst,
bot seiner Lust sie sich dar, und
als selbst dann er sich sträubte,
nahm bei der Hand sie ihn,
zog ihn hinaus in den Wind.
Da wußte sie, daß sie verlor'n war,
   dem Schicksal verfallen,
und war doch nicht mutig
noch, schien ihr, von praktischer Art.
Gleichwohl, als der Wind höhnend pfiff, immer lauter,
zerzausend ihr langes Haar,
an ihrem Umhang zerrend,
da wußte sie, daß es noch Hoffnung gab,
Vertrauen zum Augenblick,
und mißachtete, was kommen würde, obwohl sie,
wie's ihre Rasse vermochte,
die Zukunft sehn konnte,
wenn auch verschwommen.

Sie lebte nur für den Moment,
wie's Fraun ihrer Art taten,
hin und her getrieben vom Wind,
ein Spielzeug der Liebe,

des Schicksals,
doch immer vertrauend,
   daß *diesmal* es könnte glücken,
dem Blick in die Zukunft zum Trotze,
sofern man nur Würdiges hoffte.

Elrics jedoch war sie weniger sicher.

Sie lernte ihn kennen auf ihrer langen Reise;
tags sprachen sie wenig, doch nachts
wurde ihr Schweigen vom Liebesspiel wettgemacht.
Ihres Zelts seidene gelbe Wände
   hoben und senkten sich
im Rhythmus ihrer Bewegung,
großen Flügeln ähnelnd, die sich
emporschwingen im Wolkenlicht;
Flügel, wie sie *ihr* zustanden,
doch ohne die sie zur Welt gekommen,
die Tragödie ihrer Geburt.
Und lagen sie Seite an Seite,
erschöpft und in sanfter Berührung,
dann tat sie gewißlich sich leid,
wenn wieder und wieder sie hörte,
wie im Traume er rief den Namen
»Cymoril«, den seiner toten, ersten Geliebten,
seiner Base königlichen Geblüts,
während sie, Shaarilla,
   genannt ›vom Tanzenden Nebel‹ –
im Spotte ›Shaarilla vom Wind‹ –,
weinte und immer ganz leise ihr Lied sang.
Und es war ohne Belang.

Sie lebte nur für den Moment,
wie Fraun ihrer Rasse es taten,
hoch oben auf ihren Bergen,
und fürchtete das, was vielleicht sie fände
in dem großen BUCH, das sie suchten;

bisweilen gar bat sie, die nutzlose Suche zu enden,
dann wiederum trieb sie ihn an voller Hoffnung,
indes sie den Weg wies.
Die Karte trug sie im Kopf. Ein Teil ihres Sangs
sprach von Richtung,
von Schnelle des Winds und von Höhen,
zum Teil auch vom nebligen Marschland,
das sie durchquerten und wo
trotz der Weichheit des Bodens
der felsige Untergrund doch so fest
sein mochte, um dort zu landen.
Bisweilen vergaß sie sich selbst und dachte,
sie *sähe* das Land, das sie durchritten,
nicht vom Rücken des Pferdes, sondern von oben,
von ihren eigenen, kräftigen Flügeln getragen –
jene Flügel, nach denen *sie* strebte
   trotz Elrics Gegrübel –,
und dachte sie dies, dann erfüllte sie Scham:
Scham vor dem Kummer,
   den ihr Gefährte in sich trug,
seiner Suche nach Wissen,
   das lindern könnte sein Leid.
Und dann, wenn der Wind heulte,
wenn er fern war, vielleicht ins
   Gespräch vertieft mit dem Mann,
der zu ihnen gestoßen beim Kampf
   mit den Hunden der Dharzi,
er, der sie jetzt nicht beachtete,
   als über harten Boden sie ritten,
längst jenseits des Marschlands,
als sie erklommen die Ausläufer
   nebelverhangener Berge,
sang sie um so lauter.

War's denn eine unwürd'ge Sache,
   nach der sie so inniglich strebte?

Das Vorrecht, gen Himmel zu steigen?
Das Vorrecht ihrer Geburt?
Sie kehrte dem Winde sich zu, warf den Kopf zurück,
ihr rotes Haar züngelnd wie dunkle Flammen –
gepeitscht von des Sturmes Gewalt –,
und indes der Weiße Wolf Elric
  und sein neuer Gefährte
in ihre Gedanken versunken,
schleudert' sie ihre Stimme gen Himmel.

Fliegen zu können!
Sie sang die Worte, wie sie sie immer gesungen,
wenn auch oft in verhaltenem Ton.
Wie sie sie sang seit ihrer Kindheit.
Sich nach oben zu schwingen, zur Sphäre des Monds,
den pfeifenden Wind zu spüren, nicht höhnend,
sondern wie einen Freund, einen Gefährten.
Wie einen Geliebten.

Laut heraus sang sie jetzt die Worte,
fürchtend den Mut, den das Singen ihr machte,
mal zögernd, mal stürzend sich in Gefahr:
Der Kampf unter der Erde,
  um abzuwehren die Wesen,
die, wie sie wußte, *Clakars* hießen;
das Meer, das Elric der Kraft beraubte;
der Wächter der Burg;
zu der Zeit wuchs ihre Angst unermeßlich,
gleichwohl ging sie mit,
als selbst Mondmatt ihre Bedenken teilte;
der Aufstieg zur Kammer.
Zum Schlusse des *Buches* Hohn.

Im Stich gelassen, sang sie noch immer,
zurückgewandt zur Finsternis des Felsspalts,
wo zuletzt sie gegangen.

Sie kehrt' ihr Gesicht vom Himmel ab,
sang aber noch, sang lauter
von ihrem verlornen Geburtsrecht.
Sie sang
von einem Traum, einer Hoffnung,
   von einem Moment:
Eines Tags im Morgentau aufzusteigen,
von einer sanften Brise emporgetragen,
indes ihre Flügel im Takt schlagen,
zur orangenen Sonne zu schweben.
Kreisend, herabstoßend, dann hinauf,
um zu umarmen die Wolken,
wie sie selbst umfaßt wird
vom formlosen Stoff der azurblauen Luft,
als schwömme man unter Wasser!
Sich vom Wirbelwind packen zu lassen,
der sie höher und höher trüge,
bis die ganze Erde unter ihren Flügelspitzen läge.
Den Blitz zu besuchen.
Mit dem Donner zu grolln,
   durch gefleckte Himmel zu tauchen,
ein Überschlag, dann wieder hinauf,
durch Schwärze ins Blaue, ins Weiße, ins Graue,
erneut zum Orange der Sonne, die untergeht jetzt,
Röte;
das Rot ihres Haars, der Augen
   eines frühren Geliebten –
jetzt wieder Schwärze, Schwärze der Nacht,
   die Luft kühl.
Ein Flattern in ihren Flügelspitzen. Rasch!
Die Wärme des Meers, das jetzt
   seine Aufwinde schickt,
die höher und höher sie tragen,
um den Glanz, das Funkeln der Sterne zu küssen,
strahlender als Juwelen, leuchtender gar als Magie ...

Und ein Juwel hinter ihr, verloren im Heidekraut,
das den Abhang bedeckte,
strahlender auch als *das*,
das *sie* fallen ließ, trotz Mondmatts
letzter freundlicher Tat ihr gegenüber.
Statt dessen lebte sie für den Moment,
der vor ihr lag,
wie's alle ihrer Art taten.
Singen...
FLIEGEN!

Und als Elric langsam den Berg hinabschritt,
während Mondmatt, sein neuer Gefährte,
scherzte, um ihn zu erheitern,
hallte ihre Stimme ihnen nach.

Copyright © 1994 by James S. Dorr

Stewart von Allmen

ZU WENIGE EINSAME JAHRE

Es hieß, er wisse sein Schweigen gut zu nutzen.

Elric von Melniboné, Sohn von Sadric LXXXVI., dem vierhundertundsiebenundzwanzigsten Kaiser des mächtigsten Reiches der Menschheit (sofern man die Melnibonéer überhaupt als Menschen bezeichnen konnte), war ein stilles Kind. Er besaß eine äußerst grüblerische Natur, was bei einem Melnibonéer beispiellos und unvorstellbar war. Melniboné war im Niedergang begriffen, das stand außer Frage; dennoch gab es für das Strahlende Reich bis jetzt keine Bedrohung, die im Hinblick auf die nächsten zwei Jahrhunderte auch nur ansatzweise als eine mögliche Gefahr oder ein Anlaß zur Beunruhigung angesehen werden konnte. Erwachsene, und insbesondere Erwachsene von Adel, hatten keine Sorgen, warum also sollten dann Kinder, besonders Kinder adliger Abkunft, welche haben?

Gleichwohl war Elric oft tief in Gedanken versunken und wurde von Sorgen geplagt. Sein Vater Sadric hörte häufig von der ungewöhnlichen Veranlagung seines Sohnes. Unzählige Lehrer und Erzieher brachten ihre Bestürzung und Fassungslosigkeit darüber zum Ausdruck, und es kursierten allerlei Gerüchte – Gerüchte, die der Kaiser, der noch immer um seine Frau trauerte, die bei Elrics Geburt gestorben war, nicht zur Kenntnis nehmen wollte, da ihm am Hofe bereits zuviel Getuschel über die körperliche Schwäche seines Albinosohnes zu Ohren gekommen war. Daß sein Sohn auch zurückhaltend und in sich gekehrt zu sein schien, gab Anlaß zu weiteren und quälenderen Befürchtungen betreffs Elrics geistig-seelischer Eignung, das Inselreich nach dem Tode Sadrics zu regieren. In einem Punkt war man sich am Hofe jedoch einig – niemand wußte mit Sicherheit, *was* genau im Kopfe des Prinzen vor sich ging. Diejenigen, die Elric für einen Narren hielten, schrieben ihm widerwillig eine Schläue zu, die ihn schweigen ließ. Da er selten sprach, war Elric nicht einzuschätzen, was die anderen zu dauernden Mutmaßungen zwang. Das war vielleicht seine einzige Waffe gegen sie.

Obwohl sein Blut dünn und schwach war, obwohl er an einer tiefen Trägheit von Seele, Geist und Körper litt und obwohl er ein Albino war, der ohne die speziellen Kräuter, die ihn kräftigten, nicht lange den Unbilden seiner äußeren Umgebung standhalten konnte, war Elric geeigneter, über Melniboné zu herrschen, als vielleicht jeder der letzten hundert oder mehr Kaiser. Er war ganz einfach oft geistesabwesend, weil er zu heftig über die Übel der Welt, den Niedergang von seines Vaters Reich und die Kräfte der Ordnung und des Chaos, die größer als die Menschen oder sogar die Melnibonéer waren, nachdachte. Über letzteres grübelte Elric trotz des jahrtausendelangen Bündnisses zwischen den Melnibonéern und den Göttern des Chaos nach. Melniboné war seit Jahrhunderten von keinem dieser vermeintlichen Verbündeten aufgesucht worden, es sei denn, eine solche Begegnung zwischen einem Chaos-Lord und dem Inhaber des Actorios, des Rings der Könige, der nur vom Herrscher Melnibonés getragen werden durfte, hätte in aller Stille stattgefunden. Elric war daher noch nicht einmal geneigt, sein Vertrauen in Arioch, den Herrn der Sieben Dunkelheiten, der der Schutzpatron von Melniboné war, zu setzen. Vielleicht gehörten Götter wie Arioch nicht einmal mehr dieser

Welt an. Vielleicht neigte sich ihre Zeit ebenso dem Ende zu, wie es nach Elrics Dafürhalten die Zeit Melnibonés tat. Es sei denn, die Bewohner der Dracheninsel fänden die Zeit, mehr zu tun, als nur über vergangene Herrlichkeiten und Triumphe zu reden.

Dinge wie diese beschäftigten Elrics krankhaft nachdenklichen Geist sogar jetzt, da er als stummer Zeuge einer grausigen Szene beiwohnte. In tiefes Schweigen versunken, saß er da und wartete ab, obwohl zumindest einer der mit ihm dort Versammelten die Frage hätte aufwerfen können, ob dieses Schweigen eine vorsätzliche List war, um den Gefangenen zu verunsichern, oder die Folge von Unaufmerksamkeit.

Doktor Jest, der Erste Verhörmeister des Kaisers, reckte seinen dünnen Hals in Elrics Richtung und flüsterte: »Bist du gewillt, einen Vorschlag zu machen, Prinz?«

Doktor Jest war ein ziemlich junger Mann, jedoch einer, dessen Körper anscheinend nie zu voller Reife erblüht war (obwohl er als Melnibonéer zweifellos geschmeidiger war als die meisten Männer), oder der die Massigkeit seiner Statur viele Jahre zu früh verloren hatte, vielleicht infolge einer Krankheit oder eines anderen unnatürlichen Leidens. Sein Gesicht war kräftig und seine Stimme verriet Begeisterung und Leidenschaft für seine Aufgabe, aber seine leicht gebeugte und sehr ausgemergelte Gestalt vermittelte den Eindruck eines vom Alter geschwächten Mannes. Infolgedessen wirkte er diabolisch, was zweifelsohne zum Entsetzen seiner Opfer beitrug.

Ein Skalpell tanzte in seinen biegsamen Fingern wie der Pinsel eines Malers, doch Doktor Jests einziger Farbton war rot, und die Leinwand vor ihm wies nur wenige Striche auf. Einige sehr einfache Schnitte wurden gemacht, um sicherzustellen, daß das Opfer seine Lage begriff; sie mußten jedoch an Stellen angebracht werden, wo sie keine anhaltenden Schmerzen verursachen würden. Ein dauernder Schmerz würde lediglich dazu führen, daß das Opfer die kleinen Qualen, die später kamen, weniger deutlich empfand.

So hatte Doktor Jest es Elric und den vier anderen melnibonéischen Kindern erklärt, die in dem tief unter dem Turm von Monshanjik gelegenen Raum, wo der Erste Verhörmeister seine Meisterwerke schuf, versammelt waren. Diese anderen Kinder waren zu demselben Zweck wie Elric dort – sie sollten sehen, wie das Strahlende Reich mit der jämmerlichen Bedrohung fertig wurde, die von den Jungen Königreichen ausging: Eine Bedrohung, die sich in dem dunkelhaarigen Mann verkörperte, der sicher angekettet von der niedrigen Decke des Raumes hing. Ein wildes Feuer brannte in den Augen des Mannes, und es bestand kein Zweifel, daß er die Erscheinung seiner Peiniger ebenso in sich aufgenommen hatte wie sie die seine. Was er sah, mußte ihm das Blut in den Adern gefrieren lassen. Falls der dämonische Doktor Jest nicht ausreichte, dann mußten die mit begierigem Blick vor ihm sitzenden, grausamen Jünglinge seinem Stolz einen enormen und schrecklichen Schlag versetzt haben. Sein Leben diente jetzt nur noch ihrer Unterhaltung.

Doch in einem der Jünglinge, dem blassesten von ihnen, demjenigen, der dem Gefangenen eine Sonderstellung einzunehmen schien (obwohl und vielleicht weil er im größten Stuhl saß), nahm der Mann aus den Jungen Königreichen etwas anderes wahr. Es war nur ein ganz kurzer Moment gewesen, aber als Elric sich zu Anfang gesetzt hatte, waren sich ihre Blicke begegnet. Das war ein Fehler auf beiden Seiten. Bei einem solchen Blickwechsel könnte der Trotz eines Gefangenen einen Feind nur zu noch größerem Sadismus anstacheln, und ein Peiniger könnte in seinen Augen nur einen Funken von Mitleid zeigen, der dem Gefangenen einen Schimmer der Hoffnung gewährte, die, wenn sie sich nicht erfüllte, die Bestrafung noch grausamer und härter machte. Doch Elric war kein gewöhnlicher Folterer, und der Mann, den Doktor Jest sich weigerte beim Namen zu nennen, falls er überhaupt Wert darauf legte, seinen Namen zu kennen, war kein gewöhnlicher Gefangener, da er größeren Mut und Stolz als die meisten anderen an den Tag legte. Deshalb lernte in dem Moment, da ihre Blicke sich trafen, jeder von ihnen etwas, was für den Rest seines Lebens von Bedeutung sein sollte, obwohl das Leben des Gefangenen zwangsläufig weit kürzer sein würde als das des anderen. Der Gefangene erkannte, daß nicht alle Melnibonéer so grausam waren, wie die alten Geschichten zu verstehen gaben, und Elric kam zu dem Schluß, daß es, wie er bereits vermutet hatte, unter den Männern der Jungen Königreiche in der Tat welche gab, die stark und edel waren.

Elric saß in dem Stuhl, der sonst seinem Vater, dem Kaiser, vorbehalten war. Doktor Jest hatte diesen Platz vorgeschlagen und dabei erklärt, daß Sadric nicht in der Lage sein würde, der Darbietung beizuwohnen. Die anderen – darunter zwei von Elrics Vettern, Prinz Yyrkoon und Dyvim Slorm – saßen auf einfacheren Stühlen zur Linken Elrics. Der mit seiner schlanken Gestalt und den goldbraunen Haaren auf klassische Weise melnibonéische Dyvim Slorm saß Elric am nächsten. Dyvim Slorm war der Sohn von Dyvim Tvar, dem Lord der Drachenhöhlen, und gehörte zu den wenigen, die tatsächlich mit Elric zu verkehren pflegten. Dies geschah zweifelsohne zu einem nicht geringen Teil auf die Bitte von Dyvim Tvar hin, einem der wenigen wahren Freunde, die Elric sein eigen nennen konnte.

Über die beiden anderen Jünglinge wußte Elric nur wenig, außer daß auch sie adliger Herkunft waren, über seinen Vetter Yyrkoon hingegen wußte Elric viel.

Elric war mehr als nur ein bißchen eifersüchtig auf diesen finsteren, grausamen Burschen. Oh, nicht daß er die Eigenschaften, die sein Vetter besaß, geschätzt hätte, denn sie waren besonders melnibonéisch, aber Yyrkoon nötigte anderen die Achtung und Aufmerksamkeit ab, die Elric nicht erlangen konnte, selbst wenn er es gewollt hätte. Es gab Zeiten, da Elric seine Empfindlichkeit verfluchte und sich danach sehnte, sich Ehrgeiz und Leidenschaft hinzugeben, wie Yyrkoon es so mühelos tat. Bei solchen Gedanken liefen Elric Schauer über den Rücken. Wie erbärmlich er doch war, daß ihm ein solches Verhalten verführerisch erschien! Dennoch war es ein Gedanke, der seinen gehetzten Geist von Zeit zu Zeit beschäftigte.

»Ich habe nur meine eigene Methode angewandt, Doktor«, antwortete Elric mit Entschiedenheit, als er sich schließlich abrupt wieder der gegenwärtigen Situation zuwandte. »Ich gedachte zu schweigen, falls auch er schweigen sollte, so daß jedes Wort, das ich später sagen, jedes Geräusch, das ich machen würde – ganz gleich, ob es sich um das Rasseln einer Kette oder das Kratzen eines Skalpells über Fleisch handelt –, ihm tausendfach schrecklicher vorkommen müßte. Außerdem, warum ihn so foltern, wo er sich doch in seiner Phantasie sicherlich weitaus gräßlichere Maßnahmen ausmalt, als ich mir jemals ausdenken könnte?«

Doktor Jest ließ seinen Finger über die Brust des Gefangenen gleiten, wie um ihn daran zu erinnern, daß dieser nebenbei erteilte Unterricht sein Schicksal nicht lange verzögern würde. Er sagte: »Aber Männer aus den Jungen Königreichen sind kaum mehr als Tiere, mein Prinz. Erwarte nicht, daß ihr kläglicher Geist Bilder heraufbeschwört, die entsetzlicher sind als die Wirklichkeit dessen, was meine Instrumente auf ihrer Haut anrichten.«

»Vergiß nicht, daß meine diesbezüglichen Fertigkeiten im Vergleich zu deinen gering sind, Erster Verhörmeister, deshalb ist meine Methode vielleicht die einzige, die bei mir wirken würde.«

Yyrkoon sagte spöttisch: »Vetter, ich glaube, du hast ganz einfach einen zu schwachen Magen, um mit Hunden wie diesem umzugehen. Vielleicht bist du zu zart für diese Angelegenheit. Dir fehlt die Widerstandskraft, um eine Umgebung außerhalb deines Schlafzimmers zu ertragen, und auf jeden Fall fehlt es dir an Stärke, um in Situationen wie dieser angemessen zu handeln. Dieser Hund ist ein Spion unserer Feinde und sollte hart angefaßt werden.«

Sich an Doktor Jest wendend, fuhr Yyrkoon fort: »Erster Verhörmeister, ich würde damit beginnen, dem Mann die Gedärme herauszureißen. Angesichts seiner eigenen Eingeweide, wird er die Worte aus seinem Mund rinnen hören wie das Blut aus seinem Innern.«

Ein dünnes Lächeln zog sich über Doktor Jests Gesicht. »Manchmal wirkt eine derartige Methode, Prinz Yyrkoon«, begann er, dem diese Einstellung offenkundig mehr zusagte als die Elrics; doch er unterdrückte seine Freude und fuhr auf eine Weise fort, die der Beziehung zu einem möglichen zukünftigen Kaiser angemessener war: »Aber in diesem Fall würde ich sie nicht empfehlen. Ein solcher Fall ist zu verschwiegen. Die Begegnung mit einem so nahe bevorstehenden Tod – denn jeder Krieger weiß, daß eine Unterleibsverletzung unausweichlich, wenn auch langsam und quälend zum Tode führt – würde Lippen wie diese unwiderruflich versiegeln.«

»Warum entfernst du dann nicht einfach seinen *Magen*?« Yyrkoon lachte und blickte zu Elric, als er in spöttischer Anspielung auf den mutmaßlich schwachen Magen seines Vetters das letzte Wort betonte. »Ich habe gehört, ein Melnibonéer könne ohne Magen weiterleben, wenn die Gedärme mit der Speiseröhre zusammengenäht werden. Vielleicht ist das auch bei diesen Hunden aus den Jungen Königreichen der Fall, vielleicht aber auch nicht...« Wie schon des öfteren im Verlauf dieser Vorgänge entfuhr ihm jetzt ein sadistisches Kichern.

Elric war ziemlich mißtrauisch, wußte aber, daß es besser war, das größtenteils zu verbergen. »Wozu sollte das denn gut sein, Yyrkoon?«

Yyrkoon warf seinem zukünftigen Kaiser einen harten Blick zu. »*Gut* sein? Darum geht es hier nicht, Vetter. Wenn dieser Fall am Leben bleibt...« Er hielt inne und sah Doktor Jest an.

Doktor Jest sagte: »Gewiß, Prinz, aber dennoch halte ich diese Methode für unwirksam, weil ein Etwas aus den Jungen Königreichen sicherlich nicht imstande wäre, den Unterschied zwischen dieser Methode und der weniger speziellen, die du zuerst vorgeschlagen hast, zu erkennen.«

Yyrkoons Lächeln war jetzt so breit, daß sein Gesicht aus den Fugen zu geraten drohte. Er wandte sich wieder zu Elric und sagte: »Wenn das Objekt am Leben bleibt, was *schadet* es dann?«

Elric ließ ebenfalls ein sarkastisches Lächeln sehen. »Du sprichst von diesem Mann wie von einem Hund, Yyrkoon, aber ich fürchte, du würdest diese Tiere mit mehr Achtung behandeln als diesen Mann.«

»Du vergißt, Vetter, daß das Komplott dieses *Mannes* gegen unser erhabenes Reich ihn zu etwas gemacht hat, was noch unter einem Hund steht.«

»Gewiß, aber hinter den Worten ahne ich eine umfassendere, allgemeinere Anwendung deiner Theorie.« Elric verfiel wieder in Schweigen. Er hatte sich aus der Zurückhaltung locken lassen. Yyrkoon hatte diese Wirkung auf ihn. Er brachte Elric dazu, die Grenzen seines Vermögens außer acht lassen und sich an Auseinandersetzungen zu beteiligen, bei denen es keine Hoffnung gab, den anderen zu überzeugen. Er wußte, daß er zuviel sagte. Er hatte bereits genug gesagt, um für stundenlangen Klatsch zu sorgen, der diejenigen unterhalten und mit Genugtuung erfüllen würde, die hinter dem Rücken seines Vaters zu tuscheln pflegten, aber er versuchte dahinterzukommen, was hier wirklich vor sich ging. Wenn dieser Mann ein Spion war, dann sollte er durchaus hart behandelt werden. Nicht brutal, aber sicherlich mit fester Hand, denn was hatte Melniboné den sich entwickelnden Nationen, bekannt als die Jungen Königreiche, in den letzten hundert Jahren denn angetan, um sich ihren dauernden Zorn zuzuziehen? So wie die Bewohner der Dracheninsel dazu übergegangen waren, sich in ihrer vergangenen Größe zu sonnen, hatten vielleicht auch die Männer der Jungen Königreiche noch immer zuviel Angst vor dieser verfallenden Macht.

Trotzdem, so fragte er sich, was konnte dieses Schauspiel hier rechtfertigen? Dieser Mann, der noch nicht einmal über Nachrichten von geringfügiger Wichtigkeit verfügte, war kein echter Gefangener. Wäre er es gewesen, dann hätte man seinen Vater aufgefordert, der Sache beizuwohnen – das war in Melniboné so Sitte. Vielleicht war diese eine barbarische Darbietung von Foltermethoden und sollte außerdem vorführen, wie man Auskünfte erlangte. Nein, das konnte es nicht sein. Yyrkoon brauchte offensichtlich zusätzlichen Unterricht in solchen Praktiken, obwohl er das Verfahren als solches offenbar genoß. Die anderen drei schienen ebenfalls ganz aufmerksam zu sein.

Dyvim Slorm verhielt sich so, wie es für einen Melnibonéer angemessen war. Er nahm Anteil am Vorgang, aber nicht an dessen Ergebnis, wie furchtbar es auch sein mochte. Ganz ähnlich wie damals in den Drachenhöhlen, erinnerte sich Elric, als er und Dyvim Slorm den Betreuern der Drachen geholfen hatten, Futter für die großen geflügelten Bestien festzubinden. An jenem Tag standen Pferde auf der Speisenkarte, die so alt waren, daß sie noch nicht einmal für einen einfachen Bauern aus den Jungen Königreichen von Nutzen gewesen wären. Elric und sein Vetter waren beide in der Nähe, als einer der Drachen aus seinem vielleicht monatelangen Schlummer erwachte, um das Futter zu sich zu nehmen. In seinem erst halbwachen Zustand verwechselte er jedoch den Betreuer mit dem Pferd und verschlang den kreischenden Mann in einem Stück, bevor er sich wieder zur Ruhe legte. Elric hatte Gewissensbisse, weil er nichts unternommen hatte, um dem Mann irgendwie zu helfen – Elric war sicher, daß er das Erwachen des Drachen bemerkt hatte und den Betreuer hätte warnen können. Dyvim Slorm hatte sich jedoch völlig gelassen verhalten. Er war auf den jetzt ungefährlichen Drachen zugegangen, hatte das von dem Betreuer zurückgelassene Pferd losgebunden und es kaltblütig zu einem anderen Drachen geführt, da es vom ersten nicht mehr benötigt wurde.

Die beiden anderen Jünglinge (Elric erinnerte sich jetzt, daß es sich um Theryv Aarctos, den Sohn eines Fiskalbeamten, und Eneasys, einen gerissenen Burschen mit blitzenden, dunklen Augen, dessen Eltern ein paar Jahre zuvor gestorben waren, handelte) schienen Yyrkoons Kameraden im Geiste zu sein. Eneasys, jetzt ein Schützling des kaiserlichen Hofes, hatte ein besonderes Funkeln in seinen dunklen Augen, von dem Elric wußte, daß es die inbrünstige Art von Treue ausdrückte, die Yyrkoon anscheinend auf sich zu ziehen vermochte, obwohl immer, so schien es Elric, zum großen Schaden desjenigen, der diese Ergebenheit an den Tag legte. Elric war außer Yyrkoon selbst der einzige, der das Glück gehabt hatte, ein wahnwitziges Abenteuer, an dem er beteiligt gewesen war, zu überleben. Es war ein einfacher Jagdausflug gewesen. Elric,

Yrrkoon und vielleicht zwei oder drei andere folgten zu Pferde ihren Hunden, die wiederum Wildschweine verfolgten. Ein ermüdender Tag fruchtlosen Suchens verging, bis endlich einer der Hunde eine frische Spur witterte. Die Jagd begann. Die Melnibonéer erreichten die Hunde gerade noch rechtzeitig, um die Beute in ein weitläufiges Dickicht stürzen zu sehen. Es handelte sich um ein Schwein, aber es war winzig, vielleicht nur ein paar Monate alt. Ganz gewiß nicht die Art Wild, nach der die Jäger Ausschau hielten. Elric rief die Hunde zurück, und alle außer einem gehorchten. Yyrkoons wertvollem Mastiff wurde befohlen, dem Frischling nachzusetzen, und Yyrkoon stieg vom Pferd, um es ihm gleichzutun. Er verlangte, daß sie alle ihm zum Mutterschwein folgen sollten. Natürlich taten das alle, auch wenn das Dickicht undurchdringlich aussah. Einer der anderen schlug einen Pfad durch das Unterholz, wurde aber bald müde, so daß ein zweiter ihn ablöste, bis die Gruppe schließlich eine kleine Lichtung erreichte, die offensichtlich das Lager des Frischlings war, denn der Rest des Wurfs befand sich ebenfalls dort. Yyrkoons Mastiff hatte sie alle in eine Ecke getrieben. Im selben Moment, da Elric, Yyrkoon und die anderen dort anlangten, kehrte jedoch auch – sehr zu Yyrkoons Freude – die Mutter der Frischlinge zurück. Es war ein massiges Schwein, das durch das Dickicht brach. Vom Gewirr der dornigen Ranken behindert, fielen die Jünglinge zu Boden und wurden von der Bache zertrampelt. Erst als das Schwein Yyrkoon bedrohte, ging der Mastiff des Prinzen dazwischen und tötete das Tier nach einem verzweifelten Kampf. Nur Elric und Yyrkoon blieben am Leben. Selbst der Hund verendete wenige Momente, nachdem er die Gefahr abgewendet hatte. Bevor die beiden zu den Pferden zurückkehrten, tötete Yyrkoon jeden Frischling.

Elric fand, daß er Dyvim Slorm nicht dafür tadeln

konnte, das zu sein, was andere von ihm erwarteten; aber die anderen, insbesondere Yyrkoon und sein Nachahmer, gingen zu weit, wenn sie anfingen, die Macht, die sie ausübten, zu genießen. Das, schloß Elric, war die Wurzel des Niedergangs – wenn Macht nur um ihrer selbst willen genossen wird. Es hatte keinen Grund gegeben, die Frischlinge zu töten. Das war eine ausschließlich aus Grausamkeit begangene Tat gewesen.

Die Gedanken schossen zu schnell durch Elrics Kopf, als daß er sie hätte beaufsichtigen, geschweige denn verfolgen können. Langsam massierte Elric mit zwei langen weißen Fingern seine Stirn.

»Müde, Prinz?« fragte Doktor Jest.

Yyrkoon warf ein: »Wie ich bereits gesagt habe, Erster Verhörmeister, hat Elric nicht die Kraft für solche Studien. Vielleicht sollten wir uns zurückziehen, bis er sich erholt hat.«

Elric mußte diesem Wahnsinn entfliehen. Die äußeren Ereignisse drangen zu sehr auf ihn ein. »Ja«, sagte er und nickte, und die Bewegung sah in der Tat müde aus. Er war all der Worte müde, der unausgesprochenen wie der ausgesprochenen.

Matt stand Elric auf und schickte sich an, den unterirdischen Raum von Doktor Jest zu verlassen. Dyvim Slorm stellte sich ihm jedoch in den Weg und fragte: »Kann ich dir behilflich sein, Elric?«

»Danke, Vetter, aber ich ziehe es vor, mir jetzt eine Zeitlang selbst zu helfen. Ich hatte in den letzten Stunden zuviel Hilfe beim Denken.« Es gelang ihm, Dyvim Slorm ganz kurz in die Augen zu sehen, um seine Dankbarkeit für das Angebot wenigstens andeutungsweise zu vermitteln.

»Wie du willst.« Dyvim Slorm verließ den Raum und begann, die gewundene Rampe hinaufzusteigen, die zur Erdoberfläche zurückführte. Die anderen drei

Jünglinge verweilten zusammen mit Doktor Jest vor dem angeketteten Mann, der jetzt anfing, leise zu wimmern – der erste Laut, den er in der ganzen Zeit von sich gab, und ebendieser Laut setzte Elrics Gedankenkarussell wieder in Gang, denn es war Yyrkoon gelungen, den stillen Mut selbst dieses Mannes zu brechen, die letzte Stille, die er je erleben würde.

Krankhaft (denn obwohl sich viele der Gedanken, die in Elrics Kopf widerhallten, von denen seiner Landsleute unterschieden, teilte er doch viele ihrer Eigenheiten) dachte Elric erneut über die Darbietung nach, die eben im Turm stattgefunden hatte. Warum belästigten sie ihn überhaupt mit solchen Dingen? Warum mußten sie ihn in ihre erbärmlichen Spektakel hineinziehen?

Dann wurde ihm plötzlich der Zweck der ganzen Episode bewußt. Sie hatte einzig und allein zu seinem Besten stattgefunden! Sie trachteten danach, ihn abzuhärten, ihn an die herzlose Art seines Volkes zu gewöhnen, einen Melnibonéer aus ihm zu machen! Das war unsäglich grausam, nicht nur dem Mann gegenüber, dessen Leben man so gleichgültig weggeworfen hatte, als wäre er nur eine Marionette und als wären die Melnibonéer selbst die Chaos-Götter, vor denen sie sich ihrerseits beugten, sondern auch gegenüber Elric. Vielleicht dachte er ja mehr darüber nach, auf welche Weise Melniboné seine ungeheure Macht in der Welt ausüben sollte, und vielleicht wäre er kein Kaiser, der emporgekommene Völker entschieden in ihre Schranken weisen würde – doch welches Recht hatten andere, daran etwas zu ändern? In ihm steckten Kräfte, die er auch finden würde, wenn er nur lange genug danach suchen konnte, Kräfte, die er – das spürte er – finden mußte, um seinem Schicksal zu trotzen. Hatte irgend jemand das Recht, unaufgefordert Beweggründe und Ideen in seinen Geist zu pflanzen? Elric meinte, nein.

Durch seine Studien wußte er, daß die Götter vermutlich mit jedem Menschen bestimmte Pläne hatten, und wenn er je sein Schicksal selbst bestimmen und den Verlauf seines Lebens selbst festlegen wollte, dann mußte er jetzt damit beginnen. Ohne die Zeit, sich vorzubereiten und die in ihm steckenden Kräfte zu finden, würde er weiterhin eine Schachfigur in den Ränkespielen seiner Landsleute sein. Vielleicht dachten sie alle, er würde ein schwacher Herrscher sein, und versuchten deshalb, ihn jetzt gemäß ihren Bedürfnissen zu formen. Aber zweifellos waren die Spielchen der Melnibonéer unbedeutend im Vergleich zu denen der Götter und des Kosmischen Gleichgewichts. Wenn er seinen Mitmenschen schon keinen Widerstand leisten konnte, welche Hoffnung hatte er dann gegenüber jenen anderen?

Er mußte sein Schweigen besser nutzen, denn wer vermochte zu sagen, auf welche Weise irgendeiner dieser anderen bereits in seine Einsamkeit eingedrungen war?

Copyright © 1994 by White Wolf Inc.

Paul W. Cashman

DAS ERWACHEN DES WEISSEN WOLFS

*Worin erzählt wird, wie Elric von Melniboné
die Thronfolge antrat*

I

Ein Kaiser liegt im Sterben – ein Inselreich wartet

Dichter Nebel lag wie eine silbrige Decke auf der Wasseroberfläche des Hafens, breitete sich zwischen den Kais aus und drang bis in die untersten Teile der Stadt vor. Vielleicht war er nur der Vorbote eines noch größeren Unheils, denn obwohl die Frühlingssonne sich dem Zenit näherte und die oberen Türme von Imrryr im hellsten Tageslicht leuchteten, hüllte der Nebel mit großer Hartnäckigkeit den Hafen ein und wich nur sehr widerwillig.

Sonst hätte zu dieser Stunde auf den Docks und Kais von Melnibonés zehntausend Jahre alter Hauptstadt ein reges Treiben geherrscht, aber an jenem Morgen war das Hafenviertel von einer seltsam düsteren Stimmung erfüllt. Voller Unbehagen blickten die Kapitäne und Mannschaften der melnibonéischen Handelsschiffe in der ungewohnten Stille umher und wünschten, ihre Schiffe wären schon beladen und könnten aus dem inneren Hafen gerudert werden.

In der Tat regte sich nicht das kleinste Lüftchen; an jenem unheimlichen Morgen hielt die ganze Welt inne und erwartete zitternd und bebend ein Ereignis von einiger Bedeutung.

Denn Sadric LXXXVI., der vierhundertundsiebenundzwanzigste Kaiser des uralten Melniboné, lag mit schweren Verletzungen darnieder, die er sich, wie man sagte, bei einem Jagdunfall zugezogen hatte, der nach Verrat roch.

Die unerschütterlichen Seeleute hätten es bei weitem vorgezogen, einem tückischen Sturm ausgesetzt zu sein, als in unruhigen Zeiten wie diesen im Hafen von Imrryr zu liegen!
Der widerspenstige Nebel bereitete selbst denen Sorge, deren Wohnsitz weit darüber, in den oberen Türmen des kaiserlichen Palastes lag.
»Mein Lord, der Nebel hebt sich endlich. Du hast mir befohlen, dich auf dem laufenden zu halten.«
»Danke, Terac.« Dyvim Tvars müder, verkrampfter Gesichtsausdruck strafte seine ungezwungen klingenden Worte Lügen. Der Lord der Drachenhöhlen fügte hinzu: »In den Winden der vergangenen Nacht habe ich Zauberei gewittert, und es ist höchst eigenartig, daß ein solcher Nebel sich über dem inneren Hafen bildet und fast bis zum Mittag andauert.«
Terac nickte und ging zu seiner Wachtabteilung zurück. Seine goldene Brustplatte, stolzes Symbol seines Dienstes in Melnibonés Drachenstreitkräften, klirrte leise. Dyvim Tvar schloß die Augen wieder und nahm trotz seiner Müdigkeit die Wache vor der Tür seines Kaisers wieder auf. Hinter dieser Tür lag der leidende Lord Sadric, bei dem zur Zeit nur der königliche Arzt Soru und sein getreuer Diener Eyin weilten. Der davorliegende Gang, wo Dyvim Tvar sich auf einem Diwan rekelte, wurde schwer bewacht von einer Mannschaft, die sich aus Angehörigen der regulären Palastwache, einer Abteilung der Stummen Garde – einer Eliteeinheit – und seinem eigenen Gefolge von Drachenhöhlenkriegern zusammensetzte; letztere waren

deshalb da, weil er in dieser Krise niemandem sonst völlig vertraute.

Der ganze Palast wimmelte von Truppen, und in der Stadt waren die Nachtpatrouillen verdoppelt worden. Einheiten der melnibonéischen Marine waren mit ihren kleinen Patrouillentriremen und sogar einigen der großen, plumpen Kampfbarken von Flottenadmiral Magum Colim losgeschickt worden, um die Insel abzuriegeln; auch der Admiral befürchtete Verrat und hoffte, jedes kleinere Schiff abzufangen, das sich zwischen die gefährlichen Sandbänke rings um Melniboné wagte.

Dyvim Tvar war ein großer stämmiger Mann mit langem, gepflegtem, dunklem Haar und üppigem Bart. Durch sein entspanntes Benehmen strahlte er auf eine Weise Sicherheit aus, die an eine gut befestigte Festigungsmauer erinnerte, welche von Sturm und Regen gepeitscht wurde.

Dyvim Tvar war einer der wenigen Herren von Imrryr, die noch in unerschütterlicher Treue an der Erbfolge festhielten; ein weiterer war Admiral Colim. Sadrics Sohn und einziges Kind Elric war ein schwacher, kränklicher Jüngling mit beunruhigender milchweißer Haut- und Haarfarbe – und noch beunruhigenderen karminroten Augen –, der überdies die geringe Lebenskraft aller Albinos hatte. Die meisten der miteinander rivalisierenden Herren von Imrryr konnten den Gedanken nicht ertragen, daß der junge Elric, der gerade auf die Zwanzig zuging, auf dem Rubinthron von Melniboné sitzen würde – obwohl sie sich auch nicht darüber einigen konnten, wer statt seiner den Thron besteigen sollte. Dyvim Tvar seufzte.

Wenn, was die Götter verhüten mochten, Sadric tatsächlich stürbe (und seine Verletzungen waren übel genug), würde es jede Menge Schwierigkeiten geben.

Elric war zwar der einzige rechtmäßige Erbe, überlegte Dyvim Tvar, aber Palastrevolutionen waren in Melnibonés langer Geschichte nichts Unbekanntes. Mit der »erblichen« Natur des Königtums der Dracheninsel war es dürftiger bestellt, als die meisten Bewohner der Jungen Königreiche zu glauben wagten.

Im Gegensatz zu Elric war des Kaisers Neffe Yyrkoon unerfreulich gesund, dachte Dyvim Tvar bei sich. Der junge Lord war jedoch – selbst nach melnibonéischen Begriffen – im Wesen nicht gefestigt. Es ging das Gerücht, er habe inzestuöse Absichten auf seine Schwester Cymoril, die wiederum die Favoritin und Geliebte des jungen Elric war. Es war weithin bekannt, daß Yyrkoon trotz seines geringen Alters den Thron begehrte.

Keine dieser Schwächen war nach Imrryrs dekadenten Maßstäben ungewöhnlich, aber dennoch mußte man Yyrkoon genauestens im Auge behalten. Sein Vater Yyrkahr war immer ein Pfahl im Fleische Sadrics gewesen, und vor zwei Jahren hatte man ihn in aller Stille beseitigt – durch eine, wie man es taktvoll nannte, ›leichte Überdosis‹ jener Drogen, die Imrryr den Namen Träumende Stadt gaben.

Dyvim Tvar, der mehr von der Geschichte, die hinter Yyrkahrs Ableben steckte, wußte, als er zugeben würde, mußte jetzt einräumen, daß die Beseitigung des Lords eine weise Vorsichtsmaßnahme Sadrics gewesen war, da Yyrkahr sich gegenwärtig als nahezu unüberwindliches Hindernis für die Thronfolge erwiesen hätte.

Yyrkahrs gesamter vererbbarer Besitz und ein Großteil seiner Macht waren nach seinem Tod auf seinen Sohn übergegangen. Yyrkoon hatte ebenso wie Elric die Zauberkunst studiert. Dyvim Tvar fragte sich, ob Yyrkoon wohl imstande sei, einen Wetterzauber zu wirken und einen alles verzerrenden Nebel heraufzubeschwören.

Er setzte sich auf und winkte Terac herbei. »Geh zu Prinz Elric. Verdopple die Drachentruppe, die ihn bewacht, und übernimm selbst den Befehl.«

Terac nickte und sprang davon, während Dyvim Tvar die Aufgeregtheit des jungen Burschen belächelte. Eines Tages würde er einen hervorragenden Offizier abgeben. Da seine Sorge um Elrics Sicherheit jetzt ein wenig gemildert war, kehrte er zu seinen müßigen Überlegungen zurück.

Und dann war da Sadrics Erster Minister Pent'arl. Dyvim Tvar wußte, daß er ein äußerst fähiger Stellvertreter des Herrschers war, klug und ziemlich gescheit, wenn auch zu Anfällen von Melancholie neigend. Während Sadrics Siechtum befahl Pent'arl die regulären Truppen Melnibonés und amtierte, wie es Brauch war, als Regent für den leidenden Kaiser.

Er hatte keinen Grund anzunehmen, Pent'arl könne so untreu sein, eine Revolte anzuzetteln, aber die hohe Stellung des Ministers und seine Abstammung, die selbst nach den verkommenen Begriffen Imrryrs vornehm war, stellten zweifellos eine große Versuchung dar. Pent'arl hatte auch an dem Jagdausflug des Kaisers teilgenommen, bei dem Sadric verletzt worden war, während Yyrkoon nicht dabeigewesen war. Auch den Minister würde man im Auge behalten müssen.

Es gab in der Tat zahllose mißgünstige Lords und Höflinge, die sich die Gelegenheit zunutze machen könnten ...

Seine Grübeleien wurden unterbrochen, als die Tür des Gemachs sich langsam öffnete. Soru, der Arzt, kam mit trauriger Miene heraus, gefolgt von dem bejahrten Eyin, der jammervoll die Hände rang. Dyvim Tvar stand langsam auf, während Soru den Korridor auf und ab blickte, die versammelten Soldaten musterte und in Dyvim Tvar sowohl einen Freund als auch den ranghöchsten Offizier, der anwesend war, erkannte.

Soru nahm den Lord der Drachenhöhlen beiseite und flüsterte: »Sein Ende ist jetzt sehr nahe. Ich habe getan, was ich konnte, um sein Leben zu verlängern, aber selbst ich kann sein Schicksal nicht abwenden. Seine Majestät befiehlt seinen Sohn und seinen Ersten Minister zu sich.«

Dyvim Tvar nickte. Die Ungeheuerlichkeit dessen, was der Arzt gesagt hatte, nahm er fast beiläufig zur Kenntnis. Später würde er sich über seine Unbeteiligtheit wundern, aber jetzt ging er lediglich zu einem ranghohen Hauptmann der Wache hinüber und legte ihm mit bedeutungsvollem Blick nahe, unverzüglich den Ersten Minister holen zu lassen. Kurz darauf jagte ein Bote zur Audienzhalle im Turm von D'a'rputna.

Er ließ sein Gefolge zurück, um über die letzten Momente des Strahlenden Kaisers zu wachen, und begab sich eilig fort, um Prinz Elric aufzusuchen; seine beiden getreuesten Leibwächter folgten ihm im Schnellschritt.

II

Der junge Prinz: Erinnerungen und Abschied

Der restliche Nebel hatte sich endlich verflüchtigt, und die Sonne beschien jetzt in voller Stärke den kleinen Dachgarten, der an den Turm von B'aal'nezbett, den höchsten des Palastes, grenzte, den Aufbewahrungsort von Melnibonés magischen Geheimnissen. Diejenigen der zahlreichen Wachen, die es am schlechtesten getroffen hatten, standen an Stellen, wo nichts sie vor dem grellen Sonnenlicht schützte, so daß sie in ihren vollständigen Rüstungen ausgiebig schwitzten. Die Glücklicheren unter ihnen hatten schattigere Stellen gefunden oder zugewiesen bekommen.

Elric dachte bei sich, daß er den Garten noch nie so voller Menschen gesehen habe, und als ihm der Grund dafür einfiel, durchzuckte ihn ein Gefühl der Traurigkeit. Sein Vater war nicht leicht zu lieben, doch der junge Elric liebte niemanden mehr als ihn. Und jetzt, dachte er, lag der barsche, zauberkundige König im Sterben.

»Es ist nicht leicht, nicht wahr?« Avedis, der das gesagt hatte, war sein engster und einziger Freund. Obwohl nicht ganz so groß wie sein Gefährte, war Avedis womöglich noch etwas schmaler, was viel hieß. Er war zwei Jahre jünger als Elric. Die Melnibonéer neigten zu bleichem Teint, Avedis jedoch hatte eine dunklere Hautfarbe als die meisten anderen und war recht muskulös. Prinz Elrics milchweißes Haar paßte zu seiner Haut, die selbst nach den in Imrryr geltenden Begriffen hell war, denn er war ein Albino. Seine karminroten Augen versetzten Avedis manchmal in Unruhe, besonders wenn Elric zornig war.

Elric riß sich von seiner flüchtigen Betrachtung eines zu Boden gefallenen Blattes los und spielte an einer Falte seines hellgelben Seidenumhangs herum. »Die Ungewißheit vergrößert den Schmerz«, sagte er. Es klang, als spreche er übers Wetter, aber Avedis hörte die nervöse Spannung, die in Elrics gelassenen Worten mitschwang.

Avedis lächelte plötzlich, was einen fragenden Blick des Prinzen zur Folge hatte. »Mir ist gerade eingefallen, wie wir uns kennengelernt haben«, erklärte er.

»*Mir* kam das damals gar nicht so komisch vor«, entgegnete Elric.

Avedis blickte zerknirscht drein, und der Kummer seines Freundes hätte Elric beinahe zum Lachen gebracht.

Es war zu einem Zeitpunkt gewesen, als Elric einen dünnen Lendenschurz aus Leder erhalten hatte, der einzig und allein fürs Schwimmen gedacht war, ein Ereignis, das er mit seinen fünfzehn Jahren für den Moment hielt, da er ins Erwachsenenalter eintrat, ungeachtet dessen, was nach höfischer Sitte ›korrekt‹ war. Er war im Ältesten Ozean unweit Imrryrs schwimmen gegangen, begleitet von einigen Wachen und seinem geliebten Diener, dem verhutzelten Krummknochen. Rennen war zu anstrengend für Elric mit seinem mangelhaften Blut, so daß er statt dessen lieber schwamm, da sowohl das Wasser als auch das Klima gewöhnlich warm waren.

Avedis war weit vom Strand entfernt im Meer geschwommen, und als er die königliche Gesellschaft ankommen sah, beschloß er, sich zwischen den Felsen einer der Sandbänke zu verstecken, derentwegen die Dracheninsel unter Seeleuten so berüchtigt war. Schon mit dreizehn ein guter Schwimmer, tauchte er in aller Ruhe in Gewässern, die vielleicht acht Fuß tief waren, ließ eine kaiserliche Münze zwischen die Steine am Meeresgrund fallen und holte sie dann hoch. Der unter Wasser einherschwimmende Elric war zufällig auf Avedis gestoßen, und aus reiner, selten bei ihm vorkommender Schalkhaftigkeit hatte er den jüngeren Knaben, den er lediglich ein bißchen erschrecken wollte, um die Taille gepackt. Der Schuß war jedoch nach hinten losgegangen. Der überraschte Avedis wehrte sich heftig und trat dem jungen Elric versehentlich in die Leistengegend.

Keuchend und prustend tauchten die beiden Jungen gleichzeitig wieder auf; Avedis war immer noch ganz erschrocken, Elric hatte beträchtliche Schmerzen. Nach einigen Sekunden – in Elrics Fall Minuten – kicherten sie beide über die ganze Angelegenheit. Es war das erste Mal, daß Elric einem Kind, das etwa in seinem Alter war, begegnete, das nicht zum Hof gehörte. Seither waren sie enge Freunde, vielleicht gerade deshalb, weil sie in ihrer gesellschaftlichen Stellung meilenweit voneinander entfernt waren: Elric der Thronerbe von Melniboné und Avedis der jüngste Sohn eines kleinen Subalternoffiziers der Stadtwache.

Und vielleicht auch, weil Avedis Elric in entscheidender Hinsicht glich. Im Gegensatz zu den meisten anderen Melnibonéern waren beide Jungen mit unerhörten Gefühlen wie zum Beispiel Mitleid behaftet.

»Erinnerst du dich, wie peinlich mir das war? Ich dachte, man würde mich hinrichten, weil ich dem Thronfolger in die ...«

»Gewiß, aber ich in meiner großen Weisheit beschloß, es niemandem zu erzählen.«

Avedis tat so, als werfe er ein Klümpchen Erde nach dem Prinzen. »Ich glaube, das war eine weise Entscheidung«, sagte er mit gespieltem Ernst.

Dann wurde sein Lächeln dünner. »Bald wirst du Herrscher von Melniboné sein«, sagte Avedis mit leiser Stimme. »Da wird es bestimmt Schwierigkeiten geben – vielleicht darf ich dich dann gar nicht mehr sehen.« Der Junge grinste wehmütig und wies auf den Garten, in dem sich an dem Tag mehr Wachtsoldaten als Insekten aufhielten. »Manchmal ist es jetzt schon schwierig!«

Elric warf seinem Freund einen spöttischen Blick zu. »Oh, mit Schwierigkeiten rechne ich durchaus, aber wenn ich tatsächlich Kaiser werden sollte, dann habe ich vor, mir meine Gefährten selbst auszusuchen, ohne Rücksicht auf die, die es gern anders hätten!« Er lächelte leicht, und die Veränderung, die dabei mit seinem Gesicht vor sich ging, glich einer Morgendämmerung. »Es ist mir egal, ob du der Sohn eines Soldaten oder ein Großer Alter Gott bist. Du bist mein Freund.«

Dann verschwand sein Lächeln, da er an das bevorstehende Ableben seines Vaters dachte, und er flüsterte: »Ich hoffe, daß es nicht heute geschieht.«

Doch Avedis hörte den Zweifel, der in den Worten seines Freundes anklang.

Und Elric ebenfalls.

Wenige Augenblicke später kam Dyvim Tvar, um den Prinzen zu holen. Er neigte anmutig den Kopf vor dem rechtmäßigen Thronerben, den er höher achtete als die meisten Erwachsenen. »Mein Prinz«, sagte er förmlich, »dein Vater, der Kaiser, befiehlt dir, Seiner Majestät sofort aufzuwarten.«

»Wir sehen und hören dich«, entgegnete Elric ebenso förmlich, »und geruhen, deiner Aufforderung zu willfahren.« Zur Seite gewandt, flüsterte er Avedis zu: »Warte hier, solange wie du kannst; ich werde versuchen, mich später zurückzuschleichen.«

Avedis antwortete mit einem einfachen Handzeichen, das zu der stummen Zeichensprache gehörte, die sie, wie viele andere Jungen vor und nach ihnen, erfunden hatten. *Mach ich.*

Dyvim Tvar entfernte sich zusammen mit Elric, Terac und einer tüchtigen Brigade von Soldaten in unterschiedlichen Trachten. Innerhalb weniger Augenblicke war der Garten – abgesehen von Avedis – leer. Trotz der warmen Frühlingssonne fröstelte den Jungen in seinen enganliegenden ledernen Hosen und der Tunika, ein Schauder der Angst, der so schnell vorüberging, wie er gekommen war.

Hinterher fragte er sich, ob er ihn überhaupt verspürt hatte und warum.

Auf dem Rückweg zu Lord Sadrics Krankenlager schlug Dyvim Tvar ein flottes Tempo an, das zwar nicht ganz ein Trab, aber wesentlich schneller als die normale Gangart war. Er hoffte, Sadric würde lange genug durchhalten, damit sein Sohn sich von ihm verabschieden konnte, ehe – Vor diesem Gedanken schreckte er zurück.

»Terac, du bleibst mit den übrigen Männern hier.« Dyvim Tvar wählte einige seiner Wachtsoldaten aus und gab ihnen, ohne seinen Schritt zu verlangsamen, den Befehl, ihm und dem Prinzen zu folgen. »Ihr anderen bleibt hier draußen.« Er berücksichtigte dabei den Umstand, daß die große Masse von Soldaten nicht nur den Gang vor der Tür des Kaisers ausfüllen, sondern sich auch in die benachbarten Stockwerke ergießen würde.

Er hätte sich keine Sorgen zu machen brauchen; die Stumme Garde hatte die Etage des Kaisers abgeriegelt, und der Gang war fast leer. Er und der Prinz wurden durchgelassen, nachdem man ihnen höflich die Waffen abgenommen hatte, denn so war es Sitte, wenn jemand vor den Kaiser trat. Der Rest ihrer gemischten Eskorte wurde im unteren Stockwerk zurückgehalten. Er nahm an, der Erste Minister Pent'arl habe den Befehl gegeben und den Bereich räumen lassen, aber dennoch war ihm nicht wohl zumute: Wo waren all die Truppen geblieben?

Prinz Elric wurde in das Gemach seines Vaters geführt, wo der Arzt Soru, der Diener Eyin und der Erste Minister am Bett des sterbenden Kaisers standen. Dyvim Tvar ließ sich wieder auf seinem Diwan neben der Tür nieder und wartete.

Das kaiserliche Gemach war dunkler, als es Elrics Erinnerung nach bei Tageslicht je gewesen war, denn vor den Fenstern hingen schwere Vorhänge. Nach dem grellen Sonnenlicht draußen paßten sich seine Augen nur langsam der Dunkelheit an. Sadric lag reglos in seinem großen, einfachen Kriegerbett; er schien in seiner Statur zusammengeschrumpft zu sein und war nicht mehr der breitschultrige Riese, als den Elric ihn in Erinnerung hatte.

»Er hat noch nichts gesagt«, berichtete Pent'arl, dessen vornehmes Gesicht ernst war, mit leiser Stimme. Der Erste Minister war groß und dünn, hatte kluge, braune Augen und eine höflich-verbindliche Art, aber

Elric wußte, daß sich dahinter ein eisenharter Kern verbarg. Eine eiserne Faust im Samthandschuh.

»Dein Sohn ist da, mein Kaiser.«

Sadrics Augenlider flatterten und öffneten sich. Er versuchte sich aufzurichten, aber Soru schob seine Hand unter den Kopf des Kaisers und hob ihn, während er den Körper in die Kissen zurückdrückte. »Aber, aber, mein Lord, sprich nur, und ich werde dich stützen«, schalt er mit sanfter Stimme.

Sadric gelang ein dünnes, spöttisches Lächeln. »Du kannst niemandem etwas vormachen, Doktor«, schimpfte er mit schwacher Stimme. Dann richtete er den Blick auf seinen Sohn und den Ersten Minister. »Elric wird natürlich statt meiner herrschen«, begann er ohne Verzug, denn er wußte, daß jedes Wort sein letztes sein konnte.

Pent'arl tat so, als wolle er widersprechen, und Sadric, der die Geste mißverstand, lachte leise. »Pent'arl, ich weiß, daß ich sterbe. Erspare mir deine Beteuerungen, daß ich am Leben bleiben werde, daß es sich nur um eine kleine Unpäßlichkeit handelt...« Seine Stimme wurde schwächer und verlor sich.

Er hustete kurz, und Elric zuckte zusammen, als er ein wenig Blut zwischen den königlichen Lippen hervorsickern sah; zweifellos litt sein Vater große Schmerzen.

»Ich hoffe zuversichtlich, daß du ihm mit der gleichen Ergebenheit dienst wie mir«, sagte Sadric, nachdem er sich wieder erholt hatte.

Nach einer kleinen Pause erwiderte der Minister: »Gewiß, mein Lord.« Elric sah ihn verstohlen an; das kurze Zögern Pent'arls war kaum zu bemerken gewesen.

»Dann verlaß uns bitte, mein guter Pent'arl. Ich möchte mit meinem Sohn allein sprechen. Du hast mir große Dienste geleistet, und ich danke dir aus tiefstem

Herzen.« Das führte zu einem weiteren Hustenanfall. Als er zu Ende war, hatte Pent'arl sich zurückgezogen.

»Vater...« Elric trat näher an das Bett.

»Elric, ich habe manchmal gesagt, ich wünschte, du wärest nie geboren, denn es war deine Geburt, die deiner Mutter das Leben gekostet hat« – Sadric hustete, während Elric vor anderen Gedanken zurückschreckte – »und ich fürchtete, du wärst unfähig, im Falle meines Ablebens zu herrschen.« Er sprach mit Bedacht, denn er wußte, daß sein Ende nah war.

Die Worte des Drachenherrn waren sehr leise, aber Elric hörte sie – damals und noch Jahre später – so deutlich, wie die Sterne am kalten Winterhimmel leuchten.

»Mein Sohn, ich habe Angst um dich. Ich spüre, daß in dir die Möglichkeit steckt, Melniboné zur größten Macht zu führen – oder in seine größte Katastrophe.« Er rang kurz nach Atem, fuhr aber fort zu sprechen, während der Arzt Soru den Blick von Elrics verschleierten Augen auffing. *Nicht mehr sehr lange*, sagte dieser Blick, den sie austauschten. »Setz dein Vertrauen nicht aufs Chaos; wir dienen ihm, aber es muß uns nicht gehorchen, und die Alten Götter sind bestenfalls launische Herren...

Du bist in vieler Hinsicht so unerfahren. Du brauchst Kraft, um über das Reich zu herrschen, und Gerissenheit und Gewissenlosigkeit...« Seine Stimme verlor sich, und wieder sickerte Blut zwischen den königlichen Lippen hervor.

Dann sagte er – es war kaum mehr als ein Flüstern –: »Elric, wisse, daß ich dich so sehr liebe, wie ein Vater unserer Rasse seinen Sohn nur lieben kann, und sogar noch mehr. Die harten Worte, die ich dir früher gesagt habe, waren unbedacht; versuch, sie zu vergessen.

Aber ich fürchte, du wirst dich eher an meine Verzweiflung erinnern, als daß du meine Liebe verstehst...«

Dann ließ Sadric, Lord der Dracheninsel und Abkömmling des vom Chaos bevorzugten Geschlechts, seine Seele frei, damit sie von jenem Herzog der Hölle, der Anspruch auf sie erhob, geholt werden konnte.

III

Verrat gebiert einen Krieger

Einige Augenblicke lang herrschte völlige Stille im Gemach. Dann sank Elric mit einem leisen Seufzer neben dem Bett auf die Knie und warf sich über die zur Ruhe gekommene Brust seines Vaters. Er konnte sich nicht erinnern, wann er zum letztenmal ungehemmt geweint hatte. Der alte Eyin ließ stumm den Kopf hängen. Er hatte Sadric das ganze Leben lang gedient, von der Kindheit des Kaisers bis zu seinem Tod. Soru lehnte sich lediglich auf einem in der Nähe stehenden Stuhl zurück und setzte eine düstere Miene auf, wie sie zu allen Zeiten den Ärzten vorbehalten ist, denen trotz aller Bemühungen der Tod am Ende ein Schnippchen schlägt.

Mehrere Herzschläge lang herrschte lastendes Schweigen. Dann langte Soru an Elrics hingestreckter Gestalt vorbei und zog Sadric sacht und ehrfurchtsvoll den Actorios, den Ring der Könige, vom Finger. Er drückte Sadric die Augen zu und zog langsam die einfache Bettdecke über den verblichenen Drachenherrn. »Der gehört jetzt dir, Majestät«, murmelte er, als er dem neuen Kaiser den melnibonéischen Siegelring reichte.

Vor dem Fenster war eine heftige Bewegung zu hören. Soru zog den Vorhang ein wenig zurück. Aufgewirbelte Staubpartikel waren mit plötzlicher Deutlichkeit in den ins Zimmer fallenden Sonnenstrahlen zu erkennen. Ein lautes, flügelschlagendes Geräusch, dann wurde die Sonne einen Augenblick lang von einer sich schnell bewegenden Gestalt verdeckt.

Es war der Drache Flottenzermalmer, Sadrics Liebling, der seinen Namen wegen seiner Heldentaten im Kampf gegen die barbarischen Horden trug, die bisweilen törichterweise die Befestigungsanlagen der Dracheninsel anzugreifen wagten. Mit einem gewaltigen Schrei des Grams – und vielleicht auch der Empörung – drehte der riesige Drache nach Südwesten ab, verließ eilends Imrryr und die Dracheninsel, nachdem er seinem Herrn einen letzten Gruß entboten hatte, und wurde auf dieser Ebene des Multiversums nie wieder gesehen.

Im Gang draußen entstand Bewegung, als man begriff, was das Verhalten des Drachen bedeutete. Elric schüttelte traurig den Kopf. Dann steckte er den rubinroten Actorios an seinen eigenen Ringfinger und runzelte die Stirn, als er wieder herunterglitt. Sadrics Hände waren viel größer gewesen als die seines Sohns. Mit einem Seufzer ließ er den Ring statt dessen über den Zeigefinger gleiten, wo er auch festsaß. Dann trocknete er seine feuchten Wangen mit einem Zipfel seines Umhangs. Es wäre nicht schicklich, den Truppen seinen Kummer zu zeigen.

Soru ging langsam zur Tür und öffnete sie einen Spalt. Das Gemurmel draußen verstummte. Elric erhob sich. Er stand bemerkenswert fest auf den Beinen, wie er überrascht zur Kenntnis nahm.

Eyin blieb zurück, während Elric innerlich erbebte und langsam auf die helleuchtende Türöffnung zuging, immer noch sorgsam darauf bedacht, einen gleichgültigen Gesichtsausdruck zu zeigen. Soru hatte Dyvim Tvar und den Rest der versammelten Garde nur kurz angesehen, traurig sein müdes Haupt geschüttelt und war davongestapft. Die beiden Angehörigen der Stummen Garde, die den Kaiser immer eskortierten, gingen links und rechts von der Tür in Habtachtstellung, als der neue Monarch in den Gang trat. Seine Unterlippe zitterte leicht, als ihm auf diese Weise das Dahinscheiden seines Vaters deutlich vor Augen geführt wurde, und er unterdrückte ein Schluchzen.

Dyvim Tvar schloß den jungen Elric traurig in die Arme; einige Sekunden lang hielt er den kummererfüllten Jüngling fest, der trotz seiner neunzehn Jahre noch kein ganzer Mann war.

»Na, komm, mein tapferer Prinz«, sagte er sanft und stützte Elric halb, als sie langsam davongingen.

Elric, dessen Leben gegen die Welt draußen durch das höfische Protokoll und die Ausschließlichkeit des Hofes abgeschirmt gewesen war, hatte es noch nie erlebt, daß jemand, der ihm nahestand, starb. Seine Tage waren größtenteils damit ausgefüllt, daß er mit Krummknochen (der trotz seines Alters ein flinker Gegner war) Kampfübungen machte, Unterricht in den Naturwissenschaften und in Geschichte erhielt und in die Anfänge der Staatskunst eingeführt wurde (trotz der bösen Ahnungen seines Vaters), um sich dann schließlich, wenn das Protokoll und sein Zeitplan es gestatteten, mit Avedis zu treffen.

Er verbrachte seine Nächte damit, die uralten magischen Geheimnisse seiner Vorfahren zu studieren, und versuchte dabei, das Wissen um jene Kräuter, mit denen er seine Lebenskraft steigern konnte, wiederzuerlangen, ebenso wie die Zaubermacht, über die die Dracheninsel in ihrer gewalttätigen Vergangenheit, als der Machtbereich Imrryrs sich über die ganze Welt ausdehnte, verfügt hatte.

Seine Erziehung hatte ihn schlecht darauf vorbereitet, der Welt jenseits des Palastes und seiner Gärten entgegenzutreten, die bisher fast sein gesamtes Leben ausgemacht hatten. Er war ein einfältiger, unbedarfter Mensch inmitten eines Meers von Machenschaften.

»Jetzt kann ich allein gehen, Lord der Drachenhöhlen«, sagte Elric leicht spöttisch, mit einem Anflug seines sonstigen Witzes.

»Ich bitte um Verzeihung, mein Lehnsherr«, antwortete Dyvim Tvar im gleichen, leicht scherzhaften Ton. »Und jetzt sollten wir uns zur Audienzhalle begeben und uns der Öffentlichkeit zeigen. Ich würde ja vorschlagen, daß du dich erst in deinen Gemächern erfrischst, aber ...«

»... Aber es ist höchst auffällig, daß Pent'arl mit all seinen Truppen verschwunden ist. Ich verstehe, was du meinst, Drachenlord. Wir müssen uns beeilen.«

Die beiden nahmen ihre Klingen wieder an sich und gingen raschen Schrittes die Treppe hinunter, gefolgt von Dyvim Tvars Drachenhöhlentruppe und einer Abteilung der Stummen Garde. Als sie wieder unter freiem Himmel waren, überquerten sie eine der zahlreichen Brücken, die die Palasttürme miteinander verbanden, und gingen auf den Turm von D'a'rputna zu, der in blauen und goldenen Pastellfarben vor ihnen aufragte.

Jetzt näherten sie sich dem Turm – nur noch eine Brücke gab es zu überqueren ...

Plötzlich tauchten an den Fenstern neben dem Eingangstor des Turms Männer auf, und die schwere Tür fiel mit einem Knall zu. Elric und Dyvim Tvar zogen sich zusammen mit ihrer Eskorte zum Turm, aus dem sie gekommen waren, zurück und gingen darin in Deckung, während hinter ihnen einige auf sie abgeschossene Pfeile klappernd zu Boden fielen. Sie tauschten einen grimmigen Blick aus. War es Yyrkoon, der da einen Streich versuchte, oder Pent'arl, oder jemand anders, oder eine Gruppe von Verschwörern?

»Terac, geh mit einer Abteilung unserer Männer

zurück und vergewissere dich, daß wir einen Fluchtweg haben. Ich will hier nicht in der Falle sitzen! Wer ist hier der rangälteste Offizier der Stummen Garde? Du bist...?«

»Phalanxkommandeur Vas'tris, Drachenlord.«

»Ich möchte deine Meinung hören, Vas'tris. Wird die Stumme Garde einem Usurpator zur Seite stehen oder Lord Elric?«

»Dem rechtmäßigen Lehnsherrn, denke ich, Sire«, antwortete er mit einem respektvollen Nicken in Elrics Richtung. »Unser Gruppengeist schreibt schließlich Treue vor...«

»Sehr schön. Nimm einige Männer mit dir und setz dich mit euren anderen Kommandeuren in Verbindung. Benachrichtige sie über die Lage und bitte um Beistand. Wenn sie weitere Stützpunkte in Elrics Namen sichern können, dann sollen sie das tun; ansonsten sammeln wir uns hier.« Vas'tris nickte und rannte davon. Einige spannungsgeladene Minuten verstrichen, in denen ihre Männer die umliegenden Gebäude, Brücken und Straßen nach weiteren Anzeichen absuchten, die auf Truppen des Usurpators schließen ließen.

»Wenn wir nur wüßten, wer der Schuldige ist...«

»Gleich werden wir's wissen.« Elric nickte in Richtung der Tür zum Turm von D'a'rputna, die sich langsam öffnete.

Dyvim Tvar erwartete, Yyrkoons jugendliches, etwas verkommenes Gesicht zu sehen, war aber nur leicht überrascht, als er Pent'arl erblickte.

»Es scheint, daß er verhandeln will, mein Lord«, bemerkte er. »Er hat doch bestimmt nicht so viele Truppen zur Verfügung, daß er meint, mit dir um den Thron feilschen zu können!« Er grinste geistesabwesend. »Die waren ganz schön dumm. Wenn sie einige Sekunden länger gewartet hätten, wären wir im Turm gewesen und eine leichte Beute für sie.« Keiner von ihnen war für Kampfhandlungen ausgerüstet.

Über den zwischen ihnen liegenden Raum hinweg – der etwa eine halbe Bogenschußweite betrug – rief Pent'arls Stimme: »Leg deine Waffen nieder, Elric, und zeig dich. Ich gebe dir mein Wort, daß du gut behandelt wirst!« Seine Worte hallten leicht von den mehrfarbigen Felswänden wider, die den Palastkomplex umschlossen.

Als Terac mit einigen Drachensoldaten zurückkehrte, berieten er und Dyvim Tvar sich leise miteinander, während Elric entgegnete:

»Du meinst, du wirst uns erschießen lassen, wenn wir uns zeigen? Du hältst uns wahrlich für einen Narren, Erster Minister. Du darfst uns mit ›Mein Lord‹ oder ›Mein Lehnsherr‹ anreden – oder überhaupt nicht.«

»Du bist nicht mein rechtmäßiger Gebieter, Junge!« schrie Pent'arl. »Du bist ein Scheusal, eine weiße Ratte, die man vertilgen muß...«

Während Pent'arl mit seinen wilden Beschimpfungen fortfuhr, berieten sich Dyvim Tvar, Terac und Elric miteinander. »Terac berichtet, daß Pent'arl über sein eigenes Hauskontingent und vielleicht die Hälfte der regulären melnibonéischen Truppen gebietet, die er als Regent unter seinem Kommando hatte«, murmelte Dyvim Tvar. »Meine Drachentruppen – selbst ohne die Hilfe der Drachen – zuzüglich der Stummen Garde zuzüglich der ergebenen Armee-Einheiten zuzüglich der Stadtwache sind ihnen zahlenmäßig bei weitem überlegen, im Verhältnis zwei zu eins oder sogar darüber hinaus. Offensichtlich hat er irgendeinen anderen Plan oder Verstärkungen, von denen wir nichts wissen. Wirklich unter Kontrolle hat er nur den Turm von D'a'rputna, anderswo keine Spur von seinen Streitkräften.«

»Vielleicht beabsichtigt er, Geiseln zu nehmen?« Ein

eisiger Gedanke durchzuckte den frischgebackenen Kaiser. »Terac, irgendwelche Nachrichten über Cymoril?«

Sonst hätte es den jungen Terac völlig durcheinandergebracht, vom Strahlenden Kaiser selbst angeredet zu werden, aber in der Aufregung vergaß er seine Ehrfurcht. »Sire, ich habe eine Gruppe Soldaten zu ihren Gemächern geschickt, um für ihre Sicherheit zu sorgen. Der Anführer hat von einem Fenster aus bedeutet, daß sie unversehrt ist.«

»Ich wäre auch überrascht gewesen, wenn er sie behelligt hätte; er wäre schlecht beraten, wenn er einen Verbündeten wie ihren Bruder Yyrkoon erzürnen würde. Gut gemacht, Terac.«

Dyvim Tvar nickte ebenfalls anerkennend. »Hast du den Höhlen Nachricht zukommen lassen?«

»Jawohl, Herr. Deine Zeichensprache hat gut gewirkt.«

»Zeichensprache?«

»Ja, Majestät. Ich habe geahnt, daß so etwas geschehen würde. Deswegen habe ich Wachtposten mit Signalflaggen aufgestellt, bis hin zu den Drachenhöhlen. Wir werden bald Verstärkung bekommen.«

Elric gab seiner Bewunderung durch ein Murmeln Ausdruck. Dann wurde seine Miene grimmig. »Aber was hat er vor, frage ich mich?«

»Steht Pent'arl irgendwelche übernatürliche Hilfe zur Verfügung? Hat er magische Kenntnisse, mein Prinz?«

»Wenig oder gar keine. Auf jeden Fall ist er nie als Dämonenbeschwörer bekannt geworden.« Der Jüngling sprach mit ungewohnter Gehässigkeit von jenen Melnibonéern, die sich auf dilettantische Weise mit Mächten der Höheren Ebenen einließen.

»Dabei könnte er ja jemandes Hilfe haben.« Ihre Blicke trafen sich. Yyrkoon besaß die nötigen Fertigkeiten.

»Sicher weiß selbst Yyrkoon, daß ich wahrscheinlich jeden magischen Angriff von seiner Seite abwehren könnte...«

Pent'arl waren inzwischen die Kraftausdrücke ausgegangen, und jetzt entstand drüben im Turm neue Unruhe. Dyvim Tvar spähte vorsichtig um eine Ecke und seufzte.

»Vielleicht ist er ja nicht *völlig* verrückt...« Sein Gesicht war ernst.

Elric starrte über den Abgrund. Was er sah, ließ sein Blut gefrieren und stählte seine Entschlossenheit.

Sie hatten Avedis gefangengenommen.

IV

Strategie gebiert einen Heerführer

Er war völlig zerzaust, sein langes dunkles Haar und seine einfache Kleidung in Unordnung. Seine Hände hatte man mittels einer Stange brutal auf dem Rücken gefesselt, so daß sein Rumpf nach vorn gebeugt war. Elric freute sich, daß sich sein Freund nicht ohne Gegenwehr hatte gefangennehmen lassen. Avedis' Vater hätte das gutgeheißen.

Voller Beklommenheit erkannte Elric, daß man Avedis mühelos aus dem Garten hatte entführen können und daß er selbst ihn gebeten hatte dort zu bleiben. *Es ist meine Schuld*, dachte er voller Strenge.

»Das ist sehr unklug von dir, Pent'arl«, stieß er wütend hervor. »Bisher war ich geneigt, nachsichtig mit dir zu verfahren, aber jetzt ist meine Geduld nahezu erschöpft...«

»Erspar mir deine Angebereien, kleiner Lord«, höhnte Pent'arl. Es verblüffte Elric, daß die Person, die an den Ratsversammlungen seines Vaters teilgenommen und kluge, vernünftige Überlegungen vorgetragen hatte, der gleiche Pent'arl war, den er jetzt vor sich sah und der wie ein Irrer kicherte und tobte. »Du wirst dich hüten, meine Truppen anzugreifen, wenn das Leben meiner Geisel auf dem Spiel steht.« Um seiner Aussage Nachdruck zu verleihen, riß Pent'arl das Knie hoch und stieß es Avedis in die Weichteile; mit einem Aufschrei fiel der Junge zu Boden und blieb liegen.

Elric zuckte zusammen, weil ihn das an seine erste Begegnung mit Avedis erinnerte. Er spürte, wie ihn eine kalte Wut überkam, jene grausame Kampfeslust, für die die Melnibonéer zu Recht berühmt waren.

Er war kurz davor, hinauszustürzen und über die Brücke zu stürmen, sich dem Dutzend Bogenschützen, die in den Fenstern und auf der Brustwehr des Turms von D'a'rputna aufgestellt waren, auszusetzen, was seinen sofortigen Tod zur Folge gehabt hätte. Dyvim Tvar sah ihn voller Besorgnis an.

Plötzlich kamen Elric zwei Ideen. Seine Kampfeswut ließ ein wenig nach, aber eines schwor er sich jetzt: Wie immer die Sache ausgehen sollte, der frühere Erste Minister würde durch seine Hand und sein Schwert sterben.

»Ich habe dir deine Rüstung gebracht, Herr, vielleicht brauchst du sie«, sagte eine zitternde Stimme hinter ihm. Krummknochen stand mit dem ledernen Kampfanzug des Prinzen da.

»Meinen Dank, Krummknochen«, murmelte Elric dankbar. »Leg einfach alles neben die Treppe – und sei vorsichtig, wenn du gehst.« Krummknochen nickte verständnisvoll und zog sich über die Treppe zurück.

Seine erste Idee setzte Elric unverzüglich in die Tat um, wobei er hoffte, daß möglichst viele von Pent'arls Soldaten in Hörweite waren. Seinen Zorn merklich zügelnd, sagte er laut: »Mein Freund Avedis ist der Sohn eines Kriegers, der unter *deinem* Befehl steht, Pent'arl. Wie ich sehe, warst du zu feige, jemanden zu entführen, der dem königlichen Geschlecht nähersteht. Aber das war eigentlich zu erwarten. Du suchst dir die leichteste Beute aus.«

Dies führte dazu, daß Pent'arl einen weiteren Schwall von Beschimpfungen ausstieß. Die Gefahr dabei hatte Elric einberechnet, denn er wußte ja nicht, ob der Irre jenseits des Abgrunds in seiner Wut Avedis erneut weh tun würde oder nicht.

Schnell sagte der Kaiser zum Drachenherrn: »Laß deine Truppen unten die Nachricht verbreiten, daß Pent'arl den Sohn eines seiner eigenen Soldaten als Geisel genommen hat. Das wird seinen Männern nicht sonderlich gefallen und könnte dazu führen, daß ein Teil der regulären Truppen zu uns übergeht.«

»Eine gute Idee, Sire. Terac, kümmere dich darum.«

Jetzt kam Elric zu seiner zweiten Idee. »Dyvim Tvar, haben Pent'arls Männer die Katakomben besetzt?«

»Sire, ich selbst habe bis jetzt nicht daran gedacht. Ich bezweifle, daß er es hat.«

Elric kicherte – ein schwacher Versuch, lustig zu sein. »Selbst mir wurde gelegentlich gestattet, diese alten Tunnel zu erkunden. Sie verbinden fast alle Teile der Stadt miteinander. In unseren ältesten Schriftrollen heißt es, daß sie zur Verteidigung der Stadt gebaut wurden. An die Gänge unter dem Turm von D'a'rputna und dem Palast erinnere ich mich gut. Wenn er sie nicht bewachen läßt, können wir von unten in den Turm eindringen. Kannst du einen Stift und Papier auftreiben?«

Während Elric rasch die Eingänge und den Verlauf der Tunnel aufzeichnete, verstummte Pent'arl. »Soll er ruhig ein bißchen schwitzen«, murmelte Elric. »Ich kann nicht mit dir kommen; ich muß diesen Narren ablenken. Laß vier Abteilungen nebst den Bogenschützen hier und geh. He, Bogenschützen! An die Fenster und in Deckung geblieben!«

»Sire, selbst wenn es uns gelingt, den Turm zu stürmen, können wir nicht versichern, daß der Junge nicht getötet wird. Ein *vollkommener* Überraschungsangriff wird uns sicher nicht gelingen...«

»Alles ist besser, als diesem Schwachkopf nachzugeben! Außerdem glaube ich«, murmelte er, »Avedis würde es so haben wollen.«

»Mein Kaiser, dein Wort ist mir Befehl«, antwortete Dyvim Tvar mit ruhiger Stimme. Er entfernte sich im Laufschritt, während Elric den zurückgebliebenen Kommandeuren rasch seinen Plan darlegte.

V

Kampf gebiert einen Weißen Wolf

Einige Augenblicke lang herrschte einige Ruhe an der Brücke. Im Geiste sah Elric Pent'arl wutschnaubend auf und ab gehen und warten. Dann erklang Pent'arls Stimme: »Na, Junge? Hast du dich davongemacht? Ist die Weiße Ratte in ihr Loch gekrochen?«

Elric runzelte die Stirn, begriff aber, daß der Mann unmöglich von seinen Plänen wissen konnte. Nach wie vor wartete er ab.

»Zeig dich«, stieß Pent'arl hervor. »Zeig dich, Elric, oder ich töte den Jungen.«

Elric trat ein kleines Stück aus dem Torweg hervor. »Ich bin nirgendwo hingegangen, Pent'arl«, sagte er. »Ich denke über deine Lage nach.«

»Denk lieber über *deine* Lage nach und über deinen Freund hier, du Ex-Prinz«, sagte der wahnsinnig gewordene Minister voller Schadenfreude. »Dir bleibt nichts anderes übrig, als dein Geburtsrecht abzutreten...«

Ein junger Bote in Dyvim Tvars Livree war hinter Elric die Treppe hochgerannt und salutierte jetzt mit keuchender Brust vor ihm. »Mein Kaiser, der Lord der

Drachenhöhlen läßt dir mitteilen, daß die Tunnel nicht bewacht waren. Er ist dabei vorzudringen. Noch etwa fünf Kerzenkerben, dann ist er im Kellergeschoß in Stellung, sagt er, Sire.«

»Gut gemacht«, erwiderte Elric anerkennend. »Geh und ruh dich unten aus.«

Elric trat erneut ein wenig hervor, so daß er den Torweg drüben im Blick hatte; er sah, daß Avedis wieder auf die Beine gekommen war, aber immer noch sehr mitgenommen wirkte.

»Offensichtlich hast du all dies schon lange geplant, Pent'arl«, sagte Elric. »Du warst bei Lord Sadric, als er verwundet wurde. Der Jagdunfall meines Vaters war zweifellos das Ergebnis deiner hinterhältigen Feigheit.«

Pent'arl wurde knallrot, antwortete aber mit ruhiger Stimme: »Oh, ich bin stolz darauf. Ich habe auch seinen Proviant soweit vergiftet, daß seine heilenden Fähigkeiten unterbunden wurden. Ich habe einen starken Kaiser schwach gemacht, schwach wie seinen jämmerlichen Sohn.«

»Habt ihr das gehört, ihr Männer von Melniboné!?« rief Elric in Richtung des Turms von D'a'rputna. »Euer Möchtegernanführer hat seinen rechtmäßigen Kaiser ermordet!«

»Halt den Mund, du Ratte, oder dein Freund wird noch mehr Schmerzen leiden.«

»Wie also lauten deine Forderungen, Pent'arl?« fragte Elric, um weitere Zeit zu gewinnen. Avedis sah ihn jetzt an, da er einen bestimmten Tonfall in Elrics Worten wiedererkannte. Beiläufig und langsam, um keinen Verdacht zu erregen, bedeutete Elric ihm mit seiner linken Hand – der, die man sehen konnte – in ihren geheimen, stummen Zeichen: *Angriff – bald – Raum – unten.*

»Du mußt dein Erbrecht und den Thron an mich

abtreten. Du mußt allen Streitkräften befehlen, meine Herrschaft zu unterstützen...«

»Oh, du gibst also zu, daß ich den Thron innehabe, Minister? Du gibst zu, daß ich der Kaiser *bin*? Dennoch hast du mich eben als Ex-Prinz bezeichnet!«

Pent'arl wurde rot. »Ich habe nichts dergleichen gemeint, du Emporkömmling! Ich habe den Thron inne, so wie ich den Turm von D'a'rputna innehabe!«

Während Pent'arl auf diese Weise abgelenkt war, formte Avedis, dessen Hände auf dem Rücken gefesselt waren, mit dem Mund die Worte: *Was soll ich tun?*

»Das langweilt mich allmählich«, fuhr Pent'arl fort. »Alle Streitkräfte müssen mir unterstellt werden...«

Halt – dich – raus, zeigte Elric mit einem Anflug seines alten Lächelns. *Zieh – den – Kopf – ein. Laß – dich – nicht – wieder – treten!* Avedis schnitt eine so komische Grimasse, daß Elric trotz der Situation ein Grinsen unterdrücken mußte.

»...Bestimmte Militärkommandeure müssen an mich ausgeliefert werden, damit ich später über sie entscheiden kann...«

»Damit du sie hinrichten lassen kannst, meinst du. Schließt das, wenn du dein Ziel erreicht hast, vielleicht auch die Kommandeure deiner eigenen Truppen ein?« Elrics Entgegnung traf offensichtlich ins Schwarze. »Solche launischen Männer – die immerhin erst heute ihren rechtmäßigen Lehnsherrn abgesetzt haben – könnten es sich doch in den Kopf setzen, *dich* abzusetzen, wie?« Elric sprach mit öliger Stimme.

»Hüte deine Zunge, du Balg!« schrie Pent'arl.

Elric sah, wie einer von Pent'arls Wachsoldaten im Erdgeschoß des Turms plötzlich verschwand, in aller Stille ruckartig nach hinten gezogen wurde. Er lächelte und stahl sich ins Dunkel des Treppenschachts. Dann legte er rasch den ledernen Brustharnisch und eine der

Armschienen an, die Krummknochen dort hinterlassen hatte. Für die übrigen Teile blieb keine Zeit...

»Und was geschieht mit mir, Hoheit?« fragte er kurze Zeit später spöttisch.

»Du wirst hingerichtet, Weiße Ratte, wie es dir zukommt. Exil wäre viel zu gefährlich.«

»Pent'arl, warum sollte ich mich dir ergeben, wenn mich nur der Tod erwartet? Um Avedis zu retten? Selbst wenn du ihn gehen läßt, würde mein Tod uns trennen.« Elric hob den rechten Arm und ballte die Faust, ohne daß man es im Turm drüben sehen konnte. »Nein, Ex-Minister, ich glaube, du bietest als Entschädigung für meine Abdankung zu wenig an.«

»Dann Exil?«

Elric lachte laut. Der Mann feilschte ja mit ihm. »Nun, das ist ein echtes Angebot...«

In der Ferne hörte Elric das erste Klirren aufeinanderschlagender Schwerter; im Gegensatz zu seinen Augen war sein Gehör scharf.

»Pent'arl, ich fürchte, heute muß ich dich enttäuschen. Meine Antwort lautet ganz entschieden: Nein!«

Beim letzten Wort riß er den Arm herunter. Zehn Pfeile schwirrten um ihn herum aus den Fenstern; acht davon bohrten sich jenseits des Abgrunds in Pent'arls Bogenschützen. Jetzt drangen die Kampfgeräusche viel deutlicher aus dem großen Turm von D'a'rputna. »Verschont den Minister; er gehört mir!«

Zusammen mit seinen Kampfgruppen raste er über die Brücke. Die drei übriggebliebenen Bogenschützen Pent'arls schossen einen Hagel von Pfeilen ab. Ein Mann zur Rechten Elrics fiel mit einem Aufschrei zu Boden und blieb zuckend liegen. An Elrics Brustharnisch prallte etwas ab; er blickte hinunter und sah den Pfeil. *Danke, Krummknochen, mein alter Freund.* Er hörte, wie der andere Pfeil über den marmornen Brückenbogen rutschte.

Sie waren den Turmmauern jetzt so nahe, daß Pent'arls Bogenschützen nicht mehr schießen konnten, ohne sich hinauszulehnen und für Elrics Meisterschützen ein noch besseres Ziel abzugeben. Letztere zielten statt dessen nach dem Torweg und durchlöcherten den Soldaten, der versuchte, die Tür zu schließen.

Sie erreichten die Schwelle. Drei von Pent'arls Männern sprangen aus ihrem Versteck hervor. Trotz seiner Kampfeslust überließ Elric sie seinen Männern, bis einer von ihnen seinem Gegner auswich und auf den Albino losstürzte, der ihn mit einem Seufzer auf sein Langschwert spießte. *Ich kämpfe gegen meine eigenen Leute,* dachte er. *Was für ein Wahnsinn das ist.*

Die Kampfgeräusche von drinnen waren jetzt noch deutlicher zu hören. Als er sich umblickte, sah Elric, wie einige von Pent'arls Truppen von Dyvim Tvars zahlenmäßig überlegener Streitmacht in die große Eingangshalle zurückgetrieben wurden. In einer entlegenen Ecke hielt Pent'arl, von dreien seiner Männer beschützt, den gefesselten Avedis fest.

Elrics Truppe teilte sich. Die einen durchsuchten die angrenzenden Räume, um die Bogenschützen aufzuspüren, die anderen zogen los, um die Verteidiger im Rücken zu fassen. Fünf Männer blieben bei Elric, der mit mordlüsternem Blick auf den sich duckenden Minister zuschritt.

»Pent'arl, jetzt bin ich es, der *dich* auffordert, dich zu ergeben. Ich könnte dir anbieten, ins Exil zu gehen...«

Mit einem fast tierischen Knurren entriß Pent'arl einem seiner Leibwächter das Schwert, während Elric und seine Männer auf sie losstürmten.

Was dann folgte, grub sich für immer in Elrics Gedächtnis ein: Wie man die drei Leibwächter rasch erledigte; wie Pent'arl sein Schwert hob und es Avedis in den mageren Unterleib stieß; wie Elric vor Schmerz aufbrüllte, es aber dennoch fertigbrachte, seinen Männern zu befehlen, den wild blickenden Minister festzuhalten und nicht sofort zu töten; wie Dyvim Tvars Leute die restlichen Verteidiger entwaffneten...

Wie er Avedis' Kopf an seine Brust drückte, als er starb, und unverhohlen weinte, während sie einander traurige Abschiedsworte zuflüsterten. Wie er neben Avedis lag, seinem einzigen wahren Freund, den der Tod ihm so schnell entrissen hatte, und wünschte, es gäbe einen Weg, mit ihm zu tauschen – und wie ihm schließlich klar wurde, daß das nicht möglich war, daß das Schicksal ihn anderswohin rief und das Leben weitergehen mußte...

Wie er dann Pent'arl voll Schmerz und kalter Wut anblickte, während er sein Schwert von dem bereits daran klebenden Blut reinigte und sagte: »Ich möchte nicht, daß das Blut eines tapfereren Mannes sich mit deinem vermischt. Er hat Besseres verdient.«

Wie er seinen Männern ein Zeichen gab, den wirres Zeug brabbelnden Ersten Minister loszulassen. Wie er rief: »Sieh, wie eine weiße Ratte zum Wolf wird, verräterischer Lord!« Wie er sein Schwert nahm und es Pent'arl in den Leib rammte...

Wie er dann neben Avedis' hingestreckter Gestalt zusammenbrach und für den Rest des Tages das Bewußtsein verlor.

VI

Epilog: Der Wolf aus der Asche

Als er in seinem Bett erwachte, sah er zunächst einen dunklen Fleck, der sich zum tiefbesorgten Gesicht seiner Geliebten klärte.

»Cymoril...«, flüsterte er.

»O Elric, es tut mir so leid«, murmelte sie traurig. Ihr langes schwarzes Haar hob sich deutlich von ihrem blassen Gesicht ab. »Ich weiß, was Avedis dir bedeutet hat...«

Die Erinnerung ließ Elric erbleichen. Cymoril nahm seine Hand sanft in ihre; die Berührung schien ihm Kraft zu geben.

»Ruh dich gut aus, mein Lehnsherr«, sagte Dyvim Tvar mit leiser Stimme. »Die Stadt ist in unserer Gewalt. Du bist jetzt der unbestrittene Kaiser.«

Nach einigen Sekunden setzte sich Elric mühsam auf. Kummer und Schmerz traten vorübergehend hinter seiner Neugier zurück. »Was ist mit Yyrkoon?«

»Wir haben Yyrkoon im Turm von B'aal'nezbett gefunden, wohin er sich zurückgezogen hatte. Er war von irgendeiner Zauberei erschöpft, schwört aber, nichts von Pent'arls versuchtem Thronraub und dem Tod deines Vaters gewußt zu haben, bevor wir zu ihm kamen.«

»Von einem Wetterzauber erschöpft, wie?«

»In der Tat, mein Lord. Er war es, der vor zwei Tagen diesen Nebel gebraut hat.«

»Vor zwei?!«

»Mein Kaiser, du hast über einen Tag lang geschlafen«, sagte Dyvim Tvar.

»Dann ist es Zeit, daß ich aufstehe«, entgegnete er mit einem Anflug seiner früheren Unbeschwertheit.

»Wenn du möchtest, kannst du dich ruhig noch ausruhen, Elric. Deine Krönung muß allerdings bald vollzogen werden, wenn du deinen Sieg festigen willst.«

»Haben wir viele Männer verloren?«

»Dank deiner Strategie nicht so viele, wie es hätten sein können, mein Lord. Die meisten von Pent'arls Leuten haben sich einfach ergeben, als sie hörten, daß Pent'arl deinen Vater ermordet und Avedis gefangengenommen hat. Wir haben versucht, Pent'arls Männer lieber kampfunfähig zu machen, statt sie zu töten. Es gab etwa noch fünf Tote und einige Verletzte. Terac wurde leicht verwundet.« Er machte eine Pause. »Und dann natürlich Avedis.«

»Er stand kurz davor, in die Wachabteilung seines Vaters einzutreten.« Elric seufzte. »Das ist ein schlechtes Omen für meine Herrschaft, was, Drachenlord?«

»Mein Prinz« – Dyvim Tvar war der Fehler, den er machte, nicht bewußt –, »du hast bereits bewiesen, daß du imstande bist, gut über Melniboné zu herrschen.«

Elric sah ihn mit einem merkwürdigen Blick an. »Wie meinst du das?«

»Du hast dich im Laufe unseres Kampfes verändert, mein Lord. Du hast bereitwillig den Befehl übernommen. Du bist sparsam mit dem Leben unserer Soldaten umgegangen. Du warst gerissen und…« Er warf Cymoril einen vielsagenden Blick zu.

Elric war belustigt. »Was soll denn das? Der große Dyvim Tvar ist verlegen? Cymoril, warte einen Augenblick draußen. Bitte geh nicht weit weg!«

Nachdem die Tür sich geschlossen hatte, sagte Dyvim Tvar schnell: »Elric, du hast die erforderliche Zweifellosigkeit an den Tag gelegt, besonders als Avedis starb. Vergib mir, aber geradeheraus gesagt, bist du zum Mann geworden und zu einem echten melnibonéischen Führer. Vor zwei Tagen warst du noch ein Junge. Heute bist du ein Mann und mein Kaiser. Ich bin stolz darauf, dir zu dienen.«

»Dann war Pent'arl in gewisser Hinsicht der Urheber meiner Verwandlung, wie?«

»Wenn du so willst, obwohl er dir auch deinen besten Freund genommen hat. Aber irgendwann hätte sowieso jemand versucht, deine Macht und deine Fähigkeiten auf die Probe zu stellen… Wie hast du dich genannt? Der Weiße Wolf? O ja, wir haben jetzt einen Wolf.«

»Lediglich eine jungenhafte Wortwahl, in der Hitze des Gefechts getroffen.«

»Mag sein, mein Lord.« Aber Dyvim Tvar schien nachdenklich.

Mühsam befreite sich Elric vom Bettzeug und versuchte, aufrecht zu stehen. Leise sagte er: »Der Junge, der ich war, starb, als Avedis ermordet wurde. Ich glaube, du sagst die Wahrheit. Ich bin jetzt ein Mann, Dyvim Tvar.«

»Cymoril! Du kannst hereinkommen!« rief Dyvim Tvar. »Dein Kaiser befiehlt dir, ihm zum Fenster zu helfen, damit er sein neuerworbenes Reich in Augenschein nehmen kann!«

Damit endet die Geschichte von Elrics Thronbesteigung.

Copyright © 1994 by Paul W. Cashman

Nancy A. Collins

DAS HERZ DES DRACHEN

Der weiße Prinz hüllte sich fester in seinen Umhang ein, um sich vor dem eisigen Wind zu schützen, der ihm ins Fleisch schnitt. Sein Pferd wieherte vor Unbehagen; im Gegensatz zu seinem Reiter wußte es, daß es zu kalt war, um reglos auf einem ungeschützten Berg zu stehen.

Der weiße Prinz starrte in das Tal hinunter, das sich wie eine zerknitterte Bettdecke vor ihm ausbreitete. Im Tal würde es wärmer sein. Und gefährlicher. Er runzelte die Stirn, als er nach dem Glasfläschchen in dem an seinem Gürtel befestigten Beutel tastete. Das Elixier, das seinem schwachen Blut Feuer verlieh, war so kalt, daß es seine Lippen verbrannte. Seine rubinroten Augen weiteten sich, als die Wirkung der Kräuter und Drogen einsetzte.

Elric von Melniboné, letzter Sproß eines koniglichen Geschlechts, dessen Anfänge bis in unvordenkliche Zeiten zurückreichten, stieß seine Sporen in die Flanken seines zitternden Rosses und ritt in das Tal der Drachen hinab.

»Wir brauchen Drachen.«

Dies sagte König Yaris, der junge Emporkömmling. Mehr als einmal hatte er sein Mißtrauen gegenüber Elric bekundet. Von den sieben Seelords, die sich zusammen mit dem verbannten Melnibonéer verschworen hatten, um das uralte Imrryr, die sagenumwobene Träumende Stadt, zu überfallen, war er derjenige, der sich am meisten beklagte.

Graf Smiorgan Kahlschädel blickte über sein mit Bier gefülltes Trinkhorn hinweg und runzelte die Stirn. Unter den sieben kam er dem, was man als Freund des Albinoprinzen bezeichnen konnte, noch am nächsten und war der Hauptverschwörer.

»Du redest Unsinn, Yaris! Demnächst wirst du noch den Mond an einer Schnur haben wollen! Wo sollen wir Drachen herbekommen?«

»Frag *ihn*.« Yaris zeigte mit dem Finger auf Elric, der am Ende des Tisches saß. »Seine Leute haben sich ihrer jahrhundertelang bedient! Auf diese Weise haben sie das Strahlende Reich gegründet! Wenn wir die Dracheninsel überfallen wollen, wäre mir wohler zumute, wenn uns selbst auch Drachen zur Verfügung stünden.«

»Der Junge hat nicht ganz unrecht«, murmelte Naclon von Vilmir, der vornehmste und angesehenste der Seelords. »Die Melnibonéer sind nicht von ungefähr als Drachenprinzen bekannt.«

Elric schüttelte den Kopf. »Die Drachen von Imrryr sind nahezu ausgestorben. Die Wildheit ist aus ihnen weggezüchtet worden, und das hat sie unfruchtbar gemacht. Eure Männer und ihre Schiffe haben wenig von ihnen zu befürchten.«

Das war eine Lüge, aber er wollte nicht, daß seine menschlichen Mitverschworenen aus der Sache ausstiegen – jetzt, da sein Traum, sich an seinem ränkevollen Vetter Yyrkoon zu rächen und seine in zaubrischen Banden liegende Geliebte Cymoril zu retten, endlich erfüllbar schien.

Naclon strich sich nachdenklich über den Bart. »Gleichwohl haben deine Leute die Bestien gezähmt und sie soweit ihrem Willen unterworfen, daß sie ein Reich aufbauen konnten. Sicher wärest du imstande, dein Wissen zu unserem Nutzen anzuwenden.«

Elric zuckte die Achseln. »Aber wo sollte ich Drachen herbekommen – noch dazu abgerichtete, die in der Lage sind, dem Stachelstock eines Reiters und seinen Anweisungen Folge zu leisten? Man braucht ein ganzes Menschenleben lang, um die Bestien soweit zu zähmen, bis sie fügsam genug sind, um sich reiten zu lassen.«

Kaum hatte er gesprochen, als Elric sich in seiner Vorstellung auf einem fliegenden Drachen sitzen sah, angetan mit dem fledermausflügligen Helm und der schwarzen Rüstung seiner Vorfahren, Sturmbringer mit einer Hand in die Höhe haltend, während er mit der anderen seiner Söldnerschar das Zeichen zum Angriff auf die Träumende Stadt gab. Die Vorstellung, daß der letzte Sproß des königlichen Geschlechts die endgültige, entscheidende Attacke auf das Herz des uralten, niedergehenden Strahlenden Reichs befehligte, während er auf einer der Bestien saß, die ebendiese Dynastie möglich gemacht hatten, reizte seine Eitelkeit. Und wie bei allen Melnibonéern war Eitelkeit Elrics größte Schwäche.

Er stand auf und legte seinen Umhang um seine breiten Schultern. »Ihr Herren, ich muß mich von euch verabschieden. Der Überfall, den wir planen, wird sehr viel geistige und seelische Kraft von mir fordern. Ich muß gehen und mich vorbereiten. Ich fürchte, ihr werdet mich eine Zeitlang nicht zu Gesicht bekommen. Ich werde zurückkehren, wenn die Strömungen günstig und die für dieses Vorhaben versprochenen hundert Schiffe im Fjord versammelt sind.«

Graf Smiorgan Kahlschädel stand vom Tisch auf und eilte seinem Freund nach. Während er sich an die selbstherrliche Art gewöhnt hatte, in der der Melnibonéer sich Dingen entzog, die er für langweilig hielt, war das bei den anderen Seelords nicht der Fall. Jeder von ihnen war auf seine Weise ein König und Gebieter, daran gewöhnt, daß man ihm zuhörte und seinen Worten Folge leistete. Gewiß, im Vergleich zu einem so alten und mächtigen Geschlecht wie dem Elrics waren ihre Königreiche kaum mehr als barbarische Stammesverbände, aber das hieß nicht, daß es ihnen gefiel, wenn man ihnen diesen Umstand unter die Nase rieb.

»Elric! Ist das klug?« zischte Smiorgan, während er den Melnibonéer beim Ellbogen packte. »Wenn du dich in solch einem frühen Zustand, wo die Allianz noch nicht gefestigt ist, auf unbestimmte Zeit verabschiedest, könnte das zu einer Katastrophe führen! Was, wenn Yaris beschließen sollte, uns seine Unterstützung zu versagen? Dann würde es nicht lange dauern, bis Fadan von Lormyr es ihm gleichtäte – wie stünden wir dann da? Elric, du gehst und überläßt es mir, mich um ein Kartenhaus zu kümmern!«

Als er die Hand an seinem Ellbogen spürte, erstarrte Elric, riß aber aus Rücksicht auf seinen Freund seinen Arm nicht aus dem Griff des massigeren Mannes los. Er richtete seine karminroten Augen auf Smiorgan und sprach mit kalter schneidender Stimme.

»Nur wenn ich euch helfe, könnt ihr hoffen, das Meereslabyrinth, das Imrryrs Hafen schützt, mit Erfolg zu durchfahren. Mit mir gibt es ein Bündnis unter euch Piratenkönigen, das auf Gier und einem tiefsitzenden Haß gegen mein Volk gründet. Ohne mich seid ihr nichts als sieben räuberische Könige, die sich in einem fort um die magere Beute streiten, die die Küstendörfer der Jungen Königreiche zu bieten haben. Wir werden Imrryr angreifen, wenn die Strömungen und der Zeitpunkt günstig sind. Wenn ich den Seelords ständig zur Verfügung stünde, würde das die kommenden Ereignisse weder beschleunigen noch verzögern. Aber wenn ich mich nicht in der vorgeschriebenen Weise vorbereite, wird es keinen Überfall geben. Ist das klar?«

Smiorgans Blick wurde noch finsterer, aber er ließ Elrics Arm los.

»Wir werden auf deine Rückkehr warten.«

Elric nickte seinem Gefährten zum Abschied zu und verließ, die Kapuze seines Umhangs über den Kopf ziehend, das Zimmer. *Und wenn ich zurückkehre, werde ich auf einem fliegenden Drachen sitzen.*

Elrics Ausbildung, die ihn auf die Besteigung des Rubinthrons von Imrryr vorbereitete, hatte ihm Kenntnisse von Dingen und Orten vermittelt, die der menschlichen Rasse unbekannt waren. Zu diesen geheimen Kenntnissen gehörte auch das Wissen um die Wesen, die man nur unter dem Namen ›die Eldren‹ kannte.

Einst hatten die Melnibonéer die Eldren als Götter verehrt, doch zur Zeit von Elrics Geburt waren sie bereits zur Sage verblaßt, an die man sich nur dunkel erinnerte. Als Erbe der magischen Kräfte und Kenntnisse der zauberkundigen Kaiser, die zehn Jahrtausende lang über das Strahlende Reich geherrscht hatten, wußte Elric mehr über die Eldren als sonst jemand, ausgenommen vielleicht sein wahnsinniger Vetter Yyrkoon.

Es hieß, die Eldren seien vor fünfundzwanzigtausend Jahren aus der wirbelnden, gestaltlosen Rohmasse des Chaos hervorgegangen, das jenseits des Randes der Welt, hinter den Klippen von Kaneloon liegt. Als der Ordnung verpflichtete, dem Chaos entsprungene Rasse dienten die Eldren, wie man munkelte, keiner Seite, obwohl sie die Kräfte beider Seiten beherrschten. Ihnen, und ihnen allein, gelang es, sich die gegensätzlichen Zustände von Stasis und Entropie nutzbar zu machen.

Als Jüngling hatte Elric eine Anzahl Schriftrollen gefunden, die von einem seiner Vorfahren – Yrik XVI., auch unter dem Namen Der Wanderer bekannt – stammten und in denen dieser darlegte, wie die Eldren vor zwölftausend Jahren eine Rasse von Wesen geschaffen hatten, die ihnen ähnelten, jedoch minderwertiger und ›animalischer‹ waren, vergleichbar den affenähnlichen Nomaden, die die Gegend durchzogen, in der später die Jungen Königreiche entstehen sollten. Aus diesem verkümmerten Seitenzweig der Eldren entwickelten sich die Melnibonéer.

Wenn die Geschichte stimmte, konnte Elric verstehen, warum man zugelassen hatte, daß sie in Vergessenheit geriet. Die Melnibonéer bildeten sich seit langem etwas darauf ein, der niedrigen menschlichen Rasse überlegen zu sein, die sie geschunden und versklavt hatten, bevor der erste Mensch Verstand genug besessen hatte, einen Feuerstein gegen Fels zu schlagen.

In den Schriftrollen wurde auch geschildert, wie Yrik, nachdem ein Virus die Bewohner der Drachenhöhlen sehr vermindert hatte, in das Tal der Drachen, wo die Eldren hausten, aufgebrochen war und mit Tanoch, dem Drachenlord und Herrscher der Eldren, erfolgreich über ein Zuchtpaar geflügelter Schlangen verhandelt hatte.

Irgendwann verlor Yrik den Verstand – oder zumindest die Fähigkeit, sich jeweils mehr als fünf Minuten einer Sache zu widmen, wie sich den ständig abschweifenden, von Gedanke zu Gedanke springenden Aufzeichnungen entnehmen ließ, die er nach der Rückkehr von seiner Begegnung mit dem Drachenlord gemacht hatte. All das war vor dreitausend Jahren geschehen.

Wer oder was auch immer der Drachenlord sein mochte, mit den Eldren war jedenfalls nicht zu spaßen.

Und bevor Yaris Elric auf den Gedanken gebracht hatte, waren die Eldren und ihre Drachenkavallerie lediglich eines unter vielen okkulten Details gewesen, mit denen sein Hinterkopf vollgestopft war. Jetzt war er meilenweit von seiner sich sammelnden Seestreitmacht entfernt und zwang sein erschöpftes Roß, sich durch das rauhe nordländische Wetter zu schleppen – auf der Suche nach einer verlorenen Rasse, die durch ein magisch geschütztes Tal vor dem Getöse und dem Druck minderwertigerer Zivilisationen bewahrt wurde. Es war ein törichtes Unterfangen. Aber hatte das Wissen, daß seine Unternehmungen töricht waren, ihn je von ihnen abgehalten?

Während seines Ritts nach Norden war er immer wieder auf vielsagende Dinge gestoßen, die darauf hinwiesen, daß das, was er suchte, tatsächlich existierte. Er hatte gehört, wie blauhäutige Barbaren ihre furchterregenden, keinen Trost spendenden, nördlichen Götter anriefen, und einer, von dem sie im ehrfürchtigsten Flüsterton sprachen, hieß Tanoch. Tanoch der Sturmgeber. Tanoch der Himmelsherr. Tanoch der Nachtbringer. Er hatte sogar ein primitives Götzenbild flüchtig zu sehen bekommen: ein geflügelter Mann mit Bart und Brüsten, die Finger zu verderbenbringenden Klauen gekrümmt. Konnte dieser gräßliche, hermaphroditische Himmelsgott dasselbe Wesen sein, das sein Vorfahr vor Jahrhunderten um Hilfe gebeten hatte?

Diese Gedanken gingen Elric durch den Kopf, als er sein Pferd ansportnte und auf dem schmalen Bergpaß in das nebelverhangene Tal hinunterritt. Er zweifelte nicht daran, das legendäre Tal der Drachen ausfindig gemacht zu haben. Die üppige Treibhausvegetation und der dampfende Dschungel unten sahen nach Zauberei aus. Die umliegenden Berge waren schroffe, kalte Granitriesen, bedeckt von Schnee und schwarzem Eis; ein solches Tal konnte nicht ohne die Hilfe großer magischer Kräfte bestehen.

Sein erschöpftes Roß wieherte, als sie tiefer in das dichte Grün des Tales vordrangen. Der Weg, dem sie gefolgt waren, war jetzt wenig mehr als ein Trampelpfad, so daß Elric sich gezwungen sah, abzusteigen und sein Pferd am Zügel zu führen, während er mit seinem Kurzschwert Äste und Kletterpflanzen abschlug.

Plötzlich zog das Pferd heftig an den Zügeln und riß sie ihm aus der Hand. Das Tier bäumte sich auf, seine wild rollenden Augen verdrehten sich, bis nur noch das Weiße zu sehen war, während es mit seinen Vorderbeinen hilflos um sich schlug. Der Pfad bot nicht genug Raum, damit es sich umdrehen und durchgehen konnte, und alles, was es schaffte, war, daß die Zügel sich im Gestrüpp verhedderten. Elric fluchte, während er versuchte, das erschreckte Tier zu beruhigen. Er langte nach den hin und her schlagenden Zügeln, fürchtete aber, einer der wild ausschlagenden Hufe des Tiers könne ihn am Kopf treffen.

Während er sich noch fragte, was den Hengst so plötzlich in Panik versetzt haben mochte, stieg ihm der Geruch von Drachen in die Nase.

Es war ein scharfer Reptiliengestank, der ihn an seine Kindheit erinnerte, in der er mit seinem besten Freund Dyvim Tvar in den Drachenhöhlen unter den glänzenden Türmen der Träumenden Stadt gespielt hatte. Dann hörte er Baumstämme wie Anmachholz zerknicken, vernahm ein Zischen wie von tausend zornigen Schlangen – und der Drache war da.

Elric drehte sich herum wie ein Blitz und riß Sturmbringer aus der Scheide, um dem Monster entgegenzutreten, das sich durch den Wald wälzte.

Der Drache, der vor ihm aufragte, unterschied sich völlig von denen, die er auf den von seinen Vorfahren angefertigten Schautafeln zur Drachenhaltung gesehen hatte. Die Drachen von Melniboné waren geflügelte Schlangen; ihre schlangenartigen Körper hatten schmale Schnauzen und waren mit kräftigen, peitschenähnlichen

Schwänzen versehen. Diese Bestie jedoch stand auf zwei dicken, muskulösen Hinterbeinen, die Vorderbeine baumelten vor der Brust und ähnelten eher den verkümmerten Armen einer alten Frau als Greifklauen. Der Kopf war wuchtig, die Kiefer so beschaffen, daß sie mit einem schnellen, furchtbaren Biß ein gepanzertes Schlachtroß in zwei Hälften zerbeißen konnten. Das Maul des Monsters war voller Zähne, die die Größe von Dolchen hatten – und ebenso scharf waren.

Mit einer für seine Masse erstaunlichen Schnelligkeit packte der Drache das entsetzte Pferd mit seinen gewaltigen Kiefern. Das Pferd schrie wie ein Mädchen, als die rasiermesserscharfen Zähne des Monsters seine Eingeweide durchbohrten. Der Drache schüttelte den Kopf hin und her und verspritzte das Blut seines sterbenden Opfers in alle Richtungen. Der hintere Teil des Pferdes fiel zu Boden, völlig abgetrennt vom Kopf und den Vorderbeinen, die immer noch zuckten.

Elric erkannte, daß es, auch wenn er mit Sturmbringer bewaffnet war, keinen Sinn hatte, sich mit solch einer Zerstörungsmaschine anzulegen. Er ließ den Drachen in Ruhe weiterfressen und eilte davon, bevor vielleicht eine weitere, noch gräßlichere Bestie vom Blutgeruch angelockt wurde.

Im Tal der Drachen wurde es Nacht. Er war stundenlang dem schmalen Pfad gefolgt, der sich durch den Dschungel wand, und hatte unter dem heißen, schwülen Wetter sowie den Bissen zahlreicher blutsaugender Insekten gelitten, ohne jedoch irgendein Anzeichen von Zivilisation zu entdecken, eldrischer oder sonstiger. Mehrmals war er indes knapp einer Begegnung mit dem schrecklichen zweibeinigen Drachen – oder seinen Artgenossen – entgangen und hatte überdies einige schwerfällige, gutgepanzerte vierbeinige Drachen gesichtet, die Hörner wie ein Einhorn hatten. Sehr zu seiner Erleichterung schienen diese mehr daran interessiert, sich an der üppigen Vegetation gütlich zu tun, als ihn zu belästigen.

Jetzt saß er vor einem kärglichen Feuer und hielt Wache, das Schwert griffbereit neben sich, falls ihm der umliegende Dschungel einen unerwünschten Besucher bescheren sollte. Besorgt betastete er das Glasfläschchen mit dem Elixier, das sein dünnes Albinoblut anreicherte. Er hatte soviel davon, daß es für zwei, vielleicht drei Tage ausreiche, vorausgesetzt, er brauchte nicht auf Zauberei zurückzugreifen. Einen Zauber zu wirken erschöpfte ihn immer mehr als einfache körperliche Anstrengung, weshalb er sich der arkanen Künste auch nur in den gefährlichsten Situationen bediente. Jedenfalls würde er, wenn er die Eldren nicht innerhalb von drei Tagen fand, bald seine Kraft verlieren und den raubgierigen gigantischen Reptilien, die das Tal durchstreiften, zum Opfer fallen.

Er blickte finster in das dürftige Feuer und dachte darüber nach, wie ihn seine Eigensinnigkeit wieder einmal in eine mißliche Lage gebracht hatte. Seine Weigerung, den Kaisermantel anzunehmen, hatte dazu geführt, daß er von seinem Vetter Yyrkoon verdrängt wurde und daß die einzige Frau, die ihm je etwas bedeutet hatte, Yyrkoons Schwester, die liebliche Cymoril, in Gefahr geriet. Er hatte der Macht und der Liebe den Rücken gekehrt, um statt dessen die Freiheit zu haben, in der Welt umherzuwandern und das Leben aus einem anderen Blickwinkel als der des aristokratischen Gelehrten kennenzulernen. Jetzt schmiedete er mit den Erbfeinden seines Volkes Pläne, um das Königreich, das von Rechts wegen ihm gehörte, zu zerstören. Und selbst dieses Vorhaben war gefährdet, jetzt, da er meilenweit von seinen Freunden und Gefährten entfernt war, von denen er keinem zu sagen gewagt hatte, wohin er ging oder aus welchem Grund.

Sollte er in diesem abgeschiedenen, verzauberten Tal sterben, wäre alles umsonst; Yyrkoon würde weiterhin über Imrryr herrschen, nach einiger Zeit seine eigene Schwester, Elrics Geliebte, heiraten, und ihre Nachkommen würden den Rubinthron erben. Der Gedanke brachte Elrics Inneres zum Kochen.

Seine lichtempfindlichen Augen schmerzten, weil er so sehr in das Feuer gestarrt hatte. Als er seine Tränen der Empörung wegblinzelte, hob er den Blick und sah, daß er nicht mehr allein war.

Sie standen in einer Art Halbkreis vor ihm, und ihre Rüstungen schimmerten wie Schlangenhaut. Es waren sechs, angetan mit enganliegenden Beinschienen und Brustharnischen aus einem schillernden Material, das wie Leder aussah, aber wie Metall glänzte. Ihre Gesichter wurden von reichverzierten geflügelten Helmen fast verdeckt, und in ihren Händen hielten sie Dreizacke.

Einer der seltsam gewandeten Krieger trat vor und nahm mit einer einzigen, fließenden Bewegung seinen Helm ab. Ein dicker Strang violetten Haars, das zu einem Zopf geflochten war, fiel auf die Schultern des Kriegers. Elric konnte nicht umhin, einen Laut der Überraschung auszustoßen, als er die auf unheimliche Weise vertrauten Gesichtszüge des Eldren sah.

Die melnibonéische Rasse hatte sich immer etwas auf die Feinheit ihrer Gesichtszüge eingebildet, besonders im Vergleich zur Grobschlächtigkeit der menschlichen Spezies. Doch das Wesen, das vor Elric stand, ließ selbst den feinsten melnibonéischen Höfling wie einen Spülküchensklaven aussehen.

Die Wangenknochen des Eldren waren hoch und schräg, so daß die Augen wie Katzenaugen wirkten. Die Augenbrauen verliefen bogenförmig, die Ohren waren leicht zugespitzt. Die feingeschnittenen Züge des Kriegers waren von einer androgynen Schönheit, die eine Bestimmung des Geschlechts unmöglich machte. Das Beunruhigendste waren jedoch die Augen des Eldren: Sie waren von einer einheitlichen Farbe, und ihnen fehlte sowohl die Iris als auch das Weiße. Die Augen des Kriegers hatten denselben Farbton wie sein Haar. Es war, als blicke man in die aufgemalten Augen einer Marmorstatue.

Der Eldrenkrieger hob eine schmale, schlanke Hand mit sechs Fingern und machte eine rituelle Geste, die Elric nicht verstand.

Als Elric aufstand, verspürte er einen heftigen Schmerz im Hinterkopf, als ob er mit einer Stecknadel gestochen worden sei. Seine Hand schloß sich um Sturmbringers Heft, das in seinem Griff pulsierte.

»Ich möchte den Drachenlord sprechen.« Er versuchte, seine Stimme so gebieterisch wie möglich klingen zu lassen.

Der purpurne Krieger runzelte weder die Stirn noch lächelte er, noch gab er sonst zu erkennen, daß er irgend etwas von dem, was Elric gesagt, verstanden hatte.

»Ich bin gekommen, um den Drachenlord zu sprechen.«

Der purpurne Krieger drehte sich zu einem seiner Gefährten um. Der zweite Krieger nahm ebenfalls seinen Helm ab, unter dem zwei schwere, geflochtene Zöpfe zum Vorschein kamen, die die Farbe von Meeresschaum hatten. Der grüne Krieger krümmte die sechs Finger seiner linken Hand zu einem mysteriösen Zeichen und zuckte auf seltsame, vogelartige Weise mit dem Kopf. Der purpurne Krieger nickte und wandte sich wieder Elric zu.

Die schmalen Lippen des Eldrenkriegers öffneten sich, und eine merkwürdig abgehackte, fast mechanische Stimme erklang. »Kalki teilt mir mit, daß deine

Rasse stumm ist. Deshalb werde ich mit dir in der Weise kommunizieren, die du gewohnt bist.«

»Ich bin Elric von Melniboné...«

»Wir wissen, wer du bist. Was du bist. Dein Kommen wurde vorhergesagt. Der Drachenlord hat uns geschickt, um dich in Empfang zu nehmen, damit dir nicht aus Versehen einer der Fresser etwas zuleide tut.« Der purpurne Krieger machte mit seinen langen, merkwürdig gegliederten Fingern eine weitere geheimnisvolle Geste. »Ich bin Euryth, Erster General der Drachenkavallerie. Bitte komm mit uns.«

Die schweigenden Drachengeneräle mit ausdruckslosem Blick führten Elric von seinem primitiven Lagerplatz zu einer nahegelegenen Lichtung, wo ihre fliegenden Drachen angebunden waren. Obwohl ebenfalls mit Flügeln versehen, unterschieden sich diese Drachen gewaltig von ihren melnibonéischen Verwandten. Die Reittiere der Eldren ähnelten erschreckenden ungefiederten Vögeln, hatten spitz zulaufende Schädel und furchterregende Schnäbel, die wie aneinanderschlagende Schwerter rasselten. Ihre riesigen ledrigen Schwingen maßen vom einen Ende zum anderen dreißig Fuß, und die Eldren ritten, in kunstvoll gearbeiteten Sätteln sitzend, auf ihren Rücken.

General Euryth forderte Elric durch eine Handbewegung auf, hinter ihn zu klettern, und ohne daß ein Blick oder ein sichtbares Zeichen zwischen den Reitern ausgetauscht worden wäre, erhob sich die Drachenkavallerie wie ein einziges Wesen in die Luft.

Es war Jahre her, seit Elric zum letztenmal auf den großen Bestien geritten war, die seine Leute zu ihren Kriegs- und Herrschaftsinstrumenten gemacht hatten. Als er jetzt vom Reittier des Eldren auf den Dschungel hinunterblickte und das Donnern der Drachenschwingen sowie das Brausen des Windes in seine Ohren drang, wurde ihm klar, wie sehr er solche einfachen Freuden vermißt hatte.

Als der Morgen graute, kamen sie in Sichtweite der ummauerten Stadt der Eldren, des legendären Drachonarum.

Der Anblick der hohen Türme und der schimmernden, spiegelglatten Mauern erinnerte Elric an den Ort seiner Geburt. Keine andere Stadt in der ganzen Welt konnte Anspruch auf die Kenntnisse und die Kunstfertigkeit erheben, die erforderlich waren, um derart anmutige Bauwerke zu schaffen. Die Jungen Königreiche würden noch Jahrhunderte, wenn nicht Jahrtausende brauchen, bis sie imstande wären, etwas anderes als düstere Burgen und wuchtige Bergfriede zu bauen. Und um die Wahrheit zu sagen, hatten die Melnibonéer selbst seit langem den Anreiz verloren, weiterhin solche wunderbaren architektonischen Gebäude zu erschaffen. Imrryr selbst war wenig mehr als ein schwacher Abglanz dieser wundervollen Stadt, eingefangen von einem Spiegel, der nach langen Jahren der Vernachlässigung nur noch ein Zerrbild wiedergibt.

Die Schwadron segelte durch den heller werdenden Himmel und ging, kreisförmige Bewegungen beschreibend, nieder, wie Raubvögel, die auf warmen Luftströmen nach unten glitten. Ihr Ziel schien der höchste der reichverzierten schimmernden Türme zu sein, dessen Spitze den Elementen ausgesetzt war. Ein Drache nach dem anderen stieß herab und landete mit unglaublicher Sicherheit im Horst.

Die Drachenmeister von Melniboné lenkten ihre schlangenhaften Reittiere mit Hilfe spitzer Stachelstöcke und unter Anwendung spezieller Stimmpfeifen, die die großen Bestien ›beschworen‹, aber Elric hatte nicht festzustellen vermocht, wie die Eldren ihre Drachenrasse beherrschten. Die Drachengeneräle und ihre Tiere handelten wie ein einziges Wesen.

Diener in den Livreen ihrer Herren eilten herbei, um sich der kreischenden Drachen anzunehmen, als die Generäle abstiegen. Euryth nahm seinen Helm ab und gab mit dem Daumen und dem sechsten Finger seiner rechten Hand einem jungen Eldren ein Zeichen, der Reithosen und ein violettes Wams trug. Der Jüngling hob zur Antwort die flache Hand, und Euryth nickte. Er drehte sich um und fixierte Elric mit seinem ausdruckslosen Blick.

»Der Drachenlord erwartet dich.«

Euryth übergab dem Jüngling die Zügel seines Drachen und forderte Elric mit einer Handbewegung auf, ihm ins Innere des Turms zu folgen.

Elric hatte auf seinen Reisen vielerlei gesehen, aber nichts, was sich mit den Hallen des Drachenpalastes der Eldren vergleichen ließ. Was auf den ersten Blick wie Wände aus farbigem Glas ausgesehen hatte, erwies sich in Wirklichkeit als Chaos-Materie, die zwischen zwei Schichten Ordnung eingeschlossen war. Als Elric durch die gewundenen Gänge und Korridore des Palastes schritt, wurden die Wände, in denen das Chaos wogte und wallte und sich die Farben dem Universum anverwandelten, zum Kaleidoskop eines Riesen.

Obwohl sie sich damit brüsteten, Diener der Chaos-Lords zu sein, war es den Melnibonéern nie gelungen, das Rohmaterial der Entropie ihrem Willen zu unterwerfen. Elric war gehörig beeindruckt.

Sie kamen zu einer zweiflügligen Tür aus Metall, in deren Oberfläche das Bild eines grimassierenden Drachen eingearbeitet war. Lautlos öffnete sich die Tür nach innen, und Elric wurde hineingeführt, um dem Drachenlord, dem Herrscher der Eldren, gegenüberzutreten.

Die Decke des Thronsaals verlor sich im Unendlichen. Die Wände waren mit seidenen Gobelins behängt und wurden von Kohlenbecken beleuchtet, die Licht, aber keine Wärme spendeten. Auf einem Podest stand ein wuchtiger Thron, der aus einem einzigen Stück Obsidian gefertigt war. Der Thron war über und über mit eingemeißelten Schlangendrachen bedeckt, aber ansonsten leer.

Euryth wölbte seine langfingrigen Hände, als ob sie ein unsichtbares Ei umschlössen; die Fingerspitzen strebten aufeinander zu, ohne sich ganz zu berühren.

Von weit oben, aus der Dunkelheit über ihren Köpfen, kam ein rauschendes Geräusch, und ein Schatten breitete sich über den Fußboden aus.

Elric fuhr zusammen, als er merkte, daß jemand vor ihnen kniete. Zuerst hielt Elric das schwarze Leder, das sich um die kauernde Gestalt breitete, für irgendeine Art Umhang. Dann hob der Drachenlord der Eldren den Kopf und lächelte den bleichen Kriegerprinzen an.

Sie war um einen ganzen Kopf größer als er, hatte silbernes Haar und tiefschwarze Augen. Sie trug Reithosen aus schwarzem Wildleder, denen ein dicker, ihre schlanke Taille umschließender Ledergürtel Halt verlieh, der mit dem versilberten Schädel eines wilden Hundes befestigt war. Zunächst dachte er, sie trage einen Helm mit Widderhörnern, aber dann begriff er, daß ihr die üppig gedrehten Hörner in Wirklichkeit aus der Stirn wuchsen.

Von der Taille aufwärts war sie nackt. Über ihre Brust verliefen dicke Muskelstränge, die mit den Fledermausflügeln ähnelnden Schwingen verbunden waren, welche sie auf dem Rücken wie ein spitz zulaufendes Cape zusammengelegt hatte. Sie hob eine sechsfingrige Hand zum Gruß.

»Willkommen, Vetter.«

Als Elric die an ihrer Hüfte hängende Schwertscheide erspähte, zuckte Sturmbringer in seiner eigenen Scheide und stieß einen leisen Schrei aus, wie ein Tier, das nach seinem Gefährten ruft. Er legte die Hand auf den Knauf des schwarzen Schwertes und streichelte es, worauf es sein klagendes Stöhnen einstellte.

Wie zur Warnung machte Euryth einen Schritt auf Elric zu. Die Zinken seines Dreizacks leuchteten plötzlich auf und versprühten ein purpurfarbenes Licht.

»Das wäre alles, Euryth«, sagte die geflügelte Frau und machte eine umfassende Gebärde mit der rechten Hand. »Wir wollen unseren Gast nicht beleidigen.«

Die knisternde Aura um den Dreizack verschwand, und der Drachengeneral machte eine kurze Verbeugung, bevor er sich aus dem Thronsaal zurückzog.

Die Herrscherin der Eldren trat vor. Ihre Flügel zuckten wie die eines unruhigen Vogels.

»Elric von Melniboné, Handlanger des Chaos, Herr und Sklave Sturmbringers, Ewiger Held ... Dein Kommen wurde von unserem Orakel vorausgesehen.« Sie wies auf den schlanken hellhaarigen eldrischen Jüngling, der neben dem reichverzierten Thron aus Obsidian kauerte und dessen leere Augen unter einem goldenen Tuch verborgen waren.

»Dann weißt du, warum ich gekommen bin und worum ich dich bitten will.«

»Du willst Drachen haben. Warum sonst solltest du dich auf eldrisches Territorium wagen?«

»Ich war mir nicht sicher, ob die Sagen der Wahrheit entsprachen. Ich hatte von der Reise eines Vorfahren in dein Land gelesen, der sich vor dreitausend Jahren auf eine ähnliche Suche begab ... aber ich konnte nicht wissen, ob seine Angaben richtig waren oder ob dein Volk ausgestorben ist.«

Die Drachenherrin lächelte freundlich und machte eine Geste mit dem Flügel. »Wie du siehst, gibt es die Eldren noch. Wie es uns immer geben wird. Hier oder nötigenfalls anderswo. Ja, wir erinnern uns sehr gut an deinen Ahnen Yrik.«

»Ihr – *Ihr* seid dieser Tanoch?«

Ihr Lächeln wurde breiter. »Die Eldren sind eine langlebige Rasse. Und die Lords am langlebigsten von allen. Wir waren erst drei Jahrhunderte jung, als Yrik zu uns kam. Aber ja, wir sind Tanoch.« Sie streckte den linken Flügel aus und berührte ihn leicht an der Schulter. »Komm, du mußt nach solch einer langen Reise müde sein. Unsere Diener werden dafür sorgen, daß du dich ausruhen kannst und angemessen betreut wirst.«

Wie aus dem Nichts erschienen zwei androgyne Bediente, die in Livreen von silberner und schwarzer Farbe gekleidet waren.

»Wir werden dich heute abend sehen, Kind des Chaos«, sagte Tanoch lächelnd. »Bis dann.« Und mit einem einzigen Schlag ihrer gewaltigen Fledermausflügel schoß sie nach oben in die unermeßliche Dunkelheit über dem Thronsaal.

Nachdem er geschlafen, gebadet und frische Kleidung angelegt hatte, wurde Elric wieder von den schweigenden leeräugigen eldrischen Dienern in den Thronsaal geleitet. Dort erwartete ihn ein großer, für drei gedeckter Bankettisch. Das blinde Orakel saß gleich rechts vom Kopfende am Tisch.

Elric blickte sich um, konnte aber niemand weiter sehen. »Wo ist Tanoch?«

Das Orakel gab keine Antwort, sondern legte statt dessen sein blindes Gesicht zurück, so daß es aussah, als starre er in die Dunkelheit über ihren Köpfen.

Ein Flügelrauschen war zu hören, und Tanoch Nachtbringer sank herab und landete hinter dem Stuhl am Kopfende des Tischs.

»Vergib uns. Staatsangelegenheiten haben uns aufgehalten.«

Sie wies Elric mit einer Geste an, sich am unteren Ende des Tisches niederzulassen. »Wie findest du Drachonarum?«

»Wundervoll und verwirrend. Yrik hat die Stadt in seinen Aufzeichnungen nicht richtig gewürdigt.«

Tanoch nickte, während sie ihre Flügel sorgsam auf dem Rücken zusammenlegte und ihren Platz am Kopfende des Tisches einnahm. »Wir haben uns oft gefragt, was aus ihm geworden ist.«

»Er ist kurz nach seiner Rückkehr nach Imrryr wahnsinnig geworden.«

Ein undeutbarer Ausdruck huschte über die feingeschnittenen Züge der Drachenherrin. »Das haben wir befürchtet.« Ein Diener tauchte aus der Dunkelheit auf und füllte die Kelche mit türkisfarbenem Wein. »Er war ein außergewöhnlicher Mann. Du hast viel an dir, was uns an Yrik erinnert.«

Elric fummelte brummend mit dem Besteck herum. Messer und Gabel waren von einem auf eine sechsfingrige Hand abgestimmten Gewicht und fühlten sich in seinem Griff fremd an.

»Wir haben über deine Bitte um Drachen nachgedacht. Wir haben beschlossen, dir zu helfen.«

»Dann wirst du mir Drachen geben?«

»Mehr als das. Wir sind bereit, dir für den Überfall auf Imrryr unsere Generäle und ihre Kavallerie zu überlassen.«

Elric versuchte, seine Überraschung zu verbergen, was ihm aber nicht ganz gelang. »Das weißt du? Du weißt, daß ich vorhabe, die Träumende Stadt zu überfallen?«

Tanoch sah ihn mit ihren ausdruckslosen, schwarzen Augen an. »Selbstverständlich. Es gibt nichts, wovon wir keine Kenntnis hätten.«

Das Orakel bewegte den Kopf, und Tanoch zuckte die Achseln und machte eine wegwerfende Geste. »Sei kein Narr, Auberon. Wir wissen, was wir tun.« Sie lächelte Elric an. »Bitte vergib unserem Orakel. Er meint, wir seien – unvernünftig.«

Elrics anfängliche Vorsicht wich schnell einer Hochstimmung, da er begriff, was das bedeutete. Wenn er die Drachenkavallerie an seiner Seite hatte, würde Imrryr innerhalb weniger Stunden fallen! Bevor der Abend hereinbrach, würde Yyrkoons noch zuckendes Herz als Leckerbissen auf Ariochs unheiligem Altar dargebracht werden! Was für ein süßer Zufall, daß das Strahlende Reich von den Rassen in Schutt und Asche gelegt werden würde, deren eine es einst hervorgebracht hatte und deren andere von ebendiesem Reich versklavt worden war! Solch klugen und mächtigen Wesen wie den Eldren würde es sicher keine Schwierigkeiten bereiten, den Zauberbann zu brechen, unter dem seine geliebte Cymoril stand.

»Bevor du deinen Sieg über deinen thronräuberischen Vetter verkündest, sollten wir vielleicht über die Bedingungen der Bezahlung sprechen.« Tanochs Stimme klang sowohl belustigt als auch ernst. Elrics kalkweißes Antlitz rötete sich, als ihm klar wurde, daß die Drachenherrin seine Eroberungsphantasien mitbekommen hatte.

Das Orakel schüttelte heftig den Kopf. Obwohl seine Hände schmal und fein, von fast femininem Aussehen waren, sprach aus den Gesten des blinden Mannes unverkennbarer Zorn. Tanochs Finger krampften sich fest um die Armlehnen ihres Stuhls, als sie ihre gehörnte Stirn senkte.

Elric massierte seine eigene Stirn. Er hatte das Gefühl, als ob eine Blase voll vergifteten Wassers hinter seinen Augen anschwölle. Tanoch schlug mit der flachen linken Hand auf den Tisch und stieß einen unheimlichen, schrillen Schrei aus, der den Ultraschallauten von Fledermäusen ähnelte. Elric spürte, wie etwas Warmes und Salziges aus seinen Nasenlöchern rann. Er berührte seine Oberlippe und starrte die karminroten Flecken auf seinen knochenweißen Fingerspitzen an.

Das Orakel machte eine unverkennbar obszöne Gebärde in Richtung des Melnibonéers und verließ den Tisch, wobei er sich für einen Blinden mit erstaunlicher Sicherheit bewegte.

Tanoch nahm ihr Besteck wieder auf und aß weiter. »Kümmere dich nicht um Auberon. Er ist nur eifersüchtig. Hier, nimm etwas Minzgelee zu deiner Graserkeule. Wir empfehlen es wärmstens.«

Nach der Mahlzeit führte Tanoch Elric in einen Raum, der mit schwarzen Samtbehängen ausgekleidet war und von einem gewaltigen Flechtwerk aus fein ineinandergeschlungenen Seidenschnüren beherrscht wurde, das an Ringen hing, die in die Wände eingelassen waren, und das an ein großes Spinnennetz erinnerte.

»Was ist das für ein Raum?«

»Das ist unser Schlafzimmer.«

»Du schläfst in *dem* da?« Elric zeigte auf das spinnennetzähnliche Geflecht.

»Schläfst?« Sie lächelte müde.

Elric runzelte die Stirn. »Du hast mir noch nicht gesagt, was du von mir als Bezahlung für die Drachen erwartest...«

Tanoch lachte, ohne den Mund zu öffnen, was Elrics Hirn in seinem knöchernen Käfig zucken und beben ließ. Er trat einen Schritt von ihr weg, und vor seinen Augen verschwamm alles. Als sie mit einem ihrer Flügel seine Schultern berührte, zuckte er zusammen.

»Vergib uns. Wir wollten dir nichts zuleide tun, weder jetzt eben noch beim Abendessen.«

»Das glaube ich dir.«

»Um deine Frage zu beantworten, Prinzlein... Was wir als Bezahlung von dir verlangen, ist das gleiche, was wir vor dreitausend Jahren von deinem Vorfahren Yrik verlangt haben. Wenn du unsere Hilfe willst, dann mußt du eine Nacht mit uns im Netz verbringen.«

Er dachte an Cymoril, seine einzige wahre Liebe, die durch die Zauberkünste ihres Bruders von ihm ferngehalten wurde, und schüttelte den Kopf. »Meine Liebe gehört einer anderen.«

»Haben wir um deine Liebe gebeten?«

Elric verfiel in Schweigen und dachte über seinen nächsten Schritt nach. Tanoch beobachtete ihn mit ihren unergründlichen Augen.

»Bevor du deine Entscheidung triffst, sollten wir dich fairerweise vor den Konsequenzen warnen. Du hast bemerkt, daß die Eldren sich mittels Gedanken und Gefühlen auszutauschen. Aber es muß Trennungslinien zwischen den Einzelnen geben, damit stärkere Persönlichkeiten schwächere nicht unterwerfen und vereinnahmen.

An der Stelle kommen wir ins Spiel. Die Drachenherrin hat die Aufgabe, den Frieden unter den Eldren aufrechtzuerhalten. Hat dafür zu sorgen, daß die Unverletzlichkeit des Selbst gewahrt bleibt, ohne daß dabei jemand in die Extreme der Selbstlosigkeit oder der Selbstsucht verfällt.«

»Du trägst diese Last allein?«

»Nicht ganz. Ich habe meinen Prinzgemahl – das Orakel. Er allein von allen Eldren kann mich ohne Todesfurcht umarmen. Und dann ist da noch Gedächtnis.«

»Gedächtnis?«

Sie lächelte und legte die Hand auf das Schwert an ihrer Hüfte. Der Knauf war so gearbeitet, daß er ineinandergeschlungenen Drachen ähnelte. »Du bist nicht der einzige, dessen Wohlergehen mit einem magisch hergestellten Schwert verknüpft ist. Gedächtnis gehörte unserem Vorgänger. Gedächtnis *ist* unser Vorgänger und all die Drachenlords, die ihm vorausgingen, so wie wir eines Tages zu Gedächtnis werden. Aber wir schweifen ab.

Sich mit einer Drachenherrin zu paaren, ist eine gefährliche Angelegenheit, Kind des Chaos. Wir haben telepathische Kräfte, und sich mit dem Körper zu vereinigen, heißt, sich mit dem Geist zu vereinigen. Und unser Geist ist der aller Eldren. Wir sind das Herz des Drachen. Bist du bereit zu wagen, daß du wahnsinnig wirst, mein weißer Prinz? Bist du bereit, den Verlust deiner geistigen Gesundheit – deines Selbst – zu wagen, um unsere Gunst zu gewinnen? Nach unserem Beischlaf könntest du sterben oder, noch schlimmer, zum Idioten werden. Wie Yrik vor dir.«

Elric hakte Sturmbringers Scheide von seinem Gürtel los und hielt sie in seinen bleichen Händen vor sich. »Ich habe diese verfluchte Waffe im Dienste Ariochs getragen; ich habe Unschuldige niedergemetzelt, um meinen Herrn mit Blut und Seelen zu versorgen. Und du fragst mich, ob ich mich fürchte, wahnsinnig zu werden? Meine Dame, das würde ich als Geschenk betrachten!«

Sie streckte ihre Schwingen nach ihm aus und umschlang ihn damit. Das Licht von den Kohlenbecken beleuchtete die Kapillargefäße der Haut, die sich zwischen den Flügelknochen spannte, und einen Augenblick lang erinnerte sich Elric daran, wie es im Schoß seiner Mutter gewesen war.

»Nimm uns, Kind des Chaos«, flüsterte sie, während ihre zwölf Finger langsam die Schnürbänder seines Hemdes aufknüpften. »Wir sind verdammt, kleiner Prinz. Vom Schicksal und unserer biologischen Beschaffenheit an Rollen gekettet, die wir lieber nicht spielen würden. In der uns verbleibenden Lebensspanne werden wir Zeit genug haben für Reue und Schmerz und Kummer. Jetzt laß uns das bißchen Freude und Wärme genießen, das unsere Lehnsherren uns gestatten. Verstehst du, was wir zu sagen versuchen, Melnibonéer?«

Elric schaute Tanoch ins Gesicht, aber ihre Augen waren unergründlich.

Ihre Küsse waren lang und innig, als ob sie jedesmal, da sie seine Lippen schmeckte, seine Seele wöge. Sie nahm seine Männlichkeit in die Hände und bediente sich ihrer zusätzlichen Finger, um sein Glied auf eine Elric bisher unbekannte Art und Weise zu erregen.

Als er in ihren Körper eindrang, drang sie in seinen Geist ein, nahm ihn auf in den ungeheuer großen, fremdartigen Mechanismus ihres Selbst.

Ein Schwall von Empfindungen und Erinnerungen strömte in seinen Schädel und blühte hinter seinen Augen wie eine Blume aus Feuer und Eis auf. Es war, als hätte er nackt und allein auf einem Sandstrand gestanden und sei von einer gewaltigen Flutwelle überrascht worden. Alles, was Tanoch je war und je sein würde, umfing ihn. Vergangenheit, Gegenwart und Zukunft lagen vor ihm, durcheinandergeworfen wie liegengelassene Strickarbeiten.

Die Wärme der Sonne auf ihren Schwingen, wenn sie durch die Wolken fegt...

Das brodelnde Meer des Chaos am Rande der Welt speit einen geflügelten Humanoiden aus, bekleidet mit einem Chitinpanzer, der die kalten Strahlen des jungen Mondes spiegelt...

Sanft streichelt sie mit ihren sechs Fingern den Penis ihres blinden Prinzgemahls...

Eine geflügelte Frau mit himmelblauem Haar und schmalen Gazellenhörnern zieht ein Schwert aus der Scheide, dessen Heft so gearbeitet ist, daß es ineinandergeschlungenen Drachen ähnelt...

Das Aufblitzen des Lichtstrahls, als er ihre Nabelschnur durchtrennt...

Der kupfrige Geschmack menschlichen Blutes, als sie sich von dem rituell geschlachteten Opfer nährt, das die angsterfüllten, blaugefärbten Barbaren ihr dargebracht haben...

Die geflügelte Frau mit blauem Haar nimmt das Schwert und stürzt sich hinein; die glänzende Spitze durchbohrt ihr Brustbein und tritt zwischen ihren Schwingen wieder aus dem Körper... Mutter... Mutter...

Das köstliche erotische Prickeln auf der Haut, wenn sie durch die sich zusammenballenden Gewitterwolken braust...

Mutter...

Sie hält das Schwert namens Gedächtnis zum erstenmal in der Hand und hört die Stimmen ihrer Vorfahren, die sie mit schmeichelnden Lauten dazu überreden, von ihren hellseherischen Fähigkeiten Gebrauch zu machen. Spürt die Liebe ihrer Mutter... ist die Liebe ihrer Mutter...

Eine brodelnde Chaoswolke verdeckt die Sonne. Sie breitet ihre Flügel aus und gibt den anderen das Zeichen, ihr zu folgen. Und auf ihren Drachen sitzend überqueren die Eldren die Schwelle, die diese Welt von einem neuen, unbekannten Universum trennt...

Die Wärme des Samens von Yrik dem Melnibonéer auf ihrem Schenkel, als er sich aus ihrem Schoß zurückzieht und schreit... schreit...

Die Erde bebt, und der Himmel zerreißt, Chaos ergießt sich über das Land. In seinem Herzen steht Elric, allein, das unfreiwillige Epizentrum einer Massenvernichtung, schreiend und Sturmbringer wie ein zorniges Kind schwenkend. Sturmbringer springt seinem Herrn aus eigenem Antrieb aus der Hand und...

Elric schrie auf und zwang sich in genau dem Moment, da ihm sein Samen entströmte, in seinen Körper zurück. Die Empfindung, sowohl einzudringen als auch, daß in ihn eingedrungen wurde, hielt an, und einen Moment lang sah er sich selbst mit Tanochs unergründlichen Augen: ein bleicher Dämon mit irrem, unstetem Blick, den Mund zu einem erstarrten Grinsen verzerrt, so daß die Zähne zu sehen waren. Angewidert versuchte er, sich selbst von ihr wegzuschieben, war aber zu schwach dazu. Statt dessen sank er in Schlaf.

Als er erwachte, lag er zusammengerollt unter einem von Tanochs Flügeln. Das Leder war weich wie Maulwurfsfell, aber zäh, und strahlte Körperwärme aus, weshalb es sich gut als Decke verwenden ließ. Eine ganze Weile lag er still da und betrachtete die Züge der schlafenden Drachenherrin. Hinter ihren geschlossenen Lidern huschten die Augen rasch hin und her, und bisweilen zuckte ein Muskel in ihrem Gesicht, aber ansonsten rührte sie sich nicht.

Vorsichtig kroch Elric unter ihrem Flügel hervor und kletterte behende aus dem Netz, sorgsam darauf bedacht, die schlafende Eldre nicht zu stören. Sein Kopf schmerzte noch von dem Schwall der Bilder und allgemeinen Erinnerungsfetzen, die durch ihn geströmt waren, aber er fühlte sich nicht mehr so ausgelaugt wie zuvor.

Eine dieser geborgten Erinnerungen hatte ihn besonders fasziniert... Und die hatte mit dem Schwert zu tun, das Tanoch ›Gedächtnis‹ nannte.

Die Schwertscheide der Drachenherrin lag zwischen den abgelegten Kleidern der Frau, und der reichverzierte Griff des Schwertes glänzte matt im gedämpften Licht des Schlafzimmers. Elrics eigene Waffe, Sturmbringer, lehnte an einem Tisch in der Nähe. Als der Albino nach der Klinge der Eldre langte, begann Sturmbringer, wie ein mißhandeltes Hündchen vor sich hinzustöhnen.

»Sei still, verdammtes Ding!« flüsterte er. »Wenn ich es nicht besser wüßte, würde ich sagen, du bist eifersüchtig! Ich habe nicht die Absicht, mich von dir zu trennen. Noch nicht. Ich möchte nur gern wissen, welche Art von Zauberei bei der Erschaffung dieses Schwerts angewandt wurde.«

Offensichtlich besänftigt, verstummte das schwarze Schwert.

Elric wandte seine Aufmerksamkeit wieder Tanochs Schwert zu. Nach dem wenigen zu schließen, das er ihren gemeinsamen Erinnerungen entnehmen konnte, glich Gedächtnis Sturmbringer insofern, als es ebenfalls Seelen in sich aufnahm und diese aufbewahrte. So verstand *er* zumindest die Aufgabe des anderen Schwerts.

Unbeholfen legte er seine Finger um den Griff des Schwertes, wobei er deutlich merkte, daß dieser für eine sechsfingrige Hand gebaut war. Gedächtnis' Scheide fühlte sich seltsam warm, fast heiß an. Das Kribbeln in seinen Fingerspitzen als reine Unruhe abtuend, zog Elric Gedächtnis aus der Scheide.

Ein Dutzend Stimmen, männliche und weibliche, summten und schwirrten in seinem Kopf wie ein Schwarm wütender Hornissen.

(wer? wer? wer? Fremder! Keiner von uns! Zugang verboten! Tanoch! Tanoch! Tanoch! Zugang verboten! Tanoch! Tanoch! Tanoch! vernichten! vernichten! vernichten!)

Der Schmerz, der seinen Arm hochschoß und in Kopf und Brust drang, war so groß, daß er weder laut noch lange genug schreien konnte, um ihm angemessen Ausdruck zu geben. In dem kurzen Moment, bevor sein Gehirn und sein Nervensystem zusammenbrachen, erblickte er das nackte Schwert Gedächtnis in seiner ganzen Länge: eine sich windende Ranke Chaos, die zwischen zwei glänzende Schichten Ordnung gepreßt war. Von irgendwoher konnte er Sturmbringer wie eine Witwe wehklagen hören.

Fremde Hände mit zu vielen Fingern betasteten seinen Körper, drangen mit seltsamen Instrumenten aus Metall und Horn in Muskeln und Gewebe ein. Irgend etwas wurde zwischen seine zusammengebissenen Zähne geschoben und seinen Rachen hinuntergezwängt, um seine Lungen wieder mit Luft zu füllen.

Sofort würgte Elric und versuchte sich aufzusetzen. Tanoch hockte über ihm und betrachtete ihn mit ihren wie polierter Onyx glänzenden Augen. Als sie sprach, klang ihre Stimme sehr traurig.

»Wir haben dies kommen sehen, noch bevor du einwilligtest, uns beizuwohnen. Wir wußten, daß du dies tun würdest. Dennoch hatten wir gehofft, es könne einen Weg geben, das Schicksal zu umgehen, ebenso wie wir damals gehofft hatten, Yrik würde einen Weg finden, dem Wahnsinn, der sein Schicksal war, zu entgehen.«

Elric schüttelte den Kopf, hustete und bespritzte seinen Handrücken mit Blut. »Ich habe innere Blutungen...«

»Nicht mehr lange. Wir haben alle Verletzungen geheilt. Du wirst nicht hier und jetzt sterben, Elric von Melniboné. Das weiß ich. Und nun zieh dich an.«

Elric stand auf. »Die Drachen...?«

»Es wird keine Drachen geben. In dem Moment, da du Gedächtnis berührtest, hast du deinen Anspruch auf sie verwirkt. Es ist ein Wunder, daß du überhaupt noch am Leben bist! Niemand außer einem Drachenlord kann Gedächtnis handhaben. Hätte dir das Chaos nicht von Geburt an seinen Stempel aufgedrückt, wäre jede Zelle in deinem Körper geplatzt! Wir werden dir statt der Drachen ein anderes Geschenk geben.«

»Du kannst die Zukunft voraussehen. Laß es dein Geschenk sein.«

Tanoch schüttelte den Kopf. »Du brauchst nicht zu wissen, was wir sehen, Melibonéer. Such dir ein anderes Geschenk aus, Prinzlein. Wir bitten dich darum...«

»Nein. Sag mir meine Zukunft voraus. Wird mir der Überfall auf Imrryr gelingen?«

»Elric... bitte...«

»Sag es mir!«

»Ja. Imrryr wird von den Streitkräften, die du aufstellst, erobert werden. Die Träumende Stadt wird in Flammen aufgehen, und das Strahlende Reich wird nicht mehr sein.«

»Und was ist mit Yyrkoon, meinem verräterischen Vetter? Wird er durch meine Hand sterben?«

»Yyrkoon wird sterben.«

»Und Cymoril? Werde ich mit meiner einzigen wahren Liebe wieder vereinigt werden?«

Tanoch schloß die Augen, und ihre Flügel zuckten.

»Antworte mir!« schnauzte er.

»Ihr werdet wieder vereinigt werden. Aber eure Zeit zusammen wird kurz sein und nur solange dauern, bis sie stirbt, durchbohrt von Sturmbringers Klinge.«

»Das kann nicht wahr sein!«

»Wir sind nicht imstande zu lügen. Das ist unser Fluch.«

»Verdammt noch mal, sag mir die Wahrheit!«

»Das haben wir getan, Elric Frauentöter.«

»Nein! Du lügst! Bei meinem Lord Arioch, ich werde dich *zwingen*, mir die Wahrheit zu sagen!« Elric langte nach Sturmbringer. Notfalls würde er die leeräugige Dämonin in Stücke hauen, damit sie die Zukunft, die sie ihm vorausgesagt hatte, widerrief. Sturmbringer knurrte wie ein wütender Hund, begierig, Blut zu schmecken zu bekommen. Tanoch machte keine Bewegung, um sich zu verteidigen.

»Mein Volk hat gelernt, Chaos und Ordnung zu gestalten und zu formen, als die Sterne wenig mehr denn Wolken aus kosmischem Staub waren. Laß dir ja nicht einfallen, mich mit Sturmbringer zu bedrohen, mein süßer Ewiger Held!«

Elrics Schultern sackten zusammen, als er Tanochs schwarzem Blick begegnete und ihn aushielt. »Dann ist alles vergebens. Wenn ich Imrryr angreife, wird Cymoril sterben. Aber wenn ich nichts tue, wird Yyrkoon sie zu seiner Frau machen. So oder so – alles, was mein ist, wird mir versagt. Aber lieber soll Cymoril in einer inzestuösen Ehe leben, als daß ich meine Tage mit dem Wissen verbringe, schuld an ihrer Ermordung zu sein.«

»Ich fürchte, so einfach ist das nicht. Die Würfel sind bereits gefallen, Elric von Melniboné. Dein Verhängnis begann im Moment deiner Zeugung. Sterblichen Wesen ist es nicht bestimmt, über das Jetzt hinauszublicken; ein solches Wissen würde selbst die Tapfersten und Kühnsten deines Geschlechts lähmen.« Sie streckte die Hand aus und strich mit ihren langen, merkwürdig gegliederten Fingern über seine milchweiße Stirn. »Möge dies mein Abschiedsgeschenk für dich sein: Nichts von alldem ist jemals geschehen.«

Ruckartig erwachte Elric aus seinem Traum und setzte sich in seinem schmalen Bett auf. Irgend etwas – er wußte nicht recht, was – hatte seinen unruhigen Schlummer gestört. Er spähte in die verschatteten Ecken des Zimmers, das er gemietet hatte, konnte aber weder Meuchelmörder noch Dämonen entdecken. Er schwang seine Beine über die Bettkante und griff dabei wie von selbst nach Sturmbringer.

Er hatte die Dachstube vor vierzehn Tagen gemietet, um sich auf den bevorstehenden Überfall auf Imrryr vorzubereiten. Die letzten paar Tage hatte er mit Fasten und Meditieren zugebracht, fernab von aller menschlichen Gesellschaft.

Er hatte von einer Frau geträumt – einer Frau mit

dem Kopf und den Schwingen eines Drachen. In diesem Traum hatte Elric mit der Drachenfrau gekämpft und ihr Herz mit Sturmbringer durchbohrt. Träume bedeuteten etwas. Das wußte jeder Zauberlehrling. Vielleicht war der Traum ein günstiges Vorzeichen, das die Eroberung Imrryrs und die Vernichtung seines bösen Vetters Yyrkoon voraussagte. Ja, das klang überzeugend.

Elric hörte, wie sich vor dem Dachstubenfenster etwas bewegte, und stieß die Fensterläden auf, konnte aber keine Späher auf dem Gesims entdekken. Er starrte zum kalten toten Auge des Mondes hoch und dachte an Cymoril, seine Geliebte, die durch die Zauberkünste ihres Bruders gefangengehalten wurde.

Bald würde sie frei sein und wieder ihm gehören. In wenigen Tagen würden die Strömungen günstig sein, und die hundert Kriegsschiffe der Seelords würden Segel setzen, um zur Träumenden Stadt aufzubrechen. Und dann würde Yyrkoons hohnlächelnder Kopf von der Spitze einer Lanze aus zusehen, wie Elric seinen Thron und seine Verlobte wieder in Besitz nahm.

»Es dauert nicht mehr lange, meine Geliebte«, versprach Elric dem Mond.

Aber das ist eine andere Geschichte.

Zwölf Monate und dreizehn Tage nachdem sie den Melnibonéer umarmt hatte, wurde Tanoch von einem Kind männlichen Geschlechts entbunden. Es war das erste und einzige Mal in den dreiunddreißig Jahrhunderten ihres bisherigen Lebens, daß sie schwanger geworden war.

Der Junge war bleich wie sein Vater, hatte zugespitzte Ohren, granatrote Augen, bogenförmige Augenbrauen, fünf Finger und fünf Zehen. Von seiner

Mutter erbte er die Flügel. Und obwohl sie zu Anfang wenig mehr als Knospen waren, versprachen seine Hörner eines Tages zu stattlichen gewundenen Auswüchsen zu werden.

Sie nannte ihn Luzifer.

Aber das ist eine andere Geschichte.

Copyright © 1994 by Nancy A. Collins

Doug Murray

DIE KRAFT EINER FRAU

Das Schwert gab ein Heulen von sich, einen lauten, klagenden Ton, der die Luft erfüllte, an- und abschwellend wie der Klang eines dämonischen Dudelsacks.

Die Angreifer zögerten einen Augenblick, weil sie nicht recht wußten, gegen wen oder was sie da kämpften. Zweifellos war das kein Mensch. Menschen hatten keine Gesichter, die leichenblaß in der Morgensonne leuchteten – und auch keine Augen von purer, höllischer Röte.

Rot wie Blut. Rot wie der Tod.

Entsetzt erstarrten die Soldaten in ihrer Stellung, gefesselt von diesen glühenden Augäpfeln, fasziniert, gebannt ...

Und dann wandte sich das tote Gesicht, in das diese unglaublichen Augen eingebettet waren, ihnen voll zu – und lächelte.

Es war kein menschliches Lächeln. Nein, das war ein bitteres Lächeln, ein Lächeln der Verachtung und des Hasses, ein blutiges Lächeln.

Das jedem von ihnen den Tod versprach.

In dem Moment wären sie gewichen. Gewichen und weggerannt. Aber daran hinderte sie ihr Anführer. Ein großer kräftiger Mann zu Pferde. Im Nu war er unter ihnen, brüllte Flüche, schlug mit der flachen Seite seines Schwertes um sich. Trieb sie zurück, auf den Albino zu.

Auf dieses glänzendweiße Gesicht des Todes zu.

Sie zauderten einen Moment lang, aber ihre Panik ging vorüber. Sie waren Soldaten, und der da war nur ein Mensch.

Was immer er sonst sein mochte, er *war* ein Mensch.

Die Soldaten packten ihre Waffen fester an, wischten sich den Angstschweiß aus den Augen und begaben sich wieder in den Kampf.

Das höllische schwarze Schwert hob sich, um sie in Empfang zu nehmen, und stöhnte noch lauter, während es auf ihr Blut wartete.

Auf ihre Seelen wartete.

Elric von Melniboné bewegte ruckartig den Kopf zur Seite, schüttelte ein verirrtes Haar aus dem Auge, schleuderte ein paar Schweißtropfen von der Stirn. Grad eben hatte er fast schon gewonnen, die Hunde fast schon gezwungen wegzulaufen. Fast war es soweit gewesen. Wenn sich ihr Anführer nicht im richtigen Moment ins Getümmel gestürzt, sie nicht gezwungen hätte, stehenzubleiben und sich klarzumachen, daß sie vor nur einem Mann davonrannten...

Nutzlos, jetzt darüber nachzudenken – die Männer hatten sich wieder gesammelt, und es blieb ihm nichts anderes übrig als weiterzukämpfen. Elric murmelte ein kurzes, an Arioch, seinen Schutzherrn, gerichtetes Gebet und packte Sturmbringer fester an; er spürte den Andrang von Energie, als das ebenholzschwarze Runenschwert mehr Kraft in seinen Körper pumpte.

Der erste seiner Angreifer war jetzt in Reichweite des Schwertes. Sturmbringer bewegte sich, noch bevor Elric daran dachte, und die scharfe Schneide der schwarzen Klinge durchschnitt die ärmliche, aus Leder und Metallbeschlägen bestehende Rüstung des Mannes, als sei sie aus Spinnweben. Elric blickte dem Soldaten voll ins Gesicht, sah die lähmende Angst, als der Mann begriff, daß außer seinem Leben auch seine Seele aus seinem zerstörten Körper gesogen wurde.

Der Mann schrie vor hilflosem Entsetzen, als Elric

Sturmbringer aus seinem Körper zog und sich dem nächsten Angreifer zuwandte.

Die Runenklinge schlug abermals zu, und nach dieser neuen Energiezufuhr begann Elric selbst ein Lied zu singen – ein Lied von Tod und Vernichtung – ein wunderbarer Gegensatz zu Sturmbringers schrillem Geheul wilden Triumphs.

Der Mund des Albinos bewegte sich und entblößte in einem grausamen Lächeln seine Zähne – einem Lächeln, das denen um ihn herum den Tod versprach. Er verfiel in die berserkerhafte Kampfeswut seiner Vorfahren, ließ die riesige schwarze Klinge in Körper fahren und herumwirbeln und alle töten, die in Reichweite seines Arms waren.

Graf Aubic von Agincoure rutschte unruhig im Sattel hin und her und bemühte sich, während sein Pferd auf und ab schritt, den sich fortsetzenden Kampf besser in den Blick zu bekommen. Dieser Elric war ganz erstaunlich! Er metzelte die besten Truppen des Grafen nieder! *Teufel auch, wenn ich nicht dagewesen wäre, um sie anzutreiben, würden sie eben jetzt um ihr Leben rennen!*

Aubic wußte nun, daß seine Späher recht gehabt hatten. Wenn die Macht, die diesem schwarzen Schwert innewohnte, auf seiner Seite kämpfte ...

Um diese Macht zu gewinnen, mußte er sie natürlich verstehen – und das hieß, das Schwert *und* seinen Herrn, den Albino, in die Hände zu bekommen – etwas, was seinen Männern sehr große Mühe bereitete.

Aubic runzelte die Stirn – und traf eine Entscheidung. »Balfont!« rief er. »Ich brauche deine Talente!«

Elric kämpfte weiter, und Sturmbringer führte ihm unglaubliche Mengen von Energie zu. Es war, als sei das riesige schwarze Runenschwert eine bloße Feder in seiner Hand – eine, die sich aus eigenem Antrieb bewegte. Elric fühlte sich wie ein Riese, der nach einem Schwarm Insekten schlug, welche lästigerweise um seine Stiefel schwirrten. Jetzt lachte er, ein Titanenlachen, in dem die Kraft der Toten und Sterbenden steckte.

Eine weitere Welle von Männern griff ihn an, und Sturmbringer bewegte sich hin und her, schnitt in Körper, sauste wieder und wieder nieder. Sein kreischender Gesang war eine Hymne auf Tod und Vernichtung. So laut, daß der Himmel davon widerzuhallen schien.

Die ganze Welt schien sich jetzt mit halber Geschwindigkeit zu bewegen, was Elric gestattete, sich genau die Stelle auszusuchen, wo er zuschlagen wollte – mal war es ein Kopf, mal ein Arm –, und jedesmal verweilte Sturmbringer in der Wunde und trank die Seele des sterbenden Mannes...

Plötzlich, nach wie vor eingebettet in diese magische, dahinschleichende Welt, sah Elric den Stein. Er hatte ihn fast erreicht, schob sich langsam durch die Luft und drehte sich ganz leicht, während er sich bewegte. Elric betrachtete ihn, als er näher und näher rückte. Er war völlig rund, Wasser und Wind hatten alle Ecken und Kanten abgeschliffen. Weiß war er, mit einer Äderung aus irgendeiner goldenen, quarzartigen Substanz...

Elric beobachtete, wie er immer näher kam, er selbst wie gelähmt, außerstande, sich zu bewegen oder sich zu verhalten oder irgend etwas zu tun, außer sich zu wundern über das wurmartige Herannahen dieses Gegenstands...

Dann traf er ihn und zerschmetterte mit seiner Wucht den Nasenschutz von Elrics Drachenhelm.

In Elrics Kopf gab es eine dumpfe Explosion, einen Donnerschlag aus Geräusch und Licht, der dem Warnzeichen eines zornigen Sturmriesen ähnelte.

Elric stand eine Sekunde lang regungslos da, während die ganze Welt um ihn erstarrt war. Er konnte den Stein sehen, der jetzt zu Boden fiel, begleitet von den Überresten seines Helms und einigen Tropfen hellen roten Bluts.

Er konnte die Schleuder sehen, aus der der Stein gekommen war, und das Gesicht des Schleuderers, noch starr vor Anspannung.

Neben dem Schleuderer stand sein Feind, der Mann, der diesen ganzen Angriff befohlen hatte.

Elric begann, sich auf diesen Mann zuzubewegen, begann, Sturmbringer zu heben für eine letzte Mahlzeit, eine letzte Seele ...

Und dann füllte der Boden sein Blickfeld – ein Flekken Erde, blutbesudelt und mit Teilen toter Männer übersät. Elric stürzte, die Welt um ihn kehrte zu ihrer gewöhnlichen Geschwindigkeit zurück, Männer rasten auf ihn zu ...

Dann wurde alles schwarz, und Sturmbringer stöhnte ein letztes Mal, wie vor Trauer.

Aubic blickte auf die reglose Gestalt Elrics von Melniboné hinunter. Das Schwert lag unter seiner Hand und gab noch ein leises, unheimliches Stöhnen von sich. *Erstaunliche Waffe!* dachte Aubic. *Sollte sie wirklich lebendig sein?*

Der Graf langte hinunter, nach Sturmbringer, und seine Hand schloß sich behutsam um den einfachen schwarzen Ledergriff.

Unverzüglich begann das Stöhnen von neuem.

Unglaublich! dachte Aubic. *Und der Griff, so warm! Fast als ob ...*

»Mein Lord Agincoure!«

Der Graf drehte sich um, überrascht, wie nahe die Stimme war. Hatte er Balfont nicht befohlen, sich fernzuhalten? Sturmbringer drehte sich mit ihm um und schien sich in seiner Hand zu winden. Sein Stöhnen kletterte eine Oktave höher, wurde lauter, fordernder.

Balfont gab einen Laut des Erschreckens von sich, als die ebenholzschwarze Klinge ihn berührte – und erbleichte, als ihre Spitze in seinen ungeschützten Leib fuhr.

»Mein ... Lord ...«

Bestürzt beobachtete Aubic, wie Blut an dem schwarzen Schwert herabtropfte und die Runen füllte, bis sie im schwächer werdenden Sonnenlicht zu leuchten schienen.

»Balfont! Ich hatte nicht vor ...«

Da schrie der ältere Mann: »Es frißt mich! Nimmt mir meine ... meine Seele!«

Balfont wand sich hin und her, versuchte sich loszureißen, aber das Schwert blieb an Ort und Stelle und schien sich noch tiefer in die Brust des Mannes zu graben.

Und die ganze Zeit spürte Aubic, wie Kraft in seinen Körper strömte – die Kraft eines Riesen – die Kraft eines ...

Balfont fiel zu Boden, tot, beraubt dessen, was ihn zum Menschen gemacht hatte, was immer es gewesen war.

Aubic starrte einen Moment lang auf die Leiche, deren Augen vor Entsetzen geweitet waren. Dann sah er die kreischende Banshee von einem Schwert in seiner Hand an.

Und ließ es zu Boden fallen, fast warf er es hin, so erpicht war er darauf, das höllische Ding loszuwerden.

Es muß eine Methode geben, es zu beherrschen! Es muß!

Er nahm seinen Umhang ab – aus dicker Wolle und Pelz – und wickelte ihn um die Klinge. Dann nahm er sie vorsichtig auf, wobei er ein seltsames Vibrieren unter seinen Händen spürte. *Erstaunlich! Der Albino* muß *wissen, wie man es beherrscht. Ich muß es von ihm erfahren!*

Aubic gab mehreren seiner Reiter ein Zeichen und wies sie an, den bewußtlosen Elric aufzuheben und behutsam über eines ihrer Pferde zu legen. Aubic beobachtete sie genau – er wußte, daß sie den Mann, der so viele ihrer Kameraden auf dem Gewissen hatte, gern umbringen würden, aber das konnte er noch nicht zulassen. Erst mußte er über diesen Weißen Wolf bestimmte Dinge in Erfahrung bringen. Fragen mußten beantwortet werden.

Danach jedoch...

Für Elric von Melniboné schien die Zeit stillzustehen. Er lag in tiefem Schlaf und träumte von seiner Vergangenheit.

Er träumte von der Dracheninsel und dem Rubinthron – einem Thron, der eigentlich ihm zustand, der ihm aber von seinem Vetter Yyrkoon weggenommen worden war. Er träumte von Cymoril, dem Mädchen, das er geliebt hatte – dem Mädchen, das er hatte heiraten wollen – dem Mädchen, das er getötet hatte.

Dann raste das schwarze Schwert durch seine Träume. Sturmbringer, der Seelendieb, der Dämon, der ihn in alle Winkel der Jungen Königreiche begleitet hatte.

Sturmbringer. Er spürte, daß das Schwert in seiner Nähe war, sich aber auf irgendeine Weise immer weiter entfernte. Die Klinge rief ihn an, versprach ihm neue Kraft, neue Macht.

Aber Elric war nicht in der Lage, dem Runenschwert zu folgen, er war außerstande, sein Heft zu ergreifen.

Und als dieses Heft sich entfernte, verschwand mit ihm auch Elrics Kraft.

Er bewegte sich im Schlaf...

Und erwachte plötzlich. Seine rubinroten Augen starrten einen Augenblick lang verstört umher, dann hefteten sie sich, hart und hell, auf das Mädchen, das vor ihm kniete.

»Cymoril? Das kann nicht sein! Du bist tot!«

Das Mädchen, das auf einen solchen Gefühlsausbruch nicht gefaßt war, zuckte kurz zusammen. Man hatte ihr zwar gesagt, daß der Albino ein Prinz sei, aber dies...

»Mein Lord?« Sie kauerte sich weiter zusammen und beugte den Kopf vor diesem seltsamen und mächtigen Mann.

Jetzt wurde Elric völlig wach. Seine Hand bewegte sich zur Hüfte, suchte nach Sturmbringers Heft.

Und fand nichts.

»Wo ist es?« fragte er das kauernde Mädchen. »Wo ist Sturmbringer?«

Das Mädchen gab einen Laut des Erschreckens von sich. Ihre Stirn berührte jetzt den Boden, langes goldenes Haar breitete sich fächerförmig um sie aus. »Ich kenne niemanden namens Sturmbringer, Herr. Ich bin hier, um dir zu dienen.«

Elric schaute das Mädchen an. Seine karminroten Augen funkelten, als sie das zitternde Fleisch vor ihm taxierten und abschätzten.

»Wer bist du?«

Auf die Frage hin hob das Mädchen den Kopf und warf einen verstohlenen Blick auf den Albino, war aber nicht imstande, seinem ausdruckslosen Gesicht irgend etwas zu entnehmen.

»Ich heiße Jenna, mein Lord. Sklavin des Grafen von Agincoure.«

»Agincoure. Er war also derjenige, welcher.« Seine Augen verdunkelten sich, wurden zu kleinen Sturmhöllen in diesem unbeweglichen weißen Gesicht.

»Du bist auf Burg Agincoure, im Nordturm.«

Als Elric sich daraufhin mühsam erhob, spürte er, wie die Schwäche durch seine Adern pulsierte. *Schon!* Er blickte sich nach allen Seiten um, um die Größe seines Gefängnisses festzustellen.

Das Turmzimmer war recht geräumig und gut möbliert. Es enthielt ein großes Himmelbett und mehrere Stühle aus Ebenholz, an einer Wand stand ein Tisch, auf dem sich eine Weinkaraffe und mehrere Kelchgläser befanden.

Elric beachtete diese Anzeichen von Komfort nicht und ging auf die Tür zu.

Sie war verschlossen.

»Ich bin also der Gefangene von Graf Agincoure.« Er wandte sich dem Mädchen zu. »Und du bist seine Spionin?«

Das Mädchen sank erneut zitternd zu Boden. »Ich bin keine Spionin, mein Lord. Ich bin hier, um deinen Befehlen zu gehorchen. Bitte.«

Elric sah zu, wie sie vor ihm kroch, und wandte sich angewidert ab. »Nur eine Sklavin also.« Er ging auf das einzige Fenster des Zimmers zu, das vergittert und tief in die dicke Mauer eingelassen war. »Und was bin *ich* jetzt? Das frage ich mich...«

Etwas weiter weg, in einem viel größeren, viel komfortableren Zimmer, entfernte der Graf von Agincoure seinen Umhang von einem Schwert und legte die schwarze Runenklinge behutsam auf den Tisch seines Studierzimmers.

Solch ein schlichtes Ding, dachte er, als er das unverzierte Heft aus schwarzem Leder betrachtete. *So gewöhnlich. Und dennoch...*

Aubics Hand streckte sich aus, ein Finger bewegte sich, um das Leder des Hefts zu berühren. Augenblicklich spürte er ein Kribbeln im ganzen Körper, und ein leises Stöhnen erfüllte das Zimmer.

Soll ich es wagen, es wieder zu heben? Werde ich es je wagen, es zu benutzen? Aubic blickte auf das Schwert hinunter. Es schien sich in seinem Griff zu winden, sich freikämpfen zu wollen, Blut und Seelen zu fordern und ...

Der Graf von Agincoure zog die Hand weg, als hätte er sich verbrannt, und starrte die immer noch stöhnende Waffe auf dem Tisch an. *Nach wie vor so voller Kraft ...*

Aubic warf seinen Umhang wieder um das schwarze Schwert und schlug die Ränder ein, so daß das Ding völlig umhüllt war. Er hörte ein letztes, leises Stöhnen, als die Runen vollständig bedeckt wurden.

»Truvian!« rief er, und nach wenigen Sekunden erschien ein gebeugter Mann, der die Hände dienstfertig vor sich streckte. »Truvian, ich möchte, daß dieses... Ding in das Panzergewölbe gebracht und weggeschlossen wird. Niemand darf es anfassen. Niemand darf es ansehen. Ist das klar?«

Truvian war seit fast zwanzig Jahren Seneschall auf Agincoure. Er hütete sich, seinem Herrn zu widersprechen. »Selbstverständlich, mein Lord! Niemand wird den... Gegenstand sehen oder berühren.«

Vorsichtig nahm Aubic die eingewickelte Waffe auf. Er meinte, durch das dicke Tuch immer noch *etwas* hören zu können, und seine Hände schienen vor neuer Kraft zu kribbeln. Unwillkürlich begann er sich in seiner Phantasie auszumalen, wie er das Schwert herausnahm, dessen Runen im Licht des Zimmers leuchteten, heller und heller leuchteten, bis sie sich plötzlich mit rotem Blut füllten, als Aubic die Waffe in den wehrlosen, schreienden Truvian bohrte...

Aubic schüttelte heftig den Kopf und atmete schwer, als das Zimmer um ihn herum wieder klar erkennbar wurde. Er bemerkte, daß Truvian vor ihm zurückgewichen war und daß der kleinere Mann vor Angst oder

Erstaunen die Augen weit aufgerissen hatte. Aubic lächelte – ja, das war *Macht*! Es war besser, es unter Verschluß zu halten, bis er ermittelt hatte, wie er es am vorteilhaftesten benutzen konnte.

Dabei würde ihm der Albino helfen – oder die Folgen tragen.

Die Festhalle von Agincoure war eine der schönsten, die Elric in den Jungen Königreichen gesehen hatte. Sie war groß, die gewölbte Decke drei oder vier Manneslängen hoch, und gut ausgestattet. Die offenen Kamine hatten sogar Ventilation, so daß kaum Rauch in den Raum drang. Und der Bankettisch! Selbst im legendären Imrryr hätte solch eine Arbeit einen Ehrenplatz erhalten.

Dieser Tisch, aus irgendeinem fein gemaserten, dunklen Holz hergestellt, nahm die ganze Länge des großen Raums ein und bot soviel Platz, daß zwanzig oder dreißig Männer bequem an ihm sitzen, schmausen und sich unterhalten konnten.

Diesmal waren dort freilich nur zwei Personen anwesend – Elric und der große, dunkle Mann, den der Albino für Graf Aubic von Agincoure hielt. Eingehend betrachtete Elric seinen Gastgeber. Dieser Mann hatte Sturmbringer, und falls Elric keinen Weg finden konnte, das Runenschwert wiederzuerlangen ...

»Nun, Prinz Elric, hast du dich von den Anstrengungen des gestrigen Tages erholt?« Aubics Begrüßung war aufgeräumt und heiter – wie eine Begrüßung unter Gleichgestellten.

Elric starrte den anderen Mann aus zusammengekniffenen Augen an, in deren Tiefe ein schwaches Feuer glomm. »Meinst du den gestrigen Angriff, mein Lord Agincoure? Den Angriff, den du befohlen hast?«

Aubic lächelte den Albino an und nahm einen kleinen Schluck aus seinem Weinkelch. »*Ich* einen Angriff auf den Kaiser von Melniboné befehlen!? Nie im Leben! Meine Männer und ich sind nur zufällig dazugekommen, als du in einen Kampf mit einer Banditenbande verwickelt warst, und haben dich hierhergebracht, damit du dich in Sicherheit erholen kannst!«

»Dann bin ich also dein Gast?« Als er die Frage stellte, zogen sich Elrics Augenbrauen spöttisch in die Höhe, denn er kannte die Antwort im voraus.

»Selbstverständlich.« Aubic blickte gekränkt drein. »Was sonst könnte ein Edelmann wie du sein?«

Jetzt hob Elric seinen eigenen Kelch und nahm einen Schluck von dem exzellenten Wein. »Vielleicht würdest du dann so freundlich sein, mir den Rest meines Eigentums zurückzuerstatten. Mein Pferd. Meine Satteltaschen, mein Schwert...«

»Natürlich.« Aubic sah den Albino scharf an. »All deine Sachen werden sorgsam verwahrt. Sobald du völlig wiederhergestellt bist, werden wir sie dir gern zurückgeben.«

Aubic nahm einen weiteren Schluck Wein. »Dieses Schwert, das du hast! Solch eine Waffe habe ich noch nie gesehen! Würdest du so freundlich sein und mir ein, zwei Fragen dazu beantworten?«

Elric lächelte, ein dünnes Lächeln, das nichts Lustiges oder Belustigtes hatte. *Na also! Endlich kommt er zur Sache.* »Und was sind das für Fragen, die du zum Schwert deines... Gastes hast?«

In dem Moment blickte Aubic Elric direkt in die Augen – und sah etwas in ihnen, das ihn beunruhigte, etwas... nicht Menschliches. Er schluckte seine Frage herunter, während ihn ein tiefer Schauder durchlief. Schnell trank er einen weiteren Schluck aus seinem Weinkelch, um Zeit zu gewinnen und die Fassung wiederzuerlangen. »Das kann warten, Prinz von Melniboné.« Aubic hob die Hände, staunte, daß sie nicht zitterten, und schlug sie einmal kurz zusammen. »Doch jetzt ruh dich aus und komm wieder zu Kräften. Wir werden uns beim Frühstück wieder unterhalten.«

Elric stand auf, als Aubics Seneschall erschien, und bemerkte, daß der alte Diener in der Nähe des Albinos nervös und unruhig wirkte.

»Wie du meinst, Graf Aubic. Wir werden uns morgen weiter unterhalten.«

Elric hatte einen Großteil seines Lebens damit verbracht, gegen seine eigenen brodelnden Gedanken und Gefühle zu kämpfen. Seine gesamte Vergangenheit war voll Schmerz und Verdruß gewesen, der Hintergrund seines Lebens zu kränkelnd, als daß er die Welt hätte klar sehen können.

Er war ein Sklave der Melancholie geworden, ließ die Welt um sich herumwirbeln, ohne ihr je anzugehören, ohne je zu irgendeiner Gruppe oder Person zu gehören.

Selbst während er als Kaiser der Dracheninsel auf dem Rubinthron saß, war er nicht frei gewesen – dafür hatten seine weiße Haut und seine Schwäche gesorgt.

Später, nachdem er sein eigenes Volk verraten und zugesehen hatte, wie die Jungen Königreiche über Melniboné hergefallen und sich über der Beute in die Haare geraten waren, wurde ihm klar, daß der einzige Weg, in gewisser Weise sein eigenes Leben zu beherrschen, darin bestand, irgendeinen Sinn darin zu finden – oder sich mit dem Chaos darin abzufinden.

Aber selbst das war ihm nicht gelungen. Sein Leben schien nichts weiter als eine Folge von Ereignissen zu sein, einige gut, einige schlecht, und so sehr er sich auch bemühte, er vermochte keine Ordnung zu schaffen, keinen sinnvollen Zusammenhang zu entdecken.

So hatte er sich immer wieder, wenn Schwierigkeiten

auftraten, lediglich in sich selbst zurückgezogen, bereit, auf dem Meer des Schicksals zu treiben und sich von den Winden des Streits mal hierhin, mal dorthin wehen zu lassen.

Immerhin waren es ja Kämpfe – und sein schwarzes Runenschwert –, die seine Lebenskraft aufrechterhielten, das Vermögen, weiterhin nach irgendeinem Sinn in seiner Existenz zu suchen.

Doch jetzt, als Gefangener in der Burg des Grafen von Agincoure, verfiel er wieder in Melancholie, lag auf dem Bett und starrte mit seinen sich trübenden roten Augen an die Decke.

Starrte ins Nichts.

Ganz in seiner Nähe, am Fußende des Bettes, starrte Jenna auf das bleiche Gesicht des Albinos. Dieser Mann hatte etwas an sich – etwas Tragisches. Sie wünschte, ihm helfen, ihm geben zu können, was immer er brauchte, damit es ihm besser ging.

Aber es gab nichts, was sie für ihn tun konnte. Sie war nur eine Sklavin – ein Teil der Möbel.

Sie kauerte sich noch mehr zusammen und begann bittere Tränen zu weinen, die zu Boden tropften und in den dicken Bettvorlegern versickerten.

Aubic von Agincoure blickte den Albino an, der auf der anderen Seite des Tisches saß. Er konnte die Veränderung nicht verstehen, die mit diesem seltsamen Mann vor sich gegangen war. Er hatte Elric kämpfen sehen, hatte gesehen, wie der Mann einhändig ein Dutzend seiner besten Soldaten niedergemetzelt hatte! Aubic wußte, daß Elrics karminrote Augen – die seine Männer als Dämonenaugen bezeichneten – eine zusätzliche Waffe gewesen waren und seine Männer beinahe in die Flucht geschlagen hätten. Nur Aubics Eingreifen – und Balfonts geschickt geschleuderter Stein – hatten die Lage gerettet.

Warum also saß dieser wilde Kämpfer, diese lebende Legende, am Tisch wie eine kränkliche Frau? Aubic starrte den Albino zornig an und versuchte, ihn durch Willenskraft dazu zu zwingen, irgendein Zeichen der Auflehnung von sich zu geben, irgend etwas, das darauf hinwies, daß hinter diesem totenbleichen Äußeren Leben war.

Aber es kam nichts. Der Elric, den Aubic am Tag zuvor erlebt hatte, war wie verschwunden, und an seine Stelle war ... was getreten?

Aubic warf einen weiteren Blick auf den vor ihm sitzenden Mann mit dem schlaffen Gesicht. Das war der Herr des Höllenschwerts? Das war der zauberkundige Prinz, den die ganze Welt fürchtete?

Hastig trank der Graf einen Schluck Wein. Verstellte der Albino sich? Spielte er den harmlosen Tölpel und wartete auf den richtigen Moment, um sich auf Aubic zu stürzen und Rache zu nehmen?

Oder beruhte die Sage von Elric von Melniboné mehr auf dem Schwert als auf dem Mann?

Aubic trank und grübelte. Er mußte es mit Sicherheit herausfinden. Noch ein paar weitere Tage, dann müßte es sich feststellen lassen.

In den Turm zurückgekehrt, fiel Elric kraftlos auf sein Lager. Der Albino wußte, daß er auf diese Weise nicht lange überleben konnte. Seine Energie schwand dahin, und es würde nicht lange dauern, bis er nicht einmal mehr die Kraft hätte zu atmen. Er mußte das schwarze Schwert zurückhaben – und das bald.

Elric spannte sich an und sammelte die ihm verbliebene Kraft. »Sturmbringer«, flüsterte er. »Komm zu mir, Sturmbringer. Komm und bring mir Kraft, mein Bruder. Komm ...«

Doch schon als er die Worte sprach, wußte Elric, daß alles vergeblich war. Sturmbringer war zu weit weg, wurde zu sicher aufbewahrt, um erreichbar zu sein. Er mußte sich einen anderen Weg einfallen lassen.

Einen anderen Weg.

Jenna beobachtete, wie der Prinz sich sammelte – und sah seine Verzweiflung, als ihm mißglückte, was immer er zu tun versuchte. Mit Verzweiflung kannte sie sich aus – hatte sie selbst empfunden, als man sie zur Sklavin gemacht und gezwungen hatte, Männern zu dienen.

Trotzdem war an Elrics Verzweiflung irgend etwas anders – es war, als sei sein Herz verschwunden – aus seinem Leib gerissen – gefangengenommen worden.

Sie blickte in das Gesicht des Albinos, als er von Schmerz durchzuckt wurde. Er wurde jeden Tag schwächer, das konnte sie sehen – aber warum? Sie konnte keine zehrende Krankheit an ihm feststellen, keine Schwäche des Körpers.

Sie wußte, daß es eine Schwäche der Seele sein mußte.

Er hat schon aufgegeben, dachte sie. *Hat alle Hoffnung verloren, je hier herauszukommen, je wieder frei zu sein.*

Wie dumm das war. Als ob Freiheit immer etwas Gutes bedeutete. War *sie* denn besser dran gewesen, als *sie* frei war, die Freiheit hatte, Tage des Hungers zu ertragen, die sich abwechselten mit Nächten des Schmerzes, in denen ihr Vater sie wegen ihrer *Schwäche* schlug? So sah die Freiheit aus.

Zumindest für sie.

Vielleicht war sie für diesen Elric anders. Vielleicht war *seine* Freiheit etwas Süßeres, Stärkeres.

Sie blickte ihm ins Gesicht, sah, wie seine Augen sich erneut vor Schmerz schlossen und tiefe Furchen der Schwäche und Verzweiflung seine feinen Züge verunstalteten, und überlegte. Konnte es eine solche Freiheit geben? Eine, die stark und gut und süß war? Eine, die ihr inneren Frieden geben würde?

Darüber würde sie nachdenken müssen.

Der in seinem Studierzimmer sitzende Graf Aubic fuhr zusammen, als er hinter sich ein Geräusch hörte – ein Geräusch, das eigentlich nicht möglich war, da es aus einer Richtung kam, wo nichts sein konnte. Trotzdem zog Aubic seinen Dolch und drehte sich, auf alles gefaßt, blitzschnell um.

Wie zu erwarten, sah er nicht das geringste. Schließlich befand sich hinter dem Grafen nichts als die Wand seines Studierzimmers, kaum sechs Fuß entfernt. Nichts dort hätte ein Geräusch verursachen können – und hinter dieser Wand...

Aubics Gedanken überschlugen sich in seinem Kopf. *Das Schwert! Konnte das sein?*

Aubic raste aus seinem Studierzimmer, streifte im Vorbeirennen einen erstaunten Wachtposten und öffnete mit seinem Hauptschlüssel das Panzergewölbe. *Es ist unmöglich, aber...*

Die Tür schnappte auf. Aubic trat ein – und was er sah, ließ ihn wie angewurzelt stehenbleiben. Ein paar Fuß entfernt, mit der Spitze die Wand berührend, lag ohne seine Umhüllung das schwarze Schwert, dessen Runen im Licht der Fackel des Wachtpostens leuchteten.

Aubic blickte zur anderen Seite des Raums hin. Zu dem Tisch, auf dem die Waffe eigentlich hätte liegen müssen. Zu den zerrissenen und zerfetzten Überresten seines Umhangs.

Es bewegte sich! Das Schwert bewegte sich! Aubic bemerkte, in welcher Richtung es sich vorwärtsgearbeitet hatte. Es bewegte sich nach Norden – auf den Turm zu, in dem sein Herr sich befand! *Hat Elric es irgendwie gerufen? Ist hier ein Zauber am Werk, den ich nicht verstehe?*

Eines wußte Aubic jedenfalls. Er mußte hinter das Geheimnis dieses schwarzen Schwertes kommen. Mußte wissen, wie er es beherrschen, wie er es bändigen konnte. Wenn er das Geheimnis kannte ...

Des Grafen Augen schlossen sich einen Moment lang, und er sah sich, das schwarze Schwert hoch erhoben, als König der Jungen Königreiche – als Herrn der bekannten Welt.

Sturmbringer stöhnte – diesmal lauter – ein Ton, der fast wie menschliches Lachen klang.

Elric war im Nu wach. Irgend etwas stimmte nicht! Irgend jemand hatte ...

Dann spürte er das weiche Fleisch, das sich an ihn preßte, und wußte, wessen Fleisch es war.

»Hab keine Angst, Prinz.« Es war die Sklavin – Jenna hieß sie wohl. »Laß mich dir helfen. Laß mich dir Kraft geben.«

Elric lachte innerlich. *Sie* wollte ihm Kraft geben? Das konnte nur Sturmbringer! Sturmbringer oder einige der seltenen Kräuter in Elrics Satteltaschen.

Trotzdem wäre es nicht klug, den einzigen freundlichen Menschen, den er an diesem Ort wohl finden würde, zu kränken.

Das wäre ganz und gar nicht klug.

Aubic sah seinen ›Gast‹ überrascht an. Tagelang war der Albino immer schwächer geworden, hatten seine Augen nichts als Schmerz und Verzweiflung gezeigt.

Aber das hatte sich geändert.

Heute war Elric entschieden kräftiger, und seine karminroten Augen starrten den Grafen an, als wolle er ihn dazu reizen, einen Fehler zu machen – irgendeinen Fehler.

Aubic nippte an seinem Warmbier und dachte nach. Er wußte, daß der Prinz von Melniboné nicht an sein

Schwert herangekommen war. Etwas anderes war geschehen, etwas, das den Kraftvorrat des Albinos vergrößert hatte. Er fragte sich ...

Dann fiel sein Blick auf Jenna, die Sklavin, die neben Elric kniete. Er sah etwas in ihrem Gesicht – einen Ausdruck von Zufriedenheit – fast einen Ausdruck von ... Freiheit?

Könnte das Mädchen dahinterstecken? fragte er sich. *Und wenn ja, kann ich mir das zunutze machen, um herauszufinden, was ich wissen muß?*

Aubic nahm einen weiteren Schluck Bier und lehnte sich zurück, um über alles nachzudenken. Vielleicht gab es da eine Möglichkeit.

In jener Nacht wunderte sich Elric von Melniboné über das, was mit ihm geschah. Sein ganzes Leben lang hatte er Frauen für das schwache Geschlecht gehalten, das zu nichts anderem taugte als zum Kinderkriegen, Kochen und Putzen. Aber jetzt ...

Jenna hatte nicht gelogen, als sie versprach, ihm Kraft zu geben. Sie schien in ihn zu strömen, wenn er das Mädchen in den Armen hielt. Es war merkwürdig, denn es handelte sich nicht um die Art von Energie, die Elric von Sturmbringer erhielt. Nein. Das war nicht das wilde Hereinströmen einer sterbenden Seele. Es war etwas Feineres, viel Kraftvolleres.

Es war, als ob das kleine Sklavenmädchen imstande sei, Elric Teile ihrer eigenen Seele zu *geben* – ihre Energie, ihre Lebenskraft mit dem Albino zu teilen.

Elric spürte das Ineinanderübergehen, und er verspürte noch etwas anderes – Hoffnung. Die Hoffnung, daß er vielleicht trotz allem nicht hier in dieser Burg sterben würde.

Und diese Hoffnung verdankte er Jenna, dem Möbelstück, das ihm eine Chance gegeben hatte.

Er schaute auf das in seinen Armen schlafende Mädchen, und in seinen Augen lag eine Sanftheit, die seine Feinde nicht für möglich gehalten hätten.

Er würde nicht vergessen, was sie für ihn getan hatte.

Aubic blickte abermals auf das Stück Pergament in seiner Hand. Waren die verrückt? Monatelang hatte er Pläne geschmiedet, seine Armee aufgebaut, seine Soldaten geschult, sich Waffen beschafft.

Und jetzt dies.

Yosrian wagt es, mich anzugreifen?! Der Graf zerknüllte die Botschaft und warf sie in Richtung Feuer. *Er weiß, daß er nicht gewinnen kann – und dennoch...*

Aubic begann hin und her zu gehen. Wenn Yosrian mit dem Grafen von Potian zusammenarbeitete, angriff, um Zeit zu gewinnen, Aubic zwang, Streitkräfte von einer Grenze zur anderen zu verlegen...

Sie arbeiteten zusammen! Die Schlußfolgerung drängte sich auf. *Yosrian wird mich an einer Grenze zur Ader lassen, während Shallic seine Bauern bewaffnet. Sie werden mich zwingen, an zwei Fronten zu kämpfen, und mich zermürben...*

Aubic erschauerte. Es könnte ihnen gelingen. Eine geteilte Agincourische Streitmacht könnten sie besiegen. Und wenn es ihnen gelänge...

Ich muß das Geheimnis dieses verdammten Schwerts herausbekommen! Aubic rief einen Wachtposten herbei. *Vielleicht kann ich mit dem Mädchen anfangen...*

Elric lag im Bett und machte sich Sorgen. Am Nachmittag war Jenna von Wachtsoldaten abgeholt worden, und seitdem hatte Elric sie nicht gesehen. Der Albino spürte, wie seine Energie Sekunde für Sekunde dahinschwand, und mit ihr seine Lebenskraft und das Verlangen zu leben. *Sie muß kommen*, dachte er. *Ich weiß nicht, ob ich ohne sie überleben kann.*

Der Mond stieg höher, und immer noch lag Elric allein im Bett; er fragte sich, ob er auf diese Weise sterben würde.

In den untersten Gewölben der Burg wandte Aubic sich gerade von dem Mädchen Jenna ab. Er haßte so etwas, aber, so sagte er sich, es mußte getan werden. Es war nötig, um das Reich zu retten – und wenn man einer einzigen Frau Schmerzen zufügen mußte ...

Er blickte zu Jenna zurück, die schlaff in ihren Fesseln hing. *So* sehr hatte er ihr gar nicht weh getan – zumindest noch nicht.

Sie schien nichts von Belang zu wissen, und dennoch war da etwas ...

Aubic seufzte und drehte sich wieder dem hilflosen Mädchen zu. Er mußte es wissen.

Sobald die Sonne aufging, zwang Elric sich, aus dem Bett aufzustehen. Er fand gerade genug Kraft, um sich zu erheben und seine Kleidung anzuziehen. Er kämpfte gegen seine gewohnte Melancholie an, denn er wußte, daß er nie wieder aufstehen würde, wenn er ihr jetzt gestattete, ihn zu überwältigen.

Das konnte der Albinoprinz nicht zulassen. Er hatte Schulden zu begleichen. Schulden gegenüber dem Sklavenmädchen, das ihn am Leben erhalten hatte, und Schulden gegenüber dem Grafen, der ihn hierhergebracht hatte.

Elric ging zur Tür, bereit, diese Schulden zu begleichen.

»Ich *brauche* die Zauberkraft deines Schwertes!« Aubic schritt vor dem Kamin in der großen Halle auf und ab. Er war unruhig, und die Situation, der er gegenüberstand, bereitete ihm Unbehagen. »Ich brauche sie, um die Feinde um mich herum zu besiegen – bevor sie mich besiegen!«

Elric saß in einem der großen Stühle, die karminroten Augen zu Schlitzen verengt, die Gesichtszüge entspannt und ruhig. »Und du glaubst, du brauchtest nur Sturmbringer zu schwenken, damit deine Feinde sich ergeben? Du Narr!«

Aubic fuhr auf den Albino los. »Hüte deine Zunge, Dämonensproß! Hier bin ich der Herr!«

Bei dieser Bemerkung hob Elric den Kopf, und seine immer noch zusammengekniffenen Augen schienen einen Moment lang aufzuglühen. »Wie lange noch, mein Lord Agincoure? Wie lange noch?«

»Du weigerst dich also, mir zu verraten, was ich wissen muß.« Aubic drehte sich brüsk um und strebte auf seinen Stuhl zu.

Elric seufzte. »Es würde dir nichts nützen.«

Aubic warf sich in seinen Stuhl und beugte sich zu dem reglosen Albino vor. »Ich will dir eine letzte Chance geben. Geh zurück auf dein Zimmer und sieh dir an, was mit denen geschieht, die sich dem Grafen von Agincoure widersetzen.«

Elric stand auf, gegen die Schwäche ankämpfend, die seinen ganzen Körper befiel. Er neigte sich kaum merklich in Richtung des Grafen. »Drohungen beeindrucken den Prinzen von Melniboné nicht.«

Aubic beobachtete, wie Elric aus dem Raum wankte. *So so. Drohungen beeindrucken dich also nicht? Wir werden sehen. Ganz sicher werden wir das.*

Als die Tür seines Zimmer aufging, drehte Elric sich um und mühte sich aus dem Bett, als Jenna in den Raum geworfen wurde.

»Sieh sie dir an, Dämonensproß!« zischte der Wachtsoldat von draußen. »Du bist als nächster dran!«

Sie war grausam geschlagen worden, Striemen von

Dutzenden von Peitschenhieben verunstalteten ihren Körper – aber ihre Augen leuchteten noch voller Hoffnung und Zuneigung für den Albino, der sich hinkniete, um ihren Körper zu stützen.

»Er wollte deine Geheimnisse wissen.« Sie hustete kurz und schloß die Augen, um etwas Kraft zu sammeln. »Ich hatte ihm nichts zu sagen – nichts ...«

Elric hielt sie in den Armen, während sie nach Atem rang. Er spürte, wie das Band zwischen ihrer Seele und ihrem Körper sich lockerte. Er mußte etwas tun! *Irgend etwas.*

Er schloß seine Augen, konzentrierte sich wie nie zuvor im Leben, rief nach Sturmbringer mit einer Kraft und Heftigkeit, die er sich nie zugetraut hätte.

Sturmbringer! Komm zu mir, Sturmbringer! Komm zu mir ...

Graf Aubic saß in seinem Studierzimmer, nippte an einem Kelch mit Wein und versuchte, seinen nächsten Schritt zu planen. Er mußte das Geheimnis aus dem Albino herausbekommen. *Vielleicht nimmt er Vernunft an. Er kann schließlich nicht wollen, daß ich ihm das gleiche antue wie diesem Mädchen.*

Aubic nahm ein weiteres Schlückchen Wein. *Elric ist ein verständiger Mann, er wird mir sagen, was ich wissen will.*

Plötzlich kam ein entsetzliches Geheul aus dem Wandschrank hinter ihm – ein Laut wie von Höllenhunden. Aubic sprang auf und drehte sich herum, um festzustellen, wo das Geräusch hergekommen war.

Und dann sah er es. *Es ist das verdammte dämonische Schwert! Es bewegt sich wieder!*

Sturmbringer war frei, ein gezacktes Loch in der Tür des Wandschranks zeigte, wo das Schwert durchgebrochen war. Mit der Spitze nach vorn und leuchtenden Runen schwebte es suchend durch die Luft, fast als sei es ein lebendiges Wesen. Als es sich Aubic näherte, wurde das Leuchten der Runen heller und heller.

Als das Mädchen stöhnte, kam Elric wieder zu sich. Er blickte auf ihr Gesicht hinunter und wischte ihr den Schweiß von der Stirn. Dann schloß er erneut die Augen, um sich in einen tranceähnlichen Zustand zu versetzen. *Sturmbringer! Seelendieb! Zu mir, mein Freund, zu mir!*

Aubic atmete auf, als das Schwert zu Boden fiel. Das Leuchten der Runen wurde schwächer, während es dalag und leise stöhnte. Er zog an der Klingelschnur, um seinen Seneschall herbeizurufen, und riß einen Wandbehang herunter, um das Schwert darin einzuhüllen. *Jetzt muß ich die Antwort bekommen!* dachte er. *So etwas darf sich nicht wiederholen!*

Als Truvian die Tür öffnete, erhob sich Sturmbringer gerade wieder vom Boden. Aubic versuchte die Waffe zu packen, als sie zur Türöffnung schnellte, verfehlte sie aber ganz knapp. »Rasch!« rief er. »Folge der verdammten Klinge! Sie darf diesem Albinodämon nicht in die Hände kommen!«

Jennas Herz wurde mit jedem Schlag schwächer. Elric wußte, daß er bald handeln mußte, wenn sie gerettet werden sollte – und um überhaupt handeln zu können, mußte er ...

Sturmbringer! Zu mir, Seelendieb! Zu mir!

Und dann war Sturmbringer ganz plötzlich da und lag heulend in Elrics Hand. Aber das Schwert gab ihm keine Kraft, keine Energie. *Man hat es geleert!* dachte Elric. *Es ist nichts mehr da! Ich bin betrogen worden.* Er blickte auf das Mädchen hinunter. *Sie ist betrogen worden!*

Jennas Augenlider öffneten sich flatternd. Sie war schon eine Zeitlang woanders gewesen, an einem Ort, wo es keinen Schmerz gab, wo keine Männer Antworten von ihr verlangten, die sie nicht wußte – und wo niemand ihr weh tat, weil sie sie nicht wußte. Sie schaute hoch, ihr Blick wurde vorübergehend klar, und erkannte Elric. Er sah jetzt so anders aus, so zornig.

Dann sah sie das Schwert.

Und sie wußte, was getan werden mußte.

Aubic und seine Männer eilten zum Nordturm. Der Graf schrie ihnen zu, so schnell wie möglich zu laufen. Wenn Elric sein Schwert und seine Kraft wiedererlangte...

Elric blickte auf Jenna hinunter und sah, daß ihre Augen offen und klar waren. Er lächelte ihr zu, seine karminroten Augen huschten unruhig hin und her, da ihm bewußt war, daß nicht mehr viel Zeit blieb. Das Mädchen streckte die Hand nach ihm aus und berührte die Schneide von Sturmbringers Klinge.

Das Schwert stöhnte, tiefer, hungriger, als Elric es je von ihm gehört hatte.

»Du mußt es anwenden.« Sie hustete, schaumiges Blut trat auf ihre Lippen. »An mir – nimm dir meine Kraft.«

Elric neigte den Kopf und blickte auf sie hinunter. »Das kann ich nicht. Es wird nicht nur deine Kraft nehmen, sondern auch deine Seele.«

Da lächelte Jenna und schaute dem Albino genau in die Augen. »Dann werde ich bei dir bleiben. Immer.«

Leiderfüllt hob Elric den Kopf. War das sein Schicksal? Mußten die, die er liebte, immer von seiner Hand sterben?

Fast aus eigenem Antrieb hob sich Sturmbringer und richtete die Spitze auf Jennas nackte Brust...

Elric war bestürzt über die Lebenskraft des Mädchens – und über die Kraft, die jetzt in *seinen* Körper strömte – eine Kraft, die größer war als die ganzer Scharen von Männern. *An Frauen ist mehr dran, als ich je verstehen werde,* dachte Elric, als Jennas Augen sich für immer schlossen. Der Albino hob ihren Körper auf und legte ihn behutsam aufs Bett. Dann nahm er Sturmbringer an sich und ging auf die Turmtür zu.

Es gab Schulden zu begleichen.

Aubic holte die großen Messingschlüssel hervor, als er die Tür zum Nordturm erreichte. Er sah sich nach den rund vierzig Männern um, die ihm gefolgt waren, einige nur halb bekleidet, aber alle mit einem Schwert oder einer Axt versehen. *Ich hoffe nur, daß wir noch rechtzeitig kommen!*

Er rammte den Schlüssel ins Schloß, drehte ihn um, zog die Tür auf und erblickte ...

Elric von Melniboné, der bereitstand, das große schwarze Schwert vor sich haltend. Seine rubinroten Augen starrten zornig in Richtung Tür, sein Gesicht war zu einer dämonischen Maske voller Bitterkeit und Haß erstarrt.

»Die Götter mögen uns beistehen!« stieß Aubic hervor.

»Dafür ist es zu spät,« knurrte der Albino, und Sturmbringer, seinen wilden Schlachtruf kreischend, züngelte nach dem ersten von Aubics Männern. Ein lauter, klagender Ton erfüllte die Luft und die Herzen der Männer, die ihn hörten. Sie zögerten einen Moment lang und wichen – wenn auch nur eine Handbreit – vor dem Schwert und dem Wesen, das es führte, zurück.

Denn zweifellos war das kein Mensch – sondern vielmehr irgendein Dämon aus der Hölle. Weiß war er. Weiß wie der Tod. Nur seine Augen nicht. Die waren rot. Rot wie Blut. Rot wie der Tod.

Rot wie das Feuer der Hölle.

Die Männer standen eine Sekunde lang da und sahen, wie dieses weiße Gesicht sich zu einem bitteren Lächeln verzog – einem Lächeln, das ihnen allen den Tod versprach.

Da trat ihr Anführer, der Graf von Agincoure vor. Er wußte, daß alles verloren war, wenn seine Männer jetzt wichen. Aubic riß sein Schwert hoch und versuchte, die Hiebe der dämonischen Klinge zu parieren, versuchte, sie so lange zu binden, bis einer seiner Männer einen tödlichen Streich anbringen konnte.

Elrics Augen glühten fast, als Sturmbringer, leicht wie ein Zauberstab, über die Klinge des Grafen hinwegzüngelte und sich in sein Herz grub, noch lauter kreischend, als der Graf aufschrie.

Da lachte Elric, ein trockenes Lachen, wie das einer Leiche, und die übrigen Männer stoben auseinander und rannten davon, um ihr Leben zu retten.

Um ihre Seelen zu retten.

Aubic sah sie weglaufen. Beobachtete sie, während sein Blut auf den Fußboden des Turms tröpfelte und seine Seele in die schwarze Klinge strömte, die ihn durchbohrt hatte. Er schrie ein letztes Mal auf, als alles um ihn schwarz wurde.

Für immer.

Beim abschließenden, siegreichen Kampf kreischte Sturmbringer noch lauter. Und während sein Schwert heulte, lachte Elric von Melniboné – ein lautes, wildes Lachen. Das Lachen eines Mannes am Rande des Wahnsinns. Und während er lachte, stürzten rubinrote Tränen aus seinen karminroten Augen.

Indes die Seele eines Sklavenmädchens das Herz des Prinzen von Melniboné erfüllte.

Copyright © 1994 by Doug Murray

Karl Edward Wagner

EIN HAUCH VON SCHAUERROMANTIK

Die Nacht brach zu schnell herein. Blitze zuckten über den bleigrauen Himmel. Der ferne Donner war mittlerweile näher gekommen. Vögel mit dunklen Flügeln schossen über den Himmel, um irgendwo Schutz zu suchen. Elric atmete schnuppernd die Luft ein und strich sich das weiße Haar aus dem Gesicht. Das Pferd, auf dem er saß, war unruhig.

Voller Unbehagen betrachtete Mondmatt den Horizont. Sie waren den ganzen Tag geritten. Ihren menschlichen Verfolgern hatten sie sich bisher entzogen, aber das Unwetter holte sie rasch ein. »Wir müssen bald irgendeinen Unterschlupf finden.«

»*Sie* werden keinen Unterschlupf suchen.« Elric durchforschte sein Gedächtnis. Er kannte sich in dem Teil des Landes, durch den sie flohen, nicht sonderlich gut aus, erinnerte sich jedoch, von einer verfallenen Burg, in der es angeblich spukte, gehört zu haben. Eine solche Sage würde vielleicht andere Eindringlinge von dort fernhalten, und wenn es hart auf hart ging, war es allemal besser, sich hinter schützenden Mauern zu verteidigen, als wie ein Fuchs zur Strecke gebracht zu werden.

Der Donner kam näher. Weder Elric noch Mondmatt hörten das Krachen, als der Blitz dicht hinter ihnen die Erde aufriß. Sie hatten genug damit zu tun, sich im Sattel zu halten, während ihre von panischem Schrecken ergriffenen Pferde durch den plötzlich einsetzenden Wolkenbruch stürmten.

»Da!« schrie Elric. Im Lichte eines aufflammenden Blitzes konnten sie vor sich steinerne Mauern erkennen. Er und Mondmatt bemühten sich, ihre Pferde zu beherrschen, und es gelang ihnen irgendwie, durch das zerstörte Tor in die ummauerte Anlage zu galoppieren.

»Da ist ein Licht!« Mondmatt wies mit dem Finger auf eine Stelle, als sie den Burghof überquerten. Trotz Wind und strömenden Regens konnte Elric Rauch riechen. Der größte Teil der inneren Anlagen stand noch, war allerdings ausgebrannt. Der Bau, der das Hauptgebäude der Burg gewesen zu sein schien, trug noch einen Teil seines Daches. Durch den offenen Torweg konnte man ein Feuer sehen.

Wieder ging krachend ein Blitz nieder. Elric und Mondmatt ritten auf ihren Pferden durch den Torweg, ohne sich darum zu kümmern, ob dort vielleicht jemand Wache stand. Das Innere war einigermaßen trocken, wenn auch infolge der langen Unbewohntheit muffig. In dem riesigen Kamin brannte ein prächtiges Feuer. Auf einem kaputten Tisch standen Essen und Wein. Kein Mensch war zu sehen.

»Soll es in dieser Burg nicht spuken?« Mondmatt spähte in die schattigen Winkel des höhlenartigen Raums. Außer Trümmern war nicht viel übriggeblieben – zerfetzte Wandbehänge, zerfallendes Mobiliar. Wer immer die Burg erobert hatte, war nicht geblieben, um sie zu plündern.

»In *allen* verfallenen Burgen spukt es«, sagte Elric und stieg vom Pferd. »Zumindest nach allgemeinem Dafürhalten. Binde jetzt unsere Pferde an. Irgend jemand hält sich hier auf, und wir werden an diesem Feuer teilhaben.«

Während Mondmatt sich um ihre Rösser kümmerte, warf Elric seinen Umhang ab und wärmte sich am Feuer. Die regennasse, kalte Nacht behagte dem dünnen Albino ganz und gar nicht. Er betrachtete das

Essen und die Getränke auf dem Tisch. Drei Gedecke. Käse, Brot, kaltes Geflügel, einige Äpfel, Wein und – Elric schnupperte ein wenig an der Flasche – Weinbrand. Er goß etwas Weinbrand in einen Kelch aus Rubinglas. Seinen Ursprungsort vermochte er zwar nicht festzustellen, aber er war von hervorragender Qualität und wärmte ihn.

Mondmatt kam von den Pferden zurück und schlug ihm fast den Kelch aus der Hand. »Das Zeug könnte vergiftet sein!«

»Wer wußte denn, daß ich hiersein würde?« Nach fast zwei Tagen auf der Flucht war Elric erschöpft. Er brockte ein wenig Brot ab. »Koste das Geflügel, Mondmatt, und sag mir, ob es vergiftet ist.«

»Es ist für drei gedeckt«, erklärte Mondmatt. »Trotzdem ist niemand hier. Und wo gibt es zu dieser Jahreszeit denn frische Äpfel? Ich sage dir, in dieser Burg spukt es.«

»Das Feuer wurde erst vor kurzem angezündet«, bemerkte Elric. »Unsere Gastgeber sind sicher auch Reisende, die für die Nacht hier Unterschlupf gesucht haben. Als das Unwetter losbrach, sind sie schnell nach ihren Pferden und sonstigen Sachen sehen gegangen. Ich bin sicher, daß sie sich bald zu uns gesellen werden.«

Der Sturmwind heulte so wild durch die zerfallenen Öffnungen der Burg, daß Elric das leise Stöhnen Sturmbringers zunächst gar nicht wahrnahm.

Elric warf einen Blick in Richtung des leeren Torwegs und legte seine Hand auf das Heft des Runenschwerts.

Blitze setzten die Nacht in Brand. Der Torweg war nicht mehr leer.

Ein Mann stand dort, fast übermenschlich groß wirkend, angetan mit einem Kettenpanzer, ledernen Hosen, hohen Stiefeln und einem schwarzen Umhang, der im

Wind flatterte. Sein langes, rotes Haar wehte trotz des Regens hin und her. Seine Augen schienen im Licht der Blitze zu leuchten und ein kaltes, blaues Feuer auszustrahlen. In der linken Hand hielt er ein langes Schwert; in der rechten den Kopf eines Menschen.

Das Blitzen ließ nach.

Elric zog Sturmbringer.

Der Mann stand bereits neben dem Feuer.

»Wir beide lieben dramatische Auftritte«, sagte der Mann. Er hielt den abgetrennten Kopf ins Licht. »Kennst du den?«

Elric sah genau hin. »Das ist Herzog Breidnor. Er und seine Männer verfolgen mich.«

»Na, jetzt verfolgt er dich nicht mehr.« Der Mann säuberte sein Schwert von Blutresten und steckte es in die auf seinem Rücken hängende Scheide. »Und du kannst Sturmbringer wegstecken. Was von Breidnors Gefolge noch übrig ist, flieht in Richtung Heimat. Einige der Leichen habe ich draußen vor der Mauer gelassen. Möchte bezweifeln, daß die übrigen es noch mal versuchen, das heißt, ich weiß, daß sie es nicht tun werden. Ich hoffe, du hast den Weinbrand nicht ausgetrunken. Wir haben eine lange Nacht vor uns.«

Er goß sich einen Kelch mit Weinbrand voll, während Elric ihn verwirrt betrachtete. Sein Haar und sein Bart waren rot, die Gesichtszüge ein wenig brutal, und seine blauen Augen hatten etwas äußerst Beunruhigendes. Elric schätzte, daß er ungefähr sechs Fuß groß war; sein Gewicht mußte in Anbetracht der Muskelmassen enorm sein – trotzdem bewegte er sich wie eine Katze. Elric steckte Sturmbringer in die Scheide.

»Vernünftige Entscheidung«, sagte der Fremde und nippte an seinem Weinbrand. »Und jetzt, Mondmatt, steck bitte auch du dein Schwert weg und kümmere dich um diesen Kopf. Aber wirf ihn bloß nicht ins

Feuer. Ich habe schon ein kaltes Abendessen vorbereitet.«

Er ließ sich auf einen der noch vorhandenen Stühle fallen, der zwar ächzte, aber das Gewicht aushielt. »Etwa so solide wie der Rubinthron, was, Elric?«

Elric entdeckte einen weiteren Stuhl und schenkte sich Weinbrand nach. Er war müde, und das alles ging ein bißchen zu schnell für ihn. »Wer bist du, und woher kommst du?«

»Ich heiße Kane und bin nicht aus dieser Gegend.«

»Wo sind deine Leute?«

»Ich bin allein.«

»Wie konntest du Herzog Breidnor und seine Soldaten töten, wenn du allein bist?«

»Ich töte andere Wesen. Dazu wurde ich erschaffen. Ich bin ziemlich gut darin.«

»Kommst du von Arioch?«

»Den kenne ich nur flüchtig.«

Verärgert ließ Elric seinen Kelch sinken. Der Mann war entweder wahnsinnig, oder er spielte mit Worten; seine Aussprache vermochte Elric nicht einzuordnen. Nichtsdestoweniger hatte ihm dieser Kane den Kopf seines Feindes gebracht.

Elric blickte mit seinen roten Augen direkt in die kalten blauen Augen Kanes. Im ganzen Körper spürte er plötzlich ein Kältegefühl. »Bist du ein Dämon?« Elric hatte nicht vorgehabt, den Gedanken laut auszusprechen.

»Etwas viel Schlimmeres«, sagte Kane.

»Wie kommt es, daß du mich kennst?«

Kane riß einen Flügel ab und begann, ihn mit einigem Appetit zu essen. »Durch Sturmbringer. Ganz abgesehen davon, daß du nun mal bestimmte charakteristische Merkmale hast. Mondmatt, hör auf herumzulaufen und setz dich zu uns.«

Elric schloß die Augen und konzentrierte sich. Diesen Mann umgab eine Aura, die er nicht zu durchdringen vermochte. Und dennoch...

»Du gehörst weder zur Ordnung noch zum Chaos.«

»Richtig. Ein Bruststück gefällig?«

»Du bist nicht aus dieser Welt.«

»Das habe ich dir bereits gesagt. Noch etwas Weinbrand?«

»Du hast ein Unwetter hervorgerufen und uns hierhergelockt. Dann hast du meinen Feind getötet.«

»Und genau zur rechten Zeit. Vergiß das Essen nicht.«

Wütend sprang Elric auf und zog Sturmbringer. »Ob Freund oder nicht, man hält mich nicht zum Narren – und ich habe deine rätselhaften Bemerkungen satt!«

Mondmatt stahl sich davon und umkreiste sie.

Kane blieb sitzen. Seine linke Hand war nicht zu sehen, als er an seinem Wein nippte. »Bitte setzt euch beide wieder. Wir haben eine lange Nacht vor uns. Ich werde alles erklären.«

Elric nickte Mondmatt zu, dann steckte er das Runenschwert zurück in die Scheide. Sie setzten sich, und Kane packte die Wurfsterne, die er in der Hand gehalten hatte, unauffällig wieder weg.

Mondmatt knabberte an einem Apfel. »Wo ist dein Pferd?«

»Woanders.«

»Und diese Äpfel? Woher sind die?«

»Auch von da.«

Elric wurde wieder wütend, goß sich aber neuen Weinbrand ein, um seinen Zorn im Zaum zu halten. Der Fremde war wahnsinnig, wollte ihm jedoch nichts zuleide tun. Morgen würden er und Mondmatt ihre Reise fortsetzen, ohne verfolgt zu werden – dank Kane, wenn man ihm glauben konnte. Der Mann war offenkundig gefährlich, aber kein Feind. Elric war sich nicht sicher, was er sonst noch sein mochte. Er aß ein weiteres Stück Brot und beschloß, sich mit der Situation abzufinden. Draußen regnete es heftig, und Mondmatt hatte gerade noch mehr Holz ins Feuer geworfen.

»Mir ist dein Schwert aufgefallen, als du es gesäubert hast«, sagte Elric. Ein Gespräch würde seinen Zorn beschwichtigen. »Diese Machart habe ich noch nie gesehen, und den seltsamen Glanz seines Stahls auch nicht. Stammt es aus den Jungen Königreichen?«

»Es stammt aus Carsultyal. Sehr alt.« Einen Augenblick lang schwang in Kanes Stimme ein Anflug von Leid mit, den nur Elric hätte bemerken können.

»Und hat es magische Kräfte?«

»Nur die, daß es sehr scharf ist. Die eigentliche Legierung habe ich nie rausgefunden. Hab keine Sternenschiffe mehr, um sie einzuschmelzen.«

Elric nahm an, daß Kane Sternschnuppen meinte. Er hatte schon Klingen gesehen, die aus solchem Eisen geschmiedet waren. »Wo liegt Carsultyal?«

»In der fernen Vergangenheit und weit weg.« Kane sprach tüchtig dem Weinbrand zu. »Elric, laß uns mit diesen Spiegelfechtereien aufhören. Wir sind beide Zauberer. Wir wissen, daß es andere Welten und andere Universen gibt, manchmal unmittelbar nebeneinander.«

Verwundert hielt Elric inne. »Stimmt.«

»Und daß es zwischen diesen verschiedenen Welten Tore geben kann.«

»Ja, das ist richtig.« Elric hatte begonnen, Kanes Gedankengängen ein Stück vorauszueilen. Nein, Kane war nicht wahnsinnig. Nicht in dieser Hinsicht.

Kane betrachtete seinen Weinbrand. »Nun, Elric, wir drei sitzen auf der Schwelle von einem dieser Tore, und ich bin mit einem Korb voller Leckerbissen herübergekommen, damit wir was zu knabbern haben. Und voll anderer drolliger Sachen. Tut mir leid wegen des Unwetters, aber es gibt immer diese atmosphärischen

Störungen. Nenn es einen Hauch von Schauerromantik. Du bist eben naß geworden, aber jetzt ist dir warm, du hast gut gegessen, und ich habe mich um dein dringendstes Problem gekümmert. Wo ist dieser Kopf, Mondmatt?«

Elric war sich nicht sicher, ob er jedes Wort des Gesagten richtig erfaßt hatte, aber er hatte genug verstanden. »Woher weißt du von mir?«

»Das wirst du später begreifen. Du und deine unterschiedlichen Inkarnationen springen mehr durch Zeit und Raum als ich. Es ging nur darum, dich, Sturmbringer und dieses Tor zusammenzubringen. Meine Anwesenheit hier ist ein Kunststück, das jeder Zauberer ausführen könnte.« Elric hatte den Verdacht, daß der Mann log, ließ die Sache im Moment aber auf sich beruhen.

Sturmbringer schien ihm etwas zuzustöhnen. Elric befühlte seine Stirn. Entweder waren seine Hände kalt, oder er hatte durch das Gewitter Fieber bekommen. »Lassen wir das *Wie* einmal beiseite – sag mir, *warum*.«

Kane aß etwas Käse. »Oh, das. Nun ja, ich habe dir wirklich gerade das Leben gerettet. Vergiß nicht das Essen.«

»Du hast diese Situation doch herbeigeführt, oder?«

»Tja, ich war nicht derjenige, der von einem käuflichen Herzog und fünfzig Soldaten gejagt wurde. Aber um die Wahrheit zu sagen: Mag sein, daß ich mir die Situation zunutze gemacht habe. Ein bißchen.«

»Was willst du von mir, Kane?« Elric erwog, in die Nacht davonzureiten. Es war eine stürmische Nacht. Er dachte daran, den Mann zu töten, aber Kane schien nicht vorzuhaben, ihm etwas zuleide zu tun – eher im Gegenteil. Elric seufzte und massierte seine Schläfen. Er war sich in keiner Weise sicher, ob er es mit Kane aufnehmen konnte. Irgend etwas in den Augen des Mannes ließ darauf schließen, daß er es nicht konnte.

»Sturmbringer«, sagte Kane.
»Was!«
»Nur seine Dienste.«
»Du bist verrückt.«
»Klar. Ich brauche dich, um das Runenschwert zu führen. Ich wollte damit nicht sagen, daß ich es dir abnehmen will. Das Ding ist gefährlich. Außerdem mag es mich nicht.«

Elric beschloß, daß er und Mondmatt abwechselnd neben dem Feuer Wache halten und im Morgengrauen aufbrechen würden.

»Laß mich dir eine Geschichte erzählen«, bot Kane an.

»Du bist unser Gastgeber«, entgegnete Elric müde.

»Was weißt du über diese Burg?«

»Nichts. Mir ist lediglich eingefallen, daß sie in dieser Gegend steht. Seit einem Jahrhundert verlassen. Angeblich spukt es hier. Alle Ruinen haben ihre Gespenster.«

»Einige haben viel Schlimmeres als Gespenster.«

Kane untersuchte die leere Weinbrandflasche und sagte etwas Unwirsches; jedenfalls klang es für Elrics Ohren so. Die Sprache, in der es gesagt worden war, hatte er noch nie gehört. Er beobachtete, wie Kane mit sicheren Bewegungen in die Dunkelheit jenseits des Feuerscheins verschwand und dann mit einem Weidenkorb zurückkehrte. Er hatte tatsächlich einen Korb mitgebracht ... von wo auch immer.

Als Kane eine letzte Flasche hervorholte, bemerkte Elric: »Du kannst in der Dunkelheit sehen.«

»Können wir das nicht alle, bis zu einem gewissen Grade«, sagte Kane. »Trefflicher Mondmatt, bitte öffne dies und schenk uns dreien ein. Wir werden es bald nötig haben.«

Sobald die Kelche gefüllt waren, fuhr Kane fort: »Wie ich bereits sagte« – er schnupperte an dem Weinbrand und zuckte die Achseln –, »gibt es handfeste Tore in andere Welten. Diese Burg ist eines davon. Elric, du müßtest mehr darüber wissen als ich. Ich weiß nur, was ich von meiner Seite des Portals aus erfahren habe. Unsere Zeitkanäle verlaufen sehr dicht nebeneinander. Zu dicht. Diese Burg existiert in deiner wie in meiner Welt.«

An den leeren Fenstern zuckten weiterhin Blitze vorbei. Regen tropfte durch das schadhafte Dach. Der Wind beutelte die zerschlissenen Wandbehänge. Kane fluchte, stand auf und warf den zerbrochenen Teil einer Anrichte ins Feuer. Das tat er ohne erkennbare Anstrengung; Elric schätzte, daß das hölzerne Möbelteil über hundert Pfund wog.

Der große Kamin nahm die zertrümmerte Anrichte auf. Das Feuer loderte auf und beleuchtete die drei am Tisch sitzenden Gestalten. Kane musterte die Überreste des kalten Geflügels und riß den anderen Flügel ab. »Nicht genug gesalzen«, sagte er entschuldigend, während er bedächtig aß.

Elric wurde ungeduldig. »Ich habe dir gesagt, daß ich wenig über diese Burg weiß. Erzähl weiter.«

Kane lutschte das restliche Fleisch von den Flügelknochen und warf sie mit der gleichen Mühelosigkeit ins Feuer wie die zerbrochene Anrichte. Dann leckte er sich die Finger ab und langte nach dem Weinbrand.

»Vor einigen Jahren – ich bin mir nicht sicher, wie viele es in eurem Zeitgefüge sind – fiel ein bestimmter Gegenstand hier in der Nähe vom Himmel. Der Burgherr ritt mit seinen Männern los, um festzustellen, was geschehen war. Sie entdeckten ein verwüstetes und verbranntes Stück Feld, in dem ein Meteorit niedergegangen war. Der Meteorit war mit Juwelen bedeckt, deren Großartigkeit ihre Vorstellungskraft überstieg. Der Burgherr ließ seine Männer Karren und Ochsen holen, um diesen Schatz abzufahren. Nachdem sie das getan hatten, verwahrten sie ihn in einem geheimen Gewölbe tief unter der Burg.

Natürlich wurde diese Schatzgeschichte bekannt. Gerissene Diebe versuchten, den Schatz ausfindig zu machen. Andere mächtige Lords forderten ihren Anteil daran. Schließlich wurde ein Dämon aus den tiefsten Tiefen herbeigerufen, um den Schatz zu bewachen. Der Dämon beschützte den Schatz, aber nicht die Burg. Als ihre Mauern zum Schluß erstürmt und die Verteidiger massakriert wurden, war es den Siegern nicht vergönnt, sich ihrer Beute zu erfreuen, denn bei der letzten, entscheidenden Schlacht gab es keine Überlebenden. Seitdem liegt auf dieser Burg ein Fluch.«

Elric erinnerte sich vage an eine solche oder ähnliche Geschichte: Dies war eine abgelegene Provinz, die er kaum kannte. Er spielte mit seinem Kelch, ohne zu trinken. »Und worauf läuft all dies hinaus?«

»Ich kann das Schatzgewölbe ausfindig machen«, sagte Kane. »Alles, was ich von dem Schatz haben will, würde in diesen Korb passen. Der Rest gehört dir. Genug, um eine Söldnerarmee aufzustellen, den Rubinthron zurückzuerobern, was immer du willst. Du brauchst nur zuzugreifen.«

»Und warum bist du mein Wohltäter?«

Kane ließ seinen Weinbrand im Glas kreisen. »Der Dämon ist immer noch da. Und hält Wache. Allein kann ich ihn nicht töten. Ich brauche dich. Und Sturmbringer.«

»Du bist ein Zauberer. Exorziere ihn.«

»Den nicht.«

Mondmatt zog Elric beiseite. »Trau ihm nicht.«

»Werd ich auch nicht«, sagte Elric. »Aber er hat irgendeinen verqueren Plan und hat uns nichts zuleide getan. Ich werde sein Spiel mitspielen und nach dem Vorteil für uns suchen.«

Zu Kane sagte Elric: »Wir werden dir folgen. Aber

erst erklär mir, warum diese Burg ein Tor zu deiner Welt ist.«

Kane zögerte kurz. »Kristall. Ein magischer Kristall aus dem Meteoriten. Das ist alles, was ich mitnehmen möchte.«

Kane trug den Korb in die Dunkelheit davon und kehrte mit ihm sowie einem Paar Laternen zurück. »Zünd sie an, Mondmatt, dann machen wir uns auf den Weg.«

Mondmatt entzündete einen Span am Feuer und steckte die Laternen an. Im Vorbeigehen hob er den Korb an, den Kane ihm schnell wegnahm.

Mondmatt flüsterte Elric zu: »Der Korb muß mit Blei gefüllt sein. Ich habe mir fast das Handgelenk verstaucht.«

»Kane trägt ihn«, sagte Elric. Er hob seine Laterne in die Höhe. »Behalte einen klaren Kopf.«

»Laß uns einfach unsere Pferde besteigen und verschwinden«, flüsterte Mondmatt.

»Ich möchte herausfinden, was für ein Spielchen Kane spielt. Kane weiß zuviel über mich, und ich weiß viel zu wenig über ihn.«

Mondmatt schüttelte den Kopf. »Ein Mann, der erst Essen und Trinken aufträgt und dann loszieht, um einen Dämon zu vernichten.«

»Mit leerem Magen kann man nicht gegen einen Dämon kämpfen«, rief Kane aus der sie umgebenden Dunkelheit zurück. »Und ihr beiden wart völlig erledigt.«

Entweder hatte Kane ein ausgezeichnetes Gehör, oder er konnte ihre Gedanken lesen. Elric fragte sich, ob er Mondmatts Rat folgen sollte.

Kane führte sie eine Steintreppe hinunter, glitschig von fauligem Unrat. Vom Wolkenbruch draußen war Wasser eingedrungen und floß in Bächen die Stufen hinunter. Elric dachte an das warme Feuer oben und fragte sich, was ihn davon abhielt, Kane allein in diesen Kellergewölben herumschleichen zu lassen.

Die Treppe führte in einen Keller von höhlenartiger Ausdehnung, der anscheinend zu der darüber befindlichen Burg in keinem Verhältnis stand. An den Rändern der Lichtkreise, die ihre Laternen warfen, konnte Elric große Haufen von vergammelten Dingen erkennen, die mit Spinnweben und grotesken Pilzgeflechten überzogen waren. Wahrscheinlich war die Burg verproviantiert worden, um einer langen Belagerung standzuhalten, vermutete Elric.

Kane schritt an alldem selbstsicher vorüber, was Elrics Mißtrauen noch erhöhte, und führte sie zu einer weiteren Steintreppe, die in einen feuchten Unterkeller hinunterging. Eine verrostete eiserne Pforte war eingerammt worden, und im Licht ihrer Laternen sahen sie vermoderte Folterwerkzeuge. Zerbrochene Überreste menschlicher Skelette kauerten unter den Ketten, mit denen sie einst gefesselt gewesen waren, hier und da steckte noch ein knochiges Handgelenk in den Schellen. Die ausgedörrte Leiche auf den Trümmern der Streckbank war schon vor langem auseinandergerissen. Aus einem Eisenkäfig, der an der Decke hing, ragten immer noch ledrige Arme, flehentlich ausgestreckt. Keine Ratten, stellte Elric fest; aber schließlich gab es für sie hier auch nichts mehr zu fressen.

Am hinteren Ende des Verlieses befand sich eine massive Tür. Ihre Angeln waren tief in die Steinmauer eingelassen, und sie bestand aus schwarzem Eisen, das seltsamerweise nicht verrostet war und an das Metall erinnerte, aus dem das Runenschwert geschmiedet war. Sie war so beschaffen, daß sie einem Rammbock widerstehen würde, und mit einem gleichermaßen massiven Schloß versehen.

»Und hast du auch den Schlüssel?« fragte Elric. Sein

Ton war spöttisch, aber er war sich in keiner Weise sicher, ob Kane ihn nicht wirklich hatte.

Kane setzte den Korb ab. »Ich glaube, das kann ich deichseln.«

Mondmatt flüsterte Elric zu: »Das ist *nicht* der Korb, in dem er unser Abendessen aufbewahrte. Der da ist aus solidem Metall.«

»Ich weiß«, sagte Elric. »Aber mir ist immer noch nicht ganz klar, was er eigentlich vorhat. Sei auf der Hut.«

Kane preßte die Hand gegen das massive Schloß. Es gab ein lautes Knacken, als der Riegel losbrach, und dann zerfiel die gesamte Vorrichtung zu Staub. Kane drückte, und die riesige Tür ging auf. Übelriechende Dunkelheit schlug ihnen entgegen.

»Eindrucksvoll«, bemerkte Elric.

Kane trat rasch zurück und zog sein Schwert, während er den offenen Durchgang im Auge behielt.

»Was jetzt, Kane?« Elric hatte bereits Sturmbringer gezogen.

»Es gibt etwas, das ich verschwiegen habe.« Kane nahm den Metallkorb wieder auf. »Bei der letzten Schlacht sind nicht alle in der Burg umgekommen. Eine beträchtliche Anzahl von ihnen hat hier Zuflucht gesucht und ist seit mindestens einem Jahrhundert hier eingeschlossen – ich sagte ja schon, daß ich mich mit eurem Zeitgefüge nicht recht auskenne. Ihre Nachkommen sind wahrscheinlich sehr unangenehm.«

»Was hatten sie denn zu essen?« fragte Mondmatt.

»Was meinst du?« entgegnete Kane.

»Pilze und Flechten?«

»Zu Anfang. Schauen wir mal nach.«

Im Vorbeigehen untersuchte Elric das zerstörte Schloß. Er kannte magische Mittel, die jedes Schloß zu öffnen vermochten, aber nicht durch eine einfache Berührung mit der Hand. Wenn Kanes Kräfte so groß waren, warum brauchte der Fremde dann seine Hilfe bei dieser wie immer beschaffenen, wahnwitzigen Expedition, zu der Kane ihn verleitet hatte? Elric verwünschte sich, daß er sich von Kane in diese Sache hatte hineinziehen lassen, aber seine Neugier trieb ihn weiter. Das Ganze würde eine kurze Zerstreuung sein, die ihn von zu vielen in schmerzlicher Unruhe verbrachten Nächten ablenkte.

Jenseits der Tür fiel der schwache Schein ihrer Laternen in einen gewölbten Steingang von unbestimmter Länge. Sie waren jetzt tief unter der Erde, und von überall sickerte Wasser, das Geräusch ihrer Schritte übertönend, wie tropfende Blätter es nach einem heftigen Regenguß in einem dichten Wald tun würden. Die Steine der Gewölbebögen, von denen ein fast greifbares Leuchten ausging, waren mit Salpeter und herabhängenden, tropfenden Flechten bedeckt. Die Luft stank nach Grab und schmerzte in Elrics Brust, aber ein schwacher Wind brachte die Flamme seiner Laterne zum Flackern. Elric dachte über die Herkunft dieses Windes nach, doch dann schob er den Gedanken von sich weg.

Der Tunnel teilte sich in zahlreiche Abzweigungen auf, doch Kane schien genau zu wissen, in welche Richtung er zu gehen hatte. Aus den schwarzen Gängen waren leise, huschende Geräusche zu hören. Elric sah Rattenaugen kurz aufleuchten und einen großen Salamander davongleiten. Groteske weiße Kröten hopsten schwerfällig davon, als sie näherkamen. Bleiche Spinnen, so groß wie seine Hand, klebten an den Steinen und hielten nach Beute Ausschau. Elric begann, ein gewisses Verwandtschaftsgefühl zu empfinden: Dies war eine Unterwelt von Albinos.

Elric schätzte, daß sie etwa eine halbe Meile unter der Erde zurückgelegt hatten. »Kane, weißt du, wer dieses Labyrinth angelegt hat – und warum? Es gibt einfachere Mittel, um einen Schatz zu schützen.«

»Sie müssen der Einschlagsbahn gefolgt sein«, sagte Kane auf seine hilfreiche Art. »Sie haben die Kluft mit Mauern und Gewölben befestigt und auch Erdspalten ausgemauert, die nirgendwohin führen.«

»*Wer* hat das getan?« fragte Elric.

Kanes Schwert bewegte sich schneller, als Elric für möglich gehalten hätte. Im einen Moment stürzte sich die grad eben wahrgenommene Kreatur aus der Dunkelheit eines Nebentunnels auf Kane. Im gleichen Moment hatte Kanes Klinge ihr bereits Hals und Schulter durchschlagen. Die Kreatur wurde auf den Tunnelboden geschleudert, wo ihre beiden Teile noch einen Augenblick lang zuckten. Elric hatte noch nie einen Fechter einen solchen Schlag einhändig ausführen sehen. Er beobachtete das Ganze und fragte sich, wie viele von Herzog Breidnors Gefolgsleuten wohl noch lebten.

Mondmatt ließ das Licht seiner Laterne auf die Kreatur fallen. Sie war nackt, männlichen Geschlechts und menschenähnlich. Die Haut war so bleich wie die Elrics, doch das Hirn, das in Fetzen an der schuppigen Kopfhaut hing, war von schmutziggrauer Farbe. Die Gliedmaßen waren verkürzt, mißgestalt und mit eitrigen Wunden bedeckt. Das Gesicht war tierisch, weniger äffisch als wölfisch, mit einer vorspringenden Schnauze. Mitten auf der Brust saß ein zweiter Kopf, nicht größer als der einer Puppe, und schnappte nach ihnen. Kane säbelte ihn lässig mit der Spitze seines Schwertes ab.

»Hübsch«, sagte Kane. »Sofern sie den hier nicht erst auffressen wollen, werden wir es bald mit noch viel Schlimmeren zu tun bekommen.«

»Du hast gesagt, daß hier Überlebende eingesperrt sind.« Elric ging an dem toten Wesen vorbei. »Durch welchen Zauber wurde das da erschaffen?«

»Reststrahlung.« Als er Elrics verständnislosen Blick

bemerkte, fügte Kane hinzu: »Durch die Macht des Schutzdämons. Deshalb brauche ich dich und Sturmbringer. Wir müssen den Dämon schnell töten.«

Mondmatt hatte einige von Kanes Worten nicht verstanden. »Dieser Dämon. Wovon ernährt er sich?«

Kane zeigte auf die mißgestaltete Leiche zurück. »Von denen gibt's hier eine Menge. Opfertiere, die in diesem Labyrinth eingeschlossen sind.«

»Du hast gesagt, sie seien Überlebende der letzten Schlacht.« Elrics Ton drückte Argwohn aus.

»Sowohl als auch«, erwiderte Kane. »Vorsicht!«

Die Kreaturen stürmten aus der Dunkelheit auf sie los, von überallher. *Kreaturen*. Für Elric hatten sie nichts Menschliches an sich. Die meisten von ihnen waren nackt; die, die einige Fetzen schmutziger Kleidung anhatten, wirkten noch abscheulicher. Ein paar trugen verrostete Waffen. Die meisten jedoch schienen den Gebrauch von Waffen, der über den Einsatz verfaulter Zähne und krallenlanger Nägel hinausging, nicht zu kennen.

Es waren monströse, mißgestalte Spottgeburten, Hohngelächter auf den Menschen, entsprungen den Alpträumen eines geistesgestörten Künstlers im Drogenrausch. Männer, Frauen, Kinder warfen sich aus der Dunkelheit auf die drei. Elric hatte keine Vorstellung von ihrer Zahl. Sie quollen aus der Schwärze wie Vampirfledermäuse, die aus einer stinkigen Höhle hervorbrachen.

»Paß auf deine Laterne auf!« Elric hatte seine bereits abgesetzt – er brauchte beide Hände, um Sturmbringer zu schwingen –, und Mondmatt tat es ihm nach. Kane war irgendwo in der Finsternis um sie herum. Mochte er sehen, wie er zurechtkam, nachdem er ihnen das eingebrockt hatte.

Etwas mit drei Armen klammerte sich an Elric. Das Runenschwert fegte es weg, als Elric sich umdrehte, um dem Wesen, das sich von hinten an ihn herangeschlichen hatte, beide Köpfe abzuschlagen. Eine Frau mit sechs Brüsten warf sich auf sein Schwert, während sie ihm ihr Kind ins Gesicht schleuderte. Elric spürte, wie Zähne über seine Kopfhaut streiften, und trat zur Seite, um ein miauendes Geschöpf aufzuschlitzen, dessen Rippen aus der Haut herauswuchsen. Seine Laterne fiel um und ging aus.

Elric sprang zu Mondmatt hinüber. »Paß auf deine Laterne auf! Ohne sie sind wir erledigt!«

»Wo ist Kane?«

»Tot, hoffe ich.«

Kraft strömte durch Elric, während Sturmbringer einen tödlichen Hieb nach dem anderen austeilte. Mondmatt kämpfte voller Schneid hinter ihm. Gegenüber dieser Übermacht waren sie naturgemäß im Nachteil, aber das waren eher rasende Tiere als erfahrene Krieger. Dennoch wußte Elric, daß solche Unmengen hirnloser, nicht auf Selbsterhaltung bedachter Killer nicht sehr viel länger in Schach gehalten werden konnten.

Ein Riese mit drei Augen auf der Stirn torkelte auf Elric zu und hob eine gewaltige Keule, als der Albino gerade versuchte, Sturmbringer aus den Rippen eines schreienden Etwas zu ziehen, das das Schwert auch noch im Todeskampf mit seinen vier Händen umklammerte. Elric versuchte, sich zur Seite zu drehen. Der Riese fiel auf die Knie. Seine Unterschenkel fielen woanders hin. Elric riß sein Runenschwert los und spaltete, das dritte Auge durchschneidend, dem Riesen den Schädel. Die Keule flog in die Dunkelheit. Kane stieg über die Leiche.

»Saubere Arbeit«, sagte Kane. »Ich wußte, daß wir gut zusammenarbeiten können.« Er spähte in die Dunkelheit. »Ich glaube, das ist in etwa alles, wozu sie im Moment imstande sind. Trotzdem müssen wir scharf aufpassen. Mondmatt, sieh zu, ob du die andere Laterne wieder anzünden kannst.«

»Ich nehme keine Befehle von dir entgegen.«

»Mondmatt, sieh zu, ob du die andere Laterne wieder anzünden kannst«, sagte Elric. Er war müde und verdrossen. Welche Kraft auch immer Sturmbringer diesen Kreaturen der Finsternis gestohlen hatte, sie reichte für seine Bedürfnisse nicht aus.

»Kane, du hast uns in diesen Hinterhalt geführt.«

»Ich habe euch darauf hingewiesen, daß es Schwierigkeiten geben könnte. Laßt uns weitergehen, bevor sie sich wieder sammeln.«

Mondmatt zündete Elrics Laterne wieder an. Elric hob sie in die Höhe. »Wie viele sind denn übrig, um sich wieder zu sammeln?«

In der Dunkelheit, in der Kane gekämpft hatte, wurde das Ergebnis eines Gemetzels sichtbar – zerfetzte und zerstückelte Leichen, die entfernt an Menschen erinnerten. Elric fielen Kanes Worte wieder ein: »Ich töte andere Wesen. Dazu wurde ich erschaffen. Ich bin ziemlich gut darin.« Zuvor hatte Elric angenommen, das sei nicht mehr als ein grausiger Scherz. Es war kein Scherz.

»Ich bezweifle, daß sie wieder angreifen«, rief Kane zurück. »Die, die geflohen sind, werden uns ihrem dämonischen Wächter überlassen. Außerdem haben sie jetzt reichlich zu essen.«

Elric konnte sehen, wie hinter ihnen mißgebildete Leichen aus dem Licht ihrer Laternen in das Tunnellabyrinth gezerrt wurden. Kane hatte seinen Metallkorb wieder an sich genommen und ging selbstsicher weiter.

»Bleib dicht bei ihm«, murmelte Elric Mondmatt zu.

»Warum gehen wir nicht einfach zurück?«

»Kennst du den Weg?«

»Es ist einen Versuch wert.«

Stimmt schon, dachte Elric bei sich, aber die spärliche Kraft, die er von Sturmbringer erhielt, machte ihn leichtsinnig. Er sagte: »Bleib einfach dicht bei ihm.«

Plötzlich mündete der Tunnel in eine riesige Höhle, deren Grenzen weit jenseits der Reichweite ihrer Laternen lagen. Ein matter blauer Schein – der anscheinend von den Wänden der Höhle kam – spendete trübes Licht. Elric dachte bei sich, daß dies ohne weiteres der Wohnsitz Ariochs oder zumindest ein Vorraum davon sein könnte. Die Höhle mußte sich über Hunderte von Yards erstrecken.

Es war keine Höhle.

Elric griff mit der Hand an eine Wand. Kein Stein. Schrundiges Metall. Kalt. Er klopfte mit Sturmbringers Heft gegen die Fläche. Sie dröhnte wie eine versunkene Glocke. Was er zuerst für Stalaktiten und Stalagmiten gehalten hatte, waren verbogene Metallzapfen. Elric berührte sie und versuchte sich vorzustellen, wer diesen verfallenen Palast erschaffen hatte.

»Hauptsächlich ist das eine Legierung aus Titan und Iridium«, sagte Kane, der Elric genau beobachtete. »Ich bin mir nicht sicher, was sonst noch drin ist. Wahrscheinlich auch Osmium, aber das schlußfolgere ich nur aus dem Umstand, daß das Schiff verhältnismäßig unversehrt ist. Wie du bemerkt haben wirst, ist es ziemlich hart aufgeschlagen.«

Elric strengte die Augen an und sah sich um. Er hätte im Bauch eines gigantischen Walfischs sein können. Von den Metallrippen über ihm tropfte Wasser und bildete auf dem Fußboden schleimige Pfützen. Große Mengen verrosteter mechanischer Vorrichtungen lagen zertrümmert umher, bedeckt von Pilzschichten. Durch klaffende Löcher, die zu unteren Decks führten, blickte man in schwarze Tiefen. Es war in der Tat ein Schiff. Aber was für eine Art Schiff? Und von woher?

»Irgendwelche großen Schatzhaufen sehe ich hier nicht.« Mondmatt war zwar gehörig beeindruckt, dachte aber weiterhin praktisch. »Und irgendwelche Schutzdämonen auch nicht.«

»Alles zu seiner Zeit«, versicherte Kane ihm.

Die Anziehung, die das Wrack auf Elric ausübte, bezwang seinen anfänglichen Zorn und sein Mißtrauen. Er stieß Sturmbringer in eine Masse aus gewebeartigen Pilzen, die sich neben einer der zertrümmerten Maschinen befand. Als die Umhüllung aufriß, fiel ein Skelett auseinander. Der davonrollende Schädel hatte einen Kieferknochen, der dem eines Krokodils nicht unähnlich war. Eine der riesigen bleichen Spinnen huschte davon, um sich ein neues Obdach zu suchen.

»Kane, was ist dies für ein Ort? Und keine Lügen mehr.«

Auf Antwort wartend, sah Elric sich um, aber Kane war nicht mehr da.

Mondmatt riß vor Erstaunen den Mund auf. »Er war doch eben …«

Etwa dreißig Fuß weiter entfernt tauchte Kane wieder auf. In Anbetracht des gedämpften blauen Leuchtens war Elric sicher, daß Kane nicht einfach vor ihren Augen davongestürmt war.

Zur Abwechslung schien Kane einmal ein wenig aus der Fassung geraten. »Ein Zeitrutsch. Wir balancieren auf einer unsteten Strömung zwischen unseren Welten. Ich bin in keiner Weise sicher, wie lange ich das noch aufrechterhalten kann. Wir müssen die Sache schnell erledigen.«

Elric setzte sich auf einen modrigen Schutthaufen, das Runenschwert in den Fäusten haltend. »Zuerst wirst du mir erzählen, wo wir sind und warum diese Metallhöhle gebaut wurde. Dann kannst du über Schätze von den Sternen sprechen.«

Kane zwang sich, den Zorn aus seiner Stimme zu

halten, als er zu reden begann. Es war offenkundig, daß er Elric brauchte und daß die Angelegenheit sich immer mehr seiner Beherrschung entzog. Er warf einen Blick auf den bleigefüllten Korb und seufzte.

»Na schön. Du hast einige Kenntnisse über den Kosmos. Vielleicht weißt du dann auch, daß die Sterne ferne Sonnen sind; um einige davon kreisen andere Welten, auf denen sich mitunter fortgeschrittene Lebensformen befinden.«

»Ich habe von solchen Vermutungen gehört.«

»Gut. Dann nimm einmal an, daß es auch Universen gibt, die parallel zu deiner eigenen Welt existieren. Unsichtbar für dich und dir unbekannt, aber nur einen Spalt in Zeit und Raum entfernt.«

»Rein theoretisch lasse ich das gelten.« Elric war fasziniert, umklammerte aber weiterhin Sturmbringer mit den Fäusten.

Kane stupste mit dem Stiefel gegen den Metallkorb. »Schiffe segeln über das Meer. Dies ist ein Schiff, das durch den Weltraum gesegelt ist. Hier ist es abgestürzt und hat sich in die Erde gebohrt. Die meisten an Bord kamen um. Die übrigen wurden verehrt und angebetet. Ein Kult entstand, und eine Festung wurde gebaut, um das Wrack zu schützen. Sie nährten sich von Menschenopfern und mutierten im Laufe der Generationen. Schließlich erhob sich die Bevölkerung, stürmte und zerstörte die Burg. Sie hatten Angst vor den Dämonen unten und sperrten ihre Gefangenen in dieses Labyrinth. Dann flohen sie aus der Gegend.«

»Angenommen, ich glaubte dir«, sagte Elric, dem die Geschichte über den juwelenbesetzten Meteoriten einfiel, »warum hast du mich nur in diese tödliche, rätselhafte Angelegenheit hineingezogen?«

»Du brichst ein Abkommen mit Arioch und stellst *meine* Beweggründe in Frage?«

»Das tu ich.«

»Ja. Nun.« Kane behielt Mondmatt im Auge, der vorsichtig einen Bogen schlug, um hinter ihn zu gelangen. Wenn Kane ihn töten mußte, wäre sein zerbrechliches Bündnis mit Elric beendet.

Kane fuhr fort: »Vor allen Dingen seid ihr beide sehr gut, du und Sturmbringer. Setz dich irgendwohin, Mondmatt. Du hast die Mutationen ehemaliger Menschen gesehen, von denen es hier wimmelt. Stell dir vor, was für Mutationen aus den Überlebenden dieses Schiffes hervorgegangen sein können. Ich brauche Hilfe.«

Elric wünschte, er schliefe und träumte. Er wußte, daß das nicht der Fall war. »Warum sollte ich dir helfen?«

»Weil du durch diesen letzten Zeitrutsch für immer in meiner Welt gelandet bist. Das wird dir nicht gefallen. Ich kann dich nach Melniboné zurückschicken. Wir stehen kurz vor einer gewaltigen transdimensionalen Verkrümmung. Ich muß das verhindern.«

»Welch unerwartete Selbstlosigkeit.«

»Ich habe die Juwelen erwähnt.«

»Eine Lüge. Ich sollte dich jetzt töten.«

Unvermittelt packte Kane das Runenschwert bei der Klinge. Elric riß es weg. Kane öffnete seine Hand. Es war keine Wunde zu sehen. Elric spürte einen plötzlichen Schmerz in seiner Brust. Das Runenschwert fühlte sich eiskalt an. Ihm schien das Herz zu stocken. Elric trat beiseite und sammelte Kraft für das, was kommen würde – was immer es sein mochte.

»Stoß keine oberflächlichen Drohungen aus«, sagte Kane. Er hatte sein Schwert nicht gezogen.

»Das nächste Mal werde ich nicht so oberflächlich sein«, versprach Elric.

»Heb dir deinen Zorn für den Dämon auf.« Kane betrachtete seine Hand, dann verschwand er.

Etwa zwanzig Fuß hinter ihnen tauchte er wieder

auf. »Es bricht auseinander.« Aller Zorn, den er Elric gegenüber an den Tag gelegt hatte, war vergessen. »Wo ist mein Behälter?«

»Genau da, wo du ihn gelassen hast«, sagte Mondmatt und zeigte mit dem Finger darauf.

Kane raffte ihn auf. »Das Kontinuum ist nahe daran zu zerbrechen. Wir müssen uns beeilen.« Er starrte Elric an, als sehe er ihn zum erstenmal. »Corum?«

»Was?« Elric suchte auf dem Runenschwert immer noch nach Kanes Blut.

»Nein. Natürlich nicht.« Kane holte tief Luft und sah sich gründlich um. Er erinnerte Elric an einen Menschen, der aus einem tiefen Traum erwachte. Kane war aber nur wenige Sekunden verschwunden gewesen.

»Zuerst müssen wir ihn töten«, sagte Kane. Was immer ihm widerfahren war, jetzt schien er sich gänzlich davon erholt zu haben. »Wir werden ihn von zwei Seiten nehmen, Elric. Mondmatt kann auf eine Gelegenheit warten, ebenfalls anzugreifen.«

»Wen anzugreifen?« fragte Elric geduldig. Er war zu dem Schluß gekommen, daß Kane völlig verrückt war. Ein wahnsinniger, gefährlicher Zauberer außer Rand und Band.

»Wer immer im Kommandoraum lauert.«

»Der Dämon?«

»Nun, er lauert vermutlich zwischen den Triebwerkanlagen. Wir könnten Glück haben. Ich muß nur zum Kommandoraum.«

»Keine Schatzhaufen?« fragte Mondmatt, der erwartete, die Antwort würde nein lauten.

»Möglicherweise Unmengen«, sagte Kane. Seine Worte klangen nicht ganz aufrichtig.

»Elric, laß uns von hier verschwinden«, bat Mondmatt.

Zum erstenmal seit sehr langer Zeit fühlte Elric sich

aus seiner tiefen, brütenden Niedergeschlagenheit gerissen. »Ich möchte sehen, wie das alles ausgeht.«

Kane führte sie durch das gigantische Wrack. Erneut wunderte sich Elric darüber, daß Kane den Weg genau zu kennen schien. Trotz der düsteren Verzweiflung, die seine Seele gemeinhin erfüllte, begann er einen Entdeckerdrang zu verspüren, wie er ihn nur in halberinnerten Träumen erlebt hatte.

»Da ist es«, sagte Kane. »Seht euch vor.«

»Was ist *es*?« fragte Elric.

Kane nahm ein Steuerpult auseinander und bediente sich seines Schwerts sowie seiner langen Finger, um Metallplatten abzureißen. »Müßte hier irgendwo sein...«

Kane verschwand. Elric und Mondmatt standen da und starrten einander an. Ein großer Tentakel schob sich durch einen Riß im Deck und tastete nach ihnen. Elric schlug ihn mit dem schwarzen Schwert weg. Der Tentakel riß ab. Ein nicht menschlicher Schrei ertönte. Sturmbringer bebte in Elrics Griff. Ein weiterer Tentakel schob sich aus der Dunkelheit unten.

Kane hackte ihn auseinander. Elric hatte ihn nicht wieder auftauchen sehen. Der Tentakel schlängelte sich davon, ein dritter trat an seine Stelle.

»Die Zeitschwankung nimmt zu«, sagte Kane. »Ich verliere die zeitliche Phasengleichheit. Haltet dieses Ding in Schach. Ich brauche nur noch ein paar Minuten.«

Elric war zu beschäftigt, um Kane mitzuteilen, was er von ihm hielt. Mondmatt flitzte hin und her, während Sturmbringer einen weiteren tastenden Tentakel sauber durchschnitt. Elric spürte keinen Zuwachs an Kraft, aber schließlich verwundete er die Kreatur unten auch nur. Oder waren es mehrere?

Plötzlich erhielt Elric einen Schlag gegen die Brust, und im nächsten Moment lagen er und Mondmatt an entgegengesetzten Enden des Raums ausgestreckt auf dem Boden. Keiner von ihnen hatte eine Wunde. Kane tauchte unvermittelt neben Mondmatt auf. Er war benommen, sprang aber sofort auf.

»Elric! Jetzt!« schrie Kane.

Aus dem Loch unterhalb des Steuerpults erhob sich eine wuchtige Gestalt. Der Kopf war riesig und mit Unmengen sich windender Tentakel besetzt. Krebsscherenartige Kiefer schnappten nach ihnen; die funkelnden Augen saßen auf kurzen dicken Stielen. Durchsichtige Flügel hingen von der Schulter des Wesens, das seine mit Schwimmhäuten versehenen Klauen nach ihnen ausstreckte. Der letzte, mutierte Überlebende des Sternenschiffs hatte die Kommandobrücke betreten.

Mit all seiner Kraft führte Kane einen Schlag gegen den Hals der Kreatur aus, beziehungsweise gegen den Teil, wo der Hals hätte sein sollen. Ein Tentakel schmetterte ihn gegen die Wand des Kommandoraumes.

In dem Moment erkannte Elric seine Chance und ließ Sturmbringer mit Wucht auf den tentakelbewehrten Schädel niederfahren. Der Kopf war so groß wie Kane selbst, aber die schwarze Klinge spaltete ihn mitten entzwei, worauf das Monster in das Loch, aus dem es gekommen war, zurückglitt.

Elric fühlte sich matt und schwach.

Kane stand wieder auf. Er war benommen und verspürte Schmerzen, aber er hatte schon weit Schlimmeres ausgehalten. Sein genetisch veränderter Körper hatte wieder einmal standgehalten, wie es ja auch gedacht war. »Ich glaube, du hast ihn getötet. Gute Arbeit. Ich wußte, daß ich auf dich zählen kann, wenn es Dämonen zu erschlagen gilt.«

»Dieser Schatz, von dem du gesprochen hast«, erinnerte ihn Mondmatt.

»Kane hat gelogen«, sagte der immer noch geschwächte Elric.

»Nun, nicht ganz.« Kane entfernte den restlichen Teil des Steuerpults, das er schon zuvor bearbeitet hatte, und hob einen kastenartigen Apparat heraus. Er war so groß wie der Brustkorb eines Mannes und schien selbst für Kane eine schwere Last zu sein. »Das ist ein Umwandler. Unerläßlich für das, was ich vorhabe.«

Wutentbrannt stand Elric auf. »Du hast diese ganze Geschichte nur veranstaltet, damit du dir einen Armvoll Plunder aneignen kannst.«

»Ich habe wirklich deine Hilfe gebraucht. Und das ist kein Plunder. Tut mir leid wegen der Juwelen. Ich stehe in deiner Schuld.«

Kane öffnete den Bleibehälter, den er die ganze Zeit mitgeschleppt hatte. Elric hörte einige leise, klickende Geräusche. Dann schloß Kane den Korb wieder.

Er nahm den Umwandler hoch. »Na, ich hoffe, der arbeitet noch, nach alldem. Ach, in etwa einer Stunde werden hier zehn Pfund Plutonium, wie man es für Bomben verwendet, explodieren und das Tor für bestimmte Mächte, die mir nichts Gutes wünschen, schließen. Ich habe ihnen diesen bleiernen Picknickkorb gestohlen. Dieses Portal führt auch in andere Welten, und ich bin nicht der einzige, der einen Umwandler sucht. Es wird eine *sehr* starke Explosion geben, aber sie wird das Tor – *dieses* Tor – zwischen unseren Welten schließen. Es gibt noch andere Tore.

Na kommt, ich werde euch in eure Welt zurückbringen. Dann müßt ihr schnellstens verschwinden. Elric, wir werden uns wiedersehen.«

Bald darauf saßen Elric und Mondmatt auf ihren Pferden und galoppierten wie gehetzt in die Nacht. An ihr Abenteuer erinnerten sie sich nur noch undeutlich. Der Tagesanbruch schien nahe bevorzustehen.

Meilen hinter ihnen schoß aus der verfallenen Burg ein feuriger Pilz auf, der sich wie ein aufsteigender Stern von der Erde hochschleuderte und im Nachthimmel verschwand. Die Detonation brachte ihre Pferde zum Straucheln, die aber trotzdem weiter durch Regen und Finsternis rasten.

»Wo ist Kane geblieben?« fragte Mondmatt.

»Ich hoffe, das finden wir nie heraus«, sagte Elric.

Copyright © 1994 by Karl Edward Wagner

Thomas E. Fuller

DIE SEELE EINER ALTEN MASCHINE

*Worin Elric mit Mercurios dem kalt Lachenden wettet,
daß es niemanden gebe, der mehr leidet als er*

Um mich herum toben immer und ewig die Konflikte. Die stöhnende Erde birst unter meinen Schritten und blutet, indes ich meinen rasenden Tanz vollführe. Der Zorn meines Geschlechts zerreißt selbst den Himmel, über den sich feurige Ströme ergießen. Ich höre ihr Geschrei und Gebrüll, das Geheul ihrer Triumphe und ihrer Niederlagen, schmecke förmlich alles, während wir wüten und toben.

Um mich herum tosen immer und ewig die Konflikte. Wie es sein muß. Wie es immer gewesen ist.

Und immer sein wird.

Der Winter hatte auf Menii, der Insel der Purpurnen Städte, Einzug gehalten. Er war wie immer von Norden gekommen, hatte sich aus der Seufzerwüste und der Tränenwüste herangeschlichen und nur kurz in Alt-Hrolmar innegehalten, um es mit Frost zu überziehen. Dann waren die Flottillen dichten Nebels, die bizarren ›Geisterschiffe‹ der meniianischen Sage, durch die Meerenge von Vilmir gesegelt, bis schließlich kalte Dunstschleier die urwüchsigen Purpurnen Städte und ihre Häfen einhüllten.

Der Winter war nach Menii gekommen, und die Handelsfürsten hatten sich in ihre Villen und Kontore zurückgezogen, um die Fahrten des nächsten Frühjahrs zu planen und ihre Unternehmungen, die teils aus Handel, teils aus Überfällen bestanden, unter sich aufzuteilen. In der letzten Zeit trat der Handel immer mehr an die Stelle von Überfällen, da die Fürsten entdeckt hatten, daß man, wenn man Handel trieb, einen Hafen jedes Jahr aufsuchen konnte und nicht erst zu warten brauchte, bis alles wieder aufgebaut war. Und mit dem Handel verbanden sich großes Ansehen und Prestige, obwohl die Traditionsbewußteren unter ihnen der Ansicht waren, Piraterie sei ehrlicher.

Der Winter war nach Menii gekommen und hatte auch den Gasthof *Zu den starken Winden und vollen Segeln* erreicht, ein recht ansprechendes Haus in der Purpurnen Stadt Semeniomous. Die Kundschaft dieses Gasthofs bestand aus einer höheren Klasse von seefahrenden Gaunern und einer niedrigeren Klasse von Unternehmern, Männern, die einmal Piraten, einmal Kaufleute waren, je nachdem, als wie gut bewaffnet sich ihre möglichen Opfer erwiesen. Dennoch war es ein recht behaglicher Ort, mit niedrigen, balkendurchzogenen Decken, zwei großen Kaminen, in denen prasselnde Feuer brannten, und einem herrlichen Blick auf den Hafen der Stadt.

Natürlich nur dann, wenn kein Nebel herrschte.

An jenem Tag war der Gasthof ziemlich gut besucht, da sich dort die Kapitäne und Maate einer Anzahl höchst verdächtiger Schiffe aufhielten, die gerade für den Winter auf Land gezogen wurden. Der Besitzer des Gasthofs, ein gewisser Zemous Vintermina, war zu Recht für sein Roastbeef, seine nußbraunen Biere und seine hervorragenden, wenn auch überteuerten Weine berühmt. Außerdem war er berühmt für seine ausnehmend kessen Serviermädchen, dralle kleine Brünetten, die aus irgendeinem Grunde nie größer als fünf Fuß waren. Alles in allem ein ausgezeichneter Ort, um Freunde zu treffen, einander Geschichten zu erzählen,

Profite zu vergleichen und sich über den aktuellen Preis von allem zu informieren, mochte es nun ilmirianische Seide oder mochten es eshmirianische Sklaven sein.

Zemous Vintermina, dessen hagerer füchsischer Körper so ganz anders war, als man es gewöhnlich bei einem Wirt erwartete, blickte sich mit einiger Besorgnis im Gastraum um. Doch die Braten brutzelten über dem Feuer, die Mädchen flitzten mit Humpen und Kelchen hin und her, und die Gäste tranken und logen einander etwas vor. Es versprach, ein guter Nachmittag zu werden, der in einen noch besseren Abend übergehen würde. Allerdings wohl nur dann, wenn er die Ursache seiner Besorgnis irgendwie in den Griff bekäme, die Gästegruppe in der zum Hafen gelegenen Ecke. Verstohlen blickte er in diese Richtung. Ja, sie waren noch da. Beide. Verdammt.

Der gespenstische Albino und sein winziger Gefährte waren vor zwei Tagen mit dem Nebel angekommen. Ihr Gold war gut – ihr Gold war sogar *sehr* gut –, aber ihre Anwesenheit wirkte sich auf seine reguläre Kundschaft hemmend aus. Der Gasthof *Zu den starken Winden und vollen Segeln* war bekannt für seine Atmosphäre seriöser Liederlichkeit – aber diese beiden neuen Gäste hatten den Winter mit sich hereingebracht. Besonders der Albino entzog Zemous' großen Kaminen alle Wärme. Der Kleine war amüsant und hätte gut in den vorhandenen Rahmen gepaßt – vielleicht ein bißchen zu gut, denn der Wirt hatte bemerkt, wie mindestens zwei der Mädchen den kleinen Mann lüstern angestarrt hatten, während sie seinen bleichen Gefährten mieden. Trotzdem, das Gold war gut.

Und kein Gast blieb ewig.

Elric von Melniboné saß mit hängenden Schultern auf dem hochlehnigen lederbezogenen Stuhl und starrte schwermütig in den quirlenden Nebel hinaus. Unmittelbar vor Zemous Vinterminas wertvollen Glasfenstern wogte und brodelte es. Und Elric bildete sich ein, in den grauen Schwaden etwas zu sehen – Dinge, Gestalten.

Elric hob seinen Kelch aus geblasenem Glas und trank den Rest des funkelnden smaragdgrünen Weins. Er hieß ›Tränen der Erinnerung‹ und wurde zu einem hohen Preis aus Weinbergen nördlich von Hwamgaarl importiert, der auf der geheimnisvollen Insel Pan Tang gelegenen Stadt der Schreienden Statuen. Angeblich regte dieser Wein die Erinnerung an. Das schien immerhin soweit Erfolg zu zeitigen, als Elric den gesamten Vorrat des Gasthofs für seinen eigenen Verbrauch gekauft hatte.

Er strich sich das weiße Haar mit matter Hand zurück und konzentrierte sich auf den Nebel. Ja, wenn er lange genug in die Schwaden starrte, würden *sie*, aus Nebel geformt, vor seinen Augen erscheinen. Die graue Masse wogte, und glitzernd ragten die Türme von Imrryr auf, der Träumenden Stadt, nur um sich rasch wieder in Nebel aufzulösen. Das war der Anfang, jetzt würden die Gesichter kommen. Ja, sollten die Gesichter kommen. Dyvim Tvar, Lord der Drachenhöhlen, ein Mann, der Elric einst Kaiser und Freund genannt hatte. Krummknochen, der ihm das Bogenschießen und Fechten beigebracht hatte. Das undeutliche, verschwimmende Gesicht seines Vaters, Sadric LXXXVI. Elric konzentrierte den vom Wein geschärften Blick. Nur noch ein Bild, bevor das kam, was er am meisten zu sehen wünschte. Der Nebel draußen bildete das Gesicht eines Mannes, eines Mannes mit düster-anziehenden Gesichtszügen und rabenschwarzem Haar, aus dessen Augen Klugheit und Wahnsinn leuchteten.

»Verschwinde, Yyrkoon«, flüsterte Elric dem finsteren Gesicht zu. »Verschwinde, verfluchter Vetter, und kehr in die Hölle zurück, in der du jetzt schmorst.«

Mit einem höhnischen Grinsen löste sich Yyrkoons Gesicht in graue Nebelstreifen auf, die sich schlängelnd im leeren Raum verloren. Dann kamen sie zurück, sich windend wie durchsichtige seidene Schlangen, drehten und krümmten sich, bis sich schließlich ein letztes Gesicht im Nebel bildete. Das müde Gesicht einer schönen Frau, deren Augen im Schlaf geschlossen waren. Elric umklammerte den gedrehten Stiel seines leeren Kelchs, und seine roten Augen starrten gequält auf die Erscheinung.

»Cymoril.«

Keine zärtlichen Worte entschlüpften seinen blassen Lippen, nur der Name, der Name der Frau, die er zu seiner Gattin und zur Herrin von Imrryr, der Träumenden Stadt, gemacht hätte. Jetzt waren sowohl die Frau als auch die Stadt zugrunde gegangen, vernichtet durch ein und dieselbe Hand – die seine.

»Cymoril.«

Bei der Nennung ihres Namens schien die schlafende Frau sich zu bewegen, als sei sie im Begriff zu erwachen. Elric merkte, wie der Stiel des Kelchs in seiner Hand zerbrach, als er sich vorbeugte, obwohl er gleichzeitig wußte, daß es vergebens war. Und gerade als es so schien, als könnte er diesmal tatsächlich Erfolg haben, spürte Elric, wie ihn etwas zurückzog, etwas Schweres und Dunkles von bösartiger Intelligenz. Er brauchte nicht einmal nach unten zu blicken, um zu wissen, was es war.

Das große schwarze Schwert, das die Menschen Sturmbringer nannten, pulsierte dumpf an seiner Seite, zerstörte seine Konzentration und verscheuchte die Auswirkungen des Weins. Das geliebte Gesicht draußen verschwand, und der Nebel wurde wieder zu bloßem Nebel.

»Ein kurzweiliges Spiel, Meister Elric, aber es scheint dir keinen großen Spaß zu machen.«

Elric blickte zu dem besorgten Gesicht seines Gefährten hinüber. Mondmatt starrte ihn ebenfalls an, während er einen Becher in den Händen hielt, der etwas so Prosaisches wie Herbstatem-Bier enthielt. Elric betrachtete das zerbrochene Glas in seiner Hand.

»Nein, es macht wirklich keinen Spaß. Trotzdem ist es im Moment das einzige Spiel, das mir zur Verfügung steht. Ich werde es weiterspielen.«

Mondmatt seufzte und winkte lebhaft mit der Hand zum anderen Ende des Gastraums hin.

»He, meine Süße! Noch mehr von deines trefflichen Herrn hervorragendem Wein für Meister Elric!«

Widerstrebend näherte sich ihnen eines der Serviermädchen und brachte eine neue Flasche ›Tränen der Erinnerung‹ sowie einen weiteren von Zemous Vinterminas sorgsam gehüteten Glaskelchen. Es stellte beides vor Elric, wobei es den Kopf gebeugt hielt, sowohl aus Respekt als auch in der Absicht, ihn nicht ansehen zu müssen. Dann warf es Mondmatt einen wesentlich wärmeren Blick zu und floh schließlich, da sein Mut erschöpft war, zurück zum Kamin. Mondmatt seufzte erneut.

»Mein Freund, ist es nicht schon schlimm genug, daß deine Melancholie dich um weibliche Gesellschaft bringt; muß sie mich auch darum bringen?«

Elric blickte zu dem Mädchen hinüber, das sich gerade der gefühlsduseligen Annäherungsversuche eines schwer betrunkenen Ersten Maats erwehrte, und zuckte die Achseln.

»Sie ist ziemlich klein, Mondmatt.«

»Darf ich meinen Lord Elric daran erinnern, daß ich ebenfalls ziemlich klein bin? Ihre Größe macht einen Teil ihres Charmes aus.«

»Während ich keinen zu haben scheine.« Elric goß

den schweren grünen Wein in den neuen Kelch und starrte in die Flüssigkeit. »Ich bin es allmählich alles leid, Mondmatt. Wirklich. Ich habe zuviel gesehen, ich habe zuviel verloren, und das wenige, das ich gewonnen habe, hat mir wenig gebracht. Ich weiß nicht mehr, was es heißt, glücklich zu sein. Ich glaube nicht, daß ich es je gewußt habe.«

»Glück ist nicht der normale Zustand der menschlichen Existenz, Elric. Das bißchen, das wir davon bekommen können, müssen wir wie einen Schatz hüten.«

Elric trank seinen Wein. Es war, als glitten ihm flüssige Smaragde die Kehle hinunter. Der Nebel geriet wieder in Bewegung.

»Dennoch gibt es Zeiten wie jetzt, da ich wetten würde, daß niemand in dem ganzen großen Einflußbereich von Chaos und Ordnung je so gelitten hat wie ich.«

Der Nebel zog sich zusammen, und aus dem dichten Dunst sprach eine Stimme.

»Eine Wette. Wie schön.«

Elric und Mondmatt wandten sich beide zum Fenster, während ihre Hände gleichsam von selbst nach dem Schwert griffen. Der Albino spürte, wie Sturmbringers Heft unter seiner Hand pulsierte, und dieses Pulsieren schien zu flüstern: »Blut und Seelen, Blut und Seelen für meinen Lord Arioch! Blut und Seelen! Blut und Seelen!« Er kämpfte das Flüstern nieder und richtete den Blick auf die Gestalt vor ihm.

Die sich verbeugte.

»Mercurios der kalt Lachende, zu deinen Diensten. Bitte vergib den Beinamen, ich habe ihn mir nicht selbst gegeben. Aber das ist ja schließlich bei wenigen Beinamen der Fall, nicht wahr?«

Mercurios der kalt Lachende war ein kleiner dünner Mann, der die weiße und graue seidene Reisebekleidung der Mystiker von Rignariom trug. Sein Haar war blaßgolden, desgleichen sein gepflegter Bart. Die einzige andere Farbe, die an ihm zu sehen war, war das leuchtende, blutige Rot einer Seidenbinde, die seine Augen bedeckte. Das schien ihm aber nichts auszumachen.

»Es ist üblich, daß Fremde sich vorstellen, bevor sie sich in eine private Unterhaltung mischen«, sagte Mondmatt mit eisiger Würde. Es ärgerte ihn, daß Mercurios vor ihnen hatte erscheinen können, ohne daß er es bemerkt hatte. Das verletzte seine Berufsehre.

»Aber das habe ich doch getan, Meister Mondmatt, oder etwa nicht? Ihr kennt meinen Namen und habt mich vor euch. An Orten wie diesem begründet das eine lebenslange Freundschaft.« Mercurios breitete die Arme aus und lächelte, wobei sich zeigte, daß sein Mund voll kleiner weißer Zähne war. »Und Wetten haben für mich eine besondere Anziehungskraft. Schicksal und Verhängnis sind ja so faszinierend, findet ihr nicht?«

»Setz dich, Mercurios.« Elric wies auf einen der Stühle. »Ich kann mich nicht erinnern, irgend etwas von Wetten gesagt zu haben.«

»Ah, aber das hast du, Meister Elric«, erwiderte der kleine Mann, während er auf einen der hochlehnigen lederbezogenen Stühle hüpfte und dabei durchaus aussah wie ein ältliches Kind, das darauf aus ist, sich umsonst den Magen vollschlagen zu können. »Du hast gewettet, daß es im ganzen großen Ausdehnungsbereich der Geschichte nie jemanden gegeben hat, der mehr leidet als du. Ich bin lediglich derjenige, der deine Wette annimmt.«

»Ich kenne dich nicht, Freund Mercurios.«

»Aber ich kenne dich, Meister Elric. Oh, ich kenne dich sehr gut!« Abermals lächelte Mercurios, und Elric hatte den Eindruck, als starrten ihn durch die ausdruckslose rote Seidenbinde hungrige Augen an. »Du bist der Albinokrieger und Zauberer Elric von Melniboné, der einst ein Kaiser war und jetzt ein Wanderer ist. Man nennt dich Frauentöter, weil du die Frau, die du liebtest, getötet hast. Man nennt dich Verwandtenmörder, weil du deinen Vetter Yyrkoon erschlagen hast; Zerstörer, weil du Imrryr, die Träumende Stadt auf der Dracheninsel, vom Erdboden getilgt hast; und Verräter, weil du die Seelords, die dir bei dieser Zerstörung halfen, im Stich gelassen und den goldenen Barken von Melniboné preisgegeben hast. Du bist ein Unheil für die Welt, gebunden an die größten der Chaos-Lords, genährt vom schwarzen Runenschwert Sturmbringer, das auch du nährst und das ich an deiner Seite hängen sehe.«

Mercurios sprach in einem Ton freudigen Flüsterns, der jedes verdammende Wort zu einer Liebkosung machte. Mondmatt warf seinem Freund einen raschen Blick zu. Es hätte ihnen jetzt gerade noch gefehlt, daß dieser Irre Elric in Rage versetzte – der Mann mußte wahnsinnig sein! Er wußte offenbar, wer sie waren, trug aber, soweit Mondmatt erkennen konnte, keine Waffen. War er sich im klaren darüber, was er da tat?

Elrics rote Augen brannten wie Feuer in dem knochenweißen Gesicht, aber er sah nicht den lächelnden Mystiker an. Er starrte an ihm vorbei in den Nebel. Die Tränen der Erinnerung wirkten sich auf ihn aus, und er verschmolz mit der freudig erregten Stimme, die ihm noch in den Ohren klang. Der Nebel zog sich zusammen, als ob hinter ihm etwas Riesiges und Fremdartiges aufragte, etwas so Großes, daß es den Gasthof *Zu den starken Winden und vollen Segeln* so klein machte wie eine Hütte neben einer Burg. Im Gegensatz zu seinen eigenen Erinnerungen war diese undeutlich. Er richtete den Blick wieder auf Mercurios. Das ist nicht *meine* Erinnerung, dachte er.

Sondern seine.

»Das ist kein sehr schönes Bild, das du da von mir entwirfst, Freund Mercurios.«

»Aber ein zutreffendes, Freund Elric?«

»Aber ein zutreffendes, Freund Mercurios.«

Der kleine Mann beugte sich über den Tisch vor. »Du wettest, daß du so sehr leidest wie kein anderer Mensch, daß dein Verhängnis größer ist als das von allen, die vor dir gelebt haben oder nach dir leben werden. Sehr viele Tatsachen sprechen für dich. Ich wette dagegen, daß es jemanden gibt, der noch unglücklicher ist als du, dessen Los schlimmer ist, als du es dir überhaupt vorstellen kannst. Mein Wetteinsatz liegt auch auf dem Tisch.« Seine Hand strich über das edle Holz, und während sie sich bewegte, erschienen große goldene Münzen, die wie Miniatursonnen leuchteten.

Elric nahm eine der Münzen auf. Die Vorderseite zeigte zwei ineinandergeschlungene Drachen. Melnibonéische Münzen, melnibonéisches Gold. Wie passend, dachte er, als er über den Tisch hinweg auf die blutrote Seidenbinde starrte. Er griff in seinen Beutel und holte eine große purpurne Gemme hervor, das Andenken an ein Abenteuer, an das er sich ungern erinnerte, und legte sie neben die glänzenden Münzen.

»Ich nehme deine Gegenwette und deine Beschreibung meiner Person an. Und wie gedenkst du deine Wette zu gewinnen?«

»Natürlich durch Beweise. Genügend Beweise, um selbst dich zufriedenzustellen.«

»Und wo willst du diese Beweise finden?«

»Oh, Freund Elric, ich werde gar nichts finden, aber du.«

Und der Nebel strömte in den Gasthof *Zu den starken Winden und vollen Segeln.*

Meine Schattenschwerter schlagen nach dem Horizont und beharken mit ihren lichtbefleckten Klingen den blutenden Himmel. Die zerstörten Hülsen meiner

Brüder gleiten ausgeweidet an mir vorüber, während ich vorrücke, bereit zur Rache. Der Boden ist ein Morast aus Schmutz und verseuchtem Wasser und vergossenen Lebenssäften. Hier und da brennt er, Wolken fettigen schwarzen Rauchs steigen auf und verstellen den Blick. Nicht unseren. Nicht meinen.
Ich rücke vor.

Strauchelnd kam Elric auf dem Schlamm auf, als der Gasthof *Zu den starken Winden und vollen Segeln* verschwand und eine alptraumhafte Landschaft, entworfen von einem wahnsinnigen Gott, an seine Stelle trat. Neben sich hörte er Mondmatt einen Laut des Erschreckens ausstoßen.

»O ihr Lords der Ordnung und des Chaos! Welch irrsinnige Hölle ist denn dies?« schrie der kleine Mann, während er sich bemühte, auf dem glitschigen Matsch das Gleichgewicht zu halten.

»Vermutlich die Hölle, wo wir den treffen sollen, dessen Los noch schlimmer ist als meins!« brüllte Elric zurück. »Wie es scheint, nimmt Freund Mercurios seine Wetten sehr ernst.«

»Ich kann mich nicht erinnern, daß ich eine Wette abgeschlossen habe! Ich habe etwas dagegen, so aus meinem gewohnten Leben gerissen zu werden!« Plötzlich explodierte neben Mondmatt die Erde, schoß in die Höhe wie ein kompakter Geysir und schleuderte ihn zu Boden. Sein rotes Haar klebte ihm am Kopf, als er verärgert zu Elric hochstarrte. »Fast ebensoviel, wie ich gegen seine Beendigung habe.«

Elric beachtete das Unbehagen seines Gefährten ebensowenig wie sein eigenes. Er stand da, eine hagere Gestalt mit leichenblasser Haut und weißem Haar, ganz in schwarzes Leder und schwarze Seide gekleidet, und starrte auf den Tumult, in den er durch sein müßiges Selbstmitleid geraten war.

Um ihn herum kreischte und tobte es in der Luft, die von Donner und Explosionen erfüllt war. In der Ferne brannte der Horizont, als ob an seinem gequälten Rand tausend Städte in Flammen stünden. Rauch strömte entgegen seiner Natur am Boden entlang, als fürchte er sich aufzusteigen. Streifen durchschnitten den Himmel, die von silbernen... Objekten verursacht wurden, welche sich im Flug um sich selbst drehten. Gelegentlich war ein Aufblitzen zu sehen, und einer der Streifen verschwand, aber es gab immer neue, die an seine Stelle traten. Elric spürte Sturmbringers hungriges Gieren, das ihm zu Bewußtsein brachte, in welch überwältigendem Maße um ihn herum die Lebenskraft pulsierte. Überall wurden Leben beendet und Seelen freigesetzt, und Sturmbringer sehnte sich danach, an der Ernte teilzuhaben. Blut und Seelen für meinen Lord Arioch. Blut und Seelen.

»Das ist ein Krieg, Mondmatt, irgendein ungeheuerlicher Krieg! Sogar die Erde und die Luft nehmen daran teil! So etwas habe ich auf all meinen Reisen noch nie gesehen!«

»Sieh dir die Armeen an, Elric!« rief Mondmatt und zeigte in die Richtung, die Osten zu sein schien. »Sie ziehen vorüber!«

Die beiden standen auf einem kleinen Berg. In der Ferne marschierte eine ungeheure Masse von Soldaten unter enormen gelben und weißen Bannern einher. Mondmatt stand mit offenem Mund da, und selbst Elric merkte, wie sein Begriffsvermögen versagte. Es war, als hätten sich alle Völker der Jungen Königreiche zu Bataillonen formiert und wären in den Krieg gezogen. Die Millionen, die vorbeiströmten, waren nicht zu zählen, und dennoch wußte er irgendwie, daß dies nur eine der großen Streitmächte war, die in diesem monströsen Konflikt miteinander rangen. Er spürte noch weitere, vielleicht gar noch größere. Und inmitten der

Armee bewegten sich bestimmte Objekte, die wie mobile Burgen aussahen und sich voranwälzten, während sie die Erde aufwühlten.

»Das ist das Wirklichkeit gewordene Chaos, Mondmatt – sicher sind wir in den letzten großen Krieg zwischen Chaos und Ordnung geraten. Das Gleichgewicht ist verlorengegangen, und die Welt ist verrückt!«

»Das ist nicht das einzige Verrückte, Elric! Sieh hinter dich!« Elric fuhr herum, und jetzt war endlich Sturmbringer in seiner Hand.

Es müssen Plänkler gewesen sein, Soldaten, die am Rande der Marschkolonne einherzogen. Sie kamen über den Grat des Berges, gekleidet in schmutziges Gelb und Weiß, ihre seltsamen Waffen einsatzbereit. Elric schlug auf den ersten ein, merkte, wie Sturmbringer Stoff und Knochen durchschnitt und frohlockte, als es eine Seele in seine eingeätzten Runen zog. Mondmatt zog ebenfalls sein Schwert, das glücklicherweise frei von Zauberkraft oder Intelligenz war, und schloß sich seinem kämpfenden Freund an.

Elric hörte, wie ihm der Tod am Ohr vorbeizischte, und ließ Sturmbringer mit Wucht auf seinen Feind niederfahren, bevor dieser seine tödliche Waffe erneut auf ihn anlegen konnte. Das Runenschwert schien vor Hunger zu schreien, als es abermals Nahrung zu sich nahm. Die beiden standen Rücken an Rücken, während die schweigenden gelben und weißen Soldaten sich näherten, auf sie einschlugen und feuerten. Sie teilten Hiebe aus und kämpften, und die Soldaten starben. Und starben. Und starben.

Elric wischte sich das Blut von der Stirn, ohne zu wissen oder sich darum zu kümmern, ob es sein eigenes war. Die rätselhaften Krieger lagen im Schlamm, in den sie gefallen waren. Mondmatt verband sich eine üble Schnittwunde im linken Arm.

»Wir sind hier nicht beliebt, Freund Elric. In keiner Weise.«

Elric gab keine Antwort. Statt dessen blickte er auf die Gefallenen um sich herum und merkte, wie sein Körper vor Wut zu zittern begann. »Er ist nicht hier!« Er drehte sich zur Seite und schrie den bestürzten Mondmatt an. »Er ist nicht hier! Das sind nur Männer, gewöhnliche Männer, nicht mehr und nicht weniger! Wo ist der, der so leidet?« Drohend erhob Elric Sturmbringer gegen den rauchverhangenen, von Streifen durchschnittenen Himmel. »Wo sind die Beweise deiner Wette, Mercurios? Wo ist derjenige, der unglücklicher ist als Elric von Melniboné? Wo bei allen Sieben Höllen ist er?«

Ich rücke vor.

Elric blickte zum Bergrücken hoch, und auf einmal verschwand der halbe Himmel.

Ich rücke vor.

Die kalte Stimme hallte noch in seinem Kopf wider, als sich etwas Metallenes, das wie der stumpfe Bug eines grotesken Schiffes aussah, sich oberhalb von ihm auf den Bergrücken schob. Kolossale Treibriemen und Räder an den Seiten bewegten es vorwärts, die Laufflächen waren mit Schlamm und zermalmten Knochen verkrustet. Große Rohre, aus deren Löchern Rauch und Dampf quollen, ragten aus den Seiten hervor. Einen Moment lang hielt es auf dem Grat des Berges inne, dann glitt es langsam abwärts.

Elric starrte die näher kommende Masse an. Er spürte die Lebenskraft, die wie die Hitze eines riesigen Kamins von dem lebenden Metall ausstrahlte. Sie würde ihn und sein Schwert von der Oberfläche dieser höllischen Ebene radieren, und er konnte nichts tun, um es zu verhindern.

Mondmatt warf sich gegen Elric und riß ihn mit sich in den schmierigen Schlamm, während die gewaltige

Maschine unmittelbar an ihnen vorbeiwalzte und unaufhaltsam den Abhang hinunterglitt. Ihre großen Laufflächen verfehlten sie nur um wenige Inches, wühlten aber, während sie sich an ihnen vorbeischoben, den versehrten Boden auf und gruben die toten Männer ein, die die Maschine noch vor kurzem eskortiert hatten.

»Steh auf, Freund Elric! Die metallene Bestie ist nur vorübergehend verwirrt! Wir müssen verschwinden, bevor sie sich wieder faßt!«

Ich spüre euch, kleine Feinde.

Abermals hallte die kalte metallene Stimme in Elrics Ohren wider, während er sich mühsam erhob, vom Kopf bis zu den Füßen mit Schlamm beschmutzt. Das gepanzerte Ding schwenkte herum und richtete seine zahlreichen Rohre und Mündungen auf ihn und Mondmatt.

Ich möchte euch nicht mehr spüren.

Die Rohre spuckten Feuer und Rauch aus, und der obere Teil des Berges verschwand in einer Eruption von Dreck und Erde. Mondmatt warf sich wieder zu Boden, aber Elric blieb stehen, aufrecht gehalten durch die Kraft, die ihm von Sturmbringer zufloß. Es ist eine Festung, dachte er, eine Festung aus sich bewegendem – nein, aus lebendem – Metall. Das gigantische Ding schien ihn aus zahlreichen Quecksilberkugeln anzustarren, die seine oberen Aufbauten umkränzten. Es begann sich wieder den übriggebliebenen Teil des Bergs hochzuwälzen.

Ich werde euch nicht mehr spüren.

Jetzt sah Elric, daß die Festung in der großen Schlacht, die um sie herum tobte, Schäden erlitten hatte. Der obere Teil des Bugs war zerborsten, so daß man ein unbegreifliches Gewirr von Drähten und leuchtenden Röhrchen sah. Seine magisch geschulten Sinne spürten den starken Schwall der Lebenskraft, die von dem Ding ausging und von kristallener Helligkeit sowie messerscharfer, metallener Kälte war. Auch Sturmbringer spürte diese Kraft und hungerte danach. Wellen von Stärke schossen durch Elrics Körper.

»Ich bin Elric von Melniboné! Ich bin kein streunender Hund, der sich von dir oder sonstwem in den Dreck stampfen und zermalmen läßt! Komm her, du Ding aus Metall und Magie, komm her und stell dich Elric und deinem Untergang!«

Ich komme.

Die Rohre spuckten wieder Feuer, und abermals gellten Tod und Zerstörung den Berg hoch. Mondmatt warf sich erneut in den Schlamm, um sich zu retten, aber Elric dachte nicht mehr an Selbsterhaltung. Mit ausgestrecktem Schwert stürmte er den Abhang hinunter. Mondmatt wischte sich den Schmutz aus den Augen und vermochte nicht zu sagen, ob Elric rannte oder ob das schwarze Runenschwert ihn hinter sich herzog.

Elric sprang in die Höhe und packte mit der freien Hand den schartigen Rand des Bugs. Das zackige Metall grub sich in seine Hand, und er spürte, wie ihm heißes Blut den Ärmel hinunterlief. Als er sich auf das zerstörte Deck schwang, wurde ihm fast der Schädel von einem der großen Rohre eingeschlagen, das gerade seine Position veränderte und versuchte, sich auf die kleine Gestalt zu richten, die über das Deck kletterte.

Sturmbringer pulsierte, und die Quecksilberaugen wirbelten herum, um das Schwert anzusehen. Elric stand bis zu den Knien in den verworrenen Drähten und leuchtenden Glasröhrchen, die aus dem Innern der Metallbestie quollen. Hier konnte sie ihm nichts anhaben, das wußte er. Hier zu seinen Füßen lag die Quelle der Lebenskraft des Monsters, befand sich seine Seele.

»Blut und Seelen«, heulte Elric und schwang das

große Schwert über den Kopf. »Blut und Seelen für meinen Lord Arioch!« Dann ließ er Sturmbringer voller Wucht in die brodelnde, fremdartige Lebenskraft niederfahren, die sich in dem Gewirr unter ihm befand.

Gierig fraß Sturmbringer sich in die Drähte, bereit, zu trinken und Nahrung aufzunehmen.

Und nichts geschah. Nicht das geringste geschah.

Bestürzt und verwirrt stand Elric da. Wo war die Seele? Irgendwie wußte er, daß er die richtige Stelle getroffen hatte. Wenn das Monster ein Herz hatte, dann hatte Sturmbringer es durchbohrt. Von Rechts wegen hätten die kummervollen, verhaßten Schreie einer lebendigen Seele, die in das Schwert gesogen wurde – das Schwert, das ihn am Leben erhielt und gleichzeitig sein Fluch war –, die Waffe und ihren Träger jetzt zum Vibrieren bringen müssen. Aber nichts dergleichen geschah. Sturmbringer riß ihn nach vorn, stieß, unabhängig von Elrics Willen, immer und immer wieder zu. Dann spürte er zu seinem Entsetzen, wie seine eigene Lebenskraft, die erst vor kurzem durch die erschlagenen Soldaten in Gelb und Weiß gestärkt worden war, in Sturmbringer zurückfloß, während das Schwert ungestüm nach der Seele suchte, die es hätte zu kosten bekommen müssen. Elric warf sich zurück und versuchte verzweifelt, Sturmbringer von seinem rastlosen Dreinhauen abzubringen. Dabei sah er auf, und der irre Blick seiner roten Augen traf die zahlreichen Quecksilberkugeln, die die oberen Aufbauten der Festung umkränzten. Die Kugeln starrten ihn ebenfalls an, kraftvoll, kalt.

Und seelenlos.

»Lord Arioch beschütze mich!« schrie er. »Es hat keine Seele!«

Während er schrie, zerschmetterte sein Schwert, das immer noch wild um sich schlug, eine der Quecksilberkugeln. Blitze fuhren die schwarze Klinge entlang und

schleuderten Sturmbringer und seinen Träger in hohem Bogen von dem demolierten Deck.
Blind! Ich bin blind!
Elric lag ausgestreckt im schmierigen Schlamm, seine Klinge noch umklammernd, die jetzt seltsam still war. Die Festung glitt langsam den Abhang weiter hinunter, und während Elric zusah, wuchsen die zerrissenen Drähte und die zerschmetterte Quecksilberkugel wieder zusammen und fügten sich zueinander, reparierten und setzten sich instand.
Du hast mich verletzt, kleiner Feind. Die kalte Stimme klang schwächer, als sie durch Elrics schmerzenden Kopf dröhnte. *Die welche befehlen rufen mich, und ich muß vorrücken. Aber ich werde dich nicht vergessen, kleiner Feind, ich werde dich nicht vergessen.* Und mit einem rumpelnden, knirschenden Geräusch drehte sich die Festung schwerfällig um und bewegte sich davon, um sich der gewaltigen Armee anzuschließen, die immer noch in der Ferne vorbeiströmte.
Mondmatt erhob sich vorsichtig aus dem Schlamm und blickte sich um. Die angeschlagene metallene Bestie entfernte sich schleppend in Richtung Westen. Elric saß mit hängenden Schultern auf einem geborstenen Stein. In seinen Armen wiegte er Sturmbringer, fast als tröste er sein schreckliches Schwert. Als Mondmatt sich näherte, wischte er die Klinge sorgfältig mit dem Saum seines Umhangs sauber und steckte sie, ohne daß sie sich darüber beklagte, in die Scheide zurück.
»Bist du wohlauf, Elric?« setzte Mondmatt an zu sagen, hielt aber inne, als der Albino einen gequälten Blick auf ihn richtete.
»Es hatte keine Seele, Mondmatt. Sturmbringer hat versucht, sie ihm zu nehmen, und es war nichts da. Trotz dieser ganzen seltsamen, fremdartigen Lebenskraft befand sich keine Seele im Zentrum. Ich habe meine Seele an die Chaos-Lords verschachert, aber zu-

mindest hatte ich eine Seele, mit der ich handeln, die ich nach Belieben behalten oder weggeben konnte. Aber dort war nichts, Mondmatt. Dort war nie etwas und wird nie etwas sein. Hilf mir hoch. Ich bin ausgelaugt und erschöpft wie nie zuvor.«

Mondmatt half seinem Freund auf. Während er dies tat, richtete Elric den Blick auf den durchfurchten, blutenden Himmel, wo Objekte, die er nicht verstand – und auch nicht verstehen wollte – kämpften und starben. »Du hast unsere Wette gewonnen, Mercurios. Es gibt tatsächlich jemanden, der mehr leidet als Elric von Melniboné. Mehr, als ich es je für möglich gehalten hätte. Du hast gewonnen.«

Nebel wallte um ihre Füße auf, und Mondmatt wurde plötzlich klar, daß es ihm einerlei war, wohin sie der Nebel brachte, sofern er sie nur aus diesem gequälten Land wegschaffte und sofern dort, wohin sie kamen, nicht Mercurios der kalt Lachende auf sie wartete.

Im Gasthof *Zu den starken Winden und vollen Segeln* verlief alles recht zufriedenstellend. Als Zemous Vintermina im Raum umherblickte, stellte er jedoch fest, daß seine beiden gut zahlenden, aber unerwünschten Gäste endlich gegangen waren. Statt ihrer saß ein kleiner Mann in fremdartiger weißer und grauer Kleidung am Tisch. Zemous stolzierte zu seiner begehrten Hafenecke hinüber, während jeder Zoll seines kranichartigen Körpers Entrüstung ausstrahlte. Sie waren noch die Bezahlung für das Bier des Rotkopfs schuldig.

Der schmächtige Mann saß über einen kleinen Haufen großer Münzen gebeugt und betrachtete mit zusammengekniffenen Augen eine hellschimmernde purpurne Gemme. Eine Binde aus leuchtend roter Seide lag nachlässig zusammengerollt auf der polierten Tischplatte.

»Wo sind die beiden Gauner, die hier gesessen haben?« fragte Zemous, indem er mit überzeugendster Stimme den entrüsteten Gastwirt zur Schau stellte.

»Oh, die mußten gehen«, antwortete der kleine Mann, der immer noch eingehend seine Gemme betrachtete. »Aber sie haben mich gebeten, dir dies hier zu geben, als kleines Entgelt für deine Bewirtung und deine Dienste. Sie hoffen, du findest es ausreichend.« Er schob eine der großen Münzen über den Tisch.

Zemous nahm die Münze auf und merkte, wie ihm die Augen hervortraten, als er das Gewicht spürte. *Bei allen Meeresgöttern, wenn dieses Ding echt ist, wird es meine Unkosten für das nächste halbe Jahr decken!* »Es reicht aus, wenn auch gerade eben«, sagte er naserümpfend. Er wandte sich ab, um zu gehen, aber irgend etwas veranlaßte ihn, sich noch einmal umzudrehen.

»Äh, du weißt nicht zufällig, wohin sie gegangen sind?«

»O doch, sie wollten Verwandte besuchen.«

»Verwandte! Ihre?«

»O nein, guter Wirt, nicht *ihre* Verwandten wollten sie besuchen.« Und unvermittelt starrte Zemous in die aufblickenden Augen von Mercurios dem kalt Lachenden. Augen, die kein Weiß, keine Iris, keine Pupille hatten, sondern lediglich schimmernde Kugeln aus flüssigem Quecksilber waren, eingebettet in sein scharfgeschnittenes Gesicht.

»Sie wollten *meine* Verwandten besuchen.«

Und Zemous Vintermina floh aus seinem eigenen Gasthof, verfolgt von dem leisen kalten Lachen, das seelenlos hinter ihm her perlte.

Ich fahre weiter, reiße das verwundete Land unter mir auf, verletze es von neuem, wie andere meines Geschlechts es vor mir verletzt haben. Ich nehme Ortungen vor und spüre die Anwesenheit *Derjenigen welche befehlen*. Ihre Befehle geben mir ein Ziel und helfen mir, die Erinnerung an das kleine Gefecht auszulöschen, in das ich gerade verwickelt war. Ich bewaffne mich und lade von neuem und repariere mich. Ich suche meine Schaltsysteme und Drähte nach der Quelle des Defekts ab, der mich beunruhigt, merke, daß irgend etwas funktionieren sollte, es aber nicht tut. Ich höre damit auf und fahre weiter, denn um mich herum tosen immer und ewig die Konflikte. Wie es sein muß. Wie es immer gewesen ist.

Und immer sein wird.

Copyright © 1994 by Thomas E. Fuller

Jody Lynn Nye

DAS WEISSE KIND

Elric setzte sich auf und blinzelte in die rote Sonne am Horizont, deren Farbe ihn überraschte. Der Schlaf hatte sich davongemacht. Das Traumbild war wiedergekehrt, stärker als je zuvor.

Seit nahezu einem Monat starrte das weiße Kind ihn Nacht für Nacht in seinen Träumen an. Seine weit aufgerissenen roten Augen, die den seinen so ähnelten, blickten ihn flehentlich an. Die unordentlichen weißen Haare umrahmten die hohlen Wangen und verbargen sie kaum. Das Kind war so dünn – zu dünn. Sein zerbrechlicher Körper war mit einem sackartigen Gewand von undefinierbarer Farbe bekleidet, dessen Säume ausgefranst und zerrissen waren. Ein dreieckiger Riß nahe der Taille enthüllte eine handtellergroße Fläche mageren weißen Fleisches. Und dennoch hatte das Kind eine edle Haltung und strahlte verzweifelte Würde aus. War der Traum eine ihm von der Hölle geschickte Vision seiner eigenen Jugend? Er vermochte jede Einzelheit zu erkennen, konnte sich aber nicht erinnern, je in solchen Lumpen herumgelaufen zu sein. Nein, er hatte seine Kindheit inmitten von Reichtum verbracht, wenn auch ohne Liebe. Melniboné war kein freundliches Land, aber es erlaubte seinen Bewohnern, das Gesicht zu wahren. Es sei denn, der Traum war irgendeine Warnung, die die Götter des Chaos ihm zukommen ließen: Das jedoch wußte er nicht.

Neben ihm murmelte Sturmbringer gierig im Schlaf. Wäre er ein Mann und kein Schwert gewesen, dann hätte er sich auf die andere Seite gedreht und den größten Teil des als Decke dienenden Umhangs für sich in Anspruch genommen. Konnte das Gesicht, das ihn im Traum anstarrte, einem unehelichen Kind gehören, das er irgendwo gezeugt und dessen Mutter es hinausgeworfen und gezwungen hatte, auf der Straße betteln zu gehen, als sie feststellte, daß sein Körper schwach und bleich war und daß sein Gesicht gespenstische Züge trug? Elric nickte grimmig. Wenn Sturmbringer seine Seele begehrte, mußte das Traumkind wirklich existieren und ein Mensch sein, obwohl es nicht von melnibonéischer Herkunft sein konnte. Er spürte bei der kleinen Gestalt keinerlei Zauberkraft. Aber warum rief sie ihn zu sich? Bevor Elric an jenem Morgen erwacht war, hatte der Mund des weißen Kindes das Wort ›Komm‹ gebildet.

Elric frühstückte hastig und sattelte sein Pferd. Das Tier schnaufte voller Unbehagen, als er in den Sattel stieg. Beide waren sie erschöpft. Sie waren tagelang hart geritten, seit Elric die Königin gewordene Yishana verlassen hatte. Er hatte ihr die schlechte Nachricht überbringen müssen, daß ihr Bruder tot war, zum Teil durch Elrics Schuld. Sie war eine leidenschaftliche Frau, für die Künste des Krieges ebensogut geeignet wie für die der Liebe. Sie war nicht so zornig gewesen, wie Elric befürchtet hatte, und hatte ihn bald danach ziehen lassen. Als der Traum von dem weißen Kind sich zum erstenmal einstellte, hatte er angenommen, das hänge damit zusammen, daß er vor kurzem bei ihr gewesen war. Es bereitete ihm Sorge, daß die melnibonéische Rasse immer mehr von der Erde verschwand. In Gegenwart einer lebenssprühenden Frau war vielleicht die Hoffnung in ihm erwacht, sein aussterbendes Geschlecht zu erneuern. Doch jetzt war er sicher, daß das Ganze nichts mit Yishana zu tun hatte. Das Gefühl, daß das Kind wirklich existierte, wurde stärker, je weiter er nach Süden ritt, weg von der Königin und auf den Ursprungsort des Traums zu. Mehr als einen Monat war er jetzt bereits unterwegs.

Er schaute sich um. Seit er die zentralen Ebenen hinter sich gelassen hatte, war das Terrain dreimal angestiegen und wieder abgefallen. Grüne Laubwälder waren Buschwerk gewichen, als er hohe, schroffe Berge durchquerte, wie er sie noch nie zuvor gesehen hatte. Jetzt ritt er bergab, zwischen Pinien und Zypressen einher. Sein Pferd bahnte sich vorsichtig seinen Weg durch hohes drahtiges Gras, bis es auf eine Straße stieß, die, wie Elric spürte, in die richtige Richtung ging. Er ließ sein Roß dem ausgetretenen Pfad folgen, der am Südhang der Bergkette nach unten führte. In den Hochpässen hinter ihm bargen sich Handelsstädte, und er hatte sich gefragt, wer auf diesen rauhen, fast unzugänglichen Pfaden aus dem Süden kam. Er hatte noch nie gehört, daß von der Halbinsel Solaidignia irgendwelche begehrenswerten Waren kamen.

Die Vorgebirge knieten vor ihm, breite Rücken, die sich vor dem Himmel verbeugten. Weiße Möwen kreisten in der Luft und kreischten einander etwas zu. Mit dem nächsten Windstoß, der über den abgerundeten Berg kam, gelangte ein salziger Geschmack auf Elrics Lippen. Er mußte dem Meer sehr nahe sein. Ungeduldig gab Elric seinem Pferd die Sporen und ließ es galoppieren. Ihn beherrschte plötzlich der Drang festzustellen, was auf der anderen Seite lag.

Wenn er enttäuscht war, dann gestand er es sich nicht ein. Die Inselstadt unten sah aus wie jeder andere befestigte kleine Handelsplatz. Zu seiner Rechten setzte sich das Vorgebirge fort, das weiter anstieg und in einer steilen, über das Meer ragenden Klippe endete. Die Stadt grenzte an die Vorderseite des Berges und war mit Piers versehen, welche von Schiffen und Booten gesäumt wurden, die im Schutze der Stadt vor

Anker lagen. Überall waren Anzeichen von Wohlstand auszumachen, von den Lagerhäusern, um die ein geschäftiges Treiben herrschte, bis zu den Wimpeln, die auf den Türmen der kleinen Burg am Südende der Insel flatterten. Alles schien ganz alltäglich und gewöhnlich, abgesehen von dem dringenden Appell, den er in seinem tiefsten Innern verspürte, dem Gefühl, das ihm sagte, daß inmitten des geschäftigen Treibens dort unten das weiße Kind verborgen war.

Auf dem Landweg war die Stadt nur über einen Damm zugänglich, der sich vom Vorgebirge zur Linken nach unten wand. Die Straße bog scharf von der Klippe an der Küste ab und folgte einer Landbrücke, die gerade hoch genug war, um bei Flut über Wasser zu bleiben. Ein Fallgitter und Wachttürme zu beiden Seiten des breiten Tors am Ende der Straße stellten fast unnötige zusätzliche Einrichtungen dar. Die Stadt verfügte über bewundernswerte natürliche Verteidigungsanlagen.

Elric donnerte die Straße zum Meer hinunter, auf die tosenden eisengrauen Wogen zu. Wasserexplosionen in den Felsklüften warfen Schaumfontänen so hoch in die Luft um ihn herum, daß sein Pferd tänzelte und die Augen verdrehte. Mit Knien und Händen zwang er es, auf dem Weg zu bleiben. Die Wellen brodelten auf verdrießliche Weise und klatschten ungeduldig gegen die Seiten des Damms. Er fürchtete, sie könnten über den Rand der Straße schlagen und sie beide ins Wasser ziehen. Elric hatte diese Stimmung des Meeres schon erlebt. Es spielte – wie die Katze mit der Maus. Der Meereskönig spielte mit seiner Beute, obwohl Elric keine Ahnung hatte, wer oder was die Beute war. Er machte sich auch keine Gedanken darüber. Sein einziges Ziel lag vor ihm und appellierte an sein Blut.

Hundert Yard vor den Stadtmauern verengte sich die Straße zu einem bloßen Steinpfad. Eine Gruppe von Männern oder Pferden konnte die dahinterliegende Insel nur im Gänsemarsch erreichen. Gut konstruiert, dachte Elric. Ein einziger geschickter Bogenschütze könnte eine ganze Streitmacht abwehren. Ein Donnerschlag und ein greller Blitz erinnerten ihn daran, daß die größte Gefahr, die dieser Stadt drohte, nicht menschlichen Ursprungs war. Bei ungünstigem Wind und ungünstiger Strömung konnten jene im Windschatten der Klippe vor Anker liegenden Schiffe ohne weiteres gegen die Felsen geschleudert und in tausend Teile zerschmettert werden. Wäre er Händler gewesen, hätte er es sich zweimal überlegt, bevor er sich mit seinem Schiff in diesen Hafen gewagt hätte, ganz gleich, welche Waren dort zu haben waren. Als er näher kam, sah er, daß die fröhliche Zurschaustellung von Farbe und Reichtum nur eine oberflächliche Erscheinung war. Die Mauern waren mit leuchtenden Malereien bedeckt worden, um die dort vorgenommenen Ausbesserungen zu verdecken. Die flatternden Wimpel waren einmal Flaggen gewesen.

Das mit Stahlbändern beschlagene Tor öffnete sich. Elric brachte sein Pferd zum Stehen, als ein Trupp Männer herausmarschierte und sich auf der Felsplatte vor der Stadtmauer verteilte. Dem grimmigen Ausdruck ihrer Gesichter nach zu schließen wußten sie, daß sie dem Sprößling ihrer alten Oberherren gegenüberstanden und mißtrauisch waren. Der Mann hingegen, der hinter ihnen auf einem weißen Pferd ritt, das genauso edel war wie das Elrics, zeigte ein breites Lächeln.

»Willkommen, mein Lord Elric!« rief er. »Ich bin Nereis, Seelord von Solaidignia. Wir haben dich erwartet.«

Elric richtete sich kerzengerade im Sattel auf und redete den Seelord an. »Wo ist das Kind?« fragte er.

»Wir erwarten dich schon seit etwa einem Monat«,

sagte Nereis, als er sich auf die Kissen des großen Stuhls niederließ, der am Ende der düsteren Empfangshalle aus grauem Stein stand. Er war ein großer Mann, dessen Länge hauptsächlich auf seinem Rumpf beruhte. Das schwarze Haar auf dem olivenfarbigen Schädel war kurzgeschnitten. Neben seinem rechten Auge zog sich die weiße Linie einer alten Narbe durch die von der Sonne faltig gewordene Haut. »Man wußte nicht, wo du gerade umherzogst, deshalb ließ sich nicht sagen, wie lange die Reise dauern würde. Allen Göttern sei Dank, daß du endlich hier bist.« An den Wänden hingen dicke, gute, obgleich alte Teppiche und hielten die Kälte der Winde draußen ab, wenn auch nicht ihr Heulen. Nereis forderte Elric mit einer Geste auf, sich ebenfalls zu setzen. Elric beachtete die Handbewegung nicht und blieb, die Hand auf dem Heft seines Schwertes, steif in der Mitte des Raums stehen, starrte den Seelord an. Die Wachen hatten sich, abgesehen von einigen wenigen, die Nereis flankierten, zum anderen Ende des Gemachs zurückgezogen.

»Du bist für die Träume verantwortlich?« fragte Elric, der seinen Zorn nur mit Mühe zu zügeln vermochte. »Ich bin es nicht gewohnt, herbeizitiert zu werden.«

»Ich habe es bewerkstelligt«, erklärte ein stämmiger kleiner Mann, der unmittelbar hinter dem Hochsitz im Schatten stand. Er trat vor, und Elric fielen seine scharfen Augen auf, die in einem ansonsten runden und pummeligen Gesicht saßen. »Ich heiße Tabisian. Ich versichere dir, daß wir dich nicht leichtfertig herbeigerufen haben, aber wir brauchen deine Hilfe, Lord Elric.«

Elric blickte Nereis an, um weitere Aufklärung zu erlangen. Der Seelord nickte. »Wir schweben in großer Gefahr, Lord Elric«, sagte er. »Du wirst das Aussehen des Meeres bemerkt haben.«

»Es sah zornig aus«, entgegnete Elric mit einem Kopfnicken.

»Es ist mehr als bloß zornig«, sagte Nereis. »Ich habe mein ganzes Leben am Meer verbracht. Ich habe keine Angst vor seinen natürlichen Veränderungen, aber das hier – das übersteigt alles bisher Dagewesene. Immer wieder sind wir von Stürmen gebeutelt worden, Monate außerhalb der richtigen Jahreszeit. Obwohl Hochsommer ist, bildet sich Eis auf den Tauen und Leinen eines jeden Schiffs. Kein Schiff verläßt den Hafen, dem bei seiner Rückkehr nicht einer oder mehrere Männer aus der Mannschaft fehlen. Wir haben Leute verloren, weil sie von über den Bug schwappenden Wogen in die Tiefe gezogen wurden oder von Monstern, die nachts aus dem Wasser aufsteigen. Wir sind auf das Meer angewiesen, um unseren Lebensunterhalt zu verdienen. Darüber hinaus brauchen wir seinen Schutz. Die Wahrsagungen haben ergeben, daß Solaidignia die Elementargeister des Wassers auf irgendeine Weise beleidigt hat.«

»Auf welche Weise?«

»Mein Lord, wenn ich das wüßte, hätten wir sie auf jede erdenkliche Art besänftigt!« rief Nereis aus, während er sich aufrecht hinsetzte und mit der Handfläche auf die Armlehne seines Stuhls schlug. »Ich weiß aus den Sagen, daß der Meereskönig Straasha, der Lord der Wassergeister, dir Gehör schenkt. Er hat dir bisweilen sogar geholfen.«

»Gewiß«, bestätigte Elric. Straasha war ihm freundlich gesinnt und hatte prophezeit, daß er und Elric sich eines Tages wiederbegegnen würden. Nereis mußte die Sage kennen.

»Könntest du ihn herbeirufen, mein Lord Elric?« fragte Nereis. Das Gesicht des Seelords zeigte einen hoffnungsvollen Ausdruck. Elric erkannt, daß er ein stolzer Mann und es nicht gewohnt war, um eine Gefälligkeit zu bitten. »Sag ihm, daß wir unter deinem Schutz stehen. Ich bitte dich um Hilfe. Rette meine Stadt!«

»Und warum sollte ich das tun?«

»Wenn du es nicht tust«, antwortete statt des Seelords Tabisian, »werden wir das Kind in die Wellen werfen.«

»*Welches* Kind?« fragte Elric.

»Das müßtest du eigentlich wissen, mein Lord«, sagte der Zauberer, der im Schatten hinter dem Thron geblieben war. Jetzt trat er vor und führte eine kleine Gestalt an der Hand. »In den vergangenen vier Wochen oder noch länger hast du ihr Bild in deinen Träumen gesehen. Ich wußte, daß die dir geschickten Traumbilder dich herlocken würden. Hier ist sie.«

Tabisian kehrte auf seinen Posten hinter dem Thron des Seelords zurück. Einer der Wachsoldaten brachte das Mädchen bis auf zehn Schritt zu Elric heran. Sie war ein zerbrechliches kleines Ding, gekleidet in die Lumpen, an die Elric sich aus seinen Träumen erinnerte, und blickte mit mandelförmigen roten Augen zu ihm hoch, die von dichten weißen Wimpern eingefaßt wurden. Sie konnte kaum älter als vier oder fünf sein. Unter den dunkelhäutigen Einwohnern von Solaidignia wirkte sie wie eine weiße Wolke an einem Gewitterhimmel. Die Hand des Wachsoldaten auf dem Arm des Kindes schien wie ein Holzklotz, der auf einem Stück feinsten Papiers lag. Sturmbringers Regungen waren wie immer korrekt gewesen: Sie war eine menschliche Schachfigur, die man benutzt hatte, um ihn auf diese Insel zu locken. Elric wußte sofort, daß er sich hinsichtlich ihrer Herkunft getäuscht hatte. Sie würde eines Tages über ebenso starke Zauberkräfte verfügen wie er. Sie war von melnibonéischem Blut. Aber wessen Blut?

»Dieses Kind«, sagte der Zauberer mit einem gewissen Maß an Genugtuung in der Stimme, während er Elric beobachtete. »Wie ich sehe, erkennst du sie. Und das solltest du wahrhaftig.«

Das Letztgesagte verwunderte den Melnibonéer. Sollte der Schnitt ihrer Gesichtszüge ihn an jemanden erinnern?

»Wie ist ihr Name?« fragte Elric und versuchte dabei, gleichgültig zu klingen.

»Sie hat keinen Namen. Sie hat nie einen Namen erhalten«, antwortete der Zauberer und kniff die Augen belustigt zusammen. »Solche Einzelheiten sind nicht wichtig. Wenn du uns hilfst, kannst du ihr, falls du möchtest, einen Namen geben.«

Der Lord und seine Vasallen widerten Elric plötzlich an.

»Eure Auseinandersetzung mit dem Meer geht mich nichts an«, sagte er wütend und machte auf dem Absatz kehrt, um zu gehen. Das Kind tat ihm aus tiefster Seele leid, aber daß diese Barbaren annahmen, er riefe aus solch einem nichtigen Grund die Meeresdämonen an, versetzte ihn in Zorn. Die Stimme des Zauberers rief ihn zurück.

»Ist dir dein eigenes Fleisch und Blut gleichgültig?« Elric blieb stehen, drehte sich um und starrte den grinsenden Magier an. »Ja. Sie wurde aus einem einzigen Tropfen deines Blutes geschaffen, der auf die Klinge eines Schwertes fiel, das in einer Schlacht durch deine Rüstung drang. Der Besitzer des Schwerts, einer der Krieger meines Lords, schaffte es, deiner dämonischen Klinge Sturmbringer zu entkommen und mir seine Waffe zu bringen. Welch ein Fang! Vor sechs Jahren habe ich den Blutstropfen in den Schoß einer Frau eingepflanzt. Das Ganze reifte heran und wurde geboren. Hier ist sie: deine Tochter. Streitest du ab, daß du sie in deinem tiefsten Innern erkennst?«

Elric schluckte.

»Ich ... ich glaube dir nicht.« Aber im Grunde seines Herzens wußte er, daß der Zauberer die Wahrheit sprach. Er erinnerte sich an die betreffende Schlacht, obwohl sie sich von den anderen, die er im Laufe seines langen Lebens geschlagen hatte, kaum unterschied. Als er das kleine Mädchen anblickte, schmerzte ihn sein Arm an genau der Stelle, wo ihn damals die Klinge des südländischen Kriegers verwundet hatte.

Kein Wunder, daß er in seinen Träumen keine Zauberkraft an ihr spürte. Sie war ja er selbst, Zauberspruch für Zauberspruch, Faser für Faser, und jedes Echo, das er gehört hätte, würde im Abbild seines eigenen Wesens absorbiert werden – bis er sie leibhaftig vor sich sah. Ja. Er erkannte, daß sie im gleichen Moment begriffen hatte, wer er war, und daß sie ihn willkommen hieß.

»Warum unternehmt ihr nicht selbst etwas?« fragte er, um zum gegenwärtigen Problem zurückzukehren. »Ihr habt Macht genug, um Leben zu schaffen. Benutzt sie, um euch selbst zu retten.«

Nereis schüttelte den Kopf. »Das Chaos setzt uns zu. Das Meer möchte uns verschlingen. Die Chaos-Schiffe kommen, Lord Elric! Tabisian hat sie in seinen Visionen gesehen. Wir haben den Meereskönig auf irgendeine Weise gekränkt, und unser Leben ist verwirkt. Wir brauchen dich.«

Elric schüttelte den Kopf. »Räumt die Stadt. Ihr seid noch am Leben. Eure Schiffe liegen vor Anker. Ihre Anzahl müßte genügen, damit jeder Mann, jede Frau, jedes Kind von hier weggebracht werden kann.«

Lord Nereis machte eine merkliche Pause. »Wir können nicht von hier weg. Diese Insel ist unser Schicksal, das uns angestammte Land! Möchtest du, daß eine ganze Stadt heimatlos wird? Wer gäbe uns wieder Land, eine günstige Lage in einem Hafen? Du genießt das Vertrauen des Meeres. Als Abkömmling der Strahlenden Lords hast du auch eine Beziehung zum Chaos, das in den unteren Tiefen die Herrschaft ausübt. Rette uns!«

Elric wurde ungehalten. »Ich sehe keinen Grund, mich für euch einzusetzen.«

»Dann wird das Kind sterben«, sagte Tabisian. Er schien skrupelloser zu sein als sein Herr.

»Sie war vorher nur ein Tropfen meines Blutes«, brachte Elric mit Mühe hervor. »Seitdem habe ich Ströme davon vergossen. Ich habe kein Recht, ihr Leben oder Tod aufzuzwingen.«

Zum erstenmal sah das Kind jetzt verängstigt aus. Zitternd trat es vor. Es hob die Hand und berührte sein Gelenk oberhalb des Panzerhandschuhs, der auf Sturmbringers Heft ruhte. Seine Finger waren warm. »Bitte.«

Er wollte die Hand wegschlagen. Beinahe hätte er es getan. Aber dann tauchte in seiner Erinnerung das Bild seines eigenen Vaters auf, der es nie versäumt hatte, seine Enttäuschung über den erbärmlichen Albino zu bekunden, den er gezeugt hatte. Eine solch Zurückweisung konnte Elric dem Kind zumindest ersparen. Er nahm die kleinen Finger in die andere Hand, tätschelte sie und schob sie weg. Die Kleine war zwar mit Makeln behaftet, aber dennoch vom Blute Melnibonés. Von seinem Blute, wenn er bedachte, daß er keine Nachkommen hatte und nie welche haben konnte. Sie gab ihm und seinem Volk eine Zukunft. Sie war eine Prinzessin, wenn auch in Lumpen gekleidet und halb verhungert, weil ihre Herren es so wollten. Das war eine vorsätzliche Beleidigung seiner Person. Sie müßte warme, hübsche Kleidung haben; Spielzeug; gutes Essen; die Achtung Gleichrangiger; sogar Liebe.

»Du sollst mit mir von hier fortgehen«, sagte er mit

einem Lächeln, das nur für sie bestimmt war. Das dünne Gesicht des Kindes hellte sich auf.

»O nein, mein Freund«, sagte der Zauberer. »Sie gehört mir.«

An Stelle einer Antwort riß Elric Sturmbringer aus der Scheide. Mit der freien Hand langte er nach dem Kind, aber es war aus Angst vor der klagenden Klinge zurückgewichen und befand sich knapp außer Reichweite. Er beugte sich vor, um seine Hand wieder zu ergreifen.

»Wachen, zu mir!« brüllte Nereis. Elric sah sich plötzlich umzingelt. Freudig durchschlug Sturmbringer die Schäfte von Spießen und die Klingen kümmerlicher Schwerter, hackte tief in Rüstungen, schnitt Gliedmaßen und Finger ab. Elric spürte die widerliche Zufriedenheit der dämonischen Klinge, als sie einem der Krieger die Seele aussaugte. Der Mann starb schreiend. Elric konzentrierte sich bei seiner Verteidigung darauf, lediglich zu verwunden, und vermied es nach Möglichkeit zu töten.

Als Nereis seine Wache zurückrief, hatten sich zwei weitere Leichen zu der ersten gesellt. Keuchend blickte Elric um sich und suchte nach dem Kind. Es war verschwunden, und Tabisian mit ihr.

»Nun, mein Lord, vielleicht können wir uns jetzt über deine Hilfe unterhalten«, sagte Nereis, der die Ellbogen auf die Armlehnen seines Stuhls gestützt und die Finger zeltförmig aneinandergelegt hatte. Jetzt sah er nicht mehr sanft oder angsterfüllt aus. Bogenschützen waren in das Gemach geströmt und knieten, den Bogen bis zum Ohr gespannt, längs der Wände. »Wenn du noch einmal versuchst, Tabisian oder mich anzugreifen, wirst du sterben, ganz gleich, wie dringend wir dich brauchen.«

Elric war mit Blut besprizt, wenn auch nicht mit eigenem. Erschöpft ließ er ein wenig Lebenskraft aus

Sturmbringer in seine Adern fließen. »Wenn diesem Kind irgend etwas zugestoßen ist, wirst *du* sterben, und nichts kann es verhindern.«

»Nur einen Zauberspruch«, sagte Nereis und streckte bittend die Handflächen aus. »Mehr brauchen wir nicht. Gib Lord Straasha Nachricht und fordere ihn auf, sein Meer zu beruhigen, um meine Stadt zu verschonen. Dann kannst du gehen und das Kind mitnehmen. Dies ist ein Handelshafen, mein Lord. Gewiß, wir sind nicht so reich wie unsere Nachbarn. Sie werden uns unsere Armut nicht ewig vorhalten, aber damit das aufhört, müssen wir überleben!«

Elric hörte gar nicht zu. Er spürte eine Welle von Angst. Das weiße Kind strahlte Entsetzen aus, während es fortgeschafft wurde. An eine solche Behandlung war es nicht gewöhnt. Offensichtlich hatte der Zauberer, der es erschaffen hatte, keine Ahnung gehabt, was er mit ihm, nachdem das Experiment geglückt war, anstellen sollte, bis dann das Meer um die Insel zu toben begonnen hatte. Jetzt war die Kleine wahrhaftig eine Schachfigur in einem Spiel der Götter: Preis oder Opfer, je nach dem, wer gewann. In gewisser Hinsicht war Elric Straasha dankbar für seine Wut auf Solaidignia; andernfalls hätte er das Mädchen vielleicht nie zu Gesicht bekommen. Jetzt brauchte es seine Hilfe.

Sturmbringer brachte summend sein Mißvergnügen zum Ausdruck, als Elric sich von Lord Nereis abwandte. So viele Seelen, die willens waren zu sterben – die Klinge begehrte sie. Elric empfand Abscheu vor dem freimütigen Hunger des Schwertes, obwohl er gleichzeitig wußte, daß er vermutlich bald eine Infusion der Kraft brauchen würde, die Sturmbringer von seinen Opfern erlangte.

»Komm zurück!« rief Nereis ihm nach, als Elric sich einen Weg nach draußen bahnte. »Mein Lord, lebend bekommst du sie nur auf eine Weise. Zusammenarbeit ist alles, was wir verlangen.«

Elric trat ins Freie. Der Himmel hatte sich in der kurzen Zeit, in der er drinnen gewesen war, besorgniserregend verdunkelt. Die Möwen waren leuchtendweiße Flecken auf einem metallisch glänzenden eisengrauen Hintergrund und tanzten auf den Windböen auf und ab wie Korkstücke auf dem Wasser. War das Heulen des Windes drinnen schon laut gewesen, so war es draußen ohrenbetäubend. Frauen eilten, von den Docks kommend, vorüber und warfen nur einen flüchtigen Blick auf den weißhaarigen Krieger. Immer wieder schauten sie über die Schulter zum Meer zurück. Ein Mädchen mit langen schwarzen Zöpfen hatte sich beim Rennen die Finger in die Ohren gesteckt. Als es aufblickte, sah es Elric. Seine Augen weiteten sich, als ihm klar wurde, was er war, und es stolperte davon, um in einer schmalen Gasse zu verschwinden, die zwischen zwei Häusern hindurchführte.

Elric lauschte tiefer, an den äußeren Geräuschen vorbei. In seinem Innern hörte er das Jammern des angsterfüllten Mädchens, während er versuchte, ihren Aufenthaltsort ausfindig zu machen. Er konnte nur das tun, was er getan hatte, als er nach Solaidignia gekommen war. Er folgte der Wahrnehmung ihrer Existenz in der Richtung, in der sie am stärksten war. Das führte ihn quer durch den Teil der Stadt, der dem Meer zugewandt lag.

Sein Pferd war nirgends zu sehen. Die Stallknechte waren geflohen, wahrscheinlich als der Ruf nach Bogenschützen und anderen Kriegern erschallt war. Er wagte es nicht, wertvolle Sekunden zu vergeuden, indem er nach Ersatz suchte. Die Zeit schwand ihm dahin.

Er stürzte sich in das Labyrinth enger Straßen, die durch das Dockviertel führten. Keiner der Wege führte geradewegs auf die Quelle zu, von der das Leid des Kindes ausging. An jeder Kreuzung standen vier oder fünf schmale, stinkende Gassen zur Auswahl. Elric suchte nach der, die ihn am schnellsten hinführen würde. Das Lodern seiner roten Augen und das Leuchten seines Schwertes verscheuchten alle Einwohner des Viertels, die ihm vielleicht den Weg hätten weisen können.

Einer seiner Pfade endete in einer Sackgasse, die mit Körben voller Abfall angefüllt war. Eine kleine Katze, die sich bei ihrer Mahlzeit aus verrottendem Fisch gestört fühlte, machte einen Buckel und fauchte herausfordernd. Elric hätte beinahe gelächelt, obwohl er gereizt war. Je länger er von dem Kind getrennt blieb, desto leichter gelänge es dem Zauberer, es für immer aus seiner Reichweite zu schaffen. Er wußte bereits, daß sie unter Anwendung magischer Mittel aus Nereis' Burg geflohen sein mußten. Aber wohin? Und wie weit würden sie sich noch entfernen? Elric rannte die Straßen auf und ab und kreuzte immer wieder seinen eigenen Weg. Seine Stiefel rutschten auf den schlammigen Pflastersteinen aus, während er den unsicheren Halt verfluchte. Netze, die zum Trocknen zwischen den Gebäuden ausgespannt waren, behinderten ihn. Er durchschnitt sie mit Sturmbringer und sah die Fäden wie brennende Spinnweben zusammenschrumpfen, als er hindurchschritt.

Und überall waren rennende Menschen – Menschen, die vom Meer wegrannten; die nach Hause rannten, um sich um ihre Habseligkeiten und ihre Kinder zu kümmern; die vor dem seltsamen Mann mit dem riesigen dämonischen Schwert davonrannten. Er stieß sie mit rücksichtsloser Kraft zur Seite. Ihn beherrschte nur die Empfindung, die ihn vorwärtstrieb.

Als er das Gassengewirr verließ, fand er sich unmittelbar am Hafen, auf halbem Wege zwischen Burg und

Klippe. Nur wenige Yards von seinen Füßen entfernt brodelte und grollte auf gefährliche Weise das Meer, und Elric fragte sich, was genau zu der Wahrsagung geführt hatte. Hatten die Bewohner von Solaidignia die Elementargeister in solch einem Maße gekränkt, daß der Meereskönig entschlossen war, sie zu vernichten? Straasha zu stören, um solch eine Frage zu stellen, hieße, Nereis und seinem Zauberer genau in die Hände zu arbeiten.

Ein Trappeln auf den Steinen ließ ihn aufmerken. Elric blickte hoch und sah einen jungen Mann zu Pferde, der, von der Burg kommend, am Wasser entlangritt. Er trug Nereis' Livree. Das mußte ein Bote sein, den man vermutlich losgeschickt hatte, um Tabisian mitzuteilen, daß der Melnibonéer entkommen war.

Elric stellte sich dem Pferd absichtlich in den Weg. Der metallische Gesang seiner Schwertklinge brachte das Tier mitten im Galopp zum Stehen. Wiehernd bäumte es sich auf. Geschickt bezwang es der Reiter wieder. Elric griff nach den Zügeln. Der Reiter schickte sich an, mit der Peitsche nach dem Mann zu schlagen, der ihm den Weg versperrte, doch dann sah er ihn genauer an. Er erbleichte, und das Kinn sank ihm auf die Brust. Mit der einen Hand packte Elric den Riemen am Maul des Pferdes, mit der anderen richtete er Sturmbringer auf den Reiter. Der lodernde Zorn in den Augen des Albinos veranlaßte den Mann, widerspruchslos abzusteigen. Er drehte sich um und floh, während sich Elric auf den Rücken des Pferdes schwang. Er steckte Sturmbringer in die Scheide und spornte das Tier zum Galopp an.

Die Feste des Zauberers lag also in dieser Richtung! Und es mußte dort eine Straße geben, die für ein Pferd breit genug war. Elric versetzte das Pferd in langsamen Galopp und lenkte es mit den Knien in die richtige

Richtung, indes die Ausstrahlung des Kindes seinen Geist lenkte.

In der letzten Stunde hatte sich soviel ereignet, daß Elric ganz benommen war. Welcher Gott des Chaos konnte Tabisian dabei geholfen haben, aus einem Tropfen Blut ein uneheliches Kind entstehen zu lassen? Elric war wütend, daß es *sein* Blut war, mit dem der Zauberer herumzuspielen beschlossen hatte. Er ahnte, daß hier sein Schutzgott Arioch die Hand im Spiel hatte, der den Entschluß gefaßt haben mußte, Elric zu bestrafen, indem er seine Lebenskraft auf zwei Körper verteilte.

An diesem Ort herrschte ein starkes Ungleichgewicht der Kräfte. Elric spürte das Falsche, schmeckte es in der Luft wie etwas Saures, Metallisches. Zwischen dem Seelord und seinem Zauberer gab es irgendeinen ruchlosen Pakt, um die Macht zu ergreifen. Aber wessen Macht? Und mit welchen Waffen?

Die Wut des Meeres nahm zu. Boote, die nur halb mit Fischen gefüllt waren, rasten in den Hafen. Die Mannschaften machten die Leinen fest und warfen sich auf das hölzerne Dock; fast hätten sie die schmutzigen Bretter geküßt, so dankbar waren sie, lebend an Land gelangt zu sein. Wenn alles noch schlimmer würde, gäbe es nach einem Tag auf der Insel keinen Fußbreit trockenes Land mehr. Elric fragte sich, ob die Meeresgeister die Hilferufe des Mädchens hörten. Da die Aura des Kindes der Elrics so sehr ähnelte, hatte Straasha vielleicht angenommen, es sei der Prinz, der sich in Gefahr befand, und hatte sein möglichstes getan, um den Rufen Folge zu leisten. An Land konnten die Meeresgeister wenig ausrichten, und die Geschöpfe der Luft waren Elric nicht so freundlich gesinnt wie die des Wassers. Amorphe Wesen wurden aus dem Meer auf die Piers geschleudert und bewirkten, daß Seeleute und Dockarbeiter schreiend landeinwärts flohen. Ein hysterisch gewordener Mann stürmte in die Straße und geriet unter die Hufe von Elrics Roß. Mit blutender Kopfwunde und verdrehten Augen blieb er reglos auf den Pflastersteinen liegen. Elric tat der Mann leid, aber er hatte keine Zeit, um anzuhalten und nachzusehen, ob der andere tot oder nur verwundet war. Zuallererst hatte das Kind Anspruch auf seine Hilfe.

Der Wind blies Netze und kleine Boote vor ihm über die Straße. Leinen, auf die Fische zum Trocknen gehängt waren, verfehlten ihn ganz knapp, als sie sich von den am Wasser aufgestellten Pfählen losrissen. Aufbrandende Wellen warfen die vertäuten Schiffe wie Spielzeuge in die Luft.

Mit einem Knacken wie von tausend zerbrechenden Knochen barst der Kiel eines Schiffes, als zwei Wogen es zwischen sich hin und her schleuderten. Träge warf das Meer die eine Hälfte des Schiffes aufs Dock und verschlang die andere. Diese Menschen schwebten wahrhaftig in großer Gefahr. Elric konnte Lord Nereis' hartnäckige Weigerung, die Insel zu verlassen, nicht verstehen.

Überall um ihn herum packten die Leute ihre wenigen Habseligkeiten zusammen und strebten auf die Landbrücke zu. Um der Spur des Kindes zu folgen, mußte Elric das Pferd durch die große Menschenmenge drängen, die sich in entgegengesetzter Richtung bewegte. Wenn der Weg frei war, setzte er das Pferd in Trab.

Er bog um eine Ecke und gelangte in eine breite, bergauf führende Straße. Seltsamerweise war kein einziger Bewohner zu sehen. Einige Schritte vor ihm lag ein gelbbrauner Dunst über der Straße. Der Geruch nach Meer, toten Fischen und altem Holz wurde plötzlich durch einen anderen Geruch verunreinigt, den Elric sofort erkannte: den nach Schwarzer Magie. Er zog die

Zügel des Pferdes an, aber nicht schnell genug. In dem Moment, da die Nase des Tieres den ockerfarbenen Nebel berührte, loderten gewaltige magische Flammen auf, die Elric aus dem Sattel schleuderten und das schreiende Pferd verzehrten. Elric landete in einer Mauerecke, die voller Spinnweben, Mörtelstaub und Salz war. Voller Grimm erkannte er: Der Bote war so rechtzeitig zu Nereis zurückgekehrt, daß er Tabisian auf irgendeinem anderen Weg die Nachricht zukommen lassen konnte, wonach Elric im Anmarsch war. Zeit genug, um ihm eine derartige Falle zu stellen.

Elric stand langsam auf und zog sein Schwert. Der Dunst war verschwunden. Offensichtlich war die Falle so beschaffen gewesen, daß sie beim ersten Wesen zuschnappte, das in sie geriet. Tabisians Streben galt nur Spielereien und der Macht. Eine Ratte hätte den magischen Mechanismus auslösen und dadurch die Schutzmaßnahmen des Zauberers unwirksam machen können. Kein Wunder, daß er ein magisches Kind erschaffen und dann sechs Jahre gewartet hatte, um davon Gebrauch zu machen. Tabisian fehlte der Weitblick.

Wie Elric vermutet hatte, war der Rest der Straße bis zu dem befestigten Haus oben auf dem Berg ungeschützt. Der Melnibonéer trat die große Tür auf und schwang sein Schwert im Halbkreis hin und her, bis seine Augen sich an die Düsternis drinnen gewöhnt hatten.

Was es in Solaidignia an Reichtum gab, war zwischen Nereis' Burg und diesem Haus aufgeteilt. Gold und Gemmen waren in hölzerne Wandtäfelungen eingelegt. Die besten Arbeiten aus den letzten fünfhundert Jahren fanden sich hier: verzierte Möbel, Bücherschränke, Fenster und Fußböden. Wandteppiche aus feiner Seide und geflochtenem Leder zeigten magische Bilder, die sich wie Traumvisionen verwandelten und ineinanderflossen. Dergleichen hatte man seit den

Tagen der Strahlenden Kaiser nicht mehr gesehen. Elric fragte sich, wie dieser Mann ihrer habhaft geworden war. Tabisian würde viele Fragen beantworten müssen.

Sein Gespür sagte ihm, daß das Kind unterhalb der Ebene war, auf der er sich befand. Seine Angst war eine fühlbare Fährte, die durch die Feste zu einer steinernen Treppe führte. Tabisians Diener hielten ihn kein einziges Mal auf. Sie warfen nur einen einzigen Blick auf ihn und nahmen die Beine in die Hand. In der Ferne hörte er Türen zuschlagen.

Die Stufen waren mit einer dünnen Wasserschicht überzogen, die den Stein glitschig machte. Elric schritt mit großer Vorsicht zehn, zwanzig, hundert Stufen hinab, die spiralförmig nach unten führten. Seine empfindliche Nase stellte den Salzgeruch des Meeres fest, und gelegentlich war eine frische Brise zu spüren. Irgendwo unter ihm mußten die Höhlen ins Freie führen.

Das Klacken seiner Absätze auf dem Stein ergab einen hypnotischen Rhythmus. Zusammen mit der endlosen, spiralförmigen Abwärtsbewegung stumpfte das Klappern seinen Geist derart ab, daß er beinahe das leise Zischen des Wesens überhört hätte, das hinter ihm die Treppe herabglitt. In die Enge getrieben, drehte Elric sich um.

Über ihm ragte ein Scheusal auf, das nur den entlegensten Tiefen des Meeres entstammen konnte. Sein amorpher dunkelpurpurner Körper wies hier und da schuppige Flecken in Ultramarin, Grün, Türkis und Blau auf. Das Monster stieß ein Brüllen aus und wälzte sich die wenigen Stufen herunter auf ihn zu. Acht – nein, zehn – nein, sechs Pseudopodien streckten sich nach ihm aus. Sturmbringer sauste hoch, durchschnitt einen wogenden Arm von purpurner und grüner Farbe und trennte ihn ab. Der Arm glitt zu Boden und vereinigte sich wieder mit der Körpermasse. Die Kreatur heulte ihren Schmerz heraus. Die unförmige Masse spaltete sich in drei gleiche, aber kleinere Wesen auf, die ihn zu umzingeln versuchten. Das hin und her zuckende Schwert hielt sie auf Distanz. Die Kreaturen gaben Klagelaute von sich und versuchten, nach ihm zu schlagen. Über und unter dem herumwirbelnden Stahl brachten sie Pseudopodien hervor, bis es Elric mißlang, einen davon zu parieren. Die Berührung war durch seinen linken Ärmel zu spüren und brannte auf seinem Fleisch wie Salz, das man in eine offene Wunde reibt. Er rang nach Luft und riß Sturmbringer hoch, der immer wieder auf die wallende Masse einhackte, bis das Monster wehklagend zurückwich.

Elric schlüpfte zwischen dem dreifachen Wesen hindurch und floh die Treppe hinunter. Der Schmerz im linken Arm war so stark, daß er das Gesicht verzog. Die Art der Kreaturen kannte er nicht, aber er wußte, zu wem sie gehörten. Es waren Kreaturen der Elementargeister des Wassers. Kein Wunder, daß das Meer diesen Ort verschlingen wollte!

Monster mit zahlreichen Zähnen und knochigen Außenskeletten wie Seepferdchen wogten von unten auf schlangenartigen Schwänzen auf ihn zu. Die Umrisse ihrer Körper leuchteten gespenstisch grün. Da ihnen Arme und Beine fehlten, waren sie Sturmbringer gegenüber wehrlos. Elric tötete so viele wie möglich und eilte weiter, in die Dunkelheit hinab. Die Rufe des Kindes wurden immer dringender.

Getrockneter Seetang und Stränge von Riementang bedeckten wie eine Matte den Boden der großen Höhle, die Elric am Fuße der Treppe vorfand. Das schwache Licht, das dort herrschte, wurde von handgroßen grünen Kugeln erzeugt, die die Wände in Augenhöhe säumten. Dann sah er endlich Tabisian und das Mädchen. Sie standen, nur einige Dutzend Schritte entfernt, an der gegenüberliegenden Wand, jenseits eines Teichs aus Dunkelheit. Elric machte einen Satz auf den Magier zu, aber dann bemerkte er, daß zu seinen Füßen ein Abgrund gähnte. Er konnte gerade noch rechtzeitig innehalten, um nicht hineinzufallen, und hielt nach einem Weg Ausschau, der um die Kluft herum zu dem Mädchen führte.

»Hast du dich entschlossen, uns zu helfen, Lord Elric?« rief Tabisian. Er schob das Kind ein kleines Stück vor. Das Gefühl panischer Angst ließ nach, sobald das Kind ihn sah. Es war froh, ihn zu sehen! Elrics Entschlossenheit, es von dem Mann zu befreien, der es erschaffen hatte, nahm zu.

»Du bist derjenige, der für all das verantwortlich ist!« schrie Elric zu ihm hinüber. »Du beleidigst die Elementargeister des Wassers, indem du die ihnen dienenden Geschöpfe versklavst, und dann erwartest du, daß andere für dich Fürbitte einlegen? Hör auf damit, dann wirst du vielleicht überleben.«

»Das kann ich nicht!« rief Tabisian und streckte die Hand aus. »Ich bin dadurch, daß ich meinem Lord helfe, bis zum äußersten eingespannt. Es hängt zuviel davon ab, daß ich all die Zaubereien aufrechterhalte, die ich gewirkt habe. Hilf uns! Ruf den obersten Elementargeist an: Sag ihm, daß wir unter deinem Schutz stehen, dann sollst du sie haben. Du schuldest mir etwas dafür, daß ich sie ins Leben gerufen habe, mein Lord Elric. Ruf den Meereskönig herbei. Ich werde dir alle Hilfsmittel zur Verfügung stellen, die du für den Zauberspruch brauchst.«

»Übergib sie mir, und ich werde dein Leben schonen«, sagte Elric mit gepreßter Stimme. »Das ist alles, was ich dir schulde. Ich werde nicht mit dir handeln. Sie ist von melnibonéischem Blut und muß mit mir kommen. Du hast keinen Anspruch auf sie. Straasha hat ein Recht auf seine Rache, weil du in sein Herrschaftsgebiet eingedrungen bist. Die Stadt ist verloren.

Vielleicht kannst du entkommen, bevor Straasha sie vom Meer verschlingen läßt, wenn du jetzt aufbrichst.«

»Nein!« brüllte Tabisian.

Das Kind hob in stummer Bitte die Hände und streckte sie Elric entgegen. Elric spähte zur einen Seite, dann zur anderen. Der Steinsims, auf dem er stand, war zu beiden Seiten nur wenige Fuß lang. Er konnte den Abgrund nicht umrunden. Und über ihn hinwegzuspringen vermochte er ebenfalls nicht. Tabisian mußte einen Zauberspruch oder ein Gerät angewandt haben, um auf die andere Seite zu fliegen. Elric sah schließlich ein, daß nur Diplomatie die Kleine retten würde. Ihre weitaufgerissenen roten Augen – genauso, wie er sie in seinen Träumen gesehen hatte – blickten ihn flehentlich an.

»Wenn du mir das Kind gibst, werde ich euch helfen«, sagte Elric langsam.

»Nein!« antwortete Tabisian. »Erst den Zauberspruch, mein Lord. Wenn ich dir das Kind gebe, was hätte ich dann noch, um auf dich Einfluß zu nehmen?«

»Mein Ehrenwort!« schrie Elric.

Aber Tabisian war nicht bereit, ihm zu trauen. Mit einer Hand packte er die Kleine bei ihrem mageren Nacken und hielt sie über den Abgrund. Ihre kleinen nackten Hände und Füße baumelten in der Luft. Sie sah aus wie ein verängstigtes weißes Kätzchen.

»Ruf den Meeresgott an, Lord Elric. Zitiere ihn *jetzt* herbei. Wenn du dich nicht an die Zauberformel erinnerst, dann kann ich dir helfen. Ich werde sie für dich aufsagen, aber du mußt Straasha herbeirufen. Los, sonst stirbt sie!«

Die Welle der Panik, die das Kind ausstrahlte, warf Elric beinahe um. Er konnte sein Schwert wie einen Speer über die Kluft schleudern und Tabisian damit an die Wand nageln, aber es gab keine Garantie, daß das Mädchen dann auf den Felssims fallen würde. Elric konnte immer noch davongehen und den Zauberer tun lassen, was er wollte, aber er wußte, daß er nie inneren Frieden finden würde, wenn er das Mädchen sterben ließe.

»Laß mich los!« wimmerte das Kind mit demütiger leiser Stimme und drehte Tabisian das Gesicht zu. »Tu mir nicht weh, Meister.«

»Hör auf, ihr weh zu tun«, sagte Elric, während er den Zorn hinunterschluckte, den er empfand. Er sprach bewußt mit gleichmütiger Stimme, um das Mädchen nicht zu beunruhigen. »Ich werde die Beschwörung durchführen. Zieh sie zurück.«

Tabisian strahlte, wobei sein breites dunkelhäutiges Gesicht sich in Falten legte. »Nun, mein Lord, bist du endlich zur Vernunft gekommen! Du wirst es nicht bereuen, das schwöre ich. Sie ist dein.«

Er zog die Kleine in seine Richtung zurück. Aber ihr Gewicht hatte seinen Arm ein wenig hinuntergezogen, so daß ihre Ferse an einem vorstehenden Felsteil am Rande des Abgrunds hängenblieb. Hilflos sah Elric zu, wie der kleine Körper sich aus Tabisians Griff losriß und den Felshang hinunterrutschte. Der Zauberer griff nach ihr, war aber nicht schnell genug. Das Kind, dessen verzweifelte rote Augen zu Elric hochblickten, schrie im Fallen um Hilfe. Elric legte sich flach auf den Sims, langte mit seiner Schwertscheide nach unten und streckte den Körper, so weit es nur möglich war. Der Kopf des Mädchens schnappte zurück, als es gegen einen vorstehenden Felsblock prallte, und seine Augen schlossen sich. Der Körper stürzte immer weiter nach unten, bis er schließlich als zusammengeknülltes Häuflein aufkam, das aussah wie ein weggeworfener Lappen aus weißem Leinen. Die zerzausten Haare verbargen das Gesicht, aber der letzte, verzweifelt-flehentliche Blick hatte sich Elric für immer eingeprägt. Die magische Aura, die ihn mehr als dreißig Tage lang angelockt und veranlaßt hatte, Hunderte von Meilen zurückzulegen, wurde schwächer und verschwand. Der Geist, die Seele, die er gespürt hatte, als er dem Kind begegnete, war nicht mehr.

Elric zog sich auf die Knie hoch und schrie seinen Schmerz gen Himmel. Um die Zukunft betrogen, die sich ihm erst allmählich erschließen wollte, knurrte er vor Wut. »Niemand wird verschont! Ich, Elric, schwöre das! Niemand!«

Tabisian, von dem Unfall wie benommen, kam blitzartig wieder zu sich. Es war anzunehmen, daß Elric, um den Racheschwur zu erfüllen, mit ihm beginnen würde. Zaubersprüche vor sich hinmurmelnd, stieg Tabisian von dem Steinsims auf und schwebte auf eine andere höhlenartige Öffnung in der Wand zu, die sich etwa dreißig Fuß über ihnen befand.

Der Mörder durfte nicht entkommen! Wahnsinnig vor Kummer und Schmerz, sprang Elric über den Abgrund. Eben noch hätte er solch einen Versuch für selbstmörderisch gehalten, aber jetzt war ihm das gleichgültig.

Er verfehlte die andere Seite nur um wenige Inches und klammerte sich mit den Fingerspitzen an den Steinsims. Bei der geringsten Schwäche in den Fingern würde er abstürzen. Jetzt zu überleben, um den Mörder zu töten, würde höchste Konzentration erfordern. Elric legte seinen anderen Unterarm flach auf die ebene Fläche über sich und versuchte sich hochzuziehen. In böswilliger Absicht sank Tabisian aus der Luft nieder, um auf Elrics Handgelenk zu trampeln und seine Finger wegzutreten. An den Felshang geklammert, griff Elric auf die übermenschliche Lebenskraft zurück, die in Sturmbringer steckte, und zog sich mühsam Inch für Inch hoch. Das Frohlocken des Zauberers verwandelte sich in Entsetzen, als Elric keuchend auf den Sims kroch. Tabisian drehte sich um und wollte davonfliegen, aber die dämonische Klinge war zu schnell für ihn. Er umgab sich mit einem Schutzzauber, der ihn wie eine goldene Kugel einhüllte. Mühelos durchschlug Sturmbringer die magische Blase und durchschnitt die Muskeln seines Beins. Infolge des Schmerzes ließ die Konzentration des Zauberers nach, der schreiend auf den Steinsims fiel. Elric stand über ihm und holte mit Sturmbringer zum tödlichen Schlag aus.

»Verschone meine Seele!« schrie Tabisian voll würgender Angst. Elric, der auf die zusammengeknüllte kleine Gestalt am Boden des Abgrunds hinunterblickte, kannte weder Gnade noch Mitleid und schlug mit solcher Wucht zu, daß er den Körper des Zauberers vom Schlüsselbein zum Brustbein spaltete.

Er wischte das Blut der Leiche, das an Sturmbringer klebte, am Gewand des Mannes ab und steckte das Schwert in die Scheide. Ein unheilvolles Grollen, unterirdisch oder möglicherweise auch unterseeisch, drang aus der Tiefe des Abgrunds. Elric kam zum Bewußtsein, daß sich Tabisians Zauberwerk jetzt, da er tot war, auflösen würde. Dieser gesamte Komplex, den er errichtet hatte, fiel auseinander. Elric hörte ein Rauschen, als das Meer hereinströmte, dem seine Höhlen und geheimen Orte so lange vorenthalten worden waren. Binnen weniger Minuten würde der Abgrund voller Wasser und umherwirbelnder zorniger Elementargeister sein.

Elric hätte die Leiche des Kindes gern mitgenommen, um sie wie eine Prinzessin zu bestatten, aber er wagte es weder, sich die Zeit zu nehmen, um sie hochzuholen, noch wagte er es, sich mit der Leiche zu behindern. Dann würde er es vielleicht nicht schaffen, zu entkommen und an demjenigen Rache zu nehmen, der am Tod des Kindes mitschuldig war.

Er rannte Gänge entlang, die bereits ihre magische Verbrämung verloren. Wertvolle Steine wurden zu

Stücken farbigen Glases, und die schönen Holzarbeiten verrotteten, bis nur zersplitterte Fragmente übrigblieben.

Meereswesen von abscheulichem Aussehen drängten sich an ihm vorbei, als er die vielen hundert Steinstufen hinaufrannte. Von den Bannsprüchen befreit, die sie auf dem trockenen Lande festgehalten hatten, kehrten sie eilig in die Tiefen zurück, die sie willkommen hießen.

Das Grollen war jetzt überall zu hören und brachte Wände und Decken zum Erbeben, so daß Balken, Mörtel und Steine in die Gänge fielen. Ein riesiger Stalaktit brach krachend ab und sauste zu Boden, kurz bevor Elric unter ihm entlanggerannt wäre. Zwei von Tabisians menschlichen Dienern hatten weniger Glück, denn sie wurden von dem darauffolgenden Hagel kleiner Steine zu Tode gequetscht. Elric hörte keine Hilferufe aus dem Schutthaufen, als er darüber hinwegkletterte und ins Freie rannte.

Vor der Feste des Magiers warteten Nereis und seine Männer auf ihn. Mit grimmigem Gesicht brachte Elric Sturmbringer in Stellung. Die Klinge, deren Appetit von der Seele des Zauberers angeregt worden war, stimmte ein Klagelied an, das zwar unhörbar war, aber von Elrics sterblichen Gegnern zweifellos wahrgenommen wurde, denn sie rollten angstvoll mit den Augen, während Nereis ihn anbrüllte.

»Du Narr!« schrie Nereis so laut, daß er das Grollen der Erde übertönte. »Du brauchst bloß mit uns zusammenzuarbeiten, statt zu töten, dann könnten wir uns hier Macht und Reichtum teilen! Das Kind würde dir gehören.«

»Das Kind ist tot«, sagte Elric tonlos und ohne die Stimme zu erheben. »Tabisian ebenfalls. Wenn euch euer Leben lieb ist, dann flieht. Das werde ich auch tun. Das ist alles, was ich dir zu sagen habe.«

»Du wirst nicht gehen«, knurrte Nereis. Er zog sein Schwert und gab seinem weißen Pferd die Sporen. »Auf ihn!«

Selbst mit Sturmbringers magischer Hilfe hatte Elric keine Aussicht, sich gegen eine solch große Streitmacht zu behaupten. Nereis' Männer und sogar sich selbst überrumpelnd, stürzte er sich in die Menge, schwang das Schwert, hackte nach Gliedmaßen und Köpfen und spürte die ruchlose Freude des Schwertes, als es Seele um Seele verschlang.

Er hieb andere Klingen sowie Pikenschäfte durch und stellte schließlich fest, daß er zur anderen Seite von Nereis' Truppe durchgebrochen war. Diesmal gereichte ihm die Enge der Straßen und Gassen zum Vorteil. Da sich überall die Leichen stapelten, war es für die am Leben gebliebenen Männer schwierig, ihn zu verfolgen. Nereis schrie vom Rücken seines Pferdes aus Befehle. Männer sprangen vor, um die Hindernisse aus dem Weg zu räumen, aber Elric hatte bereits einen Vorsprung.

In die Nähe der Burg durfte er sich nicht begeben. Weitere Männer, darunter vermutlich auch Bogenschützen, würden folgen. Elric bog in die erste Querstraße ein, die nach links abging, und fand sich wieder am Wasser, in unmittelbarer Nähe der Felsklippe. Rippen und Beine schmerzten ihm von der Anstrengung, und etwas Warmes und Feuchtes floß an beiden Seiten seines Gesichtes hinunter. Er fuhr hastig mit der Hand über die Wange und sah sich die Hand an. Es waren keine Blutspuren, sondern Tränen. Er trauerte um den Tod des Kindes und darum, was hätte sein können. Das war das Ende aller Hoffnungen, die er für sein Geschlecht gehabt haben mochte. Er wünschte, das Kind wäre ein Traum geblieben. Seine allzu kurze Existenz hatte in seiner Seele eine Wunde aufgerissen, die nie heilen würde.

Hinter ihm war plötzlich Geschrei zu hören. Wenn das königliche Geschlecht Melnibonés nicht hier und jetzt enden sollte, mußte Elric sich aus dem Staub machen. Er bediente sich abermals der verhaßten Kraft, die in Sturmbringer steckte. Ohne auf den Schmerz in seiner Seite und in seinem Herzen zu achten, rannte er los. Er stürmte, während er verblüffte Küstenbewohner zur Seite stieß, über den Holzsteg und schätzte die einzelnen Fischerboote ab. Konnte eines davon schnell genug Segel setzen, um ihn sicher wegzubringen? Konnte man eines davon benutzen, um ihn zu verfolgen? Niemand sollte die Gelegenheit haben, es zu versuchen.

Ein Dutzend Yards vor ihm tauchten Frauen in salzverkrusteten Röcken Taue in einen Kessel mit brodelndem Teer. Unter Zuhilfenahme seiner magischen Kraft riß Elric einen Stapel Treibholz hoch und hielt ihn in den Teerkessel. Dann steckte er ihn am Feuer darunter in Brand. Er rannte von Pier zu Pier und zündete die teergetränkten Vertäuungsleinen aller Boote an, damit das wildbewegte Meer sie davontragen konnte.

Hinter ihm kamen die Wachsoldaten näher. Elric sprang über stinkende Fischkadaver, zerbrochene Körbe und Haufen verhedderter Netze. Er wußte, daß diese Hindernisse auch seine Verfolger aufhalten würden. Mit Sturmbringer in der einen Hand und der brennenden Fackel, von der Teer herabtropfte, in der anderen, sah er wie eine Furie des Chaos aus, die Leinen und Schiffe in Brand setzte. Während alles auflohte und damit für Hunderte von Solaidignianern jede Hoffnung auf Entkommen zerstört wurde, dachte er: Das ist für das Kind.

Keines der Schiffe oder Boote, die er sah, machte den Eindruck, als sei es zu schneller Fahrt imstande. Er war fast an der Klippe angelangt. Gleich würde er in der

Falle sitzen. Wohin sollte er sich wenden? Dann sah er die Tür.

In den Fels der Klippe hatte man eine Öffnung von doppelter Mannshöhe gehauen, die vom Meer oder vom Land aus unsichtbar war, es sei denn, man stand fast davor. Elric sprang die lange Rampe hinunter und stürmte durch den Torbogen. Hinter ihm kamen die Wachsoldaten über die Anhöhe und folgten ihm in die Dunkelheit. Der hölzerne Boden unter seinen Füßen warf den Rhythmus seiner Schritte zurück. Pfeile schwirrten an ihm vorbei. Ihm kam zu Bewußtsein, daß die Fackel in seiner Hand ihn zu einem idealen Ziel machte. Er schickte sich an, sie wegzuwerfen, hielt aber inne und starrte auf das, worauf ihr Licht fiel.

In der Verborgenheit dieser Höhle lag eine riesige Flotte von Kriegsschiffen vor Anker, die von den hochgehenden Wogen bereits gefährlich hin und her geworfen wurden. Deshalb also wollte man die Insel nicht räumen! Lord Nereis weigerte sich, seine Flotte aufzugeben, selbst wenn es seine Untertanen das Leben kostete. Vermutlich hatte er die Absicht gehabt, seine Nachbarn anzugreifen und geschütztere Häfen sowie einträglichere Handelshäfen zu erobern, bis dann das Meer Anstoß daran genommen hatte, daß Tabisian in sein Reich eindrang. Nereis war ein Mann, der lange vorausplante. Einen solchen Geist hätte Elric bewundert, wenn er nicht versucht hätte, ihn zu einer Schachfigur zu machen.

Schiffszimmerleute und Dockarbeiter, die bereits in der Höhle waren, preßten sich gegen die Wände, als die Krieger hereinströmten. Elric nahm sein Kräfte zusammen, als die Wachsoldaten auf ihn losstürzten. Nereis' Befehle brüllende Stimme, in die sich der Klang von Hufschlägen und Schritten sowie das Klirren von Stahl mischten, hallte von der Höhlendecke wider. Mit übermenschlicher Kraft parierte Elric den Hieb des ersten Mannes, schlitzte ihn mit Sturmbringer auf und schleuderte die Leiche in die dichte Masse der Soldaten. Elric machte sich das vorübergehende Durcheinander zunutze und sprang auf das erste Schiff.

Mit der Fackel setzte er das schöne, bemalte, messingbeschlagene Fahrzeug in Brand. Das Holz war frisch gefirnißt und geölt und fing sogleich Feuer. Das Feuer war insofern auch nützlich, als es die Männer hinter ihm aufhielt, während er von Schiff zu Schiff sprang und jedes in eine lodernde Fackel verwandelte. Die Höhle füllte, sich mit Teerqualm. Elric steckte Sturmbringer in die Scheide und zog sich eine Falte seines Gewandes über Mund und Nase.

Er sprang von Schiff zu Schiff und stieß die Flamme in die Segel, die an den Spieren festgezurrt waren. Schreie und Klagelaute waren von den Schiffszimmerleuten zu hören, die zusammengedrängt im hintersten Winkel der Höhle zwischen den brennenden Schiffsrümpfen standen. Krieger setzten ihm nach und fluchten, wenn sie ausrutschten. Da sie nicht über seine magische Kraft verfügten, fielen viele von ihnen zwischen die hin und her geworfenen Schiffe ins Wasser. Elric vernahm ihre Schreie, als die Schiffe zusammenprallten und die unglücklichen Männer zerquetschten. Er kam zum letzten Fahrzeug. Zwei Männer, die entschlossener als die übrigen waren, hatten mit ihm Schritt gehalten. Sie fielen genau in dem Moment, da Elric die Vertäuungsleinen loszerrte, der Länge nach auf das Deck des letzten Schiffs. Der Melnibonéer machte von Sturmbringers bösartiger Kraft Gebrauch, damit er es allein schaffte, vom Pier abzustoßen.

Als die beiden Männer sahen, daß sie keine Hilfe zu erwarten hatten, weil die Entfernung zwischen Schiff und Dock sich immer mehr vergrößerte, griffen sie Elric an. Sturmbringer hatte eine enorme Zufuhr von Seelenkraft erhalten, und der Prinz machte kurzen Prozeß mit ihnen. Der eine Mann fiel, während er nur einen einzigen keuchenden Laut ausstieß, der andere bettelte um sein Leben, bevor er starb. Den Männern, die er hinter sich zurückließ, konnte es nicht viel besser ergehen. Es war nicht mehr möglich, Nereis oder seine Leute zu sehen. Wenn sie nicht geflohen waren, mußten sie gerade in der raucherfüllten Höhle ersticken.

Sein Schiff trieb den niedrigen Steintunnel entlang, der zum Meer führte. Elric legte sich flach aufs Deck und beobachtete, wie ein schmaler Lichtstreifen sich zum Himmel ausweitete, der silbern glänzte. Die Dollborde prallten immer wieder voller Wucht gegen die Tunnelmauer, so daß die schöne, mit Schnitzereien verzierte Reling zu Brennholz wurde, aber immerhin blieb der größte Teil des Schiffes intakt. Sobald er im Freien war, steckte Elric sein Schwert in die Scheide und zog das Segel hoch. Es war ein großartiges Fahrzeug. Jede Leine war eingefettet und reagierte schon, wenn man das erste Mal daran zog. Eine Reihe von Flaschenzügen, raffiniert angeordnet, half ihm dabei, den Hauptmast aufzurichten und rasch in eine Vertiefung einzufügen, die zu diesem Zweck in das Hauptdeck eingelassen war. Die Leinen, die so geschmeidig waren wie Leder, band er mit starken Knoten fest. Elric lavierte und machte sich den direkt landeinwärts wehenden Wind zunutze, um um die stürmische Hafenecke zu gelangen und von dort hinaus ins Meer.

Nereis' Pläne waren klug und gut ausgedacht – bis auf eine einzige Ausnahme. Ein solcher Mann hätte einen guten General abgegeben, aber seine Pläne waren entweder zu bescheiden oder zu hochfliegend. Eine Piratenflotte wie jene, die Elric brennend hinter sich zurückgelassen hatte, hätte die ganzen südlichen Meere beherrschen können, ganz zu schweigen von zwei oder drei kleinen und schlecht geschützten Halbinseln. Oder Nereis hätte ein Vermögen machen können, indem er in der ganzen zivilisierten Welt die Dienste seiner Schiffszimmerleute verkaufte. Sein einziger Fehler hatte darin bestanden, daß er seinen Zauberer nicht besser im Auge behalten hatte. Es war gefährlich, die Macht zu teilen. Es war besser, allein zu sein. Elric wußte das aus langer Erfahrung.

Ja, allein. Er war allein, wieder allein. Es war besser, daß Tabisian tot war. Daß es einen Mann gab, der das Geheimnis kannte, aus einem einzigen Blutstropfen echtes Leben zu züchten, war zu gefährlich. Er hätte Dämonen statt Könige erschaffen können. Jedenfalls war sein Tod alles, was sein Können ihm eingebracht hatte. Elric haßte ihn und Nereis, weil sie seine Hoffnung getötet hatten. Er haßte sie, weil sie ihn gleich nach einem beschwerlichen Kampf gezwungen hatten, einen endlosen Monat lang nach Süden zu reiten – und das alles umsonst. Vor allem aber haßte er sie, weil sie ihn dazu gebracht hatten, so reichlich von den Seelen anderer Menschen zu trinken.

Trotz der Gefahr, die die Felsen im äußeren Hafen darstellten, überließ Elric die Segelleinen sich selbst und ging zum Bug. Er konzentrierte sich auf einen Zauberspruch, den er aus seiner Erinnerung heraufholte. Nachdem er seinen Geist in den richtigen Zustand versetzt hatte, rief er Straasha an, den Meereskönig. Das war nicht der Zauberspruch, auf den Tabisian gehofft hatte und der Straasha herbeizitierte, sondern lediglich eine Zauberformel, um miteinander zu kommunizieren. Vor seinem geistigen Auge sah er das türkisfarbene Haar und die grüne Haut des obersten Elementargeistes der See. Die Lippen über den Zähnen nach Art der Fische verzogen sich zu einem freudlosen Grinsen, als Straasha den Ruf seines ehemaligen Kameraden bemerkte.

»Straasha, sie gehören dir!« rief Elric. »Nimm sie dir! Für mich gibt es hier nichts. Hat es nie etwas gegeben«, sagte er traurig und ließ die Verbindung schwächer werden und abbrechen. Schleppenden Schrittes kehrte er zur Ruderpinne zurück und nahm Kurs nach Nordosten.

Das dunkle Schiff krängte lautlos wie eine Leichenbarke und segelte ruhig gegen den Wind. Hinter ihm schwoll das Meer an und entzog die Insel Solaidignia dem Blick. Als die Wellen sich wieder teilten, sah Elric keine Menschenseele mehr.

Copyright © 1994 by Jody Lynn Nye

Colin Greenland

VERSUCHUNGEN DES EISENS

»Ein Schwert, meine Herren, ein Schwert!«

»Da hört doch alles auf!« rief Sinden Creache und beugte sich ruckartig vor. Seine beiden anderen Kontrahenten, die schon lange aus dem Kampf ausgeschieden waren, gaben von der Bank an der Wand ein Stöhnen von sich, das gleichzeitig ein Fluch war.

Während ein Lächeln über sein weißes Gesicht huschte, zeigte der schlanke Reisende sein Blatt.

»Die Drei, um genau zu sein«, sagte er.

Und mit einer spöttischen Verbeugung warf er die rechteckige Pappkarte in die Mitte des Tischs.

Sinden Creache atmete geräuschvoll aus. Er wirkte verstimmt. Er verzog den Mund auf säuerliche Weise und blickte dem Sieger voll ins Gesicht, was er an jenem Abend nur selten getan hatte. Er sah die schwachen karminroten Augen, die knochenweiße Haut, das ebenso weiße Haar. Er schien im Begriff, eine Beschuldigung vorbringen, irgend etwas in Abrede stellen zu wollen.

Der Reisende blieb völlig ruhig. Er war an Ablehnung seitens der menschlichen Rasse gewöhnt, denn unvernünftige Feindseligkeit war eine charakteristische Gemütsverfassung dieser emporgekommenen Spezies. Sein Lächeln wurde lediglich um ein oder zwei Grad freudloser.

»Das Mädchen gehört mir«, sagte Elric von Melniboné.

Mondmatt von Elwher, der in einer Ecke saß, von

der aus er beide Türen des Schankraums beobachten konnte, pfiff leise durch die Zähne. Jetzt würde es Ärger geben, auf die eine oder andere Weise. Dann grinste er, wobei sein häßlicher Mund sich breit über das wettergegerbte Gesicht ausdehnte. Hatte er je etwas anderes gehabt als Ärger, seit er mit Elric auf Reisen war? Lieber einen Streit mit einem Möchtegernbetrüger, der nicht wußte, wer ihn da beim Tarock geschlagen hatte, als die Verstimmung des zugrunde gerichteten Prinzen. Wenn Elric das Spiel verloren hätte, hätte das wieder zu stundenlangen öden Auslassungen über sein böses Geschick und die Mißgunst der Götter geführt. Sollte der stupide Kaufmann doch versuchen, Elric seine Sklavin auszureden. Mondmatts Hand glitt zum Gürtel und betastete den Knauf seines Dolchs.

Dann sah der Sieger mit Genugtuung, wie der widerstrebende Creache sich umdrehte und mit den Fingern nach der braunen Gestalt schnalzte, die geduldig neben dem Kamin kauerte.

Als die Sklavin mit gesenktem Blick aufstand, sagte Creache so laut, daß alle es hören konnten: »Stiis, dies ist dein neuer Herr. Geh mit ihm und gehorch ihm. Und mögest du ihm halb soviel Unglück bringen wie mir.« Dann warf er sich den Umhang über und stolzierte ohne Abschiedsgruß aus dem Raum. Seine Freunde eilten ihm nach.

Prinz Elric, den sein Sieg zu sehr ergötzte, als daß er diese Unhöflichkeit bemerkt hätte, streckte die langen weißen Finger aus, mit denen er die junge Frau unter das Kinn faßte, um ihren Kopf zu heben.

Sie war vielleicht sechzehn, etwa so groß wie Mondmatt, und in ihrem schlichten Kleid steckte ein schlanker Körper. Sie war dunkel, ihre Haut braun wie gebeiztes Eichenholz, ihr dichtes Haar im gleichen kräftigen Rotbraun gefärbt wie ihre Handflächen. Am dunkelsten war die Haut, wie Mondmatt bemerkte, um die vollen Lippen und um die Augen herum, die groß und ebenfalls braun waren. Mißtrauisch und mürrisch starrte sie, ohne mit der Wimper zu zucken, in Elrics rote Augen. Ihren fortgehenden ehemaligen Herrn hatte sie nicht einmal eines Blickes gewürdigt.

Es ließ sich nicht feststellen, ob sie seinen letzten Befehl verstanden hatte oder nicht. Sie hatte den ganzen Abend keinen Laut geschweige denn irgendein Zeichen des Verstehens von sich gegeben. Sie sei völlig stumm, hatte Creache gesagt.

»Stiis«, sagte Elric. »Willkommen im königlichen Haushalt des Strahlenden Reichs.« Und er grinste freudlos.

Mondmatt ließ die Neige des ekelhaften Biers unschlüssig in seinem Krug kreisen, bevor er diesen hob und mit einem Schluck austrank. Er zog eine Grimasse. »Ich kann mich erinnern, daß du dich gegen den Sklavenhandel ausgesprochen hast«, sagte er.

Elrics Augen blieben weiterhin auf das Gesicht der Sklavin geheftet. Sanft fuhr er mit der Fingerspitze ihre Kinnlade entlang, vom Messingring in ihrem Ohr bis zur Ecke ihres Kinn. »Ist nicht jeder von uns nur ein Sklave?« fragte er leise. »Wir schleppen uns durch dieses verkommene Land, angetrieben von den verwünschten Peitschen der Ordnung und des Chaos, und suchen nur ein wenig Ruhe, ein Plätzchen, wo wir unser Haupt hinlegen können...«

Mit Bedacht gähnte Mondmatt gewaltig, reckte die Arme und schnitt den Monolog ab. »Ja, und genau da gehe ich jetzt hin, Elric«, sagte er. »Kommst du auch?«

Mondmatt hoffte, daß er das nicht tun würde. Er hoffte, Elric würde die halbe Nacht aufbleiben und den stärksten Wein, den es dort gab, in sich hineinschütten, so wie es in der letzten Nacht und in der Nacht davor geschehen war. In Karluyk waren Unterkünfte so knapp, daß er und sein Reisegefährte gezwungen gewesen waren, zusammen ein Zimmer zu nehmen, und wenn Prinz Elric schlief, war das auch für alle anderen eine unruhige Angelegenheit. Für Prinz Elric waren selbst die stärksten Weine selten stark genug.

Elric starrte in die großen braunen Augen seines Gewinns. »Ja, Mondmatt«, antwortete er. »Ja, ich denke, das werden wir tun.«

Voller Unbehagen warf Mondmatt einen raschen Blick auf ihn und das Mädchen, das das beunruhigende Gesicht seines neuen Herrn aufmerksam und furchtlos ansah.

Das Zimmer lag im ersten Stock, am Ende eines gewundenen niedrigen Ganges. Schatten hüpften umher, als Mondmatt eintrat. Die einzige Lichtquelle war die erbärmliche Kerze, die er selbst von unten mitgebracht hatte. Er schaute in die Ecken, unter die Betten und zu den Balken hoch, bevor er das Licht auf einen staubigen dreibeinigen Hocker neben seinem Bett stellte.

Er nahm an, daß es jetzt, da sie eine Sklavin hatten, weniger Arbeit geben würde. Dennoch würde er es immer vorziehen, bestimmte elementare Aufgaben der Haushaltsführung selbst zu erledigen. Er prüfte nach, ob die Fenster verriegelt waren, und wünschte wie gewöhnlich, daß sie Schlösser hätten. Dann öffnete er seinen Gürtel, nahm den Dolch heraus und ließ ihn so sanft unter sein schlaffes Kopfkissen gleiten wie ein Pilger sein Amulett.

Die junge Frau stand da und sah zu, wie Elric das große Schwert vom Rücken losschnallte und es unter sein Bett legte. Dann, während ihr neuer Herr die Stiefel auszog, rollte sich Stiis ganz wie ein Lieblingshund am Fußende seines Bettes zum Schlafen zusammen.

Mondmatt schüttelte den Kopf. Er kratzte sich den dichten Haarschopf, warf Elric mit hochgezogener Augenbraue einen fragenden Blick zu und blies den Kerzenstummel aus. Das Zimmer füllte sich mit der Dunkelheit von Mitternacht und Neumond.

»Angenehme Träume, Meister Mondmatt«, sagte Elric leichthin.

Mondmatt träumte, er fliege auf dem Rücken eines metallenen Vogels, auf dem er sehr unsicher saß, durch einen blutgestreiften Himmel. Irgend jemand rief ihm von der Erde aus etwas zu, und er verspürte das dringende Bedürfnis, herauszufinden, was der Betreffende zu sagen versuchte.

Er erwachte. Es war die Stimme eines Mannes, der laut aufschrie. Mondmatt saß bereits halb aufgerichtet im Bett und hatte sein Messer in der Hand, bevor er die Stimme erkannte und ihm einfiel, wo sie waren. Es war bloß Elric, der seine üblichen Alpträume hatte.

Er entspannte sich wieder, bis ein weiterer Schrei, von einer anderen Stimme, ihn aufschreckte.

Sie war also doch nicht völlig stumm.

Mondmatt lag reglos da und lauschte den unverkennbaren Geräuschen geschlechtlichen Verkehrs.

Er war belustigt und ein wenig überrascht. Seit Myshella hatte Elric sich von Frauen ferngehalten und es vorgezogen, sich statt dessen zu betrinken und düstere Verse zu deklamieren. Das kleine Sklavenmädchen hatte offensichtlich seine Stimmung gehoben.

Mondmatt grinste im Dunkeln vor sich hin. Obwohl ihre Haut außerordentlich dunkel war, erinnerte diese Stiis ihn an Shaarilla vom Tanzenden Nebel, die flügellose Myyrrhn-Frau, die Elrics Gefährtin gewesen war, als er und Mondmatt sich kennenlernten. Mondmatt hatte Shaarilla recht gern gehabt und wünschte oft, Elric hätte sich nicht von ihr abgekehrt. Danach war Elric in übler Stimmung gewesen. Tagelang hatte er Mondmatt damit zur Verzweiflung getrieben.

Als der Melnibonéer seinen Höhepunkt erreichte, seufzte Mondmatt leise. Er drehte das Gesicht zur Wand und versuchte, sich die zu kurze Bettdecke über die Ohren zu ziehen. Es war unangenehm, sich anhören zu müssen, wie ein anderer Mann sein Vergnügen hatte, während man selbst allein im Bett lag. Vielleicht würden sie jetzt still sein, hoffte er. Elric war kein starker Mann, außer wenn die böse Kraft der Höllenklinge ihm durch die unzulänglichen Adern strömte. Zweifellos würde er sofort einschlafen.

Als die Stimme erklang, durchfuhr Mondmatts zu kurz geratenen Körper ein eisiger Schauder.

Sie war leise, und jeder Konsonant wurde weich ausgesprochen, jeder Vokal tief und gedehnt. Sie war melodisch und dennoch gedämpft, als zwänge eine Krankheit oder lange Entwöhnung sie, mit monotonem Tonfall zu sprechen.

»Melnibonéer, ich beauftrage dich. Ich beauftrage dich. Ich beauftrage dich. Ich bin jetzt deine Herrin, so wie du mein Herr bist.«

Mondmatt fluchte und setzte sich kerzengerade auf. Dann tastete er nach seiner Zunderbüchse.

Das Paar achtete nicht auf ihn und sein Kerzenlicht. Prinz Elric lag auf seine Ellbogen gestützt im Bett, entspannter, als Mondmatt ihn seit geraumer Zeit gesehen hatte. Die Sklavin, der das schwere Haar übers Gesicht hing, saß rittlings auf ihm und preßte ihm beide Hände gegen die schmale Brust. Abgesehen von ihrer Nacktheit sah sie eher aus wie ein Kind, das mit seinem Lieblingsonkel spielte, als wie eine Zauberin. Sturmbringer lag träge wie ein Stück Roheisen unter dem Bett. Das war das Beruhigendste, was Mondmatt seit dem Entzünden der Kerze gesehen hatte. Trotzdem behielt er sein Messer in der Hand.

Elrics Stimme klang lässig und ungezwungen. »Was ist das für ein Auftrag, von dem du da gesprochen hast?«

»In meinem Land bin ich eine Prinzessin«, antwortete sie. »Ich habe geschworen, einen Kämpen zu finden, der den Fluch aufhebt, der auf Chlu-Melnoth liegt, und nicht mehr zu sprechen, bis ich ihm diesen Auftrag erteilt und das Ganze besiegelt habe. An der öden Küste von Samarianth wurden ich und alle meine Gefährten von Piraten gefangengenommen und in die Sklaverei verkauft. Seitdem habe ich Ausschau gehalten und gewartet. Heute nacht waren die Götter mir hold. Sie haben mir mitgeteilt, daß du der Richtige bist, Melnibonéer; und sie haben Sinden Creache befohlen, mich beim letzten Kartenspiel als Gewinn einzusetzen.

Folgendes ist deine Aufgabe, Kämpe: In Chlu-Melnoth geht ein Dämon um. Er kann weder durch Eisen noch durch List besiegt werden, sondern nur durch magische Künste. Er wird dich in Versuchung führen, Eisen anzuwenden, aber wenn du dein Schwert ziehst, wird er dich fressen.«

Sie änderte ihre Stellung auf seinem Bauch und wölbte den Rücken. Das hatte zur Folge, daß sich ihr Gesäß Mondmatt deutlicher entgegenstreckte. Er zuckte zusammen. Er zog zwar Frauen mit mehr Fleisch auf den Rippen vor, und das ganze Gerede von Dämonen und magischen Künsten gefiel ihm gar nicht, aber trotz allem: Fleisch war Fleisch. Er legte sich wieder auf sein Kissen, atmete langsam ein und aus und starrte, um sich abzulenken, zu den spinnwebenüberzogenen Balken hoch.

»Wenn du mich enttäuschst«, sagte die Sklavin und Prinzessin, »wird sich jede Hand in Chlu-Melnoth gegen dich kehren. Hast du Erfolg, sollst du an meiner Seite herrschen. Wir sind zwar kein reiches Volk, aber es soll dir an nichts mangeln.«

Elric antwortete mit schläfriger Stimme, als hätte ihre Enthüllung nicht den geringsten Eindruck auf ihn gemacht. »Es ist viele Tage her, seit irgendein Mann sich erdreistet hat, Elric von Melniboné einen Befehl zu erteilen«, sagte er, »oder auch irgendeine Frau.«

Sein Name schien ihr nichts zu sagen. »Deine Gesichtszüge und deine Aussprache haben mir verraten, daß du von der Dracheninsel stammst. Die Götter haben dich für mich ausersehen. Melnibonéer haben das alte magische Wissen. Melnibonéer haben keine Angst.«

Wunderbar, dachte Mondmatt, während er im Kerzenschein dalag und der hypnotischen Stimme lauschte.

»Und wenn ich es vorziehe, nicht zu gehen?« fragte Elric, als hätte sie ihn zu einer Gesellschaft eingeladen.

»Du wirst, mein Kämpe. Du mußt.« Eine Spur träger Selbstzufriedenheit färbte Stiis' Ton. »Seit du zwischen meinen Schenkeln gelegen hast, bist du der Aufgabe verschrieben. Das königliche Blut von Chlu-Melnoth besitzt diese Macht.«

»Dann werde ich dir bis ans Ende der Welt folgen«, sagte Elric gleichmütig, »und jeden Dämon aufschlitzen, nach dem du mit den Fingern schnalzt.«

Mondmatt grinste in sich hinein. Elric war guter Laune. Was das Vermögen des Mädchens anging, Zwang auszuüben, so bezweifelte Mondmatt sehr, daß es die Nacht überdauern würde. Elric ließ sein neues Schmusetier gewähren. Sollte er seinen Spaß haben, solange er konnte. Das kam wahrhaftig selten genug vor.

Mondmatt schloß die Augen und ließ die beiden weiterreden, während er in die barmherzigen, warmen, dunklen Gewässer des Schlafs zurückglitt.

Als er das nächste Mal erwachte, geschah es aus dem Grund, den er erwartet hatte. Sie waren gut, schnell und leise. Zwei von ihnen befanden sich bereits im Zimmer, ein dritter, dessen Gestalt sich undeutlich gegen den Sternenhimmel abhob, kletterte gerade über den Fenstersims.

Während er seinen Dolch packte, rollte sich der

kühne kleine Fremdländer seitlich aus dem Bett und versuchte, sanft auf dem Fußboden zu landen.

Sie hörten ihn. Einer von ihnen ging auf ihn los, während er noch neben dem Bett kauerte und seinen Säbel aus der Scheide zog. Da der Vorteil eines Überraschungsangriffs verloren war, schrie Mondmatt, während er mit seinem Messer nach dem Eindringling stieß: »Elric, wach auf! Lebensgefahr!«

Mondmatts Angreifer war mit einem kurzen Schwert bewaffnet. Während er es hin und her schwang, tauchte Mondmatt unter seinem Arm hinweg und hechtete durch das Zimmer zum anderen Bett. Ein Schrei war zu hören – das Mädchen! Einer von ihnen hatte sie gepackt und zerrte sie aus dem Weg, während der dritte versuchte, den Prinzen von Melniboné mit einem einzigen Schwerthieb zu erledigen, wobei er knurrte: »Hier hast du deine drei Schwerter!«

Mondmatts Angreifer verstellte ihm den Weg. Oben machte Mondmatt eine Finte mit dem Dolch, unten schlug er mit dem Säbel zu. Der Mann hackte mit seiner Klinge nach unten – die Fechtschule dieser Nordländer mußte ein Schlachthaus gewesen sein. Er verfehlte ihn gänzlich. Auf ihren Klingen schimmerte matt das Sternenlicht.

Elric war wach, das hörte Mondmatt. Schnell wie eine Schlange hatte er sich zur Seite gerollt, als das Schwert niedergefahren war. Das Mädchen schrie etwas in einer unbekannten Sprache. Ein harter Schlag auf einen Schädel war zu hören, dann verstummte sie. Der sie überwältigt hatte, schleifte sie auf die Tür zu.

Elric und sein Gegner waren in ein Handgemenge verwickelt. Der Mann mußte sein Schwert verloren haben. Mondmatt tauchte unter einem weiteren heftigen Schlag hinweg – die Dunkelheit hatte ihre Vorteile, und oft wurde seine Größe unterschätzt –, stieß mit dem Dolch nach oben und merkte, wie er traf. Sein Angreifer schrie auf und verlor den Halt. Der Mann fiel zu Boden, schlug mit dem Kopf auf und blieb reglos liegen.

Während er seinem Gegner einen Tritt gegen das Kinn versetzte und sich losriß, rief Elric: »Stiis!« Sie gab keine Antwort. Es war nur zu hören, wie ihre Füße über die nackten Dielenbretter schleiften. Elric warf sich gegen die Wand am Kopfende des Bettes und zog die Beine an. Warum griff er nicht nach Sturmbringer?

Als Mondmatt das Bett erreichte, sprühten und funkelten auf einmal phosphoreszierende Lichter in der umherwirbelnden Luft. Elrics Angreifer begann zu winseln und nach Luft zu ringen. Verzweifelt versuchte er, etwas Unsichtbares vor seinen Augen abzuwehren. Elric hatte ihn mit irgendeiner magischen Lichterscheinung voll ins Gesicht getroffen.

Zwei am Boden, einer kämpfte noch. Mondmatt griff nach dem geblendeten Mann, der wild hin und her zappelte und sich seinen Händen entzog. Elric hielt nur kurz inne, um das Schwert des Mannes aus der Matratze zu ziehen, dann sprang er über die bewußtlose Stiis, sein nackter Körper ein weißer Fleck in der Finsternis, weiß wie das Licht der alles sehenden Sterne. Der verräterische Prinz bedrohte den Dieb mit der Klinge seines eigenen Kameraden.

»Laß sie in Ruhe, du Hund, und stell dich zum Kampf!«

Sie waren harte Brocken, diese Meuchelmörder, obwohl sie ihre Opfer gewaltig unterschätzt hatten. Der letzte Mann gab nicht auf. In die Türöffnung zurückweichend, hielt er den schlaffen Körper der Frau vor sich und zwang dadurch Elric, unbeholfen von der Seite mit dem Schwert nach ihm zu stoßen. Er parierte den Stoß gekonnt mit einem schnellen Schlag seiner kurzen Klinge.

Mondmatt hörte, wie Elric angestrengt keuchte. Leidenschaft und Wut waren ein gutes Antriebsmittel, aber sie würden den schwachen Albino nicht lange aufrechterhalten. Warum ergriff er Sturmbringer nicht?

Der von Zauberei verwirrte Mann wimmerte immer noch und fuchtelte in der Dunkelheit herum. Mondmatt packte seinen Arm und drehte ihn brutal auf den Rücken. Während er den Mann aus dem Gleichgewicht hebelte, hob er sein Messer. Undeutlich erkannte er die Nackensehnen, die in der Panik des Mannes wie Drähte hervortraten. Er sah die Halsschlagader, die wie ein Wurm unter der Haut pulsierte. Der Dolch fuhr hoch, hinein und querdurch. Der Mann zuckte wie ein abgestochenes Schwein, verspritzte Blut über das Fenster und fiel hustend und um sich tretend zu Boden.

Stiis lag ebenfalls am Boden. Elric hatte die Hand des Mannes getroffen und ihn dadurch gezwungen, sie loszulassen. Trotzdem setzte er sich noch zur Wehr, so daß Elric in Bedrängnis geriet. Mondmatt erkannte, daß er der Erschöpfung nahe war. »Elric!« schrie er. »Ich bin hier!« Er stürzte sich in den Kampf und schlug mit seinem Säbel nach dem Mann, entschlossen, ihm den verletzten Arm abzuhacken.

Dann fiel ihm der Himmel auf den Kopf.

Elric sah Mondmatt zusammenbrechen, sah den ersten Mann, den Mondmatt niedergestreckt hatte, mit dem Hocker in der Hand über ihm stehen. Keuchend schleuderte der Melnibonéer, dem sein Blut in den Schläfen hämmerte, das Schwert des toten Mannes unbeholfen nach dem anderen und warf sich zu Boden, um unter das Bett zu greifen.

Die Männer kamen näher. Beide hielten jetzt Schwerter in den Händen. Als sie sie hoben, wirkten sie im Sternenlicht wie ein Triumphbogen.

Sturmbringers Heft schmiegte sich in Elrics tastende Hand.

Sogleich erfüllte ihn ungestüme Energie wie weißglühendes Feuer, das ihm durch die Adern strömte. Sein magerer Körper streckte sich. Er stand auf Zehenspitzen und schwang die schwarze Klinge, während das weiße Haar knisterte und den Kopf wie eine unbändige Aureole umfloß.

Ein Stöhnen und Schluchzen, ein leiser, klagender Schrei des Verlangens und der Verzweiflung erfüllten das Zimmer.

Und Elric lachte.

»Jetzt weint ihr wohl, ihr käuflichen Kreaturen, ihr Abschaum, ihr Wanzen, ihr nichtswürdigen Geschöpfe? Jammert ihr über euer vergeudetes Leben und um euren schäbigen Unrechtslohn? Winselt ihr Elric von Melniboné, den Weißen Wolf des Seufzenden Meers, um Gnade an?«

Doch es war das Runenschwert, das stöhnte und ächzte.

Da erkannten sie ihn. Die erhobenen Klingen fielen rasselnd zu Boden. Der Mann, der Stiis weggeschleppt hatte, drehte sich um und stürmte zur Tür. Der andere saß in dem Winkel zwischen Bett und Wand in der Falle und fiel auf die Knie. »Gnade, Lord Elric! Wenn wir gewußt hätten, daß du es bist ...«

Das Klagen schwoll zu einem schrillen Geschrei an, zum Lied eines ungeheuren, abscheulichen Appetits, der gleich gestillt werden würde.

Dann fuhr das Schwert wie ein schwarzer Blitz nieder. Elric erschlug beide, erledigte im Handumdrehen den wimmernden Mann zu seinen Füßen, drehte sich mit übermenschlicher Schnelligkeit um und sprang über die bewußtlose Stiis dem letzten Mann nach, der, die verletzte Hand umklammernd und vor Entsetzen schreiend, den Gang hinunterhastete.

Wie ein Speer flog Sturmbringer dahin und zog Elric in seinem Eifer hinter sich her. Dann bohrte sich das Schwert in den Rücken des fliehenden Mannes. Das

Schlafzimmer hallte von seinen Schreien wider. Ein unirdisches karminrotes Licht strahlte vom Gang herein und beleuchtete die drei reglos auf dem Boden liegenden Gestalten sowie eine vierte, Mondmatts Opfer, das immer noch ein wenig zuckte. Von draußen war ein gräßliches saugendes Geräusch zu hören.

Sturmbringer nahm Nahrung zu sich.

Elric, der das Höllenschwert schwenkte, als wäre immer noch ein Feind im Zimmer – ein ganzes Heer von Feinden –, kam wieder hereinstolziert. Die Klinge zuckte auf die ausgestreckt daliegende Stiis zu, und er schrie: »Nein, Arioch, nein!«

Und der Chaos-Lord war in hinreichend milder Stimmung oder unaufmerksam genug, um seinem Vasallen zu gestatten, das summende Schwert von der schlanken Gestalt der versklavten Prinzessin wegzureißen und in die Brust des Mannes mit der durchschnittenen Kehle zu stoßen.

Als Mondmatt mit dröhnendem Schädel wieder zu sich kam, sah er, daß das Zimmer vom grausigen Leuchten des trinkenden Schwertes erfüllt war, und wandte sich angewidert ab. Auf Händen und Knien kroch er hinüber, um festzustellen, ob Stiis noch am Leben war. Sie atmete noch. Sie war zwar bewußtlos, aber weder seitens ihrer Entführer noch ihrer Verletzung oder ihres Retters drohte ihr irgendeine Gefahr. Mondmatt war dankbar, daß sie nichts von der ewigen Schmach ihres neuen Kämpen mitbekommen hatte.

Mondmatt hob sie hoch und legte sie vorsichtig in Elrics Bett zurück. Im Zimmer wurde es still. Es würde ein Weilchen dauern, bis der Wirt sich herauswagen würde, um nachzusehen, welche kreischenden Dämonen in seinen Gasthof eingedrungen waren. Er würde drei tote Räuber, zwei schlafende Gäste, einen auf einem Hocker sitzenden irren Albino vorfinden – und überall Blut.

»Geh pfleglich mit meiner Prinzessin um.«

Das sagte, mit boshaftem Tonfall, der schweratmende Elric. Seine Augen glühten in der Dunkelheit wie rote Nadeln. Mondmatt war klar, daß Elric, welche Zauberkraft auch immer die Sklavin für sich in Anspruch nehmen mochte, bereits einer höheren – oder niedrigeren – Macht zur Verfügung stand.

Elric stellte den Hocker wieder aufrecht hin, setzte sich und sah zu, wie die restlichen Spuren geronnenen Blutes in der schimmernden Oberfläche der schwarzen Klinge verschwanden. In Mondmatts Kopf drehte sich alles. Er klopfte seinem Freund auf die Schulter und wankte ins Bett, zurück in die Bewußtlosigkeit.

Am Morgen saßen sie im Hof auf drei der zottigen einheimischen Pferde und sahen zu, wie man die Leichen heraustrug. Eine kleine Menschenmenge hatte sich angesammelt und starrte den in Umhang und Kapuze gehüllten Albino mit einer Mischung aus Ehrfurcht und Abscheu an. Elric beachtete sie nicht. Die Morgenluft roch nach Dung und saurem Bier.

Mondmatts Kopf schmerzte. »Willst du nicht auch den Kaufmann töten, der die da geschickt hat?« fragte er.

»Soll er am Leben bleiben«, sagte Elric, »zur Erhöhung meines Ruhms.« Und er lächelte frostig in die Runde, die Menschenmenge mit spöttischer Herablassung zur Kenntnis nehmend.

Mondmatt blickte, ohne daß sie es merkte, Elrics Sklavin von der Seite an. Der Angriff auf sie schien der Prinzessin keinen Schaden zugefügt zu haben, Elric zufolge nicht einmal einen Bluterguß. Es war, als würde sie tatsächlich von ihren Göttern beschützt. Sie hatte irgendwo ein Wams aus dunkelgrünem Kammgarnstoff aufgetrieben und über ihr Sklavenkleid gezogen; außerdem hatte sie sich ein seidenes Halstuch Elrics, ebenfalls grün, um den Hals gebunden. Nach einem äußerst flüchtigen Blick auf die in Säcke gehüllten, entleerten Leichen raffte sie die Zügel und wandte das Gesicht nach Nordosten.

»Komm, Elric.«

»Eure Hoheit.«

Besorgt musterte Mondmatt das Gesicht seines Freundes, als er vorüberritt. Es sah Elric gar nicht ähnlich, daß er einen Scherz so lange mitmachte beziehungsweise überhaupt darauf einging.

Sie ritten in das Land der Hochebenen empor. Der Boden war steinig, die Straße vergessenswert. Scharen schmutzigbrauner Vögel erhoben sich, als sie vorüberritten, von den Wiesen, stiegen wie ein in die Höhe geworfener Umhang in die Luft auf und gingen unmittelbar danach wieder nieder. Am Horizont standen gelbe und schwarze Scheunen, die allmählich in Verfall gerieten, während hier und da stillgelegte Windmühlen einsam und verlassen in den Himmel ragten.

Sie machten in einem Stall Rast, der neben einer aufgegebenen Koppel lag. Mondmatt entzündete ein kleines Feuer für Elrics Zaubertrank. Während dieser köchelte, saß Stiis auf Elrics Schoß. Sie küßte seinen Mund und murmelte etwas in sein durchscheinendes, zugespitztes Ohr. Ob Zärtlichkeiten oder Beschwörungsformeln, konnte Mondmatt nicht hören.

Kurz nach Mittag ritten sie weiter. Am Grunde einer Wasserrinne grub ein Mann mit einem schweren Spaten. Er blickte argwöhnisch zu den Reisenden hoch, als sie oben vorbeiritten, dann wandte er sich wieder seiner nutzlosen Arbeit zu, ohne ihnen auch nur einen Gruß zu entbieten.

Sie übernachteten in einsamen Gasthäusern und auf Bauernhöfen, einmal sogar in einer Schäferhütte. Gastfreundschaft wurde in dieser Gegend widerwillig gewährt und bis auf den letzten Heller berechnet. Stiis hatte für solche geschäftlichen Dinge womöglich noch weniger Verständnis als Elric. Mondmatt hatte das Gefühl, daß sie ihren zahmen Wolf veranlassen würde, jeden aufzuspießen, der ihre Mission behinderte, und sei es auch nur, weil er zu lange für den Haferbrei brauchte. Voller Ungeduld trieb sie sie ständig vorwärts. Elric rezitierte endlose epische Gedichte in der alten Hochsprache Melnibonés. Ihr war das gleich, sofern er ihr nur weiterhin folgte.

Mondmatt wurde allmählich ungehalten. Er hatte Stiis von dem Augenblick an nicht mehr gemocht, als er erfuhr, daß sie nicht die Frau war, die sie zu sein schien. Als er mit Elric allein sprechen konnte, sagte er: »Ich verstehe nicht, was du in ihr siehst.«

»Sie will mich nicht wegen meines Schwertes«, entgegnete Elric.

»Nun gut, aber ...«

Elric unterbrach ihn und wies mit einer anmutigen Geste auf die eigene Brust. »Sie weiß nicht, wer ich bin«, sagte er voller Stolz. »Ich glaube, du kannst dir gar nicht vorstellen, was das für mich bedeutet, Mondmatt. Wo sollte ich noch jemanden wie sie finden?«

Überall, dachte Mondmatt. Nicht jeder beschäftigte sich so ausschließlich mit dem Lord der Dracheninsel und seinem Verhängnis wie dieser selbst. Es gab noch andere Legenden. Doch statt das zu sagen, zog er seine Hosen weiter hoch und ließ den Blick über das öde Gelände schweifen: Kohlfelder und zerborstene Zäune. »Es wäre eine Glückssache, hier überhaupt jemanden zu finden«, sagte er.

Sie ritten über eine Brücke, die von der steinernen Statue eines Trolls – oder vielleicht war es auch ein in Stein verwandelter echter Troll – bewacht wurde.

»Erzähl mir von diesem Dämon«, bat Elric.

»Er lebt in der Erde und hat Umgang mit den Toten«, antwortete Stiis geheimnisvoll. »Seine Gestalt ist abscheulich, und er hat Arme wie ein Krake. Wenn er sich bewegt, geschieht das sehr plötzlich, wie bei einer Spinne. Er kann mehrere Leute auf einmal verschlingen.«

Elric nickte bloß. Vermutlich hatte er von solchen Dämonen schon gehört. Vermutlich kannte er sogar einen Elementargeist, der sie zum Frühstück aß.

Mondmatt war der Ansicht, daß er bei diesem Abenteuer am schlechtesten wegkam. Er langweilte sich. Seine Füße sehnten sich nach den Straßen von Städten, seine Ohren nach menschlichen Stimmen. Wenn sich irgendwo etwas bewegte, packte er Elric beim Arm und machte ihn ganz aufgeregt darauf aufmerksam. »Sieh mal! Ein Kojote! Sieh dir das an!«

Stiis beachtete ihn nicht, während Elric verträumt umherblickte. Die Götter mochten wissen, was es in dieser Gegend für ihn zu sehen gab. Er stärkte sich mit Kräutern und kleingehackten Wurzeln und nahm ab und an aus einem Zinnbüchschen eine Prise Pulver zu sich. Sturmbringer hatte er wie ein neugeborenes Kind eingewickelt, indem er das Schwert zunächst mit Gewebestreifen in der Scheide festgebunden, das Ganze dann in einen Sack gehüllt und auch diesen umwickelt hatte. Wenn er schlief, hielt er Stiis in seinen schlanken Armen, und ausnahmsweise war sein Schlaf einmal ruhig.

Mondmatt kratzte sich unter seiner Kappe. Er glaubte an all das nicht: Dämon, Prinzessin und Königreich, den ganzen Kram. Keinen der Namen hatte er je gehört. Außerdem hatte die Route, auf der sie sie führte, etwas Verschlungenes und Gewundenes. Sie zog öfter die Sterne zu Rate als die Landschaft. Doch obwohl er der ganzen Sache mißtraute und sich vor ihrem Ausgang fürchtete, behielt Mondmatt seine Meinung für sich, da der gequälte Prinz ausnahmsweise einmal so etwas wie inneren Frieden gefunden zu haben schien.

»Erzähl mir noch einmal vom fernen Chlu-Melnoth«, bat Elric sie sanft. Am Morgen war sein Gesicht immer ausgemergelt, und manchmal keuchte er beim Reiten, als plagten ihn alte Wunden; aber dennoch blieb das Runenschwert eingewickelt auf dem Lastpferd wie ein Gepäckstück.

»Fern?« wiederholte Mondmatt entgeistert. Sie saßen auf einer hohen Felsklippe, von der sie auf ödes graues Hügelland blickten, und aßen altbackenes Brot und getrocknete Äpfel. Tagelang waren sie auf keinerlei Behausung gestoßen.

»Nicht sehr fern, kleiner Mann«, sagte Stiis herablassend. Sie hielt ihn für Elrics Diener, und es ärgerte Mondmatt jedesmal, daß es ihm nicht gelang, sie davon zu überzeugen, daß er sein eigener Herr war.

»*Wie* fern?« fragte er und fügte um Elrics wie auch um ihrer selbst willen hinzu: »Hoheit?«

Stiis hob ihr braunes Gesicht gen Himmel. »Bald werden wir da sein«, sagte sie voller Überzeugung. »Riecht ihr es nicht im Wind?«

Entgegenkommend schnupperte Mondmatt. Er roch Gras und Pferde und sie selbst. Der Wind war so kalt und so wenig mitteilsam wie immer.

Elric berührte Stiis' Hand. Dieser Tage schien er oft um ihre Aufmerksamkeit zu werben, als habe er das Gefühl, auf irgendeine Weise von ihr abhängig zu sein. Wenn er mit ihr sprach, war er nie ungeduldig, geschweige denn herrisch. Mondmatt meinte ihn nie so sanft gesehen zu haben. Irgendwie war das unangenehm, wie der kurze Augenblick zwischen dem Empfangen einer Wunde und dem Einsetzen des Schmerzes.

»Stiis? Willst du nicht etwas sagen?«

Stiis änderte ihre Stellung und rückte ein Stückchen von seiner zitternden weißen Hand ab. Sie blickte über das Hügelland und redete wild drauflos. »Die Pferde von Inaurim sind schneller als die Haie im Meer. In Samarianth streckte einst eine Frau die Hand aus und hob einen Diamanten vom Boden auf, so groß wie das Ei eines Geiers. Mein Zelt ist so geräumig, daß drei Pferde darin herumgaloppieren können.«

Wie Mondmatt bemerkt hatte, spielten Pferde in diesen Beschreibungen eine herausragende Rolle. Außerdem war ihm aufgefallen, daß nie von Palästen, Städten, Vergnügungsstätten, Gebäuden irgendwelcher Art die Rede war. Sollte sich sein Verdacht verdichten, daß sie so ziellos in der Gegend umherschwirrten wie eine Fliege über die Fensterscheibe, würde er sie zur Rede stellen. Elrics Gelassenheit war unerträglich.

Dann waren sie gezwungen, einen Umweg zu machen, um eine bestimmte Zutat für die immer komplizierter werdenden Kräutertränke des Albinos zu finden.

Stiis war verärgert. Sie hatte jetzt nichts mehr von einer Sklavin oder einer betörten Liebenden an sich. »Bin ich an Melnibonés einzigen Schwächling geraten?« fragte sie wütend.

Stockend und voller Zurückhaltung erklärte Elric ihr, daß diese Heilkräuter seine magischen Kräfte aufrechterhielten. »Wenn er in diesen Zustand gerät«, warf Mondmatt rasch ein, »wird er immer stärker. Auf einer anderen Ebene.« Dann hielt er inne und fragte sich, ob seine Worte etwas Wahres enthielten und warum er ihn vor ihr verteidigte. Er war sicher, daß die beiden einander nicht mehr beiwohnten, obwohl sie das Lager miteinander teilten. In einer nebligen Nacht war Mondmatt einmal aufgewacht und hatte, einem unheimlichen Laut nachgehend, gesehen, wie sie nackt auf einem Hügel stand und ohne ersichtlichen Grund lachte. Vielleicht war sie im Schlaf gewandelt. Vielleicht war das der Grund.

An einem anderen Tag gab Stiis – ebenfalls ohne ersichtlichen Grund – ihrem Pferd plötzlich die Sporen, jagte ihnen voraus und verschwand hinter einer Gruppe schwarzer Bäume. Als sie sie wieder einholten, hatte sie das Pferd angehalten und in die Richtung gedreht, aus der sie ihr entgegenkamen. Sie lächelte, strahlte. »Dies ist mein Land.«

Mondmatt machte es sich im Sattel bequem und ließ den Blick über die sie umgebende Ödnis schweifen. Niedrige Ginsterbüsche und nackter Fels, sandiger gelber Staub, der an Fesseln und Mähnen haftete, ein mattfarbener Berghang, dessen Kuppe mit graubraunen Bäumen bestanden war – er sah weder Menschen noch Zelte oder Pferde; kurzum, kein Königreich. Er hätte wetten mögen, daß sie Ilmiora nie verlassen hatten. Er gab Elric ein Zeichen mit den Augen, aber Elric war völlig erschöpft. Sein Gesicht sah so mager aus wie ein Schulterblatt, die Haut spannte sich straff von den Wangenknochen bis zu den langen weißen Zähnen. Die schrägen Augen starrten kurzsichtig über Mondmatts Schulter hinweg. »Hier ist ja überhaupt nichts«, sagte Mondmatt laut. Beide überhörten seine Worte.

Sie ritten weiter, ohne jemanden zu erblicken, und stießen den ganzen Tag auf kein Zeichen von Leben.

Irgendwann im Laufe des Nachmittags führte die Prinzessin sie eine Böschung hinunter und hielt auf eine schwarze Spalte im Berghang zu. Mondmatt erkannte, daß das der Eingang einer Höhle war. Es gab keinen charakteristischen Geruch und auch keine Spuren, aber vielleicht hinterließ ein Dämon so etwas nicht. In Elrics Gesellschaft hatte Mondmatt so viele Dämonen gesehen, daß es für mehrere Leben ausreichte, und dennoch hatte er das Gefühl, nichts zu wissen.

Stiis befahl ihnen abzusteigen. Elric raffte sich aus seiner Erstarrung auf. Geistesabwesend, aber ohne zu zittern band er das sackleinene Bündel vom Lastpferd los und schob es Mondmatt in die Arme. Das tat er auf eine Weise, als hätte er das Ganze lange im Geiste durchgespielt.

Zaghaft und äußerst widerstrebend nahm Mondmatt das Bündel entgegen. Er haßte es, das bösartige Ding anzufassen. Elric hatte einmal zu ihm gesagt: »Hüte dich vor dieser Teufelsklinge, Mondmatt. Sie tötet zwar den Feind, am meisten aber genießt sie das Blut von Freunden und Verwandten.«

Es fühlte sich an wie ein Schwert, das in einem Sack steckte. Es verursachte kein Kribbeln oder Brennen, und es fing auch nicht an zu singen. Trotzdem bekam er eine Gänsehaut. »Was soll ich damit tun?« fragte er mit abgehackter hoher Stimme.

»Paß für mich darauf auf«, bat Elric leise. Einen Moment lang durchströmte Mondmatt ein Gefühl der Erleichterung – Elric hatte irgendeinen Plan, irgendeine geheime Absicht –, doch dann fügte der Albino hinzu: »Ganz gleich, wie sehr ich dich darum bitte.«

Die Prinzessin gab Mondmatt ein Zeichen. »Mach Feuer«, verlangte sie.

Mondmatt wurde allmählich ärgerlich. »Wie bitte?« fragte er mit warnendem Unterton.

»Er braucht eine Fackel«, entgegnete Stiis.

Mondmatt atmete geräuschvoll aus. Er legte das unwillkommene Bündel auf die Erde und tastete nach seiner Zunderbüchse.

Kein Geräusch drang aus der Höhle, obwohl es eine Weile dauerte, bis er genug Feuer hatte, um eine Fackel zu entzünden. Mehr als genug Zeit für Mondmatt, um einen Entschluß zu fassen.

Stiis trug die Fackel und führte Elric in die Dunkelheit. Beim Gedanken, daß die Leiden ihres Königreichs bald vorüber sein sollten, erhellte sich ihre Miene.

Mondmatt wartete eine Minute. Dann nahm er Sturmbringer auf und folgte den beiden.

Innerhalb der Höhle fiel der Boden steil nach unten ab. Der Tunnel folgte dem Verlauf einer Verwerfung zwischen zwei Gesteinsarten. Er war niedrig und gewunden, verzweigte sich aber nicht. Es war nicht schwer, die Fackel im Auge zu behalten oder außer Sicht zu bleiben. Als die Prinzessin plötzlich neben einem großen Felsblock stehenblieb, zog Mondmatt sich zurück und drückte sich gegen die Wand.

»Da drinnen ist das Lager des Dämons«, hörte er sie sagen. Ihre Stimme klang aufgeregt. Er blickte in die Richtung der beiden. Ihre Rücken waren ihm zugekehrt. Stiis schob Elric durch eine natürliche Öffnung im Fels. Dann folgte sie ihm. Mondmatt rannte rasch zu dem Felsblock und ging geduckt dahinter in Deckung. Er legte sein langes Bündel vor sich auf die Erde. Dann spähte er mit angehaltenem Atem um die Ecke des Felsens.

Die Öffnung führte in eine Höhle, die mehrere Schritte lang und über mannshoch war. Überall lagen Knochen verstreut; Anhäufungen von Unrat, verdorrten Pflanzen und Lumpen, die einmal Kleidungsstücke gewesen waren, lagen umher; zwischen dem ganzen Dreck glitzerte Metall, möglicherweise Münzen und Juwelen, deren Besitzer nicht mehr in der Lage waren, davon Gebrauch zu machen. Hier war endlich auch ein Geruch wahrzunehmen, der Geruch nach etwas Tierischem, wenn auch nicht genau nach Tier; doch er war schwach und abgestanden, als wäre die Kreatur lange Zeit nicht hiergewesen.

Vielleicht hatte sich ein anderer Kämpe um sie gekümmert. Vielleicht hatte sie das Warten satt bekommen und war an Altersschwäche gestorben.

Vielleicht lauerte sie irgendwo.

Elric stand mit ausgebreiteten Armen in der Mitte der Höhle, als sei er im Begriff, eine Beschwörung zu beginnen. Er drehte sich, um sich umzusehen. Mondmatt zog hastig den Kopf zurück. Er hörte Elric fragen: »Wo ist dein Dämon, Prinzessin?«

Und er hörte die Prinzessin sagen: »Hier, Prinz!«

Dann änderte sich das Licht. Ein greller Schein, der von keinem natürlichen Feuer stammte, leuchtete um den Felsblock auf. Mondmatt packte das Heft seines Schwertes, dann ließ er es wieder los. Er erhob sich und starrte in die Höhle.

Drinnen stand ein Dämon. Er war bleich, naß und sehr groß. Sein plumper Kopf grinste höhnisch auf den unbewaffneten Melnibonéer herab. Er hatte große hufförmige Füße, aber keine nennenswerten Beine, und große flache Flossen statt Hände. Doch noch während Mondmatt ihn betrachtete, legten sich die Flossen auf die Flanken des Dämons und verschwanden. Entsetzt sah er, wie das Wesen seine Gestalt änderte, wie ihm ein Schnabel und eine Anzahl fetter Tentakel wuchsen. Diese schnellten vor, packten Elric und zogen ihn fest an den Körper der Kreatur. Aus Zerstreutheit oder in parodistischer Absicht entwickelte sie ein Paar Brüste.

Dann sprach sie. Die Stimme, die aus dem starren Mund kam, klang gequetscht. »Endlich kann ich diese klägliche Gestalt ablegen!«

Stiis war nirgends zu sehen.

Schimmernde Kauwerkzeuge ragten plötzlich links und rechts aus dem Schnabel und speichelten Elrics weißen Kopf mit dampfendem Geifer ein. Die Tentakel preßten das Gesicht des Melnibonéers in den weichen schuppigen Körper. Welchen Zauberspruch er auch immer von sich geben wollte, jetzt würde er ihn nicht mehr aufsagen, und in ein oder zwei Sekunden würde er ohnehin nie mehr etwas sagen können. Sein Kopf versank im Fleisch des Dämons, der jetzt auch Beine hatte – sogar Unmengen von Beinen!

Mondmatt drehte sich der Magen um, und er

fluchte. Er umklammerte sein Schwert und sein Messer. Von Zweifeln gequält, zögerte er. Die Kreatur hatte ein Lügengespinst gewoben, das so verzwickt war wie der Weg zu dieser Höhle. Woher sollte er wissen, daß er das Richtige tat?

Sein Zögern dauerte nicht länger als einen Herzschlag. Er besaß keine Zauberkraft, keine Macht außer der des Stahls. Gleichzeitig zog er Säbel und Dolch. Wenn es den Fluch wirklich gab, mochte sich das an *seinem* Körper erweisen. Sollte das Wesen ihn doch fressen, wenn dann die Hoffnung bestand, daß es Elric von Melniboné loslassen würde.

Als er sich anschickte, um die Ecke des Felsblocks zu stürmen, erhob sich etwas vom Boden und schlug Mondmatt schmerzhaft gegen die Knie. Während er noch gezögert hatte, war Sturmbringer zu einem Entschluß gelangt. Das Geräusch von zerreißendem Leder und Sackleinen war zu hören, und das Schwert bohrte sich durch seine Scheide und die restliche Umhüllung, flog in die innere Höhle und landete in Elrics gefesselter Hand.

Da stieß der Dämon einen triumphierenden Schrei aus.

Als Mondmatt, dem fliegenden Schwert folgend, in die Höhle trat, blickte er hoch und sah Kopf und Rumpf des Mädchens wieder erscheinen, jetzt grün statt braun, überlebensgroß, nackt und glänzend. »Nun bist du verloren, Lord Elric!« kreischte das Wesen. »Wenn du auch nur eines meiner Glieder mit dieser Klinge berührst« – blitzschnell wurden die schleimigen Beine länger und droschen auf Elrics Rücken und Beine ein; Mondmatt wich zur Seite, als eines davon an ihm vorbeizischte und ihn knapp verfehlte –, »gehörst du für alle Ewigkeit mir!«

Elric zog das Gesicht aus dem Fleisch des Bauches, in das es eingebettet war. Es löste sich mit einem schmatzenden Geräusch, wie von etwas Klebrigem. »Das ist keine gewöhnliche Klinge, du widerliche Kreatur! Das ist Sturmbringer«, schrie er mit sich überschlagender Stimme, »der Seelendieb! Blut und Seelen für Lord Arioch!«

Mondmatt zuckte zusammen, als die Höhle sich mit blendend rotem Licht und dem Gestank brutzelnden Ektoplasmas füllte. Das Klagen des hungrigen Schwerts klang in der engen Höhle zehnmal lauter als sonst.

Der Dämon aber lachte. »Ich kenne dein Schwert, Prinz der Ruinen, so wie ich dich kenne! Vernichter deines eigenen Geschlechts! Deines geliebten Vetters!« sagte er höhnisch. »Sturmbringer kann mir nichts anhaben, meine Seele ist längst dahin. Mit ihr habe ich meine Unverwundbarkeit erkauft!«

Das Lachen wurde greller, schärfer, wie der Schrei eines wahnsinnigen großen Meeresvogels.

Elric indes antwortete – und trotz seiner rasenden Wut klang Mitleid in seiner Stimme an: »Hat er dir das eingeredet, Stiis? Wollte Theleb Kaarna, daß du das glaubst? Dann lach *darüber*!«

Und mit einem unbeholfenen, aber kraftvollen Ruck seines Arms riß er die schwarze Klinge zurück und stieß sie zwischen die zuckenden Brüste.

Der Dämon kreischte: »Das brennt! Das brennt! Hilf mir, Lord Kaarna! Hilf mir ...«

Aber die Bitte wurde nicht erhört.

Mondmatt wandte das Gesicht von dem sich windenden, um sich schlagenden, schreienden Wrack ab. Als ihm ein unangenehmes, glucksendes Geräusch sagte, daß Sturmbringer Nahrung zu sich nahm, kam er zu dem Schluß, daß er sich jetzt wirklich übergeben mußte, und stürzte nach draußen.

Später, als Elric sich neben einem kleinen fröhlichen Feuer am Eingang der Höhle ausruhte, sah Mondmatt sich das Zeug an, das er drinnen aus dem Unrat aufgesammelt hatte. »Sie war kein Dämon«, stellte Elric mit schläfriger Stimme fest.

»Was du nicht sagst«, entgegnete Mondmatt. Fragen der Klassifikation überließ er Elric.

Elric nahm einen Kieselstein auf und drehte ihn müßig zwischen den langen weißen Fingern hin und her. »Sie war ein Mensch wie du, damals, als er sie in seine Gewalt bekam.« Er warf den Kiesel in die Dunkelheit, der nur ein paar Fuß entfernt zu Boden fiel.

Mondmatt, der vor seinem Fund hockte, drehte sich zur Seite und blickte, die Hände über die Knie gewölbt, seinen Freund argwöhnisch an. »Woher wußtest du, daß sie eine Marionette Theleb Kaarnas war?«

»Ihre Augen haben es mir verraten, Mondmatt. Was der Zauberer von Pan Tang in seine Gewalt bekam, markierte er. Deutlich sichtbar, für jemanden, der den magischen Blick hat.« Mondmatt warf die Handvoll Münzen zu Boden, ohne sich darum zu kümmern, wohin sie fielen. Er erhob sich halb, als sei er im Begriff, sich aus seiner geduckten Stellung auf Elric zu stürzen und ihn zu würgen.

»Und wir sind ihr den ganzen Weg hierher gefolgt? Du hast mit ihr geschlafen, obwohl du das wußtest?«

Elric war weder verärgert noch betrübt oder reumütig. Seine Stimme knarrte wie ein Tor im Wind.

»Es tat mir leid, wie sie in der Welt umherwanderte, ohne zu wissen, daß ihr Herr tot und ein Fraß der Würmer ist.«

Seine Stimme hatte wieder den altvertrauten spöttischen Ton, und er lächelte; aber sein Gefährte sah, wie er trotz des Feuers zitterte und daß seine bleichen Lippen noch blasser geworden waren. Mondmatts Zorn schlug plötzlich in eisige Angst um, eine Angst, wie er sie nicht einmal in jener gräßlichen Höhle empfunden hatte. Er fragte sich, wer dieser Mann war, diese entfärbte, gehetzte Vogelscheuche, mit der er sein Schicksal verknüpft hatte.

»Sie hat mir gefallen, Mondmatt.«

Copyright © 1994 by Colin Greenland

Robert Weinberg

DAS ANDERE SCHWERT

Es war in Karlaak an der Tränenwüste, dem äußersten Vorposten der westlichen Länder, wo Elric, der letzte Prinz Melnibonés, Frieden fand. Der Gebrauch bestimmter esoterischer Drogen, die er in Troos ausfindig gemacht hatte, versorgte ihn mit genügend Kraft, um von seiner verfluchten Klinge Sturmbringer unabhängig zu sein. Jahre blutigen Kampfes und blutiger Vernichtung hatten in ihm jegliches Bedürfnis zum Erlöschen gebracht, weiter umherzuziehen. Und die Liebe der schönen schwarzhaarigen Zarozinia, der Tochter des Ersten Senators von Karlaak, hatte ihm schließlich das Glück beschert, nach dem er lange gesucht hatte.

Es geschah deshalb mit einigem Bangen, daß Mondmatt, Elrics treuester Freund und langjähriger Gefährte, wenig mehr als einen Monat nachdem sie alle drei in Karlaak angekommen waren, der mitternächtlichen Aufforderung Zarozinias, zu ihr zu kommen, Folge leistete. Vor mehreren Wochen hatte das glückliche Paar mit einer prächtigen Zeremonie geheiratet. Mondmatt, der sich in dem Palast, den man den beiden zur Verfügung gestellt hatte, ein wenig fehl am Platze vorkam, hatte den größten Teil seiner Zeit mit Trinken und Glücksspiel in den örtlichen Tavernen zugebracht. In letzter Zeit hatte er einen Besuch seines Heimatortes in Erwägung gezogen, der sagenumwobenen Stadt Elwher, die er jahrelang nicht gesehen hatte. Wenn es Elric schließlich gelungen war, Zufriedenheit zu finden, so überlegte der rothaarige Ostländer, warum sollte ihm das nicht auch gelingen? Jetzt befürchtete

Mondmatt, daß sein Gefährte nicht so gut schlief, wie er angenommen hatte.

Als Zarozinias Gefolgsleute Mondmatt vor sie brachten, trugen ihre ersten Worte nichts dazu bei, ihn zu beruhigen. »Elric kann nicht schlafen«, sagte sie, und ihre Augen waren mit Sorge sowie mehr als nur einer Spur Furcht erfüllt. »Er hat jetzt seit zwei Tagen nicht geruht. Sein Essen rührt er kaum an. Tag und Nacht sitzt er im Garten und starrt ins Leere, den Blick auf unsichtbare Dinge gerichtet. Wenn ich ihn frage, was ihn belaste, schüttelt er den Kopf und schweigt.«

Tränen füllten die Augen der Prinzessin. »In der vergangenen Woche schien er so glücklich, so sorglos. Dann trat plötzlich diese Veränderung ein, ohne jede Vorwarnung.« Verwirrt und gequält starrte sie Mondmatt an. »Ich weiß nicht, was ich falsch gemacht habe.«

»Hast du denn gar keinen Anhaltspunkt«, fragte der Ostländer, »hinsichtlich dessen, was ihn beunruhigt? Elric belasten viele Kümmernisse, mehr als jeder normale Sterbliche ertragen könnte, ohne verrückt zu werden. Aber er ist kein bloßer Mensch: Er ist ein Prinz Melnibonés. Er schüttelt seinen Kummer ab wie eine Ente das Wasser.«

Die Prinzessin schüttelte den Kopf. Es betrübte Mondmatt, die sonst so fröhliche und unbeschwerte Zarozinia weinen zu sehen. Gerührt streckte er die Hand aus und ergriff die der Prinzessin. »Sei versichert, daß du keine Schuld an Elrics Kummer hast, was immer es sein mag. Zum erstenmal in den vielen Jahren unseres Umherziehens erlebe ich es, daß mein Gefährte glücklich ist, wirklich glücklich. Nichts, was du tun oder sagen könntest, würde an der Liebe, die er für dich empfindet, etwas ändern. Die Verzweiflung, die ihn erfüllt, hat eine andere Ursache. Ich werde sie herausfinden und beseitigen. Das schwöre ich.«

Der rothaarige Mann ließ Zarozinias Hand los und

stand auf. Vor ihnen lag der Palastgarten. Im Mondlicht erkannte er undeutlich die Silhouette seines Freundes. »Ich werde mit ihm sprechen. Einige Dinge, die er dir nicht erzählen kann, verrät er vielleicht mir.«

»Da ist noch eine Sache«, sagte die Prinzessin nachdenklich. »Als ich mich heute abend meinem Lord näherte, ohne daß er mich bemerkte, glaubte ich, ihn ›das andere Schwert‹ murmeln zu hören. Doch als ich diese Worte ihm gegenüber wiederholte, blieb er stumm.«

»Das andere Schwert?« wiederholte Mondmatt und fragte sich, was der Ausdruck bedeuten mochte. Ein eisiger Schauder durchfuhr seinen Körper, als ihm eine mögliche Antwort einfiel. Die eine Klinge, das wußte der kleine Mann, mußte das Runenschwert Sturmbringer sein. Aber es hatte noch ein zweites Schwert gegeben, ein Gegenstück des ersten. Ein schwarzes Runenschwert namens Trauerklinge. Sein unheimlicher Name ging dem Ostländer nicht mehr aus dem Kopf, als er sich durch Reihen blutroter Blumen den Weg zu seinem reglos dasitzenden Freund bahnte.

Elric blickte auf, als Mondmatt sich näherte, und für den Bruchteil einer Sekunde huschte die Spur eines Lächelns über das Gesicht des Albinos. Doch so schnell, wie es gekommen war, verschwand es auch, und die Gesichtszüge des Prinzen nahmen wieder den Ausdruck an, den Mondmatt nur zu gut kannte. Die tiefliegenden roten Augen; das hagere, verhärmte Gesicht; der abwesende, auf alles und nichts gerichtete Blick: Mondmatt hatte das schon viele Male gesehen. Und hatte gehofft, es nach dieser Heirat nie wieder im Antlitz seines Freundes sehen zu müssen. Elric weilte in der Vergangenheit, war wieder einmal in die Tragödie seiner Jugend vertieft.

»Dieses Brüten steht einem frischgebackenen Ehemann schlecht an«, sagte Mondmatt zu Elric, während er sich auf einem Stuhl niederließ, der seinem Freund gegenüberstand. Der Ostländer war nie ein Mensch gewesen, der seine tiefsten Gefühle verbarg. »Deine frischgebackene Frau gibt sich die Schuld an deinem Kummer. Schlimm genug, daß du dich mit diesen traurigen Erinnerungen zermürbst, aber Zarozinia ebenfalls darunter leiden zu lassen, ist grausam und ungerecht.«

Mondmatt erwartete keine Antwort und wurde auch nicht enttäuscht. Es bedurfte einer wesentlich größeren Schuld, um Elrics Mauer der Melancholie zu durchbrechen. Doch mehr als jeder andere Mensch kannte Mondmatt die Geheimnisse der Vergangenheit seines Gefährten. Und er war bereit, sie als Messer zu benutzen, um das Krebsgeschwür aufzuschneiden, das an Elrics Hirn fraß.

»Das andere Schwert«, sagte der Ostländer leise, aber deutlich. Sogleich merkte Elric auf, und seine roten Augen starrten Mondmatt voller Erstaunen an. »Nur *eine* Klinge könnte diese Bezeichnung tragen. Deine Gedanken weilen bei Trauerklinge und dem letzten Mal, da du sie gesehen hast.«

Elrics lange dünne Finger rollten sich zu Fäusten zusammen. »Yyrkoon hat das Runenschwert gegen mich geführt«, murmelte der Prinz mit einer Stimme, die so kalt war wie die finsterste Nacht, »als wir im Turm von B'aal'nezbett miteinander kämpften. Er hatte es in der Nacht in Händen, als Sturmbringer ihm und auch meiner Base Cymoril die Seele nahm.«

»Richtig«, sagte Mondmatt ruhig. »Die Geschichte hast du mir schon oft erzählt. Aber sie hat sich vor Jahren ereignet. Und obwohl die Zeit die Erinnerung nicht auslöschen kann, kann sie den Schmerz der Erinnerung doch dämpfen. Cymoril ist seit langem tot. Sie braucht dich nicht mehr. Aber deine Frau Zarozinia braucht dich.«

Mit einer gleitenden Anmut, die verriet, daß er von einem uralten, nicht menschlichen Geschlecht abstammte, erhob Elric sich von seinem Stuhl. Sein Gesicht war in schrecklicher Qual verzerrt. In den Klauen einer solchen Pein hatte Mondmatt seinen Freund bisher nur einmal gesehen. Das war, als das legendäre Buch der Toten Götter sich in den Händen des Prinzen aufgelöst hatte. Welche Schrecken auch immer Elrics Gedanken heimsuchten, sie besaßen die Kraft, ihn in den Wahnsinn zu treiben, wenn man ihrer nicht Herr wurde.

»Als ich vor einigen Tagen durch diesen Garten ging«, sagte der Albino, dessen Stimme vor Erregung zitterte, »streifte mein Blick die blutroten Blumen. Dabei fiel mir wieder ein, wie in jener Jahre zurückliegenden Nacht in Imrryr Cymorils Blut meine Klinge gefärbt hatte. Diesmal war der Schmerz jedoch nicht so groß, denn meine Gedanken kreisten um Zarozinia, wie du ganz richtig festgestellt hast. Und so richteten sich meine Erinnerungen zum allererstenmal auf meinen törichten, wahnsinnigen Vetter Yyrkoon und wie sein irrsinniger Ehrgeiz zu meinem Untergang führte.«

Elric machte eine Pause und holte tief Luft. »Dabei fiel mir Trauerklinge ein, das andere Schwert.« Aus den roten Augen des Albinos leuchtete Verzweiflung. »Das zweite Runenschwert, die Klinge, die Yyrkoon in der Pulsierenden Höhle gegen mich anzuwenden versucht hatte. Sie verschwand in den Höhlenwänden, als ich meinen Vetter besiegte. Als wir aus Ameeron jenseits des Schattentors zurückkehrten, blieb Trauerklinge zurück. Doch als Yyrkoon ein Jahr später gegen mich kämpfte, hatte er das andere Runenschwert wieder in Händen.«

»Wie hat er die Klinge wiedererlangt?« fragte Mondmatt, der sich vor der Frage fürchtete, gleichzeitig aber auch Angst hatte, es nicht zu tun. »Du hast mir doch erzählt, dein Vetter habe schreckliche Angst vor der Pulsierenden Höhle gehabt.«

»Genau«, sagte Elric, während er beide Hände ausstreckte und Mondmatt bei den Schultern packte. »Es ist ausgeschlossen, daß Yyrkoon dorthin zurückgekehrt sein könnte. Ein anderer – denn nur ein Sterblicher vermochte das Schwert anzufassen – muß die Klinge wiederbeschafft und meinem verrückten Verwandten gegeben haben.« Elrics Griff wurde fester, bis sich seine Finger wie Nadeln in die Haut des Ostländers bohrten. »Das nagt an meinem Gemüt, Mondmatt. Dieses Rätsel umkreisen meine Gedanken. Ich kann keine Ruhe finden, bis ich erfahren habe, wer Yyrkoons heimlicher Verbündeter war.«

»Welche Rolle spielt das denn noch?« fragte Mondmatt, der von seinem Freund abrückte. »Yyrkoon ist tot. Er ist derjenige, der deinen Thron gestohlen und Cymorils Tod verursacht hat.«

Elric schüttelte den Kopf. »Yyrkoon war ein Narr. Ein schwacher, ehrgeiziger Narr. Er wollte Macht, hatte aber nicht die Kraft, sie aufrechtzuhalten. Ich habe ihn während meiner Abwesenheit als Herrscher von Melniboné zurückgelassen, weil ich wußte, daß ihm der nötige Wille fehlte, den Drachenthron an sich zu reißen. Ich hatte recht, Mondmatt. Aber ich rechnete nie damit, daß Yyrkoon Trauerklinge in seinen Besitz bringt.«

»Das Schwert ...«, begann der Ostländer.

»... hat seinen Geist deformiert und ihn mit ruchloser Energie versorgt«, fuhr der Albino fort. »Du hast oft gesehen, welche Wirkung Sturmbringer auf mich hatte. Und mein Wille ist hundertmal stärker als der meines wahnsinnigen Vetters. Trauerklinge erfüllte Yyrkoon mit berserkerhafter Wut. Ohne das Schwert hätte er nie den Mut gehabt, mir die Stirn zu bieten, sich meinen Befehlen zu widersetzen. *In Wirklichkeit war es das andere*

Schwert, das Cymoril tötete und mich zum Ausgestoßenen machte. Von dem Moment an, da Trauerklinge Yyrkoon wiedererstattet wurde, geriet mein Schicksal in Unordnung und stand unter einem Fluch.«

Elric fiel auf seinen Stuhl zurück. »Verstehst du jetzt, warum ich keine Ruhe finde, warum ich nicht schlafen kann? Ich muß herausfinden, wer Yyrkoon Trauerklinge gab. Blut schreit nach Blut. Wer immer meinem Vetter die Klinge wiedergebracht hat, muß sterben. Erst dann wird meine Seele Frieden finden. Erst dann.«

»Du stellst dir eine unmögliche Aufgabe«, sagte der Ostländer bedrückt. Er kannte Elric zu gut, als daß er versucht hätte, ihm zu widersprechen. Wenn der Albino sich einmal etwas in den Kopf gesetzt hatte, war er durch nichts mehr davon abzubringen. Leider sah Mondmatt keine Möglichkeit für Elric, einen Feind ausfindig zu machen, über den er keinen Anhaltspunkt hatte. »Die Vergangenheit ist ein geschlossenes Buch, das man nicht öffnen kann. Nicht einmal der letzte Prinz von Melniboné kann das.«

Ein eigenartiger Ausdruck huschte über Elrics Gesicht. Er rieb sich mit einer Hand die Augen, als versuche er, sich eine seit langem verlorene Erinnerung ins Gedächtnis zurückzurufen. »Ein geschlossenes Buch«, murmelte er. »So scheint es. Aber es gibt da einen Zauber ...«

Langsam hob der Albino den Kopf, bis seine roten Augen in die Mondmatts starrten. »Man kann es schaffen«, erklärte er, »aber nicht allein. Ich brauche deine Hilfe.«

»Die du gern haben kannst«, versicherte der Ostländer, dem dabei die Frage durch den Kopf schoß, worauf er sich da einließ.

»Als ich ein Kind war«, sagte Elric eine Stunde später, nachdem alle Vorbereitungen getroffen worden waren,

»bediente mein Vater sich dieses Zaubers, um mir die Größe unseres dahingeschwundenen Reichs zu zeigen. Glücklicherweise unterwies er mich in den Vorbereitungen, damit ich eines Tages das gleiche für meine Kinder tun könne.«

Zarozinia, die einzige weitere Person im Gemach, starrte die beiden Männer ängstlich an, die nebeneinander auf dem großen Bett lagen. Neben dem Bett befand sich ein kleiner Holztisch, auf dem zwei Becher mit einer dunklen braunen Flüssigkeit standen. Ihre Stimme war kühl und fest, als sie sprach.

»Es besteht keine Gefahr?«

»Keinerlei Gefahr«, versicherte Elric sowohl ihr als auch Mondmatt. »Der Zauber heißt *Gezielte Rückkehr*. Der Anwender und ein Gefährte nehmen beide den Trank, den ich zubereitet habe, zu sich und fallen in tiefe Trance. In diesem Zustand konzentriert der Zauberer all seine geistigen Kräfte auf einen bestimmten Augenblick oder ein bestimmtes Ereignis in der Vergangenheit. Während sein Geist, der als Katapult dient, an Ort und Stelle bleibt, wird das Ich seines Gefährten durch die Zeit zurückgeschleudert, bis es den ins Auge gefaßten Moment erreicht. Auf diese Weise ermöglichte mein Vater es mir, die Eroberung des Reichs der Hamish durch die Drachenreiter von Melniboné mitzuerleben. Und kraft meiner Bemühungen wird Mondmatt meinen Vetter Yyrkoon dabei beobachten, wie er das Runenschwert Trauerklinge erhält.«

»Du bist sicher, daß mein Geist nicht in der Vergangenheit festgehalten wird?« fragte der Ostländer und leckte sich aufgeregt die Lippen. Mondmatt hatte nichts gegen Zauberei, sofern er nicht persönlich darin verwickelt war. Wie eben jetzt. Er hatte die schreckliche Vorstellung, sein seelenloser Körper könne unzählige Jahre hilflos auf diesem Bett liegen.

»Ich gebe dir mein Wort«, sagte Elric. Er nahm einen

Becher und reichte seinem Gefährten den anderen. »Sobald wir trinken, tritt der Zauber in Kraft.«

Der Albino hob den Becher an die Lippen, dann zögerte er. »Ganz gleich, wer es ist«, erklärte er leise, wobei seine hageren, starren Gesichtszüge wie ein Totenschädel wirkten, »ich muß die Wahrheit wissen. Nach all diesen Jahren wird nur die Wahrheit mir Ruhe schenken.«

»Selbst wenn es jemand ist, dem du vertraust?« fragte Mondmatt.

»Selbst dann«, entgegnete Elric.

»Selbst wenn es ... Cymoril ist?«

Elric erschauderte, dann nickte er. »Selbst wenn es Cymoril ist.«

Dann tranken sie.

Zunächst glaubte Mondmatt, der Zauber sei nicht geglückt. Benommen schüttelte er sich den Schlaf aus den Augen. Er lag immer noch im Bett, obwohl das Gemach jetzt dunkel war. Neben ihm befand sich Elric, nach wie vor bewußtlos. Es dauerte einige Sekunden, bis Mondmatt merkte, daß sein Freund ganz anders aussah als vor nur wenigen Minuten. Und auch das Gemach war nicht das, in dem er den Zaubertrank geschluckt hatte. Erst da dachte er daran, an seinem Körper herunterzublicken. Um festzustellen, daß er keinen Körper besaß.

»Ich bin offensichtlich ein Geist«, erklärte der Ostländer laut, überzeugt, daß niemand seine Stimme hören konnte. »Aber was tut Elric hier? Genauer gesagt, wo ist *hier*? Und wann?«

Nachdem er sich einige Minuten im Raum umgesehen hatte, konnte Mondmatt die erste Frage beantworten. Der Beschreibung zufolge, die er im Laufe der Jahre nach und nach erhalten hatte, befand er sich ohne Zweifel in Elrics Schlafzimmer im königlichen Palast von Melniboné. Was ihm, zusammen mit der offenkundigen Jugendlichkeit der Gesichtszüge seines Freundes, eine ungefähre Vorstellung vom *Wann* vermittelte. Aber keine der Antworten lieferte einen Hinweis auf das *Warum* seines Hierseins. Der erfolgte einige Minuten später.

»Elric«, flüsterte eine Stimme aus dem Nichts, eine Stimme, die wie die eines Kindes klang. »Erhebe dich, o Prinz, denn ich muß mit dir sprechen.«

Wenn die Möglichkeit bestanden hätte, dann wäre Mondmatt der kalte Schweiß ausgebrochen. Er erkannte diese böse Stimme, hatte sie in den vergangenen Jahren zu oft gehört, um sie mit irgendeiner anderen zu verwechseln. Es war Arioch, der Lord des Chaos, der Elric rief.

»Ja, mein Lord«, erwiderte der junge Prinz und setzte sich im Bett auf. Mit einem Angstschauder bemerkte Mondmatt, daß die Augen des Albinos immer noch fest geschlossen waren. Elric schlief tief; dennoch reagierte er auf Ariochs Befehl.

»Morgen brichst du zum Festland auf, um ein Jahr unter den Völkern der Jungen Königreiche zu verbringen. Richtig?«

»Ja, mein Lord«, sagte Elric, und die ersten Anfänge einer Panik packten Mondmatt und wollten ihn nicht mehr loslassen.

»Und du läßt deinen Vetter Yyrkoon statt deiner als Kaiser herrschen?«

»Ja, mein Lord«, antwortete Elric, der langsam und flach atmete, während er schlief und trotzdem sprach.

»Aber Yyrkoon ist schwach und ein Narr«, sagte Arioch mit seiner kindlichen Stimme. »Er hat nicht die Kraft, um den Adel von Melniboné im Zaum zu halten. Seine Herrschaft wird zum Zusammenbruch und zum Bürgerkrieg führen. Und Cymoril, die du dir zur Kaiserin erkoren hast, wird in tödliche Gefahr geraten.«

Elric runzelte die Stirn, obwohl seine Augen geschlossen blieben. »Ja, mein Lord. Aber ich habe mein Wort gegeben, mein Lord.«

»Dann laß Yyrkoon die nötige Hilfe zuteil werden, bevor du aufbrichst, mein Lieblingsjünger«, sagte der Lord des Chaos. »Übergib ihm den einzigen Gegenstand, der es ihm ermöglichen wird, während deiner Abwesenheit in Frieden und Harmonie zu herrschen.«

»Nein!« schrie Mondmatt, den aber, da er ein Geist war, niemand hörte. »Nein!« Er wußte sehr gut, was der Chaos-Lord gleich sagen würde.

»Bring ihm Trauerklinge«, sagte Arioch.

»Ja, mein Lord«, antwortete Elric.

Mondmatt stöhnte und sah hilflos zu, wie Elric vom Bett aufstand. Aus einer Finsternis, die dunkler war als die Nacht, näherte sich Arioch, Lord des Chaos und Elrics Schutzpatron. Wie immer nahm er die Gestalt eines schönen Jünglings an, und nur seine uralten Augen verrieten seine Unsterblichkeit.

»Ich werde ein Tor zur Pulsierenden Höhle öffnen«, erklärte der Gott, »damit du die Klinge wiederbeschaffen kannst, ohne daß jemand etwas merkt. Niemand wird je auch nur vermuten, daß du diesen Raum heute nacht verlassen hast.«

»Wie du befiehlst, Lord Arioch«, sagte Elric und zog sich an. Seine Augen waren offen, aber ihnen fehlte der Funke des Verstands. Der Prinz von Melniboné wandelte im Schlaf.

»Nur ein Sterblicher kann die Runenschwerter führen«, sagte Arioch. »Nicht daß ich je den Wunsch gehabt hätte, mich der Klingen zu bedienen. Sie sind Teil deines Schicksals.« Einen Augenblick lang schien der Lord des Chaos Mondmatt direkt anzustarren. Der Ostländer erschauderte und fragte sich, ob der Gott seinen Geist im Zimmer spürte. »Dein Schicksal ist mit dem Sturmbringers und Trauerklinges verbunden. Es läßt sich nicht ändern.«

»Ja, mein Lord«, sagte Elric und zog die schwarze Klinge Sturmbringer aus der Scheide. Das Runenschwert strahlte ein unheimliches Licht aus, und sein schrilles Heulen erfüllte das Gemach.

Unwillkürlich wich Arioch vor seinem Jünger zurück, und für den Bruchteil einer Sekunde huschte ein ängstlicher Ausdruck über das Gesicht des Chaos-Lords. Da begriff Mondmatt, daß selbst die Götter nicht gegen die schreckliche Macht der Runenschwerter gefeit waren. Und angesichts dieser Erkenntnis ahnte der Ostländer, daß der Friede, den sein Freund in Karlaak gefunden hatte, nicht sehr lange dauern würde. Einem Sterblichen, der die Macht besaß, Götter zu töten, war es nicht bestimmt, im Bett zu sterben.

»Steck dein Schwert in die Scheide«, befahl Arioch. »In der Pulsierenden Höhle brauchst du seine Kraft nicht.« Der Gott machte eine Handbewegung, und in der Mitte des Schlafzimmers erschien eine graue Blase von der Größe eines Mannes. »Tritt in das Tor. Es wird dich zu deinem Bestimmungsort bringen.«

Wortlos tat Elric, wie ihm geheißen. Mondmatt folgte ihm.

Der Prinz von Melniboné und der ihn begleitende Geist hielten sich nur für wenige Minuten in der Pulsierenden Höhle auf. Dieser runde Raum mit schwammig-weichen Wänden, die vor Leben bebten, war ein Ort des Wahnsinns. Selbst Mondmatt, obwohl ein körperloser Geist, setzte das ständige, unaufhörliche Pulsieren zu, das auf ein bewußtseinsveränderndes Empfindungsvermögen schließen ließ.

Und auch der schlafende Albino blieb von dem Bann der Höhle nicht unberührt. Elrics Atemzüge waren tief und abgehackt, während seine vom Schlaf glasigen Augen rasch in der Höhle umherschweiften und nach

Trauerklinge suchten. Sein Blick blieb in der Mitte des Raums hängen, wo das Schwert frei in der Luft schwebte.

Als kämpfe er sich durch einen dickflüssigen Teig, streckte Elric die Arme aus und packte die Runenklinge mit beiden Händen. Dank der ruchlosen Kraft, die in ihn hineinströmte, leuchteten die Züge des Albinos plötzlich auf, doch als er das Schwert in die schwarze Scheide rammte, die auf magische Weise an seinem Gürtel erschien, verschwand der Glanz wieder von seinem Gesicht.

»Arioch«, rief Elric, dessen Stimme in der seltsamen Atmosphäre der Höhle gedämpft klang, »ich habe die Klinge! Öffne das Tor, damit ich zurückkehren kann!«

Diesmal führte die graue Blase jedoch nicht in Elrics Gemach, sondern in ein anderes Schlafzimmer des Palastes. Eine Gestalt bewegte sich schlaftrunken unter der Bettdecke und wurde vor Bestürzung plötzlich hellwach, als sie Elric neben dem Bett erspähte.

»Mein Prinz«, sagte Yyrkoon, dessen Stimme vor Angst bebte, »warum bist du hier? Es ist schon spät.«

»Ich bringe dir ein Geschenk, Vetter«, antwortete Elric mit tonloser, schwacher Stimme. Behutsam schnallte der Albino die Scheide los, die Trauerklinge enthielt, und warf Klinge und Scheide neben den erstaunten Yyrkoon aufs Bett. »Mach in meiner Abwesenheit guten Gebrauch davon.«

»Oh, das werde ich tun, mein Prinz«, erklärte Yyrkoon und streckte zögernd die Hand aus, um die schwarze Klinge zu berühren. Nur Mondmatt bemerkte den ganz leichten Anflug von Spott – und Wahnsinn – in Yyrkoons Stimme. »Ich werde die Klinge gut verwenden.«

Dann befanden sie sich wieder in Elrics Schlafzimmer, wo der Prinz es sich unter der Bettdecke behaglich machte. Es war, als wäre in Wirklichkeit nichts geschehen. Doch Mondmatt wußte, daß die Vorgänge, die er miterlebt hatte, nur zu wahr waren.

»Schlaf gut, mein Günstling«, sagte Arioch mit seiner süßen kindlichen Stimme. »Schlaf und vergiß. Du hast versucht, deine Zukunft zu ändern, indem du Cymoril gerettet und Yyrkoon am Leben gelassen hast. Doch die Unternehmung der heutigen Nacht hat dich wieder auf den richtigen Pfad gebracht.« Arioch kicherte, was unglaublich bösartig klang. »Niemand kann seinem Schicksal entgehen, meine törichte Marionette. Nicht einmal ein Prinz von Melniboné.«

Dann erwachte Mondmatt zum zweitenmal an diesem Abend in einem Schlafzimmer, wo Elric neben ihm lag. Aber dieser Prinz war älter, und Kummer und Leid hatten Furchen in sein kalkweißes Gesicht gegraben. Dicht neben ihm stand Zarozinia, deren dunkle Augen vor Sorge weit aufgerissen waren. Und so wußte Mondmatt, daß er in die Gegenwart zurückgekehrt war.

»Nun?« fragte Elric mit banger Stimme, als er Mondmatt half, sich aufzusetzen, und ihm einen Becher mit angewärmtem Wein an die Lippen hielt. »Hast du die Wahrheit erfahren? Hast du gesehen, wer Yyrkoon die Klinge gab?«

Mondmatt nickte, denn er wußte, daß Elric, wenn er das Gegenteil behauptete, es nur noch einmal versuchen würde, mit einem anderen Partner; daß er es wieder und wieder versuchen würde, bis er die Antwort erfuhr. Die Antwort, die ihn in den Wahnsinn treiben würde.

Denn Mondmatt war sich darüber im klaren, daß sich sein Freund – trotz Ariochs Eingreifen – selbst die Schuld dafür zuschreiben würde, Yyrkoon das Runenschwert gegeben zu haben. Elric hatte immer für alle seine Taten die Verantwortung übernommen, selbst wenn der Wille eines anderen ihn gelenkt hatte. Diesmal jedoch wäre die Wahrheit, so vermutete Mondmatt, zuviel für den Albino. Es reichte nicht, daß er Cymoril mit seiner verfluchten Klinge getötet hatte, sondern er war auch derjenige, der für die Ereignisse, die zu ihrem Tode führten, verantwortlich war. Kein Sterblicher hätte diese ungeheuerliche Bürde der Schuld tragen können, ohne wahnsinnig zu werden.

»Ich habe alles miterlebt«, sagte Mondmatt, während er seinem Freund in die Augen starrte. »Nach deiner Abreise aus Imrryr hat Yyrkoon sich aus den Blättern des schwarzen Lotos einen Zaubertrank gebraut. Der Trank gab ihm den Mut, noch einmal den Gefahren der Pulsierenden Höhle die Stirn zu bieten. Er hat das Schwert selbst wiederbeschafft. Und wie du vermutet hast, hat es ihn nach und nach in den Wahnsinn getrieben.«

Mondmatt schüttelte den Kopf. »Das ist vorbei. Das letzte Rätsel ist gelöst. Mach dich von den bittern Erinnerungen frei, mein Freund. Mehr läßt sich nicht tun.«

Langsam, sehr langsam schlossen sich Elrics rote Augen. Seine verkrampften Gesichtszüge entspannten sich, und ein schwerer Seufzer entfuhr seinen Lippen. Zarozinia umklammerte fest die Schultern ihres Geliebten, während sie vor Erleichterung schluchzte. Mit einem matten Lächeln erhob sich der Albino.

»Meinen Dank, Mondmatt«, flüsterte Elric. »Jetzt kann ich vielleicht endlich Frieden finden.«

Und obwohl Mondmatt seinen Freund angelogen und ein großes Vertrauen mißbraucht hatte, wußte er, daß er das Richtige getan hatte.

Copyright © 1994 by Robert Weinberg

Charles Partington

ARIOCHS GESCHENK

Zahlreich sind die Lieder, die über die Eroberung der Dracheninsel gesungen werden.

Jede Darstellung weicht von der anderen ab, das eine Mal stark, das andere mal in Nuancen, je nach Überlieferung und Brauchtum. Die Musik der Geschichte ist immer unharmonisch, verwirrend und schwer zu verstehen, doch das Ohr kann geschult werden, so daß sich schließlich das schlichte, allem zugrunde liegende Thema heraushören läßt.

Zornig und unzufrieden schritt Stag, mutmaßlicher Thronerbe von Melniboné, in den Ruinen ausgedehnter, widerhallender Marmorsäle auf und ab. Seine Rüstung klirrte, das Blatt seiner großen Streitaxt war mit Blut befleckt, das allmählich eintrocknete. »Wo ist das Schwert?« war seine einzige Frage, seine einzige Antwort auf die wiederholten Bitten seiner Leute, sich endlich inthronisieren zu lassen. »Kein Krieger kann sich hier als rechtmäßiger König bezeichnen, ohne daß eines der Runenschwerter in seiner Scheide steckt. Könnt ihr niemanden finden, der Bescheid weiß?« forderte er. Und Stags Forderungen erheischten Aufmerksamkeit.

Die Insel der Toten Drachen wurde gründlich durchsucht, von den tiefsten, stinkendsten Verliesen, wo unvorstellbare lebende Kadaver mit einem tragischen Anschein von Leben umherkrochen, bis zu den vom Feuer zerstörten, glänzenden goldenen Minaretten, wo die dekadenten Lords von Melniboné sich ihren wilden Vergnügungen und grausamen Künsten hingegeben hatten. Schließlich fand man einen alten gebrechlichen

Mann. In Ketten und voller Angst wurde er vor Stag gebracht.

»Wer ist das?« knurrte Stag.

»Diese Kreatur, die sich doppelt glücklich schätzen muß, vor deinem göttlichen Angesicht zu erscheinen, heißt Mondmatt und war einst der Vertraute von Lord Elric.«

»Weiß er, wo Sturmbringer schläft?«

»Nein, Sire.«

»Wo die Trauerklinge wartet?«

»Ich fürchte, nein.«

»Dann tötet ihn.«

»Trotzdem verfügt er über wichtige Kenntnisse, Sire...« Das war ein Wagnis. Die Todesstrafe brauchte nicht nur auf Gefangene angewendet zu werden.

»Worüber?«

»Es gibt eine Sage, daß beide Runenschwerter aus einem Klumpen wundersamen Metalls gegossen wurden, der als Geschenk des Dämons Arioch irgendwo in der Tränenwüste vom Himmel fiel.«

»Dann läßt er sich nie wiederfinden. Tötet ihn.«

Ein weiteres Wagnis wurde eingegangen. »Man konnte seine gegenwärtige Konkubine schließlich zu der Aussage überreden, daß der alte Mondmatt die genaue Lage von Ariochs Geschenk kennt.«

Stag grinste und beugte sich gierig vor. »Dann wird er uns hinführen.«

»Niemals!« Mondmatt spuckte Blut aus.

Stag blickte seinen Gefolgsmann boshaft an. »Möchte darauf jemand eine Wette abschließen? Wie lautet der Name dieses Metalls?«

Mondmatt murmelte etwas vor sich hin. Selbst *mit* Zähnen war der Name unaussprechbar. Schwach hob er einen zitternden Finger und zeigte auf eine entfernte messingbeschlagene Tür. Man zerrte ihn durch die Tür in die dahinterliegende Halle.

Sie war bar aller Einrichtungsgegenstände. Der Wandbehänge beraubt. Völlig leer. Krieg ist eine kostspielige Sache für den Verlierer. In den Sockel einer in der Mitte befindlichen Jadesäule, die so dick war, daß zehn Männer sie nicht umspannen konnten, war eine einzelne Rune gemeißelt. Stag befahl seinen Priestern, die Rune zu übersetzen. Sie versuchten es in sieben Sprachen. In jeder Variante war das Ganze unaussprechbar. Niedergeschrieben lautete es: *yunjgbhguvbfhbfgcbpibabafeeweaf*.

Ein Steinkrug mit Honig war während der Plünderung zu Boden gefallen. In die klebrige, allmählich eintrocknende Lache schrieb Mondmatt: »Nur die Lords von Melniboné konnten die Rune aussprechen. Geringere Wesen, denen solches Wissen anvertraut wurde, bezeichneten das Eisen nach dem ersten Buchstaben seines Namens, *y*.«

Stag befahl, eine Karawane zusammenzustellen und für eine lange Reise auszurüsten. Seine besten Krieger wurden damit betraut, sie zu beschützen. Zum Entsetzen seiner Leute, die, wie es heißt, ihn alle innig liebten, bestand Stag darauf, den Marsch in die Tränenwüste persönlich anzuführen. Mondmatt ritt zu seiner Rechten auf einem Pferd. Links von Stag ritt Hoot, sein begabtester Schmied und Waffenmacher.

Es gab keinen Zweifel, daß Mondmatt die Lage von Ariochs Geschenk kannte. Und ebenso wenig Zweifel, daß er bestrebt war, die Stelle so schnell wie möglich zu finden. In einem fort wurden überredende Maßnahmen angewendet. Man gab ihm keine Gelegenheit, einen Selbstmordversuch zu unternehmen: Stag war gründlich und entschlossen. Doch die Tränenwüste hatte wenige beständige Merkmale. Sie war eine Landschaft von lebendiger geographischer und veränderlicher geologischer Beschaffenheit; um sie herum erstreckte sich ein Horizont ewiger Illusionen. Veränderung war das einzige Beständige.

Stag wurde mürrisch. Stag wurde ungeduldig. Stag wurde wütend. Mondmatt litt und wurde schwächer.

»Sind wir jetzt in der Nähe?« donnerte Stag. »Wo ist Ariochs Geschenk? Wo ist das Eisen namens y?«

Sie ritten an den Geisterfelsen vorbei, an den Höhlen der Betrunkenen Blinden und über die Zehn Quetschungen. Für einen kräftigen, gesunden Mann war eine solche Reise beschwerlich; für den alten und versehrten Mondmatt konnte sie nur eine Folge haben.

Am fünften Tag ihres Zugs in die Tränenwüste starb er. Traditionsgemäß wurde Mondmatts ausgemergelte Leiche einer rituellen Verstümmelung unterzogen, doch nichts vermochte Stags rasende Enttäuschung zu lindern.

Als die Sonne sich auf das massive Felsgebilde zuschob, welches den Namen ›Die drei gekrümmten Daumen‹ trug, ließ Stag seine schlechte Laune an Arioch aus. »Verflucht«, brüllte er, »wo ist dein Geschenk?« Es kam keine Antwort. Doch Stag war es gewohnt, Männer zu führen. Er versuchte es ein letztes Mal. »Wo ist es? Wo ist das Eisen y?«

In der Ferne fand eine geodynamische Veränderung statt und warf von der Oberfläche der ›Drei gekrümmten Daumen‹ das Wort *Eisen* und den Anfangsbuchstaben von Ariochs Geschenk zurück. Und das Echo legte die Entfernung zurück.

Und ringsumher lachte die Tränenwüste...

Copyright © 1994 by Charles Partington

Peter Crowther und James Lovegrove

DIE REISE
INS GRAUE LAND

I

Entschlossenheit kann eine wunderbare Sache sein, und zumindest für Elric erwies sie sich als fast so berauschend wie ein guter Wein oder ein Zaubertrank. Es gab sogar Zeiten, da er das Gefühl hatte, ihr überwältigendes und ständiges Vorhandensein lasse sich praktisch nicht von den Wirkungen aller Drogen unterscheiden, mit denen er je zu tun gehabt hatte. Und bei ihr fehlte die sonst unvermeidliche, oft schmerzliche Rückkehr in den Normalzustand. Doch als die Tage dahingingen, erwies sich ebendiese Entschlossenheit, die er gepflegt hatte, um seine Aufgabe zu erfüllen, paradoxerweise auch als Last von einiger Schwere. Denn Entschlossenheit ohne Entschluß oder Verwirklichung ist der steinige Pfad zum Wahnsinn, und in der Tat fühlte Elric sich an diesen Pfad gekettet, dem jegliches Hinweisschild und jeglicher Wegweiser fehlten, die ihm eine Ruhepause angeboten hätten.

In den fünf Monaten, die vergangen waren, seit er sich inmitten der sanften Farben der purpurnen Steine Meniis von Rackhir dem Roten Bogenschützen verabschiedet hatte, hatte Elric seine Reisen fortgesetzt. Nach der Durchquerung der Meerenge von Vilmir – eine Fahrt, bei der er die azurblauen Tiefen nach Hinweisen auf das ›Schiff-das-über-Land-und-Meer-fährt‹ abgesucht hatte, welches König Straasha erst vor kurzem wieder an sich genommen hatte –, hatte er die Tränenwüste umschifft und war tief in die Unbekannten Königreiche vorgestoßen, wobei er, immer wenn ein neuer Tag anbrach, der einen neuen Anfang, neue Hoffnungen und neue Gelegenheiten mit sich brachte, jeweils daran dachte, daß er im scheidenden Licht des letzten Tages im Jahr nach Melniboné zurückkehren würde. In dieser Situation pflegte Elric vor den Göttern das stumme Gelöbnis abzulegen, daß dieser Tag ihn zumindest merklich voranbringen sollte, auch wenn seine Mission vielleicht nicht erfüllt war. Doch tief im Innern befürchtete er, daß niemand seine Worte hörte außer der verfluchten schwarzen Klinge an seiner Seite, die ständig seufzte und stöhnte, sich teils seinen Bewegungen anpaßte, teils seinem Willen widersetzte, danach strebte, ihre höchsteigenen Entschlüsse zu fassen... Entschlüsse, von denen er lieber nichts wissen wollte.

Elric wußte, daß es kaum einen Unterschied gab zwischen den Göttern des Lichts und denen der Dunkelheit, der Ordnung und des Chaos. Die launenhafte Natur der Unsterblichkeit und Allwissenheit spielte hinsichtlich der Charakterbildung kaum eine Rolle. Der Umstand, daß sie zuviel Zeit hatten – und es zu wenig gab, womit sie sie ausfüllen konnten –, machte die Großen Wesen ebenso ungebärdig und unangenehm wie ein verzogenes Tavernenbalg, das den Bauch voll billigen Biers hat und dem es in der Schwerthand juckt. Deshalb blickte er, ebenso wie er bestrebt war, in den zahlreichen Gasthöfen, in die er auf seinen Reisen kam, den Blick von den Einheimischen abzuwenden, auch selten in den Himmel hinauf, zu den fernen Ebenen, hinter denen die Götter herumlungerten und mit milchigen Augen das Land unten nach möglichen Belustigungen absuchten.

Und es gab noch einen anderen Grund, das Sonnenlicht zu meiden.

Elrics Haut war so weiß wie Alabaster. Selbst wenn er sich den Sonnenstrahlen nur kurze Zeit aussetzte, bereitete ihm das zumindest Unbehagen, bei längerer Dauer sogar Übelkeit. Soviel er wußte, konnte dadurch sogar sein Tod herbeigeführt werden. Ein solches Schicksal mochte er nicht gutheißen. Sein Kurs war festgelegt: die fernsten Bereiche der Welt zu erkunden, um dort herauszufinden, ob die Menschheit je imstande wäre, ihre Angelegenheiten selbst zu regeln. Nach Ablauf eines Jahres würde er in das ehemals Strahlende Reich von Melniboné zurückkehren, um dort sein Königreich wiederaufzubauen, den ihm gebührenden Platz des Herrschers einzunehmen und gleichzeitig der Ehemann der schönen Cymoril zu werden. Das war ein ehrenhaftes Ziel und ein Ziel, das ihm oft Trost spendete, wenn er merkte, wie seine Entschlossenheit nachließ. Aber während so mancher Nacht in der windgepeitschten Wüste, wenn am fernen Horizont der Sand in dünnen Schleiern aufstieg und sich über das Land ausbreitete, um alles ringsum unter Myriaden von pfeifenden, spitzigen Sandkörnern zu begraben, dachte er an Cymoril und wünschte manchmal, sie hätte sich dazu durchringen können, ihn zu begleiten... und manchmal, er hätte sich zum Bleiben durchringen können. Aber Wünsche bringen wenig ein und sind der letzte Versuch der Schwachen und Trägen, eine Lösung zu finden. Der Albinoprinz von Melniboné hatte seine Entscheidung getroffen, und folglich würde er auch zu ihr stehen.

So verbrachte Elric, viele Meilen von seiner eigentlichen Heimat entfernt und oft tagelang ohne menschliche Gesellschaft, seine Tage wahrhaft allein. Im Schatten der mächtigen Dünen der Wüste von Hy-Napir zog er einher und folgte den flüsternden, gewundenen Waldlandpfaden von Tamaela Dom. Und jede Nacht hüllte er sich in seine groben Decken ein, um in der

Ferne einen weiteren Tag enden zu sehen. In manchen dieser Situationen gab sich in der Nähe das Reittier, das er vorübergehend hatte, seinem unruhigen Schlaf hin, während an des Prinzen Seite die schwarze Form Sturmbringers, seiner magischen und vielleicht auch verfluchten Klinge, zuckte und stöhnte. Bisweilen – und sogar recht häufig – war das Schwert seine einzige Gesellschaft. Es wurde schnell zu einem wichtigen Anliegen für ihn, daß Sturmbringers ständige und unruhevolle Litanei rasch aufhörte, irgendeine Wirkung zu haben. Aber wenn sein Schlaf auch tief und ungestört war, so waren seine Träume doch äußerst unruhig.

Mitunter betrafen diese Träume die Dracheninsel: Melniboné, das zehntausend Jahre lang die Welt beherrscht hatte, aber dessen Vorherrschaft vor etwa fünf Jahrhunderten zu Ende gegangen war. Manchmal schlossen die Träume auch seine Mutter ein, die er nie kennengelernt und die er durch den simplen Akt seiner Geburt getötet hatte. Jedesmal wenn sie in diesen Träumen auftrat, sah sie anders aus. Einmal war sie dunkelhaarig und hatte stark durchblutete Wangen, das andere Mal helles Haar und helle Haut; und bei noch anderen Gelegenheiten war sie wieder anders, bisweilen älter, bisweilen jünger. Aber immer war sie seine Mutter. Und immer blickte sie ihn voll trauriger Sehnsucht an, aus der nicht nur die Klage über ihren vorzeitigen Abschied von den Ebenen des Lebens sprach, sondern auch über ihr Unvermögen, bei ihm zu sein.

Auch sein Vetter Yyrkoon tauchte häufig in diesen komplizierten Traumlandschaften auf. Der mißgünstige Yyrkoon, dessen Leben Elric selbst entgegen dem Rat Ariochs, des obersten Chaos-Lords, verschont hatte. Was Yyrkoon jetzt wohl tat? In Elrics Träumen lachte sein Vetter ständig, obwohl Elric den Grund dafür nicht wußte. Und er wollte es auch nicht wissen, wenn er, eine halbe Welt von allen entfernt, die ihm lieb und teuer waren, zusammengerollt unter einem gleichgültigen Mond lag.

Aber die schlimmsten Träume von allen waren jene, in denen Menschen und Städte auftauchten, die er nicht nur nicht kannte, sondern die er auf irgendeine unerklärliche Weise erkannte, obwohl es, wie er wußte, Menschen und Orte waren, die er im Wachzustand nie zu Gesicht bekommen hatte. In diesen Träumen trug er anscheinend eine Unmenge von Namen. Aber er war immer, auch das wußte er, der gleiche, selbst wenn er sich vielleicht in einem anderen Körper befand und sogar, dessen war er sicher, auf völlig anderen Existenzebenen.

Und jedesmal, wenn er erwachte, nahm er Fragmente der Träume mit in den Morgen hinein und bemühte sich dann mit aller Macht, diese Fragmente festzuhalten. Doch allzurasch verloren die Traumreste ihre Substanz und verflüchtigten sich, glitten in die hintersten Winkel seines Kopfes zurück wie der halberinnerte Geschmack außergewöhnlicher Gerichte, die er vor langer Zeit gegessen hatte oder in ferner Zukunft essen würde.

Jeden Morgen stand er auf und säuberte sich, bevor er seinen Weg antrat, und immer dachte er an das hinter ihm Liegende, immer hinterfragte er sein Tun und sein Ziel. Diese Fragen pflegten ihm den ganzen Tag zuzusetzen, ihn zu umschwirren wie lästige Insekten, während er auf ein Ziel zuging oder zuritt, von dem er keine Kenntnis hatte.

Seine Suche brachte, wie jede Suche, alle möglichen Ablenkungen mit sich.

Einige davon beachtete er nicht. Auf andere ging er ein.

Und so geschah es, daß Elric am Nachmittag des vierten Tages der einundzwanzigsten Woche nach seinem Aufbruch von Menii zu der Stadt Tomesk gelangte, deren schäbige Tore stolz, wenn auch verwittert in der Hitze standen.

Hinter diesen Toren erwartete Elric eine Ablenkung, die ihn beinahe daran gehindert hätte, Melniboné oder seine geliebte Cymoril je wiederzusehen.

II

Die Nacht brach herein, und die letzten gleißenden Strahlen der untergehenden Sonne schwanden vom Himmel, als Elric sich müde durch die staubigen Straßen von Tomesk schleppte, um nach Kost und Logis zu suchen. Manch neugieriger Blick wurde in seine Richtung geworfen und so manches Wort hinter seinem Rücken geflüstert, wenn er vorüber war, Bemerkungen, die sich gewöhnlich auf die weiße Farbe der Hand bezogen, die die Falten der Kapuze an der Kehle zusammenhielt, sowie auf die Schwärze des Schwertes, das an seiner Hüfte hing.

Tomesk lag am Rande einer riesigen ebenen Wüste, die man das Graue Land nannte, nicht zuletzt aufgrund der Farbe ihres in dauernder Bewegung befindlichen Sands – obwohl es auch noch andere Gründe für den Namen gab. Die Stadt selbst wurde häufig von Reisenden aufgesucht, die dort ein letztes Mal Station machten, bevor sie sich in diese öde und scheinbar endlose Wüste begaben. Dergestalt waren die Stadtbewohner daran gewöhnt, daß alle möglichen Eremiten, Asketen und Wahrheitssucher unter ihnen weilten; denn es hieß, daß das Graue Land jedem, der es unvoreingenommen zu betreten wage, die Gabe der Selbsterkenntnis zuteil werden lasse – obwohl es unweigerlich für alles, was man dort gewann, und im allgemeinen auch für alles, was man suchte, einen Preis zu zahlen gab. Gleichwohl regten die schlanken Gliedmaßen und die bleiche Haut des Albinoprinzen die gewöhnlich phlegmatischen Tomeskianer dazu an, allerlei Mutmaßungen anzustellen. Die meisten von ihnen erkannten, daß er Melnibonéer war, dies allerdings eher aufgrund des Schnitts und der Pracht seiner Gewänder als dadurch, daß sie mit dieser sagenumwobenen und für ihre Grausamkeit berühmten Rasse eng vertraut gewesen wären.

Als Elric zu einer Taverne namens *Die silberne Hand* gelangte, erregte sein Erscheinen an der Tür weniger Aufsehen, als man hätte erwarten können – derart rasch nämlich verbreiteten sich in Tomesk Gerüchte. In der Tat zuckte der Wirt Janquil kaum mit der Wimper, als Elric seine Kapuze zurückschlug und um den Nacken fallen ließ, so daß sein totenschädelähnlicher Kopf mit den rubinroten Augen und das wie eine Federwolke aussehende Haar enthüllt wurden. Janquils dringendste Sorge galt vielmehr der Frage, ob der Melnibonéer im voraus für sein Zimmer zahlen würde; eine Sorge, die Elric leicht beschwichtigen konnte, indem er eine solide Goldmünze aus dem Geldbeutel zog.

»Möchtest du das Zimmer sehen?« erkundigte sich Janquil.

»Ich möchte lieber zu einem Tisch geführt werden und etwas zu essen und zu trinken bekommen«, sagte Elric mit einer Stimme, die so schwach und matt war wie die Farbe seiner Haut, »denn ich bin heute weit gelaufen, bin fußlahm und hungrig. Und ich fürchte«, fügte er mit einem Kopfnicken in Richtung eines leeren Tisches am Fenster hinzu, »daß ich wenig zu bieten habe, was Geselligkeit oder müßiges Geplauder betrifft. Ich möchte lediglich die Welt an mir vorüberziehen sehen, ohne mitziehen zu müssen, wenigstens ein Weilchen.«

Janquil, der die Goldmünze inzwischen sicher in der Tasche seiner Schürze verstaut hatte, führte Elric zu dem gewünschten Tisch und setzte ihm kurz darauf einen Krug Bier, einen Laib Brot und einen Teller mit einem dampfenden Gericht vor.

Trotz seines Hungers rührte Elric das Essen kaum an, sondern saß da, die Ellbogen auf die Tischplatte und das Kinn in die Hände gestützt, und starrte durch das Tavernenfenster auf die nachtdunkle Straße, wo undeutliche Gestalten wie Motten entlanghuschten, Gestalten, die kurz in der Düsternis aufschimmerten und dann wieder verschwanden. Seine Gedanken waren, wenn überhaupt auf irgend etwas, auf Imrryr und seine süße Cymoril sowie die Sorgen gerichtet, die jeder zukünftige Kaiser empfinden mußte, sogar ein Kaiser im selbstauferlegten Exil.

Nach und nach leerte sich die Taverne, obwohl sie zuvor keineswegs voll gewesen war. Nur drei andere Gäste blieben noch übrig, die an einem Tisch beim Kamin saßen, aßen tüchtig und unterhielten sich leise. Der erste war ein breitschultriger Riese von einem Mann, dessen piniengrüne Augen und feuerrotes Haar ihn als Angehörigen der Klöef auswiesen, jenes Bergstammes, dessen Angriffslust und Grausamkeit im Kampf ebenso groß war wie seine Hochherzigkeit und seine Vorliebe für Gesang, Wein und die zärtlichen Liebkosungen draller Mädchen. Ihm gegenüber saß ein Typ unbestimmten Alters mit mandelförmigen Augen und verhutzeltem Gesicht; sein scharfer Blick deutete darauf hin, daß er durchaus erst vierzig der achtzig Lenze hinter sich haben mochte, die sein gebeugter und verschrumpelter Körper so deutlich zum Ausdruck brachte. An seinem linken Zeigefinger trug der Mann einen goldenen Ring, in den ein Amethyst von ungewöhnlicher Größe und bemerkenswerter Farbtiefe eingelassen war, ein funkelndes großes Möwenei von einem Stein, der den Schein des Feuers einfing und in allen Schattierungen von Purpur, Violett und Mauve aufleuchtete, während sein Besitzer mit den Händen fuchtelte und gestikulierte, um ein Argument zu unterstreichen oder eine gegenteilige Meinung zu korrigieren. Das dritte Mitglied dieser Gruppe und der stillste von den dreien war ein junger Mann in der ersten Blüte des Erwachsenseins, der eifrig dem Gespräch seiner Gefährten lauschte und jeweils nickte, wenn er ihnen zustimmte (was fast immer der Fall zu sein schien). Gelegentlich warf er selbst eine Bemerkung ein, die er zaghaft vorbrachte, als sei er sich nicht sicher, wie sie aufgenommen werden würde.

In seiner gewöhnlichen selbstbezogenen Schwermut beachtete Elric die Anwesenheit der anderen gar nicht, obwohl er den Eindruck vermittelte, daß er sie mit dem zurückhaltenden aristokratischen Hochmut mißachtete, den die Melnibonéer im Umgang mit den emporgekommenen Völkern der Jungen Königreiche an den Tag zu legen pflegten. Die drei jedoch beachteten ihn durchaus, und als einmal eine Gesprächspause eintrat, wandte sich der riesige Klöef an Elric und redete ihn laut an. »He, bleicher Fremder! Möchtest du dich nicht ein bißchen zu uns setzen und deine Gedanken mit uns teilen? Denn deiner gefurchten Stirn nach zu urteilen, müssen es tiefsinnige Gedanken sein.«

Eine so freundlich vorgebrachte Einladung läßt sich schwer zurückweisen, und sosehr es ihm auch widerstrebte, seine Einsamkeit gegen die Gesellschaft von Fremden einzutauschen, fühlte sich Elric dennoch verpflichtet, den Raum zu durchqueren und an ihrem Tisch Platz zu nehmen.

»Ich bin Gaarek«, verkündete der Klöef stolz. »Die Männer nennen mich Gaarek den allzu Kühnen, und die Frauen manchmal auch.« Er brach in schallendes Gelächter aus. »Dieser verschlagen aussehende Teufel«, sagte er und zeigte auf das alterslose Geschöpf mit dem Amethystring, »hört auf den Namen Trypaz und ist zweifellos ein Zauberer von irgendeiner Art, obwohl er diese fragwürdige Ehre abstreitet.«

»Ganz entschieden«, sagte Trypaz mit einem leichten, reptilienhaften Grinsen, das wenig dazu beitrug, ihn Elric sympathisch zu machen.

»Und dieser beneidenswert jugendliche Bursche, bei dem die Barthaare, an denen er morgens sein Messer stumpf macht, offensichtlich gerade erst zu wachsen beginnen«, fuhr Gaarek fort, während er dem jungen Mann freundlich auf die Schulter klopfte und ihn zum Erröten brachte, »nennt sich Kyval Kesh.«

»Freut mich, den Tisch mit dir zu teilen«, sagte Kyval Kesh und streckte Elric eine Hand entgegen, deren Innenfläche feucht war.

»Und ich bin Elric, ein einfacher Reisender«, sagte der Drachenprinz von Imrryr mit einer leichten Neigung des Kopfes.

»Und Melnibonéer, wenn ich mich nicht irre«, sagte Gaarek.

»Ich gehöre in der Tat dieser Rasse an«, gestand Elric, »obwohl es Zeiten gibt, da diese Herkunft eine Last ist, die ich lieber nicht trüge.«

»Ehrenhaft gesprochen, Freund Elric«, antwortete Gaarek. »Aber wir alle hier sind einfache Reisende, und als solche werden wir zusammen trinken. Die Straße kennt keine Vorurteile, und der Regen fällt in gleicher Weise auf uns alle. Janquil! Wo steckt dieser verdammte... Ah, Janquil, noch ein Glas und eine neue Flasche Wein, wenn's gefällig ist.«

Rasch kam der Wirt zurück und füllte die Gläser der Reisenden mit blauem Fischgrätenwein, einem starken einheimischen Gebräu. Gaarek brachte einen Trinkspruch aus – »Auf alle Reisenden, wohin immer ihr Weg sie führt und worin immer ihre Mission besteht!« –, und den restlichen Abend verbrachte man damit, sich gegenseitig Reisegeschichten zu erzählen, wobei meistens Gaarek das Wort an sich riß und zahlreiche exotische Abenteuer und amouröse Eskapaden zum besten gab, die den leicht zu beeindruckenden Kyval Kesh ungemein belustigten, es aber auch schafften, ab und zu in dem strengen Gesicht von Trypaz und sogar auf Elrics Miene ein Lächeln hervorzurufen.

Wenn Elric Gaarek zuhörte, wurde er an seine Zuneigung für seinen ehemaligen Gefährten Rackhir erinnert, dessen fröhliche, unbeschwerte Natur zu seinem eigenen, düsteren Benehmen so sehr im Widerspruch gestanden hatte. Es war, als zögen ihn solche Männer aufgrund der Anziehungskraft von Gegensätzen an; ihre Offenheit und ihre überschwengliche Liebe zum Leben stellten einen Kontrast, irgendwie aber auch eine Ergänzung zu seiner Schweigsamkeit und seinem tief eingewurzelten Gefühl dar, alles sei sinnlos. Die Wärme solcher Menschen war so berauschend wie der scharf schmeckende Wein, den sie tranken, und, wie es schien, ebenso imstande, seine Verzweiflung zurückzudrängen, wie ein Kohlenbecken die Nacht zurückdrängt.

Ihre Unterhaltung setzte sich bis in die frühen Morgenstunden fort, bis der Wirt durch kleine Zeichen darauf aufmerksam machte, daß er lieber im Bett wäre, als seinen Gästen aufzuwarten, deren Vergnügungssucht anscheinend unerschöpflich war. Seine übermäßigen Gähnanfälle und langgezogenen Seufzer hatten schließlich die erwünschte Wirkung auf die Reisenden.

»Vielleicht sollten wir uns auf unsere Zimmer begeben«, sagte Gaarek, trank sein Glas leer und stellte es geräuschvoll auf den Tisch zurück. »Ich jedenfalls möchte früh am Morgen aufbrechen, denn ich habe gehört, daß das Graue Land in der Hitze des Tages am trügerischsten – und am gefährlichsten – ist, denn dann macht die Sonne die Landschaft zur Lügnerin. Es heißt, so mancher Mann sei zu Tode gestürzt, als er über den Rand eines Abgrunds trat, den er lediglich für einen Riß im ausgedörrten Erdboden hielt. Ich mag Gaarek der allzu Kühne sein, aber ich bin nicht Gaarek der Narr. Während der Mittagsstunden werden wir rasten und den Morgen und den Abend voll für unseren Ritt ausnutzen.«

»Ihr wagt euch in das Graue Land?« fragte Elric.

»Wagt? Wir haben vor, es zu durchqueren, mein melnibonéischer Freund.«

»Ich dachte, es sei unpassierbar. Ich selbst hatte vor, es auf einer herkömmlicheren Route zu umgehen.«

»Unser Freund Trypaz hier glaubt, einen Weg hindurch entdeckt zu haben,«

Elric wandte sich dem verhutzelten Mann mit den Mandelaugen zu, der ihn geheimnisvoll anlächelte. »Wenige Menschen betreten das Graue Land, es sei denn, um den Trost der Einsamkeit und die Erleuchtung zu suchen, die Ödnis bringen kann«, sagte er. »Das Graue Land hält der Seele einen Spiegel vor, und in der Leere des Landes findet der Weise die Wahrheit. Ich jedoch habe mehr als das gesucht, als ich seine Grenze zum erstenmal überschritt, und dafür wurde mir die Kenntnis einer Route zuteil, auf der man rasch und sicher von einer Seite zur anderen gelangen könnte.«

»Und hast du diese Route schon selbst erkundet?«

»Bis jetzt hat sich noch nicht die Gelegenheit dazu ergeben, Freund Elric. Und mit solchen vortrefflichen Reisegefährten wie Gaarek und Kyval Kesh – und vielleicht sogar dir selbst, Melnibonéer – wird die Reise für jemanden, der so gebrechlich ist wie ich, zweifellos leichter und erheblich ungefährlicher sein.«

»Was mich betrifft«, warf Gaarek ein, »so ist die Herausforderung, das Undurchquerbare zu durchqueren,

Grund genug, die Reise zu unternehmen. Was den jungen Kyval Kesh hier angeht...«

»Ich muß in mein Heimatland Zalonikad gelangen«, sagte Kyval Kesh, »das, wie du vielleicht weißt, genau westlich vom Grauen Land liegt. Auf den herkömmlichen Routen ist das eine Reise von dreißig Tagen oder mehr, für die ich aber, wenn Freund Trypaz recht hat, nur etwas über sieben oder acht brauchen würde. Ich habe die Nachricht erhalten, daß es meiner Mutter nicht gutgeht, weißt du, und ich möchte bei ihr sein, wenn es zum Schlimmsten kommen sollte.«

Elric blickte sie nacheinander an. Obwohl seine rubinroten Augen nichts verrieten, erfüllte ihn irgend etwas an den Gründen, die jeder Mann für die Durchquerung des Grauen Landes angegeben hatte, mit Argwohn. Er hatte keinen Anlaß, irgendeinem von ihnen zu mißtrauen; gleichermaßen aber hatte bis jetzt keiner von ihnen bewiesen, daß er gänzlich vertrauenswürdig war. Eine heikle Angelegenheit. Doch als er seine Zweifel einen Moment lang beiseite schob, wurde Elric von dem neugierigem Verlangen gepackt, das sagenumwobene Graue Land selbst aufzusuchen. Etwas, das der angebliche Zauberer Trypaz gesagt hatte, hatte seine Neugier geweckt: nämlich daß das Graue Land der Seele einen Spiegel vorhalte. Schließlich hatte Elric sich auf Wanderschaft begeben, um mehr über sich selbst zu erfahren und um herauszufinden, ob es richtig war – und ob er es überhaupt verdiente –, seinen Platz auf dem Rubinthron von Imrryr einzunehmen. Welchen besseren Weg konnte es geben, als das Graue Land zu betreten und festzustellen, ob Trypaz' Worte der Wahrheit entsprachen? Und wäre das nicht der Fall, so nähme die Reise wenig mehr als eine Woche von seiner Zeit weg.

»Ich erkenne an deinem Gesichtsausdruck, Freund Elric, daß du hin und her überlegst, ob du dich uns auf unserer Erkundungsreise anschließen sollst«, sagte Gaarek.

»Und wir wären mehr als entzückt, dich bei uns zu haben«, fügte Kyval Kesh hinzu, obwohl etwas in seinem Tonfall auf das Gegenteil schließen ließ.

Trypaz nickte. »Und dieses Schwert an deiner Seite sieht aus, als erfordere es einen kräftigen Arm, um es zu schwingen«, sagte er mit einem schiefen Lächeln. »Was auch oft geschieht, wenn mich meine Intuition nicht trügt. In der Gesellschaft von *zwei* guten Fechtern würde ich mich viel sicherer fühlen«, setzte er mit einem Nicken in Gaareks Richtung hinzu, der sich elegant verbeugte.

»Ich weiß nicht recht, obwohl ich gestehen muß, daß die Sache mich reizt«, sagte Elric. »Ich werde über Nacht weiter über die Angelegenheit nachdenken und euch am Morgen meine Entscheidung mitteilen.«

»Nun gut, Freund Elric, aber denk nicht zu angestrengt nach«, sagte Gaarek mit einem heiseren Lachen. »Wir brechen beim Morgengrauen auf, und solltest du beschließen, uns zu begleiten, brauchst du deine Nachtruhe für die vor uns liegende Reise.«

Nachdem der Wirt sie zu ihren Zimmern geführt hatte, wünschten die vier Männer einander gute Nacht und zogen sich zurück. Bei Elric, wie vielleicht auch bei den drei anderen, dauerte es lange, bis der Schlaf sich einstellte.

III

Obwohl Elric von Natur aus ein Frühaufsteher war, da er wenig Schlaf brauchte, um seinen dünnen Körper mit neuen Kräften zu füllen, fand er sich trotzdem erst als zweiter der vier Reisenden auf der Straße ein. »Ah, Freund Elric«, sagte Trypaz und unterbrach seine Tätigkeit, die darin bestand, einen Lederriemen unter dem Bauch des letzten der vier Pferde festzumachen, die nebeneinander am Geländer nahe der Tür der *Silbernen Hand* angebunden waren. »Ich hoffe, du hast gut und lange geruht.«

»Das habe ich in der Tat, Freund Trypaz. Und du hoffentlich auch.«

Trypaz nickte. »Durchaus«, sagte der verhutzelte Mann, »obwohl der Schlaf und sein Nutzen vielleicht überschätzt werden, zumindest aus meiner Sicht.«

Elric lächelte zustimmend.

»Darf ich deine Anwesenheit so verstehen, daß du schließlich doch noch an unserem ›Abenteuer‹ teilnehmen willst?« Seine Betonung des Wortes ›Abenteuer‹ klang leicht spöttisch.

»Ich denke, ich werde euch begleiten, ja, falls das immer noch deine Billigung findet.«

»Es hat sich in der Nacht nichts ereignet, was meine Meinung geändert hätte«, entgegnete Trypaz. »Wie ich gestern abend schon gesagt habe, halte ich deine Teilnahme durchaus für erfreulich«, fügte er hinzu und wandte seine Aufmerksamkeit wieder dem Lederriemen zu.

Elric streckte sich, was die mystische schwarze Klinge an seiner Seite zum Erbeben brachte, und atmete tief die morgendliche Luft ein.

Über ihren Köpfen jagten sich zwei Frühaufsteher von Vögeln und zwitscherten wie verrückt, während sich in weiter Ferne die ersten roten Streifen des Sonnenlichts durch die letzten Überbleibsel matten nächtlichen Graus zogen wie Adern durch die Haut einer Leiche.

»Heda, Freund Elric!« brüllte Gaarek.

Elric drehte sich um und lächelte den massigen Klöef an, der, flankiert von dem verlegen wirkenden Kyval Kesh, in der Türöffnung stand.

»Ich fürchte, ich habe letzte Nacht unbedacht gesprochen«, brummte Gaarek. »Mir scheint, meine Mahnung hinsichtlich der Zeit unseres Aufbruchs war, obwohl nicht taktlos gemeint, in etwa so, als teilte ich meinem eigenen Vater mit, welche die angenehmste der vielen Öffnungen einer Frau ist.« Er lachte laut und beugte sich vor, um seiner Rückseite geräuschvoll Luft entfahren zu lassen. »Ah, wesentlich besser«, sagte er. »Ich habe den Verdacht, daß ich vielleicht ein wenig zuviel von jenem blauen Wein getrunken habe, mehr, als mir guttut. Mit Rücksicht auf euch alle schlage ich vor, daß ich heute morgen ganz hinten reite.«

Kyval Kesh trat hinter Gaarek hervor und warf eine geflickte lederne Reisetasche über die Flanken des kleinsten Pferdes.

»Hast du gut geruht, Freund Kyval Kesh?« erkundigte sich Elric.

»Sehr gut«, lautete die Antwort.

»Also schön«, sagte Gaarek mit dröhnender Stimme, »wenn wir alle soweit sind, sollten wir uns auf den Weg machen, bevor dem Tag ein zu langer Bart wächst. Freund Trypaz, vielleicht könntest du voranreiten?«

Langsam nickte Trypaz einmal mit dem Kopf und schloß dabei kaum merklich die Augen. Dieser Mann, dachte Elric, ist weder daran gewöhnt, noch behagt es ihm, Befehle zu erhalten, ganz gleich, wie belanglos sie sind.

Elric wartete, während die anderen zu ihren Reittieren gingen, und stellte fest, daß das übrigbleibende Pferd für ihn bestimmt war. »Ich glaube, für das Pferd bin ich etwas schuldig«, sagte er.

»Ah, keine Angst, Freund Elric«, sagte Gaarek großmütig. »Ich werde dir nicht Lebewohl sagen, ohne daß wir abgerechnet haben. Ich schlage vor, wir richten das bißchen Verstand, das uns nach den Ausschweifungen der vergangenen Nacht noch geblieben ist, auf die vor uns liegende Reise und heben uns alle Geldangelegenheiten für eine unserer zahlreichen Ruhepausen auf.«

»Dein Vertrauen zu meiner Ehrlichkeit ist ebenso groß wie das auf dein Gedächtnis, Freund Gaarek«, erwiderte Elric und griff in seine Tunika, um nach dem Geldbeutel zu langen. »Trotzdem, ich zahle immer gleich und ziehe es vor, ausstehende Schulden zu begleichen, bevor sie zu auffällig im Raume stehen.«

»Wie du willst«, sagte Gaarek und hielt die Hand auf. Elric ließ drei kleine Goldmünzen auf die Handfläche des Klöefs fallen, in deren Mitte er eine kleine haarige Warze bemerkte. »Du bist höchst großzügig, Freund Elric«, sagte Gaarek, als er seine Hand jäh zurückzog und die Münzen betrachtete. »Ich fürchte, davon mußt du ...«

»Du brauchst mir nichts darauf herauszugeben«, erwiderte Elric. »Laß uns davon ausgehen, daß jetzt keiner von uns in des anderen Schuld steht.«

Ganz kurz sah Gaarek Elric finster an, mit leicht zusammengekniffenen Augen, doch dann lächelte er, und sein Gesicht öffnete sich wie die Blüte einer Blume. »Wie du willst«, entgegnete er mit glucksendem Lachen, »wie du willst.«

Trypaz saß bereits auf seinem Pferd und hatte den Wortwechsel mit unverhohlener Neugier verfolgt. Als Elric sein Pferd bestieg, sah er in den Augen des Mannes die leiseste Andeutung eines Lächelns, das aber sofort wieder verschwand.

»Los denn, übernimm die Führung, Zauberer!« rief Gaarek.

»Was ist mit unserem Wirt?« fragte Trypaz, dessen finstere Miene die einzige Reaktion auf die an ihn gerichteten Worte des Klöefs war.

»Mit unserem Wirt?«

Trypaz nickte. »Jawohl, hat er nicht gesagt, er würde sich von uns verabschieden, bevor wir aufbrechen?«

»Ah, das hat er in der Tat gesagt«, gab Gaarek zu. »Das hat er in der Tat gesagt.« Er blickte zur Seite und sah erst Kyval Kesh, dann Elric an. »Vielleicht hat er um diese Zeit Besseres zu tun«, sagte er mit einem Achselzucken und einem Augenzwinkern, das niemandem im besonderen galt. »Ich wette, nach jenem höllischen Gebräu, das er letzte Nacht so reichlich ausgeschenkt hat, schläft er erst einmal seinen Rausch aus«, fügte er lächelnd hinzu und rieb sich gleichzeitig den Bauch.

»Ja«, pflichtete Kyval Kesh ihm bei, obwohl Elric meinte, daß sein Kommentar nicht sonderlich überzeugt klang.

Trypaz riß sein Reittier am Zügel herum und galoppierte, nachdem er dem Pferd eine Anweisung ins Ohr geflüstert hatte – das daraufhin zuckte, als wäre es gestochen worden –, die Straße hinunter.

»Hm, wenn er auf ein Wettrennen aus ist«, murmelte Gaarek deutlich vernehmbar, »sollte er nicht vergessen, daß ich den Wind im Rücken habe.« Er drehte sich zur Seite, um mit Elric über diese Bemerkung zu lachen, aber der Albinoprinz nickte bloß und galoppierte, scharf mit den Zügeln schnalzend, Trypaz hinterher. Kyval Kesh kam ihm nach, gefolgt von Gaarek.

Als sie durch die verwitterten Tore von Tomesk jagten, schob sich die Sonne hinter den fernen Bergen von Mendaala herauf. Nicht zum erstenmal in seinem Leben wünschte sich Elric, daß er vielleicht ein wenig mehr Schlaf gehabt hätte.

IV

Die Sonne hing am Himmel und warf undeutliche Bilder auf die grauen Dünen, seltsame, in Bewegung befindliche Sandhügel, denen es an Leben und Energie zu fehlen schien und hinter denen gelegentlich flüsternde Seufzer zu hören waren. Größtenteils beachteten die vier Reiter diese optischen und akustischen Störungen nicht und bemühten sich statt dessen, schnell voranzukommen und die alte Stadt Tomesk weit hinter sich zu lassen. Gespräche gab es kaum.

Für Trypaz, der den ganzen Morgen an der Spitze blieb, bis sie schließlich einen halben Tagesritt östlich der Geisterstadt des Insektenkönigs C'byrt Yrk an den stehenden Wassern des Shemeel-Sees eine Ruhepause einlegten, schienen die Störungen nichts Beunruhigendes zu haben. Auf seinem Tier sitzend, strafte der alte Mann – denn zweifellos hatte er, wie Elric bei sich dachte, mehr als achtzig Lenze hinter sich – sein hochbetagtes Aussehen Lügen, indem er mit steifem Rücken ritt und alle paar Minuten mit straff angezogenen Zügeln sein Pferd energisch antrieb.

Der junge Kyval Kesh war kurz hinter Tomesk an Elric vorbeigeritten und hatte sich an Trypaz' Fersen geheftet, mit dem er mühelos Schritt hielt. Elric staunte über die augenscheinlichen Reitkünste des Jungen und fragte sich mehr als einmal, ob es nicht ein wenig voreilig von Gaarek gewesen war, ihn als Grünschnabel abzutun. Auch er schien, wie Elric bemerkte, von den ständigen Bewegungen und Geräuschen zu beiden Seiten ihres Weges sonderbar wenig beeindruckt – Bewegungen und Geräusche, deren Häufigkeit und Lautstärke zunahm, je mehr Meilen sie zurücklegten.

Gaarek wiederum blieb zurück und folgte den Hufspuren von Elrics Reittier, als sei er mit einer straff gespannten Leine an den Melnibonéer gebunden. Zweimal zog der Drachenprinz die Zügel an und fiel leicht zurück, nur um festzustellen, daß Gaarek ebenfalls langsamer wurde. Beide Male ritt er fast unmittelbar darauf weiter und hörte dann wieder ein leises tierisches Ächzen hinter sich, obwohl er keine Ahnung hatte, ob es von dem Mann oder von seinem Pferd stammte.

Nur Elric schienen die wabernden Formen und leisen Seufzer des Grauen Landes zu beunruhigen. Beharrlich suchten sie den Rand seines Blickfeldes und seines Gehörs heim, traten mal als dünne zarte Dunstschleier auf, die hinter einer Düne hin und her wehten, dann wieder als Stimmen, die heimlich seinen Namen riefen – beschwörend, lockend, verheißungsvoll, drohend. All das schob er beiseite, obwohl zu der Zeit, da der Wind vom dumpfen Geruch des Shemeel-Sees erfüllt war, seine Konzentration so zugenommen hatte, daß ihm das Haar an der Stirn klebte.

Nachdem sie ihre Reittiere an einer Gruppe spindelförmiger, seit langem abgestorbener Büsche festgebunden hatten, windwärts und außer Reichweite der glitzernden stillen Wasser des Shemeel-Sees, legten die Reisenden alte Decken über den grauen Sand und ruhten sich aus. Die murmelnden, flüsternden Laute der sie umgebenden Wüste schienen, während die Sonne höher stieg, zugenommen zu haben und zu einem wütenden, klagenden Chor geworden zu sein, der den Ohren recht zusetzte. Es war schwer, nicht auf die Geräusche zu achten, doch alle wußten, daß das erforderlich war, wenn sie sich ihre geistige Gesundheit bewahren und am Leben bleiben wollten.

Gaarek saß gegen die Beine seines Pferdes gelehnt und entnahm seiner Tunika einen runden Beutel, der als Zugband eine goldene Kette hatte, die derart kunstvoll gearbeitet war, daß Elric nicht umhinkonnte, sie anzustarren. »Müßige Hände geben gute Helfer ab, wenn es nur nach Lord Ariochs Willen geht«, sagte Gaarek mit Heftigkeit, während er gleichgroße Häufchen eines körnigen, stechend riechenden Narkotikums auf das ausgebreitete Vorderteil seiner Tunika schüttete. »Ich kann ebensogut jetzt wie später einige willkommene Zerstreuungen für unser Nachtlager vorbereiten«, fügte er mit fast verschwörerischem Nicken hinzu. »Ich wette, daß wir kaum zu irgend etwas in der Lage sind, was auch nur die geringste Kraftanstrengung erfordert, wenn wir uns zur Nachtruhe begeben.« Nachdem er die Aufgabe zu seiner Zufriedenheit vollendet hatte, hob Gaarek den Beutel ans Gesicht und vergrub die Nase darin. »Ah«, stöhnte er, ließ den Beutel sinken und zog die Kette wieder fest. »Nach den üblen Gasen, die ich in letzter Zeit hervorgebracht habe, ist das eine willkommene Abwechslung.«

Trypaz schnupperte und drehte sich geräuschvoll auf die andere Seite.

Gaarek zog hinter dem Rücken des alten Mannes einen Flunsch und ließ den Beutel in seine Tunika zurückgleiten. Dann entnahm er der gleichen Tasche eine kleine Pergamentrolle, von der er vier quadratische Streifen abriß. Dann wurde auch dieser Gegenstand wieder in die Tasche gesteckt. Als Gaarek die gesamte Prozedur beendet hatte und vier ordentliche, wenn auch etwas unförmige Röllchen auf seiner Tunika lagen, war Trypaz inzwischen aufgestanden und starrte zum Himmel. »Es ist Zeit«, sagte er schlicht.

Kyval Kesh, der seit Beginn ihrer Rast offenbar geschlafen hatte, setzte sich kerzengerade auf und gähnte.

Gaarek wandte sich dem Jungen zu und runzelte die Stirn, dann drehte er sich zu Elric. »Hab noch nie einen jungen Menschen gesehen, der nicht seine Ruhe brauchte«, sagte er, ein Kichern unterdrückend.

Elric schwieg. Er erhob sich und ging zu seinem Pferd hinüber. Nachdem sie sich ihres überschüssigen Wassers entledigt hatten – alle außer Trypaz, der viel von dem, was den anderen zustand, nicht zu brauchen schien –, machten sie sich wieder auf den Weg.

V

Den größten Teil des Nachmittags ritten sie hart, ohne Zeit oder Gedanken an eine Unterhaltung zu verschwenden. Die ständige Ablenkung durch die Erscheinungen und Rufe, die sie auf ihrem ganzen Weg verfolgten, forderte – im Verbund mit der fast unerträglichen Hitze, die durch seine gewebte dicke Kapuze noch verschlimmert wurde – ihren Tribut von dem Albino, so daß er fast vom Pferd taumelte, als sie eine unscheinbare kleine Oase erreichten, um die herum der aufgewirbelte graue Sand in bizarren Figuren und seltsamen Bewegungen tanzte.

Trypaz und Gaarek halfen dem Melnibonéer, in den Schatten eines großen Baumes zu gelangen, von wo Elric, während er eindämmerte, hörte, wie der Klöef den anderen seine Röllchen mit Narkotikum anbot. Kyval Kesh nahm sofort eins, während Trypaz freundlich ablehnte. Ein hitziger Wortwechsel folgte, dessen tieferen Sinn Elric nicht ganz verstand, und schließlich nahm der alte Mann, wenn auch widerstrebend, Gaareks großzügige Gabe an. Als dann der süße Duft des Narkotikums die Luft durchzog und sich mit dem Wüstenwind vermischte, stellte sich der Schlaf um so schneller ein.

Die Gesprächsfetzen, die an sein Ohr drangen, kamen dem Drachenprinzen seltsam vor, aber er hatte weder Lust noch die Kraft, an der Unterhaltung teilzunehmen. Die Laute wichen bald einem tiefen Schlaf, der so leer und traumlos war, als beeinflusse das Graue Land die tiefsten Schichten von Elrics Unterbewußtsein.

Als er die Augen aufschlug, wobei er sich wesentlich kräftiger fühlte als zuvor, spürte Elric sofort, daß etwas nicht stimmte. An seiner Seite zuckte Sturmbringer unruhig hin und her, und das trauervolle Summen des

Schwerts brachte seine Hand zum Vibrieren, obwohl er sich nicht erinnern konnte, es ergriffen zu haben.

Die Nacht war finster, doch im matten Schein des niedergebrannten Feuers, das offensichtlich jemand angezündet hatte, während er schlief, erkannte Elric die zusammengekauerte Gestalt Gaareks, der dem Melnibonéer den Rücken zukehrte. Er meinte, den Klöef etwas flüstern zu hören – es klang wie *Sachte, Junge, sachte...* –, aber vielleicht war es auch nur der Wind, der in den Ästen des großen Baums flüsterte. Geräuschlos setzte er sich auf und beugte sich zur Seite, um sehen zu können, was Gaarek da beobachtete.

Er beobachtete Kyval Kesh. Und auch Trypaz.

Der junge Mann kniete neben Trypaz und hielt eine Hand des alten Mannes in der seinen. Trypaz schlief offensichtlich ganz fest, vermutlich infolge von Gaareks Narkotikum, aber er war unruhig, warf sich hin und her und stöhnte leise.

Während Elric zusah, schien Kyval Kesh sich ruckartig zu krümmen, den Rücken zu wölben und den Bauch einzuziehen, während er Trypaz' Hand näher an den eigenen Mund heranbrachte. Dann würgte der Junge plötzlich, und dampfender Speichel regnete auf die Hand und den Arm des alten Mannes.

Nun hörte Elric Gaarek wirklich. »Sachte jetzt«, sagte er. »Ganz sanft. Vergiß nicht, was ich dir gesagt habe...«

Kyval Kesh wischte sich den Mund und strich dann die dickflüssige Substanz auf der ausgestreckten Handfläche des alten Mannes glatt, in deren Mitte er einen kleinen Teich formte. Danach schien er den Kopf in den Hals zurückzuziehen, und als er den Mund weit aufriß, schlängelte sich etwas heraus, was nur die Zunge des Jungen sein konnte, obwohl die Länge und die Dicke in keinem Verhältnis zu diesem Anhängsel zu stehen schienen.

Elric schüttelte den Kopf und schaute noch einmal hin.

Kyval Keshs Zunge hatte sich jetzt am Ende zusammengeballt und schien eine Faust zu machen. Dann sah Elric, wie sich auf der Faust zwei Augen öffneten und am vorderen Teil ein zweiter Mund aufging. In diesem Mund funkelten hellglänzende Zähne wie verborgene Juwelen. Als der Mund auf die Handfläche des alten Mannes niederstieß und sich in den sorgfältig vorbereiteten Teich vergrub, hörte Elric ein saugendes Geräusch. Da sprang er auf.

»He, Trypaz«, schrie er, »wach auf, alter Mann!«

Gaarek fuhr herum und starrte Elric an. Für den Bruchteil einer Sekunde betrachtete er den Melnibonéer mit brennendem Haß, doch dann verwandelte sich sein Gesichtsausdruck und verriet Überraschung und Besorgnis. Auch der Klöef sprang jetzt hoch.

»Tritt zurück, Junge, und mach schnell!« fuhr Gaarek Kyval Kesh an, während er seine Klinge aus der Schärpe zog.

Kyval Kesh drehte sich um und starrte entsetzt umher. »Wa...« Infolge des dicken Auswuchses, der ihm aus dem Mund hing, klang seine Stimme, als spreche er unter Wasser.

Trypaz öffnete die Augen und riß die Hand zurück. Heftig rieb er sich den Handteller, während er versuchte, alles, was um ihn herum geschah, in sich aufzunehmen.

Kyval Kesh sprang auf, und während er dies tat, schloß die lange Zunge ihre Augen und zog sich in seinen sabbernden Mund zurück.

»Gaa...«, würgte Kyval Kesh hervor und schien an dem Wort zu ersticken, bevor er es erneut versuchte. »Gaarek?« fragte er schließlich.

»Hör auf zu quatschen, Junge«, entgegnete der Klöef. »Tritt zurück.«

Der Junge schüttelte erschrocken den Kopf, tat aber, wie ihm befohlen.

Elric ging um Gaarek und Kyval Kesh herum, so daß er neben Trypaz stand. »Wie geht es dir, alter Mann?« fragte er.

Trypaz, der sich immer noch die Hand rieb – auf der sich allmählich eine große Schwellung bildete –, nickte, obwohl seine Augen von Schmerz erfüllt waren.

»Du mußt einiges erklären, Freund Kyval Kesh«, sagte Elric, »und ich fürchte, danach werden wir dich nicht mehr Freund nennen.«

Kyval Kesh hatte fürchterliche Angst. Er blickte zu Trypaz hinunter, dann sah er Elric und schließlich Gaarek an.

Gaarek schaute zu Elric hinüber und schüttelte den Kopf.

»Gaa ...«

»Die Zeit für Erklärungen ist vorbei, Junge«, sagte er und durchmaß rasch den Zwischenraum zwischen ihnen, »geh und tritt Lord Arioch gegenüber. Mögest du an seinem Herd ein Plätzchen finden.« Das Schwert des Klöefs sirrte, als es durch die Nachtluft und dann durch den Hals des Jungen sauste. Der Körper stand noch ein oder zwei Sekunden lang aufrecht, während Kyval Keshs Kopf über den Boden hüpfte. Dann brach aus dem Stumpf seines Halses ein Blutstrom hervor, während gleichzeitig eine lange Schlange herausschoß und in schlaffen Windungen zur Erde fiel. Hinter ihr sank der Körper des Jungen in sich zusammen und wurde, wie es den Anschein hatte, zu wenig mehr als einem Haufen, der aus Kleidungsstücken und verwesendem Fleisch bestand.

Gaarek schien ebenso erstaunt wie Elric und Trypaz, als er das Wesen erblickte, und die drei Männer beobachteten, wie das Tier, das offenbar Qualen empfand und große Schmerzen litt, sich im Staub krümmte und hin und her wand. Da trat Gaarek entschlossen vor und ließ seine Klinge geschickt auf den Kopf des Wesens niederfahren, den er genau zwischen den Augen spaltete.

Stille sank auf sie herab.

Trypaz befreite sich von seiner Decke und griff behutsam in den Haufen, der einmal Kyval Kesh gewesen war. Aus dem Durcheinander zog er einen Arm, der keine Substanz zu haben schien. Der alte Mann drehte die Hand des Jungen um, so daß man eine kleine Warze sah, die mit Haaren versehen und einer Art Panzer überzogen war. »Temoraal«, sagte er.

»Wer?« fragte Elric.

»Nicht *wer*, sondern *wo*«, antwortete Trypaz. »Die Insel Temoraal. Ich kenne seit langem Geschichten über die Wesen, die dort hausen und die die verfluchte Insel nur mittels einer Trägerperson, in die sie sich einnisten, verlassen können.«

Elric wandte sich zur Seite, um Gaarek anzublicken, und als er bemerkte, daß der Klöef seine Klinge – die jetzt von Blut troff – noch in Bereitschaft hielt, unterließ er es, Sturmbringer in die Scheide zurückzustecken. Gaarek fing den Blick des Albinos auf, ohne daß sein eigener Blick irgendeine Reaktion verriet.

»Ich habe von einer solchen Insel noch nie gehört«, sagte Elric, während er sich an Trypaz wandte.

Der alte Mann schüttelte den Kopf. Er zog den Amethystring vom Finger, was ihm offenbar nur mit Mühe gelang. Die Warze auf seiner Handfläche schien, während Elric zusah, größer zu werden. »Das mußt du auch nicht, Freund Elric«, sagte Trypaz schließlich. Während er den Ring in der versehrten Hand hielt, klappte er den Stein hoch, tauchte vorsichtig Daumen und Zeigefinger in die freigelegte Höhlung und entnahm ihr eine Prise Pulver. »Das alles ist vor vielen Jahren geschehen, vor so vielen Jahren, daß ich mich selbst kaum daran erinnere. Es gab da einen Krieg, der nur einer in einer langen Reihe von Kriegen war und in dem man um Überzeugungen und Prinzipien kämpfte, so wie man es in allen Kriegen getan hat und immer tun wird, in der Vergangenheit wie in der Zukunft. Wenig wurde erreicht, nichts wurde gewonnen. Leben wurden genommen und Schmerzen zugefügt. Die eigentlichen Gründe haben sich im Nebel der Geschichte verloren.« Er machte eine Pause, verzog das Gesicht und rieb das Pulver auf die Warze, wobei er in einer Sprache, die Elric nicht kannte, eine Beschwörung murmelte. Wie es schien, war Wind aufgekommen – Elric hörte ihn heulen und stöhnen, obwohl in den Flammen des Feuers vor ihm nicht das geringste davon zu bemerken war. Dann krümmte sich Trypaz plötzlich zusammen und erbrach sich in den Sand. Irgendwie überraschte es den Melnibonéer wenig, als er mitten in dem Erbrochenen eine kleinere Ausgabe der wurmartigen Kreatur liegen sah, deren noch unentwikkelter Körper einmal zuckte und dann reglos liegenblieb.

»Möge es genügen zu sagen«, fuhr Trypaz fort und wischte sich den Mund, »daß keiner von denen zurückkehrte, die die Insel aufsuchten. Jedenfalls zunächst nicht.« Sichtlich erschöpft lehnte er sich zurück und schlug die Hände zusammen. Die Warze löste sich ab und fiel neben das wurmartige Wesen. »Und dann, so wird zumindest an Lagerfeuern und Tavernentischen erzählt, kehrten die Krieger zurück. Inzwischen waren viele Jahre vergangen, doch seltsamerweise war keiner von ihnen grauer geworden, und sie zeigten auch keine Anzeichen von Entbehrung, wie man sie gewöhnlich mit einer großen Strapaze verbindet. Sie kehrten zu ihren Lieben und ihren Freunden zurück, und es schien, als ob alles so weitergehen könnte, wie es einmal gewesen war. Aber dann starben die Leute.«

Gaarek räusperte sich.

»Ich fürchte, ich bin euch gegenüber sehr im Nachteil, meine Freunde«, sagte er. »Da ihr zwei seid, muß ich auch meine zweite Klinge ziehen, denn ich bin mit einem Schwert nicht so geschickt, daß ich euch beide mit einem einzigen Hieb erledigen könnte, argwöhnisch, wie ihr offenbar seid – und nicht ohne Grund, wie ich zugebe.«

»Gaarek?«

Der Klöef nickte Elric zu. »Ja, es ist wahr. Ich habe die verfluchte Insel besucht und bin, wie der Zauberer sagt, mit einer besonderen Fracht beladen zurückgekehrt.« Er zuckte die Achseln. »Sie fordert wenig und hält mich gesund und jung. Nur ab und zu verlangt sie, Nahrung zu sich zu nehmen ... und sich fortzupflanzen«, fügte er mit einem Seitenblick auf das wurmartige Wesen hinzu. War es eine ganz geringe Spur von Trauer und Mitleid, die Elric in den Augen des großen Mannes sah?

»Und Kyval Kesh?« fragte Elric. »Hat er dich nach diesem Temoraal begleitet?«

Gaarek schüttelte den Kopf und wiegte ein Kurzschwert in der freien Hand. »Ich habe den jungen Kyval Kesh erst vor drei Tagen unterwegs getroffen. Ich habe die ganze Nacht mit ihm zusammengesessen – eine lange Nacht, wie ich hinzufügen darf –, bis ihr Kind an Ort und Stelle war. Ich bin kein grausamer Mensch.«

»Und seine Mutter?«

Gaarek nickte. »Dieser Teil der Geschichte stimmt, Freund Elric, obwohl ich zugebe, daß er sich wie eine Lüge anhört. Er hat sich langsam und nicht ohne Bitterkeit mit seinem Passagier abgefunden.« Der Klöef wandte sich Trypaz zu und lächelte gezwungen. »Du wärst erst seine zweite Mahlzeit gewesen.«

»Laß uns die Sache zu Ende bringen, Freund Gaarek«, sagte Elric. »Die Zeit für müßiges Geplauder ist vorbei.«

»Fürwahr«, pflichtete Gaarek ihm nicht ohne Traurigkeit bei. Er duckte sich zwischen den beiden Männern, jede Hand gefechtsbereit und jede mit einer Klinge versehen, die im Schein des Feuers glänzte.

»Halt«, sagte Trypaz. »Du verdienst die Ehre eines Kampfes nicht, selbst wenn er gut für uns ausgehen sollte.«

Gaarek blickte Trypaz fragend an, während der alte Mann seine Ringhand hob und die Finger vor Gaareks Augen hin und her bewegte.

Sogleich bemerkte Elric, daß Gaareks Körperhaltung starr wurde, zunächst fast unmerklich, doch als die Sekunden verstrichen und Gaarek keinen Muskel bewegte, wurde es auffälliger.

Trypaz bewegte erneut die Finger hin und her, und die beiden Klingen des Klöefs lösten sich aus seinen Händen und machten sich daran, auf ihren ehemaligen Besitzer einzuhauen und einzuschlagen. In einem wilden Wirbel spritzenden Blutes und mit dumpfem Aufschlag zu Boden fallenden Fleisches – in den sich Gaareks Schreie und das Knacken und Splittern seiner Knochen mischten – wurde der riesenhafte Krieger dergestalt in einen Haufen dampfender Körperteile verwandelt. Inmitten der wenigen letzten Bruchstücke konnte man, wie Elric bemerkte, die unverkennbaren Teile einer schwarzen Schlange sehen, deren Augen für immer geschlossen waren und deren Bauch jetzt für immer leer bleiben würde.

Trypaz schloß die Augen und murmelte einige Worte, die Elric nicht hören konnte. Dann blickte er wieder auf. »Ich fürchte, ich bin für ein oder zwei Stunden außer Gefecht, Freund Elric. Aber so lange wird es mindestens dauern, bis die Sonne uns wieder mit ihrer Anwesenheit beehrt.«

Elric steckte Sturmbringer in die Scheide zurück und nickte.

»Ich verdanke dir mein Leben, mein melnibonéischer Freund«, sagte Trypaz, als er sich auf seiner Decke zurücklegte. »Sei versichert, daß das eine Verpflichtung ist, die ich nicht leichtnehme.« Der alte Mann schien sichtbar in sich zu versinken. »Wenn du bereit bist, noch etwas zu tun«, sagte er, während er zielsicher eine Prise Pulver ins Feuer warf, »dann tätest du gut daran, dieses Fleisch zu verbrennen, bevor der Tag älter wird.« Und dann fielen seine Augenlider zu, und er schlief ein.

Es dauerte einige Zeit, bis der Drachenprinz die Überreste des Klöefs und die Kyval Keshs dem reinigenden Feuer übergeben hatte, das erbarmungslos brannte, bis nichts mehr übrig war, obwohl es Elric kein Unbehagen bereitete, den Scheiterhaufen zu versorgen. Als alles erledigt war, die Flammen niedergebrannt waren und die Glut nicht mehr so stark leuchtete, legte Elric sich hin und blickte zum juwelenbesetzten Himmel hoch, um auf das Morgenlicht zu warten. Er fühlte sich wahrhaftig weit von seinem Heimatland und von denen entfernt, die ihn dort erwarteten.

VI

Der Albinoprinz und der verhutzelte Zauberer ritten weiter durch die seufzende, in ständiger Bewegung befindliche Wildnis, die Pferde ihrer Gefährten hinter sich herführend.

Die Erlebnisse der vergangenen Nacht hatten, auch wenn sie ein Band zwischen den beiden Reisenden geschmiedet hatten, Elrics Mißtrauen gegenüber Trypaz nicht völlig beseitigt. Elric, der selbst ein vollendeter Magier war, betrachtete andere Adepten der dunklen

Künste mit Argwohn, denn er wußte, daß die Magie einen Menschen von innen auffressen konnte; daß die Magie ein Parasit war, der, ähnlich wie die wurmartigen Kreaturen aus Temoraal, in seinem Wirt hausen und ihn nach außen hin geistig gesund und normal erscheinen lassen konnte, während er in Wirklichkeit völlig wahnsinnig war. Wenn die sich ständig verändernde Landschaft des Grauen Landes ihm bis jetzt irgend etwas beigebracht hatte, so die Tatsache, daß man sich, je harmloser das Äußere war, desto mehr davor hüten mußte, was dahinterlag. Deshalb achtete Elric darauf, daß Trypaz, obwohl er sich über dessen Gesellschaft freute, immer in Sturmbringers Reichweite blieb. Und in der Tat war das schwarze Runenschwert, dem man letzte Nacht seinen Bluttrunk verweigert hatte, nur zu erpicht darauf, gezogen und in das Herz des Zauberers gestoßen zu werden. Es winselte den ganzen Tag lang an Elrics Seite wie ein Hund, der darum bettelt, von der Leine gelassen zu werden. Elric schaffte es mit Mühe, die Hand zurückzuhalten, und fragte sich mehr als einmal, ob sein Mißtrauen gegenüber Trypaz (ganz zu schweigen von dem gegenüber Gaarek und Kyval Kesh) tatsächlich angeborener Vorsicht entsprang und nicht auf das Schwert und seine verräterischen Lüste zurückzuführen war. War er der Herr des Seelendiebs an seiner Seite oder lediglich die menschliche Marionette, die tat, was er wollte?

Die Mittagsstunden verbrachten die beiden Reisenden im Schatten nackter grauer Felsen, und während Trypaz döste, betrachtete Elric hingerissen die ihn umgebende Wüste.

Das Graue Land war nie reglos und ruhig.

Eine Schicht feinen Sands fegte ständig über die harte, ausgedörrte Erde, brach sich immer wieder wie Wellen und wurde in einem fort vom Wind neu geformt. Wenn dieser endlose Vorgang einmal aufhörte, war es nur eine Illusion, hervorgerufen durch die hypnotische Wiederholung bestimmter Formen und Muster, die gelegentlich bewirkte, daß für den Betrachter die Zeit selbst vorübergehend zum Stillstand zu kommen schien.

Einige der Bilder, die in dieser ungeheuren grauen Weite zu flüchtiger Form gerannen, beunruhigten den Melnibonéer. Sie nahmen das Aussehen von kämpfenden Soldaten an, von großen Heeren, von miteinander fechtenden Kämpfern, brennenden Minaretten, schreienden Frauen, in Flammen stehenden und sinkenden Schiffen. Kampf und Zerstörung waren die Themen dieser visuellen Symphonie, und Elric konnte sich des Gedankens nicht erwehren, daß all dies ein Omen oder – noch schlimmer – eine Prophezeiung seiner eigenen Zukunft darstellte.

Die Sonne überschritt den Zenit. Trypaz erwachte aus seinem Schlummer, und die Reise wurde fortgesetzt, diesmal auf den Pferden, die sie zuvor hinter sich hergeführt hatten, da sie frischer waren.

Es beruhigte Elric einigermaßen, daß der Zauberer der Route, der sie folgten, so sicher war und hinsichtlich der Richtung, die sie einschlagen mußten, schnelle, kenntnisreiche Entscheidungen traf, die auf den spärlichen Orientierungspunkten im Gelände beruhten, auf die sie stießen. Wie Trypaz an diese Kenntnisse gelangt war, widerstrebte Elric zu fragen, denn er wollte nicht allzu neugierig oder unhöflich erscheinen, besonders jetzt, da sie nur zu zweit waren und es folglich wichtiger als zuvor war, daß ihr Verhältnis zueinander herzlich blieb.

Überdies war er Trypaz in gewisser Weise auf Gedeih und Verderb ausgeliefert. Sollte der Zauberer aus irgendeinem Grund beschließen, ihn im Stich zu lassen, so war keinesfalls sicher, daß Elric allein imstande wäre, das Graue Land zu verlassen. Deshalb bekundete er von Zeit zu Zeit sein Erstaunen über Trypaz' Vertrautheit mit der Landschaft, in der Hoffnung, dies würde seinen Gefährten vielleicht zu einer Erklärung veranlassen. Aber da die Bemerkungen einzig und allein dazu führten, daß Trypaz gleichgültig lächelte oder die Mandelaugen leicht zusammenkniff oder zur Bestätigung verschmitzt nickte, gab Elric es bald auf, die Sache weiterzuverfolgen, und vertraute sich auf gut Glück der Obhut des Zauberers an.

Sie setzten ihren Weg durch die Hitze und den Staub des Grauen Landes fort. Die Nacht brach herein, und sie rasteten, und bei Tagesanbruch erhoben sie sich und ritten weiter, jeder von ihnen damit zufrieden, schweigend zu reisen, und dennoch froh über die Gesellschaft des anderen (wenn auch nicht so froh, wie sie es vielleicht gewesen wären, wenn Gaarek und Kyval Kesh sich nie zu ihnen gesellt hätten). Eine weitere Nacht verging, und am Morgen des vierten Tages erreichten sie eine Ebene, die noch öder und nichtssagender war (sofern das überhaupt möglich schien) als alle bisherigen Teile des Grauen Lands: ein breites Tal, so flach und glatt, als wäre es mit Marmor gepflastert, nur daß dessen Glanz fehlte.

Die Sonnenhitze, die sich in diesem flachen Kessel nirgendwo verbergen konnte, brachte die Luft zum Kochen und machte sie so trocken und dünn, daß man kaum atmen konnte. Es war, als verbände sich die Atmosphäre eines in großer Höhe gelegenen Bergpasses mit der sengenden Hitze tropischen Flachlands – das Schlechteste zweier Welten. Nicht die Spur eines kühlenden Windes regte sich hier, kein Geräusch störte die Stille, denn der Sand war völlig regungslos.

Nachdem er zunächst einen Schluck aus seinem Wasserschlauch genommen hatte, um die ausgetrocknete Kehle anzufeuchten, sagte Trypaz schließlich etwas. »Ich fürchte, Freund Elric«, begann er, »daß ich nicht ganz ehrlich zu dir gewesen bin.«

Ein Ton echten Bedauerns lag in seiner Stimme, der Elric völlig überraschte und seine Hand auf Sturmbringers Knauf festbannte. »Das Element der Aufrichtigkeit hat dieser Unternehmung von Anfang an merklich gefehlt«, erwiderte der Prinz bedächtig. »Vielleicht können wir jetzt offen miteinander reden, statt Täuschungsmanöver vorzunehmen und Ausflüchte zu machen.«

»Treffend formuliert, mein melnibonéischer Freund«, entgegnete Trypaz. »Du glaubst, daß ich auf irgendeine Weise schon vorher vom Zustand unserer früheren Gefährten Kenntnis hatte. Trifft das zu?«

»Der Gedanke ist mir in der Tat durch den Kopf gegangen.«

»Dann sei versichert, daß ich genausowenig davon wußte wie du. Wäre es mir bekannt gewesen, hätte ich mich natürlich von vornherein nie mit ihnen zusammengetan. Ich bin kein Narr, Elric, und Zweifel hinsichtlich der Wichtigkeit meiner persönlichen Sicherheit hatte ich auch noch nie. Seit meiner Zeit als Zauberlehrling ist Selbsterhaltung mein Motto, sonst hätte ich nicht deine Gesellschaft als zusätzliche Absicherung erbeten.«

Elric nickte. »Das ist alles gut und schön«, sagte er, »aber jetzt willst du mir eröffnen, daß deine Motive nicht ganz so rein gewesen sind.«

»Ich möchte lediglich klarstellen, daß ich mich einer Lüge schuldig gemacht habe, als ich sagte, ich wüßte einen Weg durch das Graue Land. Das ist nicht der Fall. Soviel ich weiß, kennt niemand einen solchen Weg.«

Elric zog heftig die Zügel an, als ob es ihn unrettbar in das Unbekannte stürzen würde, wenn er auch nur einen Schritt weiterritte, während er, wenn er jetzt anhielte, knapp vor einem imaginären Punkt bliebe, von dem es kein Zurück mehr gab. Auch Trypaz machte halt, und die beiden Männer saßen einige zähe Minuten lang, in denen jeder darauf wartete, daß der andere etwas sagte, auf ihren Reittieren.

»Dann haben wir uns verirrt?« fragte Elric schließlich.

»Nein, wir haben uns nicht verirrt. Bis zu einem gewissen Punkt kenne ich mich in der Topographie des Grauen Lands aus. Doch dieser Punkt rückt jetzt näher.«

»Dann ist unsere Reise die ganze Zeit über eine Suche gewesen.«

»Ganz recht«, sagte der Zauberer zustimmend. »Aber sind schließlich nicht alle Reisen Suchen der einen oder der anderen Art?«

»Laß uns nicht philosophieren, Freund Trypaz. Das sollten wir uns für später aufheben, wenn wir in jene verdammte Tomesker Taverne zurückkehren, wo ich dich kennengelernt habe. Jetzt sollten wir uns auf die Fakten beschränken.«

»Das ist das mindeste, was dir zusteht.«

Elric wartete.

»Also, die Fakten sind folgende: Ich suche, das stimmt, aber nur das, was du selbst auch suchst und was dich ursprünglich in das Graue Land gelockt hat.«

Der Albino runzelte die Stirn.

»Erkenntnis, Freund Elric. Oder, genauer gesagt, Selbsterkenntnis. Ein durchaus würdiges Ziel einer Suche, meinst du nicht?«

»Doch, ja, aber nur wenn der Suchende sich bewußt ist, daß er ebendas sucht.«

»Ganz recht«, pflichtete Trypaz ihm mit leichtem Kopfnicken bei. »Nun, der Moment, da wir herausfinden werden, ob unsere Reise umsonst gewesen ist oder nicht, steht nahe bevor.« Er rutschte auf seinem Pferd hin und her, hob die ausgedörrte Hand und streckte einen Finger aus. »Sieh, dort vorn.«

Als Elrics Blick der Richtung folgte, in die der Finger des alten Mannes wies, nahm er zunächst nur Graues wahr – grauen Sand, einen bleifarbenen Himmel, eine glanzlose, verhangene Sonne. Wo Sand und Himmel aufeinandertrafen, schimmerte der Horizont, und die Grenze zwischen beiden verschwamm und verschob sich ständig. Dann bemerkte er ganz plötzlich in mittlerer Entfernung eine dunkle Silhouette, die die Form einer Säule oder eines Baumstumpfs hatte; oder konnte es sich (Elric kniff die roten Augen stärker zusammen, und sein Blick durchdrang den Dunst der Hitze) um einen Menschen handeln?

»Komm, laß uns weiterreiten«, sagte Trypaz und erweckte sein ermattetes Roß mit einem Tritt zu neuem Leben.

Elric blieb nichts anderes übrig, als ihm zu folgen, denn der Lockung, die von der Lösung eines Rätsels ausgeht, kann man ebensowenig widerstehen wie dem Gang des Schicksals. Mit einem Zungenschnalzen trieb er sein Reittier an und zog heftig am Zügel des Pferdes hinter ihm, um auch dieses auf Trab zu bringen.

Als Elric vorwärtsgaloppierte, wurde er ein Geräusch gewahr, obwohl ›Geräusch‹ vielleicht nicht die richtige Bezeichnung für etwas ist, was eigentlich die Abwesenheit von Geräusch, die Verneinung von Geräusch darstellte: ein Grollen, das in seiner Intensität so dumpf, so tief, so unterirdisch war, daß es die Luft eher wegzusaugen schien, statt sie zum Vibrieren zu bringen. Es schien die genaue Antithese von allem zu sein, was man als klangreich oder wohlklingend bezeichnen konnte: der negative Schatten von Stimme und Gesang; eine Subtraktion vom angehäuften Stimmengewirr der Welt.

Das Antigeräusch begann so leise, daß es zunächst nur von Elrics Pferd wahrgenommen wurde, das beunruhigt mit den Ohren zuckte und den Kopf zur

Seite warf. Elric hielt es unter Kontrolle, so gut er konnte, doch dann bekundete das Tier hinter ihm ebenfalls sein Unbehagen. Es wäre schon schwierig gewesen, mit jedem für sich fertig zu werden, aber beide zusammen zu bändigen, erwies sich als fast unmöglich. Er sah, daß Trypaz vor ihm mit ähnlichen Schwierigkeiten zu kämpfen hatte, und als sie sich auf ihr Ziel zu mühten und das Antigeräusch lauter wurde – oder, um genauer zu sein, leerer –, wurden die Pferde so störrisch, daß sich schließlich beide Reisende zum Absteigen gezwungen sahen, um nicht abgeworfen zu werfen. Zu sehr geängstigt, um durchzugehen, blieben alle vier Pferde, wo sie waren, während Elric und Trypaz den Weg zu Fuß fortsetzten.

VII

Als sie nur noch eine Viertelmeile von der dunklen Form in der Wildnis entfernt waren, die jetzt eindeutig als die Gestalt eines Mannes zu erkennen war, schwoll das Antigeräusch um sie herum an und machte ihre Ohren taub, bis sie nur noch das Schlagen des eigenen Herzens hörten. In Elrics Fall gesellte sich noch Sturmbringers ewigbeharrlicher Sirenengesang von Tod und Verlangen dazu.

Elric starrte angestrengt auf die einsame Gestalt. Es war ein Mann, der mit leicht gespreizten Beinen dastand, die Hände vor dem Schlüsselbein gefaltet, den Kopf zurückgelegt, als blicke er in den Himmel. Seine Haltung war so steif wie die einer Statue, doch irgendein instinktives Gefühl sagte Elric, daß dies kein aus Stein oder Lehm geformtes Abbild war; dies war ein lebendiger Mensch, aus keinem ersichtlichen Grund in dieser unbequemen Pose erstarrt. Er hatte einmal von einer bestimmten Sekte asketischer Mönche gehört, den sogenannten C'aelthoniten, die eine derartige Körperbeherrschung erlangt hatten, daß sie tagelang ohne Essen und Trinken stockstarr dastehen konnten – und dies in den unwirtlichsten Gegenden –, ohne irgendeinen erkennbaren Schaden davonzutragen. Aber irgendwie glaubte er nicht, daß dieser Mann beschlossen hatte, aus Gründen der Selbstdisziplin und der spirituellen Erleuchtung hier draußen zu bleiben. Eigentlich glaubte er nicht einmal, daß dieser Mann sich überhaupt zum Hierbleiben entschlossen hatte.

Als sie bis auf hundert Yard an den Mann herangekommen waren und die Luft um sie herum zu einem vollkommenen Geräuschsvakuum geworden war, bemerkte Elric, daß die Glieder des Mannes heftig zitterten, als hätten ihn zahlreiche unsichtbare Hände gepackt und schüttelten ihn ordentlich durch. Eigentlich schien der ganze Körper des Mannes von einer unstillbaren Schüttellähmung befallen, von den Sandalen bis zum Scheitel, und das Epizentrum des Bebens war der Gegenstand, den seine Hände vor der Brust umklammerten. In dem Moment fiel Elric auch auf, daß der Mann mit gespreizten Beinen über einer tiefen Erdspalte stand, die sich, von Osten nach Westen verlaufend, in beiden Richtungen so weit erstreckte, wie das Auge reichte, und etwa zwei Fuß breit war. Die Kluft ähnelte einer riesigen Narbe in der Landschaft, die eine gigantische Axt dort hinterlassen haben mochte, als vorzeiten noch überall das Chaos herrschte und auf der ganzen Welt die Götter Krieg miteinander führten.

Elric blieb stehen und gab Trypaz mit einer Handbewegung zu verstehen, es ihm gleichzutun. »Das gefällt mir nicht«, sagte er. Infolge der eigenartigen, absaugenden Wirkung des Antigeräuschs klang seine Stimme schwach und metallisch, wie das Summen einer Fliege in einer riesengroßen unterirdischen Höhle.

Trypaz' Mandelaugen blickten starr. Wie bei Elric

war der Klang seiner Stimme ein Zerrbild menschlichen Sprechens. »Hast du es bis hierher geschafft, Elric, hast du soviel auf dich genommen, nur um jetzt umzukehren, jetzt, da die Antworten, nach denen du suchst, möglicherweise in greifbarer Nähe legen?«

Seinen Worten wohnte eine unwiderlegbare Logik inne, aber Elric war trotzdem nicht zufrieden. »Mit dieser einsamen Gestalt muß irgendeine Gefahr verbunden sein«, sagte er, »sonst hättest du vor Antritt dieser Reise nicht so sehr nach Schutz verlangt.«

»Schutz, ja«, entgegnete Trypaz zustimmend. »Aber ich bin mir nicht sicher, daß dein kräftiger Schwertarm ausreicht, mich vor meinem besseren Selbst zu schützen.«

»Und was heißt das?«

Doch der Zauberer war, rasche und entschlossene Schritte anschlagend, wieder losgegangen und gab auf diese Weise zu verstehen, daß er keine weiteren Fragen oder Verzögerungen zulassen würde.

»Lord Arioch behüte mich«, murmelte Elric und eilte Trypaz nach.

Das Antigeräusch nahm weiter zu und hörte dann, als Elric sich dem zitternden Mann bis auf fünf Yard genähert hatte, plötzlich auf. Es war, als trete man ins Auge eines Sturms. Eine plötzliche, reglose Stille senkte sich auf ihn herab, aber es war eine Stille von solcher Dichte, daß jeder Laut über Gebühr verstärkt wurde. Ein Atemholen hörte sich an, als brande eine Woge gegen eine felsige Küste; das Rauschen von Gewändern, als knattere das Segel einer Galeone in einer steifen Brise; Sturmbringers Stöhnen wurde zu einem Chor klagender Stimmen; das Vibrieren der über dem Erdriß stehenden Gestalt zu den Schlägen von einem Dutzend Trommeln. Aber nicht nur Geräusche verstärkten sich. Sehvermögen, Geschmack, Tastgefühl, Geruch – alle Sinne schienen schärfer und feiner zu sein als zuvor, als ob innerhalb des Hohlraums der Stille, der den zitternden Mann umschloß, die ganze Welt zu einem Punkt gerönne.

Die Kleidung des Mannes verriet, daß er nichts anderes war als ein weiterer Reisender, ein weiterer Erforscher der pfadlosen Wüsteneien des Grauen Landes; seine Haut indes war, da seit langem den Elementen ausgesetzt, so ausgetrocknet und verkohlt und verschrumpelt, daß sie ihm das Aussehen eines mumifizierten Kadavers verlieh, uralt, doch alterslos. Seine Augen waren vom Starren in die Sonne trübe geworden, und die Iris war jetzt fast so fahl wie das Weiße; doch obwohl er offensichtlich blind war, durfte man bezweifeln, daß er jemals etwas wirklich angesehen hatte. An seiner Haltung war etwas, das auf eine Ausrichtung der Sinne nach innen, auf eine bußfertige Selbstbezogenheit und die Andacht der Verdammten schließen ließ.

Sein nach oben gekehrtes Gesicht war schmerzvoll verzerrt, die Zähne so fest zusammengebissen, daß nur noch Knochensplitter übrig waren, und unterhalb des Kinns, am Ansatz des sehnigen Halses, wo seine ineinander verschränkten Hände ruhten, hielt er einen Talisman, wie Elric ihn noch nie gesehen hatte.

Er hatte die Ausmaße und die Form einer großen Untertasse und hing an einer goldenen Kette, die um die Finger des Mannes geschlungen war. Er war aus Goldfiligran gefertigt, in das kunstvoll Runen aus Gagat und Jade eingelegt waren, und schien gegen das Zittern, das den gesamten Körper des Mannes erfüllte, immun zu sein – es wirkte tatsächlich so, als hinge der Talisman bewegungslos in der Luft, ohne jede Haltevorrichtung. Elric erkannte, daß er ein Gegenstand von großer magischer Kraft war, und als er sich zu Trypaz drehte, um Antworten auf unausgesprochene Fragen zu erlangen, brachte ihn das gierige Leuchten in den

Augen seines Gefährten zu dem Schluß, daß der Talisman auch äußerst begehrenswert war.

Doch kaum war dieses Leuchten erschienen, da wich es auch schon einem Ausdruck tiefer Besorgnis, der über die verhutzelten Gesichtszüge des Zauberers glitt wie der Schatten einer Wolke über einen Berghang. Als käme er plötzlich wieder zu sich, wandte sich Trypaz an Elric, machte eine leichte Verbeugung und sagte: »Jetzt ist die Zeit für die reine Wahrheit gekommen.«

Die Worte, obwohl leise gesprochen, dröhnten, donnerten und hallten wider wie Kanonenfeuer. Elric zuckte zusammen, beugte sich aber trotzdem höflich und erwartungsvoll vor.

»Dieser Mann, dieses unglückliche Geschöpf«, begann Trypaz, während er mit einem kühnen Schwung seines Arms auf die bebende Gestalt wies, »steht über der Achse, einem Riß, von dem manche annehmen, er teile die Erde in zwei Hälften. Er ist unermeßlich tief, und seine Finsternis ist undurchdringlich.« Er ging um den Mann herum und musterte ihn von oben bis unten, achtete aber offensichtlich sehr darauf, ihn nicht zu berühren. »Andere behaupten, die Achse sei ein Sprung mitten im Herzen der Schöpfung«, fuhr Trypaz fort, »der uns einen Blick auf andere Ebenen, andere Wirklichkeiten gestattet, die aufgrund der Gesetze von Zeit und Raum gewöhnlich von der unseren getrennt sind. Diese Leute sind der Ansicht, die Achse sei eine andere Manifestation des Verzauberten Turms.«

»Des ...« Infolge der Geräuschexplosion, die aus seinem Mund kam, fuhr Elric zusammen.

»Still!« brüllte Trypaz im Flüsterton und hob die Hand. »Ich allein muß sprechen; du mußt zuhören.

Vor etwa zwanzig Jahren erfuhr ich aus den Büchern des großen Magiers Heldengore zum erstenmal von der Achse und ihrem Wächter – denn das ist die Rolle dieses armen Unglücklichen. Die Bücher offenbarten mir, daß der Talisman, den du vor dir siehst, seinem Träger Macht über die Unterwelten und die darin hausenden Wesen verleiht. Aber erst ungefähr fünfzehn Jahre später hatte ich genug Vertrauen zu meinen Fähigkeiten, um mich selbst auf die Suche nach dem Talisman zu begeben.

Ich machte mich mit dem Grauen Land vertraut, drang immer wieder von unterschiedlichen Ausgangspunkten in das Gebiet ein und stieß jedesmal weiter vor, immer in eine andere Richtung. Schließlich, nach vielen Fehlschlägen, gelang es mir, die Achse zu orten. Mehrmals bin ich bei meinen Streifzügen dem Tode nahe gewesen, und nur der Gedanke an den Talisman und die ihm innewohnende Macht erhielt mich am Leben.«

Elric schüttelte den Kopf und bemühte sich, sich von den anbrandenden Wellen des Schweigens zu befreien, die ihn zu verwirren suchten. Trypaz' Stimme hob und senkte sich in eigenartigen Kadenzen und geheimnisvollen Rhythmen, und es kostete den Albinoprinzen viel Kraft, sich nicht überwältigen zu lassen, während der Zauberer seine Erzählung fortsetzte.

»Erst vor wenigen Wochen stand ich zum erstenmal genau an dieser Stelle, nachdem ich die Mauer des Schweigens durchbrochen hatte, mit der der Talisman sich umgibt. Aber selbst da war ich zu furchtsam, hatte zuviel Angst, dieses zauberkräftige Artefakt an mich zu nehmen. Ich wagte nicht einmal, es zu berühren. Zu diesem Zweck brauchte ich, wie ich wußte, einen Freiwilligen – man könnte sagen, ein *Opfer* –, einen unerschrockenen, vielleicht sogar tollkühnen Menschen, der dieses Risiko für mich auf sich nähme. Und so kehrte ich nach Tomesk zurück, um den rechten Augenblick abzuwarten. Dann tauchte der Klöef auf, und in ihm glaubte ich den geeigneten Kandidaten gefunden zu haben. Unglücklicherweise erfuhr ich nichts von seinem unbedachten Besuch der verfluchten Insel Temoraal und von dem ›Passagier‹, den er in sich trug.« Trypaz machte eine Pause und schüttelte verärgert den Kopf. »Welch ein verdammter Narr ich doch war! Wie ein Anfänger habe ich mich verhalten! Den Gestank der Verwesung, der von ihm ausging, hätte ich in dem Moment wahrnehmen müssen, da mein Blick auf ihn fiel.«

Elric wollte sagen, daß er ebenfalls auf Gaareks forsches, wenn auch liebenswürdiges Benehmen hereingefallen war, vermochte jedoch nur mitfühlend zu nicken.

Trypaz freilich beachtete die Geste nicht weiter und nahm, offensichtlich von seinen eigenen Worten hingerissen, die Erzählung wieder auf. »Aber nein, ich war zu sehr damit beschäftigt, mir zu meiner Geschicklichkeit und zu meinem Glück zu gratulieren, als daß ich etwas bemerkt hätte. Und dann bist du aufgetaucht, Freund Elric, und obwohl ich wußte, daß du für meine Zwecke ein zu vorsichtiger Mensch bist, habe ich dich trotzdem ermutigt, als du überlegtest, ob du uns begleiten solltest. Denn ich erkannte in dir einen verwandten Geist, und ich dachte, daß du, falls der lümmelhafte Klöef aus irgendeinem Grund bei der Aufgabe versagen sollte, die ich ihm gestellt hatte, vielleicht überredet werden könntest, an seine Stelle zu treten. Und wie die Dinge liegen, hast du mir dann natürlich das Leben gerettet.«

Trypaz, der während des größten Teils seiner Erzählung auf den zitternden Mann gestarrt hatte, sah Elric jetzt unverwandt an. »O Melnibonéer, wenn du bloß nicht den Makel des Heldentums an dir hättest, dann wären vielleicht meine Pläne und meine Manipulationen wesentlich erfolgreicher verlaufen. Entweder du oder Gaarek oder sogar dieser jugendliche

Narr Kyval Kesh – einer von euch könnte sich jetzt dafür wappnen, was ich im Begriff bin zu unternehmen; was ich, wie ich hinzufügen darf, mit einiger Beklommenheit in Angriff nehme. Aber vielleicht ist das alles nur von Vorteil, denn welchen Nutzen hat Erkenntnis und welche Funktion kann Macht überhaupt erfüllen, außer der, einen Mann auf die Probe zu stellen?«

Und während er das sagte, langte der Zauberer nach dem Talisman. Seine ausgestreckten, klauenartigen Finger strichen zunächst ganz leicht und zaghaft über das glänzende Objekt und zogen sich wieder zurück, um dann schließlich sanft auf den schimmernden Farben liegenzubleiben.

In stummer Faszination sah Elric zu. In seinem Kopf drehte sich alles, und in seinen Ohren schienen immer noch Bruchstücke der Erzählung seines Gefährten widerzuhallen, die zunächst wie ein Vogel in die Höhe schossen, dann abfielen, tief und volltönend wurden, als höre man sie durch brodelndes Wasser. Er bemerkte den Glanz in Trypaz' Augen, sah sie funkeln und leuchten, als der Zauberer das Objekt fest packte und es von den zusammengekrampften Händen des zitternden Mannes wegzog. Die Kette glitt leicht durch die knorrigen Finger, fast als hätte der Talisman nur darauf gewartet, daß jemand ihn an sich nehme. Und in dem Moment, da das letzte Glied der Kette den Kontakt mit der Haut des Mannes verlor, fiel sein bebender Körper in sich zusammen; seine blinden Augen sanken in die Höhlen, die Nase wich in sein verfallenes Gesicht zurück, der Kopf fiel in den Nacken, Schultern, Arme, Rumpf, alles löste sich auf – als sei der Mann nur eine lebende Hülle aus Staub gewesen –, um mit einem ganz leichten Seufzer in die gewaltige Erdspalte zu sinken.

Es folgte ein Moment absoluter Stille, und die beiden

Männer sahen einander an. Dann blickten sie den Überresten des zitternden Mannes nach, die die Kluft hinunterstürzten. Da spürten sie eine Bewegung im Erdboden und hörten ein unbestimmtes, von unten kommendes Grollen, das anscheinend meilenweit entfernt war.

Eine riesige Rauchwolke quoll aus der Spalte, bei deren erstickendem schwefligem Gestank Elric zurückwich. Während er seine Kapuze über Nase und Mund preßte, spähte er in den brodelnden, übelriechenden Dunst und entdeckte, durch den Schleier von Tränen, die seinen brennenden Augen entströmten, die Gestalt von Trypaz, der sich, den Talisman in der Hand, mit entsetztem, ungläubigem Gesichtsausdruck über den Abgrund beugte. Er hörte die gemurmelten Worte des Zauberers so laut wie einen Donnerschlag. »Elric«, sagte er mit zittriger Stimme, »mir war nicht klar ... ich wußte nicht ...«

Und dann sah Elric, wie sich in der Tiefe des Abgrunds etwas rührte, etwas, das sich meilenweit entfernt in dieser felsigen Spalte der Erdoberfläche befand und seine enormen glitschigen Windungen bewegte. Im Geiste sah er Augen vor sich, eine Milliarde roter Augen, die sich alle zugleich öffneten, feucht blinzelten und in ihren Höhlen hin und her rollten. Er sah klebrige Rachen, die aufgesperrt wurden, und Tentakel, die umhertasteten, und sah, wie sich etwas, dessen Haut so bleich und lichtempfindlich war wie die seine, langsam und schwerfällig erhob, etwas, das sich nach und nach aus diesem Abgrund hochzog, der der dunkelsten Phantasie, den schwärzesten Träumen zu entstammen schien, und sich auf den fernen Glanz der Sonne zu bewegte.

Und er begriff, daß einzig und allein der Talisman und der Wille dessen, der ihn in Händen hielt, die Welt vor diesem Wesen schützten und daß der Besitz des Talismans die gräßlichste und schrecklichste Verpflichtung bedeutete, die die Welt zu bieten hatte – eine Bürde, die tausendmal schwerer war als der Thron von Imrryr –, und daß derjenige, der den Talisman an sich brachte, vor der Wahl stand, entweder dieses entsetzliche, unsägliche Monstrum auf die Menschheit loszulassen oder das extremste Opfer zu bringen und sich zu einer zitternden Existenz zu verurteilen, die halb Leben, halb Tod war. Es war eine Entscheidung, die innerhalb von Sekunden getroffen werden mußte, eine Entscheidung, die an das Fünkchen Güte appellierte, das selbst der betrügerischste und selbstsüchtigste Mensch im Herzen trägt.

Und durch die aufquellenden Rauchwolken, die aus dem gähnenden Abgrund vor ihnen drangen (wo Elric bereits die ersten Ausläufer gummiartiger langer Arme erkannte, die sich ausstreckten), sah er, wie Trypaz langsam den Kopf drehte, um ihn noch einmal anzusehen. Als ihre Blicke sich trafen, spürte Elric – als seien es seine eigenen Empfindungen – die Qual, das Entsetzen, die Reue und die Verzweiflung des anderen. Aber er spürte auch seine Einwilligung.

Voll grimmiger Gelassenheit die Zähne zusammenbeißend, richtete Trypaz sich auf, stellte sich mit gespreizten Beinen über die jetzt langsam breiter werdende Erdspalte, drückte den verfluchten Talisman an die Brust und richtete den Blick gen Himmel.

Dann erstarrte er in dieser Haltung und begann zu zittern.

VIII

Der staubbedeckte Reisende ritt in die Stadt ein, als der Tag gerade zu Ende ging. Außer dem Pferd, auf dem er saß, führte er drei weitere an den Zügeln. Die Tomeskianer sahen von ihren jeweiligen Beschäftigungen auf, um ihn nachzublicken, obwohl keiner von ihnen viel darüber zu rätseln brauchte, welches Schicksal den anderen drei Reitern zuteil geworden war.

Den Menschen, die am Rande des seltsamen, umherwirbelnden Sands des Grauen Landes ihr Leben verbrachten, kam es so vor, als sei die Leere, an deren Grenze ihre Stadt stand, ein ewig hungriger Gott, der ständig Nahrung von der Art brauchte, wie nur lebendiges, wißbegieriges Fleisch sie geben kann, sich aber selten befriedigt oder gesättigt zeigte. Und nie dankbar. Die Bewohner von Tomesk waren an seinen Appetit gewöhnt und standen dem Thema Tod gleichmütig gegenüber. Sie waren höchstens ein bißchen enttäuscht, daß der vierte Reisende überlebt hatte. Daß er noch lebte, bedeutete lediglich, daß ein anderer, der irrwitzig genug war, sich in diese Wüste zu wagen, auf seiner Suche nach Erleuchtung umkommen würde. Die ganze Angelegenheit hatte etwas schrecklich Mathematisches an sich – eine bestimmte Anzahl mußte erreicht, eine Quote erfüllt werde –, obwohl sie sich der launischen Natur der Götter glücklicherweise nicht bewußt waren.

Der Reisende begab sich zu der Taverne *Die silberne Hand*, wo er mit steifen Bewegungen abstieg, sein Pferd festband und das Haus betrat.

Es war, als bringe er die zischende Stille des Grauen Lands mit sich nach drinnen, denn als er den Raum durchquerte und sich in dem gutbesuchten Eßbereich an einen Tisch setzte, verstummten die Gespräche des runden Dutzends anderer Gäste. Schweigen senkte sich auf das Zimmer herab, bis nur noch das Ächzen einzelner Atemzüge und das Stöhnen des Feuers im Kamin zu hören waren. Grauer Staub rieselte vom Umhang und von der Kapuze des Reisenden herab und fiel mit einem kaum hörbaren Prasseln auf den Fußboden.

Als der Wirt seinen ehemaligen Gast erkannte, der überdies gut gezahlt hatte, verzog er das Gesicht zu einem selbstgefälligen Lächeln. »Hallo, Herr, du bist früher als erwartet zurückgekehrt«, sagte er vergnügt, als er sich dem Tisch des Mannes näherte. Sobald er den Reisenden erreicht hatte, beugte er sich vor und fügte in leiserem Ton hinzu: »Obwohl es Leute gibt, die sagen, daß man eigentlich von niemandem erwartet, aus dem Grauen Land zurückzukehren.«

Der Reisende nickte, schlug seine Kapuze zurück und legte seinen Umhang ab, den er über den Rand des Tisches hängte.

»Du willst sicher ein Glas Wein haben. Oder etwas zu essen. Oder einen guten Schluck Bier, um die Trockenheit in deiner Kehle zu beseitigen.«

»Ich brauche nichts«, sagte der Reisende düster.

»Das kann ich nicht glauben«, entgegnete Janquil. »Acht Tage bist du fort gewesen, und das Graue Land kann einem Menschen schon in der Hälfte dieser Zeit alle Lebenskraft nehmen.«

»Ich hatte reichlich Nahrung bei mir.«

»Das meinte ich damit nicht.«

»Ich weiß.«

»Dann vielleicht...« Janquil streckte die Hand aus, um den Umhang vom Tisch zu entfernen, worauf der Reisende – der bleichste Mann, den der Wirt je gesehen hatte – ihn fest beim Handgelenk packte und es mit den Fingern zusammenpreßte, die, so dünn und blutleer sie aussahen, außergewöhnlich kräftig waren.

»Du«, sagte der Reisende, der wußte, daß ein Dutzend Augenpaare auf ihn und Janquil gerichtet, ein Dutzend Schwertarme bereit waren, sich zur Verteidigung des Wirts zu heben, »warst nicht anwesend, als meine Gefährten und ich von hier aufgebrochen sind.«

»Es war früh am Morgen«, erwiderte Janquil. »Man kann nicht von mir erwarten, daß ich meinen Gästen zu allen Stunden des Tages zur Verfügung stehe, am wenigsten dann, wenn ich in der Nacht zuvor bis in die frühen Morgenstunden aufbleiben mußte. Außerdem«, fügte er mit einem Lachen hinzu, dessen Herzhaftigkeit ein ängstliches Beben schlecht verbarg, »würde ich mein Versäumnis, mich vor eurer Abreise von euch zu verabschieden, kaum als ein Vergehen bezeichnen, das solch eine beleidigende Behandlung verdient.« Er machte den Versuch, seinen Arm aus dem Griff des Reisenden herauszuwinden, aber dieser hielt ihn eisern fest.

»Lag es nur daran, daß du nicht so früh aufstehen wolltest, oder warst du dazu nicht imstande?«

»Du solltest am besten genau erklären, was du mit alldem meinst, Herr.«

Der Reisende, der Janquils Handgelenk immer noch fest umklammert hielt, nickte bedächtig. Er hob den Kopf und starrte den Wirt finster an; deutlich waren jetzt die feinen Gesichtszüge eines Melnibonéers zu erkennen, die mit der weißen Haut eines Albinos und Augen, so rot wie die untergehende Sonne, kontrastierten. »Ich hatte das Pech«, sagte Elric, »mich mit zwei Gefährten zusammenzutun, die ihre bösartige Natur gut verbargen, und mit einem dritten, der seine innere Güte noch geschickter maskierte. Letzteren hat das Graue Land schließlich entlarvt, aber die beiden Erstgenannten trugen das Zeichen ihrer Unzuverlässigkeit offener zur Schau.«

»Du sprichst in Rätseln, Herr.«

»Tatsächlich? Oder sprichst du vielleicht in Halbwahrheiten, Wirt?« Dabei drehte Elric Janquils Hand herum, so daß der Handteller zu sehen war. Auf diesem erhob sich, leicht pulsierend wie ein mit Blut vollgesogenes Insekt, eine Warze, die genau den Warzen glich, die die Handflächen von Gaarek, Kyval Kesh und vorübergehend auch von Trypaz, dem Zauberer, verunstaltet hatten.

»Ein Muttermal«, sagte Janquil und sah Elric finster an. »Mehr nicht. Dein Aufenthalt im Grauen Land hat dich ganz offenkundig geistig verwirrt.«

»Keineswegs«, antwortete Elric. »Ich muß gestehen, daß die Bemerkung des Klöefs, der Zauberer hätte die *zweite* Mahlzeit seines Gefährten sein sollen, mich etwas durcheinanderbrachte, aber dann fiel mir ein, daß es ja jemanden gab, der die erste Mahlzeit gewesen sein konnte... Jemand, der nicht auftauchte, als er hätte auftauchen sollen.«

Mit einem unterdrückten Wutschrei wich Janquil zurück und versuchte, seinen Arm loszureißen, doch Elric hielt ihn mit der einen Hand fest, während er mit der anderen nach Sturmbringers Heft tastete.

Der Wirt warf den Kopf zurück und begann zu husten, zu würgen und zu zucken, um die wurmartige Kreatur in seinem Innern mit einem Schwall seines Mageninhalts die Speiseröhre hoch und in den Mund zu holen, aber es war bereits zu spät. Als die Schnauze der Kreatur sich an Janquils Zunge vorbeischlängelte, sauste Sturmbringer schon aus der Scheide, und kaum hatte das schwarze Runenschwert einen Bogen durch die Luft beschrieben, als der Kopf des Wirts auch schon zu Boden rollte, mit einem einzigen sauberen Hieb von den Schultern getrennt.

In der *Silbernen Hand* kam es zum Aufruhr, da die anderen Gäste auf die offenbar grundlose Ermordung ihres Wirts reagierten, indem sie die Schwerter zogen und die Stimmen zornig erhoben. Doch Stimmen und Schwerter senkten sich wieder, als die wurmartige Kreatur aus Janquils noch weit aufgerissenem Mund glitt und sich auf dem staubigen Fußboden hin und her wand; aus ihrem gestutzten Leib spritzte schwarzes Blut, und ihre nadelgleichen Zähne schnappten blind nach allen Richtungen. Da verwandelte sich der Zorn der Anwesenden in Ekel, und alles war erleichtert, als der bleiche Reisende sich mit gespreizten Beinen über das Wesen stellte und sein Schwert (das fast einen eigenen Geist zu haben schien, denn es summte leise, als genieße es den Vorgang) auf dessen Kopf niedersausen ließ, um das Hirn in zwei Hälften zu spalten und die schlangenartigen Bewegungen des Körpers zum Stillstand zu bringen.

IX

Ob Elric irgend klüger war, als er Tomesk und das Graue Land hinter sich ließ, ist fraglich. Die Zukunft, die ihm winkte, war so ungewiß wie eh und je, die Pläne, die das Schicksal mit ihm vorhatte, nach wie vor ein verworrener Knoten, der sich nicht leicht entwirren ließ. Er hatte nichts über sich selbst erfahren, was er nicht bereits gewußt, und wenig über die Bewohner der Jungen Königreiche, das er nicht bereits vermutet hätte.

Aber vielleicht – und das war ein so furchtbarer Gedanke, daß Elric sich mit aller Macht bemühte, ihn nicht in sein Bewußtsein dringen zu lassen – hatte das Graue Land seiner Seele *doch* einen Spiegel vorgehalten... und ihm nichts gezeigt, einfach deswegen, weil es nichts zu zeigen gab. Weil zwischen ihm und seinem schwarzen Schwert nur eine graue Ödnis lag, in der etwas gräßlich Böses lauerte, dessen Entfesselung nur durch ganz schwache, ganz sanfte Kräfte verhindert wurde.

Vielleicht hatte er doch sich selbst gesehen – und seine wahre Natur und sein Schicksal – und hatte all das fälschlicherweise für den sich ständig verändernden, doch unwandelbaren grauen Sand der trostlosesten Gegend der Welt gehalten.

Nur die Zeit, der wichtigste Verbündete eines Melnibonéers, würde das lehren.

Copyright © 1994 by Peter Crowther and James Lovegrove

Nancy Holder

JENSEITS DES GLEICHGEWICHTS

Die Ereignisse im Leben eines Menschen können nicht in einzelne Momente aufgeteilt werden; multiversal, wie sie sind, verflechten sie sich und durchdringen einander, diese Fäden des Schicksals. Wenn man dies getan hätte, dann wäre das und das geschehen. Wenn man jenes nicht getan hätte, dann wäre alles anders – die gesamte vergangene und gegenwärtige Welt, das ganze Hier und Jetzt.

Und alles ließe sich ändern, wenn man nur die Mittel und den Willen dazu hatte.

Darum betete Elric jetzt, erschöpft, geschlagen und allein, wie er war. In seinem Quartier, das versteckt zwischen den Dünen einer vergessenen Wüste lag, saß er über ein Zauberbuch gebeugt, in dem er murmelnd las. Die Kraft seines Begehrens bewirkte, daß ihm Blut von den Schläfen floß.

Sturmbringer lag neben ihm. Die uralten, in die Klinge geätzten Runen schienen Schweiß oder Tränen zu verströmen. Doch das Schwert weinte um keinen Menschen, um kein lebendiges Wesen. Sturmbringer und seine Brüder wußten nichts von Kummer oder Reue oder irgendwelchen zarten Gefühlen.

Draußen grollte der Donner über der Landschaft, und der Wind peitschte den Sand gegen die Mauern des Hauses. Die Wandbehänge im Innern des Hauses hoben und senkten sich wie Wellenkämme; die Dünen draußen waren die Höcker von Seeschlangen. Elric zitterte und sehnte sich nach allem, was er verloren hatte.

»Melnibonéer«, sagte er flüsternd zu sich selbst, »wie hast du dich verändert. Wie bist du... schwach geworden.«

Denn er war die Verkörperung Melnibonés; er war der rechtmäßige Kaiser und für die Jungen Königreiche sowie alle anderen Ebenen und Welten das Symbol der Dracheninsel. Und trotzdem weinte er jetzt und hoffte und bedauerte zutiefst das Böse, das er in seinem ganzen Leben angerichtet hatte.

Mit bebender Hand blätterte er die dicke staubige Seite des Zauberbuchs um, das die alte Frau ihm hinterlassen hatte, die ihn in der Wüste gefunden und gesundgepflegt hatte; die ihm von den Visionen erzählt hatte, die ihr zuteil geworden waren, während er, von Schmerzen gequält, im Bett lag. Hoffnungen waren vor ihrem geistigen Auge aufgeschimmert; jetzt stimmte Elric, der nach diesen Hoffnungen hungerte, erneut seine Zaubergesänge an. Das tat er jetzt schon sehr, sehr lange, nachdem er den Scheiterhaufen für die alte Frau, die im Schlaf gestorben war, errichtet hatte.

»Mach davon Gebrauch«, waren ihre letzten Worte gewesen, als sie ihm ihren Schatz übergeben hatte – das alte, in Leder gebundene Buch.

Er hatte die Sprache des Zauberbuchs erlernt und Tag und Nacht Zaubergesänge psalmodiert. Doch jetzt war er erschöpft und krank – ihm fehlten die Drogen, Sturmbringer die Opfer –, und er sehnte sich nach dem Tod.

Sturmbringer seufzte begierig. Elric berührte die Klinge.

Nein, nicht nach dem Tod. Nach Erlösung. Nach Trost.

Seht Elric von Melniboné: Kaiser von Nirgendwo, niemandes Liebhaber, keines Menschen Freund.

Er, der nichts war.

Das Grollen des Donners wurde zum Krachen, und feurige Blitze zerrissen den Himmel. Sturmbringer kreischte auf. Alles wurde schwarz, und Elric stürzte wie vom Blitzschlag getroffen zu Boden.

»Elric, wach auf. Elric.«

Er spürte eine Hand auf der Schulter und kam im gleichen Moment, da er nach dem Runenschwert griff, ruckartig zu sich. Im Zimmer war es düster; Dunkelheit übergoß das Gesicht der Gestalt, die vor ihm stand. Elrics Herz krampfte sich zusammen, und er zog scharf den Atem ein: Mondmatt, den er getötet hatte, blickte grimmig auf ihn herunter.

»Elric, du mußt kommen. Cymoril...«

»Mein Freund«, sagte Elric und berührte Mondmatts Hand. Der Mann war wirklich vorhanden, bestand aus warmem, von Blut durchströmtem Fleisch. Elric schluckte mühsam. Waren die Zaubersprüche geglückt? War dies ein Teil der Antwort, die er erhielt? Die Auferstehung seines Freundes – oder seine scheinbare Auferstehung?

»Cymoril ist in Gefahr.« Mondmatt zog ihn am Unterarm. »Wir müssen uns beeilen.«

»Aber, Mondmatt...«, begann Elric, dann hielt er inne. Vielleicht war dies eine andere Zeit, die vor dem furchtbaren Moment lag, als er Mondmatt getötet hatte. Ein zaubrischer Augenblick. Und vielleicht lag Cymoril noch in dem Zauberschlaf, in den Yyrkoon sie versetzt hatte. Konnte das hinter der Prophezeiung der alten Frau stecken? *Du wirst eine Entscheidung treffen, und deine Entscheidung wird die Welt regieren.*

Er stand langsam auf. Mondmatt sah ihn stirnrunzelnd an und zeigte auf einen reichverzierten Holztisch auf der anderen Seite des Zimmers. »Du mußt dich stärken, Elric. Der Weg wird beschwerlich sein, und so, wie du aussiehst, hast du es bitter nötig.«

Elrics Drogen lagen haufenweise auf dem Tisch. Seine roten Augen funkelten vor Argwohn, aber dennoch taumelte er auf den Tisch zu. Er vermochte sich kaum zu bewegen. Als er das Zimmer durchquerte, folgte Mondmatt ihm, und Elrics Nackenhaare richteten sich auf. Hier war etwas nicht ganz geheuer, im Zimmer nicht, und an seinem Freund auch nicht. Ein unheilvolles Fluidum wehte ihn an und umhüllte ihn.

Die alte Frau ... War sie, was sie zu sein geschienen hatte, eine Seherin, die den Triumph der Ordnung voraussagte? Oder war sie eine Kreatur des Chaos, deren Aufgabe darin bestand, Elric auf einen falschen Weg zu lenken? Darüber hatte er bereits nachgedacht und es für nötig erachtet, daß er weitermachte, ganz gleich, welcher Seite sie verpflichtet war. Er trachtete nach wie vor danach, sich mit der Ordnung zusammenzuschließen, sie für die neuen Erdbewohner herbeizuführen, die kommen sollten. Dem Wahnsinn des Chaos und seiner eigenen Zeit Einhalt zu gebieten; seiner eigenen Zeit, in der die Welt verwüstet und seine Freunde tot waren. Viele von seiner Hand getötet.

»Elric, beeil dich«, drängte Mondmatt.

Elric griff nach den Drogen, nahm sie ...

... und das Zimmer barst auseinander und verschwand. Die beiden standen auf einer schmalen hölzernen Hängebrücke, die hoch über einem ungeheuren Abgrund schaukelte, der mit geschmolzenem Gestein gefüllt war. Unerträgliche Hitze entzog Elrics weißer Haut die Feuchtigkeit. Sein weißes Haar leuchtete karminrot. Seine Rüstung versengte ihn.

Mondmatts Gesicht war gerötet, seine Lippen blutrot. Er nickte und wies in eine bestimmte Richtung. »Dort wird sie festgehalten. Wenn wir nicht kommen, werden sie sie bei lebendigem Leibe verbrennen.«

»Um Ariochs willen«, fluchte Elric verblüfft, und wie

zur Antwort spritzte die Lava hoch und erreichte fast die Spitzen von Elrics Stiefeln.

Sturmbringer wand sich an seiner Seite hin und her, und Elric hielt ihn wie einen Talisman vor sich in die Höhe, um ihn vor der Hitze zu schützen, obwohl Sturmbringer schon schlimmere Situationen als die gegenwärtige überstanden hatte.

»Sie halten sie gefangen«, sagte Mondmatt und trat einen Schritt vorwärts.

»Woher weißt du das?« fragte Elric.

Mondmatt drehte sich um. Er sah völlig verwirrt aus. Seine Lippen teilten sich. »Elric? Elric, träume ich? Ich dachte, ich sei ... Ich dachte, du ...?« Er starrte seinen Freund an.

Elric schüttelte den Kopf. »Ich weiß auch nicht, Mondmatt. Vielleicht habe ich sehr, sehr lange geträumt«, sagte er.

Eine weitere Lavafontäne schoß links von ihnen hoch und sengte die Planken der Brücke an. Beide Männer warfen sich nach rechts, so daß die Brücke sich gefährlich zur Seite neigte. Mondmatt ging wieder nach links hinüber, als die Lavafontäne in das Meer aus geschmolzenem Gestein zurücksank. Schweigend warteten sie darauf, daß die Brücke wieder ins Gleichgewicht kam.

Dann setzten sie die Überquerung fort.

»Wer hat Cymoril in seiner Gewalt?« fragte Elric mit erhobener Stimme, um das Brodeln des Gesteins unten zu übertönen.

Mondmatt erstarrte. Seine Schultern sanken nach vorn. Als er sich umdrehte, um Elric anzusehen, leuchtete Angst aus seinen Augen.

»Dieselben«, antwortete er, »die mich in der Gewalt haben.«

Elric erwiderte seinen Blick. »Und wer ist das, Mondmatt? Wer hat dich in der Gewalt?«

Mondmatt trat einen Schritt zurück. Er legte die Hand an die Stirn und fuhr sich mit den Fingern über Augen, Nase und Lippen.

»Ich lebe«, sagte er halb zu sich. »Ich lebe!« Er hob den Kopf. »Komm«, sagte er kurz angebunden und ging weiter.

»Ah, aber lebe ich auch?« murmelte Elric und folgte ihm.

Die Brücke schien sich über die Zeit selbst zu spannen; stundenlang liefen sie durch die höllische Hitze. Elrics Kraft ließ nach; er war durstiger, als er es je in seinem Leben gewesen war; jede Faser seines Wesens schrie nach Erfrischung. Sein Blut kochte in den Adern. Er dachte an Cymoril. Sehr lange war er nicht imstande gewesen, ihr Bild heraufzubeschwören, so schmerzlich war es. Seine Liebe. Die Königin seines Herzens, trotz Zarozinia. War Mondmatt von den Toten zurückgekehrt, um die Toten zu retten? Aber Sturmbringer hatte doch ihre Seelen gefressen, nicht wahr? Von ihnen war nichts mehr da – zumindest hatte er das bis jetzt geglaubt. Und das war die Ursache für einen Großteil seiner Verzweiflung gewesen.

Er hielt Sturmbringer fest umklammert, obwohl er die Klinge verabscheute. Mondmatt ließ ihn weit hinter sich, und er beeilte sich, ihn einzuholen. Wie in alten Tagen schritten die Beine seines Freundes kraftvoll aus. Und dennoch ... Elric hob den Kopf. Und dennoch waren dies nicht die alten Tage, und das da, war das Mondmatt? War es eine Halluzination? Geschah all dies wirklich?

Er strauchelte und wurde nach links geschleudert, als die Brücke zur Seite kippte. Sein rechtes Bein verlor den Halt, schnellte vor, und er fiel, bekam aber noch die Seile der Brücke zu packen. Lava schoß hoch, kam bis auf wenige Inches an seine Ferse heran, so daß er unwillkürlich einen Schrei ausstieß.

»Elric!« Mondmatt fuhr herum und eilte herbei. Dann half er ihm, sich auf der schwankenden Brücke aufzurichten. Während ihre Hände einander umklammerten, musterte Elric seinen Freund, nickte zum Dank und gab zu verstehen, daß sie ihren Weg fortsetzen sollten.

»Du hast mich vor einem schrecklichen Tod bewahrt«, sagte Elric.

Mondmatts Gesicht veränderte sich. Es wurde zu einer furchtbaren Maske des Schmerzes und Kummers. Seine Kiefer krampften sich zusammen; der Griff seiner Hand, mit der er Elrics festhielt, wurde fester.

»Ich wünschte, du hättest das gleiche für mich getan«, antwortete er und ließ Elrics Hand los.

Sprachlos sah Elric seinem Freund nach, der ihm vorausging. Immer schneller schritt er aus, bis er plötzlich dahinraste. Seine Gestalt verschwand in der Ferne, wurde undeutlich... Oder trübten Tränen den Blick des einst so stolzen Kaisers?

»Mein Freund«, flüsterte er und streckte die Hand aus.

Über ihm breitete sich ein lautes Schwirren am Himmel aus, und er wurde in Schatten getaucht. Er blickte hoch. Der Himmel war voller schwarzer Ritter auf geflügelten schwarzen Pferden. Sie trugen Streitäxte, Schwerter und Schilde, auf denen die uralten Runen des Chaos zu sehen waren. Auf ihre Lanzen waren Köpfe aufgespießt, die Köpfe derjenigen, die Elric geliebt oder gehaßt und die Sturmbringer getötet hatte – so viele! Die Münder der Köpfe standen offen und gaben im Chor Schreie der Qual und Verzweiflung von sich. Während Elric Sturmbringer in der rechten Hand wiegte und sich zum Kampf bereitmachte, griff ihn der größte der schwarzen Ritter an. Auf seine Lanze war, strahlend weiß wie die Perle im Herzen der Welt, der Kopf von Elrics Geliebter aufgespießt.

»Cymoril!«

Sie schien ihn nicht zu hören, aber er kannte diese Augen, dieses rabenschwarze Haar, das sich mit der Mähne des Streitrosses vermischte. Ihre Lippen waren geöffnet und leicht zurückgezogen, fast als lächle sie. Doch bei genauerem Hinsehen erkannte man, daß dieser Ausdruck eine Grimasse des Schmerzes war, und sie ...

Der schwarze Ritter machte es sich zunutze, daß Elric abgelenkt war, und schlug nach ihm; Sturmbringer hob sich aus eigenem Antrieb, um den Hieb abzufangen. Immer wieder verteidigte ihn das Schwert, bis Elric sich aufraffte und sich, an die Halteseile geklammert, in den Kampf stürzte, während der Ritter auf ihn losflog und um ihn die Lava hochspritzte. Der Himmel war schwarz von der dunklen Schar; sie ordneten sich zu Reihen und marschierten langsam voran, als wollten sie ihrem Anführer genügend Zeit geben, Elric zu erledigen.

Der gesichtslose Ritter, dessen Helm geschlossen und mit Federn geschmückt war, zielte mit seiner Lanze nach Elrics Herz. Cymorils Gesicht schoß auf ihn zu, und er hatte nicht das Herz, es zu durchhauen.

Sturmbringer jedoch hatte keine Skrupel, durchschlug mit einem blutdürstigen Schrei Cymorils Antlitz und spaltete die Lanzenspitze in zwei Hälften. Und plötzlich überkam auch Elric die Blutgier; mit Sturmbringer war er ein Dämon; aus der Rüstung des schwarzen Ritters strömte das Blut. Er fiel vom Pferd und stürzte in die Tiefe, auf die Lava zu.

Ein tausendfacher Klageschrei ertönte von den anderen Rittern, tausend an der Zahl. Sie stürmten auf Elric los, kamen in leichtem Galopp über den Himmel und fielen dann in vollen Galopp.

Er schlug, er teilte Hiebe aus, brachte einen zu Fall, dann einen weiteren. Andere machten sich an den Seilen der Brücke zu schaffen. Er begriff, was sie vorhatten, und erkannte, daß es keine Hoffnung mehr für ihn gab, obwohl er Zaubersprüche hersagte und schließlich seinen Schutzdämon anrief, den er, so hatte er geschworen, nie mehr anrufen wollte:

»Lord Arioch! Ich rufe dich!«

Dann fiel er durch den Himmel auf die Lava zu, und Sturmbringer peitschte vor ihm durch die Luft. Als er in das Lavameer fiel, stieß Sturmbringer die Lava von ihm weg und zerhackte sie irgendwie zu nichts. Elric fiel tiefer und tiefer; dennoch sah und atmete er und hörte die wütenden Schreie der Ritter, die um ihre Beute gebracht worden waren.

Unter ihm kreiste ein rasender Mahlstrom, bestehend aus orangefarbenen Flammen und rotem Rauch, die herumwirbelten und aufstiegen und sich wie ein Feuersturm immer schneller drehten. Unvorstellbare Hitze versengte Elrics Körper, und er fragte sich, warum er nicht tot war – oder ob er vielleicht tot war. Er empfand Schmerzen, wie er sie noch nie zuvor empfunden hatte, weder in den Tagen, als er lange von seinen Feinden gefoltert worden war, noch die vielen Male, da er aus Mangel an Drogen dahingesiecht war. Jeder Nerv, jede Fiber seines Wesens krümmte sich vor Schmerz und Qual. Die Grausamkeit des Ganzen setzte ihm derart zu, daß er aufhörte zu atmen. Er vermochte seine Gliedmaßen nicht zu gebrauchen; es war schwer, seinen Geist zu lenken. Wenn er im Sterben lag, dann wünschte er bei den Gebeinen seiner Vorfahren, daß er damit zu Ende kam.

Keuchend sauste er auf den Mahlstrom zu. Seine weiße Hand umklammerte Sturmbringer, und er erkannte, daß das Schwert ihn vorwärtszog: Es war nicht mehr die Wucht seines Sturzes, die ihn vorantrieb. Das Schwert wollte dorthingelangen. Es begann, von seinem Wunsch zu singen.

Elric schwebte am Rande des Mahlstroms und blickte hinein. Dort sah er noch mehr Feuer und Meere geschmolzenen Gesteins; schwarzen und karminroten Rauch und die schattenhaften Gestalten unzähliger Menschen, die schreiend, flehend und weinend auf kleinen Inseln aus verkohlter Erde und versengten Bäumen standen. Einige dieser Menschen standen in Flammen; während sie jammerten und sich die Haare rauften, glitten Rauch und Feuer über ihre Körper wie die Hände von Liebhabern. Andere wiederum fielen auf die Knie, um zwischen Haufen von geschwärzten Skeletten mit ausgestreckten Gliedmaßen zu stöhnen und zu klagen.

In der Mitte all dessen stand ein Mann mit leuchtendroter Haut. Er war nackt und sehr schön, und sein Kopf war mit Hörnern geschmückt. Seine Augen waren riesig, seine Lippen voll und seine Zähne sehr weiß.

Er warf den Kopf zurück und lachte, als Elric auf ihn zuflog. Er hob die Hände und brüllte: »Was jetzt, mein kleiner Büßer?«

Und Elric wußte, wer der Mann war: Arioch, Herzog der Hölle, in menschlicher Gestalt. Arioch, dem er abgeschworen hatte.

Sturmbringer rasselte in seiner Hand. Wie wäre es, dachte Elric – nicht zum erstenmal –, wie wäre es, die Seele meines Lords Arioch zu trinken?

Eine Rauchsäule stieg aus Ariochs Händen auf. Sie zog sich unter Elrics Füßen zusammen und brachte ihn langsam nach unten, bis er neben dem roten Dämon stand.

»Sei gegrüßt, Prinz Elric«, sagte Arioch.

Die Menschenmenge schrie auf und rannte auf

sie zu. Hunderte von Gesichtern, Tausende von ausgestreckten Händen. Wahnsinn verzerrte ihre Züge. Elric ging geduckt in Kampfstellung und nahm seine Kräfte zusammen. Sturmbringer stöhnte erwartungsvoll.

Arioch lachte. »Glaubst du, ich habe dich hierhergeholt, damit du vom Pöbel in Stücke gerissen wirst?« Er gab Elric ein Zeichen, ihm zu folgen; dann drehte er sich um, machte zwei Schritte und verschwand.

Rasch folgte Elric ihm nach, nur Sekunden bevor die wilde Menge die Stelle überflutete, an der er gestanden hatte.

Er fand sich in einem eiskalten Raum in Blau und Silber wieder. Die Steinwände waren mit Reif überzogen; der Fußboden bestand völlig aus Eis. Eiszapfen hingen wie tropfendes Kerzenwachs von der Decke. Zitternd sah er zu, wie Arioch sich auf einem Diwan aus Eis zurücklehnte. Wo der Dämon mit ihm in Berührung kam, dampfte er.

»Nun, Elric«, sagte Arioch, »du hast zu mir gebetet, und ich habe geantwortet.«

Vor Bestürzung spürte Elric ein Kribbeln auf der Haut. Er hob das Kinn und sagte: »Nein, ich habe nicht zu dir gebetet.«

Arioch lachte lautlos. »Ah, aber das hast du doch getan. Deine Retterin? Sie war eine von meinen Kreaturen.« Elric dachte an die alte Frau und verfluchte ihr Andenken.

»Was willst du von mir?« fragte er.

»Das weißt du sehr gut. Das, was ich von dir gewollt habe, seitdem du uns den Rücken gekehrt und diese seltsame Begeisterung für die Ordnung entwickelt hast.«

»Die Ordnung wird euch überwinden.« Elric steckte Sturmbringer in die Scheide. Das Schwert protestierte. Doch Elric war erschöpft, und seine Arme brannten, erst vor Hitze, jetzt vor Kälte. Er mußte alle Kraft aufsparen, die er noch besitzen mochte.

»Du selbst bist ein Geschöpf des Chaos«, sagte Arioch zutreffend. Er setzte sich auf.

»Warum hast du diese Aufmachung gewählt?« Elric suchte nach einem warmen Platz. In dem eisigen Zimmer konnte man sich nirgendwohin flüchten.

»In der neuen Welt herrscht das Chaos vor.« Arioch erhob sich. »Und welch eine Welt das ist, Elric! Die leidenschaftlichsten Menschen haben sie in Besitz. Ihre Schlachten sind sehenswert! Ihre Magie, die sie Wissenschaft nennen, ist mächtiger als alles, was du dir vorstellen kannst.« Er hob den Kopf. »Ich werde dir Unsterblichkeit verleihen, Elric, und du wirst in dieser Welt leben, wenn sie zu deiner Ebene gelangt.«

»Warum trachtest du danach, mich in Versuchung zu führen, Arioch?« Er fragte sich, was mit Mondmatt geschehen war. Er war nirgends zu sehen.

Arioch lächelte böse, als hätte er Elrics Gedanken gelesen. »Mondmatt ist hier. Viele, die du geliebt hast, sind hier, Elric. Lebendig.«

Elric schüttelte den Kopf. »Doch«, beteuerte Arioch. »O doch. Hast du nie darüber nachgedacht, was mit denen, die Sturmbringer dahinraffte, geschehen ist? Du glaubst, er habe ihre Seelen gefressen, nicht wahr? Du glaubst, sie hätten ihr Bewußtsein verloren und sich aufgelöst.«

Während er Elric unverwandt anblickte, klatschte Arioch in die Hände. Hinter ihm schimmerte etwas auf. Elric tat einen Schritt vorwärts, um besser sehen zu können.

»Nein!« schrie er und riß Sturmbringer vom Gürtel.

In Eis eingeschlossen, gestikulierte Mondmatt wild mit den Armen und wand sich hin und her. Sein Gesicht war vor Schmerz verzerrt.

Sturmbringer gab einen triumphierenden Ton von

sich, der dann tiefer wurde und sich wie das Schnurren eines großen Tiers anhörte. Mondmatt schlug gegen die Wand seines gefrorenen Gefängnisses. Elric konnte ihn zwar nicht hören, doch schien sein Freund etwas zu schreien.

»Schau her, Elric«, sagte Arioch, und ein weiterer Eisblock erschien neben dem Mondmatts. Und darin Cymoril. Seine Cymoril, mit weit aufgerissenen Augen und weit aufgerissenem, stumm schreiendem Mund. Da, wo sie gegen die Wände hämmerte, lief in feinen Rinnsalen Blut herunter, das dann gefror und kristallisierte.

»Sie empfinden ständig Schmerz und Pein, und das ist so, seit Sturmbringer sie getötet hat. Sie brennen in einem fort, innen wie außen. Flammen aus Feuer, Flammen aus Eis. Es kommt aufs gleiche hinaus.«

Arioch ging auf die beiden Gefangenen zu. Immer wieder ausgleitend, erhob sich Cymoril und stand geduckt da. Elric fiel ein, was Mondmatt gesagt hatte: *Sie werden sie bei lebendigem Leibe verbrennen.*

Dann sah Cymoril Elric. Vor Freude hellte sich ihr Gesicht auf. Sie rief etwas. Nach wie vor konnte er sie nicht hören.

Mondmatt sah ihn ebenfalls und brach in Tränen aus.

»Dies ist ihr immerwährender Zustand.«

»Das ist eine Lüge«, sagte Elric mit fester Stimme, unfähig, seinen Blick von den beiden loszureißen, die er so sehr liebte. Sie wiederzusehen – fast zerriß es ihm das Herz. Seine Geliebte, sein Freund. Ohne es zu bemerken, ging er auf sie zu. Seine Augen flossen über. Seine Hände ballten sich zu Fäusten.

»Das ist eine Lüge«, erinnerte er sich selbst. Er hatte Mondmatt gesehen...

»Ich werde dir einen von ihnen zurückgeben«, sagte Arioch. »Ebendeshalb habe ich dich hierhergeholt. Oh, ich wußte, daß du nicht zum Chaos zurückkehren würdest.« Arioch lächelte. »Es konnte nichts schaden herauszufinden, ob ich es fertigbrächte, aber in Wirklichkeit wollte ich dich einfach vor ein Dilemma stellen. Welchen wirst du retten? Und welchen seinen Qualen überlassen?«

»Es ist eine Lüge«, wiederholte Elric.

»Keineswegs. Ich habe Mondmatt gehen lassen, um dir zu beweisen, daß ich das kann. Ich kann alle Erinnerung an diese Qual für immer auslöschen, so wie ich es bei ihm getan habe, als ich ihn zu dir schickte. Ich kann es, und du weißt, daß ich es kann.«

Ariochs ungeheure Macht war Elric durchaus bekannt, aber dies... Er zögerte. Cymoril preßte die Handflächen gegen das Eis, als versuche sie, sich herauszuschieben. Mondmatt tat das gleiche. Dann fielen beide auf den Boden ihrer Zelle und krümmten sich vor Schmerz.

»Warum tust du das?« schrie Elric und richtete Sturmbringer auf den Dämon. Arioch lachte nachsichtig. Elric wurde klar, daß er Zaubersprüche hersagen und alle Kräfte des Chaos auf seine Nemesis herabrufen mußte. Er hatte Arioch schon einmal besiegt, obwohl er damals mit Verbündeten angetreten war. Und an diesem entsetzlichen Ort war Arioch ganz allein.

»Ich? Ich habe nichts getan. Das ist Sturmbringers Werk, nicht meins.«

Elric begann, auf hochmelnibonéisch einen alten Zauberspruch aufzusagen. Arioch winkte ab.

»Weißt du nicht, wo wir sind?« fragte er belustigt. »Elric, ich habe dich über das Meer der Zeit treiben lassen. Das ist die Zukunft, von der du träumst. Das ist die Welt, von der du glaubst, sie sei der Ordnung überantwortet.«

Er winkte mit der Hand, und Elric trat zurück, als die ihm am nächsten gelegene Wand sich mit Leben erfüllte und Menschen und seltsame Maschinen zeigte. Wie er erkannte, handelte es sich um einen Spiegel, in dem eine Vision zu sehen war, oder vielleicht war es auch ein Fenster zu der Welt, die jetzt über ihnen existierte. Menschen mit feurigen Metallgegenständen, die aufeinander schossen; Menschen, die in Metallkästen saßen, mit denen sie über andere fuhren, die nicht so ausgerüstet waren. Verhungernde Menschen, hohlbrüstig, die anderen die Hand hinstreckten, welche achtlos an ihnen vorübergingen. Junge Menschen, die von Drogen betäubt in schmutzigen Zimmern lagen und deren glasige Augen voller Hoffnungslosigkeit waren.

»Sieh dir das an«, sagte Arioch, und die Szene veränderte sich: der Himmel und dann ein Lichtblitz, der so hell war, daß Elric sich die Augen zuhalten mußte. Ein enormer Feuerball stieg in die Höhe und breitete sich in Pilzform über der Welt aus.

»Die Welt der Ordnung«, sagte Arioch spöttisch. »Dafür würdest du dein Leben opfern, Melnibonéer. Dafür würdest du alle Götter töten.«

»Außer dir.« Angeekelt beobachtete Elric, wie gräßlich deformierte Menschen durch den Rauch und die Flammen taumelten. Das Fleisch löste sich von ihren Körpern; die Gesichter wurden ihnen von den Köpfen gewischt.

»Ich habe in der neuen Welt meinen Platz gefunden«, sagte Arioch. »Hier habe ich einen neuen Namen.«

Die Szene verblaßte und verschwand, und Elric starrte auf nichts als eine Wand.

Er senkte den Kopf und versuchte sich zu fassen. Was Arioch ihm gezeigt hatte, schmetterte ihn zutiefst nieder. Wenn es stimmte, wenn das die Welt wäre, die er ins Leben rufen wollte... Wenn sie ausschließlich so wäre!

»Es gibt hier neue Regeln, großer Kaiser. Aber die

könntest du lernen. Vielleicht mit einer Königin an deiner Seite? Oder mit einem getreuen Verbündeten? Ein einsamer König ist ein machtloser König. Du würdest einen Berater, einen Vertrauten, einen Leibwächter brauchen. Du würdest Mondmatt brauchen.« Arioch kicherte. »Sie wissen ganz genau, warum du hier bist. Ich habe es ihnen mitgeteilt.«

Elric ging zu den eisigen Gefängnissen hinüber, zuerst zu dem Cymorils, gegen das er seinen Körper preßte. Sie wartete darauf, daß er sie befreite. Er sah es an ihrem Gesichtsausdruck. Sie küßte das Eis. Tränen rannen ihr die Wangen hinunter.

Mondmatt stand erwartungsvoll da, aber es war deutlich zu merken, daß er glaubte, Elric werde seine Geliebte befreien.

Aber was war stärker – die Bande der Liebe oder die der tiefsten, dauerhaftesten Freundschaft, die ein Mann haben konnte?

»Was willst du als Gegenleistung haben?« fragte Elric. Cymoril war so schön. Er hatte vergessen, wie schön sie wirklich war. Er hatte den lähmenden Schmerz vergessen, sie verloren zu haben.

»Das, was ich bereits habe«, antwortete Arioch. »Dein Wissen, daß dein Verrat an den Mächten des Chaos zu nichts führen wird. Du bist verdammt, Elric, und wirst immer verdammt sein.«

Elric glaubte ihm nicht. Während er dastand und Mondmatt und Cymoril ansah, stellte er fest, daß es ihm gleichgültig war. Mochte es doch einen Haken geben. Sollte seine Seele doch ewige Pein erleiden. Wenn er ihren Leiden ein Ende machen konnte, den Leiden von nur einem von ihnen ...

Welcher würde es sein?

Mit Cymoril an seiner Seite würde er ewig leben. Mit Mondmatt würde er Frieden finden.

Wenn er unsterblich wäre, könnte er gegen das

Chaos kämpfen und den Sieg für die Ordnung davontragen. Wenn nicht jetzt, dann später.

Er riß sich zurück. Wenn er sich dem Chaos unterwarf, dann war er, was Arioch gesagt hatte: ein Geschöpf des Chaos. Ganz gleich, ob er es tat, um das Chaos zu besiegen.

Und wenn dies tatsächlich die Zeit der Ordnung war und die Ordnung so aussah? Waren angesichts solch eines gräßlichen Geschicks irgendwelche Opfer gerechtfertigt?

»Ich schwöre bei meinem Namen und meiner Ehre, daß ich dir die Wahrheit erzähle«, sagte Arioch mit sanfter, hypnotischer Stimme.

»Aber du hast einen neuen Namen«, erwiderte Elric.

»Trotzdem sage ich dir die Wahrheit. Dies ist die Zeit der Ordnung. Dies ist der Sieg, für den du gekämpft hast. Und da er errungen wurde, Elric, und du selbst noch am Leben bist, kannst du für dich selbst leben.«

Elric lehnte den Kopf gegen Cymorils Gefängnis. Sie tat so, als wölbe sie die Hand über die Seite seines Gesichts. Langsam hob er Sturmbringer in Mondmatts Richtung, der vor Überraschung die Augen aufriß.

Dann senkte er das Runenschwert und schüttelte, erst Cymoril, dann seinen Freund anblickend, den Kopf.

»Nein«, sagte er.

Arioch starrte ihn an.

»Nein«, sagte er noch einmal. »Ich entscheide mich für keinen. Sie müssen hierbleiben.«

»*Was?*«

Blitzartig wurde ihm alles ganz klar: Die Seherin war keine von Ariochs Helfershelfern gewesen. Das begriff er jetzt. Sie hatte ihm die Mittel gegeben, einen mächtigen Zauber zu wirken. Sie hatte ihm erlaubt, über seinen Horizont hinauszublicken. Über den Horizont aller Universen, aller Ebenen.

Die Ereignisse im Leben eines Menschen können nicht in einzelne Momente aufgeteilt werden; multiversal, wie sie sind, verflechten sie sich und durchdringen einander, diese Fäden des Schicksals. Wenn man dies getan hätte, dann wäre das und das geschehen. Wenn man jenes nicht getan hätte, dann wäre alles anders – die gesamte vergangene und gegenwärtige Welt, das ganze Hier und Jetzt.

Und alles ließe sich ändern, wenn man nur die Mittel und den Willen dazu hätte.

Er mußte den Willen haben.

»Wenn dies die Ordnung ist, dann gibt es noch etwas jenseits der Ordnung«, sagte er. Er warf den Kopf mit dem weißen Haar zurück. Aus seinen roten Augen leuchtete neues Verstehen. »Es gibt etwas Stärkeres und Besseres, das nach der Zeit der Ordnung kommen wird. Und es wird dich und deinesgleichen besiegen.«

Arioch lächelte matt. »Es gibt nichts anderes.«

»Doch, es gibt etwas.« Elric stand hoch aufgerichtet da, mit gespreizten Beinen und in würdevoller Haltung. »Es gibt etwas, das nicht zulassen wird, daß Gewalt und Leid sich als Ordnung ausgeben. Etwas, das dem Prinzip der...« Er hielt einen Moment inne, und dann durchströmte ihn die Erkenntnis.

»Barmherzigkeit folgt«, schloß er frohlockend. »Der Liebe.« Ja, das war es! Ein ewiges Zeitalter der Liebe!

»Liebe?« Arioch brach in Gelächter aus. Durch die Heftigkeit seiner Heiterkeit erbebte der Raum. »Prinz Elric, bist du wahnsinnig?«

»Und diese beiden werden Sterne am neuen Himmel sein«, flüsterte Elric, von seinen Gefühlen nahezu übermannt. »Ihr Leid wird vorüber sein, denn die Liebe wird sie rächen... nein, die Liebe wird sie erneuern. Ich jedoch, ich werde Staub sein.«

Er drehte sich um und umarmte Cymorils Eisblock. Wie gern er sie haben wollte. Wie sehr er wünschte, aus tiefstem Herzen wünschte, sie befreien zu können. Aber er durfte nicht nachgeben. Er durfte es nicht.

Er berührte den anderen Eisblock. Sein Freund starrte ihn an. »Mondmatt, wenn du mich hören kannst, dann wisse, daß es einen Grund dafür gibt, daß ich ... nichts tue«, sagte er zu seinem Freund.

Seht Elric von Melniboné: Kaiser von nichts, Liebhaber von nichts, Freund von nichts.

Er, der nichts war. Der vielleicht ein neues Rad in Bewegung gesetzt hatte, jetzt aber, da es in Bewegung war, nichts tun konnte, als es gemäß einem Plan weiterrollen zu lassen, den er, ein Kind des Chaos, nicht begreifen, geschweige denn unterstützen konnte.

Arioch hatte aufgehört zu lachen und musterte Elric aufmerksam. Er sah verwirrt aus.

»Ich hatte gedacht, mich lediglich für kurze Zeit auf deine Kosten zerstreuen zu können«, sagte er.

»Du hast mich nicht hergeholt«, antwortete Elric. »Der Zauber, den ich gewirkt habe, war erfolgreich. Du hast zwar einen neuen Namen, Dämon, aber auch du wirst von der Entwicklung überholt werden.«

Er wandte sich ab, um zu gehen. Er hatte keine Ahnung, wie er hier herausfinden und auf seine eigene Ebene gelangen sollte. Dennoch wußte er im tiefsten Innern, daß er es schaffen würde.

»Warte doch, Elric! Erklär mir das!« rief Arioch ihm nach.

»Du verstündest es nicht«, entgegnete Elric. »Du wirst es nie verstehen.«

Und zumindest soviel war dem letzten Kaiser einer toten Welt zuteil geworden.

»Danke«, murmelte er der Seele der alten Seherin zu.

Ihre Antwort hallte in seinem Herzen wider, und er hörte sie sagen: »Nichts zu danken, Weg-Weiser. Nichts zu danken.«

Copyright © 1994 by Nancy Holder

Neil Gaiman

EIN LEBEN, GEPRÄGT VOM FRÜHEN MOORCOCK

Der bleiche Albinoprinz hob sein großes schwarzes Schwert in die Höhe. »Das ist Sturmbringer«, sagte er, »und er wird dir die Seele völlig heraussaugen.«

Die Prinzessin seufzte. »Nun gut!« sagte sie. »Wenn du das brauchst, um die nötige Energie zu bekommen und gegen die Drachenkrieger zu kämpfen, dann mußt du mich eben töten und deinem breiten Schwert erlauben, meine Seele zu fressen.«

»Ich tue es nur ungern«, sagte er zu ihr.

»Das ist schon in Ordnung«, erwiderte die Prinzessin, während sie ihr dünnes Gewand zerriß und die Brust entblößte. »Da ist mein Herz«, sagte sie und zeigte mit dem Finger darauf, »und dort mußt du hineinstoßen.«

Weiter war er nie gekommen. Das war an dem Tag gewesen, als man ihm mitgeteilt hatte, daß er versetzt werden würde, und danach war es nicht mehr sonderlich sinnvoll gewesen, weiterzuschreiben. Er hatte gelernt, unvollendete Geschichten nicht ins nächste Jahr mitzunehmen. Jetzt war er zwölf.

Trotzdem war es schade.

Der Aufsatztitel hatte *Eine Begegnung mit meiner literarischen Lieblingsfigur* gelautet, und er hatte Elric gewählt. Zwar hatte er mit dem Gedanken gespielt, Corum oder Jerry Cornelius oder sogar Conan, den Barbaren, zu nehmen, aber Elric von Melniboné hatte mühelos gewonnen, wie er es immer tat.

Vor drei Jahren, im Alter von neun, hatte Richard als

erstes *Sturmbringer* gelesen. Er hatte für ein Exemplar von *Die singende Zitadelle* gespart (eine ziemliche Mogelei, wie er nach der Lektüre befand – nur eine Elric-Geschichte) und sich dann von seinem Vater das Geld geborgt, um den Band *Die schlafende Zauberin* zu kaufen, den er in einem drehbaren Buchständer entdeckte, als sie im vergangenen Sommer in Schottland Ferien machten. In *Die schlafende Zauberin* begegnete Elric Erekosë und Corum, zwei anderen Inkarnationen des Ewigen Helden, und alle drei taten sich zusammen.

Was – wie er nach der Lektüre erkannte – bedeutete, daß die Corum-Bücher und die Erekosë-Bücher und sogar die Dorian Hawkmoon-Bücher eigentlich auch Elric-Bücher waren; deshalb fing er an, sie ebenfalls zu kaufen, und las sie mit Vergnügen.

Allerdings waren sie nicht so gut wie Elric. Elric war am besten.

Manchmal saß er da und zeichnete Elric, versuchte, ihn richtig hinzubekommen. Keines der Bilder von Elric auf den Covern der Bücher sah wie der Elric aus, der in seinem Kopf lebte. Er zeichnete seine Elrics mit einem Füllfederhalter in leere Schulhefte, die er sich durch Betrug verschafft hatte. Auf den Vorderdeckel schrieb er immer seinen Namen: *Richard Grey. Nicht stehlen!*

Bisweilen dachte er daran, sich seine Elric-Geschichte noch einmal vorzunehmen und zu Ende zu schreiben. Vielleicht konnte er sie sogar an eine Zeitschrift verkaufen. Aber andererseits – was, wenn Moorcock es herausfand? Was, wenn er Ärger bekam?

Das Klassenzimmer war groß und stand voller Schreibpulte aus Holz. Jedes Pult war von seinem Inhaber mit Schnitzereien und Einkerbungen und Tintenflecken versehen worden, ein wichtiger Prozeß. An der Wand hing eine Tafel, auf der sich eine Kreidezeichnung befand: die ziemlich genaue Wiedergabe eines

Penis, der auf eine Y-förmige Figur gerichtet war, die die weiblichen Genitalien darstellen sollte.

Unten schlug die Tür zu, und jemand rannte die Treppe hoch. »Grey, du Nulpe, was machst du denn hier oben? Wir sollen doch auf der unteren Wiese sein. Du spielst heute Rugby.«

»Wir? Ich?«

»Wurde heute morgen in der Aula angesagt. Und die Namensliste hängt am Schwarzen Brett.« J. B. C. Mac-Bride hatte rotblondes Haar, trug eine Brille und war nur um eine Spur weniger konfus als Richard Grey. Es gab an der Schule zwei J. MacBrides, deshalb durfte er sich mit sämtlichen Anfangsbuchstaben seiner Vornamen schmücken.

»Oh.«

Grey griff sich ein Buch (*Tarzan im Innern der Erde*) und rannte ihm nach. Die Wolken waren dunkelgrau und verhießen Regen oder Schnee.

Ständig wurden Dinge angesagt, die er nicht mitbekam. Es passierte immer wieder, daß er in leere Klassenzimmer kam, Sportveranstaltungen verpaßte oder an Tagen in der Schule anlangte, wenn alle anderen nach Hause gegangen waren. Manchmal hatte er das Gefühl, in einer anderen Welt als alle übrigen zu leben.

Jetzt ging er los, um Rugby zu spielen. *Tarzan im Innern der Erde* hatte er sich hinten in die kratzende blaue Turnhose gesteckt.

Er haßte die Duschen und die Badewannen. Er verstand nicht, warum sie beides benutzen mußten, aber so war es nun mal.

Ihm war eiskalt, und er war nicht gut in Sport. Es wurde für ihn allmählich zu einer Sache perversen Stolzes, daß er in den Jahren, die er bis jetzt an der Schule verbracht hatte, kein einziges Tor geschossen, beim Kricket keinen erfolgreichen Lauf geschafft, niemanden ›aus‹ geschlagen und auch sonst nichts Nennenswertes vollbracht hatte, abgesehen davon, daß man ihn immer als letzten wählte, wenn die Mannschaften zusammengestellt wurden.

Elric, der stolze, bleiche Prinz der Melnibonéer, hätte niemals mitten im Winter auf einem Rugbyfeld herumstehen und wünschen müssen, daß das Spiel vorüber wäre.

Dampf kam aus dem Duschraum, und die Innenseiten seiner Schenkel waren aufgerissen und rot. Nackt und zitternd standen die Jungen Schlange und warteten darauf, erst unter die Dusche und dann ins Bad zu kommen.

Mr. Murchison, der einen wilden Blick und ein ledriges, runzliges Gesicht hatte, alt und fast kahl war, stand im Umkleideraum und dirigierte die nackten Jungen unter die Dusche und von dort ins Bad. »Du da, Junge. Du dummer kleiner Junge. Jamieson. Unter die Dusche mit dir, Jamieson. Atkinson, du Kindskopf, stell dich richtig drunter. Smiggins, ins Bad mit dir, Goring, nimm seinen Platz unter der Dusche ein...«

Das Wasser aus den Duschen war zu heiß. Das in den Badewannen eisig kalt und verdreckt.

Wenn Mr. Murchison nicht in der Nähe war, schlugen die Jungen mit Handtüchern nach einander, rissen Witze über den Penis des anderen und darüber, wer schon Schamhaare hatte, wer nicht.

»Sei doch nicht so blöde«, zischte jemand in Richards Nähe. »Was, wenn Murch zurückkommt. Der bringt dich um!« Nervöses Kichern war zu hören.

Richard drehte sich zur Seite, um zu sehen, was es gab. Ein älterer Junge hatte eine Erektion und massierte, während er unter der Dusche stand, langsam sein Glied, das er den anderen stolz zur Schau stellte.

Richard wandte sich ab.

Fälschen war kinderleicht.

Richard konnte zum Beispiel Murchs Unterschrift passabel nachmachen, und Handschrift und Unterschrift seines Hausaufsehers vermochte er hervorragend zu imitieren. Sein Hausaufseher war ein großer, kahlköpfiger, humorloser Lehrer namens Trellis. Sie verabscheuten einander schon seit Jahren.

Richard benutzte die Unterschriften, um sich in der Schreibwarenhandlung, die bei Vorlage eines Zettels mit der Unterschrift eines Lehrers Papier, Bleistifte, Füller und Lineale ausgab, leere Schulhefte zu besorgen.

In diese Schulhefte schrieb Richard Geschichten und Gedichte und zeichnete Bilder.

Nach dem Bad trocknete Richard sich ab und zog sich hastig an; es gab ein Buch, dem er sich wieder zuwenden, eine verlorene Welt, in die er zurückkehren mußte.

Langsamen Schrittes, mit schief sitzendem Schlips und heraushängendem Hemd, verließ er das Gebäude und las von Lord Greystoke; dabei fragte er sich, ob es wirklich eine Welt innerhalb der Welt gab, wo Dinosaurier umherflogen und es nie Nacht wurde.

Das Tageslicht schwand, doch vor der Schule standen noch mehrere Jungen und spielten mit Tennisbällen; neben der Bank spielten zwei Schmetterkastanie. Richard lehnte sich gegen die Mauer aus roten Ziegeln und las; die Außenwelt war ausgesperrt, die Demütigungen des Umkleideraums vergessen.

»Du bist ein Schandfleck, Grey.«

Ich?

»Sieh dich doch mal an. Dein Schlips sitzt ganz schief. Du bist eine Schande für die Schule. Genau das bist du.«

Der Junge hieß Lindfield. Er war zwei Klassen über ihm, aber bereits so groß wie ein Erwachsener. »Sieh

dir deinen Schlips an. Ich meine, *sieh ihn dir mal an*.«
Lindfield machte sich an Richards grünem Schlips zu schaffen und zog ihn zu einem festen kleinen Knoten zusammen. »Erbärmlich.«

Lindfield und seine Freunde zogen ab.

Elric von Melniboné stand neben der roten Ziegelsteinmauer des Schulgebäudes und starrte ihn an. Richard riß an dem Knoten des Schlipses und versuchte ihn zu lockern. Er schnürte ihm die Kehle ab.

Seine Hände fingerten am Hals herum.

Er konnte nicht atmen, aber das Atmen bereitete ihm weniger Sorge als das Stehen. Richard hatte plötzlich vergessen, wie man stand. Mit Erleichterung stellte er fest, wie weich der mit Backsteinen gepflasterte Weg, auf dem er stand, geworden war, als dieser langsam auf ihn zukam, um ihn zu umfangen.

Sie standen zusammen unter einem nächtlichen, von unzähligen riesigen Sternen übersäten Himmel. In ihrer Nähe befand sich die Ruine eines Gebäudes, das vorzeiten ein Tempel gewesen sein mochte.

Elrics rubinrote Augen starrten zu ihm herunter. Sie sahen aus, dachte Richard bei sich, wie die Augen eines besonders bösartigen weißen Kaninchens, das er einmal gehabt hatte, bis es dann das Drahtgitter seines Stalles durchgenagt hatte und in die freie Natur von Sussex geflohen war, um harmlose Füchse in Angst und Schrecken zu versetzen. Die Haut des Prinzen war vollkommen weiß; seine Rüstung, reichverziert, elegant und mit komplizierten Mustern versehen, vollkommen schwarz. Sein feines weißes Haar wehte ihm wie in einer Brise um die Schultern, obwohl es völlig windstill war.

– *Du möchtest also der Gefährte von Helden sein?* fragte er. Seine Stimme war sanfter, als Richard sich vorgestellt hatte.

Richard nickte.

Elric legte einen langen Finger unter Richards Kinn und hob sein Gesicht hoch. Blutaugen, dachte Richard. Blutaugen.

– *Du bist kein geeigneter Gefährte, Junge*, sagte er in der Hochsprache Melnibonés.

Richard hatte immer gewußt, daß er die Hochsprache verstünde, wenn er sie hören würde, auch wenn er in Latein und Französisch immer schwach gewesen war.

– *Nun, was bin ich dann?* fragte er. *Bitte sag es mir, ja?*

Elric gab keine Antwort. Er entfernte sich von Richard und betrat den verfallenen Tempel.

Richard rannte ihm hinterher.

Im Innern des Tempels erwartete Richard ein Leben, das er nur anzunehmen und zu leben brauchte, und innerhalb dieses Lebens ein weiteres. Er schlüpfte in jedes Leben, das er ausprobierte, und jedes zog ihn weiter hinein, entfernte ihn weiter von der Welt, aus der er gekommen war; eines nach dem anderen, Existenz für Existenz, Ströme von Träumen und Sternenfelder, ein Habicht mit einem Sperling in den Krallen fliegt in geringer Höhe über das Gras, und da sind winzige komplizierte Menschen, die darauf warten, daß er ihre Köpfe mit Leben füllt, und Tausende von Jahren vergehen, und er ist mit seltsamen Dingen von großer Wichtigkeit und außerordentlicher Schönheit beschäftigt, und man liebt und ehrt ihn, und dann ein Ziehen, ein heftiger Ruck, und es ist...

...es war, als tauche man vom Grund eines tiefen Schwimmbeckens auf. Sterne erschienen über ihm und schwanden dahin und lösten sich in Blau und Grün auf, und mit einem Gefühl tiefer Enttäuschung kam er zu sich und wurde wieder zu Richard Grey. Eine unvertraute Empfindung erfüllte ihn, eine Empfindung besonderer Art – so eigentümlich, daß er später mit Überraschung feststellte, daß sie keinen eigenen Namen hatte. Es war eine Empfindung des Abscheus und des Bedauerns, weil er zu etwas zurückkehren mußte, das er seit langem für abgeschlossen, erledigt, vergessen und tot gehalten hatte.

Richard lag auf der Erde, und Lindfield zerrte an dem winzigen Knoten seines Schlipses. Um ihn herum standen andere Jungen, Gesichter starrten auf ihn herunter, beunruhigt, besorgt, erschrocken.

Lindfield lockerte den Schlips. Richard schnappte nach Luft, atmete sie gierig ein, sog sie in seine Lungen.

»Wir dachten, du spielst nur Komödie. Du bist einfach umgekippt«, sagte jemand.

»Halt die Klappe«, sagte Lindfield. »Bist du in Ordnung? Es tut mir leid. Es tut mir wirklich leid. Herrgott noch mal, tut mir das leid.«

Einen Moment lang glaubte Richard, er entschuldige sich dafür, daß er ihn aus der Welt jenseits des Tempels zurückgeholt hatte.

Lindfield war zu Tode erschrocken, besorgt, schrecklich beunruhigt. Offenbar hatte er noch nie jemanden fast umgebracht. Als er Richard die Steintreppen zum Büro der Hausmutter hochführte, erklärte Lindfield, daß er auf dem Rückweg vom Süßwarenladen der Schule Richard bewußtlos auf dem Weg gefunden habe, umringt von neugierigen Jungen, und daß ihm sofort klargeworden sei, was los war. Richard ruhte sich ein Weilchen im Büro der Hausmutter aus, wo man ihm in einem Plastikbecher mit Wasser eine bitter schmeckende, lösliche Aspirintablette gab, die aus einem großen Glas stammte. Dann wurde er in das Arbeitszimmer des Schulleiters geführt.

»Mein Güte! Du siehst ja wirklich vergammelt aus, Grey«, sagte der Schulleiter und paffte gereizt seine Pfeife. »Ich kann dem jungen Lindfield überhaupt keine Vorwürfe machen. Immerhin hat er dir das Leben gerettet. Ich will von der ganzen Sache kein Wort mehr hören.«

»Es tut mir leid«, sagte Grey.

»Das wäre dann alles«, antwortete der Schulleiter in seiner Wolke duftenden Rauchs.

»Hast du dir schon eine Religion ausgesucht?« fragte der Schulpfarrer Mr. Aliquid.

Richard schüttelte den Kopf. »Ich habe ja ziemlich viele zur Auswahl«, gestand er ein.

Der Schulpfarrer war gleichzeitig Richards Biologielehrer. Einmal hatte er Richards Biologiegruppe – fünfzehn dreizehnjährige Jungen und Richard, der erst zwölf war – in sein kleines Haus mitgenommen, das auf der anderen Straßenseite, gegenüber der Schule lag. Im Garten hatte Mr. Aliquid mit einem kleinen scharfen Messer ein Kaninchen getötet, abgehäutet und zerlegt. Dann hatte er eine Tretpumpe genommen und die Blase des Kaninchens wie einen Ballon aufgeblasen, bis sie zerplatzt war und die Jungen mit Blut bespritzt hatte. Richard erbrach sich, war aber der einzige, dem das passierte.

»Hmm«, sagte der Pfarrer.

Die Wände im Arbeitszimmer des Pfarrers standen voller Bücher. Es war eines der wenigen Arbeitszimmer eines Lehrers, die irgendwie behaglich wirkten.

»Wie steht's mit Masturbation? Masturbierst du übermäßig viel?« Mr. Aliquids Augen funkelten.

»Was ist übermäßig viel?«

»Oh, mehr als drei- oder viermal am Tag, würde ich sagen.«

»Nein«, antwortete Richard. »Nicht übermäßig viel.«

Er war ein Jahr jünger als die anderen in seiner Klasse; das vergaßen die Leute manchmal.

Jedes Wochenende fuhr er zu seinen Vettern nach Nordlondon, um dort von einem schmächtigen, asketischen Kantor auf seine Bar-Mizwa vorbereitet zu werden; dieser Mann *frummer* als *frum*, war Kabbalist und Hüter verborgener Mysterien, auf die er nur zu gern zu sprechen kam, wenn man ihn mit einer geschickten Frage von seinem eigentlichen Thema abbrachte. Richard war Experte in geschickten Fragen.

Frum hieß auf orthodoxe, kompromißlose Weise Jude zu sein. Keine Milch zusammen mit Fleisch und zwei Geschirrspüler für die jeweiligen Teller und das jeweilige Besteck.

Du sollst ein Zicklein nicht in der Milch seiner Mutter sieden.

Richards Vettern in Nordlondon waren *frum*, obwohl die Jungen sich nach der Schule heimlich Cheeseburger kauften und voreinander damit prahlten.

Richard hatte den Verdacht, daß sein Körper bereits hoffnungslos verunreinigt war. Kaninchen zu essen weigerte er sich jedoch. Er hatte es jahrelang getan und verabscheut, bis er herausbekam, was es war. Jeden Donnerstag gab es in der Schule etwas zum Mittag, was er für ein ziemlich ekelhaftes Hühnerfrikassee hielt. Eines Donnerstags hatte er dann eine Kaninchenpfote in seinem Frikassee gefunden, und der Groschen war gefallen. Danach stopfte er sich donnerstags immer mit Butterbroten voll.

Wenn er mit der U-Bahn nach Nordlondon fuhr, pflegte er die Gesichter der anderen Passagiere zu mustern und sich zu fragen, ob einer von ihnen vielleicht Michael Moorcock war.

Wenn er Moorcock begegnete, würde er ihn fragen, wie er in den verfallenen Tempel zurückkehren konnte.

Wenn er Moorcock begegnete, wäre er zu verlegen, um etwas zu sagen.

An manchen Abenden, wenn seine Eltern aus waren, versuchte er, Michael Moorcock anzurufen.

Er rief die Auskunft an und bat um Moorcocks Nummer.

»Kann ich dir nicht geben, Schätzchen. Ist eine Geheimnummer.«

Er bat und bettelte, zu seiner Erleichterung immer ohne Erfolg. Er wußte nicht, was er zu Moorcock sagen sollte, wenn er sein Ziel erreicht hätte.

Die Bücher, die er gelesen hatte, hakte er vorne in seinen Moorcock-Romanen ab, auf der Seite, wo weitere Werke des Autors aufgelistet waren.

In jenem Jahr schien es jede Woche ein neues Buch von Moorcock zu geben. Er besorgte sie sich immer auf der Victoria Station, auf dem Weg zum Bar Mizwa-Unterricht.

Ein paar vermochte er einfach nicht aufzutreiben – *Der Seelendieb, Frühstück in den Ruinen* –, so daß er sie schließlich voller Unbehagen bei der Adresse bestellte, die auf den letzten Seiten der Bücher angegeben war. Er überredete seinen Vater, ihm einen Scheck auszuschreiben.

Als die Bücher ankamen, lag eine Rechnung über fünfundzwanzig Pence bei: Die Preise der Bücher waren höher als ursprünglich angegeben. Aber immerhin hatte er jetzt ein Exemplar von *Der Seelendieb* und ein Exemplar von *Frühstück in den Ruinen*.

Auf der Rückseite von *Frühstück in den Ruinen* fand sich eine kurze Biographie Moorcocks, in der es hieß, er sei im Jahr zuvor an Lungenkrebs gestorben.

Richard war wochenlang völlig durcheinander. Das hieß, daß es keine weiteren Bücher geben würde, nie mehr.

»Diese Scheißbiographie. Kurz nachdem sie rausgekommen war, war ich stockbesoffen bei

> einem Hawkwind-Konzert, und dauernd sprachen
> mich Leute an, und ich dachte, ich sei tot.
> Ständig sagten sie zu mir: ›Du bist tot, du bist tot.‹
> Später wurde mir klar, daß sie sagten:
> ›Aber wir dachten, du bist tot.‹«
>
> – MICHAEL MOORCOCK *in einem Gespräch,*
> *Notting Hill 1976*

Es gab den Ewigen Helden, und dann gab es den Gefährten der Helden. Mondmatt war Elrics Gefährte, ein ständig fröhlicher Mensch, die ideale Folie für den bleichen Prinzen, der Stimmungen und Depressionen zum Opfer fiel.

Dort draußen gab es ein Multiversum, voller Glanz und Magie. Es gab die Repräsentanten des Gleichgewichts, die Götter des Chaos und die Lords der Ordnung. Es gab die älteren Rassen, hochgewachsen, bleich und elfisch, und die jungen Königreiche, in denen Menschen wie er lebten. Stupide, langweilige, normale Leute.

Manchmal hoffte er, Elric könne Frieden finden, weit entfernt vom schwarzen Schwert. Aber so einfach war das nicht. Es mußten beide da sein – der weiße Prinz und das schwarze Schwert.

War das Schwert einmal aus der Scheide, lechzte es nach Blut und mußte in zitterndes Fleisch gestoßen werden. Dann entzog es dem Opfer die Seele und führte seine oder ihre Lebenskraft Elrics schwachem Körper zu.

Richard fing an, sich für Sex zu begeistern; er hatte sogar schon einen Traum gehabt, in dem er mit einem Mädchen Sex hatte. Kurz vor dem Erwachen träumte er, wie es sein mußte, einen Orgasmus zu haben; es war ein starkes und magisches Gefühl der Liebe, das sich aufs Herz konzentrierte; genauso war es – in seinem Traum.

Ein Gefühl tiefer, transzendenter, spiritueller Glückseligkeit.

Nichts, was er erlebte, kam diesem Traum je gleich. Nichts kam ihm auch nur nahe.

Der Karl Glogauer in *I.N.R.I. oder Die Reise mit der Zeitmaschine* war nicht der Karl Glogauer aus *Frühstück in den Ruinen*, fand Richard; trotzdem empfand er einen seltsamen blasphemischen Stolz darüber, daß er *Frühstück in den Ruinen* im Chorgestühl der Schulkapelle las. Solange er das unauffällig machte, schien sich niemand daran zu stören.

Er war der Junge mit dem Buch. Immer und ewig.

Vor lauter Religion drehte sich ihm der Kopf: Das Wochenende gehörte jetzt den verwickelten Strukturen und der komplizierten Sprache des Judentums; jeder Morgen eines Wochentags den nach Holz duftenden, frömmelnden Feierlichkeiten der Kirche von England; und die Nächte waren seiner eigenen Religion gewidmet, die er sich selbst zurechtgemacht hatte, ein eigenartiges, buntes Pantheon, in dem die Lords des Chaos (Arioch, Xiombarg und die übrigen) mit dem Phantom aus den DC-Comics, Sam, dem Trickster-Buddha aus Zelaznys *Herr des Lichts*, Vampiren, sprechenden Katzen, Menschenfressern und all den anderen Wesen aus den kolorierten Märchenbüchern von Lang vereint waren; in dem in einem prächtigen Glaubenschaos alle Mythologien gleichzeitig existierten.

Seinen Glauben an Narnia hatte Richard jedoch schließlich aufgegeben (mit, wie man zugeben muß, einem gewissen Bedauern). Von seinem siebten Lebensjahr an – sein halbes Leben lang – hatte er voller Inbrunst an alles geglaubt, was mit Narnia zusammenhing, bis ihm, als er im letzten Jahr zum vielleicht hundertsten Mal *Die Reise auf der Morgenröte* gelesen hatte, aufgefallen war, daß die Verwandlung des unangenehmen Eustace Scrub in einen Drachen und seine darauffolgende Bekehrung zum Glauben an Aslan, den Löwen, außerordentliche Ähnlichkeit mit der Bekehrung des Paulus auf der Straße nach Damaskus hatte; wenn seine Blindheit ein Drache war ...

Nachdem ihm dies aufgefallen war, entdeckte Richard überall Analogien, zu viele, als daß es reiner Zufall hätte sein können.

Richard legte die Narnia-Bücher mit der traurigen Überzeugung weg, daß es sich um Allegorien handelte; daß ein Autor (dem er vertraute) versucht hatte, ihm etwas unter die Weste zu jubeln. Denselben Widerwillen hatte er gegenüber den Professor Challenger-Geschichten empfunden, als der stiernackige alte Professor zum Anhänger des Spiritismus wurde; es lag nicht daran, daß Richard irgendwelche Probleme damit hatte, an Geister zu glauben – Richard glaubte ebenso problem- wie widerspruchslos an *alles* –, sondern daran, daß Conan Doyle predigte und daß das durch die Worte hindurchschien. Richard war jung und auf seine Weise unschuldig, und er glaubte, daß man Autoren vertrauen können sollte, daß unter der Oberfläche einer Geschichte nichts verborgen sein sollte.

Zumindest die Elric-Geschichten waren ehrlich. Da war nichts unter der Oberfläche im Gange: Elric war der verkümmerte Prinz einer toten Rasse, von Selbstmitleid gequält, die Hand ständig am Griff von Sturmbringer, seinem Breitschwert mit dunkler Klinge, einer Klinge, die singend nach Menschenleben verlangte, die menschliche Seelen fraß und deren Kraft an den dem Untergang geweihten und geschwächten Albino weitergab.

Immer wieder las Richard die Elric-Geschichten, und jedesmal, wenn Sturmbringer in die Brust eines Feindes fuhr, empfand er Freude, empfand irgendwie eine mitfühlende Genugtuung, wenn Elric sich Kraft aus dem Seelenschwert holte wie ein Heroinabhängiger in einem Paperbackthriller, der neuen Stoff erhalten hat.

Richard war überzeugt, daß ihn die Leute von Mayflower Books eines Tages wegen der fünfundzwanzig Pence belangen würden. Er wagte es nie mehr, Bücher zu kaufen, indem er sie sich zustellen ließ.

J. B. C. MacBride hatte ein Geheimnis.
»Du darfst es aber niemandem verraten.«
»Okay.«
Richard hatte kein Problem mit dem Gedanken, Geheimnisse zu bewahren. In späteren Jahren wurde ihm klar, daß er ein wandelnder Aufbewahrungsort alter Geheimnisse war, Geheimnisse, die diejenigen, die sie ihm ursprünglich anvertraut, vermutlich längst vergessen hatten.

Sie gingen, den Arm über die Schulter des anderen gelegt, zum Wäldchen hinter der Schule.

In diesem Wäldchen war Richard unaufgefordert schon einmal ein Geheimnis anvertraut worden: Hier treffen sich nämlich drei von Richards Schulfreunden immer mit Mädchen aus dem Dorf, um sich, wie man ihm erzählt hat, gegenseitig ihre Geschlechtsteile zu zeigen.

»Ich kann dir nicht verraten, wer mir das erzählt hat.«
»Okay«, sagte Richard.
»Ich meine, es ist wahr. Und es ist ein absolutes Geheimnis.«
»In Ordnung.«
MacBride war in der letzten Zeit viel mit Mr. Aliquid, dem Schulpfarrer, zusammengewesen.

»Nun, jeder Mensch hat zwei Engel. Der eine kommt von Gott, der andere von Satan. Wenn man sich hypnotisieren läßt, übernimmt Satans Engel die Kontrolle. Und auf diese Weise funktionieren Ouija-Bretter. Satans Engel steckt dahinter. Und du kannst den Engel deines Gottes bitten, durch dich zu sprechen. Aber wahre Erleuchtung stellt sich nur dann ein, wenn du mit deinem Engel sprechen kannst. Er verrät dir Geheimnisse.«

Zum erstenmal kam Richard der Gedanke, daß auch die Kirche von England ihre eigene Esoterik, ihre eigene Kabbala haben mochte.

Der andere Junge blinzelte wie eine Eule. »Das darfst du niemandem verraten. Ich bekäme Ärger, wenn sie wüßten, daß ich es dir erzählt habe.«

»In Ordnung.«

Eine Pause trat ein.

»Hast du schon mal einem Erwachsenen einen runtergeholt?« fragte MacBride.

»Nein.« Richards eigenes Geheimnis bestand darin, daß er noch nicht angefangen hatte zu masturbieren. Alle seine Freunde masturbierten dauernd, allein und zu zweit oder gruppenweise. Er war ein Jahr jünger als sie und verstand nicht, warum man soviel Wirbel darum machte; die ganze Sache bereitete ihm Unbehagen.

»Überall Schmadder. Dick und schleimig. Sie versuchen dich dazu zu bringen, daß du ihren Schwanz in den Mund nimmst, wenn sie abspritzen.«

»Igitt!«

»So schlimm ist es gar nicht.« Eine Pause trat ein. »Weißt du, Mr. Aliquid glaubt, daß du sehr klug bist. Wenn du möchtest, nähme er dich vielleicht in seine private religiöse Diskussionsgruppe auf.«

Die private Diskussionsgruppe traf sich zweimal in der Woche abends, nach Anfertigung der Hausaufgaben, in Mr. Aliquids kleinem Junggesellenhaus gegenüber der Schule.

»Ich bin kein Christ.«

»So? Im Religionsunterricht bist du aber trotzdem der Beste in der Klasse, Judenjunge.«

»Nein, danke. Du, ich habe einen neuen Moorcock. Einen, den du noch nicht gelesen hast. Ein Elric-Buch.«

»Geht gar nicht. Es gibt keinen neuen.«

»Doch. Das Buch heißt *Die Augen des Jademanns*. Es ist mit grüner Druckerschwärze gedruckt. Ich habe es in einem Buchladen in Brighton entdeckt.«

»Kann ich es mir ausborgen, wenn du es gelesen hast?«

»Klar.«

Es wurde kühl, und sie gingen Arm in Arm zurück. Wie Elric und Mondmatt, dachte Richard bei sich, und das machte ebensoviel Sinn wie MacBrides Engel.

Richard hatte Tagträume, in denen er Michael Moorcock zu kidnappen pflegte, um ihn zu zwingen, Richard das Geheimnis zu verraten.

Wenn man ihm die Pistole auf die Brust gesetzt hätte, wäre Richard nicht imstande gewesen zu sagen, worum es sich bei dem Geheimnis handelte. Es war etwas, was mit Schreiben zu tun hatte; mit Göttern.

Richard fragte sich, wo Moorcock seine Ideen herbekam.

Vermutlich aus dem verfallenen Tempel, entschied er schließlich, obwohl er sich nicht mehr erinnern konnte, wie der Tempel aussah. Er erinnerte sich an einen Schatten und an Sterne und an das Gefühl des Schmerzes, als er zu etwas zurückkehrte, das er für längst erledigt hielt.

Er fragte sich, ob alle Autoren ihre Ideen von dort bekamen oder nur Michael Moorcock.

Wenn man ihm gesagt hätte, daß sie einfach alles erfanden, sich alles aus den Fingern sogen, hätte er es nicht geglaubt. Es mußte einen Ort geben, wo die Magie herkam.

Oder etwa nicht?

»Neulich abends rief mich ein Typ aus Amerika an und sagte: ›Hör mal, ich muß mit dir über deinen religiösen Glauben sprechen.‹ Ich sagte: ›Ich weiß gar nicht, wovon du redest. Ich habe keinen verdammten Glauben.‹«

– MICHAEL MOORCOCK *in einem Gespräch, Notting Hill 1976*

Sechs Monate waren vergangen. Richard hatte seine Bar-Mizwa hinter sich und würde bald die Schule wechseln. Er und J. B. C. MacBride saßen gegen Abend auf dem Rasen vor der Schule und lasen Bücher. Richards Eltern waren später dran als sonst, um ihn von der Schule abzuholen.

Richard las *Ein Mord für England*. MacBride war in *Diener der Finsternis* vertieft.

Richard stellte fest, daß er die Augen zusammenkneifen mußte, wenn er auf die Buchseite blickte. Es war zwar noch nicht richtig dunkel, aber trotzdem konnte er nicht mehr lesen. Alles verschwamm zu Grautönen.

»Mac? Was möchtest du werden, wenn du erwachsen bist?«

Der Abend war warm, der Rasen trocken und bequem.

»Ich weiß nicht. Vielleicht Schriftsteller. Wie Michael Moorcock. Oder T. H. White. Und du?«

Richard saß da und dachte nach. Hoch oben am violettgrauen Himmel hing ein geisterhafter Mond wie das Fragment eines Traums. Er riß einen Grashalm aus und zerzupfte ihn langsam zwischen den Fingern, Stück für Stück. Jetzt konnte er nicht auch ›Schriftsteller‹ sagen. Das hätte den Anschein, als äffe er den anderen nach. Und er wollte gar kein Schriftsteller werden, um ehrlich zu sein. Es gab anderes, was man werden konnte.

»Wenn ich erwachsen bin«, sagte er schließlich nachdenklich, »möchte ich ein Wolf werden.«

»Das wird nie passieren«, meinte MacBride.

»Mag sein«, entgegnete Richard. »Wir werden ja sehen.«

In den Fenstern der Schule gingen die Lichter an, eines nach dem anderen, und der violette Himmel wirkte dunkler als zuvor. Der Sommerabend war mild und still. Zu dieser Jahreszeit dauerte der Tag ewig, und es wurde nie richtig Nacht.

»Ich wäre gern ein Wolf. Nicht die ganze Zeit. Nur manchmal. In der Dunkelheit. Ich würde nachts als Wolf durch die Wälder rennen«, sagte Richard größtenteils zu sich selbst. »Ich täte nie jemandem etwas zuleide. So ein Wolf wäre ich nicht. Ich liefe nur immer und ewig im Mondlicht zwischen den Bäumen umher, würde nie müde, geriete nie außer Atem und müßte nie haltmachen. Das möchte ich werden, wenn ich erwachsen bin...«

Er riß einen weiteren langen Grashalm aus, streifte geschickt die Blätter ab und kaute langsam auf dem Stengel herum.

Und die beiden Kinder saßen allein in der grauen Dämmerung, Seite an Seite, und warteten darauf, daß die Zukunft begann.

Copyright © 1994 by Neil Gaiman

Terry
Pratchett

*Kultig, witzig,
geistreich –
»Terry Pratchett ist
der Douglas Adams
der Fantasy.«
The Guardian*

**Der Zauberhut
Die Farben der Magie**
Zwei Scheibenweltromane
23/117

Trucker/Wühler/Flügel
*Die Nomen-Trilogie –
ungekürzt!*
23/129

Das Licht der Phantasie
06/4583

Das Erbe des Zauberers
06/4584

Die dunkle Seite der Sonne
06/4639

Gevatter Tod
06/4706

Der Zauberhut
06/4715

Pyramiden
06/4764

Wachen! Wachen!
06/4805

Macbest
06/4863

Die Farben der Magie
06/4912

Eric
06/4953

Trucker
06/4970

Wühler
06/4971

Flügel
06/4972

Die Scheibenwelt
2 Romane in einem Band
06/5123

Die Teppichvölker
06/5124

Heyne-Taschenbücher

Das Schwarze Auge

Die Romane zum gleichnamigen Fantasy-Rollenspiel – Aventurien noch unmittelbarer und plastischer erleben.

Eine Auswahl:

Ina Kramer
Im Farindelwald
06/6016

Ina Kramer
Die Suche
06/6017

Ulrich Kiesow
Die Gabe der Amazonen
06/6018

Hans Joachim Alpers
Flucht aus Ghurenia
06/6019

Karl-Heinz Witzko
Spuren im Schnee
06/6020

Lena Falkenhagen
Schlange und Schwert
06/6021

Christian Jentzsch
Der Spieler
06/6022

Hans Joachim Alpers
Das letzte Duell
06/6023

Bernhard Hennen
Das Gesicht am Fenster
06/6024

Ina Kramer (Hrsg.)
Steppenwind
06/6025

06/6022

Heyne-Taschenbücher